中國三部曲

陳冠中

中國三部曲

OXFORD
UNIVERSITY PRESS

OXFORD
UNIVERSITY PRESS

Oxford University Press is a department of the University of Oxford.
It furthers the University's objective of excellence in research, scholarship,
and education by publishing worldwide. Oxford is a registered trade mark of
Oxford University Press in the UK and in certain other countries

Published in Hong Kong by
Oxford University Press (China) Limited
39th Floor, One Kowloon, 1 Wang Yuen Street, Kowloon Bay,
Hong Kong

This Edition published in 2019

中國三部曲

陳冠中

ISBN: 978-0-19-098641-4

3 5 7 9 10 8 6 4 2

目錄

第二部曲 裸命

第三部曲　建豐二年

說明

《盛世》、《裸命》、《建豐二年》三部小說，分別寫於二〇〇九年、二〇一二年和二〇一五年。短篇《馬可波囉》發佈於二〇一八年。前後近十載。

作品皆在北京完成、在香港和台北出版，寫的是中國。書齋外是烈火烹油、鮮花著錦的「盛世」。

《盛世》是「盛世」的微言。
《裸命》我認為是跨民族的現實主義成長小說。
《建豐二年》是當代中國烏有史的抽樣書寫。
附篇《馬可波囉》只是中國特色新時代的一个小側影。

所冀望者，以小說方式替這個魔方般折疊的新倉促年代留下文本。

三本小說的單行紙本找全不易，我的總編輯林道群建議印行此合訂本。

感謝道群兄和香港牛津大學出版社對作者的長期照拂。感謝妻子于奇予我襄助如故往。

陳冠中二〇一九年初

盛世

中國，二〇一三年

第一章

一　不久的將來

第一個久違的人

一個月不見了。我是說，一整月不見了、消失了、找不到了。照常理，一月後是二月，二月後是三月，三月後是四月。現在，一後就是三，二後就是四，跳了一個月，你明白我的意思。

我對方草地說，算了，別去找，犯不着，人生苦短，好好過日子吧。

我再有本事，也改變不了方草地。不過說實在的，如果真的要找，方草地是適當的人選。他一生中，大概也有過很多個月是消失的、找不到的，或存在等於不存在的。他的經歷像一串碎片，無法組織成故事。他總是在奇怪的時間出現在奇怪的地點，或人間蒸發多年後，在你意想不到的時刻永劫重生般冒出來。這樣的人，說不定能辦些不合時宜的事，譬如去找回失蹤的一個月。

是這樣的，本來我也沒注意到有一整個月不見了，就算別人這樣說，我

也不會輕易相信。我每天讀報，上新聞網站，晚上看央視、鳳凰台，平常往來都是有識之士。我沒覺得有什麼大事走漏眼。我相信自己，我的見識，我的理智，我的獨立判斷。

今年正月初八下午我從幸福二村家出來，例行公事的打算散步到盈科中心的星巴克，迎面有個跑步客突然停在我面前，氣喘吁吁的說：「陳老師，陳老師！一個月不見了！到今天兩年了。」

那人戴着頂不醒目的棒球帽，我認不出來。

「方草地，方草地……」他說兩遍，把帽子摘下，露出禿頂，腦後吊着用橡皮筋綁起來的小馬尾。

我認出來：「喲，老方！你怎麼也管我叫起老師了？」

他還是說那句，煞有介事：「一個月不見了！陳老師，陳老師，您說怎麼辦、怎麼辦？」

我說：「我們不只一個月沒見了吧。」

方說：「不止，不止。陳老師，陳老師，一個月不見了，您是知道的吧！

太恐怖了！我們該怎麼辦？」

跟方草地說話是有點累，我想起來了。「你什麼時候回北京的？」他打了個噴嚏。我給他一張名片：「別涼到。天涼，別亂跑了。我們再約，上面有我手機和電郵地址。」

他戴上帽子，拿了名片，說：「我配合您，配合您，我們一起找。」

我看着他往東直門外使館區方向跑去，才意識到他不是在做有氧慢跑運動，而是趕着去某個地方。

第二個久違的人

過了幾天，我去美術館東街的三聯書店的二樓，參加《讀書》雜誌的新春茶聚。這是一年一度的活動，在上世紀九十年代初我就間斷的去了幾次，而自從二〇〇四年搬到北京後，我大概隔年去露個臉，跟老一輩的編輯、作者瞎聊幾句，算是讓文化界知道我仍在。至於年輕編輯、作者就算了，我不認識他

們，他們也不覺得有必要認識我。

那天，氣氛和以前不一樣，大夥都特別亢奮。最近一兩年我也察覺到自己常常莫明的亢奮，但那天大夥的亢奮仍讓我有點詫異。三聯、《讀書》的編輯、作者在思想上可能都有激情的一面，但是在社交上難得表現出亢奮。那天，大家都像喝了幾兩二鍋頭，嗨嗨的。

《讀書》的創刊老人莊子仲已經很久不曾露臉，竟也坐着輪椅出席了，他看上去紅光滿面，如枯木回春。但是圍着他轉的人太多，我沒過去打招呼。另外，三聯、《讀書》歷任所有的一把手、黨委書記，總經理，正副主編，只要活着的都來了，那真是個不大不小的奇蹟，以我跟三聯、《讀書》的人交往這麼多年，從沒看過這種盛況，太令人驚喜了。我對人性向來犬儒，不覺得哪個機構內部是完全和諧的，尤其是大陸機構，特別是國營企業，包括國營的文化單位。

那天，我認識的編輯、作者都過度熱情的跟我打招呼，但待我想跟他們繼續說些什麼的時候，他們的注意力已經轉移，忙着跟別人亢奮去了。這種遭遇

其實很普通，在茶聚、酒會常見，尤其當你不是角兒的時候。那天三番四次受轉移掉後，我調整心態，其實也就是回到這麼多年來自己最熟悉的心態，一個不投入的旁觀者的心態。我得承認，我看到的仍讓我覺得感動：這麼多不同取向的著名知識界精英如此和諧的共聚一堂，臉上都掛着真誠的愉悦，甚至集體亢奮，現在一定是個名副其實的太平盛世了。

我心情極好，但腦中有個奇怪的念頭讓我覺得我該離場。我從聚會出來，打算順便逛逛書店。我先在二樓隨便看看藝術書，再到一樓體會一下最新的暢銷書、商業書、旅遊書。那天書店擠滿人。書還有這麼多人看，真好！我想起書香社會四個字。我從一樓的樓梯下到地下層，梯階兩側坐滿了專注看書的年輕人、學生，幾乎把路都堵住了，好像叫大家不要去地下層。我滿心歡喜、小心翼翼的走下去，這是我每次到三聯書店的主要目的地，即逛地下層佔很大空間的文史哲政治人文學術書區。我一向認為這類書能夠在這個城市有這麼慷慨而具尊嚴的展示，是北京值得居住的理由之一，一個看文史哲和政治書的城市一定是個了不起的城市。

那天，地下層比較冷清，應該說，是特別冷清。奇怪的是，到了地下層，我也沒有了細逛的心情，只想把要找的書找到就算。要找什麼書，卻一時記不起來。我朝地下層裏面走，心想可能看到書就會想起自己在找什麼。我過了哲學區，轉往政治區、歷史區，這時候突然胸口有點鬱悶。是地下層空氣不好嗎？

我快步離開地下層。沿梯階重上地面，心想着不要碰撞到兩旁坐着看書的年輕人，突然有人一把拽住我的褲腳，我愕然垂首看，那人也瞪着我，不是年輕人，是個年紀不輕的女人。

「老陳！」她瞪着我說。

「小希」，我說着，心想小希怎麼幾年不見，這麼顯老，頭髮也白了不少。

「我看到你下去，還想這人是不是老陳！」她說話的神情好像是在說：遇到我是件很大的事。

「你沒上去《讀書》的茶聚？」我問。

「我來了才知道……我沒。你現在有空嗎？」她像抓住一條救命草，懇切

的等我回應。

我說：「有，我請你去喝咖啡。」她隔了一陣才說：「我們邊走邊聊」，然後她鬆手放開我的褲腳。

出了三聯她就朝着美術館方向走，我並排跟着，等她說話，她不語，我主動問她：

「宋大姐好嗎？」

「好！」

「有八十了吧？」

「嗯！」

「兒子好嗎？」

「嗯！」

「多大了？」

「二十多吧。」

「這麼大了？」

「嗯。」

「在念書還是在做事？」

「在念書。不要說他！」

我愕然，還記得她疼愛這個孩子的樣子。我說：「要不我們去華僑大廈喝杯咖啡？」

「就在這裏好了。」

我們走進美術館旁的小公園。

她停下來說：「老陳，你感覺到嗎？」她懇切的等我回答。

我不知道該如何回答，只知道不該回答「感覺到什麼」？因為她好像在測試我，像是在問口令，我若答得不對，她就不會向我說心裏話。作為作家，我喜歡聽別人的心裏話。作為男人，我想聽這個女人的心裏話。

我面有難色的吱唔着，她說：「是不是一種說不出來的感覺？」

我勉強點頭。我一生中，曾有過多次在我毫無感覺的時候，被別人要求我描述對一件藝術品或一段音樂的感覺。我憎恨這種沒感覺的感覺，但也因為訓

練有素，擅以吱唔應對。

她繼續：「太好了，我就知道。剛才在書店看到你走下樓梯，我就在想，老陳會明白的。我一直坐在樓梯等你上來。」

大概在小希的印象中，我是個見多識廣、通情達理的人。我喜歡別人對我有這個印象。

我指一下長椅說：「我們坐一會。」

我這個建議是對的，坐下後她放鬆了，閉上眼睛說：「終於，終於。」

她曾是我喜歡的那種女人，這麼多年輪廓和體形都沒有變樣，可是臉缺保養多了縐紋，頭髮灰白也不去染，而且，越發憂鬱。

她好像在閉目養神。我看着看着，呯然心動一下，還是喜歡這個女人，我喜歡憂鬱的女人。

她閉着眼睛說：「我連個談話的人都沒有，我覺得像我們這樣的人越來越少，少到生命不再值得留戀。」

我說：「別犯傻，誰不孤獨，再孤獨也得活着。」

她沒有理會我的陳腔濫調：「沒人記，我記。沒人説，我説。難道是我瘋了？什麼痕跡都沒有了，什麼證據都沒了，都沒人管。」

我喜歡她説北京話的腔調。

她閉着眼睛説：「你説，我們算是老朋友了，怎麼就這麼多年都不見，你説説。」

「我以為你出國了呢。」

「沒有！」

「沒有就好，現在大家都説，哪裏都不如中國。」

她睜開眼睛，瞪着我。我不明她的用意，故意面無表情。她露出笑容：「虧你有心情開玩笑。」我哪是在開玩笑，但我立即順着她，也笑一笑。

她説：「差點以為是我兒子在説話。」

「你兒子，剛才你説不要説他，你們怎麼啦？」

她語氣怪怪的：「他，好得很，在北大念法學，入了黨。」

我含糊説：「那，很好，將來好找工作」！

她說：「他要進中宣部。」

我以為聽錯，該是中移動、中石化、中銀、中信之類吧。「中宣部？」

小希點頭。

我說：「中宣部可以報考嗎？」

「他說是他人生的目標。他主意大了去了！我受不了，我跟他沒話。你見着他，就會明白我的意思。」

我在享受，與小希挨坐着，有一種幸福感。好一個初春的下午，陽光明媚，和暖得老先生老太太都又到公園來消磨時間了，也有些菸民在抽菸……菸民？兩位菸民一根菸抽完，再抽第二根。我愛看偵探推理小說，我還真寫過偵探推理小說，這樣的情景很有幻想餘地，可以是一段跟蹤的情節。不過在現實裏，我只是個吃喝玩樂、風花雪月的暢銷書作家，並無一點被跟蹤的價值。在中國，有人的地方就有菸民，很平常。

我聽小希還在向我傾訴：「這算添亂嗎？算折騰嗎？是，這兒沒我的事，但是總不能當作什麼都沒有發生。怎麼說變就變了？我不明白，我受不了。」

我心想，小希受了什麼刺激？她兒子，還是她個人惡夢般的過去有後遺症？

她看着我說：「有一次在藍旗營一家小館，跟一個你們台灣男人相親，是在大陸做生意的台商，說起話來一套一套的，上至天文地理醫卜星相、下至金融投資世界大局，沒完沒了，沒有他不知道的，把我悶的，到我剛說了幾句政府的不是，他竟然教訓我，說我不知足、不懂感恩，把我氣壞了，真想抽他，太可惡了。」

「台灣男人也不見得個個如此」，我覺得有必要替「我們」台灣男人說句話，然後好奇的問：「後來你跟那人怎麼啦？。」

她現出笑容：「他只顧着教訓我，屁股就坐了一個椅子邊兒，隔桌有個挺高挺壯的男孩結完賬起來，走過的時候故意猛撞了一下他的椅子，他撲通摔在地上。」

「男孩？」我問。

小希：「年輕小伙子啦！」

「那小伙子有什麼表示？」

「什麼表示？就走了唄！樂死我了。」

「你認識他？」

「不認識。倒真想認識。」

我有點吃醋：「暴力，不太好吧！」

「我覺得好得很。我現在整天想抽人嘴巴。」

小希生命中見過太多暴力，難免受影響，我想起了自己當年不敢和她過份接近的原因。「那台灣男人後來怎樣？」

「他兇巴巴的站起來，想開罵，又找不到對象，就罵了一句：『沒文化』。你看，你們台灣人還是看不起我們。」

「現在哪敢？」我知道以前兩岸三地人心底都有點互相瞧不起，不過現在怕都改變了。

我問：「那次相親就黃了？」

小希說：「人家想找年輕的。」

我心想，女人不該不染頭髮。「你生活還可以嗎？」

她鎖一下額、翹一下嘴，在陽光下暴露了更多縐紋：「生活可以，周圍的人都變了，心裏難受，現在跟你聊聊，好多了，很久沒跟人聊……。」

她突然停下，一臉茫然的望着前方地面。順着她的目光看過去，我有些疑惑，到底是西斜的陽光穿過乾枯的樹枝篩落的一地斑駁碎影吸引了她，還是她忽然想起些什麼而走神了？片刻，她回過神來：「哎呀，我得走了，待會高峰車擠。」

我把名片給她：「我們約吃飯，跟你媽、兒子。」

她溫柔的說：「看吧。」她站起來，說一聲「走了」，就走了。

小希步伐還挺快，我放肆的注目看，從後面看還真有看頭，身材、動姿都像年輕女人。她從公園南側出去，我愉悅的漫步走向公園東側出口，突然想起兩個菸民，轉身一看，發覺他們也已走到公園南側出口處，我看到小希右拐往美術館方向，走出我的視線，那兩個菸民等了幾秒鐘，也跟着往美術館方向走。

三里屯的盛世

我不想馬上回家，打車到三里屯太古村找星巴克坐坐。自從旺旺集團收購了星巴克之後，一些中式飲品就被開發成了全球化飲品，像我手中的桂圓龍井拿鐵，口味就非常好，據說巴格達、貝魯特、喀布爾等伊斯蘭重建城市都在熱賣，連非洲的安哥拉盧安達、蘇丹喀土穆、坦桑尼亞達累斯薩拉姆都開了店，是星巴克旺旺與一家叫歐非拉友誼投資公司的中資企業共同開發的新市場，以後有中國人的地方就有星巴克旺旺，商業不忘文化，也算是軟實力的呈現。

我來這裏太對了，心情又好了，我最近常有的幸福感又回來了。你看，市面多熱鬧，年輕人多好看，加上各國友人、遊客，多國際都會！更何況大家都在消費，刺激內需，貢獻社會。記得幾個月前，有個在社科院研究農村文化的朋友打電話給我，說她外甥女放寒假從蘭州來北京玩，住她家，問想去哪裏，外甥女說想去Y-3買衣服，那朋友打電話問我：什麼叫Y-3？這書獃子也真是的，不會上網去查一下？Y-3開始的時候，是阿迪達斯與日本的山本耀司合作

的新時裝產品品牌，Y是耀司，3大概是指阿迪達斯的招牌性三斜條設計，牌子在中國做得很火，據說現在全世界最大的市場是在中國，而它在北京的旗艦店，正是在我的眼前，太古村星巴克旺旺的側對面。記得它在〇八年奧運前開幕的時候，只佔這家阿迪達斯五層總店在四樓的三分之一店面，現在整個地面一層都屬於Y-3。當然，阿迪達斯在太古村也擴充了地盤，佔了原來耐克的樓，這些都是在李寧和阿迪達斯兩家合併重組以後的事了，要謝就謝中國政府的新政策，凡要進入中國市場的品牌，都要含至少百分之二十五中國資本，到百分之五十以上則享有更多優惠政策，然後想在上海掛牌上市又必須如何如何，細節我忘了，總之不符合條件的外國品牌要等國家商務部特批，拿不到特批就請退出十三億五千萬人的中國市場。

我們在台灣、香港生活了大半輩子的人，以前總認為一個地方要發達起來，是要靠出口，靠節衣縮食小富由儉的累積第一桶金。現在，我們才知道內需和消費的重要。中國人肯花錢，救不了全世界也至少可以成就自己。中國就憑這一點成功的轉軌了，雖然內部消費在這幾年間內由百分之三十五提升到百

分之五十左右就再上不去，不過，從方方面面看，還是了不起的成就。

不要以為我是在盲目的吹捧中國，我知道中國問題還很多，但你想想，以美國為禍首的發達資本主義國家自我摧殘，二〇〇八年金融海嘯後，稍有起色才沒幾年，又再度陷入滯脹期，禍延全球，無一倖免，至今未能爬出谷底，惟中國能獨善其身，人退我進，三爬兩撥讓經濟奇蹟般再度起飛，以內需代替枯涸的出口，以主權財富代替已蒸發的外來資本，預估今年將是連續第三年增長超過百分之十五，不止改寫了國際經濟的遊戲規則，簡直是改寫了西方經濟學，更重要的是社會沒有動亂，反而更和諧，真不由你不服氣，太了不起了……想到這裏，我又被自己給感動了。這是我近來的問題，就是容易感動，有時候還發覺自己眼眶濕濕的。此刻我想起看上去很潦倒的小希，心裏有點難過，周圍的人都活得好好的，惟獨她好像越活越不舒展。我深呼吸，強忍了一下眼淚。我以前是個很酷的人，現在怎麼變得這麼容易傷感？我沒意識到有一顆淚珠竟如漏網之魚奪眶而出，掉到半杯桂圓龍井拿鐵裏。我急忙用紙巾擦眼，離開星巴克。

一個未來的主人翁

自從北京最好的人文學術書店萬聖書園被迫停業後，我很少去海淀區北大東門一帶。三聯《讀書》新春聚會後約一週，我還是去了。過去一週，我過得很好，沒有不愉快的事，每天讀報上網看電視新聞，每天慶幸自己住在中國，偶然感動一下想流淚，挺幸福的。本來，也沒有再惦記小希，因為覺得她現在的狀態跟我的心境和生活有點不搭調，只是連續幾個晚上，睡覺睡到凌晨醒來前最後的一個夢，都夢到小希，弄得我渾身亢奮，可能是身邊太久沒有女人的緣故。我還有一次夢到方草地，那是個令人厭煩的夢，走來走去在原地。我有點後悔沒拿他們的手機號，而他們也沒再聯絡我，看來我在他們心目中沒這麼重要。方草地我不知道如何可以找到，也沒想找他，那就算了。至於找小希，我還有一條線索，所以來到北大東門。

在上世紀八十年代末，小希和她媽媽成了個體戶，在北大東門外居民樓前的違建平房，開了一家小館子，叫五味餐館。我管小希媽叫宋大姐，她家的

貴州家鄉鵝，有點名氣，不過主要是小希和她的一幫朋友們整天泡在那裏，一聊就是一晚上，五味一度成了海淀那帶老外和知識份子的沙龍。後來停業了幾年，到鄧小平南巡後，又在附近找了個地方重開，我那時候每到北京還會特意跑去吃飯。不過，已經好多年沒去了，館子還在嗎？

我一到北大東門外，馬上知道沒指望了，整片居民樓、平房都拆了，館子哪還會在？館子不在了，萬聖書園也不在了，我毫無留戀的走着，打算徒步走去五道口的光合作用書店逛逛，聊勝於無，再去雕刻時光喝杯咖啡。這一帶曾經是搖滾樂在西邊的根據地，有幾處演出場地，不過我近年沒有再注意這個圈子，也不知道那些場地還在不在。在成府路上快到五道口的時候，我走過一家店，感覺像錯過了什麼，回頭看，門面有點粗放的設計感，店名叫《五．味》，也沒說是中餐館、西餐廳還是什麼演出場地之類。我還真的猶豫了一下，跟五味餐館有關嗎？我決定推門進去看一看。

裏面也是粗放的設計，餐桌椅子都是有設計感的低價普通產品，有個小舞台，勉強可以容下一支四人搖滾樂隊。大堂沒人，但裏屋傳出一把宏亮的聲音

卻是我熟悉的。我撥簾走進去，叫一聲「宋大姐」。

小希媽一眼認出我：「老陳！」

「宋大姐，我來看你來了」我說完覺得自己有點虛偽。

宋大姐說：「看到你太好了！真是稀客呀！」

她拿了瓶常溫的燕京純生，拖着我到大堂坐下。「見着你太好了，老陳，我還真常惦記着你。」

我有點慚愧，來了北京幾年都沒想起來問候一下老人家。「我前陣子碰到小希。」

宋大姐突然壓低聲音說：「你多勸勸她，多勸勸她。」

「我也只是在三聯書店偶然碰到她。她會來這裏嗎？」我問。

「不會！」

「你有她手機嗎？我打個電話給她，」我就想要她的手機號。

「她沒用手機。」宋大姐一直在看門外，說：「她有電子郵件。她現在整天在網上跟人吵架，地址換來換去。你勸勸她。」

我心想，只能用電郵聯絡吧，總比聯絡不上好。

宋大姐站起來：「我去拿她的新郵件地址。」

我有點口是心非說：「不急，待會再拿吧。」

「待會怕忘記」，她急急的走到店後。

我心想，宋大姐還是這麼熱情，老派人。

這時候，一個年輕人走進來，該是迷死女生那種男生，個子高，樣子特別端正，像個運動員，我注意到他穿了雙白色高腰球鞋，北京土多大呀，一般男生不大穿白球鞋。他很自信的看着我，好像想知道我是誰，但很有禮貌：「您好！您是……」

「我是……大姐的朋友。」我突然領悟：「你是……」我想說你是小希的兒子？不知為什麼猶豫了一下沒說。

「姥姥！」男生和宋大姐打招呼。

「來了？我外孫。這位是陳老師。」

我故作驚喜：「你外孫！」

「陳老師，我叫韋國。」

「幸會。一表人材啊」，我們握手。我想起十幾年前見過這孩子，小希以前也說過孩子隨她姓韋。

宋大姐說：「陳老師是台灣人，老顧客」，宋大姐用老顧客來形容我。

「我好像沒見過陳老師」，韋國說。

「在老店那邊，」宋大姐向韋國解釋。「陳老師多年沒在北京。」

我說：「大姐，我現在搬到北京來住了。」

韋國不問我住哪個區，卻問：「陳老師您是做什麼的？」

「我是作家。」

韋國對我的興趣大了點：「寫什麼？」

我說：「什麼都寫，小說，評論……」

「評論什麼？」

「吃喝玩樂，文化媒體，企業管理……」

韋國問：「您對中國現狀有什麼看法？」

宋大姐：「晚上就在這吃飯吧！」

「今天有事，改天吧，大姐！我跟韋國聊一下就走。」

宋大姐說句「你們聊」就走到店後去。

韋國眼神很堅定的看着我，有股年輕人少見的懾人之氣。

我想知道小希為什麼說跟兒子沒話。我故意說：「現在大家都說啦，哪裏都不如中國。」小希說過這話像她兒子說的話。

「您說得很好，這是正確的。季羨林先生說過，二十一世紀是中國人的世紀。這是不可阻擋的。」

我逗他：「那你，打算在中國人的世紀做些什麼？」

一般年輕人都會靦腆一下才回答，韋國不是：「我現在上北大法學院，畢業後，我會報考公務員。」

「當官？」

「國家和黨需要最優秀的人材。」

我想起小希提過中宣部，試探說：「韋國，如果隨便讓你挑，你想去什麼

部委？」

「中宣部！」

沒想到他如此坦率。

他補充：「當然，中宣部不是隨便進的，這只是我現階段的最高理想。」

我問：「為什麼是中宣部？」

「一個國家民族不能只靠物質力量，還要有精神力量，人民才會團結在一起。硬實力重要，軟實力一樣重要。我覺得中宣部非常重要，現在還做得不夠好，可以做得更好。」

我問：「可以怎麼好法？」

他好像訓練有素：「譬如說，對網絡和網民的理解還不夠，對年輕人的走向也掌握得不夠精準，這方面我可以有貢獻。還有我是學法律的，可以替中宣部的每一項決策提供堅實的法律依據，配合依法治國的國家政策。當然，作為年輕人，我也有不成熟、浪漫的一面，我認為中宣部很浪漫。」他終於有點靦腆。

「浪漫？怎麼說？」
「您是作家，您應該知道，只有精神的才是浪漫的，中宣部就是領導全國人民精神生活的。」
我不想再談中宣部，指了指舞台：「你們這有現場表演？」
「一些新人的樂隊，也有學校社團的，每天晚上都有演出，是我給姥姥出的主意。來這裏的什麼樣的年輕人都有，有助於我瞭解他們的心態和動向。沒有調查研究就沒有發言權呀。」
我故意說：「弄一個這樣的場所，魚龍混雜，不會影響你的前途？」
他大概覺得我有點幼稚，說：「那你太小看我們黨和政府了，一切都在黨和政府的掌控中，一切是清清楚楚的。」
我說：「高興跟你聊天，韋國。有意思，但我得走了。」
「祝您在北京玩得愉快，寫文章多介紹中國的真實面貌，叫台灣同胞不要隨便相信西方媒體」，他說。
我想說「跟你姥姥說我走了」，宋大姐走出來：「怎麼走了？」

「有事，在東邊，早點走，怕碰上高峰」，我說。

「有空過來吃家鄉鵝。」宋大姐伸手。

「一定一定，大姐你多保重。」我雙手握住宋大姐的手。握着手，我及時反應的取過大姐手中的小紙條。

大姐和我竟有依依不捨的感覺。

我走出門之際，韋國叫住我，冷冷的問：「陳老師，最近見着我媽了沒？」

我一張口竟撒謊：「沒有」。

他禮貌的說再見。

我點點頭，禁不住再瞄了一眼他那雙雪白的球鞋。

老陳的本命年

今年是我的本命年，是該有些奇奇怪怪的事發生了，譬如經常把自己感動

得想流眼淚，譬如小希以及方草地的相繼出現，都令我隱隱的感到異常。

我已經很久沒有遇到小希和方草地這樣跟社會氛圍完全不相配的人了。當然，中國這麼大，什麼樣的人都有，事實上從八十年代中我初來大陸，直到前幾年，我還沒少認識這樣的人，但這幾年卻少了，尤其是全球經濟進入冰火期、中國盛世正式開始後，我的生活圈子再沒有這樣不合時宜的人了。

先說三類我常交往的人：

一類是我家的清潔阿姨，我只請戶籍北京、家人都在北京的下崗女工，因為我老不在家，用北京人，安心。現在那位阿姨的女兒都大學畢業在外企工作，生活不成問題，只是喜歡動、喜歡幹活。她邊幹活，邊說她女兒和女兒男朋友的瑣事，例如女兒燙個頭髮花了多少錢，或女兒男朋友可能要被調到上海去。她還會把她從福建東南衛視上看到的台灣新聞告訴我。我就坐在書桌旁邊看電腦邊聽。有時候她讓我煩，有時候我感謝她讓我知道老百姓的事。

二類是流行媒體的記者，大多年輕，卻個個生猛，全中國值得他們知道的事情他們都知道，誰火誰不火、哪個夜店 in 哪個 out、哪部賀歲片棒哪部爛、

今年去哪旅行才酷，都知道。他們要做各種專題，凡想要找一個境外人士發表些意見的時候，很有可能會想到我這位在京的台灣文化名人，方便嘛。北京媒體多，每個月總會有幾個記者來找我，我也很樂意跟他或她們聊，知道年輕人流行些什麼、有什麼時尚玩意兒，讓自己不落伍。

三類是出版社的編輯。我有幾本書的簡體版都賣得不錯，故常有出版社的編輯來找我，想替我出書，只是這幾年我一本都寫不出來，只能推銷自己一些尚未在大陸出版的台灣舊作，有一兩本還真給我重新包裝一下快要出簡體版了。有時候，他們會帶我去見出版社老總，有些我早認識，以前他們什麼都不是，現在則是什麼出版集團的總經理，牛哄哄的，一般對我的書沒什麼興趣，只跟我談集團上市。偶然，作為台灣文化界在大陸的一個人物，我更有機會碰到一些新聞總署、文化部、對台辦、統戰部的官員。現在，在中國當官當然是最了不起的事，個個都很有風範，不管什麼級別說起話來都氣宇軒昂的。他們把台灣人當小老弟，只要求你當他們是老大哥。

我說我是台灣文化界的一個人物，各位不會太有意見吧？我雖然香港出

生，在調景嶺念完小學，才追隨父母遷居台灣，但我還真覺得自己是個台灣人。我從小愛看書，高中就立志當作家，升大學的第一志願是台大英文系，白先勇的系，退而求其次是台大中文系，林文月的系。結果都進不了，去了文化大學新聞系。我大二那年寫了一篇短篇小說「調景嶺的春天」，還得到《中央日報》大學生組短篇小說獎第二名，我知道那是因為我念的是文大而不是台大，才不讓我拿第一。

我生氣之餘，學陳映真的風格，寫了一篇諷刺時政的短篇小說《我要出國》，未敢公開發表，在同學間傳閱，頗獲好評，女生特別喜歡，想不到竟有些黨外人士來找我，想拉攏我，我既興奮又有點害怕，我是個學生，父母辛辛苦苦供我讀大學，我得考慮自己的前途。這篇小說報禁解除後才在《新生晚報》發表，已沒有時效，年輕人都不理解我在諷刺什麼。

畢業後，原想到美國的密蘇里、哥倫比亞等新聞學名校念學位，但都沒報上，就算報上，沒有獎學金也去不起。幸好，當年在調景嶺，我母親曾替當地的一家天主教堂做過幾年飯，那個白乃迪神父到台灣訪問時，找到我家。白乃

迪時任美國中西部一家叫聖約翰的天主教大學的主任，管學生事務，就把我收到聖約翰的文學碩士班，還給了獎學金。我每天就對着麥田和乳牛，練英文，看小說，最愛看雷蒙德・錢德勒和達許爾・哈米特的硬漢偵探小說，論文則寫陳查禮與東西方的偵探邏輯，熬了一年半，暑假不休，什麼地方都沒去，拿了個學位。

有一次在圖書館看到香港《明報》，說紐約有個華僑，要在美國辦一份華文日報叫《華報》，替他主事者是那次我拿第二名的小說獎的一名評委，我找到他，他電話上就叫我立即到紐約上班，才終於到了紐約，之前我只是去了美國。《華報》規模很小，出了紐約唐人街就買不到，我一待多年，心情甚為鬱悶，無聊到再寫小說，寫了《曼哈頓最後一班灰狗》，沒想到有了這本留學生小說，我可以終身受用的躋身在華文作家之列。小說用的是意識流的現代主義手法，真不知道自己當年是怎麼寫出來的。台灣也夠了不起，竟然有這麼多人看過這本小說。很多人不知道，這小說在台灣歷年累積賣了十萬本，可惜沒人編台灣小說銷量總排行榜。

也是在紐約期間，武俠小説大家金庸訪美，我替報社採訪他。適逢金庸在台灣解禁，名字可以見報了，訪問被台灣《聯合報》轉載，閱讀率奇高，連帶我也成了名記者。

金庸也喜歡那篇訪問。他知道我是在香港出生的，會説廣東話，就叫我去香港替《明報》做事。我辭掉美國的工作，去了香港，替《明報月刊》做編輯，兼替《明報》日報中國版寫大陸報導。從八十年代中到九十年代初我訪問了許多大陸老一輩文化名人，建立了我在大陸的人脈基礎，也經歷了一些大場面，豐富了我對大陸的認識。九二年金庸退休，正好《聯合報》招手，想找我編大陸版。也剛好北京的女友決定出國，變相跟我分手，我決定回台灣。

在《聯合報》的時候，我着手整理手上的稿子，打算出一本大陸文化名人訪談集，當時我認為這是我一生中最重要的一本傳世之作，因為這些堪稱國寶級的文人都很老了，有的甚至已經過世，我的訪談成了絕響，價值不在話下。可能我動作太慢，修來修去誤了時機，待這本《薪傳：心存：大陸藝文百人沉鉤錄》出版，台灣氣氛已變，書連當時的金石堂暢銷書排行榜都沒上，只有在

《聯合報》的讀書人版做了介紹，也就再沒人談論了。李登輝當了總統後，省籍族群之爭越演越烈，台灣人關心的是台海會不會發生戰爭，而不是大陸文化。

書出版後，圈裏倒是把我認定為中國通、知中派、大陸問題專家，就是說，大家對我都不感興趣。

我心有不忿，決定要讓別人對我另眼相看，寫不出文藝巨着也要寫出暢銷書。當時，關於台海戰爭的書大賣，我也研究了一番國軍與共軍，看看有什麼角度可寫，後來發覺跟風的書太多，只得放棄，但學到了一招：想跟風，手腳要快。

我那時候有點慌，亂石投林。

我寫了本偵探推理小說《十三個月亮》，沒火。

有人寫人生哲理，暴得大名，我也寫了一本人生哲理，沒火。

管理學大熱，我寫了幾本辦公室攻略、秘笈，沒火。

什麼人生哲理、管理學，確是我投機之作，賣得不好，我認。但是我認

為《十三個月亮》不該受湮沒。《十三個月亮》絕對是台灣原創偵探小說中的佳作，可惜當時台灣讀者習慣了日本推理小說和克里斯蒂的英式誰是兇手小說那調調，不懂欣賞美式硬漢偵探小說的酷幽默和世故，評論界也不知道我花多大力氣鑽研這類型。我或許不是一流的作家，但我常記住英國作家毛姆自嘲的話：在二流作家中我是最好的。

現實裏，我連二流都沒到。我的書三番四次既不叫好也不叫座，讓我沮喪了好一陣子。

終於，機會來了，外國出了一本談EQ情商的書，台灣版大賣。我結合了多年的累積，從中國文化到人生哲理到管理學，以最快速度寫成了《中國人的情商》一書。

中途我曾想過，找一個漫畫家合作，出漫畫中國情商，會不會賣得更好，幸好我打消這個念頭，搶時間，先出為快。果然，書連續六週上了金石堂排行榜，最高衝到第二名，翻譯書排行第一的還是原裝EQ的中譯本。看到自己的書每天放在誠品、金石堂最耀眼的位置，確是很大的滿足。

之後幾年我還編寫了一系列中國人的這個智慧、那個智慧，都賣得不差，直到台灣讀者不喜歡書名上有中國人三個字。

至此我既是名記者、小說家、大陸問題專家、勵志自我增值專家，也是暢銷書作者，最後的一項讓前面的頭銜變得有意義。大部份人沒看過我的書，也弄不清楚我寫過什麼，只知道我是暢銷書作家。在九十年代的台灣，社會還比較尊重暢銷書作家。

運氣是一陣一陣的，總是錦上添花。到了千禧年後，我的幾本書分別在大陸出版。

《曼哈頓最後一班灰狗》，書名改成《一個中國留學生在紐約》，書賣得可以，只是沒聽說有人看完過，但有大陸媒體形容我是台灣先鋒作家。

《薪傳．心存》分成三冊，叫《文學薪傳》、《藝術薪傳》、《思想薪傳》，賣得一般，卻獲《新週刊》評為年度優秀圖書設計作品之一。

另外《中國人的EQ》和那系列的這個智慧、那個智慧也都授權大陸出版，正版版稅收得不多，不過加上地攤盜版應賣得不錯。

我在大陸也薄有名氣了。

二〇〇四年陳水扁又當選總統，《聯合報》的大陸版再減篇幅，報社也想精簡人力，鼓勵員工提早退休。我識相的辦了退，領了一筆退休金，搬到北京。

初到北京，我有點緊迫感，勤於筆耕，替大陸報刊寫台港文化，替台港報刊寫北京上海，前者媒體多，後者北京上海熱。最重要的是，我不忘趕在北京奧運前在兩岸三地出版了《北京深度文化旅遊指南》。有趣的是，書在台灣、香港都賣得一般，反而在大陸賣得好，媒體報導也多。新聞總署的一個司長，跟台灣文化界熟，還主動替我運作，拿了個國家級文化類圖書的二等獎，並上了央視的讀書節目，我也總算得到體制內的認可。

現在，我對自己別無所求，只欠一件事：好好的寫一本小説，我的《尤利西斯》、我的《追憶似水年華》。在這個沒有一流的年代裏，我要證明自己是二流中的最好。我推掉所有書報刊寫文章的邀請，專注寫我的小説。

可是，我一個字都沒有寫。

生活費？這不是重點。

好吧，坦白跟你說，我的確不愁吃不愁喝。西哲說，幸福是有點名但不要太有名，有點錢但不要太有錢。我的生活不是靠稿費版稅養的，那加起來沒多少。是這樣的，上世紀九十年代初我還在香港《明報》做事的時候，打算跟女友結婚，在太古城買了個九十平米的二手房，後來，女友去了德國嫁了人，房子就托經紀租掉，我回台北去了。以後每年改租約的時候，才發現房價和房租都成倍成倍的漲，到九七回歸前賣掉，漲了快十倍。我一生打工都賺不到這一棟房子的錢。後來亞洲金融風暴，台幣貶了，幸好我的錢還原封不動的存在香港銀行。到了二〇〇四年我搬到北京，在政策說外國人包括台港人士不准買第二套房的前幾個月，在幸福二村買了三套房子，一套自住兩套出租，錢都換人民幣存銀行，然後，世界經濟一波一波的出現危機，只有中國欣欣向榮，我這點錢可以好好過日子了。

沒錯，這還解釋不了為什麼這兩年一個字都寫不出來。〇四年到北京時，我財務狀況已經很好，但卻努力寫作。真的停筆，是因為我完全失去了寫作的

感覺，那是在官方話語所說的世界經濟進入冰火期，中國盛世正式開始之後，即兩年多前。從那時候開始，不論在北京或全國哪裏，我都看到人民過着好生活，覺得自己心靈充實，生活愉快無比，有一種從未經歷過的幸福感。是這樣的幸福感讓我再寫不出東西。

一個失眠的國家領導人

過去的一年多兩年，除了過年過節，我每月第一個星期天晚上都會跟簡霖在他公司的小會所吃簡餐、喝紅酒和看老電影。簡霖是燕都BOBO地產公司的老闆，老三屆，七八年恢復高考上了大學，當過官，常跟文人作家往來，後來下海去了海南，不知怎麼成了地產大腕，但仍帶着文化情結，以儒商自居，愛談國家大事，過年過節會寫點古體詩句，發短信送給客戶朋友。二〇〇八年公司本來要上市，碰上金融危機，上市失敗，資金鏈斷，幾乎倒閉被併購，不知怎麼又給他擰過來，現在又生龍活虎了。他是工作狂，不過兩年前開始了一

個新習慣，就是每週日晚上都跟家人朋友吃簡餐看一齣老電影。開始的時候很多人哄着他一起看，慢慢先是家人不陪他，跟着朋友也要挑戲碼才決定是否出席，到了冬天，常常就只有簡霖和我。自從一個朋友帶了我去之後，我每月必到，一來我閒，二來我住得近，三來我還真的有興趣看看四九年後大陸的老電影，因為以前在香港、台灣都沒看過，有點新鮮感。我是惟一不缺席的人，而且我和他沒有利益關係，對他全無所求，他也對我沒有戒心，因為我是無關重要的人，適合做社交朋友。人少的時候，特別冬天只有兩個人的時候，他就拿出一瓶好酒，都是八二、八五、八九的一線波爾多，兩個人喝，有時候一晚喝上兩瓶。台灣人喝好的紅酒，比大陸早了十五年，我能附和他，欣賞他的酒，也願意聽他賣弄書刊裏看回來的酒經。他找到理想的酒友。人多的時候，我看他也挺摳門，只拿些很普通的酒給大家喝。由此我更確定自己的價值。

惟一我不喜歡的感覺是，我沒法回請他，那讓我看上去是個白吃白喝的文人，我何必呢？

他每次讓我喝波爾多，從沒有勃艮第。我上網看了資料後，跟他聊了勃艮

第，發覺他很有興趣，但明顯並不熟悉。於是我就打定了主意，趁過年回台北的時候，找了中學同學阿元，問他要兩瓶勃艮第。

阿元在新竹的電子廠，做的掃描零件曾佔全世界很大的份額，同時也可能是台灣最大的勃艮第藏家，跟澳門的伍易和香港的唐紀元不相伯仲。世界經濟進入冰火期後，阿元財富縮水，但仍不影響他的勃艮第藏量。我從不曾開口問阿元要過好處，這次我跟他說，給我兩瓶最好的勃艮第。阿元很高興的說，多拿幾瓶吧。我說：不，我要過海關，不想報稅。只拿一瓶白的、一瓶紅的。

我發了個短信給簡霖，問星期天有戲嗎？我會帶上Bâtard Montrachet 1989和Romanée-Conti 1999。

星期天我帶着兩瓶酒去到小會所，果然沒其他客人，只有我和簡霖。他拿着我帶來的酒，看來看去，連說好酒、好酒。他說，先打開，透透氣。

他溫柔的把酒倒在水晶瓶裏的時候，我問他今晚看什麼戲？他說是《千萬不要忘記》，一九六四年的出品，問我看過沒有。我說：「廢話，看過的話老蔣還不得把我斃了。」簡霖說：那是個好年份，三年災害過了，民生開始恢

復，文革還沒開始，老毛五九年從國家主席位子上退下來後，不甘寂寞，提出「千萬不要忘記階級鬥爭」的口號，這部電影就是緊跟形勢拍的，提醒老百姓不要忘記階級敵人依然潛伏在人民中間，預告了四清運動，其實也預告了文革。

我們吃簡餐時，簡霖說，我叫了我堂弟來看戲，讓他試試你的好酒。

我不記得見過他堂弟，有點不樂意讓他喝掉我的好酒。

這時候有個臉青白青白、頭髮稀疏的男人走進來，叫簡霖做哥。

簡霖說：「我堂弟，東生。我的台灣好朋友，老陳。」

我們握手時，我說：「何東生，我們見過，九二年在澳門一起參加興華營，當時你在復旦教書。」

何東生輕輕說：「是的、是的。」

簡霖有點不解的問：「你們認識？」

何東生還是那句：「是的、是的。」

我發覺大家有點尷尬，只說：「二十年沒見了。」

台灣外省籍富豪水興華的基金會在九十年代初辦了四屆興華營，每年挑選

幾十個兩岸三地年輕精英，讓他們共處幾天互相交流。在澳門舉辦那年，何東生是大陸團成員，我是台灣團成員。當時何東生只是個年輕學者，也沒給人感覺有多優秀，現在是中共高官了。

我們喝酒，簡霖問何東生：「這酒好吧！」

何東生很含糊的説唔唔。

簡霖説：「老陳特意從台灣帶來。」

何東生有氣無力的向我略略舉杯，我也向他稍稍舉杯。

然後放電影，全場沒話，只有一次簡霖向我説，那個演反派岳母的演員當時其實很年輕，現在還經常在新的電視劇裏看到她演出。

看戲中段我瞄了何東生一眼，他像是睡着了，反而簡霖很認真在看，我心想：簡霖還真愛看這些紅色經典老電影。

《千萬不要忘記》説的是東北的一家電機工廠，工人本來都很積極上進，但其中一個青年工人娶的老婆，是小資產階級家庭背景的，勸丈夫買一件昂貴的料子外衣，一身料子一百四十八，青年工人的岳母更教唆女婿休假的時候去

打野鴨，然後交她賣到黑市，以至曠工險些釀成重大事故，損害了國家利益，都是因為沒有革命警惕性，忘了階級鬥爭。劇終最後一個鏡頭打出六個血紅大字：千萬不要忘記。

我說：「不錯，有意思，不過以後年輕一代看的時候，恐怕不好理解，要有人在旁邊做解讀。」

何東生突然說話了：「八小時工作好辦，八小時以外不好辦，老毛沒有解決這個問題。」

我有點驚詫何東生直呼老毛。

他繼續：「你知道改革開放後，天津有本雜誌叫《八小時以外》？八小時是工作，八小時以外是休閒，大家都不知道該怎麼休閒，社會主義改造好了八小時，但就是沒辦法管住八小時以外……」

「八小時以外就歸資本主義管吧，」簡霖插一句。

可能酒精有點作用，何東生接着說：「可不是嘛！你老毛不能二十四小時叫人家抓革命促生產，總得放人家回家，吃點好吃的，買件漂亮衣服穿穿，搞

點小資玩意。人民要這個，你不能不給呀，不給誰替你幹活？過好生活而已，並不過份呀！八小時要他們幹活，八小時以外就該讓他們快快活活。」

我一般認識的官員，開口就是官場套話，何東生說的倒像平常人說的話。

我對他多了份好感。

他發表完意見，像洩氣皮球，悶着喝酒。我們都喝着酒。

隔了一會，簡霖又是那句：好酒、好酒！

他繼續：「現在比剛才更好了，剛才也很好，現在更好。酒完全醒了。你看，咱們一口白的一口紅的喝，還都這麼好。」

大家又沒話。我以為何東生看完戲會走，誰知道他一直坐着，我們陪着，也不說話，桌上的送酒小吃，何東生都不碰，只慢慢喝酒。簡霖拿出大雪茄，沒人要，簡霖也不好意思抽。

瓶中杯中都喝光，簡霖又上了大紅袍，何東生也不沾，好像不用喝水。快到午夜，何東生才起來，上廁所。

簡霖輕輕跟我說：「他晚上失眠，不用睡覺，我怕他一直坐着，我可熬不

住，我現在睡得早起得早。」

「我也早睡，怕熬夜。」我想着何東生在看戲的時候睡着。

何東生廁所出來就對我說：「要不我捎帶送你回去？」

我說：「不用，我很近，我走回去。」我多此一舉的問：「司機在吧？」忘了他是高官，司機當然在。

誰知道他說：「晚上我都自己開車，我喜歡開車，有時候開到天亮，累了在車上打個盹。」他好像覺得自己說多了，含混的跟我們說「走了」就走了。

我有點後悔沒讓何東生送我回去，其實沒那麼近，白天我會走回去，這麼晚，還是要打車。簡霖住的才叫近，住在這個小區的另一棟樓的頂層。

「我們也很久沒見，他可忙了，前陣子在我姑姑的追悼會見了，才想起叫他來，」簡霖解釋說。

我問：「你們是堂兄弟，你姓簡，他姓何……」

「我爸他們三兄弟，兩個弟弟參加革命，都改了姓。東生本姓簡。」

我理解，老革命家庭第二代，甚至兩個親兄弟不同姓的情況也常見。

「還有一個呢？」我問。

簡霖說：「我跟那邊沒來往。」

我不好意思追問，說：「真沒想到你跟何東生有親戚關係。他現在的官有多高了？」

簡霖說：「什麼官有多高？現在是中央政治局委員，到這屆他是三朝元老，很不容易。」

我問：「那算不算國家領導人？」

簡霖說：「嚴格來說應該叫黨和國家領導人，黨方面，從書記處書記開始往上都算是黨和國家領導人。政治局委員固然不用說了。」

「嘩！這樣說我還近距離見過兩個國家領導人，一個是你堂弟何東生，另一個是政協副主席董建華。」

國家領導人個個梳大背頭，頭髮烏黑烏黑，面色紅潤，精神飽滿，沒想到給我碰到一個頭髮稀疏、面色青白、失眠的國家領導人。

春色撩人夜

看完老電影喝了酒，初春淩晨站在街頭上候車，我睡意全消。我打了個電話給一個朋友，然後去了她的居所。十多年前她還在天上人間夜總會上班的時候我們就認識，我是個平和的人，但有時候也有需要，那就找她。算起來，已有兩年沒找，連想都沒想，直到最近，直到今天。

沒想到，回到家還睡不着，好一個令人心猿意馬的春夜。這幾天，心裏惦着的是一件事，要不要發個電郵給小希？

宋大姐說小希常換電郵，不寫，怕她又換了，想聯絡也聯絡不上，寫呢，我覺得會給自己惹麻煩。她一直是我喜歡的那種類型的女人，她開餐館的時候就讓我心動不已，當時很多顧客都衝着她而來。我們雖然認識有二十年，可說是老朋友了，但從沒在男女方面親近過，連調情都沒有，一個是她身邊總是有一群男的圍着她，有的好像是哥們，有的是追求者，有的是追求不遂成了哥們。她是身邊只有男性朋友沒有女性朋友的那種女人，同時卻又是那種對自己

的魅力沒什麼自覺的人，以為男性朋友真的只是哥們。我沒有下過決心非要跟她好不可，她也沒有特別表示過，始終只把我當作一個朋友。後來我以為她會跟一個老外結婚嫁到英國去，看樣子沒嫁成，不過從那時候算起我有七、八年沒跟她聯絡了。

當時我已經有一個顧慮就是，她是個會惹麻煩的人。她不是那種知識份子型的異見份子，但過去的三十年，政治上的麻煩總是跟着她，完全是因為性格太直，又太固執，簡直是嫉惡如仇，容易得罪人。以前，很多人都願意幫她，包括一些外國人，現在，這樣的外國人都不見了，誰都不願意得罪中共，願意得罪的大概也拿不到進中國的簽證，而她周圍的人，日子都過得好好，都不想折騰，我猜想都有點躲着她，所以她上次在小公園才會說周圍的人都變了。

跟宋大姐與韋國見面後，我感到小希最近一定又惹麻煩了，我現在也更肯定上次在美術館旁的小公園，她被跟上了。

如果我跟她好，豈不是她的麻煩變成了我的麻煩？我現在的日子過得好好的，一切都可以預期，充滿幸福感，我犯什麼傻？但是如果跟她見面，只要

她稍稍表示對我有意思，我會把持不住要跟她好。她是老了很多，臉上多了縐紋，頭上多了白髮，但我還是喜歡她，包括性方面她都非常吸引我。這才讓我害怕，很久沒這麼想過一個女人。但是，就算一時衝動，我們好了，我跟她肯定還是沒辦法相處下去，她想像中的我是跟她同聲同氣十年前的我，其實我就是她所説周圍變了的人，我們現在的心境不一樣，對現況的判斷也不一樣，我跟她肯定是話不投機，説不到一塊去。我想起台灣當年陳水扁出來選總統連任，不少朋友家庭男方支持國民黨，女方支持民進黨，夫妻都做不下去。

我對着電腦，看着宋大姐給我的小紙條發獃。突然，一個想法鑽進我的腦中：我一生沒完成的事情，不就是寫好一本小説嗎？有什麼比寫個好小説對我更重要？但為什麼這麼長時間一個字寫不出來？就是因為生活太安穩、心情太愉快、做人太沒壓力，換句話説，太有幸福感。誰能把我從幸福感中拉出來？很明顯，就是小希。

小紙條上寫着 feichengwuraook@yahoo.com，我看得懂，小老鼠前面是拼音：非誠勿擾OK。

二　千萬不要忘記

小希的自述

我，韋希紅，大家叫我小希。

不知道從何説起，不知道世界怎麼會變成這樣。只怕以後很多事情會忘掉，想到的先盡量寫下來，寄存到這個Google文件裏。

有人跟蹤我。我沒做什麼呀，為什麼有人要跟蹤我？

或許我神經過敏，或許根本沒這回事，是我多疑。

如果真有其事，那一定是跟韋國有關。我怎麼會生出一個這樣的混世魔王？

從小他就讓我害怕，長着一副像天使一樣的臉，撒謊，討好老師，討好所有對他有利的人，欺負比他弱的，生性殘忍。是的，從小如此。現在，他寫告密信，陷害同學，整人，口是心非，還裝得特別有理想道德。一切都是我一生

最痛恨的。

是他爸的基因，還是我的基因，或我爸的隔代遺傳？還是多種血液中最壞成份的錯誤結合？

他怪我不告訴他生父是誰，我可以理解。他竟然罵我的那些文化界朋友是牛鬼蛇神，不三不四，影響他的前途。他嘲笑我當年辭職不做法官，認為我愚蠢不配當他母親。

如果不是八三年的那場嚴打，讓我清楚的知道自己不適合當法官，我現在應該還在公檢法系統裏。不過本質上我大概是不可能適應這個體制的。我學法律，完全是為了討好父親。

我父親也算是新中國第一代法官吧，五十年代參加過中華人民共和國憲法的起草工作。我記得小時候只要爸爸回來，媽媽就說，大家聽話不要吵。我們都怕他。爸爸從來沒抱過我。最怕他的，大概是我媽。我記憶中，在爸面前，媽是沒有笑容的。我爸死後，我媽簡直判若兩人，活過來了，連說話嗓門也大了。我媽不怎麼談我爸做的事，大概也沒少整人。

文革時候我爸也挨整了，給關到監獄，因為重病才放出來。恢復高考後的七九年，我從一〇一中學畢業，知道爸爸的心願，第一志願報的就是剛恢復招考的北京政法學院，一心想畢業後當法官。我以為我像我爸一樣是當共和國法官的材料。

記得我媽曾私下勸我，說我性格不適合學法律，讓我去學理工科，不會惹事。我當時不以為然，還生我媽氣。我一心想讓我爸高興，覺得我媽是家庭婦女沒見識。人多奇怪？對你不好的，你迎合他，對你好的，你不屑一顧，真是沒心沒肺！

審判四人幫期間，我陪着爸爸看電視上轉播。爸爸的脾氣在文革中變得更壞，很難相處，常用難聽的話罵我們。他晚年不得志，死的時候還充滿怨恨。

在大學期間，右派摘帽，文革冤案平反，連四人幫受審，國家也替他們派辯護律師，我對未來充滿希望，對法律也很有信心，對共產黨要重建法治社會深信不疑。

一九八三年我大學畢業，分配到北京下屬的一個縣法院當書記員。我的噩

夢開始。

那年我二十二歲，八月底到工作單位，其他人剛學習完中共中央《關於嚴厲打擊刑事犯罪活動的決定》的文件，他們簡單的向我傳達了文件精神，就讓我開始工作。我從來受不了壞人贏好人輸，當然非常贊同黨和政府從重從快的依法打擊刑事犯罪，我認為我絕不會手軟。我有所不知的是，我心目中的從重從快其實遠不夠重不夠快。可能是心理建設不足，也可能我心目中的法治跟現實有距離，一展開工作就出狀況。

正常情況是公安抓人，檢察官起訴，法官判案。為了從快，公檢法三方各派兩人，在公安局辦公，抓到疑犯就審查、檢控、判刑同步進行。當時大家都不太知道檢察官是做什麼的，而我們法院派出來的是兩個級別最低的書記員，一個是退伍軍人，政治過硬，但沒正式學過法律，一個是我，剛從學校出來，而且是個女的。基本上，當地的公安局正副局長，主導一切。

第一天我就已經快要崩潰了，所有大小案子都判死刑，其中沒有一個是殺了人的。搶劫的判死，偷竊詐騙的判死，喊冤的、舉證自己無罪的，根本沒人理。

到了一個犯了流氓罪的年輕人，睡了人家姑娘，家人找上來，雙方扭打起來，各有輕傷，女方報了公安，把男的抓了，男方知道嚴打期間，事態嚴重，家人都去跪在女方家門外，求女方撤案，女方不答應，案子就到了我們六人小組手裏，公安局長說：流氓罪，怎麼判？我連忙說：罪不至死。其他五個人看着我，都不吭聲，像在責怪我。但因為我說了罪不致死，最後判無期發新疆勞改。那天審完，公安副局長拿起一份報告說，別的地方都一次槍斃幾十個人，你們看河南好了，鄭州、開封、洛陽，都一次槍斃四、五十個，連焦作這樣地方，都一次就槍斃三十幾個，咱們連兩位數都到不了，你們說怎麼辦？大家都感到壓力挺大的。那時候跟我一起來的那個書記員說，那個流氓罪的，有惡意傷人，判得太輕了，不符合中央精神。公安局長說，那就改判死刑吧，算他趕上。其他人附和，我正想反對，公安局長說，這位女同志，你不要這麼婆婆媽媽。他的斥責竟把我震住了，你說我多脆弱。

那個週末槍斃了十個人。我很後悔，看清了自己的懦弱，為自己的妥協感到憤怒。法律有什麼用？這還叫法治社會嗎？那天從刑場回來，我就踏上了人

生的不歸路。第二輪我們兩個法院書記員，分別跟着片警下到管片的各種場所聯合辦案抓人，然後在縣城公安局集合開庭。我已下定決心，凡罪不該死的，就直説罪不至死，記錄在案，兩個法院代表中有一個反對判死刑，其他人就堅持不下去，只能改判。但這樣判死刑的人就減少了，大家都擔心會受到上面批評。單位打電話來做我工作，我也不聽。

後來我才知道，就算不出意外，單位也已在安排把我調走。我晚上在縣城裏被軍車撞了。平常情況，在地方上，軍車横衝直撞，老百姓被撞傷撞死都只能認命。但是，就算是平常情況，如果軍車撞的是公檢法的人，也得扯個沒完沒了。可是那次，軍方的人直接把我送到三〇一醫院治療，事後我們單位也沒怎麼去追究他們。

出院後，我辦了辭職手續，成了沒有單位的人。我媽完全沒有責怪我。

我成了個體戶，和我媽在北大東門外開了家小餐館，主要賣的是我媽貴州老家的家鄉鵝。八十年代中，北京，多令人神往的地方，一個充滿各種可能的年代。我家餐館最早的常客是貴州人，特別是貴州來京的一些學者、文人。

他們帶來了北京的作家、藝術家、科學家、老外，吃飯聊天。我媽好客，我愛熱鬧，像個沙龍的女主人，人越多越高興。他們都叫我小希。我們把店面擴充了，改了名字叫五味餐館。八八年的秋天，我遇到了史平，我戀愛了。

他是個詩人，我是個完全沒有詩意的人，但我們都是性情中人。史平說，終有一天他會拿諾貝爾文學獎，我說我一定陪他去瑞典出席頒獎典禮。那是我一生中最快樂的一段日子。

不過，我們兩個人獨處的時候不多，史平喜歡跟詩人、藝術家哥們兒在一起，旁邊又有很多女孩，但我竟然沒有介意。

餐館每天晚上高朋滿座，討論問題、爭辯、起草宣言、簽名、爭風吃醋、醉酒、嘔吐。公安常登門，我媽總是有辦法打發他們走。

我們一群人去白洋淀住了幾天，史平和他的一些哥們兒曾在那裏插隊，我提早回北京，因為感覺史平可能跟另外一個女的有不尋常關係，所以藉故走掉，大概我不想正面衝突。那天晚上，餐館給封了，說是因為前幾天有群學者在店裏發表宣言，還有外國記者在場。

我當時不知怎麼想的，竟然跑去找板寸頭。板寸頭是我大學同學，大院長大的，可說是紅色貴族，一副天下是他老子打下來的所以是屬於他的架勢。這樣的人北京大院裏多的是。我聽說同學中現在他官最大，就跑去找他出主意。還有一點，他在大學的時候常暗示我應該跟他好，他以為所有女孩都喜歡他，但我偏看不上他那副德性。這次我糊塗了，以為可以利用一下這點舊情，看能不能挽救我的店。

我心情本來就極差，又自恃在店裏練出了酒量，可是那天不是喝二鍋頭，而是喝什麼人頭馬，喝得太猛，不習慣洋酒的勁，很快就不勝酒力，我記得他指着電視上轉播戈爾巴喬夫來訪的畫面問我：你覺得戈爾巴喬夫這個人怎麼樣？我醒來已是在一個臥房裏，他坐在沙發上看報，只穿了內褲，我知道自己跟他上了床，是為了報復史平嗎？我不認為我會這樣做。是板寸頭把我灌醉的。他看我醒了，說：「喲，這回你可把我佔了。」我有點發怒的說：「板寸頭，你也太沒品了！」他回應：「你也不是聖女貞德。」從大學時就知道他這幫人會耍嘴皮子，我不吭聲，忍住頭痛，上廁所猛沖了一通下身，穿上衣服，

然後走了，沒有再說一句話。

之後的日子大家都忙着往廣場跑，史平在廣場宣讀新詩，支持學生，我跟史平鬧彆扭，在廣場上各忙各的事。

然後開槍了，我和史平分散了。

十幾天後，我被抓進去了，後來發覺我懷孕了，就把我放出來。

我已懷孕三個多月，因為發生六四，我竟然懵懵懂懂不知道自己懷孕了，當時我認為這是史平的孩子，後來我不敢肯定了。

我住在我媽的老房，等孩子出生。那個院子，住的都是政法界的人，都知道我的事，我們得忍受別人的指手劃腳。還好當時大家都像劫後餘生，不敢多事。

我好長一段時間沒有史平的消息。後來才知道黃雀行動把他救到香港去了，然後去了法國，後來跟一個法國女人結婚了。史平從來沒有給我帶過一個平安訊。

孩子出生，叫韋民，跟我姓。韋民二十歲的時候，自己改名叫韋國。

餐館停業一年半，翌年秋天，接到通知，說可以重開了。是板寸頭幫的忙？我不認為是。

我和媽又急急忙忙開店，為生計。開始的時候生意不好，全國經濟衰退，京城很多人失業，江澤民還放言要打擊個體經營。五味以前鐵桿的客人當時大部份思想檢查沒通過，被單位停職，沒錢也沒心情上館子。另一個顧客群是外國人，這時候還沒回來中國。不用說，九一年的冬天是冷的。

九二年鄧南巡後，北京市面又好起來了。那時候我們更專注於經營，不再弄沙龍什麼的。我和我媽研究新菜，改善店面外觀，訓練貴州過來的廚師，生意漸好，但很累人。我媽做中午那輪，白天我帶兒子，晚上看店。一些老主顧漸漸回來了，他們侃大山聊天，晚飯從五點半吃到十二點，我偶然也會坐在旁邊聽，但到十二點就打烊，再沒有侃到天亮那回事。九十年代中，飯桌上的言論自由是回來了。聽他們說話，加上他們帶給我看的一些香港出版的禁書，讓我慢慢領悟到中國當代歷史的真面目，特別是我父母經歷過的年代。

另外港台同胞、老外也回來了。皮特，我叫他小皮，大概在香港回歸那年

前後來到這個圈子。小皮比我小點，很羞澀，是一個外國通信社駐京記者，最愛聽我談八九年的事，認識幾年後，他很正式的問我可不可以做她女朋友，我覺得他很友善，當時也沒別人向我示愛，就跟小皮好了，但我知道不可能跟他過一輩子，我並沒有太愛他，所以也不肯跟他同居，後來他要回國，要我嫁給他，我都沒答應。

那時周圍朋友都愛談論時政，批評政府。所以，我沒法適應今天，突然這兩年間，這個所謂中國盛世正式開始後，大家不光不批評政府，還非常滿意現狀。我不知道這轉變是怎麼來的，我腦中有一片空白，因為有一段時間我進了精神病院，吃藥吃糊塗，前前後後的事情都記不起。

據我媽說，有天我從外面回家來，大喊大叫：「又嚴打了，又嚴打了」，她說我整夜沒睡，自言自語，第二天一清早就在院子裏罵共產黨，罵政府，罵鄰居，罵法院是狗屁狗，那可是個法院系統的院子啊！沒多久我就暈過去了，醒來已經在精神病院。韋國說都是他一手安排的，還說是救了我一命，不讓我亂說話，不然嚴打起來說不好把我斃了。

我出院後，周圍的人都已經變了，我問他們，我住院那段日子發生了什麼事，他們不知道是裝糊塗還是忘了，都不跟我說清楚，令我震驚的是，我跟他們談以前的事，尤其是八九六四，他們都不想談，甚至是一臉茫然。談到文革，他們也只記得下鄉插隊好玩的事，都變成青春期浪漫懷舊，連憶苦思甜都談不上。某些記憶好像集體掉進了黑洞，再也出不來。我真弄不懂，是他們變了，還是我有毛病？

我也在懷疑醫生開給我的抗憂藥，吃了有什麼副作用。

我現在整天上網，化各種名字跟人吵架。

我發覺網上的憤青，其實並不全是年輕人，五、六十歲的都有，他們在文革時期成長，聽老毛號召說青年人要關心國家大事，所以終身都愛談論國家大事。他們大部份沒上大學，在社會上做最底層的工作，分不到改革開放的利益，現在下崗退休了，都學會上網，在互聯網找到志同道合的人和發洩的出口，他們語言還是文革的語言，特別崇拜毛澤東，特別愛國反美，特別好戰。至於八十年代的文化啟蒙、九十年代的思想爭論，都沒有影響到他們，他們的

思維仍是沒有改變的共產黨思維。我專愛找他們，上他們的愛國論壇、同學會網站，跟他們爭辯，我一副擺事實講道理的樣子，專門拿中華人民共和國憲法說事，他們就會非常生氣，群起攻擊我。

我只知道這樣做是為了告訴大家：千萬不要忘記，共產黨不是像他們自己宣傳的那樣永遠的偉光正。

其實也是在告訴自己不要忘記。

當然，我的帖子很快就被刪掉，甚至完全貼不上去。可是他們說什麼都沒人管。

一定是韋國知道我到處上網是在做這事，又把我告了，所以最近才會被盯哨。

我很孤獨，除了媽之外，誰都信不過。好像前陣子，在三聯書店碰到老陳，以前他常到我們的老店聊天，在我印象中他是個自己人，又是台灣人，所以抓住他說了半天，才想起十年沒見了，他可能不是以前的他了。現在台灣人香港人都不是以前的台灣人香港人了，哪有不變的。我什麼都不說了，藉故就走掉。

沒想到他還找到我媽的新店，碰到韋國，我媽還把我的 email 給他。我媽大概仍然希望我找個能在一起的男人，希望我不要再瘋下去。我媽還有個錯覺，以為我跟國內的人合不來，所以看到台港同胞就想介紹給我。對老人家我能說什麼？我多不孝，至今靠她接濟我。可憐我媽，每天還要對着韋國，替我照顧他，連跟我通郵件，也不敢用店裏的電腦，還要跑老遠上不同的網吧，免得給韋國知道我在哪。她對誰都不放棄，我身上若有好的遺傳，都來自她。

我要賭一把，回老陳的郵件嗎？我是多麼渴望有個人可以面對面聊天，但這兩年碰到的人，都讓我失望，都說不到一塊去。老陳會是個例外嗎？

張逗的自述

我，張逗，二十二歲。

現在錄影的地點是妙妙的家，在北京懷柔。

我是河南人，父母是農民，我自小有哮喘病，但長得高，十三歲就像人

家十六歲，在火車站被拐騙去山西的黑磚窯，前後三年多，做蓋房子用的磚，幾次哮喘病發差點死掉。曾經試過逃走，被別人救了，送到當地勞動局，又給勞動局的人轉賣到另一家黑磚窯。六、七年前，那地區的黑窯廠在全國媒體曝光，很多廠關了，救出不少童工，年齡遭遇跟我差不多，都是失蹤人口。我見到很多記者，其中包括廣州來的妙妙，我們相處得特別好，她叫我寫了一篇文章，講我的經歷，我覺得寫得不怎麼樣，妙妙說寫得很好，說會替我在媒體發表。之後我被送回家鄉，我媽死得早，我爸去南方打工，我又回到學校，重新讀初中一年級。

一年多後，收到妙妙的信，說媒體都給打招呼了，不准再報導黑磚窯，以免影響國家的形象。我那篇文章也不能登了，只能交給天涯網發表在網上，跟帖很多，一週後才給和諧掉。妙妙把她的email地址給了我，我去鎮裏，上網吧發了一封郵件給妙妙，說我不想再上學了，家裏也沒人，我想再出去打工。妙妙回郵，叫我去北京找她。她是北京人，已辭掉廣州的週報工作，搬回北京。她說現實世界太恐怖，壓力太大，寧願做自由撰稿人，在家工作。

我過了十七歲生日，就到北京懷柔找妙妙。原來她現在也是住在村裏。

她叫我跟她住，教我做愛，教我彈木吉他，她會做很好吃的飯，還有蛋糕、餅乾什麼的。她有三隻貓三隻狗，都是撿回來的。她說之前北京因為奧運，大片大片拆遷，很多人把貓狗留下沒有帶走，所以北京特別多流浪貓、流浪狗，甚至名種金毛犬都成了肉狗，在農貿市場才七塊錢一斤。

我也是她撿來的。我現在哮喘發作也不用害怕了。

她寫文章、電視劇本賺稿費養家，我有時候在附近的寵物診所打工，因為經常帶貓狗去治病跟診所的人混熟了。妙妙的小院是跟農民買的小產權房，有三間北房，還有一個單獨的廚房和帶淋浴的廁所。我們和貓貓狗狗過了一年三個月很快樂的日子。那年妙妙三十二歲。

然後聽說全國到處大亂，北京也人心惶惶，我們首先想到是到處找貓糧狗糧，怕斷糧。後來，人也快斷糧了。宣佈嚴打後，局面就穩下來了，但妙妙怕我被抓，不讓我出門。我在家待了一個月。當時糧食還是緊張，很多人都把寵物丟掉，妙妙每次從外面回來都帶回來貓狗，有些還是病的、殘的。所以我們

家現在還有幾十隻貓狗。我學會了照顧牠們。

那年冬天過後，社會一下子繁榮了，每個人都面露笑容。但對妙妙來說，卻發生了一件難以理解的事。她突然不認得我了，任何人都不認得，見到任何人，她都點頭微笑，但不說話，每天，她只記得餵貓狗，每隔幾天會做一批沒加糖的曲奇餅，但她不再寫稿子、不彈吉他、也不出門，有需要的時候，會跟我做愛，但她不再跟我聊天說話了。

我一直知道，我到北京的一年多，她在以為我看不到的時候，會去吃某種藥，所以有時候她會像靈魂出竅一樣誰都不認得，不過一般不到半小時就會回神。這次她沒有回來。

我知道是我照顧她的時候了。但我不能光靠打零工養家。所以我做了一件事，希望妙妙原諒。我偷偷賣掉家裏的貓狗，尤其是剛生出來的小貓小狗。我不會賣給肉狗商販。因為經濟好了，很多人又開始收養貓狗，我已經挺擅於培養、配種，生一批、賣一批，家裏永遠有很多貓狗，還好妙妙對貓狗的愛是一視同仁的，看到誰就餵誰。

我還每天練三個小時吉他。有幾個傍晚，我對妙妙說我去聽音樂，她沒有反應。我坐長途公交去五道口，到一些以前妙妙帶我去過的地方聽現場音樂，不聽我有點難受。每次，我都碰到幾個玩音樂的半熟臉兒，還一起玩過幾首歌，他們都很喜歡我那手西班牙吉他，說以後演出時需要吉他手的話會找我。回來後我加緊練習，妙妙，你教我的技法我都練熟了，等着去五道口上台演出。

想不到演出那天晚上我出事了。

我接到電話去演出，當天下午五點我就把你和貓狗的晚飯準備好，跟你說了一聲，去了五道口。跟之前幾次去聽音樂一樣，演出結束後太晚了，回不來，我就會找個地方打個盹，再坐頭班車回來。這次我到了市區後，先在藍旗營的一家小館吃點東西，小館店窄，坐得很密，隔桌是一男一女，男的說話是電視上台灣綜藝節目主持人那種腔調，滔滔不絕的在說，內容我聽不太懂，突然那個阿姨開始說話，是個北京人，我發現她竟然在罵政府。

自從兩年多前中國人的盛世正式開始後，我就覺得很奇怪，碰到的人都好

快樂，很少聽到有人說不快樂的事，我覺得所有人都變得有點怪，但我也說不出所以然，也裝得很快樂。所以聽到那個阿姨罵政府，我心裏感到很特別。沒想到那個台灣腔男的竟然教訓起那個阿姨，說你們的政府多了不起、多照顧你們，你們大陸人不懂得感恩，你們以為餵飽十三億人是件容易的事嗎，你們有什麼資格批評政府，你們女人懂什麼……可能是他不停的說你們、我們，我聽着覺得特彆扭，結賬走的時候，看到那男的屁股只坐五分之一椅子，我想都不想就猛撞了他椅子一下，他摔在地上，我頭也不回的走出小館，也沒看到有人追出來。

我去了一家叫五味的音樂現場，那晚上我們的樂隊表演不錯，現場氣氛特好，我也分到二百塊錢。其他樂手拉着我喝啤酒，說慶祝我第一次正式演出，一直弄到了兩點多。

分手後，我本來想熬到天亮，但是喝了酒有點犯睏，就在車站附近一棟樓的側面，靠牆坐下，打算瞇一下。

剛坐下合上眼睛就給五六個人用木棍劈頭蓋臉的一頓亂打，連爬起來還手

的機會都沒有。是台灣腔男人找人打我嗎？我雖然身體很壯，但這樣打下去可捱不住了。後來突然那幾個人就走了。我吸不到氣，左手像斷了一樣，右手壓在身下，哮喘藥在褲兜沒法拿。這時候有個人走過來看我，我發不出聲，手顫動着想告訴他藥在褲兜裏，那人沒反應過來。我知道我要死了。

妙妙，我那時想，我死了，誰來照顧你？貓貓狗狗怎麼辦？妙妙，對不起。我太任性了，不該撞人家，現在我死了誰來照顧你？貓貓狗狗怎麼辦……

突然我吸到藥了，我又可以呼吸了，那一刻我知道我不會死了，我壯，打是打不死的。

醒來已在病床上，只聽到護士喊：喂，你送來的人醒啦。有個大叔走到床邊，我不認識他，我提起精神說，褲子，我褲子。他把我褲子拿過來，我叫他在褲腳小兜裏掏出五百多塊錢，又叫他拿了紙筆寫上懷柔妙妙家地址，貓糧狗糧牌子，份量多少多少，加上麪粉，雞蛋，拜託那人替我買了送去。我也不知道那人拿了我的錢會不會走掉，是否願意跑到懷柔，我甚至不明白他送我到醫院後，為什麼還等我醒來。我顧不了這麼多，我想着你們斷糧怎麼辦？

第二天早上那人回來，說東西已經送過去，有個女人收了，他向她解說我在醫院，那女人只微笑的點頭，請他吃不甜的曲奇餅。他還說我家貓狗真多。聽了我就放心了。

下午他又來看我。我問他為什麼照顧我？他說，看我躺在地上喘不過氣，手在褲兜上顫動，突然明白我是哮喘患者，因為他也是，也長期用激素。他從口袋找到我的藥。

他說，看到我用激素，忽然想知道另一個用激素的哮喘患者，平常是怎麼樣過的？

我問：「知道來幹嘛？」

他說：「看有沒有覺得其他人都跟你不一樣？」

我說：「當然不一樣。他們沒哮喘。」

他說：「他們很快樂？」

這句話讓我有觸電的感覺。不是我不快樂。五年前開始我和妙妙在一起不會不快樂，現在妙妙不跟我說話，但我們兩個人也沒有不快樂，但是這兩年，

我發覺我見到的人是有點不一樣，我說不清楚，只能說，他們很快樂。反而我覺得自己跟他們不一樣，就算快樂也不是同樣的一種快樂。

他一直看着我，等我答覆，我點頭。

他好像中了彩券一樣高興，然後看看左右，像怕有人在偷看我們。

他靠近我說：「我終於找到答案了，只有我們用哮喘激素的人，才會不嗨。這是我們的秘密。」

我不知道他在說什麼。

他問：「你周圍的人，是不是都不記得那一個月？」

「哪一個月？」

「世界經濟進入冰火期之後，中國人盛世正式開始之前那一個月。」

我不明白。

他說：「世界經濟進入冰火期與中國人盛世正式開始之間，不是大家現在說的好像是緊接在一起的，而是隔着一個月時間的，正確來說是從春節假期後第一個工作天數起共二十八天。」

大概看我還沒反應過來，他又說：「是不是你現在跟人家說全國動亂、搶購糧食、軍隊進城、公安嚴打、禽流感疫苗注射，都沒人記得了？那一個月的事，大家都忘了？」

我心想，的確再沒人跟我說起這些事，的確有點好像不曾發生一樣，但是我不知道他們是不是忘了。

他以為我也忘了，頹喪的坐下來，輕輕說：「原來你也是忘了，我弄錯了，太一廂情願了。」

我說：「大叔，我記得。」

「你記得？」

我說：「我記得那年的事。」

他仍懷疑的看着我。

我說：「我記得到處去搜購貓糧狗糧，記得嚴打躲在家不敢出去……。」

他說：「太好了，太好了，感謝老天爺，我終於找到了。小兄弟，你叫什麼名字？」

「我叫張逗。」

「張逗兄弟，你叫我老方，以後你就是我的好兄弟，比親兄弟還親的兄弟，因為你是我知道惟一記得那個月的人。千萬不要忘記你現在記得的東西，我們一定要把那個月找回來。」

他救了我，救了妙妙和貓狗，他怎麼說我怎麼聽吧。我也跟自己說，千萬不要忘記：我是妙妙撿回來的，妙妙對我是最好的。

韋國的自述

我，韋國。二十四歲。

好久沒寫日記了，但是今天這個日子是要記下來的，作為歷史的記錄。

今天，我向我的人生目標又邁進了一步，因為我正式成了SS讀書班的成員。我感到驕傲，因為我是班裏最年輕的成員。

SS讀書班是學術、政治和產業界的結合，正式成員有副部級官員、少

將級軍人、央企和主權財富投資老總、百強民企老闆，加上幾位社科院和重點大學的所長、教授。其實，我們的人脈一直往上延伸，直通天庭。

我們不是書獃子，我們讀的是政法思想和經世資治之學，座右銘是智勇雙全——我們是提倡尚武精神、英雄主義和男子氣概的。我們是一群有使命感的精英，在這個平庸而沒有榮譽感的年代，我們有勇氣承認：我們是中國盛世的真正精神貴族。

當然，並不是每一個成員都來自革命家庭——有幾個學術界的成員就只是平民或知識份子家庭出身的——但大多數是。像我的外祖父是共和國的法官，我從小在政法大院長大，這在我們讀書班裏，已經算是出身最不顯赫的了。

或許我應該感謝X、Y、Z三位教授——特別是X教授——因為是他們在大半年前介紹我到讀書班當候補成員的，這樣我今天才能成為正式成員。X教授經常炫耀說我是他一眼看中的，是他決定要提拔我的，就讓他這樣想吧。其實念本科一年級的時候，我就把大學裏的教授做了分析，看誰在政治上最有前景，會跑得最快最遠，是我選中了X。

我沒選錯，X和Y、Z教授是SS讀書班的發起人，他們的主張是：理念與權力結合，讓中國更強大。是他們以精讀西方和國學正典的名義，吸引官員、解放軍將領和企業界中有政治思想的人來參加讀書班。XYZ都想當國師，認為十年內他們的理念將主宰國家的命運。這都很符合我個人的十年計劃。

三個人之中，X掌控着重要的學刊，人脈最廣，在媒體的鋒頭比較大，但嘴巴也比較大，學界傳說他有國安背景。Y在學術上最有地位，是學科帶頭人，在南方的重點大學新成立的學院任院長，在國外學界也頗有名氣。Z在解放軍國防大學國家安全戰略研究班講課，這個研究班是軍地混合編班，學員都是省部級高官和高級將領。

Z為人深沉，事情想得最遠，他才是最懂我的人。我做過兩件事，都只跟他報告，當時他聽完沒反應，我還擔心自己是不是看錯人了，有點後悔自己太急躁了，不過這次在讀書班收新成員的委員會議上，主張把研究生還沒念完的我，破格收為正式成員的，是Z。之後X也居功一番，說是他和Z共同替我說

話了，不然我還要多做三到五年候補成員。

青春有價，我怎麼可能這麼容易隨便給人家耽誤呢？我要主動去促成我的目標。我察覺到Z才是關鍵人物，因為他跟讀書班裏一個所有人都叫他板寸頭的大哥是有默契的。板寸頭大哥是真正的紅色貴族，表面上是在海外做投資的，其實黨政軍黑白道都通，更有通天的本領。我認為他是將來做元首的可能人選之一。讀書班人人有來頭，但他們見到板寸頭大哥都還帶點敬畏。板寸頭大哥和Z才是讀書班的靈魂——雖然我不相信靈魂。可惜板寸頭大哥不好親近，我至今還沒找到可引起他注意的妥善辦法。暫時我先做Z的工夫。

在大學本科的時候，我已經替X、Y、Z做很多跑腿的事。他們有不同的外圍組織，掌握着不少資源，譬如申請國家撥款給願意成為同盟軍的學者做學術項目，或拿一些富豪基金會的贊助，辦高規格學術會議，扶持國內外學界的同路人，建聯合陣線，又或每半年辦一次全球華人人文社科優秀研究生的學習營，訓練下一代的學術精英，參加者全程免費，夏營在北京或上海，冬營在香港或澳門，吃得好玩得好但少不了洗腦般的腦力密集激蕩，所以叫魔鬼訓練

營，也叫新黃埔軍校。這麼多活動，XYZ當然要分工，譬如魔鬼營YZ只去演講，組織上交由X去主導，X自己也不出面，名義上的召集人是Q，因為Q最能折騰，最會忽悠年輕人，特別是滿腔熱血、讀了一點書的碩士研究生。Q自我感覺特別良好，也是想當帝王師的，但X、Y、Z都有點瞧不起他，說他學歷不完整，說他沒有學術著作，說他立場變來變去。私下裏，X、Y、Z叫Q做魔笛士，就是在西方童話裏，用笛子吹起動聽的調子，把小孩子拐走的人物。很明顯，X、Y、Z都知道，一場思想的革命——SS讀書班策動的就是一場中國人當代世界觀的革命——需要有人扮演不同的角色，而拐小孩的魔笛士是不能從缺的。

我第一次向Z交心的，是我如何落實讀書班上常說的政治就是分敵我的理念。我從大二開始，就組織同學有系統的駁斥網上反動言論、舉報反動網站。後來我們從虛擬兼顧到實體，凡大學裏有教授宣揚西方價值觀或自由主義，我們就舉報給校長或黨委書記。我們的模式已經像授權的連鎖店，複製到其他院校。這表明我的行動力，也說明很多大學生是聽我的、崇拜我的，我是年輕一

代的魅力領袖。

Z聽完沒什麼表示，但我知道他聽進去了，因為不久之後他故作不經意的說，你去聽過你們學校那位龔教授的課嗎？我立即心領神會，打聽之下，知道這個姓龔的傢伙在講堂上批評政治儒家公羊之學，我們就鼓動曾聽課的同學去向校長告狀，說他污蔑中國傳統文化，還發動同學在網上簽名要求校方徹查和開除姓龔的。這件事現在還沒了，但姓龔的已給我們玩弄得狼狽不堪。我相信Z對我的表現應是滿意的。

我沒跟Z說的是，我的長年告密行動終於受到國家的欣賞，首先是公安網絡監控部門，然後是安全部門，都正式聯絡上我了，等於說我現在是公安和國保的眼線。這點我沒告訴Z和讀書班其他人，免他們防着我。待我知會上線我現在正式成為SS讀書班內圍的人，他們也會更器重我。

第二件事是這樣的：半年前我剛做了讀書班候補成員，去聽Z的公開演講，題目是當前中國盛世與愛，他說：「現在社會瀰漫着『愛』，媒體更常有人提倡大愛、博愛、愛全人類，一時間大家感覺良好，內心充滿『愛』，很有滿

足感、幸福感，國家也一片和諧，暴力犯罪案件減少了，連家庭暴力都少了，可見『愛』的力量。」每說到單字『愛』的時候，Z就做一個加引號的手勢。

我正聽得無精打彩，覺得Z的演講了無新意，到接近尾聲時才突然聽到Z輕輕帶過了一句：「大家都在『愛』，尚武精神不彰了，敵人沒有了，恨不起來了。」我整個人為之一震，Z真是高呀，用心良苦呀。

我記得Y曾說過，世界上絕大多數的人沒受過嚴格的哲學訓練，也沒有慧根，我們哲學家不能對他們說真話，不然他們會攻擊我們，就像他們殺掉蘇格拉底一樣。在公開場合，哲學家只能說大眾愛聽的話，迎合大眾。不過，哲學家會留下一句半句暗語，內外有別，讓自己人能理解哲學家真正的用意，即所謂微言大義。

Z跟Y是一個套路的，所以Z也是在微言大義。

愛是說給大眾聽的，大眾以為Z在宣揚愛，或主張當前中國盛世需要愛，但其實Z在整篇演講中，都只是在描述愛，不是在肯定愛，只是說愛如何影響了盛世裏的中國人，但沒有說中國人應該多去愛。關鍵是那句「尚武精神不彰

了」，這是對前面所說的『愛』的全面否定。這就是說給我這類自己人聽的暗語，因為從SS讀書班我知道，尚武精神是我們崇尚的美德，Z是尚武的，若果尚武精神是正面的，讓尚武精神不彰的就不可能是正面的了。在Z的演講中，是什麼讓尚武精神不彰？是『愛』——尚武精神不彰，是因為現在大家都在『愛』。像我這樣受過哲學訓練、懂得閱讀字裏行間深意的人就體會到這個引號裏的『愛』是指前文的大愛、博愛、愛全人類。Z認為這樣的『愛』讓國人不尚武。理論上，尚武不一定需要恨或敵人，但敵人和恨可使人更尚武——敵人和恨是尚武精神的春藥。Z演講的真正目的，他微言的大義，是要否定連敵人也愛的『愛』——批判不分敵我的大愛、博愛、愛全人類這些所謂普世價值，甚至暗示我們要找到敵人，讓恨能再起來，尚武精神才能彰顯。我懂了。

我知道這也是我以後能取信於Z的竅門，我能聽出Z的微言大義，主張內外有別的他一定會把我納為他的入室弟子。我立即挑選了六個崇拜我的北京的大學生，自稱鐵血忠魂，開始練武。我覺得現在大學生都缺膽色缺殺氣，受到社會上泛愛的氣氛影響，都變得女性化了，缺乏男子氣概，有時候連我也懷

疑自己太有愛心，太不夠絕斷，做不了大事。我設法提升他們的殺氣，告訴他們千萬不要忘了恨，忘了分敵我。我們一起看南京大屠殺、納粹滅猶之類紀錄片，鼓勵他們去幻想如何有系統的屠殺日本鬼子，可是有一次我們野營的時候想殺兩只流浪狗，磨練磨練膽色，最後都給畜牲逃走了。我覺得大學生都是窩囊廢。

終於，給我等到機會，替他們行成人禮。

我姥姥五道口的小破店《五．味》，每天晚上有鄉謠表演，是我觀察年輕人心態的平台。有一個晚上，鐵血忠魂都在，但士氣低落，大家在喝悶酒。可能是酒精上頭，其中一個清華的鐵血忠魂指着台上一個大塊頭的吉他手說：「你看，那個彈吉他的大個，一看就知道是農村出來的。」那個清華的鐵血忠魂本身是來自農民家庭的，但是他最厭惡農民，整天說農民是賤民，農民是不能同情的。我向來知道，窮人恨窮人，農民討厭農民，小孩最愛欺負小孩。清華鐵血忠魂還在說：「你看他，賤肉橫生，噁心不噁心。」另一個鐵血忠魂說：「大個子彈得挺好的」，但另一個立即反駁：「他的身體語言特別土，手

指頭粗得像棒槌，還要彈什麼西班牙吉他，我靠！」清華鐵血忠魂再咬牙切齒說：「就是個農民！」大家都對那個彈吉他的大塊頭農民投以極度厭惡的目光。這時候我突然想到：「要不我們今天晚上……」大夥一下就領悟了，其中一個說：「我們回去拿傢伙。」

我們在店外等，那大塊頭還在店裏喝酒作樂，大家更氣不過。等到他出來，我們跟着他，不知該如何下手，走着走着到了一個公交車站，那個蠢傢伙竟然在離公交車站不遠的一棟臨街樓的側面夾道，靠着牆腳坐下來睡着了，眾鐵血忠魂這時候一擁而上，亂棍齊下，打到那大塊頭動都動不了，我在不遠處看着，心想：好傢伙，這回非得把他打死不可。這時候有輛切諾基開過來，大家就撤了。

我猶疑了好久，要不要告訴Z這件事，因為後果只有極好或極壞兩種。如果X知道這事，可能會給嚇着，Y甚至會遣責我，但Z卻會對我另眼相看。我決定賭一把，我跟Z說，受他關於愛的演講啟發，我讀出他的微言大義，而且付諸實行，要做大事，恨是必需要的。我的潛台詞是：我是可以替他幹大事

的。他聽後一貫的不作表示就走了，很多天沒動靜。還好事實證明我看人還是準的。今天，我成了ＳＳ讀書班正式成員，證明押對了寶。

我今年已二十四歲。二十歲那年我做的十年計劃，正一步步實現，但我不能自滿。毛主席三十歲的時候在做什麼？中共中央局五個委員之一。這樣一想，我知道我要加倍努力了。

後記：ＳＳ讀書班的Ｓ和Ｓ，是兩個德國人——雖然其中一個是猶太人——姓名的第一個字母，讀書班最初是以學習他們的政治神學和哲學開始的，不過後來發展下去他們是誰就不重要了。

再後記：一個小煩惱，就是很不幸韋希紅是我「媽」。她是我事業進程中的不確定因素。我必須要排除這種不確定性。如果在毛的年代，她肯定已被判現行反革命罪。現在國家真是太寬容了，我叫我的國保上線把她長期關在精神病院，他說不着急，一切都在掌控中，先讓她到處走動，看看她見些什麼人。無奈。

尋月

我，方草地在錄音。

我終於找到一個真正的兄弟了。他叫張逗，二十二歲，河南人，現住北京懷柔郊區農村。我六十五歲，有資格認他為弟，以兄自居吧，哈。

他跟我一樣，完全記得失蹤的那個月，就是世界經濟進入冰火期、中國盛世正式開始，兩者之間的二十八天。雖然他只待在北京懷柔的一角，但是他沒有忘記。他跟我一樣，完全記得那一個月間發生的事。兩年的尋覓告訴我：這是多麼稀有、難能可貴的啊！

他跟我一樣，是哮喘病患者，長年用類固醇。我現在大膽假設，我們兩人沒有失憶，是跟我們的哮喘藥有關。哈，這是大好的消息，表示在我國境內，只要有多少長期服哮喘藥的人，就有多少對那年有記憶的人，只是大家不知道對方的存在，如果我能把一百個、一千個這樣的人召集起來，我們就可以向全國人民證實那一個月確曾存在，哈。

上星期五晚上，我去五道口的一個熟人家，他家樓下的戶外用品店正在清倉甩貨，我順便進去，看到一堆貨物的下面，墊着一張失蹤那個月的《南方週末》，大概是停報前最後幾期了，我如獲至寶，假裝買了幾件東西，然後連報紙一起帶走。翌日我在雍和宮旁小咖啡館無線上網，拿報紙跟同一期的《南方週末》電子版一對照，果然內容有頗大出入，譬如報紙版對這次嚴打的評論，在電子版就全文不見了，變了一篇叫西方普世價值不適合中國的文章。不知何故，看到《南方週末》被公然強姦篡改，反起普世價值來，我哈哈大笑，忘了咖啡館裏還有別的顧客。

這份《南方週末》報紙單張，遂成為我七十一號證據，可佐證那一個月的真實歷史。

更幸運的是，那天凌晨，從熟人家小區開車出來沒走多遠，就看到有五六個小伙子用棒子在猛打一個躺在地上的人，他們看見我的車就一哄而散。我停了車，理智叫我少管閒事，正猶疑着，發覺那人在地上拚命想吸氣，這情況我熟悉，再下車走近，看到他一隻手在顫動，我念頭一閃，伸手在那人褲袋一

掏，果然是我想的哮喘噴霧劑，立即就往他嘴裏狂噴幾下，他就緩過來了。

我還要管他嗎？我突然有強烈的好奇，這個跟我一樣的用藥者，是個怎樣的人？我一生中，有過多次這種強烈的好奇，可以說，我一生的道路都是跟着這樣的感覺而走的。這個人我就決定管了。

這個大塊頭！我連拖帶拽好不容易才把他弄到車上，送到北醫三院。我怕他出院走了，第二天早上就再去看他，他仍然在昏睡着，下午醒來，口齒不清就支使我買東西送去他懷柔家，也不怕我拿了錢就走掉。我決定照辦，賭沙蟹一樣看看下一張牌，到第三天我才確定，我對了，他記得，我們是一類人，我終於證明我不是孤獨的，哈。他就是張逗，我認了他做兄弟，比親兄弟還親。

兩年來，他是我惟一找到的一個同類。其他人都跟我們不一樣。

最初，我以為其他人都不願意再談那個月，後來發覺他們把事情記錯了，完全跟我自己的記憶對不上，再後來我才總結出來，他們的記憶裏，有二十八天是失蹤的。為了證明他們的失憶，我到圖書館找當年的報紙和新聞週刊，才發覺全都只提供電子版，不再能夠查閱印刷版，而那二十八天的電子版報導都

跟我的記憶不合。在電子版裏，世界經濟進入冰火期與中國盛世正式開始連在一起了，中間驚心動魄的一個月消失了。

我一度認為就算官方做了手腳，老百姓一定不會遺忘，後來不得不承認竟是全面徹底集體失憶。我懷疑這跟那年春天大家打禽流感防疫針有關，但我不能肯定。

我開始每天逛北京的舊貨舊書店，找有關的報導，但只找到那年出版的官方報紙和風花雪月的刊物，沒有報導真相的報刊。

我買了一輛北京切諾基吉普，沿京港澳高速公路南下，到地方上搜集證據，但也只有到了較奇特的地方，才找到些重要的佐證：例如在黃山山腳的一家民宿，找到一本完整的《財經》雜誌，寫到那年二月初的全球新一輪經濟大衰退如何波及中國；在浙江橫店影視基地的一家賓館，看到殘本的香港出版的《亞洲週刊》，報導各地居民屯積糧食的情況；在湖北武漢大學旁邊的城中村，撿到半張《中國青年報》，主文章叫《巨靈來了》，介紹西方政治哲學家霍布斯，大意是說在安娜琪狀態與專制強權之間，人們會選後者；另一條報導

回顧二〇〇八年的貴州翁安事件政府失靈的情況；另外在湖南湘西土家族的地區，找到八分之一張《南方週末》的剪報，是一則收聽廣播用的國產收音機產品廣告，因為當時很多人怕斷電斷線沒法看電視和上網，所以買收音機。該廣告的反面是一段談一九八三年那次嚴打的文章。

往後的日子，報刊證據越發難找，所以我上週在五道口還能找到那年二月底的《南方週末》證據，讓我喜出望外。

其實，我一直更着急要找的，是跟我一樣的人。我把認識的人列了清單，其中我認為一向頭腦比較清楚的人，我叫他們做明白人，這些明白人我已經一一去找了，最後都失望而回。難道我像是災難電影故事裏最後一個人類嗎？不過，這類片子裏的主角，後來一定會發現還有其他劫後倖存者。我就是憑着這樣的信念一直堅持。

終於，我找到張逗。我們都相信，這只是一個開始，中國十多億人一定還有很多我們的同類。

我跟張逗說，這幾天每天去他家，看看妙妙和貓狗有什麼需求，我越來

越喜歡他的家，善良微笑的妙妙，和貓貓狗狗。張逗說等他出院後，我可以搬去跟他們同住。哈，我太興奮了，我需要一個保險的地方保管我收集回來的證據。我期待張逗出院。

補一段錄音：我花了兩天時間，在幾大醫院掛號以看病為名，接近其他哮喘患者，故意攀談說起那個月的事，他們都沒有記憶，我很失望，我以為每個服哮喘藥的人都跟我和張逗一樣，原來不是。我又回到原點。我向張逗報告了情況，我說我們不能放棄，千萬不要忘記我們曾經多孤獨，只要中國還有一個沒有忘記的人，我們也要把他找出來。

為免忘記再錄兩句：上週在新東路上碰到《明報月刊》和《聯合報》的陳老師，才想起他以前也是個明白人，曾幫過我很大的忙，他現在是不是我這類人呢？從他的眼神看，他是我們同類人的機會不大，但我不應錯過任何一個機會。有空找他。

老陳筆記本裏的方草地

小希或非誠勿擾OK沒回我電郵，卻收到方草地的郵件，約見面。我沒有立即回覆。

近來心思都是在小希身上，有點不能自拔，但很奇怪，想小希的時候，常常也聯想到方草地，想起那次在幸福二村外碰到時他說的無厘頭話。認識他這麼多年，他都是叫我老陳，那次他竟叫我陳老師。我甚至覺得方草地的狀態，跟小希有一種說不出的相似。

我打開一個搬到幸福二村後沒開過的紙箱，檢視我的筆記本，有一本是關於方草地的。

方草地原名方力鈞，後來有同名畫家在國內外暴得大名後，我認識的這個方力鈞才自己改名方草地。

我首先知道方草地這個人，是我在香港《明報月刊》當編輯的時候，經常接到一個署名老方的美國讀者的來信，有時候是校正月刊一些文章的事實或

論據，更多是看到文章後向我們提供大量有關材料，卻往往因為太詳細而無法刊登，只知道這個老方瞭解很多當代中國的野史秘聞。有一次我在讀者欄登了個小啟事，請他提供真實名字和通訊地址，果然後來他來信就附上了真名和地址，我還寫過信謝謝他。

他對我的文章也特別注意，甚至我用筆名在《明報》中國版發表的文章也被他看出來，用現在的說法，他是我的粉絲。

八九年夏天，我們在香港見了面，他經香港要回大陸。我奇怪這時候大家都想離開大陸，竟有人想回去。他問我是否認識那個搶救天安門學生領袖的組織，我說香港有個支聯會，可以去問問。我當時不知道有黃雀行動。

我發覺他的生平很特別，第二天再約他長談，並做了筆記。

方力鈞祖籍山東，一九四七年在北平出生，他父親曾跟軍閥盛世才一同在新疆參加蘇聯共產黨，後來改投國民黨，四九年解放軍進北平前，在東單坐飛機去青島，再坐船去了台灣，沒帶上年紀甚輕的第三任妻子和最小的兒子方力鈞。

盛世才那支共產黨，跟現在所說的朱毛中共還不是一回事，曾主張新疆脫離中國。不過，老方父親不止背叛共產黨投靠國民黨，而且跟西北的黑道幫派走得很近，又負責培養特異功能人士。老方就是出生在北京城東邊的一家歷史悠久的大道觀，母親還是那道觀的總教母。解放後，這個道觀是歸國家安全部門而不是宗教部門規管，可見中共對道教方術的警惕。

取得全國政權後，中共隨即發動鎮壓反革命運動，嚴厲打擊國民黨特務、黑道幫派份子和「反動會、道、門」成員，練各派武功或特異功能者都有可能被劃為反動會道門。根據毛澤東的建議，按全國人口千分之一的比例，先殺此數的一半。大批曾替國民政府工作的投降人員以至中共自己在白區的地下黨人也被殺，包括金庸的父親查樞卿和朱自清的兒子朱邁先。

鎮反後，黑道幫派份子和會道門追隨者有過一陣子在神州大地上幾乎消聲匿跡，逃得快的頭子都去了台灣或香港。老方的父親什麼都摻和，所以也去了台灣。老方的道上大姐大的母親沒有這麼幸運，死在北京的監獄中。

至於老方這個國民黨特務、黑道幫派份子兼反動會道門頭子的後代，則在

重門深鎖、閒人免進、去宗教化的道觀長大，帶他的是個看門老頭，老方從小就跟老頭幹些廟裏修繕的活，並讀完了高中。

因為家庭成份問題，老方未能上大學，也因為年齡大了幾個月的緣故，沒資格跟老三屆高中知青下鄉插隊，更無緣當紅衛兵，在文革最初期本來已被分配到北京西郊門頭溝當小學老師，但學校還沒開學文革就升級了，改成下放到門頭溝木城澗煤礦當挖煤工人，一待多年。據他說，七一年九月有一天他突然想去頤和園一遊，因為整天聽說卻沒有進去過，覺得再不去以後會很長時間沒機會去。但那天他前往頤和園途中，發覺路給封了，猜想一定是頤和園附近的玉泉山軍事禁區有什麼戒備或軍事調動。他回工人宿舍後逢人就說，中國要發生大事情了。果然沒多久就傳出毛主席接班人林彪叛國潛逃、飛機墜毀在外蒙古的驚人消息。老方從此不肯再去上班，他說當時已經想到「歷史終結」，寫了一張小紙條，去到中南海和北海之間的北海大橋，把紙條塞在橋上漢白玉欄桿的縫裏頭：「歷史已經停止，不會再前進了，所有新的革命皆將是反革命，不要再想騙我，你們憑什麼叫我去挖煤？」

他哮喘病復發，待在宿舍，不管單位怎麼威嚇都不下坑道。

不知道是七一年美國國務卿基辛格兩次來華，還是七二年尼克松訪華，反正美國方面有人帶來一張華裔美國公民滯華親屬的名單，在這個中美關係戲劇性解凍的期間，中方為了示好，放了一批人出境，其中包括老方，因為他父親早已脱離國民黨政壇，以親美政治難民身份，獲美國政府蔭庇而移居美國。

老方接到通知後去公安局領了一張摺頁的通行證，還在磨蹭，去頤和園、北海四處玩了幾天，又回到東邊的道觀看望帶大他的老頭。老頭一聽就急了，説你怎麼還不趕快走？萬一政策改了就走不了了，今天馬上去買火車票去香港。老頭從廟裏一牆角挖出幾片金箔，是以前修廟剩下的，這麼多年一直藏着，拿去換了現鈔給老方帶到路上用。老頭説，老方母親是道觀的大恩人，因為她在獄中咬死不鬆口，堅持道觀只是宗教活動場所，沒有反動會道門活動，這七百年道觀才能保留到今天。現在算是回報給當年總教母的後人老方。老頭養大老方，也要等到最後關頭才透露點真相，當時人對人都有戒心。

還好帶了點錢，老方坐火車南下，在廣州等了七天，等香港的配額。在深

圳又等了兩天，才過羅湖。老方就是在沒有護照、沒有身份證明的情況下，拿着一張摺頁的通行證，終於跟羅湖海岸邊防收到的通知對上，進了香港。

老方去了美國駐港領事館拿簽證，出現了一個技術問題：老方不是偷渡到香港的，而是拿通行證出境的，所以夠不上是政治難民，美國不能立即讓他入境，必須以家庭團聚的理由正式申請移民美國。

老方在尖沙咀重慶大廈的一家廉價國際賓館暫住，一住大半年，因為美方簽證遲遲不下來。在賓館裏，老方過着大開眼界的生活，結交了各地的背包客和小商人，據他説至少來自五十個國家。有一個長年住在印度果亞的美國嬉皮士，鳥倦知還，説回美國後將會加入一個嬉皮公社，繼續過無拘無束、自力更生的日子，令老方羨慕不已。

老方到了加州洛省蒙特利公園市，見到了自襁褓之後沒見過、現在已年邁的父親。老方的父親當年跟隨盛世才和國民黨的時候，沒少害過人，現在整天怕有人報復，平日深居簡出，房子四周建了很高的圍牆，連臥房都加了鐵門。這時候父親已另娶，老方跟父親住了不到一個月，就依父親意思，去德州豪斯

頓唐人街，投靠父親的舊部，在舊部開的下面是鋪面、上面是居家的中國傢俱古董雜貨店當會計。舊部有個十幾歲的女兒，雙方家長如意算盤是讓老方娶舊部的女兒。那女兒已完全美國化，知道父母的用意後不肯跟老方同桌吃飯，老方就自己吃住在店鋪的儲物間。這樣的唐人街生活並不是老方想像中的美國。

幾個月後老方跟嬉皮朋友聯絡上，離開豪斯頓，去新墨西哥州參加嬉皮公社。公社位於曠野農地，成員種點有機蔬果香草，取其新鮮，並自己縫衣、養蜂釀蜜、做果醬、製造蠟燭，有點自力更生的感覺，其實粗糧、原料、機械、高科技生活用品和藥物包括老方的哮喘藥都是在城裏購買的。但雖不是完全自給自足，住在農村免不了要做體力活，那些嬉皮來自大城市白人中產家庭，哪幹得了，反而老方在中國勞動慣了，手又巧，什麼都會修，又不多話，因此在公社很討人喜歡，老方也因此快快活活的生活了幾年。可惜公社先是人事糾紛鬧分裂，接着是嬉皮運動式微，成員紛紛求去，大部份公社在越戰結束後幾年間都無以為繼，老方的公社也不例外，新人沒有了，老成員走後有些回來，回來後又走了，最後只剩下他跟一個外號媽媽的中年女人，媽媽堅持留守，老方

也願意，但只剩兩人，年復一年，跟傳統的一夫一妻已沒分別。

到八十年代初，有一天媽媽對老方說，她已老得不能當嬉皮了，要回東部投靠女兒。於是兩人把水電源切斷，門窗用木板封上，一同駕車橫跨美國，到馬里蘭州兩人分手，老方自己往北行，去了紐約、費城，最後在波士頓落腳，竟在城裏唐人街中國雜碎自助餐館當起廚師，還深受老闆器重，一做多年。

有次，老方突發奇想，去了哈佛燕京圖書館，自此一發不可收拾，回到館子也只管晚飯，白天就小碎步的由波士頓的唐人街緩跑到劍橋市的哈佛圖書館，泡中文書報刊。這就是他開始寫讀者來信給《明報月刊》的時候。

我當時在香港，主要是做大陸的文化界名人訪談，所以老方的經歷雖有意思，還不到有一寫的價值。之後多年不見，直到二〇〇六年才跟他做了第二次筆錄。這次，我覺得他的生平幾乎可以構成一本小說了，因為他總是在奇怪的時間出現在奇怪的地點。

原來八九年他真的回了大陸，到九二年鄧小平南巡前又離開中國，總是逆着主流。返美後，老方寫了封信給我說他在紐約唐人街打雜工，我聽到還有

點惋惜。那時候我也回了台灣替《聯合報》工作，知道友報《中國時報》辦的《時報新聞週刊》，在紐約設了個編輯部，就隨便向《時報》的同行推介了一下老方，沒想到美國那邊真把他請了去做編輯助理，沒多久還升做助理編輯，老方寫信來千多謝萬多謝，我也特別有成就感，因為我知道老方是個有見識的雜家，語文能力也不差，很適合做新聞雜誌編輯。誰知道《時報新聞週刊》才出版不久就停刊了。

到我再收到信，他已經在非洲尼日利亞。後來他告訴我，他一直有跟當年曾同住在重慶大廈國際賓館的一個尼日利亞人保持聯絡，是這人邀他去非洲的。老方年輕時，常幻想去加納、贊比亞、坦桑尼亞等中國友邦做貢獻，遂毫不猶疑的去了，原來那尼國朋友想到做中尼貿易，邀老方來合夥。老方想到在中國大批訂購紅白藍三色的貨用大編織袋，運到尼國再批發到中西非各地。

紅白藍編織袋大受非洲人歡迎，老方的夥伴想在拉各斯自己開製造廠。中尼貿易賺到錢，加納、贊比亞、坦桑尼亞也都去了，老方覺得不應該在非洲終老，又回到中國定居，打算在麗江城外開家廣東小館。

幸好動作太慢，未幾麗江大地震，廣東小館計劃泡湯，老方也無所謂，開始在西部到處旅行，說要在這些地方未開發旅遊之前，先去玩一遍。我記得他預言般的說當中國人開始旅遊的時候，到處人滿為患，名勝古蹟就沒意思了。他這一玩就七，八年，新疆、西藏、內蒙、青海、雲南、貴州、湖南、四川，徒步的、乘火車的、搭長途班車的、招順風貨車的，都嘗過了，還坐過軍隊經商的運輸機。你隨便拿一塊少數民族繡片出來，老方就可以告訴你是侗是瑤還是苗，大概產地在哪。手頭緊的時候就去五台山、峨嵋山、桂林陽朔、黔東南等旅遊地當廚師，因為遊客是不回頭客人，旅遊飯館好混，有點像美國唐人街忽悠老外的半唐番餐館。

二〇〇六年中他搬到北京，說要來見證奧運當義工，我們見面時才知道他已經不叫方力鈞有好幾年了，現在叫方草地，因為有次回來北京路過日壇芳草地小學，看到很多家長在接小孩放學，決定改名方草地。這就是老方的邏輯，沒有邏輯的邏輯。以他這把年記加上經歷這麼複雜，不知道奧組委有沒有接受他的義工申請。

我在奧運前出版了《北京深度文化旅遊指南》一書後，就想重新試寫小說，但我沒有再去翻看關於老方的筆錄。說實在的，這幾年我對二〇〇八年以前的中國事情失去興趣，只想寫一個中國當前盛世的故事。我不再想談舊事，連看都不想看，什麼國共鬥爭，什麼土改、鎮反、三反五反、反右、解放軍入藏、大躍進餓死三千萬人、四清、文革、八三嚴打、八九六四、九九鎮壓法輪功等等，連材料我都不想看。很多東西，我願意忘記，我認為忘記後，我想寫的新題材和新靈感才會出現。我的趣味完全改了，我也不認為新一代的小說讀者還想看過去六十多年的傷痕瘡疤。我真的只想寫當前的新人新事，寫新的中國人盛世。這樣，方草地的故事對我來說就沒用場了。

我暫時也不想回方草地的電郵，先擱着再說。

三　春夏之際

法國水晶燈

小希沒有回我的電郵，我的幸福生活可以繼續。

我到798，參加一個西北婦女剪紙裝置藝術展的開幕式，主辦者是新成立的中國國粹文藝復興基金會、國際一鄉一藝協會和聯合國教科文組織，我的中國社科院朋友是學術策展人，她邀請我當十個開幕式發言人之一，上台發言三分鐘。我扼要的說了上世紀九十年代台灣的新社區運動，台北的藝術家如何與地方上的工藝人手拉手合作，活化鄉鎮文化產業，說得我自己都有點感動。策展人也說這次展覽是中國民間社會生命力的表現。我感到一片祥瑞。

身為文化名人，有義務出席這樣的場合，說點得體的話，回饋社會。

中午在附近的金江南吃飯，我與國粹基金會代表同桌。基金會只派了一個副總幹事來。他說基金會的重頭項目，除了支持國人在世界各地追索圓明園和

其他被盜國寶外，還在全國範圍內恢復中國的古代禮儀，例如資助一些中小學每學期開學舉行蒙學禮，平常則要求學生每天跪拜老師請安，再而爭取把各種古風禮儀變成國家法定儀軌。

吃了幾道主菜後，我上了趟廁所，回來發現更多人圍坐在我那桌，聽基金會代表說話，我的位子都給佔了。我就去坐別桌。

我的社科院朋友胡燕跟聯合國教科文的法國女人和一鄉一藝協會的泰國人坐在一桌，我若過去總得用英語交談，有點費勁，那就算了。我走去西北婦女代表團那桌，有好幾個空位子，因為來做採訪的媒體朋友都已轉移到國粹基金會代表那桌，只剩下三個剪紙老太太，兩個海選出來的女村長和一個地級市的文化局副局長。這幾個西北婦女個個面相善良，我這個社科院朋友總是能讓我看到中國人善良的一面，雖然我理性上知道這不是完全的現實，感性上我還是願意多接近善良的。我最想攀談的是那個才二十來歲的民選村長，可是她隔得比較遠，而且我發覺完全聽不懂她的普通話。我只得跟隔座的文化局副局長說話。她說話嗓門挺大的，但條理很清楚。她來自甘肅一個叫定西的地方，原

是中國最貧困的地區，改革開放後經過多年的努力，終於脱貧。她告訴我前幾年政府如何引導農民自己組織起來，成立專業合作社搞專項種植，推動定西發展成了重要的馬鈴薯供應基地。全國的肯德基、麥當勞都用定西的專用薯。她還講地方領導又如何在鐵道運力緊張狀況下，自己托關係，幫農民調來一個專列火車及時運出農作，又如何組織剩餘勞動力在棉花收穫季節去新疆打工摘棉花。我聽了真長知識。我鄭重的問她能不能總結性的告訴我，為什麼定西能治好，其他比它條件好的地區還不能脱貧？她坦率的説：定西幸運的很，有做實事的一把手。我可以感到她説的很實際，就這麼簡單，就是人，只要地方官員願意做實事，老百姓就能把地方經濟搞起來，也就是説只要現在共產黨的幹部道德水平高一點，實務能力強一點，中國人就有好日子過。散席的時候我由衷的謝謝她給我上了寶貴的一課，她説希望北京文化界的專家學者能去她們的小地方指導她們，我口是心非的答應副局長我一定會找時間過去。

午飯後，我心情愉快，又走回798隨便逛逛。現在的798可不是十年前的798，結合了波希米亞和布爾喬亞，洋氣得很，當然也難免有人批評

說越來越士紳化、商業化、遊客化，可是凡事兩邊看，平心而論有798總比沒有好，國際上找不到這樣有規模的特色藝術區，外國人來到都驚詫死了，甚至達到文化震蕩的效果，印象從一個極端到另一個極端，從中國是落後國家到中國是最具創意的國度。這兩年中國經濟大好，藝術和設計大熱，國際級畫廊應來盡來不用說，連紐約的帕森斯、倫敦的聖馬丁、安特衛普皇家藝術學院等名校，都要來中國開分校，選址就在798附近。

每次到798，我都順便去看一下新龍門畫廊的收藏。這家畫廊不玩前衛那套，收的大多是法國印象派和後印象派的油畫，有幾件大師的小作品，但主要是那時期的小名家，挺有看頭，很適合我越來越保守的品位。現在中國已經跟日本一樣是印象派和後印象派的收藏大國，有一批富人好像特別欣賞這時期的法國畫。

新龍門畫廊很有氣派，大堂的吊燈可不是山寨貨而是真的巴卡拉水晶燈。

我看着燈，正在想到底印象派、後印象派油畫跟水晶燈在風格氣質上是否契合，迎面一對男女雖沒有拖手但肩挨肩很親熱的有說有笑走來，我想避也來

不及。男的是簡霖，他看到我，反應很快說：「老陳，我介紹，文教授。」

我跟女的握手：「很久不見，文嵐。」

文嵐說：「對呀，好久不見，陳老師。」

文嵐竟然也叫我陳老師？

「你們認識？」簡霖又一次驚奇我認識他意想不到的人。

文嵐說：「陳老師在香港文化界很有名。」

文嵐大概忘了我是台灣人。眼前的文嵐，打扮得貴氣而不俗氣，晶瑩玲瓏，很可觀。

文嵐說：「能跟你交換一張名片嗎？」

我撒謊：「忘了帶名片。」

簡霖說：「我有他電話。」

文嵐也就不把她的名片給我。

簡霖說：「老陳，這家的畫不錯，不過文教授認為標價好像比巴黎高了點。有一張畫的一家酒莊，我感覺去年還去過那地方。」

文嵐權威地說：「標價高得沒道理。」

我說：「那我去看看。」

我匆匆跟他們分手。

我心裏有點鬱悶，無心看畫，卻突然想到形容文嵐今日風采的五個字：法國水晶燈。

我當年就是打算跟文嵐結婚的。在香港買了房子，才知道她要嫁給別人。

上世紀九一年的秋天，我到大陸採訪，去拜訪一對在八九年後賦閒在家的學問家夫婦，當時有幾個北師大本科生也在探訪老人家，我很感動，這些年輕人一點不勢利，老人家落難了也還照樣來。

其中明顯最出彩的，是大四學生文嵐，漂亮、大方、有氣質。她讓我想談戀愛。

她張羅那幾個同學把大家的聯絡方法寫在一張白紙上遞給我。當然，現在我知道那是故意讓我能找到她。

我約她出來，在後海散步。她媽媽上海人，爸爸北京人，是一份理論刊物

的編輯，在沙灘的中宣部辦公。她熱愛西方文學，又關心國家大事，還長得這麼標致，對我來說簡直是完美組合。

她問我：存在的意義是什麼？我為了表示有深度，吭吭吃吃說了半天。記得她引薩特說：人生就是要有擔當。我愛上了她。

我回去香港幾天，就想個藉口返京。她說她想出國，我鼓起勇氣叫她嫁給我，她激動得又哭又笑，我以為她答應了我。我告訴她我的收入，兩人生活應沒問題。我有香港長期居留證，可申請她做香港人。

她問我婚後要多久才能到香港定居，我說托人的話，快的兩年可辦好，期間她可以持雙程證到香港短期居留，我也會頻密到北京出差，還是常見面，我還說，小別勝新婚嘛。她好像很興奮、很期待。我們說好翌年暑假結婚，她可以完成學業。我問要不要見她父母，她說下次來她會安排。我完全沒有一絲懷疑。

我覺得自己太幸運了，娶得這麼出色的北京女子，還比我年輕十八歲。回香港後，偶然機會看到太古城的賣房廣告，就把工作十多年所有的積蓄拿去付

了首期，買了一個九十平米的二手單位，打算築二人世界。

買房手續辦完，我打長途去北京，文嵐的父親説她去了德國。我問什麼時候回來，電話那端很不客氣的説：結了婚才回來，你們不要再打電話來了。

我趕回北京，打電話找到第一次遇文嵐時見到的那些同學，他們説其實跟文嵐並不熟，那次在學問家夫婦家裏出來後，都沒有再聯絡。

我記得文嵐説過本科學法語，同時在歌德學院學德語，遂跑去歌德學院查問，知道她已退學，有個職員説她要嫁給一個在學院兼職的德語老師，我問是誰，沒人肯説。我闖進院長室，那院長是個知名的中國通，娶了個中國妻子，大概對中國年輕女人的心態有點理解，很耐心聽完我説後，表示不可能把文嵐男友的德國通訊方法給我，但如果我能寫封信，他保證會替我轉給文嵐。

我在歌德學院的一間空教室裏獃坐了很久，幾次想提筆寫幾個字給文嵐，但都不知如何下筆。

三個多月後，我收到文嵐從北京寄出的信，説她已結婚，先生是德國人，是她德語老師，本業是企業主管，在北京一見鍾情，兩人現住在德國，生活非

常愉快。她沒有說是哪一個城市，也沒有道歉，好像什麼都沒有發生，只帶了一句，大意是：她像一隻欲乘風飛向遠方的小鳥，迫不及待渴望展翅，就在今天，因為明天已經太久了。

九二年前，大陸新娘嫁給香港人要等兩年才能到香港定居，九二年後更要等待五年到七年。這項不人道兼違反人權的歧視政策，是香港之恥。文嵐就算嫁給我，的確是不能立即到香港定居，我不怪她選擇嫁到德國而不是香港。我甚至理解她騎驢找馬。我氣憤的是她不但誤導我到底，並且在做了決定後也不通知我一聲。我看穿她是個只顧往上爬而不顧別人的人，對她完全心死。

我懶得去猜想現在她和簡霖的關係。

那天晚上，我在家附近的新加坡餐廳獨自吃飯，看手機裏的電子書。我用的是天語手機，以前是山寨王，現在是國際名牌，功能應有盡有，它的電子書，介面用了類似索尼的科技，功能則結合了最新版蘋果 iPhone 和亞馬遜 Kindle 的所有優點，太好用了。我雖然仍然會慣性的定期去逛三聯書店，但自從有了天語電子書手機後，幾乎所有書都可以從網上直接下載電子檔到手機。

現在我的手機裏已有金庸全集、張愛玲全集和魯迅全集。

正在揣摩魯迅《失去的好地獄》一文的時候，竟接到文嵐打來的電話，約見面，我推說趕稿沒空，她鍥而不捨，約了翌日中午，她說到前門二十三號的Maison Boulud，那地方不好打車，我又沒有司機，更何況我不想遷就法國水晶燈，改約在錢糧胡同三十號小咖啡館。她問：「錢糧胡同在哪？」我不客氣的說：「就在東四北大街，你沙灘老家附近，你不會不知道吧。」她竟然不還嘴就接受，一定是有求於我。

第二天見面，她果然說：「我跟簡霖只是普通朋友，你不要跟別人亂說，人家有老婆。」

原來想堵住我的嘴。二十年沒見，見我就為這件事。我竟然都不生氣了，只想看看她還有什麼招數。我逗她說：「簡霖是大地產商呢。」

她反應竟是：「地產商算什麼！就是有幾個錢唄，沒什麼了不起。」

口氣真大。難道她已經在騎驢找馬？我得承認文嵐雖也四十出頭，但保養得很好，很有歐陸女人味道，我可以想像到不少男人仍會給她要得神魂顛倒。

「你還在德國嗎？」

文嵐有點不解的看着我：「早就不在德國了！」

「不是說你嫁到德國去了。」我暗示二十年前的事。

文嵐好像怪我消息不靈：「你說漢斯嗎？我們早就不在一起了。德國，悶死人。我去了巴黎，我前夫是尚-皮埃．拉維。」她看我沒反應，就說：「很出名的漢學家。」我確是沒聽說過幾個法國漢學家的名字。文嵐自己補充說：「漢學家都是神經病，受不了。」

我問：「簡霖叫你文教授。」

她說：「文教授、文博士都可以，我是巴黎高等政治學院博士，你知道巴黎高等政治學院吧？我是歐非問題專家，歐盟和中國外交部都找我當顧問。」我想到她爸爸是中宣部的，根正苗紅，體制內體制外，兩邊全沾。

我問：「那你不打算回國？」

她傲氣來了：「你說回中國嗎？看吧，歐洲那邊也有人等着我，有個老貴族還整天追着叫我嫁他呢。不過現在人人都知道二十一世紀是中國世紀，如果

有特別好的機會，我會考慮回來幫中國做事。暫時先來來去去，我在巴黎和布魯塞爾都有房子，正想在北京也找個地方。你呢，你在北京做什麼？」

就在家待着，偶然寫點東西。

她對我的興趣已消失大半。

她問：「住哪兒？」

我答：「幸福二村」。

她肯定認為不夠高檔，摸清了我的底牌，僅餘的興趣都沒了。

「老陳，我還有事。」

「你先走吧。」

「簡霖的事……」

我用手勢表示封嘴。

她站起來，帶點撒嬌的說：「你現在住在北京，我到北京你要照顧我啊！」

這叫留下一條光明尾巴，也算是買個旅遊保險。一會做大女人，一會做小

女人，大小通吃。虧她好意思說出口。

我隔着玻璃，看司機開門，她上了黑色寶馬，WJ武警車牌的。

我想：她確已經不是山寨貨，而是真的法國水晶燈了，不過不管是以前國產不省油的燈或現在的法國水晶燈，都是在市場上待價而沽的。

第二個春天

然後好幾天都沒事也沒人找我，我繼續寫不出東西，惦着小希，卻沒想辦法找她。

每月的第一個星期天又到了，已經連續兩次，何東生都出席，但除我之外沒其他客人，似是簡霖為何東生刻意安排的。

我到燕都BOBO小會所的時候，簡霖已經在喝酒，且喝了不少。他看到我說：「文嵐跟我掰了。」他帶點尷尬的傻笑着：「她把我甩了。」這情況我很理解，晚期的中年危機，卻遇人不淑。

我知道文嵐這樣有姿色、有文化的女人，肯定會迷死簡霖這種好舞文弄墨的晚期中年富商。

我直覺的問：「她現在跟誰啦。」

簡霖苦笑，搖着頭說：「我堂弟，不過這次她可要頭撞南牆了。」

我有點吃驚：「何東生！」

簡霖糾正我：「不是，另外一個。我們都是在姑姑追悼會上碰到的。文嵐中學是白堆子外國語學校的，我姑姑教過她法語。」

我問：「你另一個堂弟是誰？」

簡霖說：「你知道歐非拉友誼投資集團嗎？」

我說：「就是跟星巴克旺旺在非洲開店那個？」

他說：「那是小菜一碟。石油、礦產、大型基建……」

我隨便問：「難道還有軍火？」

他說：「當然有軍火！非洲、拉美。」

我問：「那麼歐非拉的歐呢？」

他說：「土耳其、高加索、前南斯拉夫，前蘇聯。」
我印象中，集團的老板是個板寸頭，我問：「那，文嵐就是跟那個板寸頭好嘍？」
簡霖無奈的點頭。
我故意刺激簡霖，說：「難道他比你還有錢？」
簡霖說：「我沒法跟他比。」
我忽然想起問：「難道他比何東生更有權？」
簡霖說：「東生憂國憂民，但是他只是個幕僚，大不了算個頂級智囊，比他有權有勢的人多的是，甚至比不上政治局常委的大秘書，但是最終有權沒權是要看你的派系是否在中央當權。你不懂中國國情，很多潛規則你是不理解的，中國事情不能看表面的，沒法跟你們外面的人解釋。」他說着說着自己不耐煩起來。
簡霖這種認為境外人不可能理解中國的態度，我很熟悉，就讓簡霖認為我不懂國情吧。他今天心情不好，嫌我煩，我還是少說話為妙，我還挺在意跟他

這份有距離的交情。

他認真的說：「你不要到處寫也不要到處說啊！」

我也有點不悅的說：「我是不寫八卦的。」

到吃完簡餐我們都沒話。

我只在想，說不定文嵐和板寸頭旗鼓相當，還挺登對的。文嵐大概也應該滿足了吧，這麼多年的騎驢找馬，累不累呀？難道還想做中國第一夫人？

何東生推門而進，簡霖用食指點了自己的嘴唇幾下，提醒我不要提文嵐的事。

何東生各送我們一瓶茅台，說：「這茅台是專門供中南海的，應該是沒問題的，請放心喝。」

我們欣然道謝。這個失眠的國家領導人不太冷。

簡霖拿着水晶瓶替大家倒拉菲八九，好年份。跟着放片，片名《第二個春天》，一九七五年九月的出品。簡霖說，這是文革八部樣版戲後，四人幫主導新拍的頭幾部電影。當時鄧小平又復出，還出訪聯合國，回來說要重視先進技

術，四人幫拍這部片，就是衝着鄧小平去的，不過片子在全國很多地方還沒來得及放映，文革就結束了。

我注意到導演還是桑弧呢，導過《哀樂中年》、《祝福》和張愛玲一九四七年編劇的《不了情》、《太太萬歲》。根據二〇〇九年才出版的張愛玲自傳式小說《小團圓》所提供的線索，桑弧確是張愛玲繼胡蘭成之後第二個有男女關係的男人。原來除了舞劇《白毛女》外，文革後期他還替江青拍過主旋律電影。

我側頭看，何東生又是閉着眼睛，我明白他為什麼連續幾個月來這個聚會了，因為平常失眠的他，在放片的時候可以放鬆的好好睡一覺。

我再看簡霖，他竟也沒在看，低着頭，一隻手托額。沒想到他這回這麼認真，真失戀了。

故事的背景放在中蘇交惡時期，二十世紀六十年代的第一個春天，一家海軍的船廠有兩派人，一派主張自力更生用自己研發的技術造海鷹軍艦，另一派認為土法上馬不行，主張引進「外國」先進技術，依靠外國專家合作建飛魚軍

艦，海鷹那派是造船工人和中級技術工程師的結合，飛魚那邊則是廠長和高級專家這種崇洋媚外走白專路線的人物，中間還有一個搖擺不定的研究所學者和一個永遠英明正確的工委書記。兩派爭持，結果在第二年春天海鷹派成功造出自己的戰艦，誰對誰錯就不用說了。四人幫就是要以崇洋媚外來影射鄧小平。

片子播完，燈一亮，何東生一睜開眼睛就會發表一番言論，大概這些片子他當年都看過。

他說：「此一時彼一時呀，兜了多大一個圈子，才撥亂反正到了歷史新階段。」

我和簡霖很努力的聽着。

何東生繼續說：「完全不要外國技術是不行的，但完全靠外國技術也是不行的。自力更生是相對的，不是絕對的。一個大國不能完全不自力更生，但也不能完全自力更生。老毛的時代人民生活水平低，糧食和消費品基本上自力更生，卻想連科學、技術、信息、能源都自力更生，不假外求，放棄對外貿易，只跟阿爾巴尼亞這樣的第三世界小國做生意，這就是追求絕對的自力更生，最

終影響發展，沒必要。老鄧的改革開放年代美國人要全世界放棄自力更生，這種自由市場原教旨主義也是不科學的，老美自己都做不到。當時我們拼命出口賺外匯增加就業，在一段時間內效果倍兒好，但是在這個用美元結算的世界，為了壓低人民幣匯價有利出口，就得購進美元，這從學理上就知道不可能長久，會造成結構性偏差，最後美元貶值，老美經濟垮了，我們差點也被拖垮了，幸好及時調整政策，說穿了就是改成相對的自力更生，我們輸出工業成品給俄羅斯、安哥拉、巴西、澳洲、加拿大，換取石油、糧食、礦產、木材、原料，都是我們中國缺的，也跟歐美做點雙邊對等貿易，買他們的波音飛機，再買些高科技工業生產工具，除此之外我們自己能做的就盡量自己做，能種的就自己種、能研發就自己研發，能消費就自己消費，從土豆到小商品到手機到汽車都一樣，十幾億人的大國嘛，我們就是自己的主要市場，不過度依賴美國，不再亂搞重商主義，但也不玩老毛閉關自守那套，對外貿易照樣對外貿易，但只佔GDP百分之二十五不到，這不等於說就是相對的自力更生！」

何東生說話時很帶勁，一停嘴就變回洩氣皮球。我們知道今晚的演講到此

為止，接下來是三個人喝悶酒，到十二點前何東生上完廁所，大家就撤。他廁所出來，又問：「一起走？」這次我答：「好」。我不想留下聽簡霖酸溜溜的說文嵐。

跟他走到地下停車場的時候，我有點尷尬，何東生不說話，我也不好開口免自討沒趣，只能悶着頭走。

他開的是一部黑色的路虎越野車，這類進口車在北京已屬於常見到了不起眼的地步，我瞄了一下，車牌也是普通北京車牌，大概是誰送他用的吧。

何東生坐上車開動引擎後，從上裝內取出一個電子儀器像個遙控器，一按即亮了一個小綠燈，三秒鐘後再亮了兩個小綠燈，何東生把儀器放回上衣內袋，說：「沒事」。

我不好意思追問，誰知道他補一句：「反竊聽、反追蹤。」

我禁不住問：「誰敢竊聽你、追蹤你？」

他說：「都敢！中紀委、國保、國安、總參，這麼多單位，養這麼多人，誰說得準？誰沒有對頭？我監控人，人監控我，我有你的把柄，你有我的把

柄，誰都有檔案，遊戲就是這樣。」

我又長見識了，連黨和國家領導人都怕有人監控。我強裝見過世面，什麼都不會大驚小怪的樣子，很酷的繫上安全帶，想調一下坐位，不知道按錯什麼嚇我一跳，椅背往後翻，整個人就仰着平躺。何東生連忙把我扶起，說他的車改裝過，兩個前座椅都可以往後放平，像床一樣睡覺。大概他覺得這話說得有點曖昧，想解釋一下，但又忍住不說，怕越描越黑。我也不追上去調侃他。

他問我住哪，我說幸福二村，他說知道，熟得很。

我問他有見到當年興華營的同學嗎？他簡短的回說沒有。

我以為話又斷了，誰知他主動說話：「水興華是個有心的資本家，你知道興華營讓我知道了什麼嗎？」

「什麼？」我問。

他說：「我才意識到兩岸三地的知識精英想的東西是完全不一樣的，知識結構、問題意識、話語、歷史觀和世界觀基本上不一樣，而且不光是你們不理解我們，我們也不理解你們，坦白說，也沒有太大興趣理解，我是說真的理

解，幾乎不可能，我是去了興華營才意識到，三地知識精英尚且如此，老百姓更不用說。這對我後來思考台港事務很有幫助。」

我三地都待過多年，他這番話我懂，難得像他這樣去一次興華營就領悟了。

我說：「這幾年台港精英怕都乖乖的在好好學習大陸了吧。」

他只回了一句：「中國的事情外面人不好理解。」

大概車速太高，我們給交警攔住了。我想這交警真不知好歹，但不知道何東生會怎樣反應，只看到何東生邊慢慢停車，邊撥手機說：「我在工體東路快到新東路，嗯。」

就這樣他就掛了手機。一個肥胖的交警跟他要證件，他毫無反應，交警再問，他眼皮都不抬的說：「等一等」。我看那交警有點按耐不住要發作了，幸好這時候交警的手機響了，交警一接電話，何東生就啟動引擎，不理交警的反應開車走了。他說：「我秘書會處理。」

我心想，老板失眠，開車亂闖，秘書一定經常深夜接到這樣的電話，馬上要擺平，當秘書真辛苦。

這一來何東生又不說話了，有些可惜，因為我挺喜歡聽他發表高論，說實在的，我還有點喜歡這個失眠的黨和國家領導人。

五道口朋友

五一過後，有天早上打開電腦一看，收到wudaokoupengyou的電郵，以往一般來歷不明的郵件我都會刪除，怕中毒，但最近都一一打開來看。五道口朋友果然是小希。

小希約我在工體南門附近的露天農貿市場門口等她。

平常我也喜歡沒事逛逛菜市場。中國北方四季分明，水果菜蔬各依時令，在菜市場看得最清楚，更不用說，比超市新鮮。菜市場更讓我有接觸老百姓的感覺，想不接觸也不行，人擠人，你擋住人那些大媽大叔會用肩膊身體來推開你，因為她們雙手都提着菜。

今天，我着急。小希已經遲到大半個小時了。北京市的管理當局是很不像

話的，這個農貿市場只准營業到上午十點，現在只差十分鐘就十點了。我心裏罵那些北京的小官小吏太缺德，心中都沒有老百姓。這時候小希在我身後叫我老陳。

我回頭，小希笑着，很開心的樣子。我說：「你來了！」她說：「我來了！」

她手中拿着個帆布袋，說：「我去買菜，你在這等我。」

我說：「不，我跟你去。」

停市前最後十分鐘，人流到了高峰，我跟在小希身後，她走我走，她停我停，感覺是一直挨着她，一直聞到她的體味，她卻專注的問價、講價、挑選、付錢、取回零錢，然後用肩膊身體推着前面的人，開路去另一攤。這樣的十分鐘飛快的過去，讓我感覺似找到久違了的忘我經驗。

小希在電郵上說要到我家做一頓飯給我吃，那真是太讓我期待了。菜市場出來，小希說：「今天只能吃菜和水果了。」

我說：「沒問題。」

小希說：「家裏有米吧。」

我說：「有！」

其實本來沒有，但收到小希電郵後，我去家樂福買了米、油、調味品、雞牛羊肉，還添了廚具。我猜到小希會想在農貿市場買些菜。

小希說：「剛才讓你等着急了吧？」

我說：「沒問題。」

小希語氣一轉說：「我得先擺脱盯着我的人。」

她一路說來我才知道她為了跟我見這一面，做了多少動作。她前陣子故意到處看房，像是想搬家，然後找到了一個筒子樓帶傢具的房間，今早約了房東，把一箱東西搬過去，並付了房租，然後拿着帆布袋，說去超市買東西。她估計跟蹤她的兩個人之中，有一個會留下趁她不在的時候為裝竊聽器的事跟房東打招呼，她在原來住的地方也因為房東態度突變，引起她疑心，才發覺自己被盯上被竊聽了。另一個人可能也不會盯着她，因為她才付了租金，去超市後應該很快會回來。不過就算跟着她，也很可能只在超市門口等她，而她去的

那家京客隆有兩個進出口，仍有可能甩掉他。她説她一直裝着沒發現有人跟着她，所以那兩人的警覺性應該不高。

我已經聽得心驚肉跳。這一切可能只是她的想像，是她神經過敏，是她多此一舉，但是也極可能她真被盯上了，上次在美術館小公園我不是也親眼看到過嗎？當時我都沒嘗試去提示她。現在的問題是：小希真的擺脱盯梢了嗎？如果沒有，我記得自己想過的一句話：她的麻煩很快會變成我的麻煩。

「你確定沒人跟着我們嗎？」我問。

小希突然停步，一百八十度轉身，張望一番，很得意的説：「你看，沒有吧。」

我們兩個站在空敞的新東路上，一眼看去都沒人。我感到挺羞愧，小希為了這次見面，這麼費力氣，而我只想着不要給我添麻煩。但我怎能不在乎我安安穩穩的好生活呢？

小希問：「怎麼樣？放心吧，沒事。」

我們還站在路邊。我問：「小希，那你以後怎麼辦？」

小希用台式俏皮話回一句：「涼拌！」她又說：「看吧，也可能我下午就離開北京。」

我獃站着，不知道說甚麼是好。她笑着問：「要不要吃飯呀？」

我們繼續走回幸福二村。

那是春暖花開的季節，空氣中都是槐樹開花的味，一種很衝很性感的味道，我感到自己愛意澎湃，想流眼淚，我想說，小希我們在一起吧，都不要再折騰了，兩個人好好的過日子吧。

但我不敢說，我還是下不了決心。

在小廚房，小希快手快腳做飯，我在旁邊瞎幫忙。她脱了外衣，右邊胳膊皮膚凹凸不平，是當年被軍車撞傷留下的疤痕。我心情已平靜一點，心想：真是一個充滿缺點的好女人。

她切大白菜的時候突然說：「老陳，現在我們的老朋友都變了。」

我記起在小公園裏，她也說過同樣的話，周圍的人都變了。這次我問：「怎麼變法？你說說看。」

她停下來，說：「變得……，變得都好滿足。老陳，你滿足嗎？」

我覺得她在試探我，於是我說：「小希，為什麼你不滿足？」

這確是當時我們的對話，兩個五、六十歲的人。

小希猷了一下，又反問：「老陳，你還記得當年的感覺嗎？你在場的，八九年在我和我媽五道口第一家店，後來九十年代在重開的新店，我們談什麼？我們為什麼而憤怒，我們為什麼而爭吵，我們的理想是什麼？你記得嗎，老陳？」

我溫柔的反問：「小希，你為什麼不能忘記呢？時代不一樣啦！」

小希若有所失的看着我，隔一會才說：「我已經忘記太多，我給關在精神病院好長的時間，很多東西都忘記了。我不想再忘記。」

我剛想再說，小希有點不想說了：「先把飯做了」，然後她埋頭切菜。我知道我失去了她。

吃飯的時候小希仍掛着笑容，但她對我已下了結論，我是她周圍已經變掉的人的其中一個。

飯前，她吃藥，還坦然跟我說：「精神科的抗憂藥。不過我覺得沒什麼用，我把剩的吃掉以後不再吃了。」

我稱讚她炒的尖椒土豆絲和醋溜白菜好吃，她說有機會做頓飯給我吃，真好，我覺得她的話有告別的味道。

在飯桌上我想盡最後努力挽回她。我有點摸到她的思路了，她覺得周圍的人都跟她不一樣了，只有她還在憤怒。我試探說：「小希，你知道嗎，有些人比較能偽裝，偽裝是為了保護真實的自己。」看到她眼睛一亮，我知道這話說中了。

「當然，偽裝久了，會分不出偽與真」，我說着，小希在聽。

我就順着這個話頭，邊說邊想着如何去說：「魯迅說過，有人會懷念失掉的好地獄，因為還有比好地獄更壞的壞地獄，這不用說，但是在一個好地獄與一個偽天堂之間，人會如何選擇？有很多人會認為，不管怎麼說，偽天堂還是比好地獄更好，他們開始的時候還知道那是偽天堂，只是不敢或不想去拆穿它，久而久之他們甚至忘了那是偽天堂，反而替偽天堂辯護，說那是惟一的

天堂。但是，世界上總是會有一小部份的人，哪怕是非常少的一群人，再痛苦也寧願選好地獄，因為在好地獄裏，至少大家都是清清楚楚的知道自己是在地獄。」

我也不知道自己想說什麼，只是邊說邊覺得自己說得挺有道理。小希很認真的在聽，我想起在大陸，一搬出魯迅，有點年紀有點文化的人都會比較願意聽。起碼，這番話再度拉近了我與小希的距離。

小希想了很久，才說：「你是說我因為太過懷念好地獄，所以拒絕接受偽天堂嗎？」

我狡猾的說：「我是在說兩個選項。」

小希問：「好地獄與偽天堂之間，你選哪個？」

她問到點上了，這是關鍵問題，我得格外小心。我想再拉近與小希的距離，含糊的說：「必要的時候，我或許願意嘗試考慮好地獄。」

我看到小希露出笑容，如果我們挨着，我可以擁抱她，可是我們隔着一張餐桌。

小希說：「老陳，我想跟你擁抱一下，行嗎？」

還用說，我即走過去，跟小希緊緊抱着。

小希說：「歡迎來到好地獄！」

我想說我們在一起吧，但話到嘴邊又收回去。

我家的門鈴響了。小希身體一下僵硬起來，我放開小希，心想，他們找上門了，這回逃不掉了，只得硬着頭皮去開門。

衝進來的是文嵐。

她撲到我的胸脯上說：「有人欺負我，我需要一個肩膀。」她把我當作永遠的候補？

文嵐瞄到僵立着的小希，伸手指着小希說：「她是誰？」

小希拿起外衣和帆布袋，像犯了罪一樣說：「誰都不是，誰都不是，我馬上走。」

我說：「小希，你不用管她……。」

小希邊說「對不起、對不起」，邊走出門，我被文嵐一擋，沒攔住。

文嵐說：「小希？你跟阿姨好啦？」

這一刻我更害怕文嵐會再纏上我：「你怎麼找來這裏？」

文嵐說：「幸福二村，問警衛香港作家住哪就帶我來了。」

我嚴厲的指着門說：「你給我走，立即走！」

文嵐好像不相信自己的耳朵，尖聲說：「什麼？」

我說：「我以後都不想見到你！」

文嵐還問：「你說什麼？」

我說：「我說：你滾！」

文嵐才完全明白：「好，你狠，我告訴你，你得罪我了，你等着瞧！」

文嵐走到門口，回身給我一個中指，我也回了她一個中指。

天上人間

我不應該讓小希走掉。

我應該早點向小希表達愛意。

我後悔了。

小希從我家走了已半個月，音訊全無，寫電郵到五道口朋友信箱，沒人回，搜五道口朋友這幾個字，出現一大堆跟五道口或朋友有關的資訊，但找不到小希的帖子，跟上次小希用 feichengwuraook 電郵地址和非誠勿擾OK這個網上跟帖網名的情況不一樣。小希現在知道有人在盯她，電郵地址和網上跟帖網名大概不再有關連。很可能，五道口朋友這電郵地址當時是特別用來跟我聯絡的。現在，她在網上用什麼地址、網名？

我的反應太慢，小希走了以後，每過一天，我就清楚一點自己有多愛她。我願意為她下好地獄。

莫明其妙的，我連續了兩年多的幸福感不見了。我很渴望愛情，因而不再快樂。

在北京的楊柳絮和海棠花瓣齊飛的一天，我去了董娘的家，垂頭喪氣的逕自走進她的臥房，把上衣和皮鞋脫掉，躺在床上。

董娘開始在我面前脱衣服，她說：「把衣服脱了吧，老朋友，今天免收費。」

我問：「為什麼免收費？」

她說：「今天是最後一次。」

我問：「什麼最後一次？」

她說：「我要走啦，離開北京。」

我坐起來，沮喪的說：「你要離開北京。」

董娘看着我，逗我：「不許哭不許哭。寶貝，董娘這麼多年沒看到過你像今天這麼不開心。你是我的開心寶貝，是不是？」

我說：「我確是很不開心。」

她說：「讓董娘抱抱。」

她抱着我，我說：「小董，我們聊天。」

她放開我，看了一下，說：「我用塔羅牌替你算個命。」

她下了床。我不喜歡叫她董娘，我喜歡叫她小董，就像她當年在天上人

間。小董知道了我是作家，叫我推薦小說給她看，其實她就是愛看小說，不用我介紹已看了不少瓊瑤、嚴沁、岑凱倫、亦舒、張小嫻。我叫她去看翻譯小說，先看簡·奧斯汀，她還真的六本都看了，看得比我還細，之後她看了很多翻譯的流行小說。記得我問過她最喜歡哪些小說，她說美國的《廊橋遺夢》和瓊瑤的《幾度夕陽紅》。我們的閱讀趣味雖然不一樣，但因為她也是看小說的人，我就跟她好像比較親。後來她自己待在住家接客，我這麼多年都有來找她，感覺上她依然是看小說的小董。有一陣子一些台灣客人常在她家打撲克抽雪茄，我也參加過幾次，他們董娘董娘的叫，把我的小董叫成董娘。

她拿着塔羅牌坐在床上，我順手拿起她床頭的書，是鹿橋的大陸版《未央歌》和拉辛的《金色筆記》，可見她還在看大部頭小說。她說：「你想問什麼？」

我隨便說：「我的愛人在哪？」

她準備替我算，我改說：「不不不不，算別的。」我對她的牌術沒這麼有信心，總覺得她是鬧着玩的，萬一她真說了一個地方，變了我要決定是不是聽

她之言去找。我不能把我的命運放在她手。我改說：「我在一個十字路口，第一條路會讓我過穩定舒適的生活，其實很不錯，但心裏總有點不滿足，第二條路會碰到麻煩，甚至是不可克服的大麻煩，但可能會帶我去找到真愛和最大的幸福，我應該選哪條路？」我提了這樣一個非常塔羅的問題。

她翻了些牌，分成兩邊，然後說第一條路很安靜，也富足，第二條路有障礙，很多不確定元素，不過有愛情。她的答案完全就在重覆我的問題。

然後她說：「這是副變的牌，你在第一條路上很久了，想變到第二條路去，那去吧，不去你會不甘心的。」這大概就是我想聽的話。

我說：「小董，我還是喜歡叫你小董，謝謝你。」

小董：「老陳，這兩年我第一次看到你……你真實的一面。」

我說：「真實的一面？我以前不真實嗎？」

她說：「以前，以前你跟所有人一樣，整天都，都……。」

我心跳加速的說：「充滿幸福感？」

她說：「對，兩年多前開始，你，我的其他客人，甚至周圍的人都充滿幸

福感！」
我說着小希的話：「周圍的人都變了。」
小董說：「可以這麼說。」
我問：「但你沒變，是不是？為什麼？」
小董沉默了一會，才說：「老陳，我們十幾年朋友，我跟你說真話。」
我點頭。她說：「你知道我是香港人說的道友、道姑吧？」
我說：「你不說我不知道，我沒看到針孔。」
她說：「我不用針，客人看到不喜歡。」
我說：「那你嗑什麼藥？」
她說：「各種能找到、能嗑的。」
我警覺的說：「待會你都給我寫下來，我要知道是哪幾種。繼續，嗑藥又怎麼啦？」
她說：「嗑藥有時好嗨，有時好當，是不是？但有時候，我們很清醒，這時候就看得出世界變了，周圍的人都不對了。」

像是一種很溫吞很溫吞的小小小嗨。」

我說：「怎麼不對了？」

她說：「就是不對了，跟以前不一樣了，包括老陳你在內，都太……太有幸福感了。說不出來，總之跟以前不一樣，也不是我們這種嗑藥的狂嗨，而好像是一種很溫吞很溫吞的小小小嗨。」

我努力在反省，好像有點感悟，又好像沒法跳脫來看自己。

她繼續：「我和我男朋友都受不了。我男朋友是澳州人，以前編過背包客旅遊書，來中國二十年了。我男朋友常說，中國人的心態幾年就蛻變一次，九二年南巡是一變，九四年宏觀調控是一變，九七年香港回歸是一變，千禧年加入WTO是一變，〇三年非典後是一變，〇八年搶奧運火炬和奧運舉辦又是一變，這兩年又是一大變。我男朋友說，以前國民快樂指數的全球排行，頭幾名永遠是尼日利亞、委內瑞拉、波多黎各這些，他們的國民覺得自己特別快樂，中國都不知道排在後面哪裏，突然最近兩年都是中國排第一，十幾億人都說自己很快樂，你說中國人是不是有毛病？有這麼快樂嗎？」

我想，小董跟了這個男朋友，的確見識不一樣了。

她繼續：「我男朋友也是嗑藥的，有次嗑完藥我們一起聊簡·奧斯汀，真的是太妙了，之後我們就要好了。那年嚴打的時候，你記得嗎？那時候我不是住在望京嗎？我知道會有人舉報，就躲到男朋友在外交公寓的家，幾週不敢出門，不然不知道現在還有命沒命。你看，你不記得了吧？」

我説：「那段時間的記憶真是很含糊……」

她説：「現在不記得才是正常人，像我們記得的反而是不正常了。這也是我跟我男朋友受不了的原因。加上這兩年在北京，我們要的貨越來越難找，好像道友也越來越少了，所以我們年初去了一趟雲南山區，看看那邊情況會不會好一點，我們發覺那邊的人是跟我和我男友比較像的，當然我們碰到的很多都是道友，很多是非常壞的人，也有好人，另外還有山區的人，他們都沒有平地人那種説不出來的小小小嗨。我男朋友叫小小小嗨做 hi-lite-lite。他有時候説話很誇張，他説現在每個人都是文革工農兵海報上的人了。你身在其中可能看不到，現在不光是北京這樣，我們去過全國很多地方都這樣，到處都 hi-lite-lite，嗨賴賴，除了那些山區或西北偏遠地區。我和男朋友商量了很久，我們決定搬

過去雲南三二〇國道近緬甸一帶居住。」
我說：「我認識一個跟你感覺上很相近的人，她也特煩嗨賴賴。」
小董說：「是嗎？」
我說：「她是服抗憂藥的。」
小董若有所思說：「說不定抗憂藥也有同樣效果。」
我說：「說不定是這樣。她就是我剛才問塔羅的第二條路。」

第二章

一　走過來走過去

後折騰時代

「後折騰時代！」──《讀書》雜誌創辦元老之一莊子仲常想到這個詞。他深慶自己能活到今天，活過了折騰歲月，見證了這個幸福新時代，後折騰的中國盛世。他經常對自己說：人最重要活得長，《讀書》雜誌的其他元老都不在了，自己碩果僅存，一切榮耀將歸自己。春節的時候，負責文化宣傳的政治局委員到家看他來了，還帶了央視的記者，雖然還比不上以前季羨老那樣得到總理的看望，卻已經成為文化出版界的頭等大事。莊子仲又不是大國學家或桂冠小說家，幾年前如果有人聽到國家領導人去家裏看望一個雜誌元老的消息，一定會說：開什麼玩笑，不可能。由此，更可以看得出這一屆領導對知識思想界的重視，這是上世紀八十年代之後沒有過的。那天開始，莊子仲謙虛的對所有人說這榮耀是歸《讀書》雜誌的，說明雜誌幾代人三十多年來的努力沒有白

費，終於得到中央領導同志的肯定。莊子仲想起黨一度對雜誌有着誤解，責難雜誌的辦刊取向，後來雖然跟黨相安無事，但總得不到黨的真正信任。這兩年間一切改觀了。首先是歷任主編、編輯奇蹟般的大和解，繼而是本來不同立場的作者在治國理念上取得共識，尤其是新任聯合主編們兩年前策劃了新盛世主義大討論之後，《讀書》恢復了一度失落的知識文化界標竿雜誌的地位，並得到上面的高度重視。

莊子仲想着新盛世主義的十項國策獻言，即一黨領導的民主專政，穩定第一的依法治國，執政為民的威權政府，國家調控的市場經濟，央企主導的公平競爭，中國特色的科學發展，以我為主的和諧外交，單民族主權的多族群共和，後西方後普世的主體思想，中華文明舉世無雙的民族復興等。這些主張，現有看起來都像是平平無奇、自然不過的常識，怎麼當時的《讀書》要爭論那麼久才得到結論？對莊子仲來說，不管怎樣，《讀書》受黨肯定，也等於終於確定了他是愛黨愛國的。莊子仲覺得這是他晚年最大的成就。

現在，他坐在輪椅上，由年輕的新夫人推着，往他的小轎車走去。自春

節國家領導人到家看望他之後，單位的黨委決定替莊子仲配一輛帶司機的公務車。這車的其中一項公務，是每週六下午送莊子仲到三聯逛逛書店看看書。

莊子仲出門的時候，長住北京的台灣作家老陳也剛步出幸福二村小區，開始他每天下午的例行公事，步行去他家兩公里直徑內的三家星巴克之中的其中一家。因為是星期六下午，三里屯太古村和東直門外銀座的星巴克肯定已經人滿為患，只能去工體北路盈科中心的那家，希望那些雅皮白領週末都去了健身房，不會佔着太多沙發位子無線上網看電腦。

跟過去兩年惟一不同的是，老陳沒有開開心心的出門，他的幸福感最近不見了，甚至可以說，老陳出門的時候，心情非常不好。

自從小希走出他幸福二村的家門後，老陳的心情沒有好過。

小董的離開北京，更是雪上加霜。幾天後，老陳去五道口找宋大姐。他很識相的選了青年才俊北大法學院研究生韋國可能要上課的早上十點多，去到

《五．味》的後門，在巷子不顯眼的地方等宋大姐來開店，想問她有沒有小希的消息。那天他穿了香港人叫乾濕褸的米色長風衣，像搞笑片裏吳孟達演的私家偵探，或羅家英演的露陰癖鹹濕佬，不過當時的老陳一點不這麼覺得，他想像自己穿乾濕褸會像好萊塢巨星漢弗萊．博加特或英國硬漢作家格雷厄姆．格林，可是就因為這樣的認知落差，當他看到宋大姐轉進巷子而焦急的一躍而出時，卻把走在大姐前面的年輕女郎嚇得驚呼狂叫。

一番擾攘平息後，老陳問大姐可有小希的聯絡辦法，大姐從內衫取出一張小字條，說：「我就知道你會來，前陣子還能跟小希通上電子郵件的時候，她還說不知道應不應該跟你見面，我還勸她找你，之後她也沒跟我說你們見面了沒有。前幾天收到個手機短信，不知道從哪裏發來的，就留了這一堆拼音字母，我把它抄下來，就知道你會來。」

老陳看着那字條，問：「這些字母什麼意思？」

宋大姐說：「不知道。」

老陳說：「是小希發給你的嗎？」

宋大姐說：「準保沒錯，一定是的。」

老陳半信半疑之際，宋大姐握住他的手，雙膝微彎像半跪的說：「老陳，你一定要救小希，救小希。」

老陳扶起大姐說：「大姐你起來、起來。」

大姐站着老淚縱橫。老陳眼睛也濕了，拿出白手帕擦眼睛。

大姐說：「我知道老陳你會救小希的，老陳你是好人，你會救小希的。」

老陳說：「我盡力，我盡力。」

回到家坐在電腦旁，老陳看着字條發愁。maizibusi。上次 feichengwuraook，老陳反而一眼就看出是非誠勿擾OK的拼音。這個 maizibusi，什麼意思呢？賣姿布絲？埋字補嗣？中文拼音的問題是四聲不分，一音多字。

老陳突然想起小時候住在調景嶺的時候，媽媽平常白天在天主教堂當廚娘，週日上午則帶着老陳去新教禮拜堂聽禮拜，因為聽完後可以領取一包美國人民捐贈的白麪粉。當然老陳媽聽禮拜的時候都會打瞌睡，但老陳則從小喜歡聽牧師佈道。有一回牧師在追悼一位死去的教友時說，一粒麥子不死，就只是

一粒麥子，死了落在地上，就會變出更多麥子，所以，落地的麥子不死。難道小希改了個麥子不死的網名？不過從沒聽說小希有宗教傾向。

老陳搜麥子不死四個字，出現一本哈佛大學教授王德威論張愛玲及張派傳人的《落地的麥子不死》論文集、一本法國文學家紀德的小說體自傳《如果麥子不死》的中譯本，一部叫《麥子不死》的短片，以及很多文藝性和宗教性的鏈接。老陳搜了十幾個網頁，沒看到像小希寫的帖子，就沒信心和耐性繼續搜了。早上承諾了宋大姐要救小希後，就好像背了一個十字架一樣。不過，心情再沉重，生活還得過，於是老陳就出門打算去星巴克喝桂圓龍井拿鐵。

老陳沒期待的是，原名方力鈞的方草地在新東路上等了他快兩小時。方草地曾在新東路上碰到過老陳，並拿了名片，寫了電郵，但老陳沒回覆，今天方草地決定回到上次碰面的地方，假裝是再度意外遇到，這樣可進可退。

方草地現在幾乎可以憑一個人的神態，判斷該人是否他和張逗的同類。上

次碰到的老陳，一副悠然自得的樣子，還真不像。不過，方草地曾經認為老陳是個有智慧的人，而方草地很少改變他對人的看法。今天，讓方草地喜出望外的是，老陳從幸福二村小區走出來的時候，一副愁眉苦臉。

方草地脱掉自己的棒球帽，趨前説：「陳老師，陳老師，方草地、方草地。」

他拍拍自己的禿頂，像是在喚醒別人的印象。

方草地説：「陳老師，您今天氣色就對了。」

老陳説：「老方，我今天沒心情跟你聊天。」

方草地説：「沒心情就對了，陳老師，一個月不見了，怎麼會有心情呢？」

老陳説：「老方，我真有事，改天再聊吧。」

方草地説：「陳老師您去哪？」

老陳一想，不能説去星巴克喝咖啡：「我去三聯書店。」

方草地立即説：「我送您，陳老師。上我車。」方草地打開身旁一輛切諾

基的前座門。

老陳還想推：「不用，真不用，我打的，你忙。」

方草地說：「我不忙，我什麼事都沒有，我專門來想跟您說幾句話，陳老師。」

老陳無奈的上車。

方草地邊開車邊說話：「陳老師……」

老陳帶點脾氣的說：「不要再叫我陳老師！聖經說過，當世界各地到處都是老師的時候，就是世界末日的時候。」

方草地認真說：「那可不是開玩笑。我不叫您陳老師了，還是叫您老陳好了。」

老陳有神無氣的說：「你到底想跟我說什麼，說吧！」

方草地說：「老陳，一個月不見了，怎麼辦，我們得去找回來呀。」

老陳煩了：「不見就不見了，關你什麼事？誰在乎一個月！」

方草地往下說的那番話，卻又引起了老陳的注意：「不見了不行呀，老

陳，您有沒有發覺，這兩年周圍的人都變了？」

老陳心想，這像是小希小董的原話。

方說：「那個月之前和之後，整個中國變了，人也變了。」

老陳總覺得方草地很誇張。

方草地繼續：「現在的中國已經分成兩種人，一種是極大多數的人，一種是極少數的人。」

老陳問：「極少數的人有多少？」

方草地說：「到目前為止我所知道的，只有兩個，就是我和張逗，我的鐵桿兄弟，我們相信還有同類，我們希望您是其中一個。」

老陳問：「為什麼你認為我是其中一個？」

方草地說：「因為您心情不好，因為您的氣色很差，因為您的樣子像泡了水的麪包一樣鬆鬆的。」

老陳問：「心情不好就是你的同類？」

方草地說：「那只是表徵，以我兩年多的觀察，關鍵在於記不記得那個月

發生的事情。」

老陳想起小希和小董，試探着問：「老方，你有沒有長期在用什麼藥，譬如……」

方草地驚詫的說：「那您確是我們的同類了！」

老陳說：「你別着急，先回答我的問題。」

方草地說：「我和張逗都是長期哮喘病患者，我們有服用類固醇。」

老陳發了「噢！」一聲，方草地立即說：「您先別噢，我調查過，絕大部份服用類固醇的哮喘患者都不是我們的同類，至今為止我惟一找到的是張逗。」

老陳邊想邊說：「說不定用別的藥也會如此這般。」

方草地問：「老陳您說什麼？」

老陳自己在推理：「類固醇、抗憂藥、有麻醉成份的止痛藥、吸毒，或許還有其他什麼藥，都有如此這般的效果，不過並不是所有長期嗑藥的人都會如此這般，只是，嗑藥可能提高了如此這般的機率，也可能另外要看連帶的變

數，譬如說：嗑的是什麼藥，或她平常吃點什麼，或許性格和個人際遇也有關係，都有可能影響她會不會如此這般。會如此這般又如何呢？會如此這般，她就一、覺得這兩年周圍的人都變了，二、所謂變就是周圍的人比以前快樂，比以前多了小小小小的一點嗨，三、至少有一例情況是，她自己記得很多別人不記得的事情，就是如此這般。」老陳想到小董記得很多，但小希卻說自己很多事都不記得了。

方草地附和：「精闢，老陳，精闢！確是如此這般，確是會記得很多別人不記得的事情，特別是失蹤的那個月。」

老陳才想起：「失蹤的那個月？所以你一直在說一個月不見了、一個月不見了？」

方草地說：「對呀，集體失憶呀。」

老陳說：「是哪一個月？」

方草地說：「就是世界經濟進入冰火期與中國盛世正式開始之間的一個月，嚴格來說是二十八天。」

老陳短暫走神，想起自己當年的偵探小說《十三個月亮》。然後他馬上回神說：「世界經濟進入冰火期與中國盛世正式開始，兩件事不是不分先後連接在一起的嗎？」

方草地笑：「老陳您還真幽默。」

老陳不作聲，拚命在想那段時間，但記憶一片模糊，說不定這一切都是方草地的胡思亂想，根本之間就沒有失蹤的二十八天。方草地這時才意識到老陳不是在開玩笑：「老陳您真的不記得？老陳，我剛才還真的以為您是我們的同類。」

方草地和那個張逗可能是小希和小董的同類，老陳想到這點。

方草地失望的說：「那真打擾您了。」

老陳說：「不不不，你聽我說……這樣說吧，你們是幾個外太空人，誤闖地球走不了啦，我是一個能跟你們溝通的地球人，是你們在地球的朋友，這樣說你明白嗎？」

方草地說：「明白，您是地球人的漢奸。」

老陳懶得爭辯，只說：「我有認識的人，還不止一個，可能是你的同類。」

方草地說：「太好了，他們在哪？」

老陳說：「我不知道她們去哪了，我也正在找其中一個。」

方草地說：「我幫您，我們一起去找。」

老陳看着方草地，在想要不要讓方草地加入，加入會不會添亂。

方草地說：「我特專業，過去兩年我就是在幹這事，尋月、尋人、尋證據。老陳，讓我幫您。」

老陳說：「老方，你讓我好好想一想。」

方草地說：「好」。

方草地安靜了一會，快到三聯書店，方草地說：「老陳，現在書店都不用看了，我走遍全國都一樣，賣的都是官方潔本，甭想在書店找到真相，不信您待會自己去看看，不要說關於失蹤那個月的書了，八九六四之類的，那肯定沒有，連反右、文革的書都沒有一本像樣的，都是謊言。」

老陳不搭腔，心裏煩這個方草地，到書店看書還要你來指點我不行？三聯書店裏面，有多少萬本好書你方草地看過嗎？光是當代名人的回憶錄就肯定可以放滿幾大架子。我以前隔週、這兩年每隔幾個月來一次三聯，找書我還不比你在行？看書找書我才專業呀！這個老方，向來如此，就是煩人。

到三聯韜奮中心門外，老陳下車，方草地立即撥打手機，老陳手機響，方說：「你有我手機號，二十四小時，隨時找我。」一方說等他電話，臨開車又側身說一句：「老陳，我敢打賭，它們連楊絳的書都不賣了。」

說罷方草地開車走，老陳心想：拋開那些只在香港、台灣出版的禁書和大陸地下自印的非法書不說，曾在中國大陸正式合法出版的書之中，笑蜀的《歷史的先聲》、章詒和的《往事並不如煙》、徐曉丁東徐友漁合編的《遇羅克遺作與回憶》早就被禁，現在是肯定沒有的了，楊顯惠的《夾邊溝紀事》、吳思的《潛規則》或許有或許沒有，但是楊絳的《洗澡》、《幹校六記》、《走到人生邊上》，長銷書怎麼會沒有！《我們仨》，三聯本版書，難道都沒有？不可能。

老陳一進書店，就請店員在電腦查楊絳的幾本書，店員對着電腦說：沒有。

老陳心想現在的年輕店員對書都不熟悉，說：「沒貨是嗎？」

店員說：「沒這書目，沒有進過貨。」

老陳說：「以前呢？」

店員說：「以前沒記錄。」

老陳說：「《我們仨》是你們三聯本版書呀。」

店員說：「不知道，電腦上沒有。」

老陳問：「你們店長呢？」

店員說：「上三樓咖啡廳看看。」

老陳還是一個有點反省能力的人，他想到自己這兩年都沒有再讀中共黨史或共和國史之類的紀實書，連反右、文革回憶錄也少沾了，只看經典小說、國

學名著、名家遊記美文，和重讀金庸張愛玲魯迅，已經很久沒有注意三聯書店架上有哪些關於反右、文革的紀實書和回憶錄。於是，老陳決定下地下層去查證一下。

三聯的地下層，在兩年前做了點改變。樓梯一下去以前是三聯的本版書區，現在改成小說區，接着是國學、宗教和影視媒體書區。今天，小說、國學、宗教和影視媒體書區的顧客還挺多的，雖然無法跟地面一層的暢銷書、商業書、個人勵志書和旅遊書區相比。但是，在地下層一直往裏面走，過了一個L型轉角位之後，顧客就明顯疏落，那就是哲學、歷史、政治書區。上次三聯春節聯歡那天，老陳就是走到這裏，胸口感到鬱悶，今天，老陳的頭像爆炸一樣陣痛。老陳惟有放棄找書，急步走上地面，頭痛稍緩，他想到要找個地方坐下，於是直奔二樓咖啡廳。

老陳只想着到咖啡廳深處找位子坐，沒想到聽到一聲「小陳！」老陳回頭一看，竟是《讀書》元老莊子仲在叫他，旁邊坐着書店店長，兩個文化界的半熟臉，和一個年輕女性。上次《讀書》聚會，老陳嫌太多人圍着莊子仲，所以

沒過去打招呼，現在被叫住逃不掉，特別心虛的熱情握着莊子仲的手說：「莊公！見到您太高興了。」

莊子仲指着身旁年輕女子：「我的太太大人，是我現任領導，你沒見過吧。」

老陳輕握女子手：「莊夫人，叫我小陳。」

莊子仲問其他幾人：「你們認識吧？」都說認識、熟得很。

莊說：「小陳當年替香港《明報》訪問我的剪報，我到現在還保留着。那是四分之一世紀以前的事。」

眾人作另眼相看狀。

莊說：「小陳，坐下，我有話問你。這次中央領導到家裏來看我，《明報》的報導怎麼說？」

《明報》的網站在大陸是受屏蔽的，老陳根本看不到，但他開口就說：「噢，跟《新京報》的報導差不多，篇幅還挺大的。」

莊公很高興。

老陳不由自主的問了句心裏話：「莊公，是不是知識份子現在真的願意跟黨和解了？」

說完老陳都害怕自己話說得太衝。

莊公說：「什麼知識份子願不願意跟黨和解？是黨願不願意寬恕知識份子！」

這時候又有人來跟莊公打招呼，老陳趁機細聲問坐在旁邊的店長：楊絳的書怎麼都沒有了？

店長反問：「哪個楊將？」

老陳說：「錢鍾書夫人楊絳。」

店長好像記起來了：「啊，你是說那個楊絳，大概都沒人看了吧。」

老陳頭痛又加劇，怎麼自己幾年不看這種類型的書，一般閱讀者的趣味也跟着變了？

老陳跟莊公說：「莊公，我今天有事先告辭，很高興看到您，您多保重。」老陳又對莊夫人說：「莊夫人，告辭了，請好好照顧莊公，他是國寶

呀。」

老陳走出三聯書店，還在想着自己是不是太狗腿，叫莊公做國寶是不是有點過。不過他一轉念又想起金庸小說《鹿鼎記》裏韋小寶常掛在嘴邊的一句話：千穿萬穿，馬屁不穿。讓別人高興一下又如何？

隨風而飄

回到家，老陳吃感冒止痛藥，蒙頭睡到天亮，醒了也不想起床。中午做泡麪，是現在超市裏康師傅一百種口味的其中一種，老陳沒在意吃了什麼口味。隨後他上當當、卓越書網，查楊絳的書，竟然連書目都沒有。

接着老陳按題目查，八九六四、九九法輪功，正如所料，一個顯示都沒有，但就算是延安整風、土改、鎮反、三反五反、反右、三年災害、五九西藏騷動、文革、西單民主牆、四五事件、八三嚴打等，這些在八十、九十年代一度可以談論的題目，現在都沒有幾本書目，最常列出來的是一本《中國讀本當

代篇》和一本《普及版近代中國簡史》，是這兩年官方欽定的關於近當代中國歷史的標準讀物。

老陳想，方草地這個人有時候也夠神，他好像沒説錯，全國這麼多書店、書城，加上號稱無書不備的書網，有成千上萬的書目，可是都不會找得到任何一本書可以告訴我們當代中國歷史的真相。奇怪自己怎麼沒早想到這點！文革和改革開放初期，書店的書種很少，人們都知道真相被屏蔽了。現在，圖書琳瑯滿目，讓人看不過來，其實真相依然是被屏蔽的，只不過人們以為可以設計自己的閱讀興趣，自由選擇，想讀什麼就讀什麼，反而忘了自己已經被設計了。

接着老陳上網。他發覺八九六四天安門事件等關鍵詞固然搜不出什麼名堂，就算文革的鏈接都很不像話，大多是陽光燦爛日子的青春期懷舊，少數談歷史的都是簡略潔本。怪不得現在年輕人説不出誰是四人幫，而八〇後出生的人從來沒聽過魏京生、劉賓雁的名字，也難怪王丹每次在海外大學講八九六四，都會有中國留學生去叫板罵他，因為年輕人不再可能從書和網絡

——學校和傳統媒體更不用說——知道這些事情的真相。

老陳想到一點，關於中國當代歷史知識這一塊，存在着嚴重的代溝。有些往事，對五、六十歲那代人來說，是無人不知的常識，甚至現在他們在聚會的時候仍會談到，甚至家裏仍有現在已找不到的書報刊，因此他們竟然沒意識到自己已經越來越邊緣化，他們早就不代表社會大眾，他們的認知是完全沒有管道傳遞給比他們年輕的人，而下一代是全面不知道當時的歷史真相的。

老陳想起偽天堂與好地獄，在好地獄，人們還知道自己是在地獄，所以想改變地獄，但在偽天堂久了，人們就習慣了，並以為已經是在天堂。

有什麼好說的，老陳自己就是個活生生的例子。最近幾年，他也再沒胃口看痛苦的當代歷史，只有興趣正典名著和風花雪月。他是每天上網，並經常逛書店，但都沒有察覺到歷史已經重寫、真相已被刪除，因為他也不關注了。直到昨天在三聯書店、今天在網上，他才重新注意到歷史真相明顯的不在、公然的失蹤。

老陳是寫虛構小說的，是個說故事的人，他知道在後現代的符號世界，事

實是可以建構的，歷史是可以做不同解釋的，什麼叫真相或存不存在真相這回事都是可以爭論的，不過，對於睜着雙眼說假話，瞇着雙眼刪改事實，肆無忌憚的歪曲真相，赤裸裸的篡改歷史，老陳心裏還是感到一絲不安。

但也僅僅是一絲而已。

如果老陳當年不是當過記者，他大概也不會覺得事實必須受到重視，如果不是做過大陸文化名人的訪談，也不懂得應該保留歷史的真貌。尊重歷史、事實和真相是一種後天學習回來而不是自然天生的價值觀，不見得受普世認同。大多數人對歷史事實真相都不在乎、都不會有所堅持。

一般人也沒法在乎，堅持的代價也太大。

何況真相往往令人痛苦，誰不想去苦取樂？

老陳這一刻就是想卸掉歷史的重擔。我們用得着責怪一般老百姓失憶嗎？應該強迫年輕一代記住上一代的苦楚嗎？難道知識份子就要滾地雷，跟國家機器死磕？

難道老百姓平常過日子還不夠忙？

難道年輕人不應該向前看？

難道知識份子少批評多建議，實際一點，把精力花在國家需要的課題上，不是更有意義？

現在大家的生活不是比以前好多了嗎？

誰還有空管得了那一點點歷史事實真相？而且不是所有的歷史、紀實或回憶的書都不能出版，相反的，這類書多得很。只有不能符合以至挑戰中共當代歷史正統論述的書才會全部消失。

老陳忽然想到一個詞：九成自由。現在我們已經很自由了，九成甚至更多的題材都可以自由談論了，九成甚至更多的活動都已經不受管制了，難道還不夠嗎？大多數人連那九成的自由都消化不了，還嫌太多呢！不都已經在抱怨資訊爆炸、娛樂至死？

老陳越想越覺得自己有理，他有一張很長的書單，都是他想看還沒看的書，包括國學的，如二十四史，也包括經典小說，如十九世紀俄羅斯小說，那是西方小說的一個高峰，但是因為當年台灣和大陸的閱讀取向不一樣，老陳的

同代大陸知識份子在看帝俄小說的時候，老陳則在看當代美國小說。作為小說家而沒看過俄國小說，老陳有點心虛。他一直都對自己說，以後有機會要補回來。現在，老之將至，還等什麼？老陳有這些正典就可以了，用不着太多的自由。

況且，將來國家條件許可，還可以放寬到九五成。說不定現在已經到達九五成。那跟西方所差無幾了吧。西方也有言論和活動的不自由，譬如德國政府就限制納粹支持者的言論自由、美國很多州政府都剝奪同性戀結婚的自由。惟一的差別是理論上在西方，政府權力是人民給的，而在中國，人民的自由是政府給的。這差別有那麼重要嗎？

現在連清潔阿姨都會跟老陳說：現在比以前好多了。

中國是在進步，希望它再好好的走十年、二十年，誰都不想再有大折騰。大家務實的做好份內的事，國家穩步向前發展，老百姓生活慢慢改善，那就很好了。

老陳想：都怪那個方草地，說什麼一個月不見了，什麼楊絳的書都沒了，

打亂了自己的思緒。

老陳現在只有兩個自尋的煩惱：想再寫小說，想尋找遲來的愛情。

他打電話找社科院的朋友胡燕。

胡燕現在也知道週末該在家休息，不應該工作。自己年齡到了，孩子都上大學了，不要太拚了，她老公一向勸她。

她更知道，項目是做不完的。現在的情況跟她當年不一樣了，當時她做的研究課題不被重視，找不到經費，還常替她惹來麻煩，現在她也算是學科帶頭人，而農村社會文化研究也成了顯學。

記得上世紀九十年代初她在貴州黔東南做少數民族女童失學研究，還要靠台灣和香港的民間捐款才能開展項目。到九十年代中後期她調查城裏農民工子女就學問題時，京城學界也看不起這樣的課題，而且她還受到各級政府的抵制和打壓，要到千禧年後情況才一百八十度轉變，中央出籠新政策，地方政府要

制訂對策，紛紛找專家學者諮詢，雖然那時候學界突然冒出了許多自稱研究農民工問題的新專家學者，但自然也會找到胡燕。之後的新農村建設和農地流轉重大課題，胡燕都分到研究項目，拿到令同行妒忌的國家撥款。

近年在做農村田野調查的時候，胡燕無意中注意到一個現象，就是基督教新教的家庭教會的快速蓬勃成長。中國的基督徒人口，「地下教會」加上三自愛國教會和天主教愛國教會的信徒，二〇〇八年的調查數字是五千萬，現在胡燕心裏的數字是一億，而這個跳躍都發生在這兩年之間。為此，胡燕和兩個做農村社會學的朋友合寫了一份非公開的初步報告，在學界朋友之間流傳徵求意見。胡燕在考慮的是，自己有這麼多國家重大課題在手，已經顧不過來，還犯得着花精力去研究家庭教會嗎？何況，宗教社會學並不是自己的專業學科，若自己成功的立項取得國家撥款的話，更得有人眼紅，私下閒言閒語就會很難聽，說她是學霸學閥學術帝國主義者已經是客氣的了。

胡燕一向潔身自愛，不惹學界是非，所以，為了自己要不要踏出研究地下教會這一步，不得不思前想後。但是，誘惑太大了。十三億人裏有一億基督

徒，十三個人之中有一個，國家是不得不重視的。胡燕知道自己的學術嗅覺其實是非常好的，現在這個態勢，地下教會馬上要成為社會大熱話題，有關課題將立即升格為顯學，這對學者胡燕的誘惑非常大，自己已經預感到了，還能忍住不放馬過去嗎？最近，胡燕整天感到潮熱，並有點亢奮。

星期天的傍晚，老公在廚房唱着革命歌曲燒菜做飯的時候，胡燕在書房盤算地下教會研究該如何開展。這時候她接到老陳的電話，說有事要請教她，問她明天會不會進社科院，她說一般星期四才會去，不過，她馬上說，有事明天也可以，遂與老陳約了在社科院旁的四川駐京辦餐館吃中飯。

胡燕在上世紀九十年代第一次去台灣，就是靠老陳幫着請台灣的文化大學發函邀請的，後來資助她做失學女童研究的台灣基金會，也是老陳介紹的，這是她學術生涯很重要的一步。她是個念舊的人，總是會給老陳面子，雖然老陳已跟她的學術事業沒關係。

第二天，老陳跟方草地一起去見胡燕。之前，老陳跟方草地說，你想知道中國的實況，問胡燕就可以，沒人比她更貼近底層和草根，如果她也說不知道的事，其實就是不存在。

老陳想一次性澄清方草地那個二十八天失蹤了的說法。

方草地依然很倔的說：我記得的東西，不管誰說什麼，我都不會忘記。

老陳找胡燕還有一個主要理由，就是想問她對麥子不死有什麼想法。前陣子，老陳收到一份胡燕發來的電子檔，是關於基督教地下教會在中國的研究。

吃飯的時候，胡燕解說她在忙什麼：協助國家擬定農業合作社和農村金融機構的管理政策，也在做農地流轉社會效應的追蹤調查。

老陳速戰速決的直問：「簡單總結而言，現在的農村情況是在變好了還是在變壞了？」

胡燕說：「問題當然還是有，但總的來說是進入了良性循環週期。」

老陳問出這個結論就感到心滿意足了。老陳去過的中國城市不少，他知道一線、二線和三線城市現在都非常繁榮，甚至縣級市都建設得不錯，城市老百

姓好像都活得很好，小康是沒問題的。老陳心裏沒底的是農村，他只在城市近郊農村旅遊過而從沒在農村長住過，所以，他每隔一段日子就問胡燕農村情況變好還是變壞，好像打長途給親友問好，知道一切平安就踏實了。知道了農村情況也比以前好，老陳就可以告訴自己：整體來說中國越來越好，然後心安理得的去過他的好日子。至於農村良性循環週期的詳細狀況——詳細狀況交給專家學者去管吧，老陳覺得自己沒必要知道得太細。

方草地突兀的問胡燕：「胡老師，您對世界經濟進入冰火期，與中國盛世正式開始之間那段時間發生的事情，有什麼看法？」

胡燕好像不太知道方草地在說什麼。

方草地：「就是之間那一個月，準確來說是之間的二十八天時間。」

胡燕很耐心的說：「人民日報頭條刊登世界經濟進入冰火期、中國盛世正式開始，也就是美元一次性貶值三分之一，中國推出盛世新方案刺激經濟的那天，是同一天，這是眾所週知的事。我不知道方先生你說的二十八天，是用什麼計算方法。」

方草地不說了，老陳心想，老方這回你沒話說了吧。

老陳問胡燕關於她跟別人一起做的那份基督教地下教會在中國的報告。

胡燕說：「我們建議中央必須把宗教問題脫敏化，就是解除敏感，不要當敵我關係來處理，甚至不是人民內部矛盾，要加以正常化，就是把宗教當作正常社會生活的一部份。我們必須從錯誤政策中總結經驗，不能重覆鎮壓法輪功的錯誤。」

方草地附和說：「千萬不能，千萬不能，太作孽了。」

胡燕點頭。

老陳另有所思，問：「胡燕，你對麥子不死這四個字有什麼想法？」

胡燕說：「我對基督教經文不熟，好像他們福音裏有這麼的一句，落地的麥子不會死，大概如此，很多基督教徒都知道這段，河南有一個家庭教會就叫落地麥子。」

老陳警覺的問：「河南哪裏？」

胡燕說：「河南豫西或豫北吧，準確地點我要去問另一個研究這方面的學

者。」

老陳認真的說：「你替我去問一下準確地點，好嗎？」

胡燕說：「沒問題」。

跟胡燕分手後，方草地說：「胡老師人很好，但她不是我們的同類。」

老陳說：「還好世界上還有很多人不是你的同類。」

方草地說：「我從她的神情，早就猜到。她樂樂呵呵的。果然，她都不知道有失蹤的那個月。」

老陳勸方草地：「關於失蹤的那個月，老方，你聽我的，算了吧，別去找，犯不着，人生苦短，好好過日子吧。」

方草地不接話，老陳知道他再有本事，也改變不了方草地。方草地叫板，誰也擋不住。

上了車，方草地說：「老陳，賞個臉到我和張逗妙妙家吃頓便飯。」

老陳並沒有很想去方草地家，但念到可能需要他幫忙找小希，而自己今天也沒事，就答應了。

方草地又來勁，邊開車邊指着長安街的南邊說：「那一帶，以前有很多很多上訪的人在那裏，我還特意去找過，看看這群人中，有沒有我們的同類，結果您知道發生什麼，一個上訪者都找不到，南城那些他們住的地方也都拆光了。本來我還在想，說不定您的那個朋友也躲在那裏。」

老陳也好幾年沒想到這些外地來北京的上訪人群了，不過他知道一點，就算上訪人群還在，小希也不會在其中，因為那一帶是高檢高法所在，小希一定會躲得遠遠，不想給熟人看到。

方草地繼續說東說西，天南地北跳躍，老陳都聽不進去，心想早知道老方住得這麼遠，就不來了。

到了懷柔妙妙的家，方草地介紹張逗、妙妙和部份貓狗給老陳認識，然後帶老陳進他的屋裏。屋裏四壁都是鐵架，放滿剪報、報刊和破爛雜物，中間是張書桌、幾張摺椅和一張摺疊床。

方草地指着一堆報刊說：「老陳，這些都是我花了兩年時間，在全國各地找回來的證據，可以證明那二十八天發生的事情，是跟大家所說的不一樣。您是讀書人，一生追求真善美，為真理而鬥爭，您一定能體會我的苦心。您慢慢看，我去準備咱們的燭光晚餐。」

老陳無奈的留在屋裏。妙妙拿了一盤巧克力曲奇餅進來，放在書桌上請他吃，然後也出去了。

老陳百無聊賴，隨手拿起無糖曲奇餅放進口裏，又抽出幾本過期的地攤刊物，幾張舊的地方小報，胡亂的看，真不知道方草地從中看出什麼歷史真相。然後，也看了一張半張的《南方週末》、《南方都市報》、《中國青年報》，一本半本的《財經》、《南風窗》、《亞洲週刊》。

老陳回想，自己那段日子都待在北京，好像是平平安安，無驚無險，沒有什麼值得記住的事情，否則應該會有印象。從方草地收集的所謂證據看來，外地可能發生過一些動亂，但這不稀奇，中國這麼大，每天有地方發生動亂也不稀奇，自己從來不找這種新聞來看，就算看到，也會立即略過，所以不知情。

中國之大，自己不知情的事情可多了，像瞎子摸象，誰能知道全貌？這在知識論層面上是不可能的。方草地一鱗半爪的證據，不說明什麼。其實說整個月不見了看來是不準確的，只不過大家對那個月的記憶不同而已，況且中國的事情，你刻意找它壞的一面來看，多壞都有，只看它好，也確是一片大好，大國都是這樣，你想想美國、印度，不都一樣？那有什麼稀奇？不管了！最重要是當下，世界經濟都陷入冰火期，中國盛世卻剛剛開始。小希，你在何方？希望你能跟過去說再見，回來過好日子。如果你願意跟我一起過，我們就一起過。

可能是巧克力曲奇餅的緣故，老陳心情好起來了，對找小希的事更有決心了。

在初夏的黃昏，露天燭光晚餐的情調確是讓人愉悅。老陳坐在桌旁，方草地燒菜捧菜放滿一桌，叫老陳先嚐，又喊張逗彈西班牙吉他製造氣氛，不遠處妙妙跟些貓狗在隨音樂起舞。老陳嚐了幾口菜，還真不錯，問方草地：「你做的什麼地方的菜？」

方草地說：「雜碎菜。你看，四川泡椒、湖南豆豉、廣東蝦醬、泰國香茅

露，還有咱們自己種的芫荽、羅勒、檸檬葉、大葱，隨吃隨摘，都是有機的，用咱們自家的貓狗加上人糞堆肥的。」

吃飯時候，聊得高興，最令老陳想不到的是方草地説了為什麼崇拜老陳。老陳以為是自己的文筆征服了方草地，原來卻是因為説了一句老陳自己都不記得的話。八九年的時候，方草地接受老陳的訪問，一直在説自己的預感有多靈。七一年看到頤和園一帶封路就感到毛或林彪出狀況。七二年在香港重慶大廈憑窗看彌敦道，眼看着對街有人跳樓死，就預感香港要出事了，果然不久香港股市從一千七百點跌到只有一百多點。在美國嬉皮公社的時候，有天大夥敲鑼打鼓慶祝越戰結束，方草地眼前卻出現越南人逃難的幻景，後來也應驗了。説着説着，老陳打斷他説：「這些預感，有意義嗎？改變了任何後來發生的事情嗎？」

方草地説，老陳一言驚醒夢中人，細想起來，一生讓自己覺得與別人不同的預感能力，既沒有影響世界，也沒有改變自己的命運，可以説，一點意義都沒有。從此方草地不把預感當作一回事了，也不會給自己無謂的壓力，都是要

感謝老陳那句話，可見老陳是高人。

方草地吩咐張逗：「兄弟，老陳的智慧遠遠超過你和我，我們都要聽老陳的，知道嗎？」

老陳正吃得起勁，聽到方草地這樣説也有點不好意思，不由自主的站起來跟方草地擁抱了一下。

這頓漫長的晚飯吃得有滋有味，老陳甚至又感到一絲幸福感，竟然向方草地和張逗這兩個無關重要的人，説了自己認識何東生這樣的失眠國家領導人，每月第一個星期天晚上一起看老片，何東生看片時候都睡着，但平常晚上不睡覺，開着車子滿街跑，給交警攔住就打電話給秘書，秘書就替他擦屁股。

飯後，張逗彈吉他伴方草地唱歌，一聽原來是鮑勃·迪倫的《隨風而飄》。方草地還唱得有小鮑的原生態味道。

飯後繼續喝燕啤吃曲奇，張逗用手提電腦自顧自上網。方草地叫老陳給出指示，怎麼去找他的朋友。

老陳説：「我也不確定。我只有這小條。」

老陳從小皮包取出小紙條。方草地拿來看，問：「什麼意思？」

老陳說：「我猜是麥子不死的拼音。」方草地把紙條給了張逗。

方草地說：「那我們就去河南找吧，我開車。胡老師說那教會在河南，我們去了再說。」

老陳說：「不要急，那教會叫落地麥子，但我連小希是不是叫麥子不死都不確定，更不知道兩者是否有關。」

這時候張逗說：「找到了，maizibusi。」老陳和方草地圍過去。

老陳說：「你就輸入 maizibusi？」

張逗說：「是呀。」

老陳只知道揣摩 maizibusi 的中文，竟沒試過直接輸入拼音。

只有一條鏈接，是兩週前在《貓眼看人》論壇上的跟帖：

「小瓜獃，你說你傷心透了，以後不會再在國內的網站上發帖，我也傷心透了，不過我是理解的，你用心撰寫的文章被網管肆意刪除，或被那些沒理性的網上惡棍暴民惡意攻擊（他們很多不是憤青而是一上網就變流氓的五、六十

歲男人），而你始終說事實講道理，不出惡言，你的堅定，令我非常敬佩，也鼓舞了我堅持下去。我不怕憤青，更不怕那些老流氓，我會堅持到底，我相信，人是有理性的，真相是不會永遠被湮沒的。再見吧，朋友，我們是會在虛擬世界再見的。maizibusi。」

方草地問：「是她嗎？」

老陳說：「像！」

方草地說：「看她的語氣，她是同類。」

張逗說：「看語氣，不會是年輕人寫的。」

方草地問張逗：「在哪發出來的？」

張逗說：「不知道，我上網去找人幫忙。」

老陳看到可能是小希的網上跟帖已經激動得想哭出來，坐回原位，忍住眼淚。

方草地遞一瓶燕啤給老陳，也坐下，說：「我跟您說說那二十八天的事。」

他做了幾下深呼吸，好像賽前暖身。

「那年春節前我去了趟澳門，回來先待在廣東中山等着過節，中山本來是很富的地方，但香港人澳門人都不來買房度假了，工廠也停了，大家都在說農民工今年又只得待在農村不能回城市打工，大學生也連續幾年找不到工作，我在一家吃乳鴿的館子打廚房工沒幾天也被開了，我無所謂，不打工就玩吧。正月初八那天我在報亭看到《南方日報》和所有日報的統一頭條：世界經濟進入冰火期。你說人多敏感，那天氣氛立即非常緊張，我房東找我說，你住在這有在派出所登記嗎？什麼年代了？這是廣東中山，外來人口還要登記？她說不登記晚上就不讓我住，我說你這是毀約，這時候鄰居也來了，街道辦也叫來了，他們竟然說由房東付錢讓我暫住小旅館，但我不能待在院子裏，並要立即交出門鑰匙，我說你們把訂金退給我，我馬上就走。」

老陳說：「你想說什麼重點？」

方草地說：「恐懼，無理性的恐懼，至少連續一週都這樣，都說中國要大亂了，國家機器不知跑到哪兒去了，都快安娜琪啦，還好農民工都沒回城，

不然不知道會亂成怎麼樣。但是我不該離開中山，連中山這樣地方都繃得這麼緊，越往內地走就更可想而知，我穿山越嶺，幾次成了過街老鼠。我不知死活，心裏面還想到處玩，想去江西井崗山和龍虎山看看，但過了韶關到了廣東湖南江西三省交界的一個叫梅上丫的鎮外，所有人都要下車，外地人不讓進鎮，攔阻我們的不是公安，是居民的臨時組織。我竄逃走，住在一農家，兩天後就給公安抓了，是農家舉報的。原來解放軍已進城，嚴打開始了。」

方草地說：「他們發覺我拿的是美國護照。我回國這麼多年，不是不想當中國公民，而是要從美國公民轉回中國公民身份是非常難的，比中國公民要當美國公民更難，所以我在北京注冊了一家貿易公司，聘用自己為專業經理，不斷續約，我就有工作綠卡了，偶然去一下澳門香港再入境，就可以長期居留在中國。

說回我被抓，在那個小鎮的派出所，六個人會審，兩個公安，兩個檢察官，兩個法官。檢察官裏有一個是很強勢的女的，法官裏有一個是很年輕小個子的女的。那女檢察官說，看你樣子，哪像美國人，說一段英文來聽聽。我

就念了一段《隨風而飄》的歌詞，念得很溜。那女檢查官很不服氣的説，明明是中國人，會講幾句英文就裝美國人，騙誰呀！美國人為什麼躲在農民家，美國人來咱們這地方幹嘛，又沒有旅遊景點，又沒有外資投資項目，看你樣子就像外國特務。那男的檢察官説：外國特務抓到就該槍斃。女檢察官看着那年輕女法官説：沒意見吧。那年輕女法官説：不能槍斃。那個男檢察官説：什麼不能槍斃，從快從重呀！女法官説：抓到美國特務的話就該往上報。兩個檢察官都立即很大反應説那太耽誤時間了。男檢察官説：那判刑吧。女法官説：不能判刑。男檢察官説：怎麼不能判刑啊？老美派特務來，咱們中國不高興，不行嗎？女法官反擊説：可以不高興，不能沒頭腦，是特務的話就往上報，不是特務的話就放人。男檢查官又説：美國人也不能享有治外法權呀。女法官説：談不上治外法權，中國人擁有美國護照在我們國家並不構成犯罪，這是中國自己的法律。兩個檢察官聽女法官這樣説都表示很不滿，那女檢察官提高嗓門對女法官説，同志，你別在這瞎爭持，你知道你這樣做，白費了公安幹警的工夫，辛辛苦苦把人抓來，你要把他放走，這也是在浪費咱們審判小組六個人的時

間，這都不說，你這樣妨礙進度，會害咱們完不成上面的指標。男檢察官點頭附和女檢察官，其他兩個公安和另一個男法官三個人始終不曾說過一句話。年輕女法官夠牛，她說，這我不管，我依據國家法律辦事，是特務就上報，不是特務就放人。那女檢察官狠狠瞪着女法官，氣得要爆炸，男的都低頭不吭聲，我像看戲一樣看傻了，然後那女檢察官喝叫一聲，把他趕出去！就是把我趕出去，我的命撿回來了，我自由了。」

方草地對老陳說：「在中國這麼一個鳥不生蛋的小鎮，還有這麼優秀的人材，就算只為了這位年輕的女法官，我也不能讓世人忘了那一個月。」老陳聽了也有點感動，更想念小希。

方草地繼續：「我知道不能到處亂闖了，下次弄不好真給斃了。鎮頭附近有個道觀，裏面有個老道，我說出幾個以前聽說過的老道士的名字，哈，他就讓我住進去了。我以後再跟你說我閉關和辟穀的事，您知道辟穀吧，簡單說就是戒食。我可以辟穀十四天，您不相信？我們來一個比賽，看誰辟穀時間長……」

老陳看着手機短信說：「不必了，你贏了，我少吃一頓都不行。你把話說完，我有話跟你說。」

方草地說：「我在觀裏想辟穀二十一天，但才第十四天老道就端着碗粥進來跟我說：你應該出去外面世界看看了。我相信他這樣說一定有道理，於是就回到縣城，到處死氣沉沉，報上說嚴打一定要繼續。還好交通有點恢復，我就去了贛州，是個地級市，出奇的死寂，迎面走過的路人都不會看對方一眼，像八九六四後的北京。但是到三月初，晚間新聞說嚴打告一段落，第二天各報頭條寫：中國盛世正式開始。老百姓都笑容滿面，走到街上放起鞭炮來。所以，從世界經濟冰火期到中國盛世正式開始，中間有二十八天時間，是由絕對恐懼的安娜琪過渡到相對恐懼的嚴打，然後才到盛世，而不是現在大家說的無驚無險冰火期和盛世是同一天。我說完了。老陳，您不是有話要跟我說？」

老陳說：「收到胡燕短信，說落地麥子地下教會在河南焦作。老方，我們就去一趟河南吧！」

二　幾個好人的信望愛

落地的麥子不死

跑遍大江南北的方草地一邊開着切諾基在京港澳高速公路上奔馳，逢車過車，一邊告訴長住北京的台灣作家老陳一些奇奇怪怪的見聞。

方草地說河北太行山區有個快樂村，村裏的人都特別快樂，但媒體被三令五申不准報導，可能是跟上游有一個巨大的秘密化工廠有關。他從一個喝醉的石家莊記者口中知道這消息後，就去找這個村子，進了村真的發覺村民個個面帶笑容特別友善，看上去都很健康，男人頭上插花，有幾個老婦光着上身拖着布袋奶在曬太陽，見到陌生人也不顧忌，在中國真是見所未見。方草地還沿着河谷往上游又走了五公里，果然看到一巨大的化工廠，遠遠就有鐵絲網和各種警告，沒法走近，不過可以看到有小型飛機升降，估計有專用的飛機場。

老陳一直聽着，不管心裏怎麼想都不敢搭腔，怕方草地走神。車速這麼

高，又邊駕駛邊説話，幾次與對頭車擦閃而過，能活着到達河南就要還神酬佛了。

老陳不甘心在見到小希之前就這樣死掉。他覺得，如果要意外死亡，他希望是跟小希握着手一起去面對生命最後一瞬間，如果是正常死亡，他希望是小希在床邊守望着他。他願意和小希作伴一起面對晚年，迎接衰老，分享生命最後的歲月。但小希現在一定是活在她個人的地獄裏，看不到出路，自己務必要帶給她希望，讓她不再孤獨，務必要盡早把她拉出來，讓她不再勞碌，一起享點福，過點好日子。老陳拿出布手帕假裝擦眼鏡的偷偷抹一下濕濕的眼。

老陳吃一口妙妙的曲奇餅，窗外是無盡的華北平原，心中竟是無窮的愛，沒想到自己一把年紀，還能有這樣的感覺。

從北京南行過了保定還沒到石家莊，在一條通往分支路的高速公路出口前，方草地把車停在路旁。

老陳看着車載GPS説：「石家莊，順着高速直走就對了。」方草地不語，老陳問：「什麼事？」

方草地說：「不好意思，我有個預感。」
老陳怕他預感到小希：「預感什麼啦？」
方說：「預感到我跟您提過的那個快樂村了。」
老陳鬆口氣：「快樂村怎麼啦？」
方說：「不知道。不過我想去看一眼，行嗎？很快的，沒多遠。」
老陳無奈的同意。
他們的車就在這個出口出去，轉向西行，走柏油路不到一小時進山，又走了二十多分鐘沙石路，二人下車，徒步半個多小時山路到了快樂村。
快樂村已空無一人。方草地一間一間進屋，出來跟老陳說：村民連農具、廚具都沒帶走，太詭異了。
老陳給另一個現象吸引。快樂村的屋子，都是很典型的華北特別是河北鄉村建築，粗糙簡陋。河北農村不算最貧困，但是在中國的鄉村建築之中，老陳認為河北是最不堪的，在風格上最沒要求，一代一代永遠是因陋就簡，可想而知河北農民一定也是美學上最懶的。不過，快樂村的房子，雖然原型也是粗

陋的河北鄉村建築，但家家戶戶都在外牆畫了彩圖，有年畫味道，但風格自由多了，帶着嬌態，以老陳現在的心情，還能看出其中的愛意。牆上的圖有多有少，有的一幅牆只畫了一朵真花大小的彩花。這點額外的裝飾、求美的工夫，卻是在河北原生態農村見所未見的，農民成了塗鴉藝術家，快樂村說不定是名副其實的。

老陳心想，要是能見一下這些畫彩畫的農民也挺有意思，現在算了。

他看見方草地對着上游方向發獃，問：「怎麼啦，走嗎？」

方說：「才不到一年前，人都還在。」

老陳警告說：「你不要想叫我往上游走五公里，我一公里也走不動。」

方草地說：「一定還有汽車路可以開到化工廠的那頭。」

老陳想徹底打消方草地去找化工廠的念頭：「那條路可能是從山西那頭過來的。我可以想到一百個理由為什麼村民都搬走啦，而都跟化工廠無關。你不要整天想着有什麼陰謀。」

方草地還站着不動。老陳使出殺手鐧：「老方，你是知道的，你的預感，

也不能改變要發生的事。」

方草地無奈的說：「您說得沒錯，咱們走吧。」

河南，黃河之南，天下之中，九州之中州，中華民族的發祥地，是中國的主題旅遊公園大省。盤古開天地，女媧補天，伏羲女媧成婚造人，炎帝神農播五穀嚐百草，黃帝破蚩尤，大禹治水，商湯革命，武王伐紂，神話耶歷史耶，都給河南趕上了，能不紀念一下嗎？能有真蹟嗎？之後二十多個朝代在河南定都，夠得上立傳的二十四史人物將近一千人，大概也是各省之最，都是列祖列宗的民族頭等大事，能不各按實際知名度表揚一下、開發一下嗎？於是，寓教育於商業旅遊娛樂，歷史主題公園遍地開花，帶動地方景區地產發展。

北京女子韋希紅，又名小希，最新網名麥子不死，最後一份短工是在河南省新鄭市的黃帝故里賣冰棒，之前還在三個自稱盤古之鄉的地方和周口的女媧城當過售票員。看她的行蹤，下一站不是去神農山就是各個號稱大禹在此治水

的景點。

果然，她去了好像跟盤古伏羲女媧神農黃帝商湯文武都有關的焦作，古稱懷川。這裏有六十個古城，而傳説中炎帝播五穀、嚐百草的所在地神農山就在附近，不用説衍生了很多歷史主題公園，不愁當不了旅遊從業人員。不過，她沒有立即去找工作，反而心神恍惚的到處遊蕩，皆因焦作這兩個字勾起她心裏面很隱晦很私人的回憶。當年她剛從大學出來，第一份工作是在北京一個縣城做法院書記員，處理嚴打案件，當時公檢法六人小組的同志認為她辦事不力，做她的工作，舉的例子就是鄭州、開封、洛陽一次槍斃四、五十個人，連焦作這樣地方，也一次槍斃三十幾個。不知道為什麼，韋希紅到了洛陽、開封、鄭州都沒想起那年的嚴打，但到了焦作，當日的情境就歷歷在目。

那年發生的事情，改變了她的命運，證明她不是當共和國法官的好材料。

韋希紅像發病一樣，在焦作市區一個旅館躺了兩天，然後做了一個決定。她要在焦作解決掉八三年嚴打的幽靈，不讓它再纏着自己。第三天清晨，她隨便搭了一輛往溫縣方向的小巴，去了一個叫溫泉鎮的地方。她全無目的到處亂

逛，走過一戶人家，院門敞開着，裏裏外外有幾十個人，個個慈眉善目、衣着端莊。

院門框上貼了春聯，上聯是「天上移來生命樹，常存信望愛」，下聯是「地下湧出活水泉，奉獻身心靈」。韋希紅想：難道這就是家庭教會，不是說地下的嗎，怎麼這麼明目張膽？

這時候門外的人陸續進屋，只剩一個中年男人站在門旁，看着韋希紅。那人往前走兩步，才知道是個瘸子。那男人對韋希紅說：「進來吧」。韋希紅慢慢走進院子，眼睛盯着大屋上的一條橫幅：「落地的麥子不死」。

韋希紅想：只聽說過精神不死或物質不滅，這裏卻說麥子不死，還挺唯物主義的。

溫泉鎮所在的焦作市溫縣，是國家級優質小麥種子基地，而當地有一個基督教新教的地下教會叫落地麥子，好像是天意，其實只是巧合。

落地麥子教會的主要負責人叫高生產。看高生產這個名字，我們就知道他父母可能是地方上的小官小吏，所以當年才會積極唱和國家政策而用生產、計劃這些詞來命名子女。

兩年多前，高生產和李鐵軍等五人因為在焦作市區組織地下教會，跟政府的三自教會鬧矛盾，被地方宗教局和公安抓去坐牢。在獄中，他們稱自己為落地麥子，取意說一粒麥子如果不死，就只是一粒麥子，死了落在地上，反而會生出更多麥子。他們已抱着殉教的決心，入獄後反而比以前更堅定，絕對不會放棄主的事業。出獄後，他們也比以前更無畏。首先，曾經做生意賺到錢的李鐵軍，在溫泉鎮買了個院子建了大房，成立了第一個團契。跟着其他三人也分別在焦作的鄉鎮各建了團契，實行農村包圍城市，而高生產則穿梭於四個團契之間巡迴佈道。

跟兩年多前不一樣的是，宗教局、三自教會和公安都沒有再來找他們麻煩。更奇怪的是，請求入教的人數可以用應接不暇來形容。

現在，溫泉鎮的團契每天舉辦的見證會和讀經班，都會有幾十人參加，週

日的佈道會更要分三場，每場一、二百人。每天都有信徒介紹新人入會，也有人自動找上門來，像韋希紅這樣。

高生產曾經有點擔心，教會辦得太火，會不會引起注意。但是李鐵軍和其他三人都是以生命交給主的決心豁出去的往前衝，高生產想攔也攔不住。譬如說，當時李鐵軍要在院門外掛基督教春聯，高生產是反對的，認為太張揚了，中國有些事情可以做但絕對不能挑穿，可是最後拗不過李鐵軍。李鐵錢軍認為光是產品好是不夠的，必須要有宣傳來配合，春聯是廣告。李鐵軍還說了一句話讓高生產感動：我們的事業是光明正大的，我拒絕再偷偷摸摸。果然，李鐵軍是對的，很多人就是看到春聯才知道這裏有教會，進來聽佈道而成為信徒。

後來宗教局的官員也來瞭解過，問了些情況，態度非常好，沒說什麼話，之後也沒採取什麼行動。這兩年，政府的身段確是柔軟了。到李鐵軍要在大屋前掛「落地的麥子不死」的橫幅時，高生產也不反對了。

高生產是省師範大學畢業生，坐牢前是中學老師，長期訂閱《讀書》雜誌直到改信基督，是個知識份子，不像李鐵軍他們都是農民出身，所以有時候

他顧慮的事情特別多。他憂慮現在的寬鬆情況不能長久，因為全國各類宗教都發展得太快，特別是佛教和基督教新教。若把家庭教會和三自教會加在一起，二〇〇八年信徒的數字是五千萬，現在，高生產心裏泛起一個數字：一億五千萬！其中大多數是這兩年之間增加的，所謂地下的家庭教會又佔八成以上。解放以來，全國除工農階級外，沒有任何單一族群佔人口這麼大的比例。當年打壓地主富農、資產階級或右派，都是極多數向極少數專政，而不是現在十二億分化的人民對一億五千萬團結的信徒。共產黨還能像鎮壓法輪功一樣對待基督教嗎？但難道共產黨會不顧忌有這麼多信徒的基督教嗎？高生產一方面希望基督徒人口快速成長，另方面他也怕共產黨隨時翻臉。他祈請主賜給中國基督教多十年的發展時間，他發誓要讓中國基督徒人數在十年內到達三億五千萬，也就是他認為十年後的全國人口四分之一的安全臨界點。

為了長久發展，他主張每個教派教會暫時各自為政，福音派、自由派、基要派和靈恩派之間不要交往，同一派的不同教會之間也不要過度串連，他不想給政府一個印象，覺得家庭教會在發展跨省甚至全國性的組織。很多教會中人

都不理解他的苦心，還批評他不夠開放、孤芳自賞，甚至說他想劃地為王。高生產說，最重要的是每個人自己縱向面對上帝，不是橫向聯繫。

高生產另外能做的就是寫文章在信徒之間流傳，其實也是傳信息給政府。他的重點信息是：上帝歸上帝、凱撒歸凱撒，基督教不圖世俗政權，是穩定社會的力量，但世俗政權也不要來干預宗教。他希望能夠影響政府改變慣性，接受政教分離的觀點，政權與宗教之間築起一道防火牆，這樣在現階段來說是對宗教發展有利的。他也用各種網名在網上寫博客，支持一些北京學者提出的宗教脫敏化訴求，這也是符合中國基督教現階段的利益的。

不過，在脫敏化的同時，高生產不主張給政府添加壓力，並且反對一些大城市的激進基督教知識份子要求將家庭教會正名，或將地下教會合法化、地面化、公開化。他認為政府不可能正式承認家庭教會，脫敏化已經是底線，脫敏化之後政府最好當作不知道有地下教會，宗教局當作沒聽說三自之外有家庭教會，地下家庭教會也不做任何讓政府下不了台的事。不折騰，大家面子都掛得住，日子都好過。

高生產想到，後世可能會說，現階段才是中國新教基督教最純潔的年代。因為除三自教會外，新教在中國仍然有地下的色彩，做教徒沒有太多世俗的好處，故此現在的信徒反而大都是懷着純正的心參加教會的，出發點比較單一，是為信仰而信仰。個別教會負責人或志工腐敗是例外不是常態。在中國，真正對名、利、權有野心的人，會去參加共產黨或民主黨派，或利益集團，或黑社會，或娛樂圈，較少會選宗教這平台，就算要選也會選政府認可的宗教組織或自創邪教，不太會來新教地下教會。反觀在基督徒是主流的國家如美國，教會難免要跟名、利、權和利益集團摻和在一起。高生產希望中國基督教能夠長期在地下成長，沒有野心家看上家庭教會，基督教徒永遠保持現有的純潔。

落地麥子教會在基督教圈子裏是頗有名氣的，而且因為負責人皆曾坐牢，很多外國基督教人士前來求見，李鐵軍他們都特別高興的跟外國人來往，高生產則頗有戒心，怕中共羅列勾結外國勢力罪。從境外來訪的交流中，高生產更察覺到，基督教雖不圖世俗政權，但卻會被捲入政治。譬如美國，在墮胎、幹細胞研究、同性戀權益等問題上，福音派基督徒往往跟代表大資本家利益的共

和黨右翼綑綁在一起。美國方面也有人來河南找過高生產，策動他反對中國政府的計劃生育，他都拒絕表態，所以美國方面的教會至今沒有邀請這位優秀的基督教知識份子兼地下教會魅力領袖去訪美甚至到白宮見總統。

高生產現在能做得到的，是堅持落地麥子教會不收境外團體捐款，不接受非法進口的聖經、不請非華裔牧師來佈道，有人批評說高生產搞的是愛國三不教會。還好，李鐵軍等其他幾人在這幾個重要決策上到現在還願意聽高生產的，主要一個原因，是中國經濟好，信徒奉獻多，不太需要外國資助，更不差幾本聖經。

有一種難免的良性發展有時候也讓高生產頭痛。參加教會後，信徒之間有了互相認同的凝聚力，發揮基督的博愛精神，同舟共濟，守望相助，哪一個弟兄姊妹有難，大家都義無反顧的去幫忙。聽說不少地方已經出現過因為官商勾結侵犯老百姓權益，而老百姓之中有家庭教會的成員，教內的弟兄姊妹動員起來，去跟官商利益集團抗爭的事件，這在官員那裏很容易被解讀成朝廷與教眾的對立，有些地方官員甚至視家庭教會為眼中釘，向地方宗教局施加很大的壓

力。這種事件多了，很可能逆轉現在相對寬鬆的中央政策。

這就是為什麼韋希紅的出現，讓高生產又喜又憂。

高生產記得第一眼看到韋希紅的那瞬間，臉上一陣發熱。一定是主引領她到來的，感謝主。

自從兩年前溫泉鎮的落地麥子教會成立後，他在這個院子的門口，引領過不少迷途的羔羊回到主的懷抱。不同的是，高生產一眼看出韋希紅不是本地人，有種特別的文化氣質，是個跟自己一樣的知識份子。她很認真聽經，問的問題都很有水準，而且並不令人討厭。她最想理解的是，為什麼大家會相信上帝，為什麼被打壓在地下的基督徒不但沒有怨恨，還比平常人更快樂！

因為我們心中有愛，因為我們有主耶穌，高生產在佈道會上說。

韋希紅很喜歡團契弟兄姊妹的互相關懷，比她從小學習的階級感情真誠多了。這種友愛，讓她回想到八十年代她在五道口碰到的知識份子，當年也有類似的志同道遠之情。現在，一切似隨風而逝。

韋希紅不禁在想，如果沒有宗教信仰，好人在中國能堅持下去嗎？在一個

國情如此、體制如此、風氣如此的社會，想獨善其身都不容易，還有什麼道德精神力量驅使一個人去做好人？沒有信仰，做好人太難了。

可是，韋希紅沒有信教的衝動。她從小就是唯物主義和無神論的好學生，腦筋怎麼都轉不過來，使她在理智上抗拒有神論的宗教。

她在團契裏惟一可以作較高層次討論的對象，就是高生產。但是高生產是落地麥子教會四個團契的主要佈道家，而且焦作和河南其他家庭教會也常請他去講道，不能整天留在溫泉鎮，所以，韋希紅決定高生產去到哪，她就盡量跟到哪，聽他佈道，再抽空問他問題。

還有一點當時韋希紅沒清晰意識到的是，團契裏虔誠而謙卑的信徒其實都有一種真理在我的輕度亢奮式自滿，讓韋希紅潛意識的感到有點不自在，而高生產雖然佈道的時候也很亢奮，但平常的時候往往心事重重，帶點憂鬱，加上他是瘸子，反而令韋希紅覺得容易交流，這驅使了韋希紅更多向高生產靠近。

韋希紅沒有男女之念，高生產卻有點心猿意馬，甚至想到自己是不是應該成家了。但是，韋希紅還不是基督徒，她在網上用麥子不死名字寫的帖子，都

是跟政府過不去的，是會惹事的。後來更發生了張家村事件。

張家村幾個農戶都是團契的成員，前陣子給鄉政府和利益集團合謀圈地侵權，其他團契弟兄姊妹都在討論這事，韋希紅知道後特別來勁，搬出很多法律觀念，鼓動大家維權，大家才知道她是學法的，對她的見識十分敬佩，準備兵分三路，一路到縣裏去打官司告鄉政府，一路在鄉政府門外集會抗議，一路把抗議實況錄下來，跟所有貪腐罪證一起放到網上廣為流傳，因為韋希紅跟大家說：互聯網就是民間的中紀委、虛擬的公檢法。可是這樣一來，溫泉鎮落地麥子團契就會被捲入農民維權的抗爭，後果難料。

為此事高生產找李鐵軍商量，叫李鐵軍勸阻團契成員不要把事情擴大，以免動搖教會根基。誰知李鐵軍反而說了高生產：「老高，我有甚說甚，大家現在都以為你和韋希紅是一對的，她是高大嫂呀，她是皮你是心，這位麥子不死女士是代表你在說話呀。」

無盡大地之愛

進了河南地界，方草地聊到他一生中親歷巧合的事，問老陳相信不相信巧合？老陳心想，作為小說家，他不能不靠巧合，在現實裏，巧合的重要性肯定被高估了。不過對方草地說的話，老陳一般不用太回應，方草地就會自己接下去。今天清早從北京出發後，方草地沒停過說話。這時候，老陳也只是聳了一下肩。

方草地說：「我就知道多此一問，您是作家，一定相信巧合。您知道人生跟小說一樣，也都是巧合，不然此時此刻我不會和您一起來到河南。」

老陳好奇的問：「你看過美國保羅·奧斯特的巧合小說嗎？」

方說：「沒有，我看過日本松本清張的推理小說。沒有巧合就沒有小說。」

老陳說：「小說是一回事，現實生活裏，巧合可能都是因緣而已，表面上是巧合，後面是天網恢恢，有因有果，都是有線索的，不過多數時候我們看不

到線索。」

方說：「精闢，老陳，精闢。」

老陳看手機：「呀，張逗說找到麥子不死在凱迪社區、新浪網、新ＮＢ網都上了新帖子，其中有一帖說她終於把八三年的幽靈掃地出門，另一帖說她在Ｈ省Ｊ市Ｗ縣替農民維權。胡燕的短信說了落地麥子教會是在河南焦作，那就是Ｈ和Ｊ，只要找到Ｗ縣就行了。」

方說：「溫縣，肯定是溫縣。因為我去過。巧合吧。」

老陳懶得反駁方草地的邏輯，就從溫縣開始吧。老陳把ＧＰＳ調到溫縣縣城溫泉鎮。

高生產的大學同學劉星是焦作市市委宣傳部副部長，主管媒體宣傳方面。當高生產早上來電說想見他的時候，劉星就立即毫無顧慮的說：咱們晚上去億萬飯店吃飯，慢慢聊。如果是兩、三年前，劉星是不會想被別人在公共場所看

到他和高生產走在一起的，但自從這回地方政府換屆劉星沒被提拔上去，他知道自己的仕途到此為止。他已經五十歲了，這屆不上，再沒有機會了。所以現在，跟高生產老同學一起吃個飯不行嗎，給人看到又怎麼了？

方草地和老陳因為去了趟快樂村，耽誤了幾小時，到達焦作已是晚上九點多了，去不了溫泉鎮，二人只得在市區住一個晚上。當方草地依從老陳的要求在前台登記入住四星級的億萬飯店的時候，在飯店的中餐廳包間裏，劉星和高生產已酒過三巡，談到正題了。

高生產說了自己教會最近遇到的麻煩：幾個團契弟兄姊妹在張家村被侵權的事情，有可能越演越烈。

宗教是宗教事務部門的事，不是劉星部門的事，所以可以當作老朋友閒聊。高生產知道絕不能挑明說要請劉星指點迷津，這樣劉星肯定反而什麼真話都不願說了。高生產只是自說自話的把教會的狀況說完，兩人繼續喝酒，說點廢話屁話，耐心的等着聽劉星接着說什麼正話。

劉星酒雖然喝多了，但經過這麼多年官場的磨練，說話還是滴水不漏，不

會讓人抓到把柄的。他說最近各級政府都在學習中央的一個文件，還要考評，他都會背了：

「現階段我黨執政理念是善治為民，搞好幹群關係，幹部是人民的公僕，人民是幹部的爹娘，要正確處理人民內部矛盾，健全社會矛盾糾紛的化解機制，建設社會穩定的預警機制，積極預防和妥善處置各類群體性事件，維持社會和諧穩定，嚴密防範、依法嚴厲打擊各類違法犯罪活動，把維護基本制度和國家安全始終放在中國核心利益的第一位。」

換個說法，現在政府要做出替老百姓解決問題的姿態，所以不能出現破壞和諧形象的群體性事件，官員不止不要激惹老百姓，並且要有預警性，預防群眾鬧事，預先化解，大事化小，小事化無，如果缺乏預警性，發生了群體事件，不管事件如何解決，事後總有官員要背鍋。

什麼叫一黨專政？專政就是執政黨有絕對的權力在想要實行嚴打式專政的時候，國家機器可以不經人民授權、不受人民限制而對人民或部份人民實行專政，而到了執政黨想要不折騰的時候，則要處處讓人民感到黨和國家對人民

的照顧。現在是不折騰階段，只要共產黨一黨執政基本制度這個核心利益不動搖，手段不怕靈活，身段不妨柔軟。

高生產對此太理解了，這兩年教會能不受干預的發展，就是因為國家現在的政策是不折騰，官員都怕自己的管轄範圍發生群體事件，害自己丟烏紗帽，所以誰都不敢去捅馬蜂窩。地下教會就是一個個馬蜂窩。

劉星此時此刻說這番話，是有用意的，而高生產也解讀得非常精確。潛台詞是，既然現在是民怕官、官也怕民，如果把群眾要鬧事的消息預先張揚，說不定官員反而會願意化解。準備鬧事但是還沒鬧起來的一刻，是各方最有迴旋餘地的時候，真的鬧事了，後果反而難料，弄個打砸搶燒罪名給鎮壓下去也說不定，官民兩傷，這樣就算事後有幾個官員背鍋下台，對大家都於事無補。

但是，該把群眾鬧事的消息預先張揚給誰知道呢？太張揚就變了公開事件，官方面子掛不住，但是張揚不到點子上就沒效果。譬如說劉星就是會裝不知道，因為不是他的管轄範圍。高生產悶悶的吃餐後水果，心裏想，哪個官員會緊張這件事？

本來，最直接就是鄉政府的領導，但是，如果原先不是他們財迷心竅，也不會勾結利益集團做對不起老百姓的事。在巨大利益面前，他們是不見棺材不落淚的，不會輕易讓步，非得把事情鬧大到真的變了群體事件才有轉機，但這正是高生產站在教會立場想要避免的。高生產盤算，要張揚就得張揚到上一級政府，就是縣政府。

於是他好像轉話題似的不經意說，咱們溫縣的楊縣長，挺能幹的，形象也挺好。劉星就在等高生產說這句話，立即接茬說：「小楊，年輕有為，三十多歲，前途一片大好。」

高生產聽懂了：劉星已指出該找誰了，一個主管各鄉、緊張自己仕途的年輕官員。

這時劉星還做了一個空降的手勢，說：「你知道咱們焦作市長是從福建調過來的？你知道小楊縣長是市長提拔的？你知道這回換屆，市長要調到省裏去？」

高生產心存感激的想，到底是老同學，把話說到這麼清楚的份上。市長從

外地空降而來，一定會提拔一些幹部作為自己的班底，而不會重用像劉星這樣跟老市長的人。楊縣長就是市長的人馬，現在市長要調到省裏去，屁股坐穩之後，就會把自己的人帶到省裏。對四十歲不到的楊縣長來説，只要這幾個月縣裏沒出大事，就可以順利跳級去省裏當官。

換句話説，若一旦發生群體事件，不管處理好處理不好，楊縣長調省裏的事都添了變數，所以楊縣長是預先張揚群體事件的理想對象，年輕有為的他怎麼可能為了區區幾個腐敗的鄉幹部而讓自己的仕途多了不確定因素？

劉星看到高生產已經完全意會了，心中也生起一股自豪的快感，搖搖晃晃的去廁所了。高生產趁此時間打電話給李鐵軍，叫他馬上約見楊縣長。

焦作也是中藥種植基地，盛產地黃、山藥、牛膝、菊花。方草地在北京知道要來焦作的時候，就想好要順便採購一點懷藥，回北京調理張逗的內傷和妙妙的癡獃。他四點半就起床，練完氣功，天還沒亮就出門，不打擾老陳睡眠。

老陳昨天趕了一天路雖然很累，可是晚上卻沒有睡穩，六點多就起來，在飯店吃了早餐，卻要等到快九點方草地才背着滿滿一大背包草藥回來，這時老陳臉色就有點難看了。二人急急出門，開車去溫泉鎮。

到了縣城中心，方草地問一輛出租車的司機，知不知道溫縣有個叫落地小麥子的耶穌教會？司機說，那沒幾步路就到，叫方草地開車跟着，把他們領到教會大院門口，不收分毫。老陳想，不是說地下教會嗎，怎麼誰都知道地址，門外還掛着基督教春聯，這麼明目張膽？方草地則在想：河南人惹誰啦，都罵河南人，你看這位的哥多仗義？

院子裏，高生產和李鐵軍正打算出門，去見楊縣長。李鐵軍有點得意的說，咱們教會在溫縣一帶有上千信徒，縣長敢不接見咱們嗎？高生產叮囑李鐵軍，待會見到縣長，說話的事交給高生產，他有把握說服楊縣長解決張家村侵權的事，叫李鐵軍少插嘴。

想着說着，四人在院子大門口碰着。

方草地怕老陳的台腔普通話露餡讓別人起疑心，搶着說：「哥們兒，勞

駕，這是落地小麥子那個耶穌的地下教會嗎？」
李鐵軍有點戒備的說：「這裏是落地麥子教會，你們找誰？」
方草地說：「我們找一位叫小麥子不會死的大姐，真名是……是什麼？」
老陳接說：「韋希紅，小希。」
方草地說：「認識嗎？」
李鐵軍不想說謊，只重覆的說：「韋希紅，韋希紅，小希，小希……」
方草地：「北京來的。」
李鐵軍繼續像在想的說：「北京來的，北京來的，北京來河南的……」
方草地不耐煩的問：「你們這裏誰是當家的？」
李鐵軍說：「咱們當家的是上帝。」
方草地說：「你瞎扯什麼？」
老陳阻止方草地，說：「算啦，我們走吧。」
老陳把方草地拉走。
李鐵軍回身特意把院子的大門掩上，跟高生產走到鎮上去。李鐵軍心裏

想，牧者有責任保護自己的羔羊。他對高生產說：「你說，這兩個人，說不定是什麼安全部門的眼線，我可不願意跟他們多說。剛才我可沒說一句謊話。」

高生產剛才也沒說一句話，不過他對兩人另有判斷，他直覺老陳跟韋希紅有點特殊關係，是男女的事，所以明知道韋希紅在哪也不說，不想助他們找到韋希紅。高生產知道，這兩個人是會再回來的，而他對自己的故意沉默，內心還有點感到不安。不過，他腦筋很快轉軌，處理事情輕重有別，現在重中之重是避免教會捲入維權抗爭。

如果老陳沒收到張逗的短信，知道麥子不死在H省J市W縣，還不能確定小希是不是在這，說不定這時候已經信心動搖了。現在卻一到溫縣就找到落地麥子教會，老陳肯定小希就在附近，剛才那兩個人只是不肯說真話而已。他叫方草地在教會外面守候，等小希出現，自己走回鎮上，找網吧試試上網跟麥子不死聯絡。

老陳和方草地不知道但高生產和李鐵軍知道的，是小希現在正在院子裏面上讀經課。今天，小希整天都不會出院子，中午在教會吃飯，下午在教會上

網，流覽網上虛擬世界，或許以麥子不死的名義寫篇博客談農民維權，說不定還會來個跟帖罵網上顛倒是非的老混蛋。農村地區五點半吃晚飯，六點半參加團契每日見證會，八點跟幾個熱心的弟兄姊妹開張家村維權的最後行動會議。小希感到生命很充實。

河南焦作市溫縣，縣城溫泉鎮人口不到十萬，寬帶網吧卻有好幾家。當高生產和李鐵軍在黃河路的縣人民政府縣長辦公室被縣長接見的時候，老陳也等到了一家網吧開門做生意。他在凱迪社區、新浪博客和新NB網找到 maizibusi 的博文和跟帖，感到激動萬分，小希遠在天邊近在眼前。但老陳花了四個小時，才發出第一張跟帖。

最初，老陳還裝酷，寫自己跟朋友正在河南旅遊，順便經過焦作想買點中草藥，假惺惺的問小希是否還在北京，說有機會見個面。老陳大概想小希回帖說，這麼巧，我不在北京，也在河南焦作，我們就在億萬飯店吃中飯吧！還

好，老陳沒有發出這帖，想騙誰？智商太低了。小希上次給文嵐嚇走後，是不會隨便再跟他見面的。

於是老陳刪掉重寫，他為上次的事道歉，望能再見到小希。但是這樣的帖子，小希看到後，大不了回覆說上次的事不用道歉，真的沒事，有空再見。老陳還是見不到小希。

老陳意識到他必須要坦率的說，自己已經來到焦作溫縣，就是想見她一面，因為⋯⋯因為自己想跟她在一起。老陳決定說出自己對小希的愛。既然可以公開示愛，其他方方面面也可以坦誠相向了。二十多年前，他對文嵐動了真情，結果受了傷害，多少年都不敢再付出點滴感情。現在，又要打開胸膛給小希檢閱，確是需要勇氣。老陳獃坐了兩個小時，才文思泉湧的寫了一張近五千字的跟帖叫《一個不陌生的人給 maizibusi 的信》。

信的開句是：「當你看到這封信的時候，我已經在河南焦作市溫縣溫泉鎮黃河路的摩登伏羲網吧裏了⋯⋯」老陳先說九十年代在五道口的五味茶室認識小希後，一直都喜歡她，自己當時沒有表示，一是因為她身邊很多男性朋

友圍着她，後來更有了英國男朋友，二是自己感情受過創傷，傷到不敢再談戀愛，而那個讓他傷透心的，就是上次闖進來的文小姐。老陳把自己跟文嵐如何認識、如何訂婚約、如何被甩，寫到如何二十多年後再遇上法國水晶燈。最重要的是，他自己的心在最近的幾個月卻給另外一個也是久違的女人所佔了，他如何找她的聯絡方式，如何等她的回郵，如何重見了一面，如何因為文小姐的出現又失去聯絡，如何在網上追查，如何憑不牢靠的資訊前來河南，如何拼圖知道她在溫泉鎮，這女人就是小希。現在，他只希望小希能給他一個機會，跟他交往，給他時間，可以在河南，可以在北京或別的地方，讓他證明對小希的愛。他還帶來了一個朋友，可以幫助小希恢復記憶。老陳甚至把在來河南的路上對死亡的想法也寫出來了，如果要意外死亡，他希望是跟小希握着手一起去面對生命最後一瞬間，如果是正常死亡，他希望是小希在床邊守望着他。他願意和小希作伴一起面對晚年、迎接衰老，分享生命最後的歲月。

老陳想把帖子當作小希博文的跟帖，但篇幅太長都貼不上，只能把文章切成一小段一小段的分段貼，並留言說自己在新浪開了博，可看到全文。

老陳豁出去後，很平靜的在電腦前坐着，每幾分鐘檢查一下，看有沒有回應。

其實，中飯後小希在教會上網，很快就看到老陳的跟帖，也去新浪看了全文，整個人像癱了一樣動彈不得。過去兩年來，小希多期望能找到一個可以交流的男人，做個生活上和感情上的伴，但每次都讓她失望。碰到老陳後，她有過一點幻想，覺得老陳是與別的男人不同的，結果自己差點成了第三者。就在自己狀態越來越差，接近絕望的時候，她找到了教會。她並沒有信教，卻加入了一個大家庭。然後發生張家村維權事件，讓她覺得自己是個有用的人。沒想到正在這時候，老陳又出現在她生命中，向她傾訴一生，並願意作伴到老。

小希獃坐在電腦前一個多小時，她知道在另一台電腦前，也有一人在獃坐着。

終於，她回了一帖：「我已經不是九十年代的小希了。」

很快，老陳的帖就上了：「我更喜歡現在的你。」

小希：「我是一個憂鬱症患者。」

老陳：「我知道，我會照顧你。」
小希：「我的身軀衰敗不堪。」
老陳：「我是你美麗的見證。」
小希：「我不確定是不是想談戀愛。」
老陳：「我會耐心的等你確定。」
小希：「我現在肯定沒時間談戀愛。」
老陳：「我更可以等，在河南，在任何地方。」
這樣一來一往，已下午五點多了。
小希最後一帖：「我要離線了，你讓我考慮一下再說。」
小希去幫忙教會做晚飯，老陳也離開電腦，打算回到教會找小希。
他們兩個都不知道，整個下午，多少網民在屏着氣追看他們的帖子。兩人離開電腦後，網民之間的討論開始，興奮的跟上了很多帖子，對老爹老娘的網戀，有的説感人，有的説肉痲，有的説可愛，有的説噁心，台灣網民説她 orz 服了這對歐巴桑歐吉桑，大陸網民也説整件事橫看是囧側成雷，不過總的而言

網民一致達成一個判決：少囉嗦，小希跟老陳好了就一切都OK了唄。

晚上六時許，溫泉鎮落地麥子團契的弟兄姊妹，吃了晚飯，懷着感恩的心情，陸續來到教會，在院子內外，慇切的等待見證會的開始。

這時候，高生產和李鐵軍也從縣政府大樓出來，兩人站在馬路邊，決定再作個簡短的禱告，感謝主恩。上午見到年輕有為的楊縣長，高生產如有神助，該說的都說了，有條不紊，不亢不卑，縣長雖沒做表示，但高生產知道他的話楊縣長都聽進去了。至於縣長將會如何權衡利弊，教會的命運如何，就交給主了。散會後，縣長秘書追出來，叫他們不要走遠，隨傳隨到，這是好徵兆。他們兩人就一直在政府大樓外的一家小餐館等候，高生產還拉着李鐵軍的手說：我們禱告吧。

楊縣長跟幕僚短暫商討後，就叫秘書打電話通知鄉領導和利益集團企業代表立即趕來縣裏開會，下午一直開會到五點多結束後，才電召高與李回到縣長

辦公室。這個楊縣長是個有官本位思想的官，不過也是個聰明人，知道高生產在玩逼宮，但為了自己的仕途不得不讓步。他告訴高生產和李鐵軍，張家村的徵地發展項目一定如期進行，不過在縣政府的協調下，每戶賠償有所提高，並且規劃因為實際需要作了修正，剛好那幾戶教會農民的宅基地都不再在徵地範圍內了。這樣，利益集團被迫回吐了一點暴利，鄉幹部貪腐水平太低也被縣裏領導訓得無地自容，政府的威信保住了，有組織的群眾鬧事也預先化解了。

楊縣長制式化的送高生產和李鐵軍到辦公室門口，心想以後到了省裏再也不用受你們這些教眾刁民的氣。高生產知道目的已達到，臨走還恭維了楊縣長幾句，說他真是人民的父母官，楊縣長則回說自己只是公僕，天職就是為人民服務，人民才是爹和娘。他們就這樣的互相認對方是爹是娘，心照不宣的冷冷告辭。

在返回教會的路上，高生產覺得自己做了件好事。信徒的權益爭取回來了，教會與政府的衝突也躲過了，惟一可能會覺得有點失望的是磨拳擦掌要跟政府大鬧的一夥團契弟兄姊妹，特別是小希，但在事情孰輕孰重上高生產從不

含糊。

高生產和李鐵軍還沒走到教會，老陳和方草地已經隨着信眾坐在屋子的禮拜堂裏，還東張西望的看小希在不在。在廚房，小希協助準備好茶點後，剛把下午帶過來的心情平靜一下，從裏屋小窗張望了一下禮拜堂，心跳立即又加速，因為看到老陳坐在信徒之間。小希躲在窗後，不敢去禮拜堂，隔牆傳來小敏迦南詩歌《我算什麼》，讓小希激動不已。

高生產和李鐵軍走進禮拜堂，高示意李交待一下，李就請大家肅靜，有事情跟大家說，然後把政府在張家村的新決定跟大家宣講了。高生產接着說團契弟兄姊妹被侵權的事已解決，這是一個神蹟，見證上帝聽到了大家的禱告，然後領導全體一起高呼：感謝主！有些信徒感動得流出眼淚。很多信徒喜歡來見證會就是因為永遠有感人的見證。

剛靜下來，老陳就站起來大聲說：「各位，我有話要說。」

李鐵軍想制止他，高生產拉了李鐵軍一下，示意讓他說。高生產知道，世界上的事情不能勉強阻攔，就交給主來定奪吧。

老陳說：「各位鄉親，我在找一個人，她叫韋希紅，也叫小希。」
人人瞪着這個陌生人，沒人反應。
老陳說：「我是她的朋友。」
還是沒人搭腔。
老陳繼續：「你們知道她在哪，請告訴我，讓我見她一面，因為……因為我不能沒有她，我愛她，我求你們，求你們告訴我，她在不在這裏？」老陳單掌掩面而泣。一個動真情的男人，會令人動容。
團契的每一個河南好人都全神貫注的看着老陳，不知該怎麼辦。
「老陳！」
這時候，小希從裏屋出來。
老陳抬頭看到小希。
小希心平氣和的說：「我們回北京吧，老陳。」

第三章

危言盛世

人的生命，孤獨、貧窮、齷齪、粗暴及短促。

——霍布斯《利維坦》

看密匝匝蟻排兵，亂紛紛蜂釀蜜，鬧攘攘蠅爭血。

——馬致遠《夜行船·秋思》

在所有可能的世界中的最好的一個世界裏，一切都是最好的。

——伏爾泰《戇弟德》

中國式理想主義者

在中國，千千萬萬的人經歷過理想狂飆的年代，受過理想主義的洗禮，就算後來理想變成噩夢而幻滅，整整幾代許多人失去理想，卻沒有唾棄理想主義。

方草地與韋希紅就是成長在這樣的年代。也許他們自己都沒有意識到，不管時代、環境怎麼變，他們身上仍然保留着青少年時期形成的強烈的理想主義人格特質。一個理想幻滅了，就算沒有立即撿起另外一個現成的理想來替代，他們也會繼續尋找、追求。他們不是現實主義者、不是機會主義者、不是事業主義者、不是享樂主義者、不是妥協主義者、不是虛無主義者、不是避世主義者。他們是難以言喻的中國式理想主義者。

所以，就算在共和國成立了六十多年以後，中國肯定還是理想主義者的大國——中國人口基數大，理想主義者比例上小，實際數字放在別國仍屬驚人。想想那些正在坐牢的、受監控的維權律師、異見人士、民主憲章發起人、公民組織負責人、自組政黨者、公共知識份子、對不法行為吹哨示警者，以及地下教會傳教士，大概都是2.0版不可救藥的理想主義者。

任何一個社會都不能完全沒有理想主義者，何況現今中國！當然，相對於理想主義者，今天的中國更是現實主義者、機會主義者、事業主義者、享樂主義者、妥協主義者、虛無主義者和逃避主義者的沃土。在這九成自由的盛世，

多少人如魚得水，多少人因緣際會，活得格外滋潤。這時候，如果你恰好出身黨政世家，根正苗紅，那就更恭喜多賀了，你將會比一般人更有競爭優勢，多少資源在尋求和你的結合。如果中國有貴族，你就是貴族。從打算永久執政的共產黨的角度看，你到底是自己人，讓黨放心。

這裏，在故事的情節急轉直下之前，我略略補充幾句故事裏出現過的三個根正苗紅的人物，韋國、文嵐和板寸頭。很明顯，他們都是盛世的弄潮兒，中國模式的勝利者。不過我不會花太多篇幅描繪他們的龍騰虎躍，只想告訴大家，我可以很有信心的預言，三位的事業方興未艾，多姿多彩的人生正在等着他們。也許，這就是中國的命運？

回到方草地與韋希紅，兩人一見如故、相逢恨晚是可以預料的。他們有太多共同的語言和體驗。更關鍵的是，他們經過了兩年像瘋子一樣的獨自尋覓，終於證明吾道不孤。

當老陳介紹他們認識的時候，他們一眼就看出對方是同類人。他們很自覺的分析，為什麼當周圍其他人都有一種說不出的幸福感、一種輕微的嗨的時

候，他們卻一直是寂寞地清醒。方草地說美國食品和藥物管理局在二〇〇九年中曾發出警告，說順爾寧、安可來和齊留通等哮喘藥物，可引起憂鬱、焦慮、失眠甚至自殺傾向。說不定很多中國人用的哮喘藥也有同樣的副作用。因為藥物緣故，哮喘藥服用者比常人更難嗨起來，也因此更清醒。小希說這就奇怪了，因為抗憂藥的效果應該是相反的，藥物刺激大腦分泌更多羥色複合胺和去甲腎上線素，讓人興奮起來，所以像她這樣的服藥者不應該完全體會不到別人的嗨。她說看到報導說那些可以改變情緒的抗憂藥，在美國已超過降血壓藥成為使用量最大的處方藥，加上非處方藥，抗憂藥現在是美國最多人在服用的藥物。很多美國人其實並沒有真的憂鬱症，只是情緒不好、精神不振、做事不起勁，就找抗憂藥來吃。由此，小希猜想會不會中國也有很多人在隨意服用抗憂藥，所以整天嗨嗨的。方草地指正說，抗憂藥在中國再普遍也不可能人人都用，而今天需要解釋的現象是為什麼幾乎全民皆嗨，而清醒的人這麼少。

兩人在從河南回北京的路上一直分享兩年來的感受，老陳只有旁聽的份，直到方草地駕駛的切諾基灰頭土臉的回到妙妙與張逗住的村裏。

張逗聽着小希的聲音很耳熟，小希也覺得像是見過張逗，但兩人一時都想不起到底是在哪兒見過。

晚上，張逗和妙妙在院子支了個帳篷，他們的房間讓了給小希，而方草地則在自己屋裏加了一張摺疊床給老陳。

小希已經說了，她願意跟老陳交往，但需要時間適應，暗示不想馬上搬到老陳家同住。方草地說，小希可以暫時先住妙妙房間，等天氣涼快一點，他和張逗可以再建一個房子給小希住。老陳心想，小希暫時不想跟自己同居，並不等於想長住在村裏，但老陳沒有催促小希立即做決定，並認為在妙妙張逗家過渡，既有方草地陪她聊天，又可躲開城裏的政府眼線，未嘗不是個好安排。

像老陳這樣的外人，是很難預想到方草地和韋希紅這兩個長期失散的中國式理想主義同志，碰撞在一起，加上個年輕力壯的張逗，會爆發多大的威力和鬥志。

跟方草地和張逗詳談後，小希慢慢恢復了第一天的部份記憶。就在正月初八城市地區春節長假後開始上班那天，電視、報紙和網絡統一報導了世界經濟進入冰火期的新聞，大家突然有了大禍臨頭的感覺。網上、手機上，各種説法如過山車一樣的一波一波傳來。開始的時候大家還在罵美國惡性通貨膨脹，美元一次性貶值百分之三十，害中國人不見了多少血汗外匯儲備。接着説南方的工廠大批停工，農民不能回城市工作，中國經濟這次真的要崩盤了。跟着傳來黃金漲至二千美元一盎司，滬深股市全線跌停板，新疆西藏已戒嚴。一下子市面氣氛大變。上班族開始回家，交通大亂，小道消息更多。到下午人們的反應就是搶購食品和日用品。

這時候張逗也補充説，他和妙妙也第一時間到處採購貓糧狗糧，還好這樣做了，因為貓狗糧在那天斷貨後，要一個多月後才恢復供應。

任何系統，如果大家都做同一個動作，只有正向回饋而沒有足夠反向回饋，都會崩潰。搶購日常食品用品就是如此，開始的時候大家只是預期會漲價，有貨掃貨，屯積在家，人同此心的話，結果真的供不應求，出現恐慌性搶

購及民眾之間的衝突。

同樣奇怪的是，央視、北京台等官方媒體都在播報世界各地的亂象，竟沒有誰出來説一下國內糧食、日用品供應充足之類的安撫人心的話。方草地説，政府不可能反應這麼慢。他和小希都認為事有蹊蹺，一定另有原因。

小希記起當天下午自己不斷打電話給認識的學者和媒體的人，想知道能做點什麼，要不要大家聚一下討論一下，但對方都忙着搶購食品照顧家人，無人有暇商量應對大計。到傍晚，小希和宋大姐決定不做生意了，關了店門回家。回家路上的情況就像八九六四後和〇三年非典期間，人車都很稀落。她們兩個都攜帶着店裏的食物，有一個騎車的從後面越過宋大姐，把她手裏提着的一棵大白菜搶走。

晚上謠言滿天飛，手機、網絡、電視時通時斷，警車、救護車、消防車的笛聲不斷，卻沒有宵禁。院子裏，有人張羅自組保安隊。

第二天以後的事，小希還是想不起，而且一想就一頭汗，就頭痛想吐。只知道有一晚上小希回到家大喊大叫：又嚴打了，又嚴打了，整夜未眠，

自言自語，第二天一清早又在院子裏罵共產黨，罵政府，罵鄰居，罵法院是狗屁狗，沒多久就不省人事了，醒來已經在精神病院。這是從精神病院放出來後小希媽宋大姐說的，小希自己完全不記得，奇怪的是過陣子小希再問的時候，宋大姐也說不記得了。

方草地說他當時在廣東，無政府狀態持續了七天。前六天人民已萬分恐懼，都聽說別的地方大亂了，但方草地經過的地方其實都沒怎麼亂，只是他作為外來人，老被人懷疑盤問，日子不好過。正月十二他竄到廣東江西湖南三省交界的地方，住在農民家裏，後來都說正月十四最恐怖，鎮上出現打砸搶燒的情況，也有大批居民聽說縣城裏比較安全，就往縣城方向逃。很多人都重複收到一個短信：「我剛從最高當局得到消息，亂了，失控了，大家保重。」

多年來，很多人都問過，中國會不會大亂？會不會失控？爆發點在哪？方草地跑遍西部地區，中原和其他地區也沒少去，他一直跟人說，放心，串不起來，中國是小鬧不斷，但不會大亂，事件都是地區性的，不會蔓延全國。

但是那七天，全國老百姓如處身煉獄，一天都嫌長，到了第七天，已經忍

無可忍，快要崩潰了，可想而知壞人更是蠢蠢欲動，人們陷入極大的恐懼，快到集體歇斯底里的狀態。看樣子，接下來就是安娜琪，無政府狀態，是所有人對所有人的保生命保財產戰爭。所有人惟一的希望是國家機器快點出動。

方草地當時也想着情況再不改善，中國恐怕真的會大亂了。

第八天，正月十五，一小縱隊解放軍來到鎮上，受到人民熱烈歡迎。

張逗補充說確實聽說如此。前年正月十五那天解放軍部隊進城恢復秩序，這次北京人可是傾巢而出夾道歡迎。下午，公安、武警和軍隊就聯合宣佈嚴打開始。張逗沒有北京戶口，不敢亂跑，在家躲了三週。

小希想，難道自己竟然也去了歡迎解放軍？那自己真的是瘋了。大概是下午聽說又要嚴打，所以回到家第二天就情緒失常的大鬧。

方草地告訴小希，嚴打開始，任何可疑人物都給抓起來，自己被村裏人舉報，抓到公安局，交六人小組從快從重的審判，幸好碰到一個力排眾議、堅持依法辦案的年輕女法官，才撿回一條命。

那天晚上，小希感懷身世般的大哭了一場。八三年嚴打和八九年解放軍坦

克進北京開槍鎮壓學生，都把她嚇到了，讓她充滿挫折感，懷疑自己的抉擇和能力。但是今天，她覺得又恢復了元氣。這段時間以來，從在網上跟老憤青們論戰、表達自己對時政的見解，到在家庭教會替農民維權，到聽方草地講正義的年輕女法官據理力爭的事情，小希覺得自己也越來越堅定了，好像終於找回了自己。

方草地與小希，誰的理想主義更激進呢？答案是小希。什麼叫激進？激進的古典意思就是根源，找出事情最本質的根源。方草地是有一種替天行道的樸素正義感的，加上他執着的個性，驅使他不懈的去尋找失蹤的那個月。小希的正義感其實更抽象，更理念。小希小時候所受的社會主義和國際主義教育，使得平等、正義、友愛互助這些詞彙都帶着光芒鐫刻在她心中。她並不知道共產黨的虛偽。大學時期她學的是文革後重新回歸的羅馬及拿破倫法學，八十、九十年代則接受了啟蒙理性及自由、民主、真理、人權等價值觀的洗

禮，浪漫主義和理性主義同時留下深刻的烙印，是一種典型當代西化中國知識份子的理想主義，雖然其中不乏盲點和內在局限，卻正因為如此我們知道小希更激進，而且是堅貞的激進。

試想想，是什麼支撐着小希這幾年吃盡苦頭的生活在社會的邊緣？我們之前讀到她在八十、九十年代是知識份子沙龍的女主人，的確，在那些年代她主要是在聽別的風雲人物說話，甚少表達自己的意見。但到了這兩年知識份子跟政府和解或被和諧掉之後，小希卻逆風而起，從沒有間斷過孤軍作戰，義無反顧的在網上發表意見，據理力爭，這個過程迫使她理清自己的思路，並用講理的方式作表達，因為對手是不講理的，是靠情緒、修辭、美學、民粹甚至暴力的語言表達的。她越寫越冷靜，頭腦越來越清晰。所以，我們不要有個錯覺，以為她還是當年有正義感卻脆弱的法院書記員，或是作風自由、裴多菲俱樂部式的沙龍女主人，或是連兒子都管不好的沒主意的失職媽媽，或是像驚弓之鳥一樣到處竄逃的瘋女人。她現在已經是一個無名但真正意義上的公共知識份子，雖然她不會想到以此自居。這是她的武裝、她的志業、她賴以生存的一口

氣、她的可愛與可惡。她願意含辛茹苦的過日子，忍辱負重的做人，就只是為了要接近真相。

長夜漫漫

在妙妙家過了兩三天，到了週末，老陳回幸福二村家裏，換了身乾淨衣服，去星巴克喝杯大拿鐵，週日晚上又去參加簡霖每月一次的老電影聚會。這個聚會，近月來只有簡霖、何東生、老陳三人，說穿了聚會已變成是簡霖為了還就堂弟兼黨和國家領導人何東生所作的刻意安排，老陳只是必要的陪客，若果老陳缺席，只剩下簡霖何東生兩個堂兄弟，感覺上有點尷尬，很難維持下去。人情上，老陳感到自己有責任到場。他向小希、方草地耐心的解釋了他非去不可的原因，而且，老陳說自己有點上癮了，想每月一次的聽聽何東生借題發揮的長篇大論。

這週，看的是一九八一年拍攝的《夕照街》，喝的還是一九八九年的拉

菲，因為簡霖托仲介從拍賣會上進了五箱貨，大概未來一段日子在老電影月會喝的都將是八九拉菲了，當然，對只喝八九拉菲，老陳並沒有什麼好抱怨的。

《夕照街》拍攝地點就是今天北京二環邊兩廣路夕照寺街一帶，戲是描述改革開放早期北京一些普通老百姓的新時期生活，可以看到市場經濟的雛型。戲中有個騙子，假裝是香港人，穿一身白色西裝，操着假粵語，招搖撞騙，騙財騙色。年輕的陳佩斯則在影片中演一個養鴿子的待業青年，口頭禪是「拜拜了您吶！」

片子放完，何東生一開口就念了幾句元曲：「看密匝匝蟻排兵，亂紛紛蜂釀蜜，鬧攘攘蠅爭血」，然後說：「市場經濟就是能調動人的積極性，看上去亂，有時候還會失靈，關鍵是要掌握其中的規律，政府什麼不該管，什麼必須管，耗了我們兩代人心力，改革開放大輪迴，反反覆覆，嘔心瀝血，到今天午夜夢迴我還會冒出一身冷汗……。」

老陳差點笑出來，心想午夜時分你何東生都還沒就寢，就算就寢也會失眠，何來夢迴？這樣一走神後，老陳只假裝在聽何東生滔滔不絕的追述改革開

放三十多年幾番的政策大交鋒，其實心思都在惦記着才兩天不見的小希。最後何東生說了一句「蒼蠅總是有的，但是我們不能因為有蒼蠅飛就不吃飯了」之後，就沒話了，三人喝悶酒快到午夜，何東生上了個廁所，出來問老陳要不要捎帶他回家，老陳怕他邀游車河兜風，反而有耽擱，就推謝了何東生的好意。

何東生走了，老陳留下，聽簡霖說要親自去倫敦參加紅酒拍賣會，進幾箱勃艮地，老陳知道簡霖已不為文嵐所惑，也替他慶幸，然後就告辭。簡霖學陳佩斯說：「拜拜了您吶！」

老陳邊走邊想着明天回妙妙家之前，要記得把幸福二村家中那一大包的降血脂早餐燕麥片帶上。

這是一個初夏的晚上，老陳心情也特好，幸福感又回來了。當他出了簡霖那個社區，拐了個彎，剛走到大馬路邊的時候，一輛黑色越野車急停在他身旁，嚇了他一跳，感覺上那是何東生的車，但駕駛的卻是方草地，而在後座的

是小希和張逗，三人都在叫老陳上車、上車。

「上車、上車」，三人呼喚着。老陳不由自主的打開前座車門，問：「這車是誰的？」

「上車、上車」，三人異口同聲還是那句，老陳腦筋還沒轉過來，人已上了車，關了門，車開走。

老陳環顧一下，說：「這不是何東生的車嗎？怎麼……？」

老陳回頭看後座的小希和張逗，然後看到兩人腳下有個人，一動不動。老陳目瞪口獃的說不出話來。

小希說：「老陳你鎮定一點，一切都安排好了，沒事的。」張逗說：「他沒事的，我用的是上好麻醉藥，小貓小狗都不會有後遺症，頂多醒來頭疼幾個小時。」開車的方草地也插話說：「他起碼兩個小時不會醒過來，我們說什麼他都聽不到，這藥我親身試過一回，不省人事兩個多小時，絕對可靠。」

老陳魂飛魄散的看着後座地上的何東生說：「你們瘋啦？」

小希說：「我們不會傷害他，我們只想問他一些問題。」方草地說：「問

完問題我們就放他走。」

老陳沮喪的說：「你們真的瘋了！完蛋了，完蛋了！」

突然方草地也說：「呀，麻煩了！」

老陳回身一看，前方交警在路檢，他整個人癱了一般靠着椅背說：「真的完蛋了。」

方草地說：「大家坐穩……。」方草地好像想衝過去。

這時候老陳看到一個肥胖的交警急匆匆跑着過來，就是上月攔何東生車的交警。老陳抓住方草地的手，斷然的說：「不要亂來，車慢下來。」

果然，肥交警阻止其他員警攔車，並打手勢示意通行。老陳指示方草地：「現在慢慢開走，慢慢加速。」車過路障的那刻，老陳還瞄到肥交警向車敬了個禮。

這時候老陳才鬆了口氣，其他三人不約而同的也大喘了一口氣。張逗說：「好險呀！」方草地說：「奇蹟呀！」

老陳示意叫張逗坐過去一點，自己把前座椅背向後調了四十五度，然後

側過身來，伸手在何東生身上搜出一個像小型遙控器的竊聽追蹤偵察器，按一下鈕，幾秒鐘後三個小綠燈齊亮。老陳又鬆口氣說：「還好，沒竊聽、沒追蹤。」他叫張逗把偵察器放回何東生上裝右側內袋。

之後老陳就乏力的坐着，頹然不語。小希說：「老陳，你不要怪我們，我和老方商量了很久，我們一定得找個知道內情的人來問，否則我們自己怎麼拼湊都沒辦法知道真相，這我們無論如何都是不甘心的。」

方草地說：「我們說，在資訊受控制的中國，大概只有國家領導人才會知道全部內情。但我們哪認識國家領導人？這才想到您跟我們說過這位何老師，才想到找他來替我們解說一下，但又怕他不願意，只能出此下策，我們覺得國家領導人本來就有義務要向我們老百姓說真話，但不嚇唬他們一下，他們不會自動說。」

老陳依然沉默。

小希說：「我和老方怕你不同意，所以事先沒告訴你，事實上可以說你是沒有參與這件事的，如果你現在想置身事外，我們也不勉強你，我們把你放下

去打車，就當這件事沒發生過，你完全不知情。」

老陳歎了一大口氣。

方草地說：「當然我們都希望您能跟我們一起聽聽何老師的解說。我們已經安排好，在兩個屋子裏用連接線遙控錄影一問一答，他連我們的影子都看不到，聲音也經過處理，不會知道我們是誰。」

張逗說：「剛才在停車場，我也戴了面具，基本上可以肯定何老師昏迷前看不到我的樣子。」

老陳這時候才說話：「你們怎麼會這麼糊塗？」

方草地說：「您也有不在場證人呀！我們動作的時候，您還跟簡老闆在一起呀。我們都想到了。」

老陳說：「唉，這都不是重點。」

眾人不明老陳所指。

「重點是，這個每月老電影聚會，知道何東生會來的人不多，說不定還真的只有我和簡霖，頂多加上他的秘書三個人知道。我肯定會被調查，逃不掉，

肯定是頭號疑犯。你們真的不讓我知道這事，人家問我最近見過什麼人，我都會交待出你們的名字接受調查。現在知道是你們幹的，可能不用上刑我就已經嚇破膽了，還不坦白從寬，把大家都供出來？我們這次完蛋了。」

這時候眾人才恍然，都不說話了。

良久，小希說：「老陳，對不起，連累了你。找個國家領導人來問清楚，是我的氣話，我把大家害了。」

方草地說：「這個我不滾地雷、誰滾地雷的餿主意是我出的，我對不起大家。」

張逗建議：「我們現在找個地方，把車停下，給何老師扶到司機椅子，我們就下車回家，當作什麼都沒有發生，何老師在不到兩小時內自己會醒來的。」

老陳問：「他會記得昏迷前發生什麼事嗎？」

張逗說：「我在後面抱着他，用藥巾捂着他的口鼻，他只掙扎了六、七秒鐘就暈過去。」

老陳沮喪的說：「待會他醒來，頭會痛，再想起之前的六、七秒鐘，肯定打電話給秘書，驚動安全系統，調看街頭監控錄影，說不定還會找到那個肥交警佐證，然後就是開始調查我，結果我一進去就屁滾尿流，什麼都吐出來。我們這次完蛋了。」

眾人又失語了，大概都在想各種出路，然後方草地說：「殺人滅口……」，眾人不約而同倒抽一口冷氣，方草地接着說：「……殺人滅口的事我是不會幹的。」

他說：「一人做事一人當，你們都下車吧，我把車開到南方，然後向政府勒索一筆大錢，轉移視線。你們都在這裏下車吧。張逗，把麻醉藥都給我留下。」

小希說：「這怎麼行呢？」

方草地說：「我爛命一條，怎麼不行？老陳，您說呢？」

老陳說：「老方，說句難聽一點的話，就算你到了南方，在給抓之前自行了斷，還是解決不了一個問題，就是只有幾個人知道他今天晚上的行蹤，我是

肯定會被調查的了，同時我百分之百清楚自己又怕痛又膽小，進去之後什麼都會和盤托出，你就算獨自犧牲了，也攬不住這件事。我們還是完蛋的。」

然後老陳問張逗：「現在離他醒來最保守估計要多久？」

張逗看看手機説：「最快九十分鐘，我還可以再加藥。」

老陳説：「事到如今，急也沒用。還有點時間，你們讓我想想再説。」

老陳在車上考慮各種脱身之術的時候，已憶起自己寫過的硬漢偵探小説《十三個月亮》，用過一個叫同生共死的橋段，但他一直懷疑，在生死攸關的現實裏，把自己和眾人的生命交給小説的橋段，是不是太兒戲了？但除此外難道還有什麼萬全之計？

回到妙妙的家，老陳也獨自坐在一角，不發一聲。他閉上眼睛屢屢看到自己一生虛度，名譽掃地，想到幸福的飄渺，人生的無常，想到自己在牢獄和刑場。他雙腳發抖，渾身冒冷汗，但每次他都強把自己拉回現實，一次再一次沙

盤推演自己的同生共死橋段，理論上行得通，實際上一點把握都沒有，這樣來來去去的天人交戰，弄得老陳筋疲力倦，但他知道，時不我予，是做決定的時候了，幾條人命都在他一念之間。

張逗和方草地已把何東生抬進屋子，綁坐在一張有扶手的寬椅，椅腳已預先固定在地上。攝像機開着，通過延長連結線，眾人在另一間屋子監看着快將醒來的囚徒何東生。

小希搬了張椅子坐在老陳的面前，握着老陳的雙手。看着小希，老陳感到很平靜，他直覺到一點：同生共死的小說橋段，對一般庸官不見得有效，但是對何東生，反而有一絲機會，因為老陳覺得何東生不是一般的庸官，智商夠高，腦子夠用，應該懂得玩這個遊戲。老陳下了決心，就這樣賭一把吧。

方草地這時候面色凝重的走過來，方說：「老陳，無論您怎麼決定，我們都聽您的。我預感我們能逢凶化吉。」

老陳問：「他醒了？」

方說：「是的」。

老陳問：「錄像機都開了，都連接到電腦，隨時可以上網傳出去？」

張逗在監控電視旁說：「一個錄像機，一個MP3 錄音機，一個枱式電腦，一個筆記本，都連接了，無線寬頻上網，三部手機攝像頭也對準何老師，都是一個按鍵就可以群發出去的。」

老陳問：「很好。你們有很多問題要問他，是不是？」

方草地和小希點頭。

老陳問：「好，事到如今，將錯就錯。待會你們先不要說話，一切都得聽我的，到我叫你們提問題，你們才盡量問個痛快。行嗎？」

眾人說：「行，都聽你的。」

老陳說：「就算我叫你們做些你們不願意做的事情，你們也得做，同意不同意？」

眾人低聲說：「同意」。

老陳說：「那現在我們過去問他！」

方說：「不用過去，在這邊問就可以。」

老陳說：「這樣說不清楚，得面對面。」

方說：「那我替您過去問他。」

老陳說：「我得自己過去。」

方說：「那您戴上面具。」

老陳說：「老方，戴或不戴，還有分別嗎？你們綁架何東生的那一刻，我已經跟你們一起走上不歸路了。現在，我過去，反而是你們可以考慮留在這裏，置身事外。」

說罷，老陳帶頭就走。小希也扔下手中的面具，跟着走，然後方草地和張逗也照做了，都跟在老陳後面。

何東生到底是個心細如髮的人，醒來後忍住頭疼就開始思考，他已想到這不是他秘書就是簡霖或老陳幹的好事，但他必須要不動聲色，不能讓綁匪洞悉他有這個想法，否則肯定會給撕票。所以，當他看到老陳毫不遮掩的推門

而進，他的反應不是驚詫，而是絕望，最壞的情況發生了，老陳都不怕暴露身份，面前另外兩男一女都不戴面具，這就表示綁匪已經打定注意不會給他活路了。他想不通的是：為什麼？

老陳説：「東生兄，喝點水，吃兩片頭痛藥。」張逗拿着水和藥，何東生沒反應。

老陳説：「東生兄，如果我現在要加害於你，也用不着騙你喝水吃藥，是不是？」

何東生沒抬眼的説：「有進口瓶裝水嗎？」

老陳看眾人，眾人搖頭。

何東生「唉」的歎一口氣，然後示意張逗餵他水，但不要藥。他大口的吸啜了整杯的水。

老陳待他喝完：「東生兄，你是聰明人，咱們打開天窗説亮話，有什麼説什麼，好嗎？」

何東生咬牙切齒的問：「為什麼？」

老陳說：「你問我為什麼把你請到這裏，準確的說在沒有徵求你同意的情況下，將你綁架了，為什麼？很簡單，因為我們有問題想問你。」

何東生冷笑幾聲。

老陳感到自己像是小說中人在說話，反而心平氣靜了：「是真的，就是這麼簡單。不可置信吧！並且，回答了問題後，你就可以走了。」

何東生有點憤怒但有氣無力的自語：「扯淡！」

老陳說：「我知道你在想什麼。你認為我們不會讓你活着走，因為我竟然讓你知道了我是誰。其實，哪怕我不露臉，我想你也會想到幾個名字，包括我在內。當然，你也可以預見到，你出事了，肯定會有人來調查我，那我遲早就會心防崩潰的招供，我這幾位朋友也是死路一條。」

這時候何東生有點專注了。老陳繼續：「我們也想活下去。你活，我們才能活。」

何東生說：「對，想活命，馬上讓我走。」

老陳說：「不要急。隨隨便便讓你走，你不可能摸摸鼻子就當什麼都沒有

發生，你轉個身就會叫人來抓我們。所以，就算此時此刻我們讓你走，我們已經是犯了重大的刑事罪，難免一死，就算你替我們求情，我們死罪能免活罪也難逃。不，我們不需要你的寬恕，現在不是在求你法外開恩。」

何東生說：「你到底想怎樣？」

老陳說：「我要你明白，我們現在是處於一個同生共死的處境，生則同生、死則共死，選擇在你。你想聽我解釋嗎？」

何東生說：「說！」

老陳說：「先說共死的一面。你設想一下，我們的錄像機錄音機都開着，都連着互聯網和手機，一按鍵就可以群發出去。如果我們這樣做，全世界立即知道你被綁架了，誰都隱瞞不了。沒錯，不久後你就會獲救，我們就完蛋了，但你認為貴黨從此會怎樣看待你？會怎麼理解這個荒誕的事件？任憑你和我們如何解釋，有誰會相信這樣難以置信的綁架理由？所有人都會猜測事件的『真正』背後原因吧！且不說你夜裏在北京開車兜風的事也會引起遐想。你認為貴黨還會相信你、用你嗎？當然，在被抓之前，我們更會盡量發出許多真真假假

的文字材料，都說是你透露的國家機密，讓網上去流傳。你說，你認為你的官運會不會戛然跟你說拜拜？你比我們更熟知貴黨的思維和運作方式，你自己判斷一下。」

何東生：「這樣做你們死定。」

老陳說：「我們已經是死翹翹的了，一隻腳已經在棺材裏面。不過我們死，也拉你陪葬，哪怕不是要你的命，至少斷送你的仕途。」

何東生說：「哈，這就是你所謂的共死？」

老陳說：「沒錯！也可以說是共同自殺行為。」

何東生說：「那麼同生呢？」

老陳說：「首先，待會我們會問你一些問題，你老老實實有問必答，直到我們滿意為止。然後，到天亮，我們就放你走。」

何東生說：「天亮你們放我走？我不信！」

老陳說：「你心裏相信不相信無所謂，重點是你玩不玩這個同生共死遊戲，不玩，就是選擇共死，我們反正是死，現在就先讓你仕途死，再考慮你肉

體死不死。玩，天亮就 game over，你開着你的路虎回家，就當你平常一樣，晚上睡不着，開着車在外面兜風，累了在車上睡了一覺，天亮回家。你知道，別人也知道，你這位政治局候補委員經常如此這般在外過夜，誰都不會過問。」

何東生說：「然後呢？」

老陳說：「然後？沒有然後了。或者說，然後你走你的陽關道，我們走我們的獨木橋，我們保命，你保官。今天晚上發生的事情，誰都不說出去，過了這個晚上，大家黑不提白不提，就當什麼都沒有發生。」

何東生說：「我怎麼能相信你們不說出去。」

老陳說：「的確是。你不相信我們不說出去，但是，只要我們說出去，我們大概就會被天涯追殺，為了保命，我們不能說出去。反過來說，我們也不太相信你不對我們秋後算賬，你回去之後，說不定仍然不放心，還是會找人殺我們滅口，不過殺人滅口的事總得要靠人，而且也難保沒有漏網之魚，會把今天晚上的事放到網上，總之同樣是有風險，你自己評估吧。你是懂得這個道理的，如果人真有理性的話，哪怕為了自利自保的理由，我們也知道最好的選項

是各自保持沉默，不做多餘動作，不要節外生枝。換句話說，你我雙方都嚴格遵守這份同生共死的協議。」

何東生說：「理性？協議？你對人太有信心了吧。」

老陳說：「我願意賭一把。你願意嗎？」

何東生說：「你知道青蛙背蠍子過河的故事吧，蠍子半途忍不住螫死青蛙，自己也淹死，天性！」

老陳說：「誠然，誠然。咱們兩邊都有風險。我承認這確是逼於無奈的險招。如果還有路，我也不想這樣險中求生，我們幾條人命，換你一頂烏紗帽，我認為我們的代價比你大多了。老實說，我提出這個同生共死方案，是因為我想不到兩全其美、你我雙方都可以接受的更好方案。東生兄你有更好的雙贏方案嗎？我是沒有了。你可以慢慢想想看。」

何東生想，整件事太荒誕太夢幻了，但自己不是在作夢，這個同生共死想法簡直是兒戲，不過對方好像很認真。冒生命風險，問幾個問題就放自己走，這群瘋子在想什麼？不過看樣子自己只要同意跟他們玩的話，至少暫時可以活

命，出去後主動在己，一切好辦。此情此境，在受制於人的狀況下，何東生以己度人，一時間還真想不出比老陳的瘋主意更好的主意。

何東生說：「提問可以，但我不能洩漏國家機密。」

老陳說：「這由不得你，我們不要來秀水街討價還價那一套。我們幾個人付出這麼大的代價，就是要你解答我們的問題，直到我們滿意為止。我們已置生死於度外，這次得不到滿足，一切對我們都變得沒意義了，我們寧為玉碎，同歸於盡。況且，東生兄，不管你有沒有洩密，只要貴黨懷疑你洩密，你就是洩密了，就算我們把這一刻到此為止的錄影，傳出去一部份，我相信你已經是跳進黃河洗不清了。同生共死是個完整不可分割、環環相扣的協議，雙方要麼全盤遵守，要麼拉倒。如何？」

何東生只怕再拖下去，老陳改變主意：「天亮我就得走。」

老陳說：「一言為定！」

何東生說：「再給我杯水。」

張逗給何東生喝水的時候，老陳也趁機交待小希和方草地，話也是說給何

東生聽的：「今天晚上所有的事，包括待會的全部一問一答，都只是給我們五個人十隻耳朵聽的，一點都不准洩漏出去，就算有些內容你們覺得必須公諸於世，對不起，也不容許。這是同生共死協議的最關鍵條件。」

小希、方草地、張逗不語。

老陳說：「你們剛才說過，一切聽我的，就算我叫你們做不願意做的事情，你們也得聽我的。對不對？」

小希、方草地、張逗這下點頭了。

何東生說：「還等什麼？再不問就天亮了，想問什麼，問呀！」

巨靈來了

在過去二十多年的官方論述中，甚少提到一九八九年，好像只要不提，它就不存在。為免惹事，民間的論述往往也避而不談整個八九年，連追憶八十年代的話題，也是到八八年底就戛然而止。所以有人說笑，說在中國，一九八八

年過後，就到了一九九〇年了。

一年不見了、失蹤了？對一些人來說，那是永恆的記憶，正如香港記者協會為紀念八九六四天安門事件而出的書的名字：《人民不會忘記》。但人民真的不會忘記嗎？對絕大部份大陸的年輕人來說，八九六四天安門事件從未進入過他們的意識，他們從沒看過有關的圖像和報導，更沒有家人或師友向他們解說過。他們不是忘記，而是全然不知。所以，理論上，假以時日，一整年是可以因為人們黑不提白不提而失蹤的。

二〇〇九年是一九一九年五四運動九十週年，四九年中共建政六十週年，五九年達賴喇嘛出走五十週年，八九年六四天安門事件二十週年，九九年鎮壓法輪功十週年，所謂九六五二一，弄得大家很緊張。所以也有人說笑，以後逢八進十好了，下次二〇一八後，就提前進入二〇二〇。

不過，對何東生這一屆的黨和國家領導人來說，八九六四跟他們個人的關係已不大，他們都是九十年代中期以後才進入權力核心的，不擔負八九六四的原罪。何東生事後想起來，二〇〇九年有驚無險，還不如二〇〇八年驚濤駭浪。倒

是之後不久，外部環境再度驟變，世界經濟進入冰火期，勢將引爆內部壓抑多年的矛盾，加上當時的黨政班子任滿換屆在即，這才是對黨的最大考驗。

何東生說：從二〇〇八年開始，貴州甕安、湖北石首、通化鋼鐵廠一連串事件，讓他意識到地方政府面對群體性事件的時候是多麼脆弱——像在甕安，當地政府和公安人員竟然棄甲而逃，而在通鋼，國家機器如果出動的話，鎮壓的將是產業工人。共產黨鎮壓產業工人，它的執政合法性何在？

那些事件之後他參加了一個中央機密小組，籌劃應變方案，沙盤推演中國以後若發生大範圍動亂將如何應對，最後制訂了幾個儲備方案，中央並據此開了多次與軍方、公安和武警的聯合統籌會議，數度把幾千名縣委書記和地方公安領導幹部召到北京作集中培訓。

在二〇〇九年，何東生已經清楚的意識到，全球經濟是會再度出現更重大的危機的，不過只要到時候中國政府處理得當，反而是絕妙的大好機會解決中國內部長期解不開的死結，化危為機。何東生甚至認為，中國能否提前進入盛世，一看國際形勢，二看內部是否及時出現一個機遇，讓現屆政府能覆手為雨

趁機一舉撥亂反正，完善三十多年改革開放未竟全功之處。所謂機遇，説穿了就是一場大危機，只有大危機才能讓老百姓心悦誠服的接納專制大政府。北京模式的一黨執政，能夠讓老百姓接受的兩大理由：一是有利穩定，二是能夠集中資源辦大事。就是説，維持穩定只是它的正當性的必要條件，因為民主制度未嘗不能維穩，就以台灣為例，你以民主亂象譏它，但人家卻和平易權，政局一樣可以穩定。所以，光説能夠維穩是不夠的，更須證明一黨執政能辦民主制度辦不到的大事，若做不到這點，它的存在價值仍是應該接受挑戰的。何東生等待的就是這個辦大事的機遇，私下稱之為「治國平天下方案」。這名字很老套，但何東生卻甩不掉，思前想後，伴着他過了多少失眠之夜。

如果沒有一場及時的大危機，時任政府任滿換屆的時候則危矣。一來中共權力交替素來如此，黨內各派系權爭會很激烈；二來這幾年的確事多，從〇八年金融海嘯開始，社會矛盾尖鋭化，官員動輒得咎，也真是脆弱不堪，處處為對手留下口實，這樣拖到黨代表大會，當權派下課似成定局。何東生不是當權派的核心成員，只是他當時作為兩朝元老，對誰稍不壞、誰比誰更壞心裏有

數，他較願意襄助一些沒有什麼出身背景的技術官僚掌權。但是儘管如此，他也不願意被捲入權爭的風暴眼中，不願意看到中國的政局因為換屆而出現大動盪。他只是個政治局候補委員，本身難成大事，需要天助，譬如說在換屆前一年左右，來一場恰當的大危機，而政治局決定援用並按部就班執行「治國平天下方案」，這樣，何東生心想，中國就有救了，雖然後世大概不會知道他處心積慮的貢獻，不會想到「治國平天下方案」這匹木馬是他何東生為黨永久執政而精心打造的，如果真的帶來盛世，所有功勞將歸在最上位的黨和國家領導人。

何東生早就看到西方金融資本主義的危機，他個人的投資策略，是跟美元對賭。在中南海這麼多年，最初他跟其他官員一樣，盡量把人民幣挪到國外換成美金，但大概十年前，他就不再看好美元資產，所以他把海外美元大部份換成加幣作為自己獨生兒子在彼邦讀書的費用，並在溫哥華尚娜斯老布爾喬亞高級洋房區置業。剩下的美元則買了金礦、石油之類礦產、能源股，打算長期持有。更重要的是他決定留住人民幣，或投資在人民幣的硬商品上，就是國內房產。他不玩國內股票，一是沒時間，二是討厭整個遊戲的不誠實不透明，三是

不想人家覺得他貪財。這些年他的反美投資策略帶給他可觀的回報，堅定了他對國際經濟的看法。當〇八年金融海嘯肆虐的時候，何東生早就有所預期，然而他還是覺得很震撼，促使他全面反思自己的經濟理論，重構了他心目中世界經濟和中國發展之路，並把理念和政策巧妙結合在他的「治國平天下方案」裏。

他看到美國為首的發達國家，因為它們的兩黨或多黨民主制度緣故，沒有能力也沒有決心去降伏全球化金融資本主義這隻怪獸。美國的民選政客受制於利益集團：華爾街、大企業、軍事產業、地方勢力、教會、工會、特殊利益的公關游説團，還要照顧媒體民意，故在需要他們團結辦大事的時候只能左顧右盼，小打小鬧，不敢忍痛刮骨療傷，更不可能大刀闊斧。他們國內的市場原教旨主義者及共和黨右翼更不斷扯後腿添亂，完全跟時代脱節，有破壞沒貢獻。何東生對西方代議民主制已心灰意冷、毫無寄望，更不相信美國那些與華爾街有千絲萬縷關係的財經決策官員有魄力作出正確救世界經濟的決定。反而，他越發認為中國的後極權專制大政府，是有能力駕御現階段的全球化金融資本主義的，如果中國對全球化金融資本主義有正確的認識的話。

不過，何東生知道，中國的事情，光有正確的認識是不夠的，因為各級黨政部門都已經受利益集團和貪腐官員的過度把持，他們會扭曲或抵制哪怕是正確的政策。所以，何東生心想，只有一場空前的危機，時任當權者才可以實現真正的專政，政令上行下效，為蓄勢待發的中國盛世打下堅實的基礎。不過，何東生雖然預期世界經濟會出現比〇八年更嚴重的動盪，卻沒想到他所期待的危機這麼快就到臨，而政治局在慌亂的第一天，就決定啟動了一個新鮮出爐的應變儲備方案，叫「冰火盛世計劃」。這個計劃當然是時任政治局常委的集體智慧，只不過它在方方面面很吻合何東生私下秘而不宣的「治國平天下方案」。

先說美國怎麼啦？怎麼學起我們中國，國家印鈔票賣債券，去救沒救的汽車公司、去注資已破產的銀行，錢都花不到點子上。結果，信貸沒有再活絡、房價繼續尋底、市場依然收縮、失業率照舊爬升，而美元則一台階一台階的往下走，美國的投資者不要美元、世界的投資者不要美元，連日本、俄羅斯、台灣的中央銀行也不敢只持美元，美國債券長期短期利息再好都難以出貨。美元

在〇九年初曾一度回升，但之後兩年已再跌了百分之二十五，終於世界對美元的信心到了臨界點，在二月的一個交易日之內，噩夢驟然而來，美元被恐慌性拋售，隨之是美股崩盤，黃金二千美元一盎司，美國聯邦儲備局主席和財政部長辭職，諾貝爾獎經濟學家史蒂格利茨和克魯格曼等一起確認美國正式進入高通脹式大衰退，即中國媒體所說的冰火期。

這時候，世界大部份地方的經濟當然不妙了。中國的情況呢？中國也危了，出口停滯、失業人口驟增、股市連續跌停板，這次經濟的增長由正變負大概是逃不掉了。二〇〇九年靠國家財政撥款直接投資來刺激經濟的行為，雖然有助於保證GDP增長，卻並沒有真正拉動消費內需，不少錢是投在可疑的大型項目和固定資產上的，受益者主要是官僚及央企的裙帶利益集團，反而助長了國企對市場的壟斷，壓縮了民企空間。

最要命的還是美元大幅貶值。在二〇〇四年前，中國每年的對外貿易順差不大。但從〇四年開始，中國越來越不需要外國製造的進口工業產品，而出口卻越做越猛，外匯儲備驟然攀升到超過二萬億美元，然後在一天內不見了三分

之一以上價值。原來，中國雖然叫嚷了半天，其實並沒有像日本、俄羅斯、台灣等地的中央銀行在放美元，而是一直到最後還在挺美元、買美元資產，不是不想跟美元逐步脱鉤，而是因為缺乏其他選擇。我們是已經跟日韓東盟、上海合作組織國家，在鋪墊雙邊的貨幣交換安排，我們是已經在積極要求美國發行人民幣結算的債券，即外國媒體所説的熊貓債券。所以不是不做準備，而是時不我予，只能祈望美元暫時不倒，想不到美元偏偏這麼快就倒了。但政治是殘酷的，光是主權財富縮水這項罪名，加上事後可預期的國內經濟負增長，上一屆政府在黨內已威望全失，到一年後換屆的時候將全無招架之力，肯定都要下台，那將是一個親痛仇快的時刻。這就是上屆政府毅然決定採用冰火盛世計劃的最重要的原因。是呀，既然橫死豎也死，索性背水一戰，釜底抽薪，以期扭轉乾坤，勝則全勝，敗則……敗則管他洪水滔天，是下屆政府的事了。

美元大貶值的那一天，是正月初八，中國剛過了農曆年假期，除了部份工廠外，全面開市。那天早上幾乎所有新聞媒體都報導説世界經濟進入了冰火期。下午各城市就出現食品和日常用品搶購潮，到晚上已經人心惶惶。

國家機器去哪裏了？

其實，全國的公安、武警、解放軍當天都已經進入了戒備，中央向各級政府宣佈：全國處於緊急狀態，冰火盛世計劃已經啟動。這個行動是一環扣一環的，必須全國一盤棋，按預定計劃走，才能竟全功。

第一環，除新疆和西藏立即戒嚴之外，其他地方沒有中央命令，國家機器不准出動。換句話説，國家機器在等。等什麼呢？等着看要多久才出現真的亂象。等着看民眾能夠忍受多長的無政府狀態。等着那一刻，人民呼喚政府不要拋棄他們，懇求國家機器出來拯救自己。就是説，等到全國人民再度心甘情願的委身給巨靈。

如果出現大規模打砸搶燒的情況，或居民集體逃離自己的居住地區，那就是國家機器出動的信號。結果，民眾度過了六天惶惶不可終日、謠言滿天飛的日子，到了第七天各地報上來的情況，已經有了動亂的跡象，但就是這樣，全國也只有少數地區出現大範圍打砸搶燒或居民集體逃難的現象。第八天正月十五，解放軍、武警部隊象徵性的開進全國六百多個城市，全無例外的受到居

民的夾道歡迎。這説明在小康社會，人民怕亂多於怕專政，而且中國社會並沒有想像中那麼無序，渴求穩定的人佔絕大多數，只要矛頭不是指向政府，一切都好辦。

那天下午，公安、武警、解放軍聯合宣佈嚴厲打擊黑惡勢力，社會秩序一下恢復，連偷雞摸狗行為都戛然絕跡。政府也宣佈開倉派送中央儲備糧的大米，每天限量配給，完全免費，二十四小時來者不拒，確保老百姓不愁挨餓。有意思的是，老百姓嫌國家儲備糧用的多季稻大米口感不好，都不愛吃，竟不踴躍領米，而且因為嚴打，投機份子也不敢去收購儲備糧倒賣給米酒廠。

方草地氣憤的問何東生：「為什麼？為什麼要這樣嚇唬老百姓？」

何東生像講課般的説：

危機開始的時刻是很關鍵的，一開始處理不好就很難收拾。這次危機是超嚴重的，足以誘發全國性的群體事件。它從經濟面開始，但會引爆各種潛伏已久的深層社會矛盾，如果政府的反應太溫吞太零碎，老百姓是不會滿意的，怨氣會更大，但如果政府一步到位下重藥，有些階層又接受不了，會反彈。不管

我們怎麼做矛頭都只會指向政府。

當時中國的情況就是這樣，除了涉及少數民族的群體事件可能是族群對族群的之外，一般的群體事件，都是群眾與政府對立。很多老百姓已經有了定見，認定不鬧事問題不會得到解決，所以什麼雞零狗碎的事都動輒演變成群體性事件。

如果全國同時發生群體性事件，矛頭、怨氣都是指向政府的話，我們的情境推演表明，政府不可能一個火頭一個火頭的去滅，或一個群體一個群體的去安撫，再多警力、軍隊、武裝力量都不夠，國家機器就崩潰了。

反過來說，只要矛頭不指向政府，就不容易形成群體性事件。個別不法之徒滋事並不構成群體事件。

所以，首先得不讓老百姓把所有的矛頭都同時指向政府。

推演來推演去，險中求勝的惟一方法是讓老百姓自己嚇唬自己，怕政府拋棄他們，怕無政府。無政府狀態就是英哲霍布斯所說的所有人對所有人的戰爭，用他在《巨靈》或叫《利維坦》一書的說法，在自然的狀態下，人的生

命，是孤獨、貧窮、齷齪、粗暴及短促的。生命財產全無保障，那才是終極的恐怖。你們認真想一想，大家整天說怕中國會大亂，怕的不就是這個嗎？因為怕無政府，怕大亂，大家反而主動願意在一隻並不可愛的巨靈前面跪下，因為只有這隻巨靈可以保障他們的生命和財產，就是說讓國家成為暴力的惟一合法壟斷者，捨此別無選擇。也就是說只有讓人們真的感到，大難當前，只能指望我們共產黨了，我們才能接着集中資源辦大事。

小希頂了何東生一句：「現在談的是政府和無政府，沒有說政府必然就是你們共產黨！」

何東生說：「爭論這個沒意義，反正現在兩者是一回事。」

小希問：「你們製造無政府狀態，已經騙得民心，連北京老百姓都夾道歡迎解放軍進城了，還想怎樣？為什麼還要嚴打？你知道每次嚴打會有多少人枉死？」

方草地說：「我就是差點死在這次嚴打。」

何東生說：「憑良心說，我也希望這是我們最後一次搞嚴打。但是，上

一任政府為了在換屆前表現強硬，並且也真的為了辦好接下來的大事，不得不如此。全球經濟進入寒冬，中國要自救，就需要下猛藥調整經濟，但這樣一來社會有可能失控，政令會被扭曲，民眾會鬧事。國家必須完全控制了社會，馴服了老百姓，大家乖乖的聽話，才能共渡時艱。怎麼馴服呢？八三年市場經濟出現亂象，老鄧不是也搞了一次嚴打，八九六四，又是另一種形態的嚴打。懂嗎？為了辦大事，犧牲是難免的。」

小希和方草地覺得何東生這番話強辭奪理，想反駁，何東生示意讓他先把話說完。他說：一八一六年，也就是拿破崙戰爭結束後的第二年，戰爭效應消失，英國出現經濟大衰退，國債是GDP的兩點五倍。不巧的是因為一八一五年印尼發生人類有記錄以來最大的火山爆發，全球灰雲蓋日，導至翌年歐洲農作全面失收。當時的首相是利物浦，他的顧問你們知道是誰？就是鼎鼎大名的經濟學家李嘉圖。眼看大衰退將要引起社會大亂了，他們只用了一招作為危機處理。哪一招呢？就是取得議會同意，廢止Habeas Corpus，即英國的人身保護令，誰鬧事誰不聽話，政府可以不按法律不依程序，抓起來就關進監獄，用

現代話說就是政府隨意踐踏人權。結果，整個大衰退期間英國的刁民都不敢鬧事，過一年後經濟就恢復了。神奇吧？

當然，這個期間人民是要吃苦挨餓的，而且以前資本主義衰退大多數是週期性的，一年兩年，撐過去就沒事。但這次跟三十年代那次經濟大蕭條一樣，可以拖它十年八年，硬撐撐不過，政府要進場。我的重點是，永遠是穩定第一，但穩定不是目的，穩定是為了辦大事，所以非常時期或緊急狀態一定要先嚴打，敲山震虎，然後，趁着嚴打的效應仍在，就放手推新政。

亂紛紛蜂釀蜜

嚴打為盛世計劃的第二環，同時推出五項配套政策。

一、國人所有在境內銀行的個人存款，百分之二十五必須換成國家規範的消費券，三分之一在九十天內、三分之二在六個月內要花掉，逾期作廢。

中國人過度儲蓄，是造成內需不足的主因之一。中國的私人和企業的存款

量分別達到GDP年度總量的百分之二十以上和百分之三十以上，當外部經濟環境不好的時候，有閒錢的人更捂着錢包不花錢，人人如此，經濟能不衰退？要民眾掏錢消費，靠降息或道德勸喻已經不靈，只能靠強迫性政令。這在西方國家是想都不敢想的。

這項政令第一個優點是執行上相對簡單，所有銀行都電腦化，一刀切下去很容易。第二個優點是這項政令只涉及有產者，影響的主要是在銀行有個人存款的城市中產和小康這些先富階層，包括公務員、專業人士、白領、國企員工、小商人和退休人士，要他們花百分之二十五存款在自己身上，同時幫助國家刺激經濟度過難關，說得過去。消費者開始花錢，企業也開始花錢。第三個優點是不用國家財政撥款或提供凱恩斯式就業工程即可逆轉衰退，至少是強力開動了內需帶動的經濟增長引擎，估計至少可以拉升五個GDP增長點。

這一來，有點存款的城鎮居民就已經夠忙了：錢要花到哪裏去？買什麼商品或服務？

二、既然製造了需求，就要有供應。第二項配套政策是取消三千多項對

製造業和服務業的管制，方便民間資本進入各行各業，放寬針對內需產業的信貸，鼓勵創業，同時完成政府功能轉變，官退民進。除有關國家安全和央企壟斷的產業外，許多受限制行業，現在都撤限。何東生對老陳說，現在誰都可以成立出版社，不用書號就可以出書了。老陳反駁說：可是所有書都一樣要送審，很多題材是禁區。何東生說：但至少現在到處是民營出版社了，還有中外合資出版社，完全符合WTO要求。

這政令也夠有效，一時間好像全民皆商，不論年齡、性別、地區、職業，人人都在談生意、動賺錢腦筋，找人材，或被人找，找資源，或替資源找人。中國人你只要給他們一條縫，他們就能撐開一片天來。

奇蹟一般，廣東、江浙那些本來做出口的製造業空間設備，轉眼都改造好，開始為內需而生產。過剩的寫字樓和廠房也一下消化掉。新產品、新服務，一兩個月間就充斥市場。中國在半年內成功的由投資與出口主導轉為內需帶動的經濟體。

有多成功？何東生說第一階段目標是回到中國八十年代，即內需佔

GDP的一半，這目標達到了。理想目標則是上世紀七十年代前的美國，內部消費佔GDP百分之六十。後來美國做過頭了，過份依賴內部消費，到百分之七十多，投資和出口都不足，信貸過濫，民間完全沒儲蓄，才出大問題。但美國七十年代前的內部消費比重，是一個大國很理想的比重，中國十幾億人，本身已構成一個超大內部市場，許多方面可以自力更生，不需要過份依賴對發達國家的出口貿易，也就是說今後可以不過度受美元波動影響了。當然，暫時中國內需只是從GDP的三成半提升到接近五成，投資和外貿仍佔一半以上，依然有過度投資基建和房地產的狀況，並且到了全球經濟復蘇後外貿比重還會稍有回升，但總的來說內需比重大大調高，國人工資提升，企業投資回報好，國家稅收也相應增加，成功消解了當時的國內經濟衰退危機，還矯正了改革開放以來經濟結構上最嚴重的偏差，故此可以說，盛世的經濟基礎這一刻就已經打下了。

一箭雙鵰，因為到處都在創業和擴充業務，城鄉失業問題也解決了。

三、此時許多農民工也回城，趁這個民工荒的時候挑選待遇好的工作。

那麼留守的農民忙什麼？也在忙着處理自己的財產。第三項配套新政策是讓農民擁有自己的農地產權，農民成了有恆產之人。這件事說了多少年，現在終於落實，背後動機之一是想在經濟危機時刻轉移農民注意力以維持社會穩定。果然，農民都忙着處理自己的資產。何東生本人對農地應否私有是拿不定主意的，別國的私有化經驗並不見得都正面，但他拗不過其他人的意見。有一點可以確定而且令他沒話說的是：農民是支持私有化政策的。何東生帶點傷感的說：「中國從此不能走回頭路了。」

四、這是全國充滿激情的一段時間，看上去有些混亂，但這是建設性的必須的亂。也就是說，在解放生產力和調動全國人民的主觀能動性的同時，我們最重要的任務，就是要嚴防經濟犯罪和貪腐官員對政策的破壞。在此之前三週的從重從快嚴打，先滅掉一批黑惡勢力、職業罪犯、地痞流氓、人口販子、扒竊乞丐集團，接着借嚴打餘威，再宣佈三嚴打，即打擊貪污腐敗、打擊投機造假、打擊謠言惑眾。大家當時一聽到嚴打都怕死了。

共產黨最擅長打小蒼蠅，隨手抓幾個典型來判死不手軟，也震懾一下地方

官吏，讓他們夾緊尾巴做人，這就達到預期效果了。只要地方吏治有點改善，官員們暫時不敢上下其手，前面三項經濟新政就有較大的成功機率。

五、何東生支持市場經濟，但是不認為市場萬能，更不相信放任主義。他從來知道公權在某些環節不能缺席。前面的四項政策，製造了真實的需求，也開動了相應的生產，這個時候市場上流通的貨幣和信貸大增，商品和服務都會出現短期供不應求的狀況，就算沒有投機倒把份子，任由市場去調節，人們會有通脹預期，物價也會不規則的飛漲，如果演變成惡性通貨膨脹，就會讓這次改革受到巨大壓力，甚至翻車。怎麼辦？只能管制物價。

這是何東生認為整個冰火盛世計劃在理念上最多爭議、執行上技術含量最高的一項政策。那些受西方新古典經濟學洗腦的專家學者，大概對物價管制四個字本身就有負面的條件反射。何東生的經濟學是自學回來的，本來也是這樣反應的，直到近年細讀西方國家的經濟史之後，他才發覺在上世紀，西方發達國家有過多次大規模物價管制的成功例子，而這些都是奉行資本主義的國家。他大開眼界的讀到猶太銀行家華芬諾在第一次世界大戰期間如何成功的主持德

意志帝國的經濟計劃。到二戰期間，德意志第三帝國也有效的結合了資本主義和計劃經濟。最鼓舞何東生的，是美國羅斯福總統在二戰期間的經濟政策，包括物資管制，不獨承擔起了龐大的軍費，並藉此正式替美國擺脱了糾纏十二年的經濟衰退。著名經濟學家加爾布雷夫曾任職當時的物資管理局，有員工一萬六千人，他在一九七二年獲選為美國經濟協會會長之前曾寫過物價管理的專著，並在七十年代經濟滯脹期間再度提出管制物資，可見並非所有西方經濟學家都不接受物價管制，只不過近四十年芝加哥學派等市場原教旨主義者在美國抬頭，影響所及，沒人再記得物價管制是市場經濟的一種調控手段。實際上在歐洲，直到上世紀八十年代，法國還有百分之四十的經濟活動是受到物價管制的。

何東生幾年前先是突破了自己對經濟學的認知，然後結合中國實際，耐心的將理念推銷給中央其他同志。幸好中國的許多官員剛從社會主義指令經濟中走出來，表面上接受市場經濟，打從心底裏一聽到管制就高興，所以何東生可以説服他們，讓他們相信有利市場運作的物價調控，是做得到的，甚至可以説

在重大經濟轉型時期是必須的，是扶助市場，不讓新興市場自我毀滅，而不是替代成熟市場功能的。

不過，何東生組成的物價管制班子中，沒有一個是滿腦子意識形態的官員。骨幹是一批五十多歲的技術官僚，他們累積了改革開放三十多年來物價調控的經驗，加上大批重點大學招來的統計學、計量經濟學尖子，配備了以前計劃經濟年代所不具備的資料庫管理軟件和全國連網，讓地球人、生產者和消費者都可以即時上網查看全部最新價格調控資訊。物價管制是明碼實價、真刀真槍的，要讓生意人賺錢，鼓勵他們生產，但要打消他們投機倒把、屯積居奇的念頭。什麼該管，什麼不該管，管制對供求有什麼影響，都需要把握得恰到好處，要壓制暴漲暴跌，更要在適當時刻放手讓市場自己的調節功能來接手。這樣的大規模回饋式調節系統，讓最初抱着批評態度的外國媒體大開眼界。說穿了，再具威權的專制政府也只有用上了二十一世紀的自動化資訊和計量技術，才有可能實現這種新一代的「指令經濟」。這樣，物價調控替這次中國經濟的重大改革作了護航。

以上的五項配套政策，當今世上大概真的只有中國才可以同時做到。

在全球經濟的困難時期，西方國家焦頭爛額、自顧不暇，但這是我們的百年機遇。本來是岌岌可危的上屆政府，將一場經濟引發的社會和政治危機，短期內化危為機，讓國內外都接受了中國盛世的説法。到翌年，黨政班子順利換屆。何東生沒有升官，他想晉身中央書記處書記的打算落空了，只是從政治局候補委員轉為政治局委員，成了三朝元老。冰火盛世計劃週年的時候，何東生不無自嘲的恭喜自己説：「何東生，幹得好。」

百年夢圓

方草地和小希還有許多問題要問，是關於無政府的一週和嚴打的三週的，但他們被何東生的言説帶着走。何東生上了廁所，再喝了水後，人更來勁了。他話匣子一開，是有一股不容置喙的魅力的。

方草地和小希也不否認這兩年中國經濟勢頭很好，但是他們認為政治方面

是更黑暗了，中國離憲政民主越來越遠。他們抱怨人們好像完全安於現狀，個個擺出一副生活幸福完美的樣子。

老陳就是其中一個。在重逢小希之前，他覺得當前社會一片祥和，每天都被自己的幸福感動。

身為讀書看報的人，老陳甚至有一種瞻之在前、忽焉在後的感覺。不久以前還覺得台灣、香港在前，大陸在後，現在感覺大陸在前，台港跟在後。周圍的人一向都在批評大陸的貧困落後，突然卻高唱起中國盛世的到臨。多少年來有識之士說西方制度優越，全世界以美日歐等地區馬首是瞻，忽然都紛紛改說它們不行了，現在是全世界學中國。

這當然有錯覺成份，經不起一項一項實證推敲，譬如人均收入中國還跟發達國家有很大距離，污染厲害、廉政不彰、人權沒保障、言論受管制。但中國就是人多，總實力永遠是驚人的，它的崛起是不爭的事實。經常可以看到國內媒體報導說中國這方面是全球第一、那方面是站在世界前沿。半知半覺間，至少在一般國人的意識中，中國是處處領先了。

因為美國、歐洲、日本陷入衰退，對中國商品的需求長期不振，而中國用自己的方法提升了內需而降低了對出口的依賴，故此再也不必採用遮遮掩掩的重商主義了，堵住了國際社會對中國的批評。以前全世界的製造業抱怨中國故意壓低人民幣匯價以補貼出口，造成不公平競爭，而西方的勞工團體又批評中國剝削自己的工人以降低出口成本，導至全球勞工福利水準下降。現在，不靠壓價出口，人民幣可以升值了，人們可以多買進口貨、出國旅遊以至到處收購外國企業了。個人收入普遍提高，企業獲利，國家稅收因此增加。這樣，教育、醫保、社保都可以加強，還可以加大力度處理環境問題。

何東生說：不能保護工人，做不到全民健保、社保，我們算什麼勞什子社會主義國家。聽得小希和方草地直點頭。

不過度依賴出口不等於不和別國貿易，中國只是相對的跟發達國家脱鉤，並不妨礙與其他地區的貿易，更不是鎖國。中國還在進行重工業建設，所以需要把德國之類發達工業國的整條高科技生產線拆卸到中國來重組。另外，美國也有些產品是中國暫時做不出來的，像波音飛機和許多精密高科技產品，能花

錢買到就盡量買。當然歐美一時間也不能完全不依賴中國貨。中國出口歐美的總量減少，正好收窄貿易差。但總的來說，中國大部份商品都能自己製造，山寨不山寨，內部市場夠大，有競爭就會價格相宜、品質過得去，發達國家可以賣給中國的工業產品將會是越來越少。中國內部市場這塊肥肉，則讓外國資本、名牌和零售企業為了進入或留在中國而願意接受苛刻的合資條件。這做法不符合WTO精神，不過因為發達國家自己的保護主義和重商主義行為已令WTO談判擱淺，無壁壘的全球自由貿易成了昨日之夢想，誰都不能再站在道德制高點上說話了。

中國最需要的是能源、礦產、原料和糧食，絕大部份來自亞非拉國家。現在甚至加拿大、澳洲、紐西蘭、俄羅斯也一邊買進中國產品而另一邊為中國提供能源、礦產、原料、糧食，所以中國也可以視它們為第三世界國家了。人民幣與主要貿易國都建立了雙邊貨幣交換機制，儼然已跟美元、歐羅一樣成了世界流通的貨幣。中國已經是跟美國、歐盟、日本一樣重要的經濟體，而後三者都在冰寒火熱的滯脹期，中國這邊風景獨好，通貨膨脹控制在可接受的百分

之七、百分之八，增長則連續第三年在百分之十五，這種態勢在三十年前改革開放早期曾經見過，一九八二至一九八四年中國GDP年增長也到過百分之十五，不過當時的總量小。簡單的說，中國現在是整個世界經濟增長的惟一火車頭，難怪亞非拉國家都向中國靠近，難怪有人說，美國帝國年代告終，中國世紀正式開始。

老陳、小希、方草地都是不懂經濟的，但他們關心中國，也知道關心中國不能不關心經濟，所以都很認真的聽何東生解說。令他們聽得更是張口結舌的是當何東生從經濟轉而談到國際形勢的時候。

美國經濟再糟糕，仍是世界第一軍事強國，惟有它擁有全球打擊的力量。

中國不能走冷戰時期蘇聯的老路，跟美國全球爭霸，作軍備競賽，搞什麼保證相互毀滅的對稱的恐怖均衡。不，那不是平天下之道，不是中國長治久安的國家利益。像何東生這種理性的，並且是深藏不露的中國式理想主義者，知道此路不通，中國國力承受不了。要牽制美國發動遠程戰爭，中國用的是先發制人和非對稱的遠程襲擊能力，要防止國土受侵略並維護國家利益，中國要成為

周邊區域的大阿哥而不是世界霸權，用國際理解的話語這就是中國的門羅主義。

美國的核武器，可以遠程一擊毀掉中國，所以中國要讓美國清楚知道，中國是不會等待美國發動第一擊進攻的，而是會在之前搶先攻擊美國的。換句話說，美國不能惡形惡相的以核武來要脅中國，以免刺激中國先使用核武。這就是先發制人策略。

中國的遠程攻擊力量，僅足以毀掉夏威夷和美國西岸的一些大城市，但這就已經足夠，已將是美國不能承受的損失，就算之後美國的反擊可對中國造成百倍的損毀，對美國人民來説代價還是太大。就是用這兩招，先發制人和非對稱遠程襲擊，來阻嚇美國發動對中國的遠程核戰爭。

這也是一種非對稱的同生共死默契，核戰爭是勝者也要付出過大代價的。中國的戰略是公開的而且清楚的告訴了美國，以免美方有人弄不清楚狀況。同時，中國一直在勸美國不要建設東太平洋反導彈防禦網，因為這樣會引發中美的核武競賽，迫使中國發展能夠突破美國防禦網的洲際導彈、核武潛艇和太空武器。

何東生不認為中美會發生核戰，更認為美國以常規戰爭方式入侵中國國土的機率幾乎是零，雖然美國仍在東亞佈了重兵。

他說，中華民族歷來最大的憂患是外族入侵，國土割裂，以至受異族統治，但現在這些擔憂都是多餘的。今天中國的國土安全系數是華夏五千年歷史上最高的：誰還會敢派兵侵略中國本土？

建國後，拋開台海、西藏、新疆的衝突不說，中國對外曾先後跟印度、蘇聯、前南越和越南在邊遠地區短期開戰，但對國家安全真正有威脅的惟一一次是抗美援朝，六十多年前的事了。中國周邊有十四個陸地接壤國家和六個海域毗鄰國家。四九年後，中國已總共協商解決了十四處陸地邊界糾紛和兩個外島爭議。但是，短期內解決不了的邊界糾紛還是有，磨擦斷層由印度不承認屬於中國的三萬八千平方公里的新疆阿克賽欽地區，到中國不承認屬於印度的八萬四千平方公里的麥克馬洪線以南的藏南達旺地區或阿魯納恰爾邦，到中越新馬菲及文萊在南海，到中日在東海，甚至跟喜瑪拉雅小國不丹現在都有邊界爭議。另外，中國在西藏和雲南興建大型水壩和改變河道的項目，越來越受非

議，引起了跨國水源爭奪糾紛，因為南亞和東南亞多國境內，除了恒河之外的所有主要河流，源頭都在我們這邊的喜瑪拉雅地區。

不過，這些糾紛甚至武裝衝突都不太可能演變成國與國之間的全面戰爭。

當然，何東生知道軍方有人很不喜歡他這種論調，那涉及軍費利益的問題。不過他雖然不同意那些軍方利益集團整天貪得無厭的要求國家多撥軍費，但他不會天真到以為大國崛起可以不靠武力作為後盾。他是個現實主義者，想的是如何最有效的優化國家利益，不用以武制勝。這就要講大戰略。

他認為一個國家若是陳義太高，反惹人懷疑，以前中國不斷強調絕不稱霸、和平崛起、和諧世界，人家相信嗎？現在是別人顧忌中國的時候，倒不如把國家利益和戰略清楚的攤出來，讓別人知道進退。這就是為什麼中國近期搬出門羅主義的說法。

在一八二〇年代，美國的門羅總統宣佈崛起中的美國不會跟當時的歐洲列強爭霸，但列強也不要來侵犯美洲，或想把美洲特別是拉丁美洲再度變為歐洲殖民地。美洲是美洲人的美洲，是為門羅主義。

現在中國也仿效當年的美國，宣佈中國絕不會和列強爭奪全球霸權，但是，東亞是東亞人的東亞，請歐美列強勢力其實是指美國退出東亞。這裏，東亞包括東北亞和東南亞，在現代之前是屬於中國朝貢體系內的。

當亞洲北部和西部的大草原文明和發源自地中海的歐洲文明在不斷碰撞交融的年代，中國在大漠高山的阻隔下，相對自給自足的自封中土，自視為天下，文化上有很強的連貫性。可能是地緣理由，古老的中華帝國對外的侵略性和擴充性，不如歷史上許多強大軍政集團，像亞歷山大、羅馬帝國、阿提拉、十字軍、蒙古人、帖木兒、奧斯曼帝國、拿破侖，或大航海殖民主義時期的西班牙、葡萄牙、荷蘭、英國、法國、比利時、德國、意大利、俄羅斯、日本，或在冷戰結束後多年的今天，還在全球各國土地上有八百五十個駐軍點的美國。

何東生強調說：中國才不要當吃力不討好的世界警察，更不想統治別國。到今天有聽說中國想去佔領別人的國土嗎？

他說，以他的理解，中國世紀不是中國獨享的世紀，中國世紀是指中國終

於可以恢復十九世紀中以前的原有歷史地位。中國坐擁自己的天下就夠了，不貪圖君臨世界。這個企圖，要讓歐美列強知道。中國不想通吃，但歐美也不要想擋住由中國主導的東亞的崛起和一體化。趁這個世界貿易收縮、歐美都主張自我保護的機遇，中國趁機推出的門羅主義可以改寫世界秩序，只要美國在政治上退出東亞，中美歐三強各有互不侵犯的勢力範圍，各自都可以活得很好。以政治影響的區域化代替爭奪全球霸權，反而會在這個無可阻擋的中國崛起時期保障世界和平。

其實在政治以外的經濟領域，全球早就大致形成三個區域，一是歐盟國家，二是北美自由貿易協定的國家，三是亞太地區。各區域的內部貿易和直接投資，總量超過區域與區域之間的經濟活動。歐洲國家的主要貿易夥伴是其他歐盟國家，而加拿大安大略省的主要生意夥伴是美國而不是日本或中國。甚至除中東以外但包括澳紐在內的亞洲國家，自二〇〇七年開始超過一半的貿易是跟其他亞洲國家。現在只是要將政治與經濟等量起來，都加以區域化。

政治區域化後，在商言商，歐、美、中都可以在對方的國土和勢力範圍內

做生意，並各自投資開發非洲、亞洲和拉美，其中有合作有競爭，但都是用商業的準則。譬如在安哥拉，中國、法國、美國企業都拿到離岸石油開採權，當地政府多了選擇，就不容易受制於任何一國。

第二次伊拉克戰爭讓中國決定重點投資非洲，安哥拉現在是中國最大的石油供應單一國家，其他供石化能源給中國的非洲國家包括蘇丹、尼日利亞、尼日爾、貝寧、加蓬，以至阿爾及利亞的天然氣。中國超過百分之三十的進口石油是來自非洲，比重僅次於中東地區。除能源外，中國還在非洲採礦伐林，整片承包農地種中國需要的農作物，也建公路醫院碼頭機場通訊網，從津巴布韋到索馬里，中國在大部份非洲國家都有投資。中國一向主張做生意、交朋友，不干預別國內政，這是非洲國家領導人所歡迎的態度。中國勢將超過美法英而成為許多非洲國家的第一貿易夥伴，不是沒道理的。

在南亞和中東，中國與伊斯蘭國家友好，特別是花心思、花本錢在多年的友邦巴基斯坦。這是國家利益的重要戰略考慮，一方面牽制現已變成親美國的印度，所謂冷印度、熱伊斯蘭，另方面是因為非洲和中東的石油、礦產要

運到中國，最短的途徑其實是經由海陸兩路運到巴基斯坦西南角的瓜德爾港再北上，沿着中國建造的瓜德爾至道班丁鐵路連結到喀喇昆侖高速公路到中國新疆。這樣，我們所需的戰略物資就不用獨沽一味的全依賴長途航運，因為中國的遠洋軍力不足以確保印度洋及南海航線不受強大的美國、印度或其他軍事力量干擾，特別是在必經的馬六甲海峽——印度與美國、新加坡、泰國、印尼、澳洲以至日本海軍經常在這片海域聯合演習。

中國也不放過接收任何列強手中漏出來的能源。二〇〇八年油價由一百四十七美元跌到三十三美元，中國就加碼進口委內瑞拉、伊朗的石油。〇九年俄羅斯突然毀約中止進口土庫曼斯坦的天然氣，中國也就立即伸援手，跟土庫曼斯坦簽三十年合約，鋪一千八百多公里輸氣管道把天然氣由土庫曼斯坦跨烏茲別克斯坦、吉爾吉斯斯坦和哈薩克斯坦送到中國。哈薩克斯坦的石油更不用說，中國不僅參與了開採，長達三千公里的哈中輸油管更象徵了中國首次以跨境油管直接進口能源。除俄羅斯和伊朗外，裏海周邊的國家皆為陸地所困，能源出口要經過別的國家，故皆支持中國在中亞地區的最終戰略目標，就

是建立「泛歐亞大陸能源橋」，駁接中東、伊朗、俄羅斯、阿賽拜疆、哈薩克斯坦的輸油管到中國新疆。

現在，中國為了自己的國家利益，也要促成非洲、中東、中亞、伊朗、巴基斯坦這些地區的局勢穩定，不受列強過度操控，阻止宗教極端勢力、分裂主義者、恐怖份子顛覆當地政府。為了孤立疆獨，中國更對中亞六個「斯坦」國家及土耳其特別示好，邀請了迄今進不了歐盟的土耳其成為上海合作組織的觀察員國家。伊朗也正式加入了上合組織。意想不到的是連以色列也只得向中國示好，以尖端科技輸送中國，因為怕中國轉移先進武器甚至核武給伊斯蘭國家。

中國也不反對俄羅斯着力驅趕美國勢力離開中亞、高加索和烏克蘭這些歐亞大陸的心臟地區。不過這些多民族國家並不都願意再投入俄羅斯懷抱，像哈薩克斯坦人就不能忘記斯大林害他們顛沛流離、在集體農場吃苦頭的日子。烏茲別克斯坦甚至向美國和北約拋媚眼。但中亞各國都認為中國對該地區沒有政治野心，大家比較放心跟中國做生意。反而是中國不想讓俄羅斯感到中國要吃

進它的地頭。兩國政府最新的流行辭彙是外交協調，這解釋了為什麼中國提供巨額貸款給一個在黑海以西、一向不搭界的歐洲小國摩爾多瓦，就是為了協同俄羅斯抵制西方勢力的東進。

中國一直很忍辱負重的在爭取俄羅斯為友邦。一個多世紀以來被俄羅斯佔去的中國土地一百五十多萬平方公里，相當於三個法國那麼大，好幾年前中國已放棄追討，跟俄羅斯共同宣稱中俄邊界線全部勘定。只要中國不翻案，中俄之間沒有理由再發生重大衝突。俄羅斯地大，人口在減少，軍事的威脅來自西線的北約勢力。它的政治精力，都花在了處理能源收入的不穩定性，管控少數民族的共和國及重振在前蘇聯國家的影響力這些事情上。新一輪的全球衰退對俄羅斯這個過度依賴能源出口的經濟體打擊甚大，幸好當歐洲再減少俄羅斯天然氣進口的時候，中國馬上增購俄羅斯能源。自此俄羅斯的天然氣、石油和其他經濟支柱如大型武器裝備和西伯利亞木材，都離不開中國市場。俄羅斯的石油在二〇一〇年已通過東方西伯利亞太平洋輸油管由斯科瓦羅甸諾送到黑龍江大慶，現在天然氣也從阿特萊經過六千七百公里的輸氣管運到中國，減輕了俄

羅斯對歐洲的依賴，也讓中國石化能源的來源更分散。因為資金不足及裙帶理由，俄羅斯多個寡頭企業紛紛接受了中國友好國企入股，共同壟斷該國的鈦、黃金等貴重金屬。可以說，在經濟上中俄是互補的。近年多個接壤中國的俄羅斯遠東地區都看到這點，改變態度，默許甚至歡迎中國資本、企業和民工進場共同開發。為了兩國的核心利益，在大戰略考慮下，如果我們不挑起失地問題，中國與俄羅斯現在是可以和平共存的。

何東生說，這次世界重心的乾坤大挪移，是百年難逢的機遇。中國近年真是國運亨通，不過要做到長治久安，治國平天下，何東生認為還有關鍵的一步：與日本結盟。

要做到東亞是東亞人的東亞，中國和日本要結盟。只有日本改變態度，脱美入亞，美帝國主義才可能撤出東亞，當年的冷戰佈局才終於可以在東亞瓦解。當中日這兩大超級強國聯手，世界新秩序就出現了，後西方、後白種人的新紀元就無可逆轉的成形了，歐美列強就無可奈何了。這就是為什麼孫中山一九二四年要跑到日本宣揚亞洲主義，勸日本不要學西方的帝國主義，而應該

跟中國聯手實現王道。孫中山是民族主義者，難道他看不出日本的野心嗎？但他知道，光靠日本或中國自己的力量，不足以驅趕西方列強在亞洲的勢力，但若中日合作，就誰都阻擋不了東亞的復興。可惜當年日本沒有聽孫中山的規勸，反而侵略中國和東亞其他地區，害己害人，終弄得中日兩敗俱傷。

現在，機緣再臨。兩國政府冒着國內震耳的反對聲浪決定結盟，簽署兩國史上最完整的中日安全條約和最緊密經濟關係雙邊協議。

何東生說：你們可能有所不知，日本才是世界上第二大的軍事力量。它的軍費名義上只佔GDP百分之一，但日本的經濟實體大，而且它跟中國一樣，很多費用隱藏在其他預算專案裏，包括撥給海上自衛隊、太空計劃和武器研發的錢，都不在國防預算內。所以，日本的年度國防費用實際數字遠高過一般所說佔第二、第三位的英國、俄羅斯。與中國相比，現在日本公佈的軍費數字雖然已經稍低於中國公佈的數字，但它在高尖技術上領先，而且許多民用工業都可以很快轉成軍用，實際上是世界第二。你想想，這樣一個全球第二或至少是勢均力敵的常規軍事力量在中國旁邊，如果是不友善的，將多讓中國坐立

不安？這還沒說到駐日本、沖繩、韓國的美軍。反之，日本看到中國的迅速崛起，也同樣沒有安全感，這將迫使它廢除和平憲法，做正常國家，與中國軍備競賽，接受美軍繼續留在東亞，甚至獨自發展核武。這樣一來，東亞地區會穩定嗎？最後兩個東亞巨人會不會又是兩敗俱傷？

要拆掉這個定時炸彈，讓中日雙贏而美國退出東亞，需要大智慧，或百年難逢的機遇。這機遇就是這一輪全球經濟滯脹。可以說，日本經濟低迷已超過二十年，每次有爬起來的跡象，又再次倒下去，變得越來越沒力氣，碰上這一輪全球大衰退，復甦遙遙無期，曾經傲視全球的日本工業產品不能寄望在短期內還有出路。在日本最脆弱的時刻，中國的領導人覺得機不可失，要求一向對外封閉、自我保護的日本市場立即開放給中國，特別是容許中國的資本收購或投資日本企業，否則將報復性的等量限制日本工業產品和企業進入中國。這個打擊對日本將是壓垮它的最後一根稻草。中國現在是日本最大的雙邊貿易夥伴，在二〇〇二年至二〇〇八年，日本經濟曾稍有起色，就是靠中國市場。

終於，兩國政府以自由貿易的理由，冠冕堂皇的簽訂雙邊最惠國條約，雙

方可以無障礙的進出對方市場，像中國以最緊密經濟關係協議對待香港特區一樣。日本這樣對它國敞開大門是史無前例的。兩個市場加速一體化，勢將可挑戰美國、歐盟的總體經濟。

中日一聯手，韓國和亞細安國家都表示願意配合中日組成東亞共同市場，甚至澳紐、加拿大西部兩省和亞太經濟合作組織的拉美國家都想加入，組成東亞太平洋共同體。

除了擴大自由行外，中日雙方更破天荒的簽定優才和投資移民計劃，讓有專長或資本的日本人移居中國、中國人移居日本。為了遷就老齡化的日本，中國赴日的移民限在四十五歲以下，而日本人移居中國則不設限。就是這樣，估計每年以這個計劃名義移民日本的國人將在五萬以上，不少於赴加拿大的人數。移民原因很多，有為了工作，有為了拿日本護照方便旅行，有為了日本的生活質感，也有因為不想子女在中國受升學折磨。日本來中國定居的多是老人，以他們的退休金在中國能獲得性價比很高的照料與享受。換句話說，中國在替人口負增長的日本補充優質人口。這政策象徵意義重大，意味着中日兩國

人民盡釋前嫌的互相接納，就像德國與法國歷史上曾是世仇，二戰後和平共處並開創了歐洲的新局面。

同樣重要的是中日簽定互不侵犯的安全條約，任何一方受攻擊，另一方將施援手，就如美日安全條約、北約或十九世紀歐洲列強的結盟。中國高明之處是為了消解日本的不安，不要求日本廢除美日安全條約，現在日本等於同時受中、美保護，買了雙保險。日本跟澳州、印度的雙邊安全合作協議也不用中止。中國換來的是日本保留和平憲法，不擁有核武，不作軍備競賽。

中日安全條約也箝制了朝鮮，一方面讓朝鮮知道核訛詐嚇唬不了日本，因為現在日本若受攻擊中國是會出手的，另方面也叫日本不用再想以朝鮮的威脅為理由而擴軍。倔強的韓國感到孤立後，也開始考慮跟中國簽署類似的安全條約，進一步馴服朝鮮的軍國主義。

順帶，日本承認釣魚台等東海外島為歷史屬性有待解決的非武裝地區，中日雙方同意共同開發。這也是中國和越新馬菲諸國共同發展南海所依據的模式。中國就是這樣，人家承認它是大阿哥，就一切好說，讓點利沒問題。

上世紀日本侵略中國，至今中國人還恨日本人，但今天的日本人其實並不恨中國人。他們以前看不起我們，現在害怕我們，但他們當年是侵略者，所以反而是沒有仇中的情結的，這點大家想一想，是可以理解的：你把我們害慘了，你當然不恨我們了。日本人認為自己是敗在美國人的手裏，日本本土從沒給別族佔領過，只有美國曾經佔領日本，至今在日本國土上還有五萬駐軍，所以日本人倒是有一種想看到美國受挫的情結的。這是強勢民族與弱勢民族、侵略者與被侵略者、戰勝國與戰敗國之間微妙的深層心理，雪恥的方法不一定是戰爭，而是尊卑地位的逆轉，或至少扯平。這是為什麼東亞門羅主義和中日安全條約在日本國內竟然有不少支持者，因為給美國吃了一記悶棍，而中日最緊密關係雙邊協議的潛台詞說明了日本需要中國的扶助，也讓許多中國人覺得有面子。意想不到的事情發生了，中日竟然結盟，東亞共同市場竟然在幾年內可能實現，中國主導的東亞門羅主義呼之欲出，一個新時代開始了，孫中山若在世也會深慶百年夢圓。何東生得意的大呼：「妙哉、妙哉！」

現實世界的最佳選項

小希抗議：「哼，百年夢圓？孫中山活過來也會再被氣死！民族、民權、民生三民主義，民權在哪呢？百年了，民權還不是給你們隨意踐踏，動不動就嚴打、抓人、關監獄。」

方草地說：「是呀，你說社會秩序亂，矛盾大，黑惡勢力橫行，可是這亂象是誰搞出來的呀？還不是你們共產黨貪腐無能搞出來的？建國都六十多年了！難道現在是國民黨在執政嗎？」

小希說：「依你說，中國已進入盛世，盛世了，為什麼還不能依法治國？難道中國不該有法治嗎？執政六十多年，還做不到善治！問題都在你們共產黨根本不想政治改革，所有政策都成了你們貪官污吏的發財機會。一黨專政能解決自己的貪腐嗎？看看你們養出來的富二代、官二代，多不像話！完全是權貴資本主義。」

方草地說：「共產黨最虛偽，整天睜着眼睛撒謊、掩飾真相、篡改歷史，

你騙我、我騙你，上行下效，連年輕一代都學壞了。一個最講誠信的民族墮落到這樣，還說是盛世？」

老陳也加入說：「說來說去富國強兵，如何佔資源，如何刺激經濟增長，超日趕美，你們的經濟發展成本多高呀，連子孫後代的資源都給你們透支了。這種走西方工業國家發展的老路，遲早到頭，走不下去。」

方草地曾在非洲做過生意，看到過另一番的景象。中國企業在非洲做基建項目，都僱用自己的中國民工，不用當地人，無助於當地高企的失業率。中國廉價的小商品充斥非洲市場，毀了當地僅存的製造業。中國人跟那些老歐洲殖民主義者沒分別，都是勾結貪腐的當地精英統治階層，榨取當地天然資源，而不是替當地建設可持續的經濟發展。

小希又說：「一個真的富強大國，為什麼這麼脆弱，受不了一點批評，要扼殺言論自由？看你們怕互聯網的樣子，哪像一個泱泱大國？」

方草地回國後周遊少數民族地區，更因為尋找他父親和盛世才的足跡，曾跑遍北疆南疆。他的總結是：共產黨的民族政策是失敗的，漢人抱怨反向歧視

式的不公平，維藏少數民族卻感到受屈辱打壓，疆藏地方貪腐官僚盤根錯節，憑藉族群緊張局面自肥，舊恨新怨，新疆、西藏不得安寧。方草地大喝一聲：「中國不走聯邦制是不行的。」

老陳說：「你何東生就是典型的中國儒生，滿腦子治國平天下，整天想當官、想做帝王師，接近權力就亢奮，一進入權力核心就支持威權專制，美其名要絕對權力來辦大事，其實都是個人的慾火焚心。辦大事不一定是辦好事，也可以辦出大壞事，後患無窮，這種例子這幾十年還少見嗎？」

何東生笑咪咪的聽着，好像在享受批評，然後說：「你們說的都對，我還可以告訴你們更多更多，比你們知道的更糟糕、更荒謬。前兩天我們還開會討論三峽庫區山體滑坡導至長江阻塞將會帶來的大災難，誰都明白這是遲早會發生的事，不知道哪一屆政府倒霉要去擦屁股而已。但是我跟你們說，你們不能看別人挑水不腰疼，什麼好處都要。人總是要有所棄。大國不可能沒有這樣那樣拆爛污的事，但只能是這樣，我可以告訴你們一句真心話，中國是沒辦法比現在更好的了。」

小希問：「什麼叫沒辦法比現在更好？」

何東生說：「西方不是有個上帝？上帝創造世界，祂是全善的，不可能故意創造一個不好的世界，是不是？但世界確實存在不完善之處，所以萊布尼茨這個哲學家就替上帝辯護，說世界雖然不完美，但更好是不可能的，因為上帝已創造了祂能創造的世界中最好的一個。上帝尚且如此，何況中國？中國的現況，已經是在現有條件下最好的了，再好則是現實上不可能的，你不能假設說中國有英國的議會傳統，或北歐的社會民主，或美國的廣大土地資源，中國就是中國，歷史不是白紙可以任意填寫，也不能重來，只能從現下開始。我認為，今天的中國，已經找到現實世界中的最佳選項。」

老陳說：「伏爾泰就諷刺過萊布尼茨這種世界不可能更好的心態，『在所有可能的世界中的最好的一個世界裏，一切都已經是最好的了』。」

方草地說：「聽不懂。」

「說來說去，就是替你們一黨獨裁專政辯護，」小希說。

「那你能提出另一個完整的、可行的更佳選項嗎？」何東生問。

「提不出來，並不等於我要接受你的選項，」小希回答。

老陳、小希、方草地的反駁與責難，何東生心裏明白着呢。他知道一切歸究到共產黨這把雙刃劍。怪就怪托洛茨基、列寧當初弄出個一黨專政。在上世紀二十年代，曾受教於馬克思、恩格斯的考茨基就已經看到問題所在，說官僚一黨專政的蘇聯將會比西方資本主義社會更糟糕，怪不得列寧恨考茨基入骨。

但到了今天，有社會主義特色的中國資本主義一黨專政，還能夠被替代嗎？還是已經是現實世界中的最佳選項？

一黨專政的確解決不了自己的貪腐，一黨專政也必然要管壓言論、抑制異己。但不用一黨專政，管得住中國嗎？能讓十三億五千萬人都溫飽嗎？能執行冰火盛世這樣的大計劃嗎？中國能這麼快崛起嗎？

有人可能會想，現在中國崛起了，盛世開始了，可以結束一黨專政了吧！二十年前的何東生也會這樣想，他可能會加入黨內的民主改革派，甚至支持一個中國的戈爾巴喬夫。但在今天，何東生已經對西方民主制度喪失了信心。更重要的是他知道，八九六四之後，中國共產黨人已經沒有理想，作為中國

政權的壟斷集團，共產黨執政是為了自保，當官是為了圖利，根本不會出現戈爾巴喬夫這號人物。何東生現在對政治改革不止缺乏激情，甚至犬儒的認為不該改、不能改，一改就亂。他說：就讓中國維持現狀，平平穩穩的再發展二十年，到時候再說吧。至多，來點小碎步改革，漸進式的推行善政。他沒法想像一個後共產黨的民主中國是什麼模樣。他不無嘲諷的說：政治改革？有那麼容易嗎？最後過渡出來的不是你們想要的聯邦制，不是歐式社會民主或美式自由民主的憲政，而是集民族主義、民粹主義、國家主義和國粹主義之大成的中國式法西斯專政。

小希回了一句：「你們現在就是法西斯了，還用過渡嗎？」

何東生也不生氣：「就算是法西斯，現在也只是初級階段，你們可還沒嘗到過真正的法西斯暴政滋味，聽你們說話就知道你們對邪惡缺乏想像力。」何東生腦中泛起黨內幾個法西斯野心家的樣貌，心想如果這幾個人掌了權，中國以至全世界都有得瞧。他甚至生起一股使命感，覺得自己有責任阻止他們上台。

這點何東生是清楚的，這屆政府的黨內對手有來自左的，也有來自右的，

但最大的威脅來自極右。冰火盛世計劃其實是繼承着改革開放的市場經濟的衣缽走的，為此得罪了很多勢力，樹立了不少敵人。老左新左都反對農地私有化，許多大國企不滿把原是它們壟斷的行業開放給民營企業，而且因為撤消管制和鼓勵競爭，減少了官商勾結和官員的尋租機會。更甚者，對一個貪腐已經根深蒂固的執政黨，這屆政府試圖引入財產申報陽光法案來檢舉官員的合法收入與實際財富不對稱的做法，也讓許多貪腐官員下決心要聯手弄垮這屆政府。

想奪權的黨內野心家，永遠在找當權者的軟肋下手。現今這屆政府最大的軟肋不是別的，正是與日本結盟和暫擱邊界爭議這兩件事。仇日是有廣大群眾基礎的，牽連幾代人，現在突然跟日本結拜做兄弟，雖說符合國家的核心利益，許多人還是受不了。邊界共同開發，很容易被認為喪權辱國。黨內野心家們看準了這點，知道只要點燃着民族主義情緒，扣上崇洋媚外、投降主義甚至賣國的帽子，這屆政府就可能會招架不了，至少民望折損，而世人一看到中國的民族主義情緒波濤洶湧，也會認為中國其實是一個擴張性、侵略性的新帝國，落實了中國威脅論，劍拔弩張，不再信任中國，這屆政府裏外不是人，這

就正中黨內野心家下懷。何東生擔心長此下去，中國的民意會給法西斯野心家綁架。

何東生甚至有點緬懷現已消失的自由派，少了他們當靶子，老左新左民族民粹國粹國家極右等所有反自由主義力量都直接對着這屆政府來了。可惜自從世界進入冰火期、中國盛世正式開始後，被視為親西方的自由派式微，他們的思想在中國失去市場，原自由派人士經過反思後，大多成了這屆務實威權政府的支持者，認為不能走西方的道路，認同當前的中國模式已經是現實世界中的最佳選項。剩下死不悔改的自由派知名人士則被有效的禁音消聲，不能出現在媒體，不准出版、演講或教學。現在，偶然能在網上打游擊般微弱發聲的只是如小希一類的漏網小魚。

天佑我黨

真是漫漫長夜，老陳、小希和方草地這一天心情如坐過山車，跟着又受到

資訊轟炸，到這刻都精疲力竭，而負責錄影的張逗更已經打了幾個小盹。

只有何東生越晚越來勁，這幾個小時像是他一個人在表演脱口秀，並且什麼話都不保留，想說什麼就說什麼，他自忖：想說什麼就說什麼，多好，很久沒這麼痛快過。他更意會到，這些話平常是不能說的，今天不說，以後大概見到棺材都沒機會說。他也明白自己以前從來不喝北京的自來水，今天一下子喝下幾大杯，是會有較異常的反應。

何東生忽然腦中飄起一件最近發生的奇事，心頭癢癢覺得不吐不快，主動跟老陳、小希、方草地說：「我告訴你們一個國家機密，最近有恐怖份子，潛進一個國家高度保密的工廠想爆破，還好安全部門收到線報，把他們全部擊斃。驚人的是那六個恐怖份子都屬於北京一個法西斯主義小組織，成員都是北大、清華這些重點大學的學生，知道後我們只能替他們保密，說他們出了車禍，但死不見屍，家長還鬧了一通。我說這事是想讓你們知道，真正的法西斯主義已經在中國紮根了。這些大學生能知道這家秘密工廠，一定是黨政軍內部有黑手，這些別有用心的人早就不是真正意義上的共產黨人或社會主義者，我

只能用法西斯三個字來形容他們。」

小希凝重的問：「死者之中，有姓韋的嗎？」

何東生想了想說：「韋？沒有。」

小希問：「肯定沒有？」

何東生說：「我的記憶你不用懷疑，何況韋不是一個常見的姓，有的話我一定記得。」

老陳看到小希鬆口氣，知道她想到兒子韋國。

老陳隨便找個問題來問：「你們怎麼會有線報？」

何東生說：「老陳你不能小看我們的安全部門，他們到處都放了眼線，一般有人的地方都有我們的坐探……可是怎麼就漏了你們幾個？」

「為什麼他們要爆破那家工廠？」方草地突然很認真的問。

今天，既然冰火盛世計劃、治國平天下大計以至國家的國際大戰略都已經攤在眾人面前，還有什麼不能說？

「這樣說吧，現階段我們政府跟那些法西斯的分別是，我們想老百姓有愛

心而沒有攻擊性，法西斯要老百姓有攻擊性而沒愛心。那家工廠製造的東西，讓老百姓開心，充滿愛心，不想攻擊別人，所以法西斯份子要破壞它。這樣說可以嗎？」

方草地很直覺的問：「是在河北太行山區的那家化工廠嗎？有自己飛機場的那家。」

何東生有點詫異：「你們知道的事情還真不少，看樣子我們的保密有漏洞。」

方草地問：「那家工廠生產什麼讓老百姓開心的東西？何老師，你答應過，問什麼說什麼。」

何東生說：「說也無妨，反正我也不覺得是壞事。你們就算沒聽過MDMA也聽過搖頭丸吧。我們生產的是第N代的MDMA，溫和、不會上癮、無副作用，服用後心情特好，覺得世界充滿愛，想跟人擁抱，向別人傾訴心裏話，但頭腦是清醒的，沒有幻覺，像我現在這樣子。」

「要這麼大的工廠製造搖頭丸？」方草地不解。

何東生解釋：「不是製造搖頭丸，根本沒有丸，也不是要來賣給別的國家，我們是大國，不是北朝鮮，你不要想歪了。我們只是生產這種化學品自用。」

老陳插嘴：「就像赫胥黎的小說《美麗新世界》？」

何東生答：「我知道你說的是什麼，不過我們根本不是受他影響。我們有個維穩辦，裏面是有專家學者在做調研的，調研古今中外的維穩技術。其中有個專家研究英國的資料。你知道國外的年輕人，除夕都愛走到街上喝酒狂歡，喝醉就會鬧事。你看足球就知道，英國球迷多暴力。但在上世紀末有好幾年，也是他們叫Ecstacy的搖頭丸流行的那幾年，除夕晚上的暴力事件突然驟減。原來英國年輕人吃了搖頭丸後，只想搖頭，聽音樂、擁抱，愛周圍的人，跟周圍的人傾訴心事。這是搖頭丸裏MDMA化學品的效果，跟酒精和其他迷幻藥的效果不一樣，酒能亂性，令人獸性發作，有暴力傾向，迷幻藥則產生幻覺，不利人際語言溝通。我們的維穩辦找哈工大提煉了一些MDMA樣品，最初也不知道有什麼具體用途，做實驗唄，就像○○七特務電影裏那個新奇武器研究室，發明了一堆有用沒用的東西。

「直到政治局研究冰火盛世計劃的時候，有常委怕嚴打效應會讓人們太鬱悶太消極，影響第二環節五大經濟改革政策推行時老百姓的積極性，感歎說最好有一種東西，讓人們心情好，態度積極，但又不會有攻擊性，影響社會和諧。有個公安口的人在九十年代去過哈佛肯尼迪政府學院受訓，研究過毒品問題，他開玩笑說要達到這樣的效果，除非全國人民一起嗑亞甲二氧甲基苯丙胺，即MDMA。

「就是這樣開始的，越討論越覺得可行，有常委說還真想不到世界上有這麼好的玩意。你們知道嗎，製造MDMA的原材料樑木的油，世界上哪個國家最多？就是我們中國，巧吧！西方和我們的研究都發覺少量服用對人體應該是無害的，而且沒看到長期服用有什麼不良副作用，既然有此一招可以讓全國人民開心一點，增強國家穩定系數，性價比太好了，何樂不為？

「不是說我們政府是辦大事的政府嗎？於是說做就做，在河北建廠，標準化生產，統一管理，科學的品質保證，添加在所有國家的自來水水庫，及牛奶、豆漿、汽水果汁飲料、瓶裝水、啤酒白酒黃酒。除偏遠地區外，覆蓋城鎮

人口百分之九十九以上，農村人口百分之七十以上，每人服量極微，血尿體檢一般檢不出來，人們根本不會察覺，只是稍稍開心了一點。不過，這只是個輔助性的小專案，冰火盛世計劃的成功是因為宏觀政策正確。」

老陳、小希、方草地聽着聽着，出了一身冷汗，像虛脱一樣混身乏力。

老陳恍然有所悟的說：「怪不得我們都嗨賴賴。」

方草地說：「可不是，百分之九十九以上的城市人一天到晚的嗨！」

小希說：「你們怎麼可以背着老百姓這樣做？」

何東生說：「我黨做多少事都是老百姓不知道的，從來如此。況且在自來水裏添加化學品，很多地方都這樣做，譬如香港就在自來水裏加氟防蛀牙，都是為了民眾好。」

小希說：「你這是愚民政策，老百姓都沒怨氣了，就放過你們了。」

何東生說：「確是有這樣的目的。」

老陳問：「目的既然達到了，為什麼還不撤？」

何東生說：「好好的何必撤？廣大人民心情好，全社會和諧，有什麼不

好？中國現在是全世界快樂指數最高的國家，信教的人激增，家庭暴力和農村婦女自殺案例明顯減少，不好嗎？再説，現在真有點不敢撤，撤了不知道老百姓會不會不高興。有些外國人在中國住久了，回到原居住地的時候就感到渾身不自在，覺得沒有像待在中國的時候那麼快樂，整天想回來中國。這樣的國際友人我們多着呢！外國有人批評中國，他們就會站出來替中國辯護，説你們去中國住一回，就會知道中國人多快樂。」

方草地說：「也不見得每個人都有反應，我們這裏就有三個人不受這玩意控制。」

何東生説：「我跟你們説，這是件好玩意，但只是件小玩意，根本談不上是控制，只是改變人的一點情緒，老百姓該幹什麼還照樣幹什麼。我們的跟蹤調查數字也是百分之九十九以上的人都有正面反應，也許有很少量的人因為各種原因沒有反應。不過大部份人開心就好了，少數人是會受多數人的情緒感染的。當然還有些例外中的例外。我看出幾位是屬於那極少數極小數不快樂的人，和我一樣。我是故意不喝自來水和國內飲料，就是想看看別人嗨了自己不

嗨是甚麼滋味。今天破戒了！第一次用的時候效果最好，你們看我，喝了你們的白開水，說多少話，該說不該說的都說了。」

一直不曾張口說話的張逗突然問：「是什麼時候開始放在水裏的？具體是哪一天呀？」

何東生說：「具體的日期是很清楚的，就是三週嚴打的最後一天，那天全國第一、二、三線城市及縣城的自來水廠同步提供這玩意，因為第二天中國盛世就要正式開動，得適當的微調人們的情緒……。」

張逗大叫一聲「我弄死你！」他像一隻憤怒的猛獸，撲向何東生，以龐大的身軀壓在孱弱的何東生身上。「我弄死你！」

老陳、小希、方草地慌忙的合力試圖拉開張逗，但張逗力大如牛，哪拉得住。

三人喊着：「張逗，放手！」「張逗，你瘋啦？」

張逗一邊扼住何東生的咽喉一邊喊：「是他害了妙妙的，是他害了妙妙的！」

看樣子這下何東生要被掐死了。

突然傳來妙妙的尖叫聲。張逗鬆了手，回頭看。妙妙站在房門邊，以嚴厲的眼神睨着張逗，像在責怪張逗使用暴力。妙妙手中拿着一盤曲奇餅。

方草地就勢拉開張逗。

差點鬧出人命，老陳、小希都心有餘悸。何東生死裏逃生，還沒喘過氣來說話。

張逗微弱的說：「是他害了妙妙。就是嚴打結束那天妙妙開始得病，就是因為他們在水裏放了東西。」

何東生沙啞又上氣不接下氣的說：「瘋子！一群瘋子！你們……」他本來想賭氣說「你們把我殺掉算了」，但他的理智告訴他，對綁架者作這種提示對自己不見得有利。

還是老陳冷靜，他拿着水過來，何東生故意不看他。老陳說：「我替你鬆綁，你喝點水，怎樣？」

何東生有點心動。老陳解開何東生的綑綁，說：「剛才是意外，信不信由

你。雞已經在叫了，天快亮了，黑夜快過去了，你就再忍耐一下吧。」

老陳助何東生喝水，並對其他人說：「你們還有問題要問嗎？」

方草地說：「有，差點給弄忘了。失蹤的一個月！嚴格來說是二十八天，就是何老師你剛才說的無政府的一週和嚴打的三週，現在除了這裏三個人加上你之外，我問過所有的人都不記得。老陳，你也不記得，是嗎？」

老陳答：「確是沒什麼印象。」

何東生吃吃笑起來。他說話還有點障礙，咽了一口唾沫，說：「再給我喝水！」

方草地問：「何老師，你能解釋一下嗎？是那年大家接種禽流感的疫苗嗎？那其實是維穩辦研製的健忘藥，是不是？」

何東生糾正：「不是，禽流感疫苗就是防禽流感的，總共才只有幾千萬人接種了。維穩辦哪有這麼神奇的健忘藥，有就好了，我們黨就真可以隨意重寫自己的歷史了。」

方草地問：「那真正的原因是什麼呢？」

小希問：「是搖頭丸水嗎？」

何東生又忍不住的吃吃笑：「不知道！如果你問我真正的原因，我只能告訴你，我不知道！你們不要以為我們甚麼事情都可以掌控，很多事情出乎我們意料之外。你說的失蹤的一個月就是我們作夢都想不到的。」

方草地問：「你們不知道，誰知道？你不要隱瞞……」

何東生接着說：「不是要隱瞞，我會把我所知道的都告訴你們。」

冰火盛世計劃取得初步成功後，《人民日報》有一天的社論，第一句寫「自從世界經濟進入冰火期，中國的盛世正式開始……」這只是文章的修辭，把兩句話生硬的放在一起。那天後，這兩句話在各種報導中不斷重複，變成標準套句，人人琅琅上口。

當時中宣部還有一份報告已經注意到，媒體甚至網絡都很少有人再提到中間隔着的二十八天。我們認為是人們不堪再去回想痛苦的過去，大家都向前看，忙着賺錢花錢的事。

這對我黨是有利的。無政府、嚴打，到底不是什麼光彩的事，是沾血的，

是造孽，如果你信教的話。所以，中宣部就趁勢有意不讓網絡和媒體談論那二十八天。你知道我們現在的網管技術是世界一流的，傳統媒體就更不敢不聽招呼，完全在掌控中。加上中國盛世開始後，大家對西方失去興趣，老百姓都愛看我們自己五花八門的媒體，看境外媒體的人少之又少。這樣一來，本來已經很少有人談論的二十八天，就真的在公共論述中不見了。

然後，一件至今我都認為不可思議的事情發生了，就是越來越多人真的忘了那二十八天，不是一般的一時忘記，而是壓根兒記不起有這回事，就像有些人無意識的在記憶中抹掉一些童年的重大創傷。

中年以上的人們並沒有忘掉更早前的文革或八九六四，只是在這兩年盛世，大家日子過得好，已很少人有興趣再去關注文革、八九六四，那是自然的淡出。

但人們是真的記不起那二十八天。

是不是跟水和飲料有關，我不能肯定。中南海有特別供應的水和飲料，我們喝的東西跟你們不一樣，雖然有些人自律性沒這麼強，到處亂喝也說不定。

我想說的是中南海裏的人一般都記得那二十八天，而且也都知道中國境內出現了集體的選擇性失憶。

我剛意識到這回事的時候，還到處故意試探各個圈子的人，包括中低級幹部和專家學者，果然是真的沒有記憶了，像自我洗了腦一樣。才沒多久以前的事就不記得，太奇怪了，但事實確是如此。

不記得最好。上一屆的班子，手上沾了那二十八天的血，巴不得大家都忘了這事，於是立項修改那二十八天的資料，譬如現在所有圖書館裏的報紙，都是電子檔，我們就重編一下那二十八天的歷史，主要是將中國盛世正式開始的日期提前了二十八天，跟世界經濟進入冰火期連起來，不再存在無政府一週和嚴打三週。這個改動，竟然沒人抗議，也幾乎沒人察覺，偶然國內外有人提及，也給過濾掉了。很快，新版本就成了惟一版本。實際上我也很驚詫，中國人怎麼會這麼健忘？

我想跟你們說的是，沒錯，中央主管宣傳的部門是做了些工作，但這也不過是順水推舟，如果不先是老百姓自己想忘記，我們也不可能強迫大家忘記。

是中國老百姓自己主動給自己吃了健忘藥。

小希和方草地都焦急的追問：「為什麼？為什麼老百姓會這樣？怎麼可能呢？一定是有解釋的。」

何東生說：「不是跟你們說了嗎？我不知道！」

小希和方草地都獃住了。

何東生見大家沒話，再補充說：「我真的沒辦法解釋，我也很納悶。可能現實世界不像偵探小說，不是每件事都有完美的解釋。我承認，這也是我個人解答不了的最大的一個謎，為什麼老百姓會集體失憶？可能人就是善忘的動物，人們就是渴望着忘掉一些歷史。可能中國共產黨運氣就是好。可能是中國人活該給共產黨統治的，六十年還不夠。可能是神蹟，可能是中國人的共業。可惜我是唯物主義者，否則我一定會說這是天意，是上天想共產黨繼續執政下去。天佑我黨。」

小希、方草地都沮喪的獃坐着，只有何東生像是個勝利者。老陳也聽得楞在那裏，良久才回過神來，看到窗外已露白，說：「東生兄，讓我提醒你一

下，我們之間有個同生共死的默契，今晚的事，大家不說，這樣，我們可以繼續過我們老百姓的日子，你可以繼續你的升官發財，你好好的考慮一下。各位，沒其他事，我們就讓何先生回家。」

小希、方草地和張逗都沒話，老陳平和的對何東生說：「你可以走了。」

何東生猶疑一下，站起來，緩緩的走到門前，然後停下來，轉身自辯說：「你們以為我稀罕升官發財？我這是為國為民！」

眾人面無表情的看着他。

何東生幽幽的補了一句：「隨你們信不信」，然後出門。

頃刻，聽到越野車開走的聲音。

老陳、小希、方草地默然不語。

張逗把錄影錄音備份分給大家。

這時候，方草地說：「那我該走了。」

老陳說：「對！」

方草地問：「我帶你們到市區？」

老陳說：「不，天亮了，我跟小希自己走到路邊去搭車，你趕快走吧！」
方草地跟眾人擁抱道別，開他的切諾基走。
張逗問老陳：「陳老師，會有事嗎？」
老陳說：「一半一半吧！」
張逗說：「我懂」。
小希說：「好好照顧妙妙。」
三人也擁抱告別。
走出門外，老陳對小希說：「我在雲南邊境那邊有朋友，他們都沒有嗨賴賴的感覺，你願意跟我一起過去嗎？」
小希想了片刻，說：「有機會，我想把我媽也接過去。」
老陳說：「沒問題！」
東方既白，兩人半遮着自己的眼睛，迎着刺目的晨光，走着。

二〇〇九年八月

裸命

本小說中主要人物強巴使用過的白字(括號內為正字)

命中蛀定(命中注定)　後炎無齒(厚顏無恥)
血膿於水(血濃於水)　臨時起膩(臨時起意)
是睡如龜(視睡如歸——小說家張愛玲句)
你請我願(你情我願)　後悔摸急(後悔莫及)
手鱔之都(首善之都)　氣派不煩(氣派不凡)
不同煩響(不同凡響)　果然不煩(果然不凡)
自我忠心(自我中心)　動性(動心)
性趣(興趣)　污滅狗狗(誣衊狗狗)
王加胃(王家衛)　老前婆(老虔婆)

第一章

肉團

「肉團」兩字，出自佛教《百業經》「肉團餓鬼」故事

1

世時翻轉。

世事無常。

上一句是聽老人說的。

下一句是梅姐常說的。

梅姐有很多四個字的句子，梅姐愛說四個字的句子，我以前不懂，記不住也不上心，後來聽多了，懂了，記住了還覺得挺有意思。

好像，世事無常、命中蛀定、色中餓鬼、後炎無齒……。

好像，我學會了說命中蛀定，梅姐說怎麼就碰上我這個色中餓鬼，我就說命中蛀定，然後梅姐就會眼睛帶着水光，點點頭說：是命中蛀定。每次都是這樣，她這樣是開心的。我喜歡梅姐開心，因為她對我超好。

又好像，她上網看新聞看微博，看到不好的消息，悲傷起來，就嘆口氣說：世事無常，生起氣來，就罵說：後炎無齒，咒那些壞人後面發炎，牙都掉光。

我喜歡她的慈悲、仗義，好像女俠。她很重感情，對人真的很好，有錢人、沒錢人，漢族，藏族。

還有那句血膿於水呢。有一次歐陽老板請幾個台灣朋友吃飯，梅姐和我也去了，大家喝高了，歐陽老板說了一句：「我們是骨肉兄弟，一家人啊！」他們都從飯桌站起來，你擁抱我，我擁抱你，梅姐說：「到底是血膿於水啊！」他們也跟着說：「血膿於水、血膿於水！」我在沙發那邊替大家泡茶，不懂他們為什麼擁抱的時候要說血膿於水血膿於水，只是覺得血膿於水這四個字挺好玩，血和膿在水裏，讓我想起喇嘛們說的脈氣明點[一]。幾天後我和梅姐到沖賽康回民攤子買氂牛肉，剛宰出來的牛肉一團一團的放在案板上，還滴滴嗒嗒的帶着血水，我迷迷瞪瞪的冒出一句血膿於水，逗得梅姐看着我直樂，然後她又故意做了個噁心的鬼臉。我好像是懂了，血膿於水、脈氣明點，都離不開肉，

一　脈氣明點：藏佛教術語。在人身層面，藏醫學的脈和氣可暫用漢語的脈氣兩字去想像，而明點對前者來說是讓在脈中之氣得以運轉之生命意識、大樂精髓。在修行皈依層面，脈、氣、明點相對於身、口、意，而金剛乘圓滿次第的密修者更另有密解。

有肉就有水，有水有肉就會有膿有血，這就是眾生就是人，對老虎來說人不就是肉，對蚊子來說人不就是血？都是個說法，脈氣明點太含糊了，我覺得還是漢族說的血膿於水夠狠、夠真、夠牛掰。血膿於水這句話的意思，就是說我們所有人都是一樣的，你也好我也好，都一樣，都不過是一團有血有膿有水的肉，所以都應該是很親的。擁抱！

2

她說她長肉肉了，我喜歡她長肉，摸不到骨頭，特別滑溜。她說她是南方人，骨格小。我不太會分南方人北方人，反正我知道不是每個漢族女人都這樣。她說她年輕時候皮膚更滑更細，我想不到什麼皮膚可以更細更滑。我怎麼壓在她身上、兩隻手亂揉搓、雞巴前前後後操她的逼，都感覺不到骨頭。她偶然的吃我雞巴的時候，更好像無齒。她好像是純肉團。

我跟她好得很，我們配合得很好。

她身體各個部位都很敏感。我只要舔舔她耳朵、咬咬她肩膀，她就說「不行了不行了，電死我了電死我了。」

一般我都等她舒服。她很容易舒服、很容易就會來。

她舒服了、來了，先是一陣瘋叫，最後從嗓子裏發出很大的吼聲。說實在的，我們剛開始好的時候，她的瘋叫和最後的吼聲都有點嚇到我，但不久我就習慣了。我覺得她的自我感覺真的特別好。她真的很會享受，很懂得放鬆自己，可以讓自己完全豁出去。我上過的很多女人都不能這樣豁出去。這一定不只是天生的，一定是經過好多男人的磨練才學會的。她滿足了自己，也滿足了操她的男人。梅姐開心，我也開心，她舒服了，來了，我覺得自己牛掰。

有時候她來了，我還沒來，她緩過氣來，就會替我打手槍。我想她用嘴，但她不喜歡。我試過把雞巴送到她的嘴邊，她也只是放進嘴裏假裝吃幾下，更多是稍稍親一下，然後就用手。我不念經，但是也不喜歡用念經的嘴巴去蹭她的逼，我們就扯平吧。

有時候，我要來了，她還沒舒服，她會喊着：「不要來，等我一下、還差

一點、還差一點……」我還是忍不住，射了，她也不會怪我，我說太癢了沒忍住，她笑咪咪的說：「沒事，我已經舒服了。」我知道她還差一點才舒服，心裏說，下次讓你先舒服。

她特別舒服了，反而會說我是色中餓鬼。

上上下下前前後後，她都可以舒服。不過如果她在我上面，舒服完她會說：「下回該你幹活了」。

梅姐在的時候，我差不多每天幹活。

我的脈氣明點、血膿於水管用。

她說怎麼給她遇上我？我說命中䖝定。她說，「是命中䖝定的，我的強強寶貝。」

一般都是她先要，我立馬就可以上。有時候她用一根手指撓我一下，有時候她像蛇一樣發出吱吱聲音。到她心情好的時候，最常用的信號是故意對着我眨兩次眼然後眼睛調皮的微瞪，我就知道她要了。她一想要我就硬。

不用多說我們立馬就上床。

梅姐說她是床床控，我家的床架床墊都是進口的，特別結實，使得上勁。

有時候我正尿尿的時候她從後面抱住我，捏我雞巴弄滿手的尿，又或者她看到我淋浴，脫掉衣服就擠進來替我抹肥皂，玩我的雞巴，然後我們就在衛浴間解決。她說這叫臨時起意。有一次我說臨時起膩，她說：「是起意啦，不是起膩」，但後來我們都改說臨時起膩。

有時候我們也在林卡[二]臨時起膩打野戰。

但主要戰場還是我家牛掰的床。我們每天都花很多時間在床上，一人一個愛拍，她看電視劇，我上汽車網站或玩遊戲，她追新聞，我上汽車網站或玩遊戲，她刷微博，我上汽車網站或玩遊戲，她說世事無常、後炎無齒，我就喊耶，給我五個！當然我們更在床上肉博、幹活。她說發課米，我說發課油，累了就睡。我們都愛睡覺。有時候她睏得不行會說：「是睡如龜」，弄不懂她什麼意思。

三年了。

二　林卡：藏語的園林。

我們是可以一直這樣下去的。

我願意一直這樣過下去。

跟梅姐後，我沒有跟別的女的好過。

有時候，上她的時候，我會想着別的女人。但那種情況不多。

不過，跟三年前不一樣，現在都是她先想要的，越來越少是我先想上，然後主動去找她要的。

3

有一次她要去機場，叫了我的車。記得那是〇七年，四年多前的事了，那時候去貢嘎機場還沒有高速公路。她耽誤特別久才出門，又碰到路上有交通事故，特別堵，我怎麼繞怎麼卡位也快不了多少。到了機場，我憑感覺留在外面等她，怕她趕不上飛機。果然不久她沒精神的拖着行李走出機場，看到我在等她特別開心，我就又送她回家。之後她每次來回機場都一定叫我來接送，後來

乾脆叫我做她司機，開她的越野車，幫她做些雜事，每月給我發工資。

我算過，替她打工比我自己替旅行社開車賺得多。我覺得梅姐人不錯，開車又是我喜歡的，而且工作清閒，她不在拉薩我乾拿工資差不多不用幹活。她說：「我不在你替我保養車子，隔天到我家替花花草草澆水。」她不叫她家的清潔阿姨替花花草草澆水而要我隔天去她家。

從她請我當專用司機上班第一天開始，我就幻想着跟她做愛。之前沒有這個念頭，真的沒有。我一直以為自己喜歡瘦型女孩，不喜歡胖型的，以前的女朋友沒有胖的，只有瘦得可憐的。梅姐個子小小不算很胖，但怎麼說都屬於胖型，她不是肥女人，只是胖型女人。用我認識的一個老外常說的話：她不是我的型。

怎麼可能！她比我大很多。我沒有戀姐癖。有一個包我車的對性很有研究的香港遊客跟我說過各種性怪癖，我之前都沒想過。我認為自己很正常，就是喜歡把妹妹，把妹妹的目的也很正常，就是為了上妹妹。外國人說發課油的坑，香港人說屌嗨，北京人說操逼。

我會寫操逼這兩個漢字，肏屄。拉薩是國際旅遊城市。

夏天梅姐一般都是穿棉、麻、布的衣服，絲巾圍巾披披搭搭的，總帶着點鮮豔的顏色特別是紅的紫的黃的。她帽子特別多，不一樣的衣服配不一樣的帽子，每天換花樣，為了擋太陽。她也穿瘦腿七分褲、T恤。她說她的衣服都是在尼泊爾、緬甸、香港、北京買的。她不穿藏服，不喜歡藏地的顏色，但首飾有藏地的也有別的，天珠瑪瑙、綠松石蜜蠟、金銀鑽戒、裝舍利子的銀盒項鏈、向上師請回來的五彩金剛結、歐米茄卡地亞金錶，總之花樣特別多。她耳垂鼓鼓的但沒有耳洞，我用嘴唇可以摘掉她的耳環。她皮膚好，額頭光光亮亮，臉也光光亮亮，手指甲腳指甲都化妝但臉上只塗口紅和防曬油，配着髮梢有點鬈的長髮，看上去挺貴氣的，挺親切的，挺……女人的。我上班那天，她從樓上的窄樓梯走下來，只穿了白T恤，胸前兩團肉忽上忽下的抖着。

我突然動了性。

從那時開了眼後，我滿腦子性，特別注意她顛來顛去的重量級胸脯，連本來沒注意的都注意了，注意到她屁股了，圓圓鼓鼓的，奶子不用說，連小腿、耳垂、手指頭、腳趾頭、鼻頭也都圓圓鼓鼓的……整個人都該圓的圓該鼓的

鼓，很可口。沒錯，她就是可口。她臉上常微微帶笑，嘴唇紅紅的左邊微微上翹。拉薩陽光好，我看到她嘴唇上有一顆很淺的痣。她真的很女人，她一定迷倒過很多男人。她仍然很可口，很迷男人。

當然，我還是很本份的，很管得住自己，白天好好幹活，晚上打個手槍，第二天心就平靜了。

天知道什麼時候她才對我動了性。可能是上班第一年沐浴節[三]的某一天，她中午跟漢地來的生意朋友喝白酒一直到傍晚，回家換了衣服又醉醺醺的去一個飯局，車過拉薩河邊，澄水星出來了，天色很暗，梅姐說了一句：「看到嗎？天這麼冷還有人在河裏。」我說今天還是沐浴節。梅姐說，「噢！那，有人是沒穿上衣的嘍？」我說：「對呀，我們都喜歡不穿衣服的，裸的。要不要停下來看一眼？」梅姐頓了一下，才高興的說：「傻瓜，你以為我們漢族人都愛偷看這個？」我辯解說：「我沒有以為漢族人都愛偷看……」然後我迷瞪的

三　沐浴節，藏族一年一度的初秋節期，藏曆是七月六日至十二日，西曆一般在九月，歷時一週。

多說了一句：「我以為，只要是地球人都愛偷看。」梅姐說：「強強，你越來越頑皮了。」

好像就是那個晚上，好像，風撥動了一下風馬旗。

平常梅姐晚上跟朋友吃飯喝酒，我都在附近找個什麼地方等她。那晚上她叫我跟她的生意朋友同桌吃飯，介紹說我是她的助理。

那天開始，她就在所有人面前叫我強強。她怎麼一下子就改口叫我強強了呢？我覺得挺彆扭的，但是來不及反對。都是在那個晚上開始的。

不過她也可能是在沐浴節之前動性的。之前有一天我在公司院子停好車，準備洗車。那是一部〇九年墨綠色豐田二〇〇系列蘭德酷路澤越野車，四驅，五門，六檔，4.7升排氣量，V8發動機。我將車廂內的腳墊拿出來抖，然後曬，也讓車廂透透氣，清清香菸味。有人說藏族不怕身上有味，但是我們拉薩人不都這樣。我就怕身上有味，我看梅姐也是，我們都不抽菸，都不喜歡車裏有味，但總不能不讓客人在車上抽菸。所以我趁閒着打掃一下車廂，順便用刷子掃除座椅縫裏的碎渣子。我在車門邊框的反光裏明明看到梅姐站在我身後不

遠處看我，可是過了半天她才好像碰巧走過我身邊的說：「你在這？我們過十分鐘出發。」

不過，也可能更早，要不然她不會請我當司機。她一年有一半時間不在拉薩，這麼多年都自己開車沒請專用司機，為什麼偏要請我？不過，是不是這樣，我不知道。

不過，不管怎麼說，上班最初幾個月她什麼暗示也沒給我，是我對她有性幻想，常常觀想着她打手槍。當然，上班的時候我很本份。

梅姐特愛吃，什麼都吃，藏餐、尼泊爾印度餐、清真、川菜、粵菜、牛排、素菜、連鎖炸雞、火鍋。特別是愛吃麻辣的。她開始說，「強強你陪我去吃重慶火鍋，我一個人沒法吃。」這樣，她晚上待在家裏沒應酬的日子就叫我把她接上，兩個人去吃館子。吃得好她就喊說「我長肉肉了」，好像長肉是慢性酷刑。其實跟着梅姐吃吃喝喝，我也長肉了，臉上和肚子都鼓鼓的。

不知道別人怎麼看，朋友說有人說我是梅姐的小藏獒。我不在意人家怎麼說。

我會做點簡單的飯。我們拉薩的男的在家也幫忙做飯，女的也在外面吃喝玩耍，我們的已婚婦女邦典隊[四]也常常喝到醉醺醺才回家，拉薩以外的人，看了都傻眼了，更不要説康區、安多那邊的人。我的康巴朋友説我們拉薩男人是男人中的敗類。

我告訴梅姐我會做炒菜，她反應一般，我説是川菜味的，她感興趣了，叫我去她家做一頓飯。

那天傍晚，我在廚房做飯的時候，梅姐輕輕從後抱住我，我握住她的手背，幫她緊緊抓住我的雞巴。我不想只跟她親親嘴、摸摸，然後又彆彆扭扭的不知道該怎麼辦，她可能後悔、她可能喊停。我急着做到位，不讓她逃，我拉開褲子拉鏈，掏出硬雞巴讓她抓住……這是我打手槍的情節。

當天情況是她進廚房，我正在淘米準備用電壓力鍋蒸米飯，她進來説不要做了，歐陽老板請北京來的作家吃飯，我們現在就過去。第二天她就去了加德滿都。

四　邦典隊：藏族婦女圍在腰上的衣飾物，邦典隊指連群結隊的婦女。

一週後她回到拉薩，進城路上她說：「明天到我家吃牛排？」

我照她說的，第二天傍晚去買了麵包才去她家。客廳飯廳都收拾過，餐桌上擺好了兩份餐具和千島醬牛排醬芥末什麼的。我進廚房等她。

不久，我看到歐陽老闆親自開車送梅姐回來。梅姐看到我好像有點不自然，解釋說：「我去歐陽那邊借紅酒，沒多遠，我要自己走回來，他硬要開車送我回來。」梅姐手拿着兩瓶紅酒。

我說：「你怎麼不叫我開車送你過去？」不知道為什麼，她沒接茬。

她開冰箱拿出已經準備好的一盤菜，指一指廚枱上幾片生的薄牛排說：「我做了土豆沙拉，牛排都化好了，我就煎一下，這肉都不知道好不好，今天就湊合吧，然後我還有萵筍胡蘿蔔，削了皮切成條可以沾千島醬吃，你把面包切一下裝到盤子裏吧。」

我覺得這幾道菜都沒什麼味道，憑感覺的說：「待會我先切幾片臘肉，放點辣椒和豆豉，然後炒萵筍片。」梅姐左唇微微上翹的看着我又不接茬，我說：「這裏都交給我吧，你出去該幹什麼幹什麼。」她說：「行嗎？」我說：

「沒問題啦，把門帶上，有油煙！」

我一個人做菜，起油爆紅椒，煙很大，很嗆，我想着現在梅姐不會在後面抱着我抓我雞巴了。我對自己說：沒戲。

我把兩片牛排煎了，另外兩片切絲跟胡蘿蔔絲炒了，最後切了幾大瓣蒜臨出鍋放了進去。我不用問，香口，梅姐一定愛吃。

梅姐微微笑着看我上菜。我坐下，她就舉杯，我們碰一下杯。梅姐說：「這是法國好酒。」我嘗了一大口沒覺得多好喝，又喝一大口，我對所有帶酒精的飲料都喜歡。

我邊添酒，邊指一下兩份炒菜說：「你這裏爐子的火力不夠。以後做一個中式廚房，現在成都的高檔商品房都有封閉式中式炒菜廚房，那炒菜才過癮。」

梅姐說：「今天我想好的都給你打亂了！」

這時候我才發覺，今天有點不一樣。梅姐又舉杯。我說：「我們乾了！」

我把大半杯紅酒乾了，梅姐微微笑，也跟着乾了。

可能我喝得太急，覺得這酒還挺帶勁。有點微嗨，連忙大口吃了點菜。梅姐今天不多吃，卻說了幾次：「還會做菜，還真挺會做的！」

我得意的又跟她碰杯。我們再吃了點喝了點，她問：「牛排是不是有點硬？」我說：「真不怎麼樣。以後我替你去買。」我看她不碰胡蘿蔔牛肉絲，我說：「嘗這個，炒了絲沒這麼硬。」她說：「今天不想吃蒜。」

我打開了另外那瓶酒，。梅姐說：「慢點喝，我有話跟你說。」

我不折騰了，倒了滿杯，拿着酒杯聽她說話。她說：「強強，世界上很多事情都是命中註定的。好事是不能勉強的，好事都是你請我願的，你明白吧！」

你請我、我願意，我點了點頭，她說：「待會我會提一個想法，如果你不接受，你就說不接受，千萬不要勉強。我是很堅強的女人，心理承受能力很強的，你一定要告訴我真的想法，我會給你時間去考慮，不要急，重點是要做對的決定。一急，做錯了決定，後悔摸急。」

我看紅酒瓶標籤，只有十四度的酒精，怎麼搞的嘛，嗨成這樣。

她又說：「這次去尼泊爾，我問了仁波切，問我們兩個的事。我問仁波切，如果我願意你也願意，特別是先要問你願不願意，如果你也願意，我們兩個走在一起，會不會有問題？仁波切說了，開示了，沒有問題，我們在一起沒有問題。他只叫我再修一萬遍四嘉行。」

我每個字都聽得很清楚，只是腦筋轉不動，願意不願意，有問題沒問題什麼的，好像聽明白，也好像沒有真的聽明白。我又倒酒，舉杯。我又喝了一大口。

梅姐說：「師傅多慈悲，叫我修四嘉行，就是方便我，讓我做大禮拜減肥。」

接着她切牛排放在我的盤上，我都沒反應的由她服務我，心裏想，我酒量不比梅姐差，怎麼她一點沒喝高我就嗨成這樣？我要鎮定，我絕對不能敗給十四度的酒。我向自己塞一大口牛肉，梅姐還拿着杯在喝。她也不再說話，有時候看我一眼，向我微微笑一下。她剛才在說什麼來着？

梅姐說：「我們坐到那邊去吧！」她拿着酒杯坐到沙發上，我沒跟過去，

只移了一下椅子，一隻手擱在餐桌，遠遠的跟梅姐對望着。我腦子一片空白，只感到自己的酒意。

梅姐對着我，臉上掛着一絲微笑，喝一小口酒，把杯子放好，微微笑着看着我看着我，我有種吉祥的舒服感覺，也向她一笑。然後梅姐向我眨了兩眼，眼睛調皮的微瞪了一下。我覺得她表情好玩，也瞪一下眼對她笑，她就張開雙手衝着我。

我突然醒了一下，趕過去，撲在她身上，壓住她亂親亂蹭，先是臉耳嘴巴，後是肩膀，然後上上下下前前後後，我要吃遍她全身每個地方，太可口了，全身都是又滑又軟的肉，梅姐喊着「電死我了電死我了」，我心想急死我了急死我了，她全身都是性器官，怎麼舔得完，急死我了。我口水亂飛，口水越舔越有，然後也找到她的出水口，都發大水了，我看她淹水的逼，陰蒂圓鼓鼓的，我用手緊緊按着揉搓，她扭着身子，越叫越瘋，然後從喉間發出很大的吼聲。突然我醒了，真的醒了。梅姐來了，她來了，爽了，過癮了。我看她臉色粉紅粉紅的，癱在沙發上，像小女孩一樣迷瞪的看着我。我酒氣完全過了，

站起來，把褲子褪下，瞪着她，雞巴硬得發疼。我一下子壓到她身上猛的插進她逼裏，也不顧她推着我說「不行啦，不要啦，痛呀！」我使勁的操，不久她又發大水了，又瘋叫了，又來了，然後我也猴不住了，洩了，瘋射了。

就這樣。開了個頭。那天晚上梅姐就說我是色中餓鬼。我操，她太喜歡我了。

4

我們在一起，一週總有兩三天在家，自己做吃的。我做菜還行，就不愛洗菜，有時候梅姐洗菜，但一般我還是說我來洗，你去忙，我閒着也是閒着。

梅姐要處理的事情可多了。她可是太能幹了，大家都說她很會做生意，很會賺錢，跟母老虎的都有肉吃。她的生意可多了，先不管北京那頭，只說藏地，十多年前開始是佛像法器古玩天珠買賣、藏香推廣、蟲草藏紅花貿易。有一陣子說要多角經營，開發藏地旅遊景點、組織吉普自駕遊旅行團、投資精品

小酒店。後來忙着挖礦。

梅姐說挖礦才叫賺錢。聽說梅姐在日喀則跟別人合作的一個挖礦項目賣給一家大國企公司賺了好大一筆錢。

拉薩的維穩經濟很發達，也有人找梅姐開高檔餐館、娛樂會所，她說除非必要她才不想多跟現在這些官員打交道。她還說現在的援藏幹部都是來這邊混日子的，整天就是吃喝嫖賭，等混夠日子就調回內地升官，事情不做，好處要拿，又貪又裝逼，後炎無齒。

最近我聽梅姐說不能把生意都放在拉薩和藏地，拉薩和藏地說亂就亂，說管制就管制，遊客、商人就來不了，一定要分散投資，所以去尼泊爾替國企鋪路做項目挖礦，又趕着在緬甸完全開放之前在那邊拿項目……我說不太清楚，有些項目好像是談來談去的。

她看我閒着，問我想不想開個酒吧什麼的。我憑感覺的說不想，拉薩巴掌大的地方，開酒吧的都是認識的，我們晚上想出去喝酒熱鬧，就去別人的店好了，沒必要自己弄個店。我不想跟我的哥們兒搶生意。

梅姐說：「沒問題，強強，不想做就不要做。」

她到拉薩，我就陪着她。我是她的司機、廚師、管家、私人助理、玩伴。我喜歡開着車跟她在藏地到處看寺廟，她愛看寺廟，去過很多寺廟，每年都會去寺廟送補品、藥物給幾個認識的老喇嘛。我也愛陪她到酒吧喝酒，去KTV唱唱王菲。以前我們還常去囊瑪廳[五]看表演。現在她跟客人、官員在餐桌上談生意，有時候也叫我在場，介紹說我是她的助理。我不多話，一般是敬敬酒添添茶水點點菸，開車送走喝大了的客人。大家都很接受我。我是很佩服梅姐的，能做事又能玩，漢族藏族都願意跟她交朋友，我在她身邊能學到很多東西，最重要是學她做人。她很知道別人要什麼，很會安排別人的事，她說做事要做到你請我願。梅姐問要不要給我一點本錢去做個生意什麼的，我說不要，我要跟在她身邊學本事。

我倒是想跟她去尼泊爾緬甸，但沒有護照，去申請了，辦不下來，沒道理的，說不給就不給，一點轍沒有，是藏族就沒商量，就是不想方便藏族老百姓

五　囊瑪廳，或朗瑪廳，藏族歌廳。

出國。梅姐說，不着急，她會想辦法替我弄個護照。

有幾次我跟梅姐說我想跟她去北京看看，見識見識，看能在北京做點什麼，梅姐都沒接茬。去北京闖天下是我的夢想。

她每次回北京香港處理業務，或去尼泊爾緬甸辦事，我就很無聊，一個人不愛出去，整天躲在家裏上網站看車和玩遊戲，有時候洗洗車，開車出去兜個風什麼的，隔天替花花草草澆水讓格桑花和洋繡球爽一下。

我每天在家練着喝紅酒。她買了個恆溫箱，聽說是歐陽老闆建議的，讓葡萄酒在拉薩永遠過着攝氏十四度恆溫的日子。

她就算只走三五天也會給我留錢，五千一萬的，叫我自己去花，我花不了多少，她回來我就還給她，她叫我留着，我說我留着沒用，她說：「我家強強最乖。」

我的衣服都是她在北京替我挑的，T恤、牛仔褲、球鞋、手錶、風衣，她說都是國外最時尚的牌子，還說都是工廠貨，不貴，叫我以後不要再在拉薩買假貨。她說看到正牌的哈雷皮衣會替我買。她替我辦了信用卡。她才用了幾

個月的愛瘋手機就給了我用，自己又去換新的韓國手機。她替我存了年費，3G的，全國都能上網。我什麼都不缺。

二月初，梅姐去了一趟北京，一般只去七天十天，這次本來也打算藏曆年前就回拉薩，誰知道今年一二年年頭上就提前不准外國人進藏，這一來跟着就是敏感的三月，更不能夠入藏了，就算拉薩平安無事，最快也要拖到四月才讓進。我才知道梅姐是香港身份。港澳散客本來跟漢地人一樣來拉薩是沒問題的，不過這次新政策港客也暫時不讓入藏了。

我們每天通電話，我說沒事，一個人待着挺好的，錢沒花完，不着急。她問雞雞着不着急？我不好說不着急，說不着急她一定會跟我急，但是說着急也不行，說着急她會不會以為我的雞巴不乖？這次我說雞雞是睡如龜，竟然過關，她笑着說我乖。

我迷迷瞪瞪的問要不要我去店裏看一下，傳個話什麼的。梅姐說不用去，她每天都跟店裏用語音傳微信。我說，那我不管了。其實，根本沒有事用得着我管。

梅姐的店在八廓街，老邵是店長。老邵是團結族，漢藏混血。他老婆是拉薩貴族。他跟梅姐也很多年了，兩人從北京開始就合作，梅姐覺得他靠得住，那就好了，沒我的事。我跟老邵和他老婆沒有太合得來。有時候我送梅姐到店裏，碰上尼泊爾來貨，我也會幫着搬搬抬抬。有時候我也在店裏坐一會，陪陪梅姐，閒着也是閒着。有客人來，或者梅姐和老邵要説話，沒我的事，我就到香巴拉酒店的頂峰咖啡廳上網喝進口現磨咖啡，一般我不去街上的甜茶館，我對拉薩的小道消息沒興趣。梅姐要用車，發個短信給我，兩分鐘我就回店。

去年夏天老邵的女兒考上上海西藏中學，老邵在他仙足島的一樓一頂獨院辦歡送，來了不少拉薩名人，也有自治區的官員，大家都要送紅包給他，這是近年拉薩的規矩，自己家的孩子去漢地上學，親戚朋友都要送紅包。梅姐不知包了一個多大的紅包，還陪他老婆打了半天麻將。我一直用自己帶來的杯子三口一杯的跟大家喝着青稞酒和啤酒，到晚飯又繼續喝酒的時候，梅姐才看到我用自己帶的杯子，臉色一下子變得很難看的問我：「你幹嘛自己帶着杯子？」一我沒回答，難道她不知道現在拉薩恢復了很多以前的習俗嗎？梅姐一晚上都不

跟我說話。回家路上，她說：「你姨不是居委會的嗎？你家不是開五金雜貨店的嗎？」我說：「是呀，不過我爺爺以前是鐵匠出身啊！」梅姐自己生悶氣，好久才蹦出一句：「後炎無齒，這場革命是白革了。」不知道她在怪誰！

但我喜歡她為我生這麼大的氣。這時候如果她問我願不願意一輩子跟着她，我會老實說：願意。

這次分開久了，我還真惦着她。好久沒打手槍了，終於忍不住又開始了。但很奇怪，自摸的時候，我居然只能夠靠觀想着從前的女友們，一點不能對梅姐專一，一點不能想她，一想就會軟下來。男人都這樣嗎？都不能專一嗎？誰可以告訴我，自摸時候花心的男人，算不算是一個花心的男人？打手槍時候才出軌，算不算出軌？不過每次打完手槍，我立馬知道我又可以對梅姐專一了。

5

今年在武警、特警和公安的保護下，我們都不過藏曆年。往年一般在藏

曆新年三號早晨，家家戶戶的人才給自家房頂上的經幡換新的，今年都在一號就換了，沒有其他慶祝。陽曆新年一月去了印度參加時輪金剛法會的人，回來都被關起來集中學習了，據說有上萬人，很多是老人，因為他們才能拿到護照出國。拉薩好多人家裏都有親戚朋友進去了，包括黨員和離休幹部，連老邵老婆的舅舅和舅媽這麼大年紀都給關在學習班學習，到三月底過了農奴節[六]才放出來。

每天，梅姐至少打一次電話給我，她說不讓買機票，暫時回不來。

有一天我問阿蘭會計，梅姐是不是拿香港護照的？阿蘭說：「是呀。」我問：「是不是為了拿香港身份，退掉了北京戶口？」阿蘭說：「沒有呀，梅姐戶口在北京。」我不明白：「又有香港護照，又有北京戶口？」阿蘭說：「唉，你問這幹嘛？盡是這樣的，方便呀。」我再問：「那她還有北京戶口本、中國身份證嘍？」阿蘭說：「那當然有啦！」我問：「那她為什麼不買飛機票回拉薩？」阿蘭說：「你傻不傻啊，北京事情忙呀，她還去了趟緬甸，好幾個大生意在談呢。」

六　農奴節，指西藏自治區每年三月二十八日的西藏百萬農奴解放紀念日。

梅姐把我當小孩哄。那天開始我每天收到她的電話就會這樣想。

然後到三月中，梅姐電話上說替我訂了商務艙機票，叫我去北京。

真太驚喜了，我終於要去北京了！北京，我的夢想，太開心了。她告訴我，下飛機出二號航站樓後，在B11出口等，她開的是白色路虎。

我看到白色路虎，看到梅姐在車內招手，但她沒出來迎我，我總以為這麼久不見我們會在機場擁抱親嘴，好像電影裏。

在車裏，她讓我抱了一下，微微笑着說：「這車漂亮嗎？」我說：「漂亮。」「這車是今年款路虎極光，三門，四座，四驅，240馬力，2.0升渦輪增壓全鋁汽油發動機，我在網上看過，超炫。梅姐說：「這車是你的啦。我跟你一起坐這輛車回拉薩，你把車開回去。喜歡嗎？」我說：「喜歡。」她問：「開心嗎？」我說：「開心。」

在機場往市區路上看到很多高樓，我有點興奮，等她忙着接完幾個電話我才說：「北京的房子真不比成都少！」她說：「北京啊，祖國的手鱔之都呀！強強，北京是不是氣派不煩？」我說：「不煩，一點不煩。」她說：「不煩又

怎麼會是一點呢？是不同煩響，你可以說果然不煩。」我說：「果然不煩。」

她送我到鳥巢附近的一家五星酒店，說訂好了房間，自助餐隨便吃隨便喝，用房卡簽單就可以走，公司會去結賬，明天白天還可以到鳥巢、水立方、奧運公園走走，她今天有事，明天中午來接我，讓我開車回拉薩。她給我她的愛拍，說酒店免費無線上網，我說我帶了自己的愛拍，她說：「親一下！」我們親了一下嘴，她就叫我拿着背包下車，然後就開車走了。

我住進酒店，吃了自助晚餐，喝了一瓶紅酒，睡了覺，第二天吃了自助早餐，逛了鳥巢水立方，簽了酒店單……其他上廁所洗澡的屁事就不說了。沒有打手槍。

梅姐中午開着路虎到酒店，我看着她下車時胸口兩團肉抖了一下，屁股圓鼓鼓的，很可口。她沒打算跟我一起走，只是把車交了給我，還把定位器地圖現金都給了我，叫我把車開去格爾木，到了格爾木再打電話給她，她會從北京飛到西安轉機，到格爾木跟我會合。她還解釋說是要試試看從陸路闖拉薩。她說：「這部車我叫這邊的司機老劉磨合了一個月，可以跑高速了，我們一起開

着它從青藏線進拉薩，走一趟這條天路，經過昆侖山、可可西里、唐古拉山。多浪漫啊！好玩吧？」我說：「好玩。」

但是我不喜歡，就是不喜歡，不開心，就是不開心。她騙我說因為香港身份所以不讓買飛機票回拉薩，其實是北京事忙走不開。看她忙成這個樣子？都不想想這是我第一次到北京，都不花點時間陪陪我，玩幾天，去天安門長城什麼的看看，吃頓烤鴨，在五星酒店打個炮留念。還要我一個人開車回去！什麼手鱔之都、氣派不煩。她就是叫我來北京出差，把車開回拉薩。

一出北京，我就想明白了，梅姐是不會讓我在北京待的，所以之前每次我說要跟她到北京，她都不接茬，三年了，她都沒讓我來北京。這次也只是叫我來把車開回拉薩。為什麼呢？難道她在北京另有男人？她在北京認識的人多，怕被人看到？但是她在拉薩認識的人也不少，拉薩巴掌大，不更容易碰到熟人？我們在一起的事半個拉薩的人都知道，她就不怕人家把話傳到北京？為什麼她在拉薩跟在北京不一樣？

三天後到了格爾木，我又想到了一點，她要離開漢地才願意跟我待在一

起。在漢地她不想被人看到我跟着她，看到她帶着一隻小藏獒。格爾木這個市打從開始就是為了漢族進藏才建的，住在市區的主要是漢族，但還是屬於蒙藏自治州，不能算是漢地，它是青藏線進拉薩前的最後一個有北京聯程航班的市，所以梅姐叫我自己先到格爾木，然後她才飛過來跟我一起進藏。進了藏地，一個漢族女老闆帶着個藏族司機就再平常不過了。

但在拉薩她並沒有只當我是司機，我們在公開場合她也都常跟我親親熱熱的，為什麼她到漢地就這麼小心、多心、小心眼？。我想不通，覺得有點煩。

我在格爾木等了梅姐三天，本來說兩天，後來她說北京有事又推了一天。等梅姐來的最後一個晚上我開着車路過八一路中段，看到昆侖花園廣場的漢族站街野雞。我看到一個瘦得可憐的，大概是毒蟲，她居然有點讓我動性。我轉了一圈再去看她，還在，有點想叫上她，但最後一念我開車走了。

第二天我到機場接梅姐，她帶了一大箱行李。我們在車上親完又親，她好像很放鬆，一直說：「強強我好想你。」

我們是要在格爾木過一夜的，第二天才直奔拉薩。她說她訂了另外一家五

星酒店。到酒店，她找人代拿行李後對我說：「你回去退你的房間，回來找個地方停車，我會發短信告訴你我的房間號。」我聽她的。

我上她房間，行李箱攤開着，桌上放着一大塑料袋，裏面裝着好幾個食物盒。她取出其中一盒說：「我變，便宜坊烤鴨！」然後從行李箱抽出一件皮衣：「我變，最牛的哈雷夾克，中國製造，美國名牌，送給壞孩子強強。」她幫我穿上，問「怎麼樣，喜歡嗎？」我說：「喜歡。」再問：「開心嗎？」我說：「開心。」她順着皮衣撫摸着我，抓住我的雞巴，問「先吃，還是先做？」我說：「那就先做吧。」她拉着我倒在床上說：「強強，發課米，發課米。」

我們很熟練的脫衣，這種飯前前菜速戰速決就好了。她用手帶着我雞巴塞進她的逼，說着：「噢對了，對了，發課米。」突然我感到本來已經開始硬的雞巴進了她的逼之後有點軟下來了，我努力抽撞着，想着它一定要硬點，不要軟，不能軟，但好像沒用。我有點慌，這時候硬不起來實在說不過去，梅姐會怎麼想？我閉上眼睛，一個影像救了我，那瘦得可憐的漢族毒蟲野雞的影

像，我想着扒掉毒蟲野雞的緊身褲就上她，想着野雞的逼又小又緊，我雞巴一下變硬，很快就要射了，梅姐喊着：「還差一點，還差一點，不要來，等一下我……」我已經狂射了。我說太癢了沒忍住，她說：「沒事，我已經舒服了。你看，好多啊，味道好大啊，都是你的精，強強好乖，餓了好久是吧？」

她沒懷疑。

我去用熱水弄濕了毛巾，輕輕替她抹乾淨下身，然後清理自己。

她說：「進得這麼深，又不戴套，不怕我懷孕呀？」我說：「我要讓你生一打娃娃。」她笑說：「你做夢啦！今天安全啦，不用戴套。」然後她說：「晚上再來，行嗎？」我說：「行呀，怎麼不行？」

6

下午五點多，酒店客服弄熱了梅姐從北京帶來的烤鴨、炒木須肉、醬爆雞丁、醋溜白菜，剩下幾盒鹵的醬的酸的和一些燒餅零食，明天帶着上路。

在房間胡吃一頓後，我們開車出去透氣，順便到超市買昆侖山礦泉水。

時間一分一秒的過，我覺得心理有壓力，怕晚上不舉。以前從來沒有想過自己會不舉，只有不該舉卻舉了，哪有該舉不舉的？更哪會有女人讓上而不能上這麼浪費？可是，今晚梅姐再要的時候，自己能挺着完成任務嗎？

我進超市買水，梅姐留在車裏講電話。店裏，還有兩個小姐在買雜物，川妹子吧，都化了濃妝，可能是站街的，也可能正要去上班。我盯着她們，她們也側過頭來瞪着我，其中一個面無表情的問：「走嘍？」我呆了一下，回她說：「不去。」她們馬上臭着臉扭頭就走，好像我耽誤了她們多少時間。

回到酒店房間，梅姐就去卸妝洗漱說：「我們要早點休息。」我以為她不要了，我看她也很累，誰知道她倒在床上說：「強強，來吧。」

叫雞是一次性消費吧！事前她讓你硬，操完立馬就不想看到她，恨不得一腳把她踹下床，下次再叫雞也叫別的雞。

觀想中的叫雞，跟實際上的叫雞，是不是也都一樣，也都是一次性消費？我觀想昨晚那個瘦得可憐的漢族毒蟲野雞，白天觀想她，還讓我挺到射精，晚

上卻一點功效都沒有了。

小超市那兩個川妹，水準太次，相貌身材都讓我討厭，但現在我卻只能用她們救急，輪着觀想她們操她們，一次性消費她們，讓我保持勃起，把心裏説不出的厭煩都發洩在她們身上，還怕不能持久。幸好，梅姐很快就來了一下，然後她翻轉身就用一隻手快速替我打手槍。我也很快就洩了幾下。然後她將擦手紙巾往床邊一丟，鑽進被窩裏喊着：「鬧鐘定四點。不行了不行了，是睡如龜。」跟着她就打呼了。

那晚上我沒睡好，有點煩，翻過來掉過去，想着很多東西。

我的雞巴不聽我的指揮。我對自己失望。我怕這個狀態是長期的。我真不能相信自己有這麼一天，要靠觀想妓女代替眼前的女人才能勃起，我噁心自己要觀想兩個噁心的四川醜女但願真的一腳把她們踹下床但卻反而要靠觀想她們保持勃起。

我看着身邊在打呼的梅姐。我還是願意跟這個女人在一起的。但是現在她真的提不起我的性欲，情感可以自己騙自己，雞巴硬不硬騙不了自己。她調動

不了我的脈氣明點。

發生了什麼事？先是夜夜打手槍都想着她，然後差不多每天都高高興興的操她，然後打手槍不能再想她而要去想別的女人，到現在操她的時候也要想着操別的女人。我怎麼會變得不想操她、變得沒有能力操她？

怎麼會變成這樣？我怎麼會寧願操幾個站街的爛妓女，而不想去滿足身邊這個對我超好的女人？我有病呀？還是男人都有病？

但是，如果梅姐真的不能再引起我的性欲，我怎麼辦？我們之間怎麼辦？我的日子還能過下去嗎？

我喜歡現在的生活，不想變，不想回頭。坦白説，她沒少給我，給我吃給我喝給我穿給我上，是沒得説的。我還真不能沒有她。

我敢説，我在拉薩比她在北京的司機老劉過得好多了。説什麼呢，我不只是她的司機，我還是她的男人，血膿於水的那種。

是的，有時候她的確很煩人，好像這次明明是叫我到北京出差，卻説成好像請我去旅遊。都是聽她安排的，安排得再周全也不過是為了方便她自己，還

要我表態再表態，喜歡嗎？開心嗎？我不喜歡，就是不喜歡，不開心，就是不開心，行嗎？

大概就是這次去北京去壞了，回到拉薩該就沒事，一切都會恢復正常，梅姐一定會再次引起我的性欲，我的雞巴一定會再次為她而硬，就像當初。只要回到拉薩。

7

從格爾木到拉薩沿途住宿條件差，我們決定中途不住店，直奔拉薩。我憑感覺認定，快點回拉薩，一切都會好！

這段路全程開車要十五個小時以上，看路面情況，現在因為安多到拉薩路段是限速的，估計要到很晚才回到家。我體力好，沒問題。

我以為我身體好，撐得住。本來計劃天亮前就出發，但早上從酒店房間看出去外面好像挺冷，又睡了個回籠覺。六點起來，梅姐想喝點熱的才上路，我

們在房間燒開水，沖開自備的袋裝黑芝麻糊，但越吃越餓，索性在酒店吃了早餐，弄到七點多才出發。到城外南山口檢查站，還得跟着貨車排大隊。然後，我們到加油站加油。

我只想着趕路。這條路我是熟的，三四月天氣變化大，一會大太陽一會雨雪冰雹，都想得到，都沒問題。比較倒霉的是過了納赤台兵站，趕上蘭州軍區車隊開在我們前面，軍車都掛着教練牌，是在集訓新兵娃子司機，開得特別慢。梅姐先是叫我不要着急，但她瞇一覺醒來發覺還是跟在軍車屁股，也不耐煩了。其實她打盹的時候我已經見縫插針的超過了數十輛軍車，但前面還有不知多少輛。

終於，到西大灘兵站，軍車才都開進營地。我們當然不停車休息，趁機超過軍車車隊，趕着趕着把車隊拋離遠一點，想着追回點時間。梅姐說吃東西吧，我說過了可可西里再說。梅姐把鹵味什麼的隔一陣就往我嘴裏送，也往自己嘴裏送，填得也差不多了。然後她開着無線路由器，用愛拍上網，停車在路邊撒尿這些屁事就不說了。

往五道梁走的路，有一段比較平坦，就像青海人說的，青海女人不洗澡、青海的山不長草，地貌沒什麼看頭，天氣很穩定，車不多，可以放心提速。梅姐聽着聽着她的王菲朱哲琴又睡着了。我想趁着天亮趕過唐古拉山到安多才停下來吃頓正經飯，起碼要到雁石坪才吃點喝點雞巴硬的不要軟雞巴一定要硬不能現在軟雞巴怎麼軟了硬不起來雞巴不能軟雞巴軟⋯⋯喇叭聲吵醒我，我連忙把車頭扭正回到自已的車道上，迎頭一輛皮卡呼的一下開過左側，我把車慢下來在路邊停下，看看梅姐，她還在打盹。我剛才竟然也打了盹！

這一帶空氣稀薄，我是缺氧嗎，還是缺覺？

我不敢再開，就把車再往邊上靠，熄火，瞇一下。

才不一會，梅姐輕拍我。她說：「換我吧！」我也不客氣，換她開，繼續打盹。

不到半小時我精神完全恢復。剛才怎麼開着車就熬不住迷瞪了，以前熬個幾夜不睡都不至於這樣吧。

到沱沱河，再換回我開車。

從號稱西藏第一鎮的雁石坪開始到拉薩，一〇九國道上有六道檢查站，每一個檢查站都有藏族警娃子或武警查證件和行李，嚴防死守阻止拉薩以外的藏人進拉薩。

為什麼拉薩以外的藏人就不准進拉薩？為什麼是藏族反而不讓進？至於的嗎？

今天很多事情都讓我心煩，但是我什麼都沒說。

梅姐有點高原反應，懶得下車，都叫我拿着她的北京身份證去登記檢查，完全忘了之前對我說她只有香港回鄉證所以不能買機票的事。每走一段路，警察或武警都會發給你一張限時限速指令的小紙片，不準提前超速完成。有兩段路我提前到達，超速了，一次被罰了兩百元，另一次守站的藏警娃子放了我一馬。我們淩晨兩點多回到拉薩家。

也好，今夜只能是是睡如龜了，不用幹活。總算又過了一夜。

明天？

8

沒事，我已經回到拉薩了，還會有什麼事？我又可以過最熟悉不過的生活了，我對自己又感到熟悉了。這才是我，身體超壯、心理特正常。開玩笑，我當然行！我是猛男，藏獒，師奶殺手，我還用得着擔心？我想起小時候的漢語課，天天向上。

一大早起來，趁梅姐還在睡，我就把兩部越野車路虎豐田都洗了。新的一天要開始了。

梅姐果然挑選了路虎，很給我面子。我們去到店裏，車停在院子，老邵和員工都走出來，一是歡迎梅姐回拉薩，二是觀賞新車。因為是三門車，只適合坐兩個人，說明我們是一對而不是老闆與司機。梅姐和我同坐三門車同進同出，就是向地球人宣佈我們的關係進一步公開化穩定化。我感到連最雞賊的老邵也對我表現出從來沒有的友善。從所有人羨慕的目光中，我知道我的地位又升級了。

但是為什麼我沒有太開心？既然在眾人心目中我和梅姐是正式一對了，為什麼我自己心裏反而是悶悶的毛毛的？我想起老邵說過的職位越高壓力越大、權力越大責任越重什麼的，難道是這麼一回事？我瞄一下老邵，剛才還覺得他對我友善了一點，現在看他那副皮笑肉不笑的德性就知道是在等着看我的好戲。這個老賊一副把人看扁、什麼都知道的樣子，難道他真知道什麼？

他能知道什麼？他知道個屁。那我還慌什麼？怕自己不能達標？我沒道理對自己不放心，我一定要對自己的雞巴有信心，小頭一定不會讓大頭失望，自從十歲那年他沒有預告就自立後，他從沒讓我失望過，那些年我們一起追女孩，他跟我都配合得很好，我也讓他得到不少好處。不能多想。對啦，不能多想，越想越沒底氣。不想了，該怎麼着就怎麼着。沒事啦，這裏是我的地方。

為了保險，我上網看色情圖片，活化自己的脈氣明點。閒着也是閒着。

下午四點多梅姐跟老邵和阿蘭會計開完會出來，心情很好。我在車上問去哪？她說送她去歐陽老闆家，然後我就可以回家，自己吃飯，不用等她。

她沒有邀我同去歐陽老闆家。女人真不好理解。

她叫我不要等她。但如果是以前，我一定會等她回來。我從來都不在她睡之前先睡，更不用說不會讓她外出回來的時候看到我已經睡着在她的床上。你可以說這是我懂規矩。但今晚我突然想到，如果她回來的時候我已經睡着，那就可能不用幹活了。我躺在床上想讓自己入睡，但一點睡意都沒有。我罵自己好像作賊心虛，太窩囊了。我又爬起來，穿上牛仔褲，還是等她吧！我要對自己有信心。

我邊看着家中的A片邊等門，到凌晨歐陽老闆的司機小張送梅姐回來。她都沒叫我去接。她心情很好，喝得挺高的，看到我沒睡特別開心，把皮包、鞋和幾個檔案夾甩掉後說：「明天早上我們沒事……。」她眨兩下眼，眼睛微瞪。

我生猛的抱起她到床上，以表示我對她的號召作出了熱情反應。這種凌晨夜宵也是不用太花哨的，就各自脫衣。我趁雞巴半硬，熟練的套上套子，但雞巴就停留在半硬狀態。我例行公事的舔她的耳朵肩膀奶頭，都是她的敏感點，她已完全進入狀態。我翻過她的身，讓她趴着，提起她的屁股，從後面用手撩

她的陰蒂，不讓她看到我，為自己爭取時間，讓雞巴更硬一點。她的逼都濕了，但我的雞巴還只是半硬。我的中指塞進她的逼，我的雞巴還是沒有起色，還乾脆耷拉下來了。我真急了，試着用舌頭幹活，希望梅姐快點來，但她卻說：「強強，發課米發課米。」我抬起頭來，看到雞巴已縮水，套子綯成一坨掛在龜頭上都快要掉出來了。原來回到拉薩，我還是無能為力。我閉上眼睛，想着剛看過的A片女優，不管用，再快速搜一下最近見過有印象的女人，毒蟲野雞、川妹，連阿蘭會計都想到了，也都不管用。我絕望了。我中指在逼內急按她的G點，但她就是不來，喘着叫着說：「強強、雞雞，雞雞、強強。」

她鼓鼓的屁股一翹，左手反過來想抓我雞巴，我沒讓她抓到。她翹起來的屁股突出了屁眼，看上去小小窄窄的，還黏着一小碎片的白廁紙，我一下子硬起來，想都沒想雞巴就塞進她屁眼，她驚慌的叫了一聲，身體挪動想擺脱，我強暴的從後面把她摟緊，不讓她脱離，她掙巴幾下就不動了，哎喲哎喲的喊着，但仍讓我幹。

我一射完精就拔出雞巴，套子仍半塞在她屁眼裏。她看也不看我一眼，光

着腳一跳一跳的，屁眼夾着套子跳進廁所。我先聽到尿聲，然後屁聲，然後拉屎聲屁聲尿聲一起。她拉了一大坨屎。

跟着她沖洗下身。

我插了她的屁眼！我給自己的行為震到了。這還是我第一次插女人的屁眼。當然，我也沒插過男的或被男的插過，我不好那些。

她出來就說：「我不喜歡啊！強強，我不喜歡！」她拐着走好像有點痛。她走到大鏡子前反身左照右照，抽了張面紙按了一下屁眼說：「都弄破了。」她進廁所往屁眼塗油，出來躺上床接着說：「不喜歡啊，我不喜歡你這樣啊。」然後重重的翻了幾個身，跟着她就睡着了。

第二天她醒得早，翻個身就起來，然後好像才知道屁股有點痛，一拐一拐的進廁所。我更早就醒了，躺着想事情，她起來我也起來。整個早上她忙着看昨晚帶回來的計劃書，做筆記。我看她心情還挺好，充滿戰鬥力，大概下午有大買賣。到中午我替她做了一口麪，她吃麪的時候才訓斥我：「強強，我不喜歡你昨天那樣。你把我弄痛了。你知道我最怕痛。以後不准這樣。你可以說我

保守。我真的覺得一點不好玩。我最生氣的你知道是什麼嗎？是你這樣做完全不符合你請我願的原則，你太自我忠心了。」

我知道這個臨時起膩的屁眼行動也給我一次性消費掉了。

9

中飯後梅姐去自治區政府開會。她叫我開豐田，坐在第二排。我變回她的司機。

我們的車準時從正門進去，歐陽老闆的車也隨着到達，他和梅姐很有默契的一起進了一幢樓房。司機小張跟我打了個招呼，以為我會跟着他去停車，但我一個迴轉就沿着進來的原路出了自治區政府大院。不是我踐不願意跟司機們紮堆，而是我要抓緊時間辦事，為今晚上替梅姐幹活做好準備。

自治區政府大院出來後，從金珠西路往雪新村走有一家娛樂會所，幾年前我跟些老闆去過，還給送了一張貴賓卡。我常開車經過，知道還在營業。我進

去要了一個房間，用最快速度挑了一個小個子的小姐帶到房間。我估計梅姐開會怎麼都要一個小時，我速戰速決應該來得及。

我都不問這個漢族小姐的名字，就叫她脱衣服，全脱。我感到裏在緊身牛仔褲襠裏的雞巴鼓鼓的，如果這時候破褲而出，肯定是很硬的。我對自己恢復了部份信心，首先弄清楚我的性能力是沒問題的，我的雞巴看到靚女還是能夠硬挺、我還是正常，還是很想操陌生女人的逼。

我叫小姐脱光光的躺在床上，打開雙腿讓我看她的逼。我拉了張椅子坐在前面，解開牛仔褲，跟內褲一塊褪到膝蓋上，就看着小姐的逼。她的逼乾癟癟的，不過還可以，不算太鬆。可惜她的乳房是做過的，這麼躺着還可以不走樣的挺着，有點倒我胃口。讓我興奮和放心的是我的雞巴一直硬着，如果不是我有定力，他就要鑽到逼裏去了。

我叫小姐自摸給我看，還跟她説讓我滿意的話會多付錢獎勵。她好像挺樂意的，開始撫摸，還發出哼哼聲。我叫她不要摸奶子，只摸下面，她也照做。我的雞巴倍兒直，硬得難受，我對自己更放心了。

小姐開始裝成高潮快要來了，我說慢一點不要這麼快來，她馬上拖慢進度，繼續哼哼。這時候我真想不顧一切插進去快感一下，一次性消費掉就算了，但我還是忍住了。我不能浪費，我要記住她的逼、她的自摸、她的表情、她的叫床、她的高潮，我的雞巴要保持飢渴，我的脈氣明點血膿於水都要沸騰，但要猴住不射，保住我的精，把一切留給梅姐。

她的高潮裝得不怎樣，假假的有點偷工減料，但我的雞巴反應還是超強，幾次好像要射了，我都要把眼睛轉到天花板轉移自己注意力，才勉強猴住。我都不敢用手去碰，怕一碰就洩出來。

小姐問要她替我來嗎？我示意不要。她對我有好感，建議我做冰火，用暖暖的嘴含我的雞巴，再用涼水毛巾降溫，火一下冰一下。她笑咪咪做了個O嘴型說我可以在她嘴裏來。在她嘴裏來？她讓我的雞巴頂住她的喉嚨射精？自從跟些老板去找過漢族小姐後，我就喜歡上小姐替我口交。

我還是強忍着說不要，你甭管我。她不知道我多辛苦才阻止了雞巴不讓精往外發射。

我看錶，應該回去了，可是雞巴還挺着，不肯軟下來。我命令他軟下來，但小頭好像偏要跟大頭鬥氣，偏不低頭。這種抗命的情況只有在自己十一二歲的時候才有過，往往是在上課的時候不知不覺的勃起了，到下課鈴響了自己乾着急，因為雞巴失控不願意及時軟下來，好幾次也只能挺着雞巴彆扭的走出教室，顧不過來有誰看見沒有。

我等了幾十秒，雞巴豎着還不變樣，他好像要跟我比耐心。正不耐煩，這時候梅姐來電話問我在哪，我撒謊說去加油了，說五分鐘就到，叫她在自治區政府大院等我一下，她說不用了，她坐歐陽老闆的車先走，叫我自己過去歐陽老闆在仙足島的餐館。

我再看錶，梅姐這個會才開了四十五分鐘。我再看雞巴，終於半軟硬了。

10

我走進歐陽老闆帶有設計感的餐館，服務員認得我，指點我去包間。我半

推開門，看到梅姐、歐陽老闆和他那邊的幾個高管正在祝酒，好像是在慶祝。梅姐看到我，心情很好的走過來說：「你就在外面吧，隨便吃點喝點。」我說：「好。」

我才不替他們省，自己拿了幾瓶比利時啤酒和一瓶智利紅酒，坐在大堂角落喝着，也不顧待會要負責開車。這是拉薩，怕什麼。老邵也來到餐館，他應該是看到我的，但沒正眼看我，沒跟我打招呼就進了包間。包間裏一片歡騰，下午的會大概很成功。

這頓飯他們吃了很久，從五點多到凌晨。他們說話說了一個晚上，我玩了一個晚上手機遊戲。

回到家梅姐果然還想要，還好下午我充了電。我壓在梅姐身上，想着會所的小姐，腰腹好像裝上發動機一樣，機械的強力一抽一送，可能白天忍太久，梅姐還來不及說「不要來，等我一下」，我就猛射了。事後梅姐沒說話，上個廁所倒頭就睡了。

她最近事業發展一定是挺順暢的，心思都在生意上，忙不過來，暫時沒有

太在意我們的事。但等有一天她回過神來，想起我的表現，可能就會覺得不太對頭了。她會想起我的水準大降、表現不穩定，甚至失常。

除非我能盡快改善表現，提高累積分數，及時更新總印象，否則她一定會跟我算屌賬，到時候就不只訓斥我太自我忠心了。不是都説漢人多疑嗎？以她的聰明一定會懷疑我對她的性趣變小，甚至另有女人。她沒錯，我心中是另有女人，而且每次是不同的女人。每次操着梅姐，我就要強迫自己花心一次、出軌一次，另找一個一次性消費的對象來觀想，一切都只是為了保證我給梅姐的基本服務素質，但她不會諒解我的一片苦心。

我當然聽説過很多有婚外情的男的女的在跟自己的伴兒做愛的時候，會想着別的女的男的，甚至高潮來的時候喊了情人的名字。我聽過一個同行開車的司機説，他幹老婆的時候，要用一張外國女人裸體照蓋着老婆的臉才能幹得下去。我的性知識算是很豐富的。幹這個時想那個，對男的女的來説這都很普通，也很好理解。但是現在我的情況有點特殊，每次幹梅姐，都要觀想一個不同的女的，不能重覆，不能翻新回收，不能循環使用，還不能靠A片催情，一

定要是一個我剛見過的不同的女人，不然就硬不起來。這太恐怖了，把我嚇壞了。這樣的安排能維持多久？這樣的日子還能過得下去嗎？

當然，你會說這只是我最近的惡夢，說不定過一陣子一切都會恢復正常。但要過多久？過去幾天的經驗告訴我，不要騙自己以為明天就會好。我能恢復對梅姐的性趣嗎？她能再讓我動性嗎？我的感覺告訴我不能，不要說恢復以往的性趣，就算是為她勃起也有困難。我不是不能為女人勃起，只是不能為她勃起。

重點是，每天我都有可能要幹活，每天都可能要向她表態效忠，但那不是嘴皮工夫，每一次都是一次實戰，體力活，真功夫，很難做假，不好蒙騙唬弄。任何一天沒找到性觀想對象，我就完成不了任務。一次兩次發生的話，我肯定就沒法交待，接着就是穿幫、崩盤。

這種事情怎麼會發生在我身上？我真想立馬一走了之，一了百了，免得終有一天給梅姐逮着盤問算屌賬。她一定會追問到底，要我坦白。想到這點我就受不了，我不想向任何人交待這件事。我根本不知道怎麼說得清楚這是怎麼

一回事，而且，說清楚多傷人？我多沒面子，梅姐也多沒面子？我不想傷害梅姐，我真的不忍心告訴她事實，因為不是她變了，是我變了。

為什麼我會變這樣？我不懂。

想起當初，真是後悔摸急。沒錯，先是我對她動性，再是她勾引我，你請我願，是吧？誰會想到今天？我真希望現在自己還只是梅姐的司機。她當老闆是不錯的。但她能讓我從頭再來嗎？潑出去的水收不回來。我明白了，這次不能沿原路回到開始的點了。我可以離開梅姐去替別人當司機，但不可能留在她身邊而只當她的司機，加上替她的花花草草澆水，而不提供性服務。

不跟梅姐做愛，我就什麼都沒有了，我會失去一切所有的。我真不願意丟掉這份工作。我習慣了這樣的生活，習慣了這樣的享受，我不在乎做小藏獒。

但是小頭說，這他不管，他就是不樂意再幹。

真是世事無常、命中蛀定？我怎麼都想不到，才三年，小頭就告訴大頭：時限到了，沒性趣了，幹不動了。除非我換一個性對象。

我的小頭在逼宮，要大頭做出選擇。我明白我面前的選項了：要不馬上離

開梅姐，要不就每天找性的觀想對象，以維持性服務的穩定性。每天找？累不累呀？技術上難度多高呀？沒有隔宿糧，曠課一天，失算一次，忘了充電，小頭就怠工，雞巴就當機。這活我幹不了，除非有奇蹟，除非出現一個穩定的、能讓我多次消費的性觀想對象。

11

拉薩最近每天都陽光燦爛，但我每天都一頭烏雲。我要去瞄一眼洋妞遊客。每年四月一號拉薩都會迎來第一批外國旅遊團。不過，在林倉我只看到幾個外國老頭老太太。我趕緊轉移去香巴拉，心裏想着不要只給我看到高頭大馬的德國或北歐的女驢友，她們都會穿着厚的防水風衣登山靴，身邊放着全副裝備的巨大背包，顯得特別壯悍。我上過比我高比我壯的女人，當年一點障礙都沒有，但今天我被自己的一個念頭震到了：我要小個子的女人。最近試過不舉之後，我好像沒有胃口吃大的，只敢吞小的。我以前的性趣很多樣化，我不是

一個很挑的人，你甚至可以說我有點隨便，容易動性，過度大方，來者不拒，多少胖的壯的老的醜的女人都佔過我便宜，我都無所謂，還對自己說幫助別人是快樂的。但現在，我的性趣好像突然變窄，變得很單一，只想着要上小個子的女人。這個念頭讓我害怕，十分害怕。性趣越單一，我的自由天地越少，找到讓我動性對象的機率越低。

但更奇怪的是今天香巴拉酒店竟然沒有外國團，太奇怪了。酒店門口的頂峰咖啡也只看到一個半熟臉洋大媽，是拉薩現在僅有的幾個有工作證的外國人。

我站在丹杰林路上張望，那些小個子的洋妞今天都躲到哪裏去了？

我有點着急。梅姐隨時會召我開車送她去這去那，那今天我就再沒有自由時間了。我一定要趁梅姐早上在店裏的時候，在八廓街一帶找到今天的性觀想對象。

我看過一部A片叫《性靈獵人》，內容忘了，突然想起這個片名。我覺得現在我就是性靈獵人，為了性而到處獵靈感。今天早上我在想，漢族女人都只

能消費一次，洋妞說不定可以多次？就算也是一次性消費，那也沒差，拉薩旅遊季節快開始了，只要不出新的狀況，外國團一撥一撥的來拉薩，不愁看不到洋妞。如果拉薩再出狀況，外國團限進，那就沒得說了。但你說人心多奇怪，現在又多生出一個念頭，一定要找小個子的。念頭一生起，就像烏雲，你走到哪兒它跟到哪兒，擺脫不了。我很煩惱，在八廓街轉着，獵小個子的性對象。

但旅遊旺季還沒真的開始，四月初天氣還挺冷，今天還沒看到小個子洋妞在逛八廓街。

當我走過大昭寺正門旁邊世界遺產紀念碑和售票處之間的圍牆的時候，在磕長頭的婦女群中一眼就看到一個少女，看服飾是衛藏這邊的，個子小小，也在磕着長頭。從背後看她完全符合我念頭中的形象。我對自己說：她又不是洋妞！我的小頭說：傻了唄，誰跟你說一定要是洋妞來着？我又說：你不能這樣，這樣是不對的，太超過了，放過她吧，人家是來朝佛的。但大頭這樣想着，小頭卻說：就是她就是她！小頭牽着我慢慢繞到少女的側面，想看她的樣子。我扭着脖子差一點就可以瞄到少女的樣子。但是我一轉頭就走了。看洋妞

去，去堯西平康、吉曲、亞賓館、八朗學，那邊一定有洋妞。

一走出八廓街，又給武警攔住查身份證。剛才進八廓街已給查過，現在出八廓街沒走幾步路又給查，一天要查多少遍呀！。做藏人真倒霉。查完身份證後，我轉向了，走反了，越走越偏，迷迷瞪瞪進了魯倉，喝起多年不喝的甜茶。周圍，男人們在交換小道消息，線人們大概也在支着耳朵聽，從世界大事到昆敦觀音[七]最近說了什麼到誰誰誰進了學習班，都跟我無關。我對自己說：認了吧，你玩不過來了吧！這麼一天一天的過，一關一關的過，這日子是人過的嗎？我用頭叩了一下桌面喊：「操你媽的雞巴，玩夠了嗎？」我生着氣回店裏。

回到店裏我就知道今天真的沒戲了。尼泊爾那邊來了大批新貨，我要在店裏幫忙，順便要盤點。梅姐叫我把大門關上，怕閒雜人闖進來。我們的店很少做普通遊客的門市生意，因為都是精品高價貨，客人都是由熟人介紹才找上來的。店對梅姐來說是一個集散點、一個待客開會的落腳地、一個讓人容易理解

七　昆敦、觀音，都是指達賴喇嘛。

的門面，她的生意不靠這點門面。今天尼泊爾來的佛像唐卡法器，還有不知哪來的文物古玩佛像，大部份會轉發到內地。

晉美啦是店裏的專家，他懂修補佛像唐卡。阿蘭是會計兼負責庫存。平常銷售是靠店長老邵。我是討厭老邵的那副假惺惺的德性，但他一開口說英語，那些境外的人就變得特別相信他。今天他和梅姐兩個人在房間秘密談事，卻要我跟着晉美啦和阿蘭會計當小工。梅姐不愛多聘用員工，她說多一個人就多一份頭疼、多一份麻煩。她的原則是核心人員要精簡，每個人都多功能，這樣你請我願，每個跟她的人都可以多賺幾份錢，凡是緊跟母老虎的都永遠有肉吃。梅姐最受不了的是屬於她的人離她而去，她說過我們每個人都是她的親人，她的店就像是血膿於水的中華大家庭。

我開門給老邵老婆進來。她從來不招呼我，把我當作透明的。有次送梅姐去老邵家，我在廚房倒了一杯水在喝，她見到就訓斥我說下次自己要記得帶杯子來。

我想她一定還會猜疑梅姐跟老邵是否有一腿。哈哈，她有得受了。不過

今天連老邵老婆也來開會，一定是有事要動用老邵老婆的上層人脈。這些舊貴族！

阿蘭會計和我的關係是不錯的，她對人比較親和，我不介意幫她搬搬抬抬。但她跟老邵老婆一個比一個醜，對調動我的脈氣明點是一點用都沒有的，想到她們，硬的雞巴也會立馬軟下來，我都不想做男人了。沒戲了，我的大限就在今天晚上。

12

梅姐問我：「強強，你覺得這尊度母怎麼樣？」

一般梅姐是不會問我的，我不在行，從小沒好好學習。我爺爺輩就跟着共產黨走，我阿爸阿媽在世的時候說過：「我們家信的是共產黨。」只有我的奶奶是修行人，而且據說是在我出生之後恢復的。平常我當司機充導遊，裝神弄鬼拋一句造像度量經、曼拉畫派、噶舉畫派什麼的唬弄一下遊客還行，但是在

梅姐、老邵、晉美啦這些人面前，我從來不敢多說一句。

梅姐從店裏用哈達包裹着一尊白度母像，拿回家就放在靠牆的條桌上，用頂燈照着，左看右看，還叫我來看。我也左看右看然後胡說：「做工不錯。」

梅姐問：「你看到跟店裏其他度母像有什麼不同？」

我最怕考我，一問一答的。我是感到有點不同，但說不出來，為免說錯，我說：「沒什麼不同。」梅姐責怪的說：「再看一下，看臉的部份。」我還是說：「看不出什麼。」

梅姐說：「你不覺得這張臉很像我嗎？」

我不覺得，卻說：「好像有一點像。」

梅姐說：「很像，很像我年輕時候，中學的時候。」

我心想，那你的臉後來一定是做過的。當然我沒說出來。

梅姐說：「都怪我自己，以前的造型好好的，也沒少替我賺錢，改什麼呢，沒事找事，突然覺得那些尼泊爾的度母造型粗，不秀氣，修了一下，當時看圖還行，沒覺得像自己。但現在看實物就看出來了，這樣的一張臉，美是美

了，反而怕客戶不習慣，太中國化了。我得再想想，大概還真不能量產，看樣子還是用原來的尼泊爾造型比較保險。還好只做了一個樣本，就放在家裏吧，給自己欣賞。」

如果不是今天覺得自己要進刑場受死，我說不定會嘲笑梅姐自我忠心，自比度母，就像很多漢族修密的女人幻想自己是空行母。

梅姐進臥房，我再細看。這尊度母臉型是好像比一般的稍稍瘦點，那就是說更不像圓嘟嘟的梅姐了。

度母的臉很安詳，跟店裏的度母像沒什麼兩樣，是挺好看的。

度母的眼睛帶了點亮，好像比一般的神氣了一點，不過還算正常。

唯一注意到的是乳房好像小了一點也高了一點，不是圓圓鼓鼓的，而是帶點尖的像飛彈頭，挺可愛的。可能梅姐中學時期的乳房是尖尖挺挺的，後來才再發育成了圓圓鼓鼓的。我樂了一下。她剛才叫我看臉，沒叫我注意胸，不然我這個女性乳型專家是應該可以看出來的。不過，就算看出來，今天也不敢說，怕挑逗了梅姐，那我不是提前找死？

該發生的逃不掉。我大概傻看了好一陣，梅姐換了寬鬆睡衣，站在臥房門旁發出蛇一樣的吱吱聲，我回頭看過去，梅姐向我眨了兩下眼，調皮地眼睛微瞪一下。這是我最熟悉不過的眼神，求做愛的眼神。

我被電到了！這不也是我身邊這尊度母的眼神嗎？是眨眼後眼皮微挑、帶着亮光的眼神，被定格鑄成了這尊度母的眼神。

我好像看到度母的眼睛眨了兩下。

我感覺風吹了一下風馬旗。我隨梅姐進臥房，竟然沒有赴刑場的感覺，反而感到興奮。

我溫柔的脱掉梅姐的衣服，耐心的揉着舔着她身體敏感部位，同時自己也脱光、戴上套，用慢動作把自己的硬雞巴伸進梅姐濕透的逼，先是一動不動的壓住，一心兩用，一邊觀想，一邊心裏數一到十，然後才撐起上半身，數着數着抽了一百下，再把她翻過來，打算後面也抽她一百下，但才沒多久她的叫床聲就亂了，她要來了，我拔出來，等她回過氣來，然後再進去，然後又出來，翻來覆去的。她在下面的時候長指甲都摳疼我了，一會抓我的背，一會緊緊的

掐我屁股。我就等她要來之前不讓她來，讓她難受讓她瘋，死去又活來，等她差不多要從喉嚨裏發出吼聲的刹那，我眼睛一閉，觀想化成幻光溶入我體，剛好趕上跟梅姐同時間來了，她的吼聲又粗又久，我精盡而亡。

我們扭作一團，半昏迷的躺着、呼吸着。

然後她說：「強強，你這個色中餓鬼。」

第二章 芻狗

上

1

我打人了，多年沒打架，終於又打了。打了幾個放生的人。

先說清楚，我不反對放生。沒錯，我是吃肉的，而且是特愛吃肉那種，本地回民宰殺的鮮牛羊肉，內地運進來的雞鴨豬，都愛吃。我不愛吃海鮮，不是不吃，只是不怎麼愛吃，很多藏人不吃魚蝦，因為要減少殺生，我是因為小時候沒吃慣嫌腥。我去貴州旅遊的時候也跟着漢族朋友去嚐過狗肉，不過沒有養成經常吃狗的習慣。我吃肉，當然不反對有人替我去殺生，不過我也沒道理反對別人放生。

小時候在拉薩河玩，善男信女在上游放生，我們就在下游撈捕，又賣回給魚販。有一回，看到有人往河裏放生一條蜥蜴，蜥蜴一下水就拚命的游，因為河邊的大癩蛤蟆正在成群的游水追逐過來。那是我童年的恐怖記憶之一。後來才聽到那句話：亂放生就是放死。

那天梅姐不在拉薩，我無聊的在河邊瞎走，想着自己那點破事，我和梅姐、度母的事，有點忘了佛誕前後放生的人特別多。這麼多天了，還改變不了一個事實：我操梅姐的時候，想的是度母。以前是操着梅姐，想着別的女人，一次性消費的女人。但自從有了白度母後，我就操着梅姐想着度母。我已經不能為梅姐勃起，只有觀想度母，我的卓嘎[八]，才能讓我勃起。為了讓梅姐認為我的雞巴是為她而舉，我每次都要想着自己在跟度母做愛。奇怪，卓嘎使我勃起，一次、兩次、多次的勃起，長期的勃起，想多少次就多少次，想多久就多久，有求必應，越練越靈，像聖山的雪水，越用越有。梅姐說我的性能力越來越強，跟她的配合也越來越好，她對我超滿意。

只要性和靈分開，小頭幹小頭的，大頭想大頭的，這活就可以幹下去了。

自從心中有了度母，我又可以和梅姐長期相處了。

但是，為什麼我還是覺得煩，鬱悶，不開心，不喜歡，就是不喜歡？我騙着梅姐，又冒犯了度母。我表面還像個人，過着神仙生活，裏面我覺得自己就

八　卓嘎，度母的藏名卓瑪嘎爾姆的簡稱。

在三惡道輪迴。我犯罪了，如果有地獄，我會下地獄，如果有來生，我會是餓鬼、畜牲。作孽會有報應。就算我不信業報，就算我什麼都不信，我還是覺得自己掉進泥溝裏滿身髒。

我沒種。我恨自己貪戀現在的生活，不敢離開梅姐，弄得性靈分裂。我咒自己這樣下去一定會後炎無齒。我想狠狠的揍自己一頓。

這時候我看到一群人，男男女女的，高高興興的從三輛汽車中走出來，其中三個男人，一人端着一個大臉盆，各放着一隻龜，龜脊有突棱，龜身比印度攤餅還大，還有一條長尾巴，很兇猛的樣子，一看就知道不是本地龜。我問這是什麼？一個男的說：「美洲鱷魚龜啊！」我想起漢地的大老鼠現在把拉薩的小吱吱都滅絕了，突然憑感覺的說：「你們不能在這裏放生。」我說不出道理，只不讓他們放生，推推拉拉迷迷瞪瞪的就打起來了，也沒打得多凶，就有人報警，大家都被帶到派出所裏去。

他們人多，都說是我先動手，說不定還真的是我先動手。我也沒怕，知道梅姐會找人撈我。我只是興奮的回想，剛才應該這樣一拳那樣一拳，才能擊中

對方。果然不久，老邵來把我接出去，也沒多話，只說梅姐今天回來，叫我先去醫院驗傷拿個證明，沒大事的話晚上在歐陽老闆的店裏吃飯，商量一下怎麼處理。我當然沒大事。

原來，跟我打架的那群人都是在拉薩做買賣的，可能是有什麼高人指點要他們買龜放生，他們就花了錢弄來了大龜求吉利，怪不得不甘心被我阻止他們放生。打聽之下，原來還能找出共同認識的關係。梅姐問：「沒大事吧？」歐陽老闆說：「沒大事，公安也不想碰這種又是漢族又是藏族的糾紛，找人去打個招呼，私了。」梅姐還挺我說：「強強也沒做錯噢！」

後來聽說他們還是將美洲龜在拉薩河放生了。說實在的，我又不是菩薩，哪管得了那些龜呀魚呀蝦呀的死活。我有我自己的煩惱。

2

早上清醒，想到一個離開梅姐的理由。我愛上了別的女人，怎樣？為愛情

放棄一切，怎樣？不是說：愛情無罪？聽上去不錯，對我來說不錯，我喜歡，總比說自己不舉好。梅姐會很傷心，她受不了屬於她的人離她而去，她是完全不會想到我每天都在想着離開她。不過如果我實話實說，說我走是因為我看到她就不舉，所以不想再和她在一起，不也是會很傷她的心嗎？傷筋動骨是免不了的了，我不確定的是，哪一種傷心是更傷心的、是更傷人的？

早上送梅姐進店後，阿蘭給我兩個舉牌，叫我去接機。一個牌寫着有色金屬工業協會的一個秘書長和兩個主任的名字，共三人。另一個牌只寫着「貝貝」兩個字。

我可以猜測這幾個人在梅姐心中有多重要。真重要的，梅姐會自己隨車到機場。真真重要的，她甚至借老邵的奧迪轎車親自開車去接機，把我都甩掉。不重要的，就根本不用派人去接機。今天這幾個人只是中等的重要，而且叫我一趟車接兩撥人，那更只是很一般般的了。不過，接送是我的專業，我會好好做。

我把最後一排的一個座椅放下，另一個還是摺起，這是蘭德酷路澤的設計，最後一排可以只設一人位，留下更多空間放行李。這樣，後排坐一個，中

排坐兩個人，都很舒服，加上前排駕駛座旁坐一個，四個客人正好。

首先出來的是貝貝，她沒有行李，只有個背包。她直走到我面前停下，我問：「貝貝？」她沒回話，卻半舉手，立起一隻食指。我說：「請在這裏等一下，還有人沒出來。」她也不說話，只往旁邊移了兩步就一動不動的站着，也不東張西望。

我看清楚她是女娃子不是男娃子，短髮、緊身黑色小皮衣、紅色毛圍巾，窄牛仔褲、倍兒大的登山靴，臉瘦瘦長長的，臉色灰灰的，眼圈黑黑的。我覺得她有點像瘦身版憤怒的小鳥。

之後接上秘書長和兩個主任。一出機場大廳，三個男人就一根接一根的抽菸，好像跟香菸有仇。我推着行李車，帶着貝貝和那三個男人走到我的車旁。我剛打開行李箱門準備放行李，貝貝一句話不說，開了前座門就坐上副駕駛的座位。我本來想着貝貝個子小，可以請她坐最後一排，現在她不等協調就自己挑了位子，我也不好說什麼。我看到那個秘書長的兩個手下有點不知該怎麼辦，結果較年輕但個子比較大的一個把菸一扔，鑽到最後排去了。

車剛開不久，三個男人又點上菸。貝貝轉過身，很正式的說：「請問幾位是不是可以不抽菸？」我從內後視鏡看到這幾個爺們楞了一楞。貝貝停頓一下又說：「我是會抽到三位的二手菸的。」我看三個男人面子有點快掛不住了。然後貝貝才一字一字的說：「這樣，我們很快都會有高原反應。」說完她還看着三個大男人。我瞄到那秘書長猶豫了一下，把菸滅了，然後另外兩個也把菸滅了。貝貝乾巴巴的說：「謝謝！」然後坐得正正的一動不動。

快進城，我聽那秘書長輕聲說：「老難受的，你們呢？」後排年輕的也說：「我也有反應。」另一個也附和：「是有點難受。」我說：「我現在就打電話通知酒店，叫他們準備好氧氣袋和輪椅。」那秘書長說：「不用，沒那麼嚴重。」

的確，沒到這麼嚴重，只是有點不舒服，吸點氧就好。我先送三人進酒店，再上車問貝貝：「你沒事吧？」貝貝沒看我，只微微搖一下頭。我再問貝貝去哪？她說：「我媽怎麼說？」誰是她媽，梅姐還是阿蘭？我猜着說：「梅姐……梅姐她沒說。」貝貝不看着我說：「家裏有人嗎？」我說：「家裏現在

沒人，不過……不過我可以開門給你進去。對，你在家休息一下也好。」貝貝沒看我，只點了點頭。

進家後，她轉身看着我說：「謝謝！」我說：「廚房有吃的和飲料。」貝貝一動不動的聽着，不說話。我說：「對，都在廚房。你就當是自己家一樣。」她沒表示。我說：「有事打手機給我。」她取出手機，看一看我，我告訴她我的號碼，她一撥通就掛上。我說：「對。有事找我。我叫強巴。你休息一下。」她點了點頭。退出前我迷迷瞪瞪又說一遍：「對，休息一下。」

我開車回店，梅姐見面就問：「貝貝呢？」我說在家裏。梅姐跟我急：「你幹嘛把她放在家裏？我在林倉訂了房間！」我說你沒說呀！她說：「沒說，就是叫你把貝貝先送到店裏來。我人在店裏呀，你當然應該先把她送到店裏來。不知道也不打電話問問。」我想也是，搞什麼搞，這個貝貝弄得我連電話都忘了打，還自作主張把她放在家裏。我說：「那我現在回去接她過來。」梅姐想了想說：「不用啦，我這邊也快完了，待會回去一下，晚上再送她去酒店。」

不久，梅姐和老邵談完話，梅姐上我的車，老邵去跟有色金屬協會的秘書長他們吃中飯。

車快到家就看到大門半開着，一張椅子頂着它不讓它關上。然後我們看見在房子邊上，貝貝蹲着在逗玩小區院子裏圈養着的兩隻看門狗。她看到我們的車，就慢慢的站起身走過來。

梅姐對我說：「你去買兩個比薩，貝貝愛吃比薩。」梅姐下車，我沒聽到她們說什麼，但是兩人沒有擁抱。

不到一小時我回來，進小區院子之前看到貝貝在幾十米外的馬路上，往另一方向走着。我進院子停好車，拿着兩盒比薩急忙進屋子。梅姐趴在沙發上哇哇的大哭，我從沒看過梅姐這樣哭法，趕緊走過去問：「怎麼啦？」

梅姐像做瑜珈拜日式的挺起頭，一臉眼淚鼻涕也不抹，吃力的想停住自己的哭，像吸不到氣一樣，等終於能夠緩過氣來就吃力的說：「你看到貝貝了嗎？」我嗯了一聲，她說：「快去追，送她去酒店。然後趕緊回來，我下午要開會。」

說完她又趴下繼續大哭。我抓了一盒比薩，開車去追貝貝。我沿河開着，只有這條路，估計貝貝還沒過橋進市區。

貝貝個子小小，走路還挺快，快要到橋邊我才追上她。我先是開過她，慢下來，就着她的速度，但她不停下。我說：「貝貝，梅姐叫我送你去酒店。」她不理我。我說：「很遠的。」她再走了幾步，才停下，一動不動在路邊站着。我正想再勸，她打開前座門上了車。

我把車停在最接近林倉的位置，拿着比薩帶着貝貝穿過巷子到酒店。登記後我把比薩給貝貝：「梅姐叫我買的。說你愛吃，對。」我第一次看到她臉上有糾結的表情，終於她好像很勉強的接過比薩說了聲：「謝謝！」

3

梅姐上午跟女兒鬧意見，哭成那樣，下午補了妝，戴上墨鏡就去開會。梅姐真行，真的像她自己說的是個堅強的女人，我還真是很佩服她的。

她的女兒讓她傷心。我也將要讓她傷心。她應該承受得了。可能，每個人的一生中，總會遇上個人的世時翻轉，在自己想不到的時刻，人生就改變了。親情、愛情。事業、健康。世事無常。

送梅姐到歐陽老闆的辦公室後，梅姐說今天開完會她就坐歐陽老闆的車去應酬吃飯，晚飯後才會讓我去接她。

我離開的時候看到有色金屬協會的三個人坐老邵的車到達。

我迷迷瞪瞪回到林倉，不知道自己想做什麼。我找我的鐵哥們羅布看貝貝的入住登記。名字：林貝貝。原來貝貝不是小名，或是小名叫慣了懶得再改名，結果變了大名。貝貝、強強，像是梅姐喜歡的叫法。

我看地址一欄，只寫了北京兩個字。我說羅布呀羅布，做登記做得這麼馬虎，他說：「不都是你們介紹過來？梅姐還叫我打了個三折。」

羅布用手指二樓。我問：「還在房間？」羅布說：「沒出來過。要找她嗎？」我趕緊說不要。但我沒有走，跟羅布在前台門廳的小沙發上坐着喝咖啡東拉西扯吹牛，就是不走，也許我是想等到貝貝出來。我問羅布幾個我們都

認識的女孩的近況，羅布說都是大媽了，都有小孩了，有的離了婚，現在跟誰誰誰。我說：「那就好，說明我沒害她們。我甩掉她們不讓她們跟我過日子是正確無比的。」羅布說：「現在你牛啊，開好車，住豪宅，哥們兒都封你為偶像。」

我問羅布：「不都叫我小藏獒嗎？」羅布說：「那是讚美呀！」

貝貝始終沒出來。一撥漢地遊客進店，羅布有得忙，我就溜走，穿過北京東路，進了策門林巷子，走到希德林廢墟。

這座寺被毀之後，不知道為什麼一直沒修復，旁邊已在建大商場，看樣子熬不了多久就會交給房地產商來開發了。

這就可惜了，我在這裏有很多美好的回憶，上中學的時候常帶女孩到這座廢寺來玩兒。想起來第一次還是一女的帶我來這裏的，我第一次跟女人舌吻就是在這裏，第一次摸弄女人的奶子是在這裏，第一次觸摸女人的逼也是在這裏。第一次，多美妙，嘴唇、手指的一小步，人生的一大步，少年的饑渴在這裏得到解救，少年的性幻想在這裏得到印證，少年在這裏嚐到過性靈交融，少

年迷瞪但是完全的快樂也在這裏離他遠去，他長大了，只剩下性欲，和沒完沒了的貪。他找不回原來的感覺。

我待到太陽快下山。寺廟東歪西倒的破牆上，還有點褪色的壁畫痕跡，我借西斜的光細看，是一張女人的臉，可能是度母，可能不是。

我好像感到風吹了一下風馬旗。我想起一件事，趕緊取車回家。

我開着客廳的頂燈，再看白度母像，我給電到了。那是貝貝的臉。沒有貝貝的臉那麼瘦長，但比一般度母的臉瘦。貝貝的臉很臭，度母很安詳，但毫無疑問那還是貝貝的臉。貝貝的雙眼無光，度母的眼神帶光，那是梅姐的調皮眼光。梅姐以為度母像她，像中學時候的她，其實度母像她的女兒貝貝。

貝貝的乳型，像小飛彈頭？像小窩頭？我給電打了，我給火燒了，我覺得我的雞巴快要爆炸了，都不知道是因為度母還是貝貝。我知道這時候不能打手槍，我不能浪費，要留給梅姐。一天沒離開梅姐，我就都得留給梅姐。我受不了。

4

蜥蜴下了水，河邊的癩蛤蟆就成群的游殺過來，蜥蜴唯一的生路就是拚死的游。

這是我聽梅姐和歐陽老闆對話的感覺。

歐陽老闆自己有車不坐，卻坐上我們的豐田。他一關上車門就操你媽幹他娘的大罵，梅姐也附和說後炎無齒不要臉後炎無齒。所以歐陽老闆要坐我的車，他要跟梅姐一起開罵，剛才一定憋了很久，不能發洩。說是辛苦開發的緬甸項目，消息傳出去，央企國企都要進來分一口，還要佔大頭，貓一份狗一份。之前沒人碰，自己一下水癩蛤蟆都來了。

他們罵到差不多到家終於不罵了，都說不說了今天不說了，該怎麼着就怎麼着。我瞄到歐陽老闆握住梅姐的手，兩人靜靜的坐着。我覺得歐陽老闆還是挺照顧梅姐的。

才坐了一會，梅姐取出手機說：「不行，我得跟貝貝說清楚，不能這樣不

明不白的就讓她回去。」

梅姐很平和的說：「貝貝？嗯，是我！在酒店嗎？那，你收拾一下，晚上回到家裏來住，媽想跟你說話，好嗎？不用管退房，公司明天會處理。嗯，我十五分鐘到，你在酒店等媽，好嗎？掰掰！」

歐陽老闆對梅姐說：「對啦，有話好好說。我都弄不懂你，過去就是過去，親生骨肉，血脈相連，有什麼不能說的？」梅姐說：「都是你們男人。」歐陽老闆做了一個親嘴的表情，梅姐跟他快快的親了一下，我裝沒看見。

送歐陽老闆到家後，我們再繞回市區。梅姐說，「強強，明天你送走了貝貝，回來接我去機場。我要先去昆明，再帶團去緬甸十天。」我應了一聲。

梅姐說：「累死我啦。要跟那些國營企業老總、官員在一起十多天，累死我了。」

我想問她跟貝貝為什麼鬧彆扭，但不敢開口。我很少主動打聽梅姐的事。她又說：「你現金夠嗎？不夠就刷卡。」我說：「沒問題。」梅姐還挺掂着我的。

我迷瞪的說：「梅姐，你也不要太傷心。」

梅姐有點傷心的說：「強強乖，謝謝強強。我一生中，就這件事做得最糟糕。我不是個好媽媽，我害了貝貝。」

「貝貝……」我突然說漏嘴，說出那兩個字，急忙補一句：「……你女兒，挺好的。」梅姐好像沒在意。

「她現在這樣，都是我的錯。不過這次她完全誤會了，我今天一定要跟她說清楚。強強，我瞇一下，到了叫我。」

晚上車子可以開進林倉的巷子，我拿着兩把傘在酒店外等，拉薩晚上老下雨，現在雨還挺大。梅姐把貝貝帶出來，我一手一傘護着她們上車，然後收傘回司機座。車上梅姐拉着貝貝的手說：「貝貝，我今天一天都在想你早上問我的那件事，你真的誤會啦。」貝貝不說話，大概嫌我在。梅姐說：「強巴是自己人。」還是沒聽到貝貝回話。梅姐說：「好，我們回家再說。」

到家，梅姐叫我去開紅酒。她和貝貝走到度母像前說：「貝貝，你來看，你認得出來嗎？」貝貝說：「認得。」梅姐問：「你覺得怎麼樣？」貝貝說：

「做工不錯。」梅姐再問：「你看那臉……像不像媽？」貝貝奇怪的看了梅姐一眼。梅姐說：「你媽中學時候就是這個樣子。」貝貝嘟囔，好像在想什麼：「是嗎？是這樣子嗎？」

我想說貝貝，你才像度母。

梅姐示意我把紅酒放在客廳，她們坐下，我離開客廳但沒走遠，我要偷聽。

梅姐說：「嚐嚐這澳洲酒……」

貝貝說：「媽，我很累了，你有話就說吧。」

梅姐說：「貝貝，你早上說你堅信你是領養的，我真不知道這想法都是哪兒來的？你當然是我親生的了。你完全想歪了，不知想到哪兒去了。誰跟你說你是領養的？」

貝貝說：「我認識領養小孩的家都是這樣的，跟孩子不會承認是領養的，都說是親生的，都是這樣騙的。」

「人家父母也是為了小孩好。」

「小孩有知情權。」

「有些事情不知情更好。」

「所以你就一直騙着我。」

「哎喲我們說到哪兒去啦？」

「媽，我求你告訴我真相，不要再騙我，我求你啦，我是你領養的就求你告訴我，說我是領養的，是抱養的，是買回來的，不就完了。」

「你當然是我親生的，貝貝，我發誓我沒騙你。」

「我不信。」

「你去問外公外婆。」

「他們說什麼我都不會相信。」

「你要怎樣才信？我知道，等回北京，我回家找給你看你的出生證明。」

「有證明我也不會信。你這麼神通廣大，什麼都可以變出來。天珠、舍利子、藏羚羊毛……」

「這都什麼和什麼呀，你說到哪兒去了？」

「我的高中畢業證書不就是你弄來的嗎？你有什麼弄不到的嗎？」
「那不是假證書，那是真的中學證書。」
「證書是真的，我知道，不過我的學歷是假的。」
「貝貝，你太冤枉媽了，告訴我，媽要做什麼你才相信你是我親生的？」
「你把我爸是誰告訴我！那我一切問題都沒有了，一切都OK了，我一生都明明白白了，我就可以不折騰自己了，我的要求就這麼簡單。媽，你就當可憐我，你告訴我，我爸是誰？他在哪兒？」
「所以，說來說去，你就是要我說你爸是誰。」
「你也有男人，你就不能原諒我爸？」
「貝貝，根本不是你想的那樣。」
「我不管你有多少個男人，這都跟我無關，你是我媽我就一生認你是我媽。但你們沒有權不讓我知道我爸是誰。」
「那個混蛋還有個護着他的女兒！」
「我沒有護着他。我從小聽你們說他是個混蛋，沒問題，我信呀，我也覺

得他是個混蛋，但我要知道他的混蛋名字，給我一張他的混蛋照片，看看他是什麼混蛋樣子。如果他丫已經死了，我會去查死亡證明。你們不能這麼多年不告訴我他是誰。他丫就算再混蛋，好像你們說的我才幾個月他就拋棄我，那有什麼不能說的？就算他殺人越貨、三妻四妾，強姦婦女，通敵賣國，就算你是小三我是你私生的，你是給人強姦才懷了我的，不管怎樣，有什麼不能說的？我都想過了，我都能接受。」

「你是對的，我知道，是我的問題，是我過不了自己這一關。」

「有什麼不能說的？」

「你給我點時間。」

「有什麼不能說的？」

「一時我說不出來。你給我點時間。」

「我是抱養的。」

「貝貝，你又來了……」

「我是抱養的、我是抱養的、我是抱養的！」

「貝貝求你啦，不要這樣……」

「我去睡了。你想好要説就叫醒我。」

貝貝走進臥室，把門關上。梅姐又趴在沙發哇哇哭。哭不久，她又吃力的停住哭，滿臉眼淚鼻涕的走進臥室。

臥室沒有聲音。我在客廳喝酒，想着今晚我要睡客房了。我喝了大半瓶酒，雞巴脹脹的，想做愛，梅姐又回到客廳，坐在沙發上説：「強強，抱抱。」我抱着她，開始動作。她説：「今天不行了，我好累，我好難過，心好痛。強強，我要走十一天。」她抓住我雞巴，雞巴已脹得不行。我説：「臨時起膩。」她沒再反對。我操着她，想着度母、想着貝貝，貝貝、度母，度母、貝貝，度母溶化成貝貝，我不想度母，只想貝貝，躺在我床上的貝貝，貝貝就是我的卓嘎，我想她脱光，小窩頭乳房、又小又緊的逼，我忍不住要射了，梅姐雙手用力的捂住我的嘴，我才發覺她也沒有在叫床。我靜音的在她體內狂射，她禁聲的高潮着受精。

5

晚上，我再次想着貝貝打了手槍。第二天貝貝正眼都不看我一眼，臉比昨天更臭。倒是我的心卜卜跳，像個少年，像當年在希德林跟女孩幽會的少年。就像一個少年單戀着一個女孩，女孩屁也不知道。就像大多數單戀故事。車上，她正眼都不看我一眼。很有可能，她看不起我。甚至有可能，她討厭我。

對她來說，我只是她媽的小藏獒。

對我來說，她是我的度母我的命，是現在唯一可以救我的人。

不要問我這是愛情還只是性、是動心還只是動性？我不知道。小時候追女孩，不也都是這樣，性靈哪分得清楚？我只知道，就是她就是她，我要貝貝，要抱着她睡，要貼着她的臉，疼她，聞她，咬她，操她，在她耳邊叫她我的貝貝貝貝。你說這是不是我愛上了她？我想她都想到快瘋了，這還不夠嗎？還夠不上愛嗎？

我戀愛了，那還有什麼好說的？我像個男人一樣離開梅姐，因為愛上了別的女人，雖然這個女人剛好是她的女兒。我拋棄一切令我的哥們兒羨慕的生活，為了愛情，誰還能說話？

但是我該怎麼向她表示呢？貝貝完全不知道我多愛她、多需要她。她完全不知道，沒了她我一天都過不了。我完了。現在她馬上要離開了。現在她是討厭我的、看不起我的。這樣走了，我們就斷了。我就再沒機會了。我又要掉進地獄，白度母救不了我，一次性消費救不了我，誰還能讓我的性和靈結合？我急瘋了。

「比薩好吃嗎？」我想起她昨天拿上比薩的糾結表情。

她好像慢慢才反應過來我是在跟她說話。

我繼續說蠢話：「對，我昨天買給你的，你很愛吃比薩對不對？」

她有點像受冤枉的糾正我說：「我並沒有愛吃比薩。」

我說：「喔，你媽說你愛吃……」

她馬上接茬說：「我媽記錯了，我不愛吃比薩已經很久了。我媽根本不知

道我愛吃什麼。」我正想說話，她說：「我不想談我媽！」
我說：「你媽對你……」
她轉頭瞪着我說：「不談我媽行嗎！」
我說：「我跟你媽……」
她一字一字的警告說：「請你不要再提我媽。」
她不想跟我談她媽，她看不起我。我迷迷瞪瞪的爆出一句：「我不是你媽的狗。」
她盯着我，等了一下才很不客氣的說：「請你不要污—滅—狗—狗。」然後她轉過頭，一動不動的坐着。
什麼叫污滅狗狗？污—滅—狗—狗？我沒聽懂，腦筋轉不過來，她這話什麼意思？我說我不是她媽的狗，她說你不要污滅狗狗。她真的討厭我。我想壓她在地上強姦她。
車到機場，她開門下車，一句話都不說。我沒有機會改變她對我的印象了。

我斜着身子到右邊，打開車窗向她喊說：「貝貝，你才像白度母。」不管她聽到沒聽到，說完我就開車走了。

一個多小時後接到貝貝的一個短信：「強巴，剛才是我不對，跟你說聲對不起。我已上飛機，謝謝照顧！貝貝」。

6

貝貝、梅姐都走了。老邵、有色金屬協會的客人也都送走了。人都走了，我的小頭還在興奮，大頭就像灌了漿糊，一動都不動。我想一個人待在家，躺在床上，看小頭有什麼要求，也讓大頭動一動。我一定要好好的想想。

可是拉薩太小了，消息傳得快，梅姐一走，我的幾個老同學就要跟我見面。我說改天，羅布說不行了，已經為了等我拖了好幾天，這次本來是為了替次仁接風的，再拖下去次仁都要走了。

次仁是氣象局的工程師，以前在南京上氣象學院，去年被派到昌都當駐

村幹部。這是自治區現在的新政策，所有拉薩的機關單位都必須輪流派幹部駐村。牧區苦死了，我們拉薩長大的哪受得了？次仁的單位領導算很照顧他們，半年讓他們輪着回來幾天，藏曆年次仁在昌都沒敢離崗回拉薩。

晚上我們幾個中學的同學在團結新村的藏家宴吃飯。以往我這幾個上了大學或專科的同學，見面說的都是什麼職稱啊、分房買房啊、去哪裏休假啊，但是今年這次見面，他們都在抱怨。

我們問次仁駐村做什麼了？他說每天給牧民讀西藏日報，雖然牧民都聽不懂他的拉薩話。然後他說：你們別問我都做了什麼，我去了就是了，都不知道待滿一年回得來回不來，這不是最近又說幹部駐村的政策要延續三年！

扎西也嘮嘮叨叨的在吐苦水。當上了公務員還嘮叨！他本來是小學老師，一直不想當老師想做公務員，這次給他如願了，轉去做寺院管理，去駐寺了。自治區政府正在搭寺院管理班子，專門挑選教育程度高的學校老師進寺院，不用考試就自動成了公務員，那待遇和地位比老師好多了。這是一個難得的機會，我們恭喜他，他卻說寺管會的人關係太複雜，爭來鬥去的，工作不好做，

很鬱悶。他這樣說着，他老婆坐在旁邊一直不吭聲，心裏一定是美滋滋的。是啊，扎西可是留在拉薩駐寺！

今天連旦增也在抱怨。這我有點受不了。他是我們同學當中唯一一個念完西藏大學再去做警察的，我們都認為他的前途最好。旦增在警校任教，這幾年維穩撥款多，自治區大量招聘藏族警察，水漲船高。可是今天旦增一會囉嗦了半天他弟弟在內地念完大學沒能分配到拉薩自治區的單位工作、一會又抱怨說藏區警察擴招後他工作量太大，待遇又比部隊差。

我心想，你們都趕上了這一波維穩大潮，事業都有指望了，說來說去就算再苦也都是為了自己的前途在打拼。我呢，我怎麼辦？能跟誰說？我才鬱悶呢！

旦增上廁所的時候羅布跟我們說，旦增的奶奶從印度回來進了學習班後發病住院了，快不行了，這事旦增倒沒說。

吃完飯次仁、旦增、扎西和他老婆要打麻將，羅布和我就先走了，說去打桁球。羅布和我兩個都沒上大學或專科。

羅布說想去嘎瑪貢桑看他阿媽，我開車送他。我要開一會車透透氣。車上，羅布說他酒店的大股東想轉型，改跟內地旅遊網站合作，主打漢地高檔散客，因為現在限制外國旅遊團進藏，客源不穩定，反而是漢地遊客花得起錢。

他說現在還是我的狀況最好，沒什麼發愁的事。他知道什麼？我多雞巴的糾結！他們都有事業，我只是一隻小藏獒。

嘎瑪貢桑是我從小最愛去的地方。八幾年的時候我姨一家在嘎瑪貢桑買了農地，自己建了獨家獨院，我就常去我姨家裏玩。我姨和羅布阿媽是近鄰，在同一個喜悲小組[九]，整天想出各種各樣的活動，一起吃飯、耍壩子、外出旅遊，我也常跟着她們到處玩。後來單位分房，我姨搬到北郊新建的樓房，把嘎瑪貢桑的房子給賣了，我姨為這事一直後悔，老是說不如住在嘎瑪貢桑好。

這幾年我很少開車進來嘎瑪貢桑，特別是晚上，因為路太爛了。政府一直說要替這個區修補馬路，多少年也沒修，說不定就是想讓它爛下去，說不定還

九　喜悲小組，藏族婦女間親朋鄰居私下組成的互助社交小團體。

想把整個區推平，因為這個區有拉薩的巴格達之稱，是拉薩市中心區最大的一片藏族居民區。

我熟門熟路的把羅布送了回家。這裏沒有路牌，沒有路燈，路面忽高忽低，我顛來顛去的在黑暗中開着車，完全憑感覺。我發覺嘎瑪貢桑還在我心中。

7

第二天早上去到店裏，只有阿蘭和晉美啦在。阿蘭心情很輕鬆，我前一句阿佳後一句姐，套她說貝貝。

她說貝貝可沒少給梅姐添麻煩，整天生事，鬧呀。我慢慢套出話來。梅姐是南京人，在南京念完師範學院。貝貝在南京出生，當時梅姐要到北京工作，把貝貝交給外公外婆去帶。小時候還好，但到上初中，外公外婆就覺得自已管不動了，不願意再擔責任，老人家也想去過老人家自己的好生活，沒有精力去管一個青春期反叛的外孫女，責任多大呀。有一個暑假貝貝一個晚上沒回家，

說是去了一個男同學家，陪着同學玩《魔獸世界》玩到天亮，外公外婆等了一晚上的門，急壞了。初中女孩跟男孩在一起，一晚上不回家，大人覺得是天大的事，貝貝可不認為自己有什麼錯，反而覺得大人對她不信任，冤枉了她。

我以前也玩了好多年《魔獸世界》，打通關，不睡覺，不上班都有，小菜一碟，還真有過女生陪我們玩到深夜，她們就是在旁邊看着，就是為了讓男生知道她們夠哥們兒。

那次之後貝貝的外公外婆說什麼都不願意了，要梅姐自己帶回貝貝。梅姐在拼事業，哪有空帶着一個反叛的女兒，就把貝貝送到北京郊區的一家寄宿學校，也不知道是什麼學校，說高考升學率很高。可是貝貝不好好讀書，經常翹課鬧事，還玩失蹤，出走幾次，如果不是梅姐認識那個校長，高中都念不完，畢業證書都是梅姐求回來的。

我說：「真證書、假學歷。」

阿蘭說：「可不是嗎？梅姐一說到和貝貝這一段就眼淚鼻涕一大把，可委屈了。」

我說：「我見識過梅姐的眼淚鼻涕，就昨天。她給貝貝氣慘了。不懂貝貝在怪梅姐什麼。」

阿蘭說：「真是的。兩母女就是相處不好，你看兩個都不親，很生分的。」

我問：「貝貝她爸呢？」

阿蘭說：「那個混蛋，梅姐說在貝貝幾個月大就走掉了，那種男人。不過那都是在南京，我認識梅姐之前的事了。我知道的也不多，梅姐都不願意說那段時間的事兒。你看，我現在來往的朋友，都是些中學大學同學，甚至小學同學，我們都常在網上聊天，我每次回北京都跟她們見面。但是我從沒有看到梅姐和她的同學有來往，一個都沒有。她一到北京我就認識她了，有二十年了，所以我知道她現在所有朋友都是到了北京以後才認識的。在南京那段日子她連我都不願意多說，頂多說一兩句她大學時候多漂亮，參加好多社團活動，學習又好，她說她和那個混蛋老公都是讀書種子，怎麼會生出貝貝這樣的女兒？我都不知道她跟她的老公是怎麼分開的，她從來不說。後來她把她爸媽都接到北

京來住了，我反而見過她爸媽，她爸媽都是有知識的人，文革在幹校才懷上梅姐，年紀都不輕了，後來還是生下來了……」

我插話說：「貝貝會不會是抱回來的，不是梅姐生的，所以不愛讀書，性格不一樣，樣子也不像？」

阿蘭說：「你是說梅姐和老公自己生不出來，抱養了貝貝，然後老公又離她而去。」

我說：「差不多是這樣。」

阿蘭說：「瞎猜吧你，梅姐那個時候才二十二、三歲吧，結婚才沒多久，怎麼會去抱養？」

我說：「可能是梅姐自己去領養的，根本沒有男人。」

阿蘭說：「更不可能！那個年代哪有自願做單身媽媽的？而且梅姐這麼漂亮，追求的人肯定很多，急什麼呀？」

我問：「可能梅姐是小三？」

阿蘭說：「你傻不傻，梅姐是什麼人呀？你又不是不知道，她要厲害起來

要多厲害有多厲害。除非她心甘情願當小三，否則那元配還留得住老公嗎？我以前也想過貝貝是私生女，是梅姐和什麼高官生的，所以誰都不能說。不過後來我不這麼想了，你看梅姐建立事業多不容易，如果有人在上面，或者背後有靠山，早期就不會磕磕碰碰這麼辛苦了。」

我沒太聽懂，但急着說出自己想到的念頭：「會不會是強姦懷孕？」

阿蘭說：「你傻呀，就算來不及拿掉，也用不着女兒跟他姓林吧。我也想過這個問題。」

我問：「那為什麼梅姐不肯告訴貝貝她爸是誰？」

阿蘭裝很高深：「每個人都有不可告人的秘密唄！強巴，我看你現在跟梅姐這樣挺好的，有些事你就別打聽了。」

我換話題：「阿蘭我問你一個問題，什麼叫污滅狗狗？」阿蘭反問：「什麼叫污滅狗狗？」我說：「好像，我說某某是誰誰的一隻狗，然後另一個人就跟我說：你不要污滅狗狗，污就是髒嘛，滅，就是殺人滅口的滅……」阿蘭

說：「不是那個污那個滅啦。說你說某某是狗是在污滅狗，就是說某某連狗都不如。人家罵人是畜牲，你也可以說不要污滅畜牲，就是說畜牲有什麼不好，比人好呢，有些人畜牲不如。」

真太傷人了，貝貝這樣說我。她憑什麼？太可惡了。

但是後來她在短信上說是她不對，說對不起，還說：「謝謝照顧，貝貝。」貝貝，貝貝，她污滅我，罵我污滅狗狗，然後道歉，謝謝我照顧。我給電打了，我給火燒了，我雞巴要爆炸了，我要去找她。

我告訴阿蘭我要去日喀則看我奶奶，有事電話聯絡。我叫阿蘭代我隔天去梅姐家給花草澆水。我嘴巴甜，前一句阿佳後一句姐，阿蘭都聽我的。

我在提款機取了二十張毛澤東，然後回家趕緊把車洗了，拿上充電器、愛拍和無線路由器，把基本穿洗配備塞進大背包，向紙箱慣性的投上幾塊壓縮餅乾、大包黑芝麻糊、方便麵、瓶裝水，帶上四瓶紅酒，再用哈達包着白度母像放進小背包，都扔進路虎的行李箱。

我有九天多時間，四天去、四天回，一天多在北京找貝貝談話。也許我找

不到她，也許她不肯見我，也許她罵我一頓趕我走，也許她打電話跟她媽說我背叛了，也許我去了北京後，就不回拉薩了。

中

1

這天傍晚十幾二十分鐘內，我至少殺死了上千條生命。我遇上了飛蠓雨，闖進了飛蠓舞陣。

國道上，飛蠓撞死在我的車上。我的車撞牠們，但感覺上是牠們衝向我的擋風玻璃，像初雨密集打在玻璃窗。飛蠓雨，真像下雨。我每隔幾秒鐘用雨刮把牠們稀爛的小屍體刮一下，視線恢復不到幾秒鐘又開始模糊。

我知道，我撞死的都是在求偶的蠓。這是牠們一生中最瘋的時候，交配時間到了，雄的蠓、雌的蠓，都一起飛出來，一起跳求偶舞，狂歡到頭牠們就一對一對的去交配。這是個大陰天，牠們被國道上的汽車射燈引誘，光成了致

命的吸引，牠們從陰暗的草叢、樹林飛出來，飛到空曠的公路，追求、狂舞、渴望着性交和沒有預警的猝死，本能的性衝動讓牠們不顧一切，不顧生死，不在乎、不保留的做了性和死的供品，完全把自己交給命運，沒有抗爭，沒有意義，接受人類機械對牠們的大屠殺。活下來的，就可以交配，傳宗接代。

公路上沒有一輛車會因此停下來。人類好像也沒有選擇，只能繼續往前開，希望能夠盡快衝出這個飛蠓大包圍。有些車還真加快了速度，為了加速突圍，為了加大撞擊的快感。

換了以前，我也加速，想像自己是古戰場上的猛將，身披虎皮斗篷，掛着綠松石護甲，舉着大刀騎着快馬衝向敵人的方陣，砍頭如砍瓜，切肉如切菜，誰都擋不住，就跟越野車撞飛蠓一樣。

今天，我沒有加速。我在想，為什麼會在這裏遇上飛蠓雨？以前都是在青海沱沱河、納赤台那邊才會遇上，現在竟然移到羌塘這邊，而且陣勢比我以前碰到的更大。是，這幾天白天溫度到十六、十七度了，蛹都該化蠓了。不過如果今天出大太陽，或吹大風，牠們就只能在草叢樹林起舞，不會到公路舞起陣

勢。偏偏今天這一段時間是無風的大陰天，車都開着前燈，而我從拉薩出發晚了，剛好這個時間才來到十五工區這個點，才命中蛀定遇上蠓舞的高峰。早一點晚一點出發，我都可能避過這場3D死亡大片。現在，蠓的命運與我的命運撞上了，那麼，撞死牠們的也只能是我了，牠們逃不掉，我也逃不掉。

就算牠們現在不死，交配後一兩天牠們也就走到了生命的盡頭。不過那時候至少牠們已嚐到性交的滋味，過了完整的一生，是自然的正常死亡。但是現在，牠們還是處男、處女。我又想起看過一部A片，說一個年輕人患了絕症快要死了，最大的遺憾是雞巴沒有機會插過女人的逼，所以朋友找妓女來讓他如願什麼的。我記起那部A片的漢名叫《未曾真箇已銷魂》，我一直記住這個好笑的片名來嘲笑還未真箇的同學。今天給越野車大貨車撞死的飛蠓也都是快要真箇卻就銷魂了。我有點可憐這些飛蠓，是誰決定哪些可以活下來去嚐性的滋味、而哪些卻必須馬上就死？哪一千要死在我的越野車上，哪兩千要死在對頭那輛大貨車上？是根據什麼來分配的？大概又是毫無道理的。沒道理卻給我撞上了，我又能怎樣？飛蠓是因我車而死，我有選擇嗎？哪一輛在路上的車不殺

生？陷入蠓舞陣，誰能不造孽？誰手上沒有血？誰敢說自己完全清白？我失去以前開車撞蠓的快感，但我不能停止殺殺殺。也許，沒有公路，沒有車，就不會有這樣大規模的集體非正常死亡。不過，沒有車、沒有公路鐵路，甚至沒有人，牠們就根本不會移民到這裏，根本不會在這裏繁殖。

牠們的屍體，一層一層的壓在擋風玻璃的底糟，也沾滿了雨刮顧不到的擋風玻璃的四角。這是我所能看得到的部份。真倒霉，我剛洗過的白色路虎！飛蠓髒，飛蠓帶菌，飛蠓咬人所以又叫小咬，飛蠓有的還吸血。飛蠓沒有什麼好！

死吧，早死早超生！

2

我心裏盤算，第一天路程至少要趕到唐古拉兵站，那裏離拉薩七百公里，中途還限速。途中遇到飛蠓雨是意料之外，但並沒耽誤時間。早上起來我還不知道自己會上路，跟阿蘭談完話，我就憑感覺押着自己非去一趟北京不可，難

道當時我認為我要盡最大努力再試一次，像飛蠓奔向亮光，為貝貝跳求偶舞？

我在唐古拉溫泉兵站附近的一個回民小旅店飯鋪裏，坐在煤爐旁，吃着羊肉，喝着我的紅酒，不想跟人說話。旁邊坐着三個藏族人也在吃吃喝喝。兩個穿軍服的可能是兵站那邊的藏兵娃子，另一個可能是其中一個藏族兵的親戚或同鄉，可能是個老師，老師一會說着漢話，一會也跟兩個兵娃子一樣的說着地方話，中間夾雜着不錯的拉薩話。他們在聊兵站附近每天晚上都出現的狗熊。

小兵娃子吹牛說：「我嘛，親眼看見，八隻。」

另一個歲數大一些的說：「吃我們倒的剩菜，味道不錯的。」

小兵娃子說：「啊，就是！狗熊習慣了，也吃麻辣的。」

老師說：「這麼多剩菜，都倒掉啊，太可惜。」

歲數大一些的兵娃子說：「就是，也是沒有辦法的。人多，吃剩的。伙食預算那個嘛，增加了啊，不花掉，怎麼行？不花掉啊，明年減預算。」

老師說：「就是！那就造唄，怎麼造都要造掉，吃不下也得吃啊，再吃不下就倒掉唄。」

大兵娃子笑說：「哪吃得下啊？先貪污一半，再吃一半、倒一半那種的。」

小兵娃子說：「你去河邊，看看啊，就知道啊，每天多少剩菜啊。」

大兵娃子說：「剩菜啊，不吃白不吃啊。人不吃畜牲吃啊。」

小兵娃子說：「我們說牠們是啊，全世界吃得最好的狗熊，每天大魚大肉那種的。」

老師說：「就是就是！青藏的狗熊都引來這裏了，以後自己都不會野外找食了啊。」

大兵娃子說：「沒有問題的，有兵站在，牠們不愁沒吃的。」

小兵娃子附和：「有兵站在，沒有問題的！」

老師說：「就是就是，雞怎麼跳，樓都不會塌啊，兵站是不會撤的。狗熊就讓兵站養着吧。」

店鋪裏的小伙計走過來輕輕的問我：「晚上那個嘛，你開車，我帶你到河邊，去看狗熊？」

我說：「你有病呀？我晚上睡覺不好？」

晚上梅姐來電話，我走到小鋪外說話，說我在日喀則看奶奶。附近的狗都在狂叫，大概真有狗熊。

第二天清早，加油站一開，我就去加油再洗一下車。比我更早到的是一個中年人，應該是這附近的人，他開的是一輛特別舊的夏利，前身大概是淘汰下來的出租車，我以前也開過夏利，省油呀，挺懷念開這種國產小車的日子。

昨天在回民鋪子吃飯的那個老師也急急忙忙的走到加油站，他先看了一下那輛夏利，可能嫌車髒，又走過來我這邊。我知道他就是要來搭便車。他用拉薩話說：「喂，早上好！你去哪裏，格爾木？」我點頭不說話，他就在旁邊等着。我們看着那輛夏利開走。

他耐心的等我沖擦掉飛蠓的屍體，才跟我上車。他說：「我叫尼瑪。」

「強……強巴。」我差點說成強強。我大概臉很臭，他也不敢多說話了。他能搭上我的新路虎極光越野車而不是舊夏利，算他走運。

3

那宗離奇的車禍發生後，我們是第一輛到現場的車。

早上過了雁石坪奔格爾木，這段路我熟悉，開得速度還挺快的。大太陽天，視野廣闊，路面狀況良好，還難得看到不遠處的藏羚羊，但我沒開口，尼瑪也沒説話，我們大概堅持不交談。

開了一小時左右我們看到直路遠處有車禍，開近一看，是那輛夏利撞上了一輛越野車，看樣子才剛發生，但我們沒有看到，也沒聽到什麼。我把車靠邊，車沒停好尼瑪已跳下跑過去。

迎着我們的方向撞車的是一部沃爾沃XC90，前座的女乘客手裏攥着手機、歪着身子正想擺脱氣囊到車外，尼瑪和我一頭一腳的把她拉出來抬到路邊躺臥下。她對自己説：「我一隻眼睛看不見了。」我猜可能是視網膜給撞脱了，但我沒搭理。

我繞過沃爾沃車後走到司機位旁，男司機仍繫着安全帶，一動不動的坐

着，上半邊臉給血漿蓋住，臉上還有碎玻璃。我心想，完了。我看安全氣囊正在洩氣，出意外那刻應該曾發揮作用，方向盤雖有點歪，儀表板有點走樣但沒有大損壞，司機的頭應該不會撞上擋風玻璃，怎麼會有這麼多血？這種擋風玻璃就算裂了也不會粉碎。我伸頭從司機座位的角度看擋風玻璃，現在是有破裂，還穿了一個網球大的洞，但還是整塊的沒有碎開。是怎麼撞的？我再從側面看那個司機，他雖然半邊臉是血，但他的太陽眼鏡後面，雙眼沒血，還在眨着。他活着，醒着的，可能是嚇呆了，也可能頭部撞到方向盤了。我跟另一面車窗外的尼瑪說：「活的。」尼瑪點點頭。

我這時才側移往前細看我不願意看的夏利。車頭幾乎不見了，就是說，引擎蓋、水箱罩、葉子板、車頭橫樑都撞成壓縮餅乾了，這就是說，發動機已完全移位到車廂裏了。那司機，我們早上見過的中年人，在車廂內的身體已經完全與儀表板、方向盤、發動機混為一體，肢體位置都不好分辨，我只能說是剩下一堆血膿於水的爛鐵，看不清楚他有沒有繫安全帶，但這樣撞法安全帶也不管用。向車廂移位的引擎蓋或水箱罩大概在出事的瞬間齊肩的切斷了他的脖

子，他的頭一定是像子彈一樣，穿過夏利粉碎中的擋風玻璃，直射向沃爾沃的擋風玻璃，撞出一個網球大小的洞。這時我回頭再看沃爾沃，才看到整個斷頭仍卡在擋風玻璃上。

沃爾沃司機臉上的血槳，是夏利司機的頭撞破沃爾沃擋風玻璃時，被撞爛的前額噴出來的血和腦槳。

尼瑪走到我這邊，踏在沃爾沃被撞歪的葉子板和保險桿上，伸長身子想靠近斷頭的耳邊説話。

我回到沃爾沃司機位旁，輕輕取掉司機的眼鏡，放在他的風衣袋裏。我説：「你沒大事。」司機眨了兩下眼。

那女的拿着手機，側臥在路邊叫我：「師傅、師傅，我們在哪裏？扎西德勒，説普通話嗎？」

我接過手機説：「就在雁石坪往格爾木方向，應該還沒到九工區，大概在109-3135、3136的位置吧……是的，一死兩傷……好嘞！」

我交回手機，跟那女的説：「説二十分鐘就到。」

女的說：「謝謝！」

我問：「外衣都在行李箱嗎？」那女的緊閉着一只眼猜疑的看着我。我打開行李箱，翻出兩件厚外衣。我拿了一件給女的，一件拿過去給男的蓋上，對他說：「救援二十分鐘就到，你最好別動了。」那男的眨眨眼。我看到尼瑪仍在跟那斷頭說話。

這時候我才想到，大太陽天，視野廣闊，真是不應該在這裏發生意外的，怎麼兩部對頭車會在這裏死磕？

兩部車都過了公路中線，速度都不低，撞之前的那一刻都想扭回到自己的車道上，結果兩個司機位置正好正面對撞，所以斷頭前額的血槳剛好噴濺在對頭司機的臉上。

我是這樣想：夏利司機一早從唐古拉兵站出發，他一定也是熟悉路況的，車開得很快，所以我的路虎一直沒趕上他的夏利。那對漢族男女也是有準備的。我想他們是很有紀律的天亮前四五點鐘就從格爾木出發，所以這個時候就能開到這裏，他們都繫了安全帶，開的是被撞或主撞時候安全級別都最高的沃

爾沃越野車，這款越野車配有特別的碰撞緩衝機能，撞車時撞點高度跟一般轎車一樣，很公平的，不會有大車欺負小車的情況。當然真的高速正面撞上，那還要看車架堅固程度和其他安全設計了。真正奇怪的是，開到這個地點，三個人都睡着了？對，只有這個解釋，三個人都睡了，哪怕只是眼皮剛一搭上的小盹，否則在直路上不可能撞上。為什麼會都打盹？是缺氧嗎？那就不好說了。

兩部車的司機睡着了，無意識中都越過了中線，到了最後，兩個司機醒來，都慣性的想扭回到自己的車道，結果正面撞上。如果他們之中有一個能將錯就錯扭到對方的車道，就可能不會撞得這麼致命。這只能說是命中註定了。現在這樣死磕，結果是：開着最新最高安全檔次越野車的兩個人是給嚇破了膽，但卻只受到強力震蕩式挫傷，開着廢鐵級別小型車的那個，則是粉身碎骨斷頭而死，這是必然的，配備太不對稱、太不對稱了！

尼瑪走到我身邊說：「我們差不多了，啊？」

我同意，確實不能再耽誤時間了。尼瑪好像比我更不想留在現場。這時候有一家五口朝聖者，婦女磕着長頭、男人手推着繫拖着板車的摩托車經過，救

援也快到了，我想那兩個漢族男女應該沒大事，我們就開車走了。

4

「你是僧人？」我主動跟尼瑪說話。

他含混的說：「也不是啦。」

我問：「剛才你不是在念度亡經什麼的？」

他回：「也不是啦。」

我問：「那你在那個……那個頭的耳朵旁邊說什麼了說了這麼久？」

他說：「我叫他一定啊，要記住他的上師，盡量啊，記住他的上師跟他說過的話啊。」

我問：「他能聽到嗎？」

他說：「不知道。就當他能聽到，希望他能聽到。不是都說那個嘛，人剛死意識還在嘛，突然死的那種啊，說不定魂就在附近守着不走那種的。」

我問：「那你還用得着對着他的頭，靠得這麼近才說嗎？還貼在他的耳朵邊。」

他說：「啊？就是！就是！真用不着啊，聽得到我怎麼說都該聽得到啊。我還想着啊，靠着他的耳朵邊說話，他會聽得清楚一點啊。」他自己不好意思的笑了幾聲。

「你是老師？」我問。

他又含混的說：「也不是啦。」

我問：「你做什麼的？」

他說：「怎麼說呢，其實我什麼都不做。真的啊。我最怕別人問我做什麼，我說什麼都不做，說完自己覺得好像在說謊那種的，怕人家不相信啊。」

我問：「什麼都不做？一直都這樣？」

他說：「怎麼說呢？哎呀我不想騙你啦，就是這幾年才什麼都不做的，準確的說是從二〇〇八年開始。二〇〇八年，你記得啊！那年開始我就什麼都不做了。」

我點點頭。我記得。我姨說〇八年以後的拉薩再也不是以前的拉薩了。我也想起那年我好幾個月沒收入，梅姐夏天回來拉薩，請我做她的專用司機。

尼瑪問我：「你做什麼的？」

我說：「我做運輸。」我也不想騙他，但是也不想他再問下去。我接着問他：「你開車嗎？」

他裝出恐慌的樣子，搖着手說：「啊，我不敢開車，不敢開車。我有死亡衝動。」

我不懂：「什麼衝動？」

他說：「死亡衝動啊。我站在懸崖邊，就怕自己會跳下去那種的。站在火車月台邊也會怕啊，都不敢太靠近，怕火車到站自己會突然失控那種的。如果我開車啊，我怕自己無緣無故對準一棵樹就撞過去。你有沒有那個嘛，死亡的衝動？」

我說：「我有病呀？啊，我不是說你有病。沒有，我沒有過死亡什麼的。」

他說：「你有那個嘛，性衝動？」

我說：「開玩笑，當然有，天天有。哎，只對女的喔。」

他說：「有人說啊，人有性衝動啊，也有死亡衝動，也叫性欲望、死亡欲望，性本能、死亡本能，生命法則、死亡法則。」

我說：「我只有性衝動，加上那個什麼性欲望、性本能。」

他說：「想過自殺嗎？」

我說：「有病呀？」

他說：「虐待、自虐？SM？」

我說：「變態。」

他說：「暴力，侵略，破壞，仇恨，冒險，整人，掌控人，折磨人？小時候有沒有燒死過螞蟻、有沒有故意弄壞過女孩子的玩具？有沒有玩過極限運動？對啦，開快車那種的，有吧？」

我問：「你在說性衝動還是……？」

他說：「……死亡衝動。」

我問：「人就只有這兩種衝動嗎？」

他說：「有人說啊，就是只有這兩種加上它們的各種組合。還有人說涅盤也是死亡欲望，我不認為啊，我認為追求涅盤是人類的另一種不同的欲望，雖然還是一種欲望。我主張人有三種欲望，性欲，死亡欲，涅盤欲那種的。」

我問：「涅盤？你是說覺沃仁波切一〇說的那個涅盤？」

他說：「就是就是，你說，是不是跟死亡欲和性欲明顯的不一樣？靜止、空靈、閒散、淡定、無為、節能、極簡主義。真的自由、自在、如、如是。人為什麼要追求安靜？就是因為有涅盤欲望。就是，不生念頭，不要受外界誘惑，不要參與運轉任何社會體系，什麼都不要幹就這樣活着。」

我覺得他有點神叨，隨便應他一句說：「什麼都不幹，那還不容易？」

他說：「什麼都不幹啊，並不容易，不要忘了還有性欲望和死亡欲望在不斷的搞，貪嗔癡呀，整天要我們幹這個幹那個的。性欲望、死亡欲望都是很積極很勤快的啊，涅盤欲望是不積極也不消極，是不二，是最飽滿的空。啊，我的意思是，懂得不幹是很重要的，沒有非必要幹的事就不要幹，一幹了就多

一〇 覺沃仁波切或覺仁波切，即釋迦牟尼。

事，添亂，無窮盡的可能性就沒了。我看過一部義大利老電影啊，叫《十日談》，這邊很少人看過啊，裏面有句話大概意思是：「夢想既然這麼美好，我們又何必去實現它？」有期待就有失望。不要有期待。有什麼好期待的？人不就是一條命一口氣嘛？不過我們平常都忘了，只有在窒息的時候呀，在死之前呀，生重病呀，痛呀，高原反應呀，交歡的時候突然不舉呀，憋尿憋屎呀，調息打坐呀，叩長頭呀，修大圓滿呀，才偶然感覺到自己不過是一條命一口氣那種的。有些人坐牢也會有感悟，我在大便的時候也常常感覺到啊，可惜大便完就忘了。我猜想你們常常一個人開長途車的啊，也會偶然感覺到的。赤裸裸那種的，一條命，一口氣。」

我嫌他說話嘮叨：「你真的不是僧人、不是老師？」

他說：「不是啦。」

我問：「什麼都不做，那你靠什麼生活？」

他說：「那個嘛，有時候靠朋友啊，他們請我去聊聊天說說話，給我吃給我住那種的。大部份時間隨緣啊，好像今天碰到你啊，我自己沒車也可以坐上

好車。」

我說：「你差點坐上了那輛車。」

他說：「就是！」

我說：「命中蛀定！」

他說：「就是！」

我說：「上了那輛，你也血膿於水。」

他說：「血膿於水？啊，你這話說得太有意思了，哈哈，可不就是嗎？真是血膿於水啊。」

我說：「你是去格爾木找朋友吧？」

他說：「其實不是。我是去那個嘛，是去……西寧。你會經過西寧啊？」

我說：「早上你不是說要去格爾木？」

他說：「其實是去西寧，我怕說了西寧你不肯帶我那種的，所以說近一點啊。」

我心想，這哥們兒，帶他去西寧豈不是晚上要跟他過一夜？

他好像知道我在想什麼。他說：「沒事，你那個嘛，在格爾木把我放下就可以啊。」

我迷瞪的問：「那個性衝動，你再說來聽聽。」

他說：「性衝動，那個嘛，可不是一時半刻說得完的啊。」

在格爾木我請了尼瑪吃中飯，他說由他付錢，我客氣說我來付，他就不爭了。我們本來想吃羊肉，聞到肉湯味，都說今天不想吃肉了，就在一個陝西小館各點了一碗油潑麵和兩個沒夾肉的白吉饃。然後我一直開到五百公里外的青海湖，還給尼瑪說服拐離國道去了藏族的黑馬河鄉才歇下，兩人在鎮上小旅館包了一個三人間，每人十五元，含熱水洗澡。拉薩離北京將近四千公里，我離北京只有二千一百七十六公里了。

5

他是靠嘴巴吃飯的，可以不斷的叨不叨叨不叨的說。他讓你煩，但他是有

一套的，也讓你想聽下去。

他也說了很多廢話，說什麼死亡就是有機變無機那種的，我想起一個香港遊客常說的「媽媽是女人」，那還用說嗎？又說什麼做夢不是清醒也不是糊塗、不是有意也不是無意，不是現實也不是非現實。他就像喇嘛，愛這樣說話，不是這個的也不是那個的那種的，聽得我發暈。

性給他弄得很高深，什麼「性就是命」、「性是能量」、「身體是神聖的」、「身體是革命的最後本錢」，「除了身體外，我們一無所有」，神神叨叨的。

可能尼瑪自己也不懂，唬弄着我，什麼口腔控、肛門控、生殖器控。我是生殖器控，我看他是口腔控、肛門控，這麼愛說話，這麼愛說大便。我看他沒有多少性生活的實戰經驗，都是在書上看回來的，都是別人的話，金剛乘修行人的、漢族聖人的、外國名人的。我開玩笑的向他伸舌頭，叫他格喇、堪布、班智達，他也沒感覺到我在笑他。

比較聽得進去的是他說愛情、男女關係什麼的都是從性的本能擠壓出來、

提煉出來的。我覺得自己觀想着跟白度母做愛，就是因為我的性本能受到壓力，轉成對度母的愛意，卓嘎應該不會怪我。

不過這次我這麼衝動的要趕去北京，是不是我的性衝動想要強制我做出決定？我真的有這麼強烈的欲望要跟貝貝好嗎？還是只是強烈的想跟梅姐斷了所以找了個借口？不是有意也不是無意，哈哈，那就雞巴的怪在性本能給壓抑好了。

車過都蘭一帶野兔出沒區，沿途很多給車撞死的兔，有些還是新鮮的血膿於水，有些已曬乾成屍餅。尼瑪其實喜歡死亡多於性。他有很多死亡故事，我喜歡聽很黃的，他卻愛說很暴力的。

好像酷刑。他說我們有一種古老的挖眼法，不用真的挖，而是找兩根犛牛膝骨，用一條皮帶固定好，一根膝骨對準的壓着一邊的太陽穴，然後用木條扭住皮帶，不斷絞緊，直到牛膝骨把眼球擠壓出來，最後用燙油倒進眼眶。1934年那年，噶廈朝廷的改革派領袖龍廈多吉次傑就受了這種傳統刑法。當時的行刑手只成功的擠壓出了一隻眼球，另一隻要用小刀剜出來，然後用熱油灌眼眶。尼瑪大驚小怪的說：「你說啊，都什麼年代了，一九三四年了，我們還對

改革派上了這種酷刑啊。一直到一九四〇年代末，那些爭權的攝政大喇嘛、色拉寺和貴族還在殺來殺去。你說我們是不是那個嘛，找死嘛？真是急死人了啊。怪不得當時拉薩有理想的年輕知識份子像格啦平旺平措旺杰要倒向共產黨了。」

他又說：「那時候我們的上層啊，何止是有病，簡直都是瞎的啊。」

在青海湖小旅館的三人間裏，我找了兩個都叫卓瑪措的女孩來做腳底，尼瑪果然特別怕痛，「哎喲上師三寶保佑啊！哎喲我是自虐狂啊！哎喲我的眼球要掉出來了啊！哎喲萬帳女神我愛死你啦！」害得梅姐打電話來的時候我要躲出房外接聽。尼瑪邊喊痛邊說話，一點不妨礙他跟我一起灌掉兩瓶紅酒。那晚上我睡了沒幾個小時但睡得特別好。天剛蒙蒙亮，我起來小便，看到尼瑪蹲着大便，在很暗的燈光下還看書。

6

我們走到哪兒，他的故事說到哪兒，好像整條青藏線都是他的歷史課。

昨天看到老鼠洞，他就跟我說漢兵進藏餓得不行吃老鼠的故事，水灌、菸燻、用羊皮製的風箱向地洞鼓風，把老鼠趕出來。我問是十八軍嗎？我爺爺替十八軍做過差役。尼瑪說準確的說青海這邊進藏的是西北獨立支隊。

他說我們現在只說五〇年十八軍進衛藏軍紀如何好，是和平解放那種的，都不去說說為什麼才沒幾年在康地漢藏雙方都轉用暴力對抗。現在很多人更忘了青海這邊五八年搞合作化引起反抗，漢族加上蒙族解放軍濫殺了多少藏族人，有些地區一年內人口少了三四成。

過格爾木五十公里，在柴達木盆地邊上，他就說離國道十幾公里的那片綠洲，就是諾木洪農場，現在出產的枸杞比寧夏好，以前是勞改監獄，再之前是退伍漢兵在戈壁荒漠中開墾出來的，不明白當年為什麼偏要選中這麼偏遠的地方，真是服了他們。我說是不是他們就像以前漢地到藏地支邊的老西藏一樣，特別能吃苦那種的？尼瑪說就是就是，服了他們啊。

到倒淌河，他就說當年文成公主來拉薩的路上，哭得不成，哭到河也倒流了，所以叫倒淌河。尼瑪說當時國王松贊干布通知唐王，如果不答應嫁出公

主，就親自帶五萬兵，奪你的唐國，殺掉你這個唐王，再搶你的公主。經過來回扯皮後，唐太宗只好將公主送來了。我說這個我知道，咱們那時候的圖博國特別強大，唐國的首都長安都給咱們佔過，咱們國王都娶好多個老婆，唐國什麼文成公主金城公主都只是好多個老婆中的一個。

我注意到他說話用字特別較勁，不學漢族說西藏、藏人、藏族、藏地、吐蕃，也不說圖博、圖伯特，說到這些總是用藏音，說地理就說安姆多、康姆、衛、藏，說到人就更仔細的說拉薩人、西喀之人、康姆人、安姆多人，總的叫博族、博巴、博族人，說到松贊干布、赤松德贊的國王時代就說博王朝、博帝國時期。尼瑪說我們就是博，不是別人叫我們的吐蕃、圖伯特、藏。

7

今天我們從青海湖出發，早上很快就可以到西寧。尼瑪好像早就想好要跟我說些什麼，上車後急着跟我說話：「湟中！你知道湟中啊？」

我說：「知道，西寧旁邊，塔爾寺就在湟中，待會很快我們就會經過湟中。」

尼瑪說：「你知道那個嘛，湟中發生過什麼事啊？」

我說：「什麼事？」

尼瑪說：「人吃人啊！」

我說：「我怎麼沒看到新聞？什麼時候的事？」

尼瑪說：「大饑荒年代，五八年年開始啊，六二年結束，前後跨過五個年頭啊。」

我說：「唉，我以為呢！原來又是猴年馬月的事。我怎麼沒聽說過？真的假的？」

尼瑪說：「當然真的。都有材料啊。你上網都能查到那種的。問題是你想不想知道真相啊。」

我問：「湟中怎麼了？」

尼瑪說：「湟中是一個重災區啊，政府檔案都承認光是六〇一年就死了

接近百分之十三的人，好多村子都死光光那種的，有記錄的人吃人事件三百多起啊，有的是吃掉死人，有的是弄死活人來吃，有一家九個小孩都給吃掉啊。好，比如說湟中的多巴鄉啊，待會我們一〇九國道不是要經過多巴鄉的嘛？多巴鄉可慘極了，十室九空啊。多巴鄉離西寧才五十公里啊。」

我問：「是沒得吃嗎？餓死的嗎？」

尼瑪說：「餓死，也有因為餓，發病死那種的，也有一部份是忍不住餓，違反政策給弄死那種的。」

我問：「是荒年嗎？」

尼瑪說：「歷史上很少有連續幾年的大荒年，一般的荒年歉收農民不會餓死。五八年還是個豐年啊。」

我問：「死的是咱們藏族嗎？」

尼瑪說：「湟中那裏嘛，主要是漢族。」

我問：「漢族也沒得吃？」

尼瑪說：「就是，漢族、博族、回族一樣悲慘啊，那幾年非正常死掉有的

說二千多萬人，有的說四千多萬人，當然絕大部份是漢族嘛。」

我說：「漢族的事情你也管？」

他說：「漢族不學好，博族和其他民族也不會過得好，啊！」

我問：「那政府為什麼不救人？不知道嗎？」

尼瑪看我一眼，好像說我連這麼一點常識都沒有：「連續幾年啊！湟中是挨着西寧的啊，多巴鄉離大城市才五十公里啊！到六一年啊，公安部副部長王昭到青海調糧救人，後來毛主席知道了啊，文革時候還特意把王昭往死裏整那種的。」

我問：「你怎麼知道這麼多事情？」

尼瑪說：「我喜歡收集非正常死亡的材料，啊。你真想知道也可以知道啊。你家裏有老人嗎，四、五十年代出生那種的？」

我說：「我奶奶，在日喀則。」

尼瑪說：「西喀之啊？自治區的合作化開始比較晚，衛藏情況一般好一點啊，不過問你家奶奶也應該問得出來。衛藏以外的康姆、安姆多，跟着漢地提

前搞合作化就慘多了啊，我老家色達牧區那邊啊，五八年到六十年就死了四分之一的人那種的。總的來說啊，各地死的主要是農民，種糧食的反而先餓死，你說荒誕嗎？那怎麼可能是自然災害？一般來說城市情況反而比農村好，城裏人也餓啊，但比較少餓死人。七八年漢地又那個嘛，又來大面積旱災，但是安徽有個貧困地區決定搞分地到組到戶，結果不要說沒餓死人，不到一年就連溫飽問題都解決了。餓死人的災害都是人為的，啊。」

我聽得有點暈，只得說：「你真的對死亡好有興趣啊。」

他說：「準確的說其實我不是對死亡有興趣啊。我是那個嘛，對邪惡有興趣。現在一般人對邪惡缺乏想像力，想像不到邪惡有多邪惡，啊。」

越扯越遠，我盡量不接茬。

分手前，他拿出小本子，記下我的手機號。地球上還有人不帶手機就出門！

準確的說，當我在西寧邊上放下尼瑪，我渾身有說不出來的輕鬆感覺。我立馬改聽周杰倫。

8

從拉薩到西寧的一段一〇九國道是我熟悉的，來回走過多次。但從西寧再往北京走，這是第一趟。上次我是第一次開車從北京回拉薩，走南線經西安到了西寧才轉到一〇九國道。這次我跟自己過不去，偏偏要從頭到尾走完這條京藏公路，所以，過了西寧我就順着一〇九向蘭州、銀川、鄂爾多斯、大同走，看着離北京的公里數越來越小。

一般我都不進城，進城費時間，又容易堵車。我都是順着國道繞過城區，在城郊或小鎮過夜。我過了銀川在石嘴山附近一家回民開的招待所過了一夜。到了這一塊，我對最後兩天的路程就比較能掌控了，不會太趕了。從石嘴山經鄂爾多斯到大同，不太遠，我知道這段路煤礦多，運煤車多，怕耽誤，所以準備的路程比較短。

我不想在晚上到北京。我算好最後一天在大同附近過夜，那麼第二天中午左右到北京市區就比較有把握。

到北京前一天，跨了三個省，這段路走走走，國道成了運煤道，重載的運煤車佔着路面，到處是露天的卸煤場，空氣裏都是煤灰。一直都是大陰天。

進山西，我就完全是在漢地了。在大同郊區，我開到一家遠看有點規模的招待所，那前台接待員找經理看了半天我的證件，竟然告訴我沒有房間，不讓我住。為什麼？他們憑什麼不讓我住？簡直是歧視。

我又氣又餓，打開了3G無線路由器，用愛拍上不坑達康，用信用卡訂了市區的假日酒店，五星的。

這次上路，特別多事，我以為沒事，但心裏面好像總是有件事。不想吃肉，沒玩電子遊戲，連性幻想都給擠壓掉了，滿腦子死亡，真有點不像我。也許我離自己熟悉的地方、熟悉的生活、熟悉的人越來越遠了。拉薩的一切，包括它的藍天和陽光，離我越來越遠了。也許這該是我的世時翻轉的時候了。鬱悶？興奮？我有點毛毛的。我要好好休息。明天我要進入北京了。

下

1

到了北京地界才把髒死的車洗了。這是原來盤算好的。然後呢？我想過，算了，掉頭開車回拉薩吧，我不該來北京。就當我離開拉薩去了一趟日喀則吧。那我就可以大喇喇的回到梅姐身邊，過我的好生活了。回梅姐身邊？怎麼回呀？不用幹活嗎？用什麼來命令雞巴去幹活呀？性的能量從哪兒來？性靈分開，能熬多久？

我不能就這樣回拉薩，只有北京能救我，只有北京能調動我的性欲望，我一定要試試看。今天早上開着車往北京的路上，雞巴已硬了好幾次。每看到路標寫着北京兩字，他就抖跳一下。我一手開車，一手抓住自己隨時抓狂的雞巴，幾次煩躁的拱起身來，懲罰勃起的雞巴，罰他頂撞駕駛盤。

現在大頭又給小頭帶着走了，大頭根本是廢的。不行，我先要解決一下。到門頭溝，我按網上地圖指示，由GPS帶路，把車開到一家洗車站，車進

了隧道式自動洗車機的體內，先是高壓水泵強力噴水，然後噴泡沫臘，然後機械手臂指揮巨型刷子速轉洗刷，然後灑亮光臘，最後強力吹風。我快速打了手槍。

大頭總算可以想點東西了。雞巴真是的，興奮什麼呢？都不想想，你到北京，不等於北京就要歡迎你。這個傻逼。我也真夠傻逼，憑什麼人家貝貝一定要鳥我？還想跟人好？憑什麼呀？我越想越沒信心，沒有小頭的抓狂，大頭更是什麼決定都做不了。

我是怎麼撥起電話來着？都是觸摸屏的緣故。我看着手機上貝貝的號碼，想來想去不敢打，想打，不敢打，想打，不敢打……迷迷瞪瞪……然後突然聽到手機發出聲音，貝貝的聲音：「喂，喂，是強巴嗎？聽到嗎？」

我才回過神來裝作鎮定的說：「貝貝，我是強巴，我來了北京。」

貝貝說：「強巴，你好！我媽呢？」

我說：「梅姐還在緬甸。我是一個人來北京。」

貝貝說：「啊！你現在在北京哪兒呀？」

「我在西六環邊上，接近長安街延長線。」我看着GPS說。

貝貝說：「你開車來的，是嗎？」

「是的，我現在就在開車。我想跟你見個面……」

貝貝說：「太好啦！你聽着，你馬上往東六環那邊走，我現在也正在趕過去，我會把準確地點發短信給你，暫時知道在張家灣路段，我們在那邊會合，現在所有志願者都在往那邊趕。我有電話進來了，你等我短信，我們待會在現場見。掰！」她掛機了。

我拿着手機在耳邊，放下又拿起說：「好，我們待會在現場見。」耶，給我五個！

2

發現超大運狗狗貨車。東六環，張家灣路段

冀R車牌的

上了京哈了

子安，小楊在嗎

小楊在開車，我們跟上了貨車

開過去看了，恐怖，塞滿了狗狗。天啊

數了，12格乘4層共48個籠子，乘6近三百條狗狗

小楊說不只三百，48籠子乘10

小楊說要截車，我好害怕

什麼狗狗都有，有田園犬大黃狗，還看到金毛、哈士奇、拉普拉多、薩摩、靈緹、松獅、德牧、獵犬、金獒、黑貝、大白熊……天啊

很多脖子上有項圈脖套。天啊

肯定是偷來的

當然是偷來的

偷來的

肯定是運狗狗去宰殺的

運去屠宰場當肉狗
肉狗是偷來的嗎
現在沒人養肉狗。不偷哪來狗肉
為什麼沒人養肉狗
養大一條狗狗成本多高呀。狗肉一斤才多少錢呀
西南還有人養小肉狗，他們吃小狗，有地方還辦狗肉節
養肉狗經濟上划不來，只能靠偷
狗肉產業鏈需要偷狗行業
主要是偷農村散養的狗狗
也有在城裏偷的
用母狗引出公狗
用吹管毒針、毒饅頭
太殘忍了
不能放過

快想辦法救狗狗
快報警
小楊在叫貨車司機停車
貨車不搭理，害怕
小楊在別貨車
差點碰到
怕別不下來！貨車開很快。我好害怕
不要別了
叫小楊不要別了
報警吧。
子安，告訴小楊我已報警
我也報了
已群發短信
我是貝貝，快到！撐住

我們擋在貨車前面，不讓它開快
危險
小心
貨車想爬頭，我們擋住它
小楊小心追尾
貨車打右燈了
開到路邊上了
停在京哈25出口附近
小楊下車
他們車上有三個男的
我去看小楊，不說了，快來
你們快去救子安小楊
寵物之友收到，己轉發
動物守望看到，轉發

我愛我狗知道了，轉發
狗狗有約收到
貓友會收到，支持
愛心九〇後關注，轉發
流浪動物聯盟已上路了
人間有情在動員
彩虹世界團隊啟動
貝貝，通知動保協會了嗎
已通知，正在向市農業局反映情況
大家快點到現場
我在東六環了
我在五環往六環走
子安，沒事吧
誰有子安小楊最新消息

沒有他們消息
這是通州區公安分局，我們看到微博，請告知準確地點
京哈25出口附近，白色奔馳，冀R牌照大貨車
看到了，謝謝合作
現在怎麼啦
一輛警車到現場了
好耶
告訴小楊，我看到你們了，也看到警察
我看到他們了
我也快到了
我在對面馬路，看到好多狗狗。擠成這樣，心好痛
太殘忍了
大家帶飲用水，狗狗渴了
我帶了礦泉水、狗糧、葡萄糖、鹽水注射液，現在上路

看到小楊子安貝貝在跟狗販爭論
警察叔叔到了
我看到一隻在流血的狗。另一隻可能死了
母狗子宮脱出
有一隻尾巴斷了生蛆
有獸醫去現場嗎
再看到不只一隻死了
我男友是獸醫，已叫他立即去現場
我是外科醫生，快到
他們要動了。説去灕縣收費站那邊
警察要大家過去收費站小路，不要妨礙公路交通
現在説只讓貨車和小楊的車過去，我們不能過去
貝貝在跟警察爭
同意我們派代表跟過去了。貝貝跟子安小楊車過去了，貨車也過去了

丹丹也過去了。我們要留在公路邊
有律師嗎
有七車志願者到了
說要拉警戒線，不讓其他人靠近狗狗車
我是在法律事務所工作的，堵在北五環
我是律師，快到
二十多輛車到了
貝貝要求先讓志願者給狗狗喝水。警察同意，每次兩人
貝貝叫我轉告，說警察不想管過境貨車
狗販說有別省的安檢證明
不可能通過安檢
偷狗還發證明
貪官污吏
正在要求查核安檢證明

真有證明，就得讓狗狗車走嗎
怕不得不放行
絕不能放行，放行就送死
説車上有五百二十條狗狗
放行是大屠殺
放行我們手沾血
請不要讓他們死在亂棍屠刀下，死在恐懼中
我數了，超過三十輛志願者的車到了
誓死保衛狗狗
很多警車到了
怎麼用這麼大的警力
我沒做壞事不怕人民警察
不怕，我爸是李剛[二二]

二二　我爸是李剛：李剛是河北保定一公安分局副局長。二〇一〇年十月其子酒後駕車在河北大學校園內造成一死一重傷車禍。據報導其子被攔截時曾狂言「我爸是李剛！有本事你

我是志願者，在公檢法系統工作的，不要激化矛盾，目標是救狗狗
救狗狗第一
我們要想辦法阻止放行
請志願者快來，阻止放行
五十多輛志願者車到了，放行我們絕不幹
告訴警察狗狗是偷的
沒有證據
項圈
狗販說是養狗人賣狗時候忘了解項圈
亂掰，無恥
他媽的，騙誰
這樣運狗狗，告他虐待
虐待不犯法

們告去！」其後這句話成為嘲諷跋扈「官二代」的網絡流行語。

中國虐畜沒立法
虐待狗狗的人去死
吃寵物的人去死
吃人類伴侶的人去死
理性、冷靜。回歸盜竊、食品安全議題
大家不要吵嘛，先想辦法救狗狗
我在上傳貨車裏的部份狗狗照片，很慢
農業局檢疫人員到了，在看證明
是從河南運去吉林屠宰的
說安檢證明和印章應該是真的
怎麼可能是真的
證明和印章地攤都買得到
那張證明是真的，不等於真的做了安檢
貪官去死吧

我的拉普拉多在鄭州走掉了多天，現我人正好在北京方莊，正在趕過來，你們一定要堅持住，求求各位救我小狗一命

壞消息：北京市動物衛生監督所核實，偃師市動檢所開具的動物檢疫合格證明及動物產品運載工具消毒證明，都是合法有效的

完了

怎麼辦？狗狗死定了

我在叫我媽打電話給北京市委

小楊和貝貝跟警察説了，絕不放行，大家看着辦吧

什麼意思

不放行，看公安會怎麼辦

小楊貝貝牛

誰放行我們就把事情鬧大，誰怕誰

哪個派出所的

通州的，認識人嗎

我們堵住貨車，不讓走。
對，絕不讓步
支持，北京動保志願者大團結
現場至少有八十名警察
警戒線拉了一百米
要不我們就搶狗，能搶救幾隻就幾隻
冷靜，小楊貝貝她們還在協商
這裏誰是負責人？可讓我參加談判嗎
我是風雨貓狗救援的阿閃，我們耐心點，圍着貨車不讓走，但不要輕舉妄動，等小楊貝貝協商的結果
頂阿閃
千萬不要生事，不要激惹警察
不能給他們有借口驅趕我們
純粹圍觀，但堅拒離開

說得好
新到現場的請勿喧嘩
想餵狗狗喝水的志願者請向溫馨伴侶動物的王大軍報名，紅白兩色皮卡
媒體到場了，紙媒網媒都到了
我去報料給媒體
熟悉媒體的志願者在紅白皮卡車那兒集合
狗販同意讓重病狗狗下車接受治療
好樣
但只限五隻
太沒勁了
已讓怡家的兩位志願者代表去挑五隻重病狗狗
有一隻流了很多血，遠遠都看到
一定要救那隻子宮脫出的母狗
子宮脫出難道還有公狗

小楊貝貝說在場的志願者團隊各派一位代表開會
我們集資買下狗狗吧
對，全部收購
反對，憑什麼要我們出錢
有狗狗死了，應全車重新送安檢
不能讓狗販得利
不買下狗車就要走了
各代表可進警戒線內，向子安或丹丹報到
上善動物慈善基金會有代表在嗎？小楊貝貝找你們
大家耐心等代表們開會決定
警方答應不會先放行，等我們開完會
誰敢偷着放行就跟他們沒完沒了，人肉他們
現場撿到手機一隻，白色皮帶表一隻，請向芬芳愛狗之家的晴阿姨詢問，
紅白皮卡旁邊的黑色奧迪

3

我收到貝貝短信：「京哈高速25號出口處。」

我一般看漢字還行，寫不行，用拼音不習慣，後悔手機沒裝微信。

到京哈高速，我打貝貝的號，總是佔線，只好用拼音發短信：「在哪？」沒回信。

我快開到京哈25號出口，公路邊已停了一公里長的車。我看到附近有多輛警車，幾十個公安。有的公安在維持交通。離出口處兩百來米我就停下。我看到路邊停着有進口名車，也有普通國產車，特別多越野車，也有轎車、商務車、跑車，還有一輛紅白兩色的皮卡。陸續還有剛到的車。沒看到貝貝。

到底這些是什麼人？出口處至少有一兩百人，密密麻麻，大多是年輕人，也有中年人，我看到好幾個美女，也有帥哥、光頭、肌肉男。有穿時尚迷幻軍服的，有穿正裝西裝的，大部份穿便裝牛仔褲，跟我一樣。也有男的像基佬，女的像拉拉。我看到幾個半熟臉，好像是藝人名人。像參加露天演唱會。

大家都這樣站着聊天，有的抽菸，個個都隨時看着手機愛拍，沒有太鬧。人群C形包圍着警戒線。我看到警戒線裏面有一輛白色奔馳，一輛北京市政府某單位的客貨車，兩輛警車，和一輛超大運狗貨車。我看到貝貝在警戒線內。

我繞着警戒線走，想引起貝貝注意，但她只顧邊對着手機用語音向群組發命令，邊叫旁邊另外幾個女的傳話，像個小隊長，像她媽。我走到最接近貝貝的一個點，舉手機拍貝貝。

有個公安以為我是在拍他，盯着我問：「你是幹嘛的？」貝貝走過來說：「怎麼啦？我們的志願者。」那公安好像不敢惹貝貝的說一聲「沒事」就走開。

我貼着警戒線站着，那片地不很平，高高低低的，貝貝走到我前面，站不太穩，就抓住我的手臂來站穩，隔着警戒線靠近我的耳邊輕輕的說話：「他們有安檢證明，不能不放行，我們決定買下狗狗。我們的人在募捐，現在狗販開價太高，我們在拖延時間，讓他急，等他降價。我們的志願者和農業局的人在盤點，先扣掉死的病的。我們還有其他招。」

我感到貝貝的氣息，自己不敢大口呼吸。貝貝問：「你時間怎樣？」我也在她耳邊回：「我沒事，我就是來看你的。」貝貝在我耳邊說：「可能會弄得很晚。待會我們需要用車。用你的車，行嗎？」我說：「沒問題，我的車就在後面。」

貝貝放開我退後一步問：「你手機能上網嗎？」我給她看手機：「我的是3G。」貝貝取過我的手機說：「有微信嗎？」我說：「沒有。」她說：「那你看看子安的微博，也大概知道發生什麼事了。」她按了幾下打開一個叫@子安牽手的微博然後把手機還給我說：「我先過去，你先看一下這個。」我說沒問題。

貝貝走向白色奔馳旁，還回頭向我做了個調皮的眼色。我的媽啊，那就是白度母帶亮的眼光、梅姐一樣的調皮眼神！

我讀着子安的微博和評論，有點無聊。天黑之前，有志願者在發盒飯飲料，有人給了我一份。吃完還有人拿着大塑料袋收垃圾。

我收到貝貝短信：「強巴，請你把車開到紅白皮卡旁找王大軍。」

我把車開到紅白皮卡旁，穿着時尚迷幻軍服的王大軍說：「強巴嗎？你送小風和這四隻狗狗去醫院，小風知道怎麼走。」志願者把四條髒狗放在我車的後排。我不敢回頭看，聞到狗臭味就可以想像大概狀況了。

在路上，小風說盤點發現十幾條死狗和至少五六十條傷病狗，狗販同意再讓三十條重病狗下車，現在分別送醫。

在朝陽區的一間動物醫院放下小風和病狗後，我趕緊回現場，人更多了，一群媒體拿着攝相機攝影機還在旁邊圍着等。我停好車後走回到紅白皮卡，問王大軍現在怎麼啦？王大軍挨在我耳邊說：「還在殺價，應該差不多了。」我問：「錢夠嗎？」王大軍更挨近的說：「都募好了，但狗販不知道。」

王大軍問：「想不想餵狗狗？」說得好像讓我餵狗狗是給我面子。我說：「好呀！」王大軍說：「下一輪你上！」

十幾分鐘後我和志願者在狗車旁邊轉着，餵狗狗吃狗食喝水。一天折騰下來，狗籠內血膿屎尿臭死人。在微弱的燈光下，我看身旁那個美女完全投入，

伸長身子露着腰，貼在特髒的狗籠上侍候那些畜牲，衣服上沾了一大坨狗口水。我也在餵狗狗，很溫柔的。

貝貝走到我的身邊說：「強巴，你不怕狗狗吧！」我說：「我怎麼會怕狗，我只怕人家說我污滅狗狗。」貝貝愣了一下，雙手合十很緊張的說：「呀，對不起啦，強巴。我向你道歉。」我說：「沒事了，現在罰我當狗狗義工。」貝貝笑着臉走開。

梅姐打來電話，我沒接。我不想再說我在日喀則，但也不敢說真話。我關機。

4

一直拖到晚上十一點多狗販才同意以十一萬元成交，結算好都已過了午夜，大家押着狗車開到北安河的中小動物保護基地，那是個政府認可的流浪狗收容所，可以合法募捐，也只有那裏才容得下這麼多條狗。

貝貝開來現場的車是一部國產的大眾斯柯達晶銳，現在自己開走。我也開着自己的車跟着大家。有些志願者離隊走了。

到基地後所有人有得忙了，要登記幾百條狗。貨車吵着要走，基地工作人員把狗一下子都放出來，幾百條狗自由了，從狗車下來都亂跑亂叫，有點失控，要做牠們的登記工作還真不容易。有幾個失狗的狗主跟着大家到中小動物基地，有一個還是下午從洛陽坐飛機趕過來的，另一個鄭州人是剛好人在北京。他們都沒有在這群狗中找到自己丟失的狗。這時候運狗車司機帶着錢把車開走了。

另一項要處理的事是埋好十幾條死狗。基地的負責人老太太問誰自願挖坑，我一看志願者當中，早前的肌肉男都不見了，我算是壯丁了，只得自願去基地邊上，跟着一個基地工作人員和幾個志願者挖坑幹到淩晨三點多。

貝貝來叫我跟她走，說幾個志願者團體要把剩下的幾十條傷病狗帶走。原來傷病狗的數目遠超過預估，很多狗的傷口在燈光下才看清楚。我問為什麼基地不肯收留傷病狗？貝貝說他們樂意得很，收留的狗狗越多，老太太就可以募

到更多錢。今天的事動靜這麼大，一宣傳說狗狗都送到這個基地，社會人士就會捐款。不過老太太這邊沒能力特別照顧傷病狗，那還不都得死，所以趁他們忙不過來，志願者決定把傷病狗帶走，各自回去好好治療照顧。

志願者把三條身上有明顯傷口的大狗放進我的車，我心想：放吧，這是狗狗專用車，各位傷病狗狗坐我的車，我很有面子。

小楊子安的奔馳，貝貝的斯科達，加上我的路虎，一起開去她們自己在通州農村的狗狗基地。她們同屬於一個叫怡家的志願者團隊。

怡家基地開了燈，裏面的上百條狗都興奮的在叫。我看到一條横幅寫着：「讓生命不再流浪」。

負責看守的是老李和他的媳婦，五六十歲的當地人。我們清空幾個有蓋小隔間給病狗，其他友善的狗都混雜在最大的半露天格間，那些好事好鬥的狗則放在一個中型半露天格間，一條心理有毛病的狗和一條咬人的獒獨個關在另外的有蓋小間。流浪貓又有自己的籠屋。圍着基地大院子的兩邊還有四、五間平房，我們從其中一間儲存貓狗糧和雜物的平房裏取出一些破舊的毯子，有的鋪

在病狗格間冰涼的地上，有的蓋住格間的鐵欄擋冷空氣。

天亮前，小楊和子安走了，老李兩口子也回到他們住的房子。貝貝問我：「你在北京住哪？」我說：「我還沒找地方。」貝貝指指說：「我們就在那間房子休息一下吧。」

我說：「我去拿個東西給你。」我在車後拿了哈達包着的白度母回到房裏。

貝貝打開了在地上的電暖風扇，從櫃子拿出兩條毯子，放在房間裏的兩張單人鐵架床上。

我把度母像放在木桌上，貝貝突然說：「你就為了這個來北京的？」

我說：「是的……不是，這樣說不對。我是特意來看你的。」

貝貝問：「我？」

貝貝停了一會，輕輕的再說：「真的？」

我說：「真的。」

她問：「為什麼？」

我心快跳出來，不知說什麼，我沒有寫好劇本。

想不到她直接問：「你是想跟我好嗎？」

我說：「對！我想跟你好。」

貝貝站着不動，臉上出現一個很糾結的表情，然後她轉身進了廁所，關上了門。

我呆站了一會，不知道該做什麼。我再等了一下，貝貝沒出來。我開門走出房外，外面很暗，天有點兒冷，我折回房間。

我在一張破沙發椅坐下，迷迷瞪瞪的好像打了個盹。不知多久，我感覺有人在摸我的臉。貝貝就站在我面前，她的手溫柔的摸着我的臉，我一把把她拉過來，讓她坐在我身上。

我親她，她任我親。我伸手進她的內衣，又進她的乳罩，她的奶子跟我想像的一樣，尖尖挺挺像小窩頭，不是硬的，特別輕軟。我解開她褲扣，她解開我的皮帶和拉鏈，我們互相替對方脫下褲子。她把我的雞巴放進她又小又緊的逼，我叫出來，她馬上緊緊的捂住我的嘴不讓我發聲，我知道不能亂叫嚷，

她在我上面柔和的前前後後的搖着，再雙手緊緊抓住我的雙臂，微微的向上的抽向下的送，我兩次想抱着她起來換姿勢，她都把我按下。然後她的力量重心都在我的雞巴底部，前後左右搖着我的雞巴，很有重點的碰壓她自己逼內的G點。我看她瞇上眼睛，臉上竟有點好像很痛苦的表情，我猜不透她在想些什麼。哎喲救度佛母，哎喲憤怒小鳥，哎喲我的卓嘎，你折磨死我了，我的眼球要掉出來了，心給電打了，身給火燒了，雞巴要爆炸了。

第三章

異域

上

1

北京歡迎你……北京歡迎你……這曲調一直在我的腦裏轉，半夢半醒就開始響着這曲調，真是魔怔了。北京歡迎你……北京歡迎你……

我大概只睡了一個多小時。睜眼看到貝貝已穿好衣服，半瞇着眼坐在椅子上。她發覺我醒了，馬上站起來說：「我要走了！」

我也坐起來，她說：「別，你再睡一會。」

「我早上在城裏有事，要去廣告公司開會接個活，還得先回家取點材料，所以要先走啦。」她好像預先練習好的一口氣解釋着。

停了一下她降低了一點聲量說：「你要走的話，把門掩上走就可以了。」

我沒反應過來，其實我迷瞪的在琢磨着這句話。

她走到門前又說：「如果不走，待會志願者來了，你就跟老李他們照顧一下狗狗。我傍晚回來。」

她好像還想說點什麼，眼睛還看着我。她說：「不走……就打個電話跟我媽說一聲。」

我迷瞪的走到窗前，看着貝貝的斯柯達開走。天是亮了，但又是大陰天。窗外，只是一些破平房，看得見的僅有幾幢高樓在很遠很遠。我是在北京嗎？貝貝給我機會，我可以掩上門就走。那算什麼？算是一夜情嗎？我可以趕緊回拉薩。貝貝給了我反悔的最後機會，現在是逆轉我個人的世時翻轉的最後時刻了。錯過了，就回不了頭。

我是為了一夜情來北京的嗎？我知道，至少至少我的確是為了性而來，就算只有一夜。現在我餓鬼一樣的饑渴感覺的確是已經消解很多了。不過，一向憑感覺的我，清楚的感覺到，我不願意再回去過以前的生活。這次來了北京，我要留下。我要在北京開始我的新生活。貝貝可以渡我。

不走，就是表態，不用多說了。

北京歡迎你……北京歡迎你……我打開手機，有七八個沒接的電話，我嘆口氣，梅姐，我強巴對不起你了。

北京歡迎你……北京歡迎你……我用拼音，一個字一個字努力拼出短信：「梅姐，我在北京，不回拉薩，我愛上一個女的，為了她，我來北京，梅姐再見，我想說一千一萬對不起梅姐，我想說一千一萬謝謝梅姐，謝謝梅姐。強巴」。

2

爺爺說：「學好普通話，以後可以去北京。」我從小就喜歡說普通話，從小就想去北京。我爺爺替十八軍做過差役，還給招待去過北京。他普通話不怎麼會說，但愛說他給招待去過北京。

取得駕駛執照那天開始，家裏的夏利交由我開。我阿爸說：「以後由你開車送阿爸阿媽去北京。」我沒有開車送我阿爸啦阿媽啦去北京，沒機會了，看轉世吧。

中學時候我就因為北京而出名。有一次我阿媽那邊的一個老頭親戚從瑞士

回來拉薩，問我想不想出去走走，我說想啊，想去北京！他竟然訓我，說咱們拉薩在圖博時期已經有大昭寺，那時候北京有什麼？那時候漢地是唐國，首都長安也曾經是咱們的，那時候北京屁都不是，北京有什麼好去的？為了這句話我跟他急，先是頂撞，後來他過來打我，我當然還手。事後我給大人訓慘了，但是他是有名望的長輩，傳出去跟一個中學生打架，多沒面子。我根本無所謂，我的哥們兒還覺得我牛掰呢。我記得我們被拉開的時候，老頭好像血管快要爆了，還在向我吼說北京是蒙族建的帝都、滿族建的帝都，蒙族滿族的帝師都是咱們藏族的什麼的。

據說我還回了一句話：「關我鳥事！」或「關我雞巴事！」拉薩很多人都聽說了我是這樣說的，我自己卻有點含糊，因為我那時候應該只懂得說關我屁事，不懂說關我鳥事或關我雞巴事。不過對說髒話我從此就沒有障礙了，我已經因為說北京髒話說出了名，不說白不說。

我後來真的成了朋友間的北京控。我愛逛北京路，看北京奧運，吃北京烤鴨。我中學的漢語老師是北京最後的援藏大學生。北京還是指定對口援助咱們

拉薩的呢。

我一直想交個北京女朋友。北京每年很多人到拉薩旅遊，我學了不少北京流行語。我還學北京朋友走路、説話、穿衣服。我走路説話都不再像我阿爸，我覺得我阿爸還是挺在意我爺爺以前是鐵匠，所以老是有點自卑。我可改過來了，自我感覺超好。我初中開始就不穿阿媽買給我的衣服，我覺得我阿媽和我兩個姐姐都特別土。我不喜歡別人覺得我土。

當然，我不會傻到説凡是北京的就都是好的，但只要是北京的我都就特別感興趣。我願意為北京打架，雖然我也為拉薩打過架。

這幾年跟着梅姐，我更覺得自己已經是半個北京人了。

現在我終於自己開車來了北京。這是夢想的第一步，自己開車全程走一〇九京藏公路到北京。阿爸、阿媽，我做到了。北京，我來了。北京終於等到我來了。對不起，北京，讓你久等了。北京歡迎你……北京歡迎你……又來了，魔怔了。

3

梅姐隨時會打電話來，我不知道該怎麼説話。我想我只能罵不還口，我想我只會説一句：對不起。對，罵也不還口，只説對不起。

但梅姐沒打電話來。可能她還沒起床，還沒看手機。

我打開路虎車門，裏面有一股狗臭味，我也懶得做什麼了，只把車窗打開透氣。

老李他們叫我吃了稀飯，又説昨天太陽能燒的熱水還有剩的，我就回到房子，在簡陋的廁所裏沖了個淋浴。

然後先是兩個中年婦女志願者來了，後來又來了一對年長夫婦。她們是輪班的，每天早上有不同的志願者來幫老李兩口子照顧狗。她們熟門熟路的取工具，準備狗食貓糧，餵狗餵貓，清狗糞，洗狗，逗貓狗玩。狗場有近兩百條狗。我發現很多條是殘廢的。

我想着梅姐應該打來但是還沒打來的電話，心裏很不踏實。貝貝叫我幫着

照顧狗狗，我也就幫上一把。狗狗吃飽拉屎，我就趕快去鏟起來。志願者看到添了好多條傷病狗，你一句我一句的說起昨天堵截運狗車的事，我繞到她們旁邊說我在場，她們就你一句我一句的問我這個那個。這時候我也來勁了，普通話也溜起來了，說得大家都很來勁。我覺得我跟北京人交流是沒有問題的。

中飯前她們都走了。我和老李兩口子煮掛麵吃。梅姐還是沒回我的短信。我一個早上都在害怕接到她打來罵我的電話，但接不到電話，我又着急，想着會不會是她沒收到短信？要不要再發一次？我反覆的看我給她的短信，我的漢字寫對了嗎？我的意思清楚嗎？

然後小楊、子安開着她們的奔馳來了，我們分別開車送傷病狗去通州的寵愛動物診所。我看醫藥費不便宜，小楊說都是志願者自己花錢的。然後我們又回去。我說：「回狗場？」子安友善的糾正我：「是回狗狗家，或者說回狗狗基地。」我說：「明白了，不叫狗場。」

下午更多年輕志願者到了，大多是女的。我幫她們花很大力氣替狗狗打辨識芯片，然後她們就圍着小楊子安說昨天的事，小楊子安才是昨天的英雌。我

在她們身邊轉來轉去，但沒人問我。有個叫小冬的志願者把三隻可能要做手術的傷病狗放上我的車，叫我再跑一趟，去朝陽區的永康動物醫院。來回的路上都塞車，我心裏還惦着梅姐的電話，但閒着也是閒着，就告訴小冬我參加了昨天的行動，於是我又說一遍，細節比上回更多，聽得小冬很來勁。這個小伙子也是挺好的，他說他樣子像冬瓜，所以外號小冬。他看上去小但實際年齡比我還大，是個夜班男護士。他說怡家這個志願者團隊在北京地界上是有名的了，以收養殘疾的流浪狗出名，這些流浪狗大多是給汽車撞殘的，也有寵物狗長大後生病，給主人棄養的。他說北京上百個動保團隊都收留流浪狗流浪貓，不過也有不成文的分工，好像，阿閃的風雨貓狗救援，專門救誤入危險境地的貓狗，困在屋牆高處下不來的貓，掉進坑裏上不來的狗。晴阿姨的芬芳愛狗之家替流浪貓狗做絕育手術，王大軍的溫馨伴侶動物每月辦貓狗收養日，供市民收養。

我問北京為什麼有流浪狗？他說基本都是人為的，因為各種理由給遺棄，加上拆遷太厲害，很多主人搬新家，養狗不方便，就把狗狗給扔了。

我說我們拉薩市區以前也出名的多流浪狗，把遊客都嚇跑了，後來大規模捕殺，現在市區流浪狗就少了。小冬説他們是反對捕殺的，主張絕育和家庭收養，或養在志願者的狗狗基地。我說：「我知道，你們要讓生命不再流浪。」小冬説：「還有：以收養代替買賣，要絕育不要虐殺。」

梅姐還是沒來電話。

4

下午車量高峰時間開車從朝陽區往通州區走了一個多小時。我開了GPS定位，但GPS總叫我走特別堵的路。我挺着急的，小冬説我嚐到北京堵車的滋味了。

我着急，因為梅姐沒回話。我還着急貝貝比我更早回到狗場，一看我的車不在了，以為我絕情離她而去，以為我真的掩上門就走了，她會怎麼想呢？一定會悶着傷心吧？想到她悶着傷心的樣子我也心疼。

回到狗場天都快黑了。車開進停車空地，我看到貝貝小跑步的跑到近空地的欄桿邊站着等我下車，我走過去，燈光下我看到她有點激動。我也覺得有點激動。我們隔着欄桿對望，她不説話，半抬起右手打個招呼，我也學她抬起右手，她向我微笑一下，就轉身走去照顧狗狗了。

傍晚很多志願者都留下吃東西、説話，大家都在愛拍或手機上看有關的微博和報導，談昨天的事。昨天的事已傳遍全國，成了今天網站的微博十大熱門議題之一。

好不容易才等到志願者一個一個離開，我回到房子，看我的手機。梅姐今天完全沒打過電話給我，如果她沒收到短信，她一定會繼續試着打給我。所以，她是收到短信的。但為什麼她收到短信不打電話給我？因為她在生氣，因為她今天很忙，她要等忙完才能處理我。一定是這個原因。晚上她會打給我。我希望她打電話給我的時候貝貝能在我身旁，幫我長點底氣。

貝貝故意留在基地，等所有人都走了，老李兩口子也回房子了，她才進我們的房子。

關門後她挨着門，害羞的不看我，低着頭不好意思的笑。我走到她前面，她主動的用雙手繞着我，親我。我把她提起來移到床上，把她壓在床上親她，邊脫衣服。她說：「等等！」她從在地上的小背包裏拿出一小盒的避孕套，小盒外面的塑料密封包裝特別難拆，她摳了半天摳不起來。我看着她蹲在地上摳着塑料包裝紙上的小口時，心想她一個女孩去買避孕套的時候並不知道我會不會還在狗場等她，那是怎麼樣的一種糾結的心情！想到這我就一陣激動，想到這個我的雞巴就特別硬。愛死她。

她替我的雞巴上套子，看着我的雞巴她又忍不住笑出來，好像雞巴的樣子很滑稽，或是上套的這個動作很好笑、很新奇。昨天我就知道她是很有性經驗的，難道她以前沒替男人上過套子？我問她笑什麼？她沒回我。我們兩個面對面跪在床上，我脫掉她的上衣，把玩她的乳頭，她不敢看我卻吱吱的笑，好像是害羞。昨天我們第一次，她不害羞，今天反而害羞了。我正想按下她，她問：「你跟她說了嗎？」我說：「說了！」

貝貝很溫柔的看着我，我也很溫柔的把她平放在床，很溫柔的把套住的雞

巴塞進她又小又緊的逼。她瘦小，身上沒幾分肉，平躺着的時候腹股溝下的恥骨有點硌到我，我動作放得更輕，不敢放肆的壓她。聽說有些女人喜歡男人溫柔，我也喜歡換換口味，溫柔的做愛，慢動作的插進滑出。貝貝開始的時候看着我，我可以感到她的愛意，然後她瞇上眼睛，好像很享受的樣子，然後好像我是在替她輕輕搔癢，她很舒服的樣子。我發出聲音，她就立即睜開眼睛捂住我的嘴。她高潮一直沒來。

5

我們裸抱着躺在單人床上，幸福呀！我迷瞪的看着書桌上的度母像說：「真像。」

貝貝說：「能不像嗎？照着自己的照片改的。」

我問：「是你改的？」

她說：「我改的局部。上電腦設計大專的時候，我媽為了討好我，叫我改

度母像。還給了設計費呢！那我就照自己的樣子改，只是把臉型弄圓了一點。我想像我媽以後整天對着我跪拜，好玩。」

我說：「你好壞啊！」

她說：「有一點點。其實我沒想到她真的會用我的設計。」

我問：「度母的樣子是可以改的嗎？」

她說：「當然。我是看安多強巴的書知道的。安多強巴是你們著名的唐卡畫家，他畫的度母也是寫生的，都是對着模特畫的。我沒錢請模特，就只能畫自己了。」

我說：「所以度母的乳房也是照你的樣子改的啦。」

她說：「你好色呀，連這個都給你看出來。」

我不好意思說我是女性乳型專家。

我說：「我覺得乳房的位置有點偏高。」

她說：「這也是參照安多強巴的，他說不要太真實，真實就世俗了，所以他故意把乳房中線的位置提高十公分，他說這樣可以增加神聖感。」

我說：「我覺得是增加了色情感。」
她說：「因為你是色情狂，所以看到什麼都色情。」

6

狗抓狂亂叫，我迷瞪的從熊在找食的淺睡中醒來。有不止一輛車前後急速開進狗場，都開着車頭大燈。
房子的門給粗暴的踹開，衝進來三個男人。
我裸着站在床前，用毯子擋着自己。
其中一個像是中亞人，他好像看到我很樂，對着我咧開大嘴，露出他兩顆鑲着玫瑰金的門牙。他向我稍微招一招手說：「過來！」
我搖頭說：「你們什麼人？」
那個玫瑰金牙一步躥過來，我正想舉拳自衛，他已朝我的右上腹給了一拳，巨痛無比，我毯子掉下來，站都站不穩，一屁股坐在床上，另外兩個人一

人一邊把我拖起來，按着我的頭，反扭着我的胳膊，好像我是個罪犯。

這時候另一個人進來，他們才讓我抬起頭。

那是個穿正裝的傢伙。

他說：「原來就是這小子？操！害我折騰大半天。」

他問旁邊的玫瑰金牙：「有個電影《農奴》的主角是不是叫強巴？」玫瑰金牙聳聳肩，正裝傢伙自己肯定說：「就是叫強巴。」

我被兩人挾住裸站，正裝傢伙瞄我下身說：「我看你丫的鎚子沒什麼特別呀，沒屌到那兒去呀！怎麼都給你丫財色兼收了呢？上百萬的路虎，就這樣想開走？」

他問：「你女朋友呢？」

我不反應，但是我知道是沒用的。貝貝的衣服乳罩三角褲都在地上。他們都轉頭看着廁所的門。

正裝傢伙說：「美女，出來吧，跟我們走一趟。」他又說：「你不出來我們進去啦。」

貝貝說：「我出來。」

廁所門開，貝貝出來。她只穿了長外衣，裏面空的。我看到他們都色迷迷。

貝貝冷冷的說：「安叔叔！」

那個正裝傢伙愣了一下說：「貝貝？」

貝貝說：「是我媽叫您來找我嗎？」

正裝傢伙好像才回過神來說：「原來是你們的家事！哎呀我糊塗呀，早知道……。」

他對我說：「你牛掰！」然後他說：「那你們一家人的事我就不管了，我們撤了，貝貝你自己跟你媽去說吧。」

貝貝說：「不！您去說。您替我媽做事，您去跟我媽說。」

正裝傢伙好像很無奈的說：「好好，我去，你不想說我去說。那我先走啦。有空找我，安叔叔請你吃飯。」

貝貝硬梆梆的說：「不會找您的。」

正裝傢伙好像更無奈，摸摸鼻子不作聲就走了，其他跟班也灰頭灰臉的走了。

門關上貝貝就問我：「你沒跟我媽說我們在一起？」

我捂着肚子說：「我沒說是你。」

貝貝說：「你想什麼吶，你不說是我，我媽會放過你？」

7

我和貝貝在一起的消息隔夜就傳出去了，第二天早上她的朋友就來電話，貝貝好像有點緊張，叫她們不要再說出去，還走到房子外面不讓我聽她講電話。

我的右上腹還在疼，給打了一拳就疼成這樣，真是白長了一身腱子肉。那個玫瑰金牙出手真快，我重覆琢摩着當時我可以如何還擊。想起被人當罪犯一樣的押着裸站，我還在生氣，也生氣自己當時真的有點害怕，竟然不敢反抗。

其實那個正裝傢伙走到我面前看我的下身的時候，我可以突然迎面猛踢他一腳，然後趁亂立馬左一拳右一拳擊倒旁邊兩個人，不過算來算去怎麼都來不及收拾玫瑰金牙。唉，結果自己很窩囊的站着，動也不敢動，要靠貝貝出來替自己解圍。貝貝只穿着外衣，裏面什麼都沒穿，急死我了。

那個安叔叔是誰？他們怎麼知道我在這？

「那個安叔叔是誰？」我問了。

貝貝不看着我說：「我媽的朋友。」

我問：「做什麼的？」

她說：「誰知道！保安公司？以前好像是公安。管他！」

我問：「他們怎麼知道我在這？」

貝貝聳一聳肩。她不想説話。

貝貝在賭氣。她在生誰的氣？生我的氣嗎？我也一肚子氣，不知道該向誰發作。被打的是我，被羞辱的是我，都不安慰安慰我，反而跟我鬥氣，怪我沒跟她媽説，説我是跟她女兒在一起？我確實沒説，難道要我在短信裏寫：「我

愛上一個女的，她就是你的女兒？」也許這樣她媽會更受傷，那她就爽啦？那不就成了借我來傷她媽？

貝貝不跟我說話就睡了。不說就不說。那一晚上我疼醒了幾次。我覺得貝貝也沒睡好。

迷瞪中，我不生貝貝氣了。她跟我好了，搶了她媽的男人，說不定她心裏也不好受。

天亮醒來，貝貝又已經在看她的筆記本電腦。

她早上一直對着電腦，除了接到電話的時候。我在外面走了一圈回房裏說：「老李叫我們過去吃東西。」貝貝只搖搖頭表示不吃。

不過貝貝有一次接完電話回到房裏對我說：「今天晚上，我的幾個朋友要請吃飯，替你接風。」

我心情好了很多。貝貝說：「問你想吃什麼？」我想都不想的說：「烤鴨。」

8

貝貝要回城裏工作，我説我要去買衣服，晚上要跟她朋友吃飯。天氣暖了，我只有一件哈雷皮外衣，穿不住。我的牛仔褲都是狗的味道。我的牛仔褲從來不洗，這才叫養牛，但養牛也不能養出巨臭狗味呀。

貝貝開她的車送我到一個叫什麼秀的商場把我放下，説三小時後來接我，她就在附近辦事。我走進商場，看到很多老外在討價還價，我最怕買東西討價還價。這裏的擺放看上去有點山寨，梅姐説過不要我亂買山寨貨，貝貝幹嘛帶我到這種擺攤兒的市場？我胡亂逛着，突然看到一樣東面，就是我的哈雷皮衣，這裏也有賣的，樣子跟我穿在身上的一模一樣。

我立馬走出商場，想着，梅姐不會是在這種地方買山寨貨唬弄我吧？

我憑感覺走到商場旁邊的商業區，那裏有一家很大的兩層樓的蘋果電腦店，旁邊有好幾家服裝店鞋店，這些店都不掛漢字招牌，不過牌子我都認得。這麼大的門面店，不會是賣假貨的吧。我認得有個C有個K的那個牌子，進去

買了一條牛仔褲，一件T恤，還買了一件棉的黑色休閒款西裝上衣，用自己的銀行卡付款。出來後又進了鞋店，買了一雙球鞋，鞋上有一隻豹子的標誌，我在雜誌上看到過這個牌子。

商業區有一個小廣場。我站在那裏看路過的人。我穿着新的，拿着舊的，手裏還攥着愛瘋手機不時瞄一眼，我覺得我外表一點不比北京人差，我還覺得自己比他們帥，就是臉黑點兒，那是太陽色。

我想我應該謙虛一點，說什麼我是從外地來的，你們北京人請多多指教。但我看了半天，真不覺得自己跟他們有什麼分別，說不定我早就準備好了，早就是大半個北京人了。這個區很適合我，很洋氣。

我沿着大馬路逛着，走到一家肯德基店前面的空地，有幾個康巴男的和大媽在擺攤，賣的首飾檔次很低，沒法跟梅姐店裏的精品比。他們說是從阿壩州來的，很熱情的說給我同胞價。我問他們北京妞喜歡什麼？他們七嘴八舌，有一個掏出一隻綠松石別針，我看還可以，就用同胞價買了。

貝貝把我接上車後，我把購物袋扔到後座，貝貝問：「買這麼多？」我

說：「不多，都只買了一件。袋子裏面都是舊的。」我向貝貝顯擺我的新行頭：「好看嗎？」

貝貝只輕輕的點點頭，然後問：「多少錢？」我說：「全部才不到五千。」貝貝微微瞪一瞪眼，沒吭聲。

我拿出綠松石別針說：「送給你的。」貝貝臉上又出現那個糾結的表情，好像有點為難，好像有點感動。我說：「我替你別上。」我正在看別在她胸前哪裏，她說：「我自己來吧！」她接過別針，看都沒看就別在領口上，這些玩設計的人想法就是不一樣。

9

晚上我們在朝陽門內一家老北京家常菜館子吃飯，每個人都對我很友善，除了王大軍的老婆。才剛開始吃涼菜，王大軍老婆就直奔主題式的轉話題說：「貝貝，我跟瑪吉阿米藏餐館的老闆說了，他說可以請強巴去找他先談談，看

看合不合適在他那邊。」

貝貝看我一眼，我迷瞪的反應說：「我可不想替藏族老闆打工。」終於來到北京，還混藏族人圈子？我可不想我的拉薩哥們兒以為我在北京沒得混，只能在藏族人圈子混日子。

晴阿姨說：「到伴侶動物用品店做事，有興趣嗎，強巴？不買賣動物的。」我半開玩笑的說：「做寵物義工還不夠呀？我不想專業照顧寵物。我覺得寵物店是女人做的事。」

王大軍老婆硬邦邦的說：「沒有學歷，外地人在北京找工作可不是容易的。」大家都沒說話。

王大軍老婆又問：「那你到底想找什麼工作？」

哎喲我的上師呀！我什麼時候求過她替我找工作？她急什麼？我才到了北京幾天，還沒玩夠呢！

我說：「我想自己開個夜店。我看過一篇時尚雜誌的報導，有個蒙族男的，內蒙來到北京，在一家夜總會做保安才沒幾年，就有人拿錢給他開夜店，

光裝修就花了三千七百萬。」

我看到大家都不吭聲了，心想，這回可把你們鎮住了吧。然後我才說：「別擔心，這只是我的夢想。我的朋友尼瑪說，夢想既然那麼美好，我們又何必去實現它呢？」

王大軍反應過來，哈哈大笑，其他人也露出笑容，只有王大軍老婆仍然板着臉，一點不懂幽默。貝貝也沒笑，但也沒有板着臉，好像另有心事。

之後除了王大軍老婆和貝貝，一桌人有說有笑，聊吃喝玩樂。他們問我到西藏怎麼玩法，我給了很多意見，大家覺得我說話特別靠譜。

我覺得自己的普通話一到北京又有巨大的進步。

北京烤鴨還是好吃，可惜他們都不喝酒。人家請客我不好意思點紅酒。

本來吃完飯丹丹還很傻的建議打的去喝酒：「強巴，我們去民大西門的藏情酒吧好嗎？很多藏族大學生都是去那兒的。」王大軍老婆惡狠狠的說：「人家又不是大學生。」貝貝說：「不啦，你們去吧，我要開車，強巴也很累了。」

在車上，我說貝貝：「你為什麼說我很累？我沒有很累。」貝貝說：「你不是不想見你們藏族人嗎？」我說：「我說我不想給藏族老闆打工，沒說不想見藏族人。」貝貝又不說話。我心想，你不要老把你的話當成是我的，又想，是你在求她們替我張羅工作的吧？我忍住沒把話說出來。

10

貝貝說明天開始她要在城裏的家待六七天，她說有個話劇要在一小劇場正式演出，她是舞美團隊，推不掉走不開，每天會弄到很晚，所以不能回來陪我。

我問：「是什麼戲？」

她給我看了宣傳單張：《北京等待戈多》。我沒聽說過這個戲。我們藏族人最愛看的漢地戲是《西遊記》。

我說我可以每天去劇場陪她，我也喜歡看表演呀，以前在拉薩我也是常跑

囊瑪的呀，然後我們可以在她家過夜。我也不想再待在狗場，我也想去她城裏的家看看。

她又不說話了，我知道她有話要跟我說。

她好像預先排練過的說：「我在市區的家，是還有一個人的。我意思是，我在跟一個人同居。其實，是他在幫我。我那點設計活，連自己都養不起，更不要說幫助狗狗了。我還沒跟他說我們的事，所以我要回去。我會盡快跟他說，我會跟他斷的。這個我答應你。」

原來她另外還有人，我心裏不快，但也說不出口。貝貝說了要跟他斷，我還能說什麼？

貝貝說：「你就在這裏再待幾天，我跟小楊她們說了，她們沒意見。這兒本來就是忙不過來的時候，志願者臨時住的地方。她們說你可以在這裏暫住。等這一輪忙完我會去找房子。」

但是我不想到了北京住在狗窩。我在拉薩從沒住過這麼破的房子。我說：「你明天就回去跟他斷了，搬出來，我們到城裏住旅館。」

貝貝搖搖頭：「我這幾天沒法跟他說，一定要等戲演完。他投了不少錢給這部戲，這戲對我們每一個人都很重要，我不能因為我私人的事影響大家。你要相信我，再等幾天。」

我真不願意貝貝回到別的男人的家。我不快的說：「已經這麼多人知道，你不說別人也會跟他說。」

貝貝呆了一下的說：「我已經求了大家不要說了，圈子不一樣，希望不會搞砸！」她扭過臉望着窗外說：「我是不是已經都搞砸了？」

11

又開始狗場的另一天。我繼續鏟狗屎。

下午開車去寵愛診所，接回在那裏治療的幾隻狗。那幾個哥們兒身體好了，看到我像看到老朋友一樣熱情，都湊過來在我身上蹭啊蹭，舔了我一身，幸好我穿的是舊衣褲，我的狗服。

整天這些動保志願者的話題不是狗就是貓。這幾天全國又有好幾個動保志願者的堵截事件。重慶那一次，車上有上千條狗，安檢證明卻只寫有五百條，其他五百條是硬塞進去的私貨。在秦皇島，三輛運狗車上的狗販，把志願者打了，警察來了，驅散志願者，把運狗車放了。另外，天津攔下一車七百隻貓，是要運去還有人吃貓的廣東。

基地的志願者都在説，這次截車的事，把大家累壞了，負擔太大了，事後群護也太吃力了，這樣下去不是辦法，不斷送錢給狗販，狗販再外包給狗賊去偷狗。但又有什麼辦法？盼國家立法有盼頭嗎？有志願者說，以後不能再插手管過境的運狗車了。但也有志願者說，看不見就算了，碰上了，難道見死不救嗎？只能一例一例的推着走吧。

我不是動保控，沒她們這麼護着貓狗，但也理解她們的為難。我跟大家有說有笑，交流沒障礙，大家對我也很友善。

但我心裏糾結呀！我糾結什麼呢？來了漢地好幾天，都是灰濛濛的陰天。我像是在夢裏，走來走去都在原來位置。

我決定明天白天打死不再幹了，志願者來到之前我就閃，我要弄清楚北京的東西南北。住在這個郊區狗窩，看出去沒山沒水，真的是找不到北。我要做首都景點自駕遊，貝貝白天不陪我，我就自己找樂唄。

我在網上看新車消息，北京有年度新車展，一千多款新車上市，光全球首發就一百二十款，牛呀。這就是我明天要去的地方。明天我就開着我的路虎極光，穿着我的新衣新鞋，到車展參觀。帥哥美女，請讓我過一下！這位美女，這是什麼車？噢，這就是路虎極光嗎！真不錯耶，請你介紹一下這款路虎有什麼亮點？

這才是我來北京的理由。長見識！我爺爺就常用他的破普通話説這句話，去北京長見識。

我心裏踏實一點了。

傍晚，我想，貝貝果然是對的，梅姐知道我是跟貝貝在一起，也就再不找我了。幸好她們母女關係這麼彆扭，反而替我解了套。哈哈，梅姐也有不敢惹的人，原來她不敢惹她的女兒。這是梅姐前世欠貝貝的。算我走運。不然，照

阿蘭說，梅姐最恨的是她的人離她而去，我能走得這麼輕鬆嗎？像貝貝說的，不是跟貝貝在一起，梅姐會這麼容易放過我嗎？

那個玫瑰金牙，一上來就給我一拳。那個安叔叔，把我當成騙財騙色的偷車賊。如果給他們帶走，真不知道要吃多少苦頭！

念頭還沒過就看到玫瑰金牙坐着他手下的車急轉彎的開進狗場空地。我大喊一聲：「老李！」

玫瑰金牙下車，又好像看到我很樂，咧開大嘴，露着金牙。他伸出左手，這次像在跟我要什麼。老李他們在房門口看着，我就抬起雙拳，護着腰腹。我的手機在響，玫瑰金牙左手指一下，好像在提醒我手機在響。我保持警惕不理他，他說：「接電話呀！」

我拿手機一看是貝貝打來，救兵到了。接上電話貝貝搶着跟我說話，我說：「貝貝……」，她說：「強巴你聽着，我剛接到安叔叔電話，他說我媽叫他跟你要回給你的東西，就是說你帶走的他們要拿回去，我跟安叔叔說了，越野車可以還給我媽，其他甭想，你就把車還給我媽吧，其他手機愛拍什麼的

你都留着，我跟安叔叔說好了，他同意了，待會他會叫他的人到基地來取。強巴，你在聽嗎？」

「他們已經在這了。」我說。

貝貝說：「那你把車給他們吧，以後他們就不會再來找你了。強巴？」

「知道了！」

「那我掛了，開着手機哈。」

「嗯！」

玫瑰金牙再伸出左手跟我要。我問了一個一直想問的問題：「你們昨天怎麼知道我在這？」他不回答我，只咧着大嘴，手抖兩下向討我車鑰匙。我沒辦法，只好把車鑰匙丟過去，他接住，順手就拋給他的手下。

上車前，他掏出他自己的手機，大動作的把手機舉起來在半空轉了幾下，好讓他背後的我看到。

手機？他們找到我，是因為手機？

12

我迷瞪的走了好幾百米，路過一個居民小區，看到超市還沒關門。我進去買酒，什麼酒都好，有酒精就好，誰都知道我們藏族人好酒，不喝白不喝。超市超小，竟然有好幾種葡萄酒，還有賣開瓶刀。我挑了最便宜的國產乾紅，才二十多塊錢一瓶，反正喝醉了，再貴的酒喝了也白喝。我扛着店裏全部的九瓶存貨和開瓶刀回狗窩。

拿去了我的車，我半條命沒有了，非喝醉不可。多少年在我身邊，哪有少了一輛車的時候？我強巴就是跟我的車生活在一起的，強巴可以住狗窩，但是不可以一天沒有車。我忘了沒有車是怎麼過活的。沒有車，什麼地方都去不了。不開車，強巴還能做什麼？我一下什麼心情都沒了，我的世界看不到亮了，我的北京變得很遠很遠了。我都不知道該怎麼去找我的北京了。

梅姐說過，路虎是我的！她說：「這車漂亮嗎？」我說：「漂亮。」她說：「這車是你的啦。我跟你一起坐這輛車回拉薩，你把車開回去。喜歡

嗎？」我說：「喜歡。」

我喜歡，喜歡到忘了車不是我的，我只是開車的。

車不是我的，是要還的。

老李說，叫醒我的時候，一屋子酒酸氣。下午我問小楊，在北京買一部三手夏利，幾千一萬總夠了吧？她說不是這樣的！她告訴我在北京上牌照的新政策，要搖號。她還說貝貝運氣最好，剛拿到駕照，就有一個狗友很便宜的讓了一部舊的斯柯達給她，在限制發車牌照的新政策出台前上了牌照。

我知道了，說來說去就是，我在北京連一部帶牌照的舊車都買不起。我終於完全醒了，在北京我是不可能有自己的車了。

我每鏟一塊狗屎就說：我是狗屎，我走狗屎運。什麼新政策，舊車都不讓你開，還說北京歡迎你？我是狗屎，我走狗屎運。

老李拿了一張北京交通地圖，想教我坐公交車。大概是前兩天我整天跟他嘮叨北京車展，現在他告訴我怎麼坐公交去展場。我迷瞪的聽着，不想掃他的興。本來自己有一部路虎，可以美滋滋的去攀比一下、顯擺一下，現在車沒

了，反而不想去了，省得看到別人有車自己沒有鬧心。當然本來看了也是白看的，買不起，上不了牌照，甭想了。

晚飯後我喝酒，喝着喝着睏了，盹了一下，手機響了，是貝貝。她說：「強巴，是我。我們剛演完第一場，觀眾反應很好。」我舌頭有點大：「狗屎，貝貝，我走狗屎運了。」她說：「強巴，你還好吧？」我說：「好，一瓶才二十多。貝貝，你說我不買汽車，買部小摩托好嗎？」她說：「強巴你喝高了，我叫老李過來看你。」

我說：「他都跟我說了，一直坐到中國北京大北窯CBD才換車。」

13

不知道老李有沒有來過。第二天中午醒來，貝貝回來了。她的斯柯達裝了滿車行李和雜物回來了。她搬過來了。老李兩口子和我幫她把東西放進房子裏，東西堆滿一屋，都沒人問貝貝幹嘛把東西都搬過來？我問：「怎麼都搬過

來了？」

貝貝說：「跟他掰了唄。」

我高興的說：「真的？不是說等戲演完才掰？」

貝貝說：「昨天跟你通完電話，就想過來，忍了一個晚上，今天早上怎麼都忍不住了，跟他說了。」

貝貝自己笑了一笑，摸着一邊臉，我問：「他打你？」貝貝點頭。

我說：「龜兒子的，我去找他。」

貝貝搖頭說：「我回了他一拳，好像打歪了他鼻子，他自己去了醫院。我們現在誰都不欠誰了。他憑什麼打我？他自己也有老公。」

我有點迷瞪，他自己也有老公？我沒反應過來接着問她：「那……待會還去劇場嗎？」

她說：「不啦，不想去啦。不想見到她。」

我還說：「不去行嗎？你是舞美啊，沒你行嗎？。」

她說：「是助理舞美。首場演完了，該做的都做了，誰都不需要我了。」

我說：「我需要你，我好需要你。」

貝貝笑，一笑臉就痛。我過去抱着她說：「我太需要你了！」我有點粗暴的摟着她的小屁股，用鼓鼓的雞巴頂着她下身。她突然說：「不要。」她推開我然後說：「我那個來了。」然後她又說：「我替你來。」

她用椅子頂着門，我呆站着，她解開我的拉鏈褪下我的褲子，然後把我拽到床上替我打手槍。我渴望她用嘴巴，但她始終只用兩根手指，姆指和食指，一點都不給力。我不忍心提出要求。

14

早上貝貝讓我開車去市區。貝貝好像比我更不想待在狗窩。

我們在一個叫雙井的地方找了個房屋中介，要看出租的樓房，願意付三千月租，至少兩房一廳。中介小方馬上帶我們去看房，說正好有個三千出頭的兩房一廳，說是業主單位分配的房，聽上去很好。業主過來開門，是個大媽，

她一看到我臉色就怪怪的，好像以前沒見過藏族一樣。她問我們：「你們有北京工作證明嗎？」貝貝亂説：「我們是北京的。」大媽沒説話，還是繃着臉看我。貝貝好像喜歡這房子，輕輕跟我説房子還行。我其實一點看不上，太破太小了，那廳就是個小過道，廁所廚房好像從來沒裝修過，不過我讓貝貝做決定。大媽又問：「你們有結婚證明嗎？」貝貝甜甜的説：「阿姨，我們租房子就是為了想結婚。」大媽就抓住貝貝這句話不放：「那不行，那我不能租給你們。」小方幫着説：「沒問題，阿姨，他們快結婚了。」怎麼説都沒用，大媽很堅定，好像不租房給我們就可以捍衛婚姻制度，防止年輕人未婚同居。貝貝拉着我就走了。

我輕輕安慰貝貝説：「我不喜歡這房子，廚房太小了。我喜歡廚房大的房子。而且你有沒有看到，廁所也沒有窗的。我不喜歡廁所沒窗。」我給出我的意見。

貝貝和小方嘮嘮叨叨商量之後，去看另一小區的房子的時候，叫我在小區院子等他們，不用跟着上去。

我心裏不高興，但不想在外人面前發作。房子是我們兩個住的，卻要我躲躲閃閃，好像我是見不得人的。

連看了兩處貝貝都覺得不好，說比第一家沒大多少還貴這麼多，我也擺出一副不高興的樣子。小方說：「你們試試通州或者望京那邊吧。」貝貝說：「還是想近東邊市區一點。」

貝貝也沒勁頭了，她說：「原來租金漲了這麼多。」我們今天不用去看房了。

我看貝貝沒心情，經過必勝客就逗她說：「貝貝，你最喜歡吃的比薩！」貝貝知道我在逗她，笑着說：「去你的。」

我們在小店吃酸辣粉的時候，我說：「貝貝，不要太省，看中了，租金貴一點就貴一點。我卡上有錢。」貝貝說：「我媽可能已經取消了你的信用卡。」我說：「不，我是說我的銀行卡，那是我存工資的賬號，是我的錢。」她問：「卡上有多少錢？」我說：「有上萬元呢！」貝貝看我一眼說：「強巴，上萬元在北京不叫錢，你就自己留着吧，悠着點花，啊！」

下午回到狗場，志願者在談阿閃微博上的一張照片，是一位大叔，據説是個在市區胡同裏經常抓流浪狗吃狗肉的人，竟然給阿閃人肉到，偷拍了照片放在微博上流傳。

丹丹帶了新男友介紹給我們，這個人瘦瘦長長，下巴留了點小髫子像日劇的明星。我在琢磨這人的日式鬚根是怎麼留出來的。小鬍子很深沉的對貝貝説，他看到基地的橫幅寫着：「讓生命不再流浪」，讓他感到震撼，因為他覺得自己也是流浪的生命，這個世界上有一種無腳鳥，只能夠一直的飛呀飛呀，飛累了就在風裏面睡覺。

在風裏面睡覺？我差點笑出來。

看貝貝的反應，他問：「你知道這句話？」

貝貝有點來勁的説：「當然知道，張國榮説的。」

他故意問：「哪部電影？」

貝貝説：「《阿飛》。」

他又感動了：「噢，太對了。王加冒的《阿飛正傳》是我最愛的十部電影

之一，因為我就是一隻無腳鳥。」

我以為貝貝會說點別的，可是貝貝竟然順着問他：「是哪十部，你最愛的電影？」他們很認真的說了一堆沒人聽過的電影。我有點不是味兒，我看丹丹還傻傻的在旁邊聽，小鬍子說這種話很明顯是想泡貝貝。

我走去跟別的志願者聊天。她們給我看微博上咒罵那個吃狗肉男人的評論，她們好像相信用微博可以咒死那個人，微博可以改變世界的飲食習慣。

我見人就問：「你們要不要請司機，或認識的人要請司機？」原來狗狗志願者有的也沒車，是坐公交車來基地的，有的也只開很普通的國產車，都說請不起司機。我說笑：「那保鏢呢？我當你們私人保鏢如何？美女打九折。」我亮手臂的肌肉給大家看，大家都覺得我挺幽默的。我心情好了一點。

晚上貝貝有點不高興的問：「你幹嘛到處跟她們說要做她們的司機、保鏢？」

我說：「找工作呀，我不想整天待在這兒。」

貝貝看着電腦說：「現在知道要找工作啦？」

她說話就是這麼衝。我忍住氣說：「那個安叔叔，是不是開保安公司的？前幾年北京有一家保安公司招聘了一百多個藏族年輕人到北京做保安，自治區政府和拉薩的公安部門還特別批示支持，這事電視都報導過。我可以去做保安呀，什麼保安都可以，夜總會保安、商場保安、富人小區保安、明星私人保鏢……」

貝貝不理我。我說：「貝貝，你去跟安叔叔說一說？」

她蹦了一句：「做人有點志氣好不好？」

既然是認識的，去問一句有什麼問題？在拉薩，什麼事情不是找熟人幫忙解決的？

她不理我整晚對着電腦，不知道她在幹活還是在QQ。我玩我的憤怒的小鳥電子遊戲，喝我的酒。我有點氣她對我說話這麼衝，沒再找話跟她說。房裏那個亂呀，真的是狗窩了。我發覺貝貝不習慣收拾，箱子打開後，東西放到哪就留在哪，三角褲乳罩襪子也一樣到處亂丟。我買給她的綠松石別針也掉在地上，再沒別上過，也不撿起來放好。上次在外面堵截運狗車，她像個小隊

長，看她很會安排別人做事，就像她媽，可是回來這裏連自己的東西都不收拾，什麼都攤放着像擺地攤一樣。我比較關心的是她的那個來了，但她也不大喝水，整天沒看到她多上廁所，真弄不懂這些女孩。

第二天貝貝說今天她會再去看房子，她晦氣的說：「都在問我現在住哪，我都不好意思說。」她叫我不要跟她的車去市區，白天她在城裏還有事。她把車開走。

15

狗場天天有新人來。今天是週末，來了兩個妹妹，說不上有多漂亮，勝在夠青春，說起來原來還在上大學，外語專業，所以名字不好叫，我逗她們，硬叫一個沙拉，一個米醋。我最感興趣的是米醋開來的牛奶巧克力顏色的迷你車，跟她們搭話是想她們給我試開一下，感受一下，她們很大方的說沒問題。

這時候小楊走過來說，阿閃打來電話，有人私信給她說東城胡同一個老太

太死了，沒有家人，家裏兩隻貓沒人餵養，阿閃自己在外地出差，問我們這邊是不是有人有空，可以去撿回來？米醋沙拉很興奮的接了任務，小楊就轉告阿閃，讓她把詳細地址待會轉給她們。

我正失望，沙拉說：「強巴，你來開，我坐後面。」小個子的沙拉一下就鑽到後面狗座，趁米醋還在跟小楊說話，悄悄跟我說：「米醋剛考到駕照！」

我當然太樂意了，開着酷車帶着兩個美女胡同遊。也幸好是我開車，胡同那點破路還真不好走。我們轉了半天，找到那條小巷子，連迷你車開進去都不容易開出來。巷子只有二三十米深，院子應該就在裏面，我把米醋沙拉放下，再到附近找地方停車。

還好是開了迷你車，轉了兩個胡同就找到一個小空位，不過沒我這麼好的技術也別想把車停進去。

我走回窄巷，房子都很破爛，沒住人，大概都是要拆的了。我走到一面塌了的牆外就聽到院子裏一個男人的聲音：「你們誰是阿閃？」

我看到六七個大叔堵住沙拉、米醋。米醋還算鎮定的說：「我們都不是阿

閃。」其中一個大叔說：「那你們進來幹嘛？」沙拉說：「我們來救貓。」那人說：「那就是阿閃叫你們來的啦！」那人很得意的對他的哥們兒說：「上鉤了吧。」

我才看到說話的那個人，就是給阿閃人肉過的吃狗男。另外一個人也得意的說：「你們丫以為只有你們才會玩微博？」

米醋急着說：「那條微博不是我們發的，我們都不認識阿閃，我們是學生志願者。」

吃狗男說：「裝什麼丫挺？我最恨志願者，竟敢人肉你大爺？」

米醋說：「你們想怎麼樣？」

吃狗男說：「想怎麼樣？想讓你來點實在的補償補償你大爺。」

沙拉聽到這話就被嚇哭了，我只能硬着頭皮走出去說：「各位大叔，下午好。」

看到我出現他們好像也嚇了一跳，有點退縮。我說：「對不起，打擾了，我帶她們走。大叔，勞駕，請借過。」他們看我是一個人，又有點整合起來，

把我也堵住。有一個人張望了一下說：「就這一個，沒別人了。」另一個拿着根短棒的盯着我說：「外地的吧？」他們說着說着好像壯了膽，我心想這回糟了。

我說：「大叔，這事真的不關她們的事。」

短棒男說：「那就是你的事了。」

我說：「其實也不是。」

吃狗男說：「不是你的事就一邊呆着去，你大爺要跟這兩位小妞好好聊聊。」他邊說邊往米醋身上貼。

我看吃狗男這回非要佔到便宜不可，只得往前走了一步說：「大叔，冤有頭債有主，你們去找阿閃嘛。」

吃狗男衝着我說：「你欠揍是吧？」他們看着我起哄。

我說：「咱們都是爺們兒，不要嚇唬人家小姑娘嘛。」

吃狗男又說：「這小子真的欠揍。」

我心想，這回要開打了，慘了，我再怎麼着也打不過這麼多人。沙拉緊緊

抓住我的一隻手拉我往後退，我都有點站不穩了。我心想，沙拉，你別使勁拽着我。

米醋求情說：「各位大叔大爺，我向你們道歉，請你們原諒我們，我們不懂事，你們大人有大量。」

有一個說：「光說沒用。」

另一個又是那句：「來點實在的補償補償補償你大爺。」

米醋好像在發抖的說：「怎麼補償法？」

他們看到女孩好欺負，沒完沒了。我憑感覺的生出一個主意，取出手機，對着這群老流氓拍了一張照，然後快速按了幾下手機。

有一個說：「拍照？搶他手機。」我立馬騙他們說：「照片已經發出去了，你們每個人都在上面，清清楚楚，誰都逃不掉。」這下有點把他們鎮住。

我看那個短棒男還舉着棒子，又對着他拍了一張說：「還帶着傢伙。都是證據。誰流氓就抓誰。」他們的架勢有點亂了。

我說：「你們誰還想亂來？」

吃狗男突然像什麼事都沒有的說：「哥們兒，咱們什麼都沒做呀，咱們是老百姓呀，就是逗你們玩玩。」其他幾個附和：「對呀，逗你們玩玩，沒別的呀。」，有一個說：「我們在遛彎兒呀，老百姓出來遛個彎兒也不行嗎？」

我說：「行，你們遛彎，我們先撤。」沙拉米醋在發抖，我裝作鎮定一邊一個拽着她們的手臂，走出破院子，眼睛還長在腦後面，怕他們撲過來。他們沒有追出來。

16

「暴力能解決問題嗎？」貝貝這樣一說，我才知道大家想的跟我想的完全不一樣。我以為大家就算不把我當救美英雄的來吹捧，也會表揚我有勇有謀。我本來的自我感覺是很良好的，對今天自己的表現是超滿意的。

車上米醋、沙拉都很沉默，不知道是被嚇到了，還是覺得被欺負了，被欺負的感覺我能體會。後來她們分別低頭發短信。到狗場後我叫她們先去跟小楊

她們報告一下，這種事情先讓她們小娘們兒自己去說吧，我回房子打了個盹。

傍晚醒來，發覺沒人來跟我打個招呼就都走了。老李說小楊把大家帶走了，說要跟王大軍他們一起開個會。

老李說：「差點打架了吧？」我說：「真是差點！」老李就走開了。我有點不滿意他們開會也不把我這個主角叫上。

晚上很晚貝貝回來就忙着打開電腦上網，也不跟我多聊。我忍不住問：「米醋沙拉，那兩個大學生怎麼啦？」

貝貝看着電腦說：「回學校了。」

我說：「她們給嚇到了吧？」

她說：「還好。」她補了一句：「她們都是北京女孩。」

這跟北京女孩有什麼關係。我說：「那幾個老流氓當時真的把她們嚇壞了！」

貝貝看都不看我說：「你弄錯了！」

我弄錯了？我說：「當時真的很危險呀，還好我在！」

貝貝竟說：「北京胡同裏的老百姓，再流氓也不會對女大學生太亂來的。這你不懂。」

我不懂？貝貝不明白當時有多危險！

我說：「我不出手，那幾個流氓什麼事情幹不出來？什麼北京老百姓！」她終於看着我說：「你想成多危險，事情就變得多危險。我最怕就是你太衝，太多疑，過度反應，想拉你都拉不住，沒事都變成有事。」我衝、過度反應？把沒事變成有事？不對，貝貝不了解當時的情況。我在想，沙拉、米醋這兩個北京女孩到底是怎麼說整件事的？

貝貝回頭看電腦時還加一句：「暴力能解決問題嗎？」

沒想到貝貝會這樣說。我暴力？你把別人鼻子打歪就不暴力？我納悶的問：「你們都在這樣說我嗎？」

貝貝不耐煩的再對着我說：「我我我，什麼都我我我。我們沒有在說你。我們都在說，重點中的重點是動保志願者絕對不可以牽涉暴力，一牽涉暴力媒體就不會再支援我們了。我們也在討論，以後再接到流浪貓狗的消息，要如何

求證，避免這種惡作劇的發生。」

怎麼定性成惡作劇了？我想起吃狗男聽我說拍照上傳到網上後，馬上像什麼事都沒有的說「就是逗你們玩玩」來找台階給自己下，怎麼大家真的當成是逗着玩？

我衝着貝貝大聲說：「以後掉到這種陷阱，不要指望我來救你們。」走出房門的時候我聽到貝貝嚷嚷了一句「你有病呀！」

17

週日下午我們還是一起去了伴侶動物領養日會場，在朝陽門附近一個電腦城商場前面的空地。貝貝當然要去幫忙，我也答應過小冬說我會過去。

那是個大太陽天。來了北京多天，終於看到陽光。那天空氣中有一股特別怪的氣味，我問貝貝，貝貝說是槐樹花香，我說好像男人那個東西的味道。貝貝不接茬。我心裏想，整個北京滿都是男人精液的味道，大家卻只把它當作花

香。我的性趣有點被挑動了。

據說領養日越辦越好，人很多，很多年輕人在逗玩待領養的貓狗。志願者還是挺認真的，要求只要是願意領養貓狗的先登記，改天志願者會去做家訪，確定居住環境、經濟能力、心理狀態這些條件後，才讓收養，之後還要定期回訪，看是否善待伴侶動物。她們對動物這麼負責任，連我聽了都覺得有點感動。

小冬把止痛膏藥給我，然後他就忙着去做別的事。前天在狗場我說右上腹撞了一下很痛，他說他會拿些外用藥給我。

今天碰到不少認識的志願者，除了王大軍老婆外，都很友善的跟我打招呼。王大軍還是很熱情，但沒有停下跟我說話。誰都沒有停下來問我昨天的事。我是昨天的主角，難道她們都不想聽聽第一手的現場情況？可能只是她們忙不過來。

可能她們有點躲着我？我看她們也沒那麼忙，也是這邊說說那邊說說的，只是不跟我好好說話。我看到丹丹的日式小鬍子男友也來了，正在跟貝貝好好

說話。這次我真的吃醋了，貝貝很少跟我好好說話，我意思是你說一句然後我說一句的聊天，但是她卻跟小鬍子這麼有話說。看着貝貝跟小鬍子在叨不叨叨不叨的你一句我一句，這就是我說的真的說話，但是我和貝貝做不到。我和貝貝說話說不到一塊去。

我逛離領養會場，走進電腦城。我看到兩個美女穿着齊逼小短裙在看手機，我遠遠的盯着她們，看她們的長腿。我真有點動性了，她們走到哪兒我跟到哪兒。後來她們離開電腦城，我就沒跟，走回領養會場。

小舞台上有歌手在表演，人越來越多。我到處找貝貝，在一個角落我看到貝貝背着我站着，跟一個歲數看上去大一些的女人在說悄悄話，兩個人的頭靠得很近。那個女人在說話而貝貝在很專心的聽。那個女的鼻子上貼了一塊創可貼。兩人的小指尖輕輕勾着。

我走到對面馬路停車場上面的沃爾瑪，進去買了十二瓶特價進口紅酒，然後看到有小瓶裝的，瓶蓋一轉就開那種，又添了兩瓶，捧進停車場放在貝貝車後箱，自己坐在司機位上喝着那兩瓶小瓶裝的。

後來貝貝問我在哪，我說在車上，她就來找我。她一進車裏就板着臉說：「白天就喝？」我說：「小瓶而已。我們現在去哪兒？」她說：「換位子，我來開。」我不樂意的說：「不，我沒事。」她生氣的說：「這裏是北京，不是拉薩，守規矩一點好不好？」

18

我喝着悶酒，心裏難受，想着你不好好跟我說話，卻跟日式小鬍子叨不叨叨不叨的這麼多話要說，你們到底在說些什麼？嘴裏卻迷瞪的蹦出一句：「你跟那個鼻子貼了創可貼的女人叨不叨叨不叨的說了什麼呢？」

貝貝從電腦回了個神，才慢慢轉身看着我說：「她說她在市區有個開間，可以讓我去住。」

我問：「開間，多大？」

她有點不樂意的說：「三十平米！」

真他媽的小。我問：「那我們什麼時候搬？」

貝貝臉上又出現那種糾結的神情，好像是很為難的樣子。她轉回頭對着電腦看不着我才說：「太小啦！」

然後她又一直看着電腦不說話了。跟小鬍子說這麼多話，就不能跟我多說點話？我送給她的別針還在地上那個角上，幾天都沒撿。乳罩三角褲也就隨手丟在地上。也不見她去洗洗三角褲襪子。我不洗牛仔褲，但T恤底褲襪子穿一次洗一次然後摺疊收拾好，但她從來不洗不摺不收拾，都這麼攤着。整個晚上對着電腦，不喝水也不上廁所。憋尿？不是說她的那個來了嗎？經血呢？衛生巾呢？我操，連衛生巾都不換？

我喝了兩大瓶，有點高，但還沒爽。貝貝已經趴在床上睡着了，牛仔褲團成一坨丟在地上，只穿着底褲。我心想，就不信你的那個來了。我對自己說：「臨時起膩。」

我把她翻過來壓住她。她想反抗：「你幹嘛啦？」我一手扯掉她的底褲，撐開了她的兩腿，一根中指塞進她的逼。她叫：「呀，不要呀！」我一手捂住

她的嘴，把中指從她的逼拔出來，做了一個叫她不要發出聲音的動作，然後我看着中指，沒有經血。我的憤怒雞巴硬塞進她又小又緊的逼。她又想叫，我繼續捂着她的嘴，雞巴抽動了幾下，她好像痛，臉繃得緊緊的，但已經不反抗了。我放開她的嘴，她把頭側到一邊不看我，也不出聲，我幹着她，她也不反應，就這樣攤着，像一條死魚。我在死魚腹裏射精，豁出去的大吼了幾聲，然後立馬抽出，倒流出黏糊的液體味道很重，完全就是街上的槐樹花味。

19

貝貝捂着逼走進廁所，關上門，開始的時候沒聲音，後來好像聽到她在哭。我酒氣有點過了，想到她的那裏太乾了，我弄痛她了，有點後悔自己太粗暴，想着等她從廁所出來向她說對不起，沒想到帶着酒意自己一覺睡到天亮。

醒來睜眼看到貝貝捧着肚子彎着身子坐在椅子上。她穿了很正式的窄裙。

我問：「還疼呀？要不去醫院？」

她搖頭說：「腸胃痙攣，月經該來了。」

她沒什麼力氣，卻坐起來好好的跟我正式說話，像排練好的：「強巴，有件事要請你幫忙，我今天要去我以前的中學，見我的老校長，我約了很久才約到，他過幾天就要出國，改不了時間。學校很遠，差不多到河北廊坊了，我怕回來的時候，沒力氣開車，所以要請你陪我去一趟，送我回來。」我說：「那有什麼問題，當然是我開車送你去送你回。」

路上，我突然想到說：「去見你中學的校長，是想知道你爸是誰？」

貝貝點點頭。她沒問我怎麼知道的。

我很有想法的說：「貝貝，我覺得你不是抱養的。」

貝貝還是點點頭。

我很想跟貝貝多說話：「你跟你媽樣子不是太像，不過我看到你們很多身體小動作都很像。」話一出口我就覺得自己說她們母女的身體，有點過份。

隔了一會貝貝懇求的說：「強巴，待會我見了校長出來，你不要問我們談了什麼。我有力氣的時候會再告訴你，行嗎？」

我在校園外等了一個多小時貝貝才出來，臉上沒有什麼表情，只是好像有點累。她打開後座的門，進到車內就縮起雙腳，捂着肚子，側躺着說：「強巴，我躺一下。」

她就一直躺着回到通州我們的狗窩。

整個晚上，她就穿着白天的裙子躺着，不吃東西。我遞給她一杯水，她喝了，說了一聲謝謝，上了一回廁所，出來脫了裙子，換了條運動褲，又躺下了。

20

提出分手那一天，貝貝終於好好的正式跟我說了好多話。

她帶我去了一家也在通州的時尚湖南餐館，是一個藝術家開的。我們坐在露天院子吃中飯。很涼快的晴天，沒其他客人，服務員也不打擾人。留下來服務我們的那位姐姐大概是在發情，整個下午餐廳的音樂重覆播着王菲粵語的《約定》和謝霆鋒普通話的《因為愛所以愛》。貝貝說：「這是北京最好的季

節，夏天的蚊子還沒復活。這個季節很快就要過了。」

上回在拉薩和她媽爭吵的時候，說到中學文憑，文憑是真的學歷是假的，說明她媽是很有門路的。後來貝貝就想到她的中學校長是南京人，跟她媽一定有特殊淵源，所以自己沒有好好上課考試也能拿到畢業證書。校長應該知道她媽在南京時候的事，也就是說很可能知道她爸是誰。貝貝想好了要耍一個手段。

從拉薩回來後，她就約見校長。校長前陣子一直在南京，前幾天才返回北京，馬上又要出國到美國看女兒去。

昨天貝貝去到校長室，校長老婆也在。貝貝在學校不是好學生，是個叛逆的問題女生，校長弄不懂她為什麼要來見自己，所以很有戒心，叫老婆陪着。看到貝貝現在衣着、態度都很端正，才稍稍放鬆了一些。

貝貝跟校長說着自己這幾年的情況，設計大專畢業後，到現在都做了什麼設計項目等等，說得校長又少了點戒心，校長老婆故意讓門開着，說要出去辦點事。

校長老婆一出去，貝貝就把握時間對校長説她要知道她爸是誰。

校長推説不認識也不知道她爸是誰。

貝貝就恐嚇校長説：如果今天你不説清楚我爸是誰，我就公開説當年在學校的時候，你性侵犯過我，所以我讀不成書還逃離學校。

校長説：你千萬別亂説！

貝貝拉着上衣説：我現在就解開衣服，説你又想強暴我！

校長説你要知道什麼，我都告訴你，你千萬不要亂來。

校長真的相信這個不良問題女生是會亂來的。

校長跟她爸是師範學院同學，後來分在同一家中學教書。到貝貝她媽進師範學院，他們都已經大四快畢業了。貝貝她媽是高材生，人很靈，長得又漂亮，追求的人多，千挑萬選偏偏看上貝貝她爸這個學長。是她媽拚命追求，才追到她爸，這都是在校長眼皮底下發生的事。

校長説：我給你看小林的照片。他給貝貝看畢業照，貝貝看到一個很秀氣的男生，臉瘦瘦長長，完全跟自己一個模樣。校長還拿出了校刊和一些生活

照，其中有她爸和校長一起照的照片。

貝貝看着看着就說：我爸是同性戀吧？

校長皺一皺眉頭說：現在你們年輕人看幾張照片就猜出來了！當年我們一起念書、一起同事、一起生活，那麼多年都不知道，完全沒概念。

你媽也不知道，還拚命追求。小林是大帥哥，也是從來就有很多女孩子追他，一個都沒追上，不知怎麼後來就給你媽追上了。風傳是你媽把他灌醉跟他上了床懷了孕，那只是風傳，不一定是真的。結婚後不久小林去了一趟上海開教育會議，那是九十年代初了，據說在上海小林給外國人勾引了，開了竅，說要離婚，要跟外國情人出國，你媽希望把你生下來可以讓小林回心轉意，但是小林是鐵了心了，你生下來不久就辦離婚出國了。當時誰都不放棄出國機會。

你媽就來了北京，跟南京的人脈一刀兩斷了。

我因為老婆在北京工作，後來調來到這個學校當校長，跟你媽多年沒聯繫，有一年你媽突然來求我收你上高中。看在校友、以前熟人的份上，加上我也很同情你媽，一個人在北京，把你留在南京給外公外婆去帶，真不是辦法，

就答應了。這還好，可是你又不好好念書，好的不學學反叛，大考都不回學校，應該是畢不了業的，你媽又眼淚鼻涕的來求，我也心軟，就給她弄了一張你的畢業證書。

貝貝說：我現在都明白了，謝謝您，校長，謝謝您為我做的所有事，我以後會好好做人的。

我說：「同性戀就同性戀唄，有這麼嚴重嗎？有什麼不可以說的？」

貝貝說：「那個年代！那個年代的人都特傻。我媽一定作夢都沒想到，肯定完全傻了。她一定覺得自己特別愚蠢，也一定特別憤怒。冤死了。她那麼好強、從小就不會犯錯誤的人，怎麼受得了？太沒面子了。」

「所以她也走了。她以為可以從頭再來，將過去一筆勾銷。她幾乎做到了。她完全將我爸洗刷掉了。她只是沒想到我會咬着不放跟她鬧，跟她沒完沒了的鬧。」

「我爸是不是同性戀，對我不重要，可能現在我媽都無所謂。只是她當初鐵了心不再提我爸，後來習慣了不提，以為可以熬過去。有些事就是熬不過

去。有些事情，就是不能不說清楚，再痛苦也得說清楚，說清楚大家的生活就可以該怎麼過就怎麼過的過下去。」

「不過，說到頭，我還是有點錯怪了我媽。」她又是那個糾結的表情，大概是一種傷心吧。

然後貝貝在沒有預警的情況下轉了話題，像是預先想好要說的：「強巴，我們分手吧。你和我是不應該在一起的，我知道再試着過下去也不會是好的。是我的錯，我誤導了你，我不知道我自己在想什麼。現在知道自己弄錯了，我不想再拖下去，我向你道歉，請你原諒我。」

「我們就這樣分手吧！」她有點激動的繼續說：「這樣我們才可以重新過自己應該過的生活。」

她好像是臨時想起的加了一句：「對，是我對不起你，這是我想對你說的，強巴，我對不起你，對。」

我沒有接茬。我迷瞪的好像早就知道會是這樣的。我不知道該怎麼樣去說我想說的話。我覺得她沒有對不起我。我反而覺得她給了我很多，我還沒有機

會謝謝她呢！

貝貝跟我這樣好好的說話，我不會大吵大鬧。以前只有我把別人甩了，也該輪到我給女人甩一回了。怎麼播來播去都是王菲和謝霆鋒？魔怔了！

我們一直坐到傍晚，平平和和的坐着。貝貝還跟我說了一些交待的話。這點她也像她媽。

貝貝交待說她跟安叔叔通了電話，安叔叔不知道我們要分手，還說只要貝貝不告訴她媽，讓我過去他那邊做個保安是沒問題的，他已經想到一個在郊區的項目用得上我，說是一份很適合我的保安工作。

我們在狗窩過了最後一夜，明天貝貝就要搬去那個女的在市區的那個小開間住了。我說你把白度母像帶上吧，我用不着了，她嗯了一聲，就睡着了，她好像要說的話已經說完，心無掛礙。

貝貝，我已經想你了。我已經在想念這段在異地住狗窩的日子了。

不是睡着不是醒着，不是故意不是無意，不是做夢也是做夢，許多以前學過的、聽人說過的話，白天不會說的話，都冒出來了。

我迷瞪又糾結的想，我慾火焚身，你焚身侍我，我的救度佛母，慈悲的卓嘎，我的藥，我的甘露，我的及時雨，你能對治我心的魔障和身的不由自主，你渡我過了一段急流河，吸着我的雞巴走出拉薩離開梅姐，逮着我的小頭拖着我來到北京，強迫着我往前開呀開去追求我的夢想，哪怕夢想本來太美好最後只會是失望。為了救我，你火燒了自己，用盡了你不算大的能量，不求回報，毫無計較的豁出去，你真的是多羅菩薩的化身。在你引火燒身的那段日子裏，一個小小的奇蹟出現了，你的烈火也焚燒掉了你心的魔障和身的不由自主，你就好像是脱了一層皮，消了幾生業，更接近解脱了。你焚燒的時候，我是在你身邊的。如果我能回報給你什麼，這就是我無意中的回報，就是在你焚燒的時候陪着你。這一切都只能夠説是命中䖺定。但是菩薩也不是萬能更何況是你？你的能量就只有這麼一點，你渡我過了急流河，我面前卻是汪洋大海。這回我不能再靠你護着我了，我得靠自力了。我憑什麼以為可以靠自力？難道我不就是像飛蠓一樣，一條裸命，撲向北京，為了舞出生命中僅有的一次求偶舞？我迷瞪又糾結的想，凡是有情皆有煩惱，也許我會運氣好，也許菩薩三寶會給

保佑，也許奇蹟會再出現，也許眾生皆像飛蠓，凡逃過劫難的，都將舞出新生命。我們藏人就是多夢。

下

1

一個郊區的項目，一份在北京郊區的保安工作！

我在北京南四環往南的一家賓館做保安工作。這是郊區嗎？大概不算是城區了吧。周圍都是零零散散的各種大平房，有物流貨倉和製衣工廠，也有五金批發市場和汽車修理廠。附近還有一片小平房像是外地人的城中村，和一個樓房小區，靠着一條廢棄的鐵道。離賓館不遠的地方有一個派出所和一個大型的國家信訪局接濟服務中心，集中看管全國各地來北京的上訪者，然後分流給各個地方政府的駐京人員將他們遣返原地。

春夏之際，我來到這樣的一個北京郊區。這是一個蚊子復活的晚上，也是北京小咬招搖的季節。蚊子狡猾，小咬叮我的手和臉，我一拍一個準。

我報到的賓館也是貨倉改造的，主樓像火柴盒子，兩層樓，還有一個面積較小的地下室。我就住在賓館一層，跟兩個同事三人共住一個房間。

我們沒有制服，不喊口號，不練軍操，我們不是替賓館做保安的，而是我們的保安公司租用了賓館的地方做我們自己的項目。我們的項目分兩種，一種是外勤，一種是在賓館裏看管一些人。

據説最近不是每天都有外勤項目，我上班頭兩天沒外派，吃住工作都在賓館裏。我希望快點兒有外勤任務，不用整天待在賓館。

領導我的是阿力，他兩顆門牙是鑲玫瑰金的。我向他報到的時候，他説跟他做事只有三條規矩，一是要絕對服從他的命令，二是不准盯着看他，因為他最恨別人盯着他看，三是他不會告訴我第三條規矩是什麼。我覺得要做到第二條已經不容易，因為他常常咧開大嘴顯擺他的金牙，我就會迷瞪的想盯着他的金牙來看。

阿力自己住在一個窗子向着後院的朝南房間，我們住在他的對面房，窗子面向馬路。

我問他我們是屬於安老闆的保安集團企業的嗎？當時他沒回答我，後來他跟我説我們是編制之外的特種部隊，安老闆接到維穩項目就承包給阿力。我們

不扣四金保險，包吃包住，工作量輕，每週一安老闆就派會計來發一次現金，如果要出外勤還有補助。我心想，這不就是打零工？

我的同房就是在狗場一左一右押住我的那兩個人，他們是一對粗壯的漢族親兄弟，叫一筒和二筒。他們說自己是北京人，但他們說起話來嗚裏嗚嚕的，我聽得很吃力。他們見到我就說他們的親姐姐睡過安老闆，所以他們是有鐵飯碗的，叫我不要惹他們。他們在房裏不停的抽菸。他們身上有一股體味。他們愛摳鼻子摳腳。他們兩張床併在一起睡，我搬進去的第一個晚上他們躺在床上當着我放着A片打手槍。

我搬來的時候，房間的第三張床上放滿了以前住的人的衣服雜物，好像他離職的時候什麼都沒來得及帶走。更噁心的是散成一床的香菸屁股和菸灰。我問一筒二筒之前誰睡在這床上，他們像白癡一樣傻笑着，一起蹦出一句：「外地人。」他們很樂的模仿那人說話，說了一通一聽就知道學得不像的假方言。我問還會回來取走這堆東西嗎？一筒說：「回不來了。」二筒說：「哥們兒不讓他丫回來了。」

每天兩次，我負責到地下室走道的西側開鐵門，讓賓館的服務生送飯進去。阿力説這是規矩，服務生送飯的時候，一定要我們的人負責開鐵門關鐵門鎖鐵門。這個我們的人就是指我這個新人。

地下一層很深，樓梯上端下端都有木門，上端的木門上寫着「員工區」。

我第一天上午準時十一點開了地下室西側的鐵門讓賓館的經理送一份飯菜進去。我一開鐵門，就看到一個乾屍一樣的女人從裏面房間爬着出來。經理把飯菜往地上的一隻大塑料碗一倒，然後在那女人面前一腳把碗踢翻，轉身就走出來，對着我得意的咧嘴笑了一下。我按阿力指示隨即鎖上鐵門，那個經理上樓去，我仍站在鐵門旁，聽到那女的説：「你是新來的吧？」

我從鐵門的縫隙看進去，那女人坐在地上，朝我的方向，對着我咪咪笑，好像能穿過鐵門的門縫看到我。她臉上的肌肉大概有點變形，所以微笑起來樣子特別怪。她可能只有四五十歲，但頭髮花白，門牙脱了幾顆。她一邊撿地上的飯菜放回碗裏，一邊笑着説：「每次他踢翻我的飯碗，我就知道換了新人。他是做給你看的，告訴你你也可以一樣粗暴的對待我。你千萬不要學他們，你

一定是個很善良的人，人本來都是善良的……」。我退後一步想離開，她的聲音嬌嬌的像個少女，跟她的怪樣子完全不配，我覺得挺恐怖的。她說：「你要走啦？」她大概看到縫隙的光有變化。她說：「我們晚上再談。你叫什麼名字，可以先告訴我嗎？」我沒回答她就走了。

這就是安老闆認為用得上我、很適合我的郊區保安工作！我要幹麼？幹，好好的幹。不幹幹什麼？我不能上班第一天就不幹。貝貝極不情願還替我去找了安老闆求了工作，我不能讓她覺得白幫了我。我要讓她知道沒有白幫我，我強巴是可以靠自力在北京工作的。這是我夢想的第二步。第一步我說了，是自己開車走京藏公路到北京，這我做到了。然後是我和貝貝在狗窩兜兜轉的日子，然後才是找到工作，這份保安工作。這叫保安工作嗎？叫什麼無所謂。

我從小太幸福了，以前太幸運了，一生沒吃過苦，從小就不愁吃不愁穿，我知道現在來到異地我得吃點苦了。我以前沒受過氣，現在可能會受氣，我要忍得住氣。我不能對工作有過高的要求。

有因就有果，我一定要努力，不怕吃苦、不怕受氣。我一定要在北京站

穩，實現我的夢想，努力工作，一步一步的往上走。從做保安開始，我會認識很多人，有人會賞識我，給我機會，提拔我，請我開夜店、酒吧、迪廳、夜總會，KTV、連鎖餐廳，然後投資拍電影、出唱片、簽藝人、發揚藏文化、走出全世界，北京人為我鼓掌，首都的大人物說強巴你牛。我當然知道夢想不會都實現，但是做人總得有點指望。安老闆在北京應該是有頭有臉的人，可見我的運氣還是不錯的，我要好好的表現給他看，讓他賞識我。暫時我還沒有機會再見到他，他把我丟給阿力的編制外特種部隊。

五點半我又去開鐵門，那女人已經坐在鐵門後的地上等着。她好像梳了頭髮，換了衣服。她看到了我的樣子，不理會那經理卻只對着我說：「小伙子，我們交個朋友吧！」經理把晚飯的饅頭榨菜和一根小香腸倒在地上的大碗裏就轉身走，我隨即鎖上鐵門跟他上樓去。

我說：「怎麼兩頓都是你來？」他說：「員工都不願幹，有什麼辦法？」我說：「為什麼不願幹？」他說：「怕見到那個老前婆呀。」我不太知道什麼叫老前婆：「她是什麼人？」經理有點警惕的說：「我們幹餐旅服務業的，客

戶的事我們不多問。」

我們的晚飯在賓館員工的食堂吃。阿力每頓都把吃的拿回自己的房間才吃。我昨晚今午都在食堂吃，但受不了一筒二筒的吃相太難看，所以我也學阿力拿着吃的回房間。對面房的阿力看到我，招一下手叫我進去，示意陪他吃飯。

阿力說：「受不了那兩個笨蛋了吧？」

我悶頭吃飯，不敢盯着看他，不敢亂搭腔。

他說：「我不怕人壞，因為沒人比我更壞，我最怕的是笨人還想做壞人。」

我點頭，仍低着頭吃飯。

他說：「不過你不要惹他們啊。知道為什麼嗎？」

我說：「因為他們親姐姐睡了安老闆。」我抬頭說話，發覺阿力盯着我，嚇得立即低頭。我的確是有點怕阿力。

他不屑的說：「我管它全家女人每天輪着替安老闆洗生殖器！我叫你不要

惹他們，因為你們都是我管的，懂了嗎，笨蛋？」

第三天中午終於出外勤。我們四個人分坐兩部不掛車牌的索納塔轎車，跟着專案組的不掛車牌的大切諾基出勤。我們在北五環邊的一個居民小區等了快一個小時，看到一男一女出門，男的五六十歲，女的四五十歲。專案組兩個人上前拽住男人的胳膊，一筒二筒抬起男人的雙腳，合力把那男人橫着塞進專案組的切諾基，車內兩個專案組的人在接應，給那個男的套黑頭套。

阿力和我負責按住那個女的，我們一人一邊使勁反扣着她的雙手，扭着她胳膊壓她整個身子往前躬着，她疼得大叫，然後忍着疼求情：「我不動，你們別使勁，我不會反抗。」阿力打了個眼色，我們放輕手腳，不再用力按着她，果然她彎着身子不動。專案組的車開走，阿力對女的說：「不准動。」我們就放開她回到自己的車裏，那女的果然一直弓着身站着不敢動。

這樣就完成了一次外勤任務，替專案組添補人手。可以收到出場費了。

專案組將那個男的放在賓館地下室東側的一個房間，由一筒二筒負責看守。最初幾天好幾撥專案組的人來過，輪番進去那個男人的房間。他們也佔了

東側其他房間辦公放雜物，都是沒窗的房間。

我吃飯的時候問阿力：「專案組為什麼把人拉到這裏來，不去看守所？」

阿力立馬變了專家：「這叫監視居住，監視居住在咱們國家是合法的，不過監視居住本來指的是在自家住所被監視，現在卻把你弄失蹤放在家人都找不到的地方，一般是在像我們這種維穩賓館。你想知道為什麼不直接送去看守所是嗎，笨蛋？我告訴你為什麼。去看守所就開動正式法律程序了，嚴格來說審訊還要同步錄音錄像呢，怎麼刑求逼供呀。所以，一般先帶到這種賓館，把你整服氣了，該供都供出來了，該調查的調查好了，都在監視居住期間做好，然後再走過場，開錄音錄像設備，送看守所的送看守所，取保候審的取保候審，要放走的放走。」

阿力問：「你看到撩起來了嗎？」

我問：「什麼撩起來？」

他說：「上手銬呀。再是就掛起來，銬着你掛在門樑上，再就是弓起來，對着牆躬着腰撅着屁股罰站。這都是標準套式，收收你的氣焰，正正你的態

度。看到了嗎？」
我說：「我沒過去看，那邊一筒二筒負責。」
他不屑的說：「他們！他們巴不得放他們進去拳打腳踢。」
我心想，那你阿力也不敢把他們開了，是不是安老闆特別關照他們？
阿力問：「你懂了為什麼我要你去看守那個女人了嗎？換了一筒二筒，可就把她打慘了。」
我問：「那女人的腳怎麼了？」
他說：「斷了唄！那可是以前抓她的人幹的，不是我的人幹的。」
我問：「為了什麼？」
他訓我：「我們做保安，不是做調查，做我們的份內事，其他事情少管。」
我還問：「為什麼不放了她？」
阿力又成了專家：「笨蛋！已經整成這個樣子，怎麼放呀？嘴巴生在她頭上！整她的人都換了好幾撥了，有的都可能已經上去做了大官了，誰想得罪他

們？誰會鬆口下個令放人？這事現在肯定誰都不管了，那就國家養着唄，反正維穩經費多了去了。都放了，還用得着我們？」

第二天中午經理送飯後，我鎖上鐵門，站在門外。她知道我站着，就不停的説話，叫我要做好人，不要有樣學樣的學壞，叨不叨叨不叨的。我聽着聽着，想起周星馳《大話西遊》裏的唐僧。是有點煩人，怪不得賓館的員工都不願意端飯菜給她。

上樓梯前碰上賓館女服務員捧着一份中飯下來去地下室東側，菜比西側的稍好，有炒菜有湯水有飲料。我跟着她走了一小段，遠遠看到二筒開房門，送飯的女服務員進房間，好像是把飯菜好好的放在桌上後才出來的。有一個專案組的人也進去了，出來的時候拿着塑料手銬。房內很暗，細節看不到，沒看到那男的，説不定是剛才給撩起來掛起來了。二筒鎖門的時候我就走了，不想給他看到我在看。

我不懂阿力的日子是怎麼過的，他好像什麼嗜好都沒有，不抽菸不喝酒。下午沒事他就面朝西的坐在院子裏，晚上睡得很早。他好像很待得住。

晚上我在房間裏用愛拍玩電遊，喊了一聲耶給我五個，一筒二筒突然把電視機聲音弄得很大。我記住阿力說不准惹他們，不過也不想再待在房間對着他們，就出了賓館亂逛，走進了城中村。那天下午有雷陣雨，雨停了但城中村的小路都是泥。村子還挺熱鬧的，有七八家各種地方風味的小吃店攤，顧客好像都是在附近工廠、物流倉庫幹活的外地人。想不到的是，路邊有三三兩兩的站街女人，有的還挺嫩的，看得我都傻眼了，都忘了自己在漢地哪個城市了。那裏還有小超市，可惜關得早，要不然大概可以買到葡萄酒。我心想改天要早點出來。我在小攤叫了一瓶燕啤，露天坐着看嫖客和站街女人講價錢，然後是女前男後的離開，這些女人大概在附近都有窩。看到妓女，看到超市，喝着酒，我就挺安心了，覺得生活有點指望了，反而沒有太動性。我喝了三大瓶，坐到收攤才回賓館。我回到房間，一筒二筒都打呼嚕了，我摸黑到自己的床，發覺床鋪都給弄亂了。

我們又出外勤了，阿力還讓我開其中的一部索納塔。我們在京港公路附近的一條小路上等，看到一輛十幾人座的旅遊車從遠處開過來，阿力用老式對講

器喊另一車上的一筒二筒：「要寶時間！」

我們等旅遊車開過，一筒的車先追上去越過它，阿力將一個警笛器吸在車頂，鳴着警笛，叫我靠着旅遊車開，儘量貼近。一筒那手車技也夠利索，突然別在旅遊車前，速度一收一放，嚇得跟在後面的旅遊車急減速，肯定是先把車裏的人晃暈菜，才叫司機不得不停下。一筒二筒下車喝斥司機，阿力和我下車等着旅遊車開門。

阿力說：「你先上，誰亂叫亂動就打誰，懂嗎？」我點點頭，調好自己作戰心態。車門一開，我就衝上去。第一排的一個老頭想站起來，我一拳就把他打下去，第二排有個男孩大叫，我側着身給了他一記左直拳，他旁邊的女人想護着他，我想都沒想揮右手又是一拳。這時後排有個老太婆喊着：「不要打了，我們回去啦，不要再打啦！」

打了三拳都打中，我右手拳頭在發痛。我看車上，坐了快二十個人，都是老頭老太婆大媽小孩，現在都縮着頭不敢亂動。我看旁邊的男孩，流了一嘴巴的血還不敢哭出來。

我回頭看，阿力一筒二筒都站在司機位和上車門之間，咧着嘴笑着看我，他們手上都拿着短棒。阿力笑我說：「喲，還真用拳頭打呀？」一筒二筒指着我哈哈大笑。

阿力用棒子猛擊一下座椅金屬框說：「不要讓我在北京再看到你們！」後排的老太婆說：「我們回去啦，大爺，我們回去啦！」

阿力棒子一揮，我們跟他下了旅遊車。

這次行動之後，阿力更多找我陪他在房間吃飯。我猜一筒二筒更忌妒我了，但也不敢惹我了。有一次一筒二筒走過阿力身邊，阿力在背後捏了下鼻子。吃飯時候我犯壞的說他們有體臭，阿力說：「他們是鄉下人，不像你跟我是城裏人，衛生水平不在一個檔次上，懂嗎？」

我挺高興他貶一筒二筒。我喜歡聽阿力說話，長見識呀。

他問：「世界三大都市，你知道是哪三個嗎？」

我說不知道。他說：「北京，烏魯木齊和伊斯坦布爾！」

我問：「你都去過嗎？」

他說：「還沒去過伊斯坦布爾，等賺夠錢，我就搬到那邊去。」他突然來勁：「伊斯坦布爾，那才真是世界上最偉大的都市。你看地圖，那是亞非歐三大洲的心臟，那是天下的中心，那才叫中土、才算是真的中國，在中央的國。」

我懂了，拉薩在世界第三極上，伊斯坦布爾是中國的中心，那拉薩就是天國的中心了。我想拉薩了。

我問阿力：「多少錢才夠？」

他搖搖頭，唉了一聲。他說早幾年外勤項目多出場費也高，收入可好了，一個是各個地方的駐京辦都為了截訪要找外援，另一個是國家監控對象太廣維穩忙不過來。那幾年有時候一天出勤幾次，安老闆的保安公司都自己包下幾個賓館看管上訪者還給南方一家報紙罵成黑監獄。這樣的黑賓館北京現在至少還有四五十家。但是這些年政策有變，政府直接增聘了人手，搶着吃這口維穩飯的人也多了，總體利潤給分薄了很多。他舔一下金牙說如果北京沒錢可賺，他就提前去伊斯坦布爾。

他說他十五年在烏魯木齊，十五年在漢地坐牢，本來打算用十五年在北京賺錢，然後去伊斯坦布爾。他十五歲來這裏替黑社會做未成年殺手，安老闆還抓過他，現在是安老闆的合作夥伴，負責我們的編制外特種部隊。

我試探的問：「你殺過人？」他狡猾的說：「說你殺過，你就殺過，說你沒殺，你就沒殺。」我問：「怎麼說？」

他翹翹上唇露一下金牙，又專業起來的說：「你想，晚上你在外面走的時候，我在後面捅你一刀，殺了你，把你的證件都帶走，你猜會怎樣？我告訴你，沒怎樣，我什麼事都不會有。像你這樣的一個沒名沒姓、沒有單位、十三不靠的外地人死了，你以為有人會替你破案？門兒都沒有。首先，十有八九當作意外或自殺，根本不用追查，省得麻煩，所以咱們意外死亡和自殺案特多，就是他殺案少。就算立為他殺，也不會有媒體報導，不會有專案組調查，能吃案就先吃案，不能吃案就讓案子懸着，黑不提白不提，過陣子看哪個十三不靠的人倒霉，一個人把一堆案子有的沒的都頂掉，那就破案了，等發獎金了。所以破案率這麼高。幾乎所有的檢控在法院都是罪名成立的，破案等於定罪。聽

懂了嗎？」我點頭。

他得意的說：「就是說，像你這樣的人，人人都可以殺你，隨時隨地都可以把你做掉，誰都不會有事，都沒有刑法責任。你算是什麼，不就是一條命，人命不值幾個錢。像你這樣的人，說你意外死你就意外死，說你是自殺你就是自殺。像你這樣的人，叫你頂案你就頂案，說你犯過多少刑案你就犯了多少刑案，等判死吧。哈哈哈哈！」

他掃了我一眼說：「說起來你還真是頂案的理想人選！哈哈哈哈！」

他沉下臉說：「可不是嗎？我阿力也一樣，死在地溝邊，也沒人會追究。不過誰敢來做我，我就先做掉他們，誰想掐我的生殖器，我就先掐爆他們的生殖器，幾條命換一條命，值啦。你？去求你們的佛在你的腦袋後面長個眼睛吧！哈哈哈哈！」

真的假的我都有點給嚇到，鬱悶了一個晚上，沒去城中村。不過第二天我就沒再把阿力的話放在心裏。

這兩天開鐵門給老前婆送飯，老前婆一直喊：「我要吃青菜，我要吃綠

葉菜，我沒有大便，我要吃菜！」經理從不理睬，轉身就走，經理走了她就不喊，嬌聲嬌氣的跟我說話，「你有信仰嗎？」「你結婚沒？有沒有意中人？」我從不接茬，關上門就走。

到晚飯時候，我問阿力：「地下室那個女人，每頓飯菜錢是多少？」阿力說：「那要問安老闆的會計。」我說：「那個女人每頓飯都喊着要吃綠葉菜。現在每頓不是米飯榨菜小香腸就是小香腸榨菜饅頭。」阿力說：「國家撥款多少我不知道，但是就是雞毛點兒錢還是會有人要在裏面咬一口的。懂嗎，笨蛋？」然後他用手指着我說：「多管閒事了啊！」

第二天的晚上我和經理前後下樓，跟他打招呼，經理臉黑黑的不理不睬，我看到他多帶了一小盤炒油菜，我心想，阿力去說話了。

老前婆聽到我們下樓又在喊要吃青菜，然後看到菜就驚叫出來：「青菜！太好了。」

經理把飯菜倒在地上的大塑料碗後，又是一腳把那大碗踢翻。我不知道哪裏來的怒火，一把抓住經理胸前的襯衫。經理驚慌的說：「你想怎樣？」我見

老前婆看着我們，就把經理放了，回身把門鎖上，經理仇恨的看着我走了。老前婆的話傳過來：「我知道是你去說話了，所以我今天吃到青菜。小伙子謝謝你，你有俠義之風，助人為快樂之本呀！你讓我看到久違的綠了。」我想說是阿力去說的，但直覺告訴我不能搭話。我轉身上樓去。

週一早上會計來了，我拿到一小疊百元鈔。中午飯後阿力三人要出去，他招呼我，我跟着。

一筒開了一個多小時的車到了河北，我才問：我們去哪？一筒二筒一起說：「十元店。」二筒說：「打炮。」我說：「賓館旁邊的城中村就有呀！」二筒說：「十元打一炮，不用戴套。」

我們進了一個鎮上的旅館，二層三層都是小房間，大部份打開着門，窗都不透光，唯一的光源是用紅色塑料袋包住的床頭電燈泡，每一間有一個女人坐在佔了房間大半面積的單人床上。我根本看不清楚女人的樣子，阿力一筒二筒卻很快都各自進了房間，只有我上了三樓在走道逛着。有個女的站起來到走道邊說：「今天沒做生意，很乾淨，不用戴套。」借着走道的光我看着她征了一

下，她拉我進了房間關上了門。這個大媽也四十多了吧，她粗粗笨笨的樣子，都是我以前覺得很土的，但也是最熟悉不過的，這種粗粗笨笨的樣子讓我想起我的兩個姐姐和我阿媽。我對自己說：「操，我太操蛋了。我來這裏幹嘛？」她說：「給五十好吧！」我數了五十給她。

我在旅館進口的地方等阿力他們出來，看到進出的都是些大叔和老頭。我惦着五點半送飯時間能不能趕回去賓館。他們三人都用了一個多小時才先後走出來。一筒問我：「出來多久？」我知道老實的說已經出來一個小時他們會嘲笑我的性能力，就說剛出來。二筒問：「多少錢？」我說五十，他們嘲笑我說他們都只付了十元。二筒說：「婊子爽呆了，不要錢，我硬塞給她。」他們在炫耀自己，阿力在他們背後跟我說：「兩個笨蛋。」我看錶，阿力好像知道我在想什麼的補了一句：「餓不死的。」

路上塞車，回到賓館已經七點多。我趕緊到地下室，飯菜已放在鐵門外，上面有蟑螂在爬。老前婆在鐵門後說：「我知道你不會棄我而去的。小伙子，你沒事吧？」

我竟然說了一句：「你再等一下！」

我匆忙的小跑上樓，在員工食堂快速的取了饅頭榨菜香腸和一碟炒菜。阿力他們還在選菜。我又小跑着的下樓，打開鐵門，正打算把新取的飯菜給老前婆，突然我手中那盤子給人硬奪了過去，回頭一看是阿力，我從沒看過他這麼兇的眼神。他用眼神命令我撿起地上給蟑螂爬過的菜，倒在老前婆面前的大碗裏，老前婆微笑着對我說：「謝謝你小伙子，你的好意我心領了。」阿力又用眼神命令我鎖上鐵門。我照辦後，他把奪來的一盤子菜在我面前猛摔在地上，用很兇的眼神再譴責我，才一句話不說的轉身走了。

老前婆絮絮叨叨的叫我把倒在地上的菜和饅頭都給她，我不理她，將食物撿回盤上，用幾塊髒抹布清了一下地板，回樓上去。

2

心情不好的那一天，我收到四個短信。

第一個短信不知道是誰發的：

只要太空能夠忍受
只要生命依然存在[一二]

瀑布的青春永不凋謝
青春的瀑布更不會消逝[一三]

一支火炬閃現如明月露臉
失敗過但沒有流淚[一四]

看得我發暈。半小時後同一個號碼又來了一個短信：「終於學會用手機了，正在學發短信。搭便車的尼瑪，在路上。」

他像是會經常發無聊短信的人。懶得理他。

一二 「只要太空能夠忍受，只要生命依然存在」，寂天《入菩薩行》。

一三 「瀑布的青春永不凋謝，青春的瀑布更不會消逝」，端智嘉《青春的瀑布》。

一四 「一支火炬閃現如明月露臉，失敗過但沒有流淚」，十七世噶瑪巴鳴金欽列多杰《觀想的宏願》。

我昨晚太糊塗了，在想什麼呢？竟然去員工食堂替老前婆取菜？我犯錯了，我過線了。阿力生氣了，他可能會認為我不可靠，站到對立面去了。我還是想討好阿力的，但這回搞砸了，他會覺得我是笨蛋，他不喜歡笨人，我像是又笨又不可靠的人。我懊悔，罵自己昨天笨了一回又再笨一回。

下午接到貝貝的短信。她說：「我去見我媽了。她來北京做個小手術。我們談得很好，還談了我爸。我很激動，很開心，希望你也一切都好！貝貝」。

我想：噢，貝貝和她媽和解了。隔不多久貝貝又來一個短信：「忘了告訴你，我跟我媽說我們分手了，不過我也對她說了當初是我勾引你的。」

那不是真的，她哪有勾引我，是我追過來的。我有點激動，貝貝憑什麼整天護着我？憑什麼把錯都攬到自己身上？她真當自己是菩薩？安靜下來後我對自己說，貝貝也是一番好意，想消除她媽對我的氣。

一整天我都情緒反覆。

我取了自己的晚飯飯菜回房間，阿力的房門關着，他不招呼我進去陪他吃飯了。晚飯後一筒二筒知道我失寵，看到我就故意壞笑。

我迷瞪的撥電話給尼瑪，大概是想找人說說藏語。

尼瑪說他也在北京，叫我去找他。我說已經八點多了，他說八點多算什麼！我想也是，我說我現在沒車了，他問我在哪？我說很遠，在南四環大紅門橋還要往南，他說他正在上網查我那邊有哪幾路公交車。他什麼時候學會上網查北京公交路線了？他說有了，和義東路、久敬莊、大紅門橋北都有七二九路公交車的站，七二九路可以直達北京火車站。他說他現在正看着網上地圖，叫我在北京站前那站下車，往南走到二號線地鐵站的西南出口，他就在那個出口對面的商場二樓的麥當勞等我。

我從賓館二層的盡頭，走過一條有頂蓋的通道穿過院子，去到賓館的南樓，打算從南後門出去。

賓館的南樓，是給另一家保安公司整個包下來的，供某類上訪者暫住，等待遣返。至於為什麼不把這些上訪者都送到附近國家信 局的大型接濟服務中心就不知道了，可能他們正是從信訪局的中心給分流出來的，先分到這裏，等地方政府接手處理。他們用南門進出，不影響賓館主樓。我知道南門離城中村

近，不用繞，才走這邊。當我走過上訪者的連排房間時，有個女的站在窗戶鐵欄後面叫我：「先生，打擾您啦，可以借用您的手機給我打一個電話嗎？」那個女的樣子挺好，是我喜歡的那種，我有點忽然的動性，不過我沒搭理她就走了。

我穿過城中村，在五金批發市場前的久敬莊站坐上了七二九路公交車到北京站前下車。我往火車站那邊走，人很多，那裏的站前大馬路兩側的廣場，四角都有麥當勞店。我按尼瑪的指示走着，過了行人天橋，橋底和橋上都有藏族人在擺攤賣東西。我沒費勁就找到在西南角商場二樓的那家麥當勞。

尼瑪坐在靠窗的位置，可以一眼看到整個北京站前的廣場。他戴着墨鏡，佔着個四人桌，桌上放着一隻觸摸屏手機、一堆咬剩一口的漢堡包、沒吃完的薯條、沒喝光的汽水、亂七八糟的餐巾紙和包裝紙。

我們學美國黑人用拳頭互碰，尼瑪還學黑人說了一聲：「有！」然後我們再來了一下給我五個。

我說：「喲，晚上戴墨鏡，像電影大導演了！」

他用食指頂了一下墨鏡説：「你不知道啊，最近瞎子[一五]很酷啊！」

我説：「瞎説！」

他説：「你不知道啊！除了中國，全世界都在説瞎子啊。」

我説：「真的假的？戴着墨鏡晚上還看得見東西嗎？」

他神神叨叨的説：「那要看想看什麼東西，説不定那個嘛，能看到異度空間的東西啊。」他學瞎子摸了一塊別人吃剩的漢堡塞進嘴裏，邊嚼邊説：「反正有眼睛也不見得能看到多少東西，跟半個瞎子差不太多啊。」

我問：「你一個人吃幾份東西呀？」

他説：「我們剛才還有三個人呢，才剛走。我叫他們別都吃光，剩一口給我。你要嚐一口嗎？」

我推説：「我吃飯了。」他喝剩下的可樂和橙汁。

我問：「去拉薩的火車不都是在北京西站上車的嗎？」

他説：「跟坐火車沒關係。我們在這裏談事。」

一五　瞎子指當年剛離開中國、去了美國的盲人異見份子陳光誠。

我問：「你怎麼也來北京啦？」

他說：「我那天就是要來北京的，怕你不樂意帶我啊，才在西寧下車。」

我裝大方的說：「你不早說！來幹什麼？」

他說：「啥都不幹！真的，還勸人什麼都別幹！就是那個啦，找朋友聊天啦！你看，朋友送的啊，想不用都不行。」他指面前的新手機。

我說：「行啊！」我心裏糾結的想，怎麼人家都好像混得好好的，我到底在北京混出來個什麼呀混？

他突然問：「你混得怎麼樣？」我一時接不上話，呆了一下才洩氣的說：「不怎麼樣。」

他說：「糾結啊。」我回了一句：「糾結。真雞巴的糾結。」

我說了梅姐、貝貝和我的一些事和住狗窩的日子，當然我沒說自己是梅姐的小藏獒，也沒說自己不舉。我顛三倒四的挑着說，好像在編故事，編我以後要告訴別人的一套說法。尼瑪一直戴着墨鏡、面無表情的聽着，不知道他有聽進去沒聽進去，不知道他是耐心好還是根本在想別的。

沒想到我有這麼多話。我一直說呀說，好像是對着黑洞在說話。有幾次我看到尼瑪的嘴唇微抖，像是在誦經。

我問：「沒耽誤你正事吧？」

尼瑪說：「我啊，沒正事，我從來不幹正事。你來之前我已經上網查過，七二九路公交車早上六點發車！這家麥當勞是二十四小時那種的，你接着說啊。」

我才看錶，快十二點了，沒公交車回去了。我急了一下，然後心想我急什麼呢？我根本不想回去那個三人狗窩。索性在二十四小時店待着，天亮再說吧。

我說：「那就待在異度空間吧！借你的墨鏡戴一下。」尼瑪從背包裏取出另一副墨鏡。我戴上，沒感覺。

我去買了兩份巨無霸配薯條，要了可樂和咖啡，還替尼瑪添了一份雞翅和一杯香草奶昔，我們準備吃點喝點熬他一個好夜。好不容易出來一趟，不好好享受一下怎麼行？

尼瑪神秘的指給我看另外一桌，都是些奇奇怪怪的年輕人。他說他們是扒手黨，我說你怎麼知道，他說晚上過了人流高峰時間，他們就下課，到這裏吃一口喝一口，偶然還盤點一下收穫。尼瑪說他昨天戴着墨鏡看了他們一個晚上。原來尼瑪昨天晚上也是在這裏過的。

我咬了一口巨無霸，味道熟悉，心裏踏實，想起第一次吃麥當勞，跟阿爸阿媽，大姐二姐，我姨全家，在成都，九九年千禧大除夕，還在念初中的我，嘴巴的一小口，人生的一大步，那快感跟第一次和女孩親嘴可以一比。怎麼這些好日子就這樣都沒了？怎麼有些感覺就這樣找不回來了？我低着頭吃漢堡，眼淚差點要出來。

春夏之際的晚上，躲在有冷氣的地方，沒有蚊子和小咬！來了北京這麼多天，我現在才第一回有一種自由自在的感覺。跟貝貝在一起我有點緊繃，跟阿力當保安我也有點緊繃。現在跟這個神神叨叨的尼瑪瞎侃，反而沒壓力。我覺得來北京後我就給撩起來掛起來弓起來了，現在我才像是解了銬，可以歪瓜裂棗自由自在的坐下來了。自由自在，這才是我喜歡的生活！

我給尼瑪解釋什麼叫撩起來掛起來弓起來，我告訴他維穩賓館、玫瑰金牙阿力、地下室的女人。我問什麼叫老前婆？尼瑪在餐紙上寫上漢字「老虔婆」，他圈了一下那個「虔」字，然後不知道為什麼只說了句：「這個嘛，不好說啊！」

我說我的這份保安工作，有吃有住，工作量輕，收入不錯，說不上吃苦受氣，可是奇了怪了，有一種比吃苦受氣還難受的感覺，像掉在地溝一身髒，像活在異度空間。我不想說維穩賓館連狗場都不如，我不想污滅狗狗，但我現在就是渾身不自在，自己負責控管別人，卻好像失去自由的是自己一樣。

尼瑪說：「現在做人不都是這樣了嗎？衣食住行吃喝玩樂都不缺了，其實是都給撩起來了。我們可以在自己的小範圍東走走西看看，但是都走不遠飛不掉，都給掛起來了，只不過是拴你的韁繩長點短點、鬆點緊點那種的。我們平常人模人樣，其實心裏明白，不都是弓着腰做人的嗎？」

尼瑪神了，這就是我心裏的那種感覺。

我走神了，回過神來，只聽到尼瑪在說：「還有一招呢，這一招叫：養！

都養起來。有的是給包養了，另外好像我們博族人，是給圈養了，多衛康三地的公務員、單位員工和維穩的那些人，是給豢養了。我們都成了良民，大大的良民。我養着你，你還敢給臉不要臉，我就整你整到你服了為止，再不服，就整死你。」

我隨便接了一句：「不玩行不行呀？」

他說：「不玩不行，你想不玩，人家要玩你，誰叫你礙着人家？」

我不知道哪裏來的憤怒：「誰敢玩我，我就跟他死磕，我掐爆他的生殖器！」

他說：「死磕是沒用的！還記得路上那場車禍吧？小破轎車撞大越野車，配備太不對稱、太不對稱了！」

我想起尼瑪靠着那個斷頭，對着斷頭的耳朵說話。我想起那個開大越野車的司機，臉上都是斷頭撞爛的前額噴過來的血漿。我想起小破轎車成了壓縮餅乾，成了一坨血膿於水的廢鐵。

我還是很生氣的說：「不喜歡，我不喜歡撩起來掛起來弓起來什麼的，

都不喜歡，養我又怎麼樣，養我還是不喜歡，不喜歡就是不喜歡。不喜歡總行吧！」

尼瑪用食指頂住墨鏡安慰我説：「現在誰都逃不掉啊，韁繩長點短點、鬆點緊點之分罷了。嗨，走着瞧吧，強巴。記住啊，世事無常，好日子會過去，壞日子也是會過去的啊。」

早上六點多，我戴着他送給我的墨鏡，在北京站前的公交站坐七二九路公交車回久敬莊。

3

我坐公交回到賓館，還是走原路進南門，迷瞪的想看一眼那個讓我動性的女上訪者，可是昨天晚上她已經給轉移了，不知道去哪裏了。

我看着仍給看管着的上訪者，男男女女老頭老太婆，有幾個從我到這個賓館那天開始已經在，到今天還沒給遣送走。每天，都有一車一車的上訪者給運

進來，也一車一車的給運出去，就是說，每天都有新的上訪者像潮水一樣的湧到北京。他們是從哪裏冒出來的？他們為什麼要離開家鄉，撲向北京？難道他們以為北京會歡迎他們？我想，可能他們是一無所有了，只剩下一條命一口氣。

回到房間，我的床鋪又給翻亂了，一定又是一筒二筒見不得我在外面一晚上不回來。

我的情況不妙了。阿力不罩着我，一筒二筒就更要整我了。我得罪了那個經理，賓館的員工聽了他片面的話，也不會對我友善了。

五點半送晚飯後，經理走掉，我鎖上鐵門站着想，都是這個老虔婆害我惹了禍。可是老虔婆不但不知道我在生她氣，還真以為我站在她那邊。她舉着一卷寫滿字的廁紙對我說：「小伙子，你替我做一件事，把這個送給我的一個朋友，上面有他的姓名地址，小伙子？」

我雙手頂住鐵門，都不知道該氣還是該笑。我心說：我服你了，老虔婆。我在拉薩是聽政府話的良民，在北京是為了討口飯做管控你的保安，你還把我當自己人？你腦筋在想什麼？老虔婆怎麼不說話了？這時候我才警覺，回頭一

看，一筒就站在我背後的走道看着我，他見我回頭，轉身就走了。他看到聽到什麼啦？我可什麼都沒做啊！

我上去食堂取了自己的飯菜回房間，放慢的走過阿力的房外，聽到阿力說：「老闆，我阿力不會變魔術，你叫我哪裏再去變個人出來頂案呀？」

他和我的眼神剛好對了一下，他迅速的把目光移開，一手仍拿着手機，一手關上門。我就回房間吃飯。

我的愛拍找不到了。一筒二筒回到房間我就板着臉問：「東西呢？」一筒二筒一起說：「我們沒偷你愛拍，你沒證據不能亂說。」這兩個笨的壞蛋！

我真想揍他們，但是知道時機不好。我說：「我去跟阿力說。」我去輕叩阿力的房門，他們也喊着叫「阿力阿力！」

阿力不說話走出來，我們都站在走道上。我們同時告狀。我說：「他們偷了我的愛拍！」一筒二筒說：「他替老虔婆傳信！」那我緊張了，立馬說：「我沒有！」一筒大聲說：「我親眼看到。」我反駁：「你亂說。我根本沒有……」

突然阿力出手了，沒看清楚就各中了一拳，都痛得抱着肚子倒在地上。阿力吼了一句：「你們犯了第三條規矩。」說完他就回房把門關上。

我的右上腹在狗場給阿力用左手打過一拳，疼了好幾天，現在同一位置又中一拳。不過一筒二筒也疼得苦着臉，就這樣看見我也還不忘給我白眼珠。

第二天我沒去吃早點，補覺。奇怪的是一筒二筒吃完早點回來，心情都好得很，用他們的傻樣對我做鬼臉。我懷疑他們又跟阿力說了我什麼，可能他們知道一些對我不利的消息而我不知道。

今天早上阿力大概放一筒二筒去搜了老虔婆的囚室，老虔婆臉上又紅又腫。送午飯的時候，她充滿怨恨的咒罵我：「有些人還不如畜牲，畜牲都比人強。」她以為我出賣了她，好像之前她以為我為她爭取了每頓飯吃到青菜。我再聽不得她的聲音，猛得鎖上鐵門，扭頭跟着經理的屁股就離開地下室。

我到員工食堂，竟然沒看到一筒二筒在吃中飯。我取了飯菜回房間，經過阿力的房間，房門開着，但人不在。人都去哪兒了？

回到房間，看到我衣服雜物都給翻出來堆在床上，還給散了一床的香菸屁

股和菸灰，就像我第一天來到這裏的狀況。太超過了，我不揍那兩個笨蛋就不叫強巴。

我氣憤的坐着，戴上墨鏡，拿出手機重看尼瑪之前的短信：「只要太空能夠忍受，只要生命依然存在，瀑布的青春永不凋謝，青春的瀑布更不會消逝，一支火炬閃現如明月露臉，失敗過但沒有流淚。」

手機響，是貝貝。我深呼吸一下。

「強巴嗎？我是貝貝。」

「貝貝！」

「你好嗎？」

「還行。」

「吃飯了嗎？」

「正吃着呢！你呢？」

「待會就去吃。你工作好嗎？」

「也還行！」

「那就好了。」

「有事嗎？」

「沒事。就是早上接了安叔叔的一個電話，他說他跟我媽碰了面，我媽告訴他我們已經分了，他要跟我確認一下，我說我們是已經分了，他問你的事我還管不管？我說不管了，他說那就沒事了。我剛剛忙完才想起，想着打個電話給你問問你怎麼樣了？」

我說：「謝謝你關心我。」

她說：「我在想安叔叔打電話給我是什麼意思？怪怪的，怕你的工作出了什麼狀況，所以打來問你一下。那你沒事吧？」

我說：「我沒事。」

她說：「沒事就好。那就這樣？」

我說：「嗯，貝貝，謝謝，謝謝貝貝。」

她說：「沒事。再見。」

我說：「再見。」

掛上電話之後，我又迷瞪了好一會，才想到安老闆幹嘛要問我和貝貝是不是還在一起？阿力要把我開了嗎？

我好像後面長了隻眼睛，轉頭看出窗外，一輛警車開到賓館門外停下，下來了三個穿制服的公安，大大咧咧的走進賓館的大門。

我愣了一下，突然有種説不清的心慌，他們該不會是衝着我來的吧？我跑着小碎步竄到走道盡頭的拐角，躲着看走道的情況，那三個公安果然轉進走道，停下來看清門號，然後一下闖進了我住的三人房。

我沿着有頂蓋的通道走到南樓，打算從南後門出去。經過上訪者房間的時候，有個上訪老頭又問我借手機，我想都沒想就把愛瘋塞進窗欄給了他。我馬上就後悔，用得着這麼過度反應嗎？但是也顧不上要回來了。

我從南門出去，快步的穿過城中村，到五金市場前的公交站，看到一輛公交就跳了上去，坐了一站就下車，在大紅門橋北站再轉坐七二九路。

我一直坐到北京站前下車，懊悔着自己太衝動，丟了愛瘋，就算是怕手機追蹤，也就丟電話卡好了，用得着丟手機嗎？我進了附近一個商場，買了一隻

便宜手機，買了個新的手機號，然後撥打我唯一記得的一個號碼。我說：「貝貝，是我，強巴！我有事。」

當天下午雷陣雨，我在商場南側門的垃圾站跟貓狗一起躲雨，等貝貝開車來。

4

貝貝接上我，往西邊開，再上高速往南，直奔河北。雨停了。

我上車就急着告訴貝貝發生了什麼事，說得太急，結結巴巴，顛三倒四。我說了我在維穩賓館的保安工作、玫瑰金牙阿力、地下室西側的斷腳女人、地下室東側的監視居住的人和賓館南樓的上訪者，也說了在堵截上訪車的時候，我在車上用拳頭打了一個小孩、一個女人和一個老頭。我覺得貝貝現在是世界上最懂我的人了，所以這次我說的都是真話。我把她都說流淚了，她好像是特別為老虔婆和那些上訪者流淚的。她說：「這世界太黑了！太可怕了！怎麼我們都不知道還有這樣的事。」

我說，我認為我是給賣了，就好像在我之前的那個人一樣，都是沒名沒姓、沒有單位、十三不靠的外地人，只剩下一條命，誰都可以做掉，是頂案的理想人選，所以逃出來，找你過來幫我。會不會是我弄錯了？會不會這次又是我太衝了，太多疑了，過度反應了呢？

貝貝說：「不管怎麼着，都不要再回去了。太黑了！太可怕了！」我覺得貝貝是真的向着我的。

到了河北地界，我問：「到河北了，北京的公安管不着了吧？」

貝貝說：「應該沒事了，不過，也難說！」

我們在休息站加油買飲料，我順便解了個大便，已經憋了一個下午。我想到尼瑪。現在，我服了。尼瑪啦，我沒夢了！

我丟了手機，也就是丟了尼瑪啦。我想記住他短信上的句子，但已經記不全。我想知道短信上的那幾個句子是誰寫的，但現在沒人可以告訴我了。

我鬱悶的回到車上，貝貝着急的說：「剛才有微博說五點在北京火車站前有藏人自焚。」

我聽到北京的火車站有藏人自焚，馬上也急着問：「哪個火車站呀？」貝貝說：「就是剛才四點多接你的那個北京站呀！」我說：「給我看看。」貝貝說：「在找。剛才那條給刪了。」貝貝找各種相關的詞，都再也找不到這段微博的內容。真的假的？真希望是假的。

貝貝做了個放棄的手勢說：「找不到了，可能都給屏蔽了。」真是有眼睛也不見得能看到，跟半個瞎子差不太多。

我跟貝貝說前天晚上我才去了北京站，在麥當勞見了尼瑪啦，我戴的墨鏡就是他給的。貝貝突然問自焚的人會是他嗎？

我腦子裏閃了一下尼瑪說過的死亡衝動，愣了一愣，然後才急忙回答說：「不是他，不會是他，他到處叫人什麼都別幹，還勸人不要去實現夢想，怎麼可能是他，應該不是他吧！不是的，絕對不會是他。」我很想告訴貝貝，尼瑪啦是怎樣一個人物，但是說不清楚。

貝貝邊想邊說：「你前天晚上去北京站的麥當勞，剛才又在北京站，如果他們調監控錄像看到，不知道會怎麼想？」

她這麼一說，我的心咯噔一下子就抽緊了。沒想到連貝貝這樣的女孩也會這麼聯想！我知道，就算我什麼都沒做，這回要是給公安盯上查起來，也是有苦頭要吃的！

她說：「幸好我們四點多就離開北京了。如果再晚一點趕上自焚，肯定戒嚴排查，說不定就走不掉了。」

我頭皮直發麻，真要是查起來，恐怕離開了北京也沒用。

我想跟貝貝說，到前面涿州市，就把我放下吧！

這時候貝貝突然很認真的說：「你就開我這輛車趕快回去吧！」

她說：「到涿州火車站我就下車，坐公交回北京。你先開這輛車回去再說吧。我現在住的小區，附近有兩條地鐵線，不用開車，也不好停車。」

我看着貝貝，不知道該怎麼謝謝她，只向她點了點頭。

我們繼續往南走，我心情越來越激動。誰自焚了？為什麼要自焚？尼瑪啦一定知道為什麼，他什麼都明白。以前自己怎麼沒有去問他？這幾個月拉薩常有小道消息在說自焚，但自己卻一點沒有想過要去了解。如果尼瑪啦還在

身邊，多好，有什麼不明白就可以問他。我現在有太多想不明白的事想問尼瑪啦，但是已經找不到他了。三寶啊，請告訴我，為什麼要自焚？那得多痛苦！這世界為什麼變成這樣了？尼瑪啦，你在哪裏了？你勸人什麼都別幹，但是有時候人就是一條命一口氣，要發生的還是會發生。那還有什麼辦法？不這樣又能怎樣？誰可以告訴我？

尼瑪啦，希望你也安全離開了北京，已經在路上，又在到處搭便車。

到了涿州火車站，貝貝叫我直接把車停到車站的臨時停車場。我們鬱悶的坐着，我知道要告別了。

貝貝轉過頭來向我笑了一下。

我也想顯得輕鬆一些，一迷瞪又說了蠢話：「貝貝，我們兩個一起開着車，東西南北，到處去流浪，怎樣？」說完我都覺得自己太傻。

貝貝不生我氣。她說：「強巴，對不起，我沒有那麼愛你，我覺得你也沒有那麼愛我。不過我還是要謝謝你的，你讓我認真的想了很多事情！」

我說：「你現在知道你是愛男人的了吧！」貝貝搖搖頭。我問：「你還

是愛女人？」貝貝說：「我現在什麼都不知道了。」她瞇瞇笑了一笑說：「不過，這樣挺好的。」

我知道她還有話要跟我說。

她說：「我唯一知道的是我愛我的狗狗。我離不開我的狗狗們。所以我要回去了，我們就在這裏說再見吧。」

我點點頭。

她開門下車，我也下車，她說：「你也別到處亂去了，趕快回去吧。」我又點點頭。她猶豫了一下再說：「我是跟我媽說了當初是我勾引你的，不過我不能確定她怎麼想，她不是壞人，但是她特記仇。我幫不了你了，你回去拉薩後自己要小心一點。」

我心裏難受，緊緊的抱着她。

她走之前說：「度母像在行李箱，你帶去吧。」她調皮的瞪了一下眼，就像她媽，就像度母。

我心給電打了，身給火燒了。看着貝貝走去公交站，我好難過。只剩我一

個人了，我感到心慌，我居然在發抖。我知道害怕了。世時翻轉，我的世界沒有了。我什麼都沒有了。我害怕留在漢地，也害怕回到拉薩。我忍着眼淚說：強巴不哭，強巴失敗過但沒有流淚，失敗過但沒有流淚。

回去。對，回去，回去再說吧！我發着抖從行李箱拿出小背包，打開看貝貝的度母像。我呆呆的看着度母，讓發抖停下來。我吸了幾口氣，閉上眼睛觀想着自己這口氣。一口氣，一條命，一口氣，一條命。我有點回過神來。小背包裏，卓嘎很安詳、很安詳。

我深深的吸了一口氣，再看了一眼卓嘎。我回過神來了。

回過神來，才感到雨後天氣真好。

我覺得這個世界對我還不算不好。

好像，交往了貝貝，那真是沒得說了！

好像，遇上了尼瑪啦。對，還讓我認識了尼瑪啦！

還有阿力。長見識了。

還有動保志願者。對，他們愛狗狗，是因為他們懂狗狗。他們對我有誤

會，是因為他們不懂我。只要他們懂我，他們一定也會愛我。對！我瞇上眼睛，提起小背包放在腦瓜上頂禮，重重的、重重的壓着自己腦瓜頂禮。

我又有了一個新的夢想！我不想再有夢想，但一個新的夢想又走入了我的心。

也許終有一天，在未來的未來，我會再上路，東西南北，把漢地非漢地走透透，去到各個民族包括漢族的地方，好好的過上一段日子。沒錯，自由自在，漢地非漢地走透透，跟各個民族包括漢族打交道，交朋友，長見識。這才是我喜歡的生活。也許終有一天，我還會拿到自己的護照，自由自在，東西南北，去全世界走透透，長見識，交朋友。沒錯，只要太空能夠忍受，只要生命依然存在，這就是我的夢想。

現在，先把度母帶去送給我的奶奶。她會喜歡。

二〇一二年九月

建豐二年

新中國烏有史

東風不與周郎便，
銅雀春深鎖二喬。

杜牧

一　終局的開局：今日何日

一九七九年十二月十日　北平

所有受邀請的人都被告知：美麗台客情食堂就在燕大南門對面馬路往西不到一百公尺的巷子口上。

踏入十二月，燕京大學校園一派洋節氣氛，學校南門外一街之隔的海淀鎮老虎洞商街上，不少商號店鋪也都已添掛了耶誕燈飾以廣招徠。距基督堂和花旗銀行海淀分行新廈不遠處，北平市海淀鎮國民政府大樓的巨型宣傳看板，更提前換上新年標語，寫着「盛世中華，領袖英明，普天同慶迎接民國六十九年」。

「子明，今天能來的都有誰？」胡平忍不住的問。

子明示意胡平在柱子後面的餐桌旁坐下，胡平點上了一根萬寶路香菸。

「胡平兄，我來數一下。」子明對長輩稱先生，不分男女，對同輩和小輩的男性朋友、同志、論敵，則皆以兄相稱，不論年事。

「人在北平、確定會來的有羅克先生、浩成先生、羅基先生、爾泰先生、遵信先生、繼繩先生、西麟先生、鼓應先生……黃翔先生昨天從貴陽來了……還有正天兄、一陽兄、希哲兄、曦光兄、立文兄、志傑兄、劉迪兄、志雄兄、軍濤兄、盛平兄、利川兄、張煒兄、百揆兄、觀濤兄、炳章兄、振開兄、酈英兄、邁平兄、世堅兄……有幾個企業研究所的人也會過來……南京那邊還來了海光先生和劉青兄。敖之先生和福先兄要從上海趕來，今天應該能到。有幾個人也會帶一兩個朋友同學過來，說都是很靠得住的……啊對，還有林昭先生、志新先生、希翔先生、月華姐、青峰、曼菱、利玲、之虹……想想還漏了誰？好像還有幾個年輕的，名字有點忘了。三、四桌跑不掉。有公職在身的、已參政的，這次先不邀，不然人數會更多。」

胡平說：「這是對的，這次的餐敘應該是民間的、黨外的。」

子明點頭，輕聲補了一句說：「京生兄的弟弟昨天出來了。」

「曉濤放出來了？」

子明再小聲的說：「是的，跟我聯絡了，我告訴了他今天的餐敘。」

子明比胡平小幾歲，兩人皆生性持穩，一時感覺凝重起來。

胡平想了想，吐了口菸說：「沒問題，曉濤他有經驗，他會看情況，如果有人盯梢……不管它，我們要堅持過正常生活，堅持國民權利，不然就正中當局下懷了。不用擔心！」

子明連忙說：「沒有沒有，胡平兄你說的是，我也沒有擔心。還是小羅斯福那句話：唯一需要害怕的就是害怕本身。」

胡平說：「可不是嗎？老朋友年終聚聚，議論國是，光明正大，都是公開的，又不違憲。」

兩人都覺得自己有點可笑，心想擔心也沒用，說不定情治機關早就掌握他們的活動，說不定與會的人裏，就有警總的線人。

子明拿出一張手寫的菜單：「胡平兄，你看，這樣可以嗎？我不太會點菜，這是請小林太太給安排的。」

這次餐敍活動選在美麗台客情食堂，是因為燕大經濟系招了一名研究生小林，原籍台灣省的，全家在北平陪讀，他勤儉的太太美麗就在老虎洞開了這家

小飯館營生。

台灣是閩南外島，抗戰勝利前曾經是日本人的殖民地，留下了一些工業和基本建設，光復後歸還中國。現在是一個發展程度中等、不大起眼的農業省份，國人一般對於八大菜系以外的閩南之支流的台灣菜不熟悉也興趣不大，小林太太的台灣館子生意很一般，樂得給包場。

再說，今年國家的經濟成長又達到預期，各大都會的好飯館不愁生意，北平作為直轄市當然也不例外，適逢歲末，有點名氣的館子都訂不上包廂，更不要說包場了。從民國三十八年中國內戰結束後到今天，三十年的和平，在美國的市場開放和軍事保護傘之下，中國連續平均每年經濟成長百分之十三，是謂「中華奇蹟」，雖然根據世界銀行估計中國今年人均收入僅兩千美元，還只是新興發展中國家的水平，但因為人口基數大，國內生產總毛額幾年前已僅次於美國，不用多久篤定是世界第一大經濟體，現在也已經是帶動東北亞和東南亞各國經濟起飛的領頭雁。今年，浙江梅花汽車、上海好來西汽車、中美合資瀋陽國光汽車等三個國貨牌子，皆首次在銷量上超過德國福斯、法國雷諾、意大

利飛雅特，而僅次於美國的通用、福特、克萊斯勒，在全球中低價汽車市場出盡鋒頭，連最愛國的小日本，祖輩戰前開始辛苦經營的豐田和日產都因為不敵中國進口車的競爭，今年宣佈減產，業績較好的只有戰後成立的山葉摩托車和中日合資、在東京加工合成、低價的夏利本田。

不過，國民黨一黨獨大，法理上是憲政，實質上是一黨操控的變相訓政，國家在中央層面還是專制政體。

品嘗台灣小菜確實不是這次聚會的目的，如何結束一黨統治才是這群知名與尚未知名卻是同道的知識分子餐敘的深層理由。老總統崩逝後，少主經過三年儲君式過渡，終於在去年登基，雖說老總統的畫像還懸掛在南京新街口金陵廣場和北平天安門城樓上，建豐新政已經正式開始了。但是，這個躋身世界列強第二名的中華民國，將往何處去，眾說紛紜。少總統現在是黨政軍特、外交、經濟大權在握，信誓旦旦要勵精圖治，反貪污抓大老虎，打擊黨內及軍中拉幫結派以權謀私的人，要復興中華、建立安和樂利社會，但他到底是個怎麼樣的人，是開明君主還是個新沙皇、新秦始皇，大家還是看不清楚，通信打電

話又不安全，就想趁年底以餐敘為由大家碰面聊一聊。

趁着人還沒有到，子明走去前台問小林太太：「美麗姐，這麼多桌飯菜，晚上忙得過來嗎？」小林太太說：「我請了幫佣，說都是熟手。放心，一定讓你們吃好！」

子明往廚房那邊看了一眼說：「噢，就是那兩個陸軍頭小伙子吧！那好，你忙！我出去買一條香菸。」

走在老虎洞街上，子明暗忖道：「這次餐敘由我和胡平兄出面邀請，該來的，今天應該都會來吧？京生兄、畹町兄，可惜你們罹獄不克前來。」

胡平要了一壺茶，偷空從書包裏拿出一張紙，上面有人手抄了今天上午建豐總統以黨主席身份，在國民黨十一屆四中全會上的一句講話：「確認勵行民主憲政是國家政治建設所應走的大道，必將繼續向前邁進，決不容許後退。」胡平看了又看：這話能當真嗎？

子明與胡平特意在今天召集聚會，是因為今天恰好是聯合國指定的世界人權日，中國是簽署國。

胡平深深的吸了一口菸，出神看着安靜得好像時間凝止一樣的美麗台客情食堂，突然有點激動：「今天晚上，那麼多的黨外知識菁英共聚一堂，這可是我國民主發展之重要時刻呀，歷史是會記下一筆的。」

當天，建豐二年，民國六十八年，西曆一九七九年十二月十日。北平觀象台氣象報告，無降水，白天最高氣溫五點五度，晚間最低氣溫零下三點五度，結冰，有霾。

二　如此中國：這些人這些年這些事

一　東蓀

一九七六年九月十日　香港

一九七六年九月十日下午，新鮮出廠的香港小報《今夜報》粗黑大字頭條：「哈哈哈哈哈哈哈！一代魔頭拉柴」。

九十歲的東蓀老人走過香港島東北角西灣河碼頭旁邊的報紙地攤，第一眼看到的就是這個煽情標題，他立即抓住同行妻子的臂膀說：「姆媽，他也走了！」緩口氣後，他彎身掃看平放在地上各早報的號外，直到攤販嘖了他一句：「阿伯，買咩呀？星島？華僑？出號外呀！」他一份都不買，一來省錢，二來不認為港報對昨日才發生、今日收到消息的這宗死亡事件，能夠臨時編輯出什麼他意想不到的內容。他和妻子剛去了趟位於港島北角的出版社，書包裏帶回來尚未付梓、有待他校定的《我花開後百花殺？假如共產黨統治中國》的清樣藍紙，他認為這才是近三十年國是的蓋棺定論，而唯有他才會說出這樣中肯的真話。三年多前他得了場重病差點要去見康德和梁啟超了，病愈後戒掉相

伴大半個世紀他昵稱「淡巴菰」的香菸，就是想活着把書寫完。今天在碼頭紙菸攤檔他破例買了一包沒濾咀的駝駱牌美國香菸，登上横水渡，站在船頭抽着淡巴菰，看着風平浪靜的維多利亞海港，心頭波濤洶湧的等着渡船開往海港的對岸，那個肉眼可以清晰看到、面海的一片峭坡上仍插着尚未來得及下半旗的紅旗、二十多年來他和妻子叫做家的地方：調景嶺。

太平洋戰爭後的香港，只是南方一隅的轉口港，英國人在戰後恢復的遠東殖民地之一，廣東人的後花園，文化上的一潭微瀾死水。中國內戰結束，很多有身價的人和企業遷回內地，本地年輕人也紛紛北上求職，香港市面頗為蕭條，因為是自稱購物天堂的免税自由港，走私水貨行業一枝獨秀。

民國三十八年，一九四九那年，不容於國民黨、也不願意跟共產黨走的東蓀，偕髮妻紹鴻從北平來到香港，先暫借居一名當年替民盟印刷《光明報》的粵籍工人家中，晚上睡在企樓底的兩張帆布摺床上。

當時東蓀已經説了：中國一日不民主，言論一日不自由，他有生之年不歸國，不食周粟。

像東蓀這樣國共兩邊都得罪的人大有人在，但像他這樣在國勝共敗勝負分明的時候，還不去歸順輸誠勝利者，卻選擇自我流放，寧願寄居在殖民地的大名人，恐怕屬少數了。這就是東蓀之為東蓀，一以貫之的為了忠於自己的理念而變成不合時宜的人。

他到香港那年已經六十三歲了，不好找工作。當時香港的幾份華文報紙，報頭都掛中華民國年號，四九年後更要表現忠貞，對有親共嫌疑的東蓀甚是排斥。

名氣小一點的外圍親共文人可以改用化名，去寫情色小說、武俠小說餬口，但像東蓀這樣的大知識分子、泰斗級學者，這個身段是放不下的。

幾所私立院校也都是親國民黨的，不願聘用東蓀。當然，那些私校本來就是學店，師資不高，容不下東蓀這樣從燕京大學出來的全國頂尖教授。香港大學是殖民地唯一的一所大學級學府，港督是校長，受到英國情報局的提醒不得招惹東蓀這樣的政治人物。

司徒雷登是東蓀在燕京大學時期的老校長，後出任美國駐華大使，去職前

曾建議安排東蓀夫婦去美國，為東蓀拒絕。

幸好他的兒女皆早已自立，時常從內地寄錢出來接濟，東蓀夫婦得以在港島北角一幢殘舊唐樓租了一間尾房。只要有一丁塊落腳之地，東蓀就可以埋首寫作。

四七年共產黨在東北潰敗後，大勢已去，在殖民地白區工作的中共南方局駐港班子及統一戰線外圍成員，跟在國統區的地下黨人一樣，一部分潛回共區，還活着的最後都跟共產黨部隊撤出中國，另一部分更多的是找門路搭關係改投國民黨。四九年後公開留在香港的親共勢力已甚為薄弱，之前眾多由共產黨資助的報刊失去統戰功能，紛紛結業，留下唯一的老牌《華商報》改為週報，受莫斯科資助，言論益發教條化。

四九年前後有幾萬名身份特殊的難民抵港，他們因各種理由不見容於國民黨政府，其中有部分是民主人士，大部分只是找不到組織的地下黨人，共產黨外圍組織的員工，共區的小吏小幹部，不願意或沒資格跟隨黨中央撤到蘇聯海參崴。當時香港殖民地政府驅趕其中約一萬名難民，去到九龍東北方一座沒有

車行道的荒山，一個叫吊頸嶺的難民營，讓他們自生自滅。在教會和慈善機構幫助下，這些難民胼手胝足，在海旁和山坡上搭起了簡易木屋平房，開闢了通往鯉魚門漁港的山路，建造了臨時碼頭，一年後還興辦了小學。

任小學校長的是安徽人其翚，曾任北平中國學院代理院長，有共產黨背景，後受黨冷落，以前在國統區北平與東蓀有交情，其翚通過東蓀的子女聯絡上東蓀，兩人他鄉遇故知，恍如隔世。

東蓀在北角，遯於質木無文的廣東人庶民世界，有點待不下去，應其翚校長之邀從港島西灣河坐舢舨去了一趟調景嶺，驚詫的發覺這個半與世隔絕的難民窟簡直就是個小中國，居民來自五湖四海，雖然都身無長物但卻能夠同舟共濟，其中不乏受過教育的理想主義者，願意協作在此荒山尋找有尊嚴的生活方式，以證明給世人看，這麼一群無產外鄉人是可以撐起一個包容的自主共同體的，經幾年磕磕碰碰的努力，竟使調景嶺這個不入流的貧民小社會朝氣勃勃，有如以色列的基布茲公社。除了仍懸掛紅旗外，居民自發組織並不受共產黨領導，意識形態上接近民主互助主義多於布爾什維克專政。這讓東蓀有如魚得水

之感，遂徵得妻子的同意，租下一間在調景嶺半坡的新建水泥平房，二人毅然搬去長住。

其鞏校長沒有立即聘用東蓀，一來東蓀年事已高，二來校方有反對意見，認為他從來不是共產黨同路人，而是批判唯物史觀和經濟決定論最着力的唯心哲學家，還有曾替美國人和國民黨人效勞之嫌疑，附共名人伯贊之流亦從克里米亞發文給《華商週報》攻擊東蓀一向反蘇、反黨、反人民、反馬列主義。遠在香港調景嶺的東蓀對別人如何評價他是眼不見為淨，平日用功哲學，閒時與其鞏兩人詩詞唱和。

如是數年，政治意識形態漸漸淡化，坊眾與兩夫婦熟絡之後，皆知道這裏論學問數東蓀老人最好，學校也要擴展中學部，其鞏校長方邀東蓀在學校任兼課中文老師，東蓀身體清健，也樂得為生活添點變奏。未幾其鞏校長患病去世，校方仍挽留東蓀任兼課教師，作育調景嶺子弟，並義務開辦詩詞班，惠澤街坊。

五〇年代中後，往九龍市區的公路通了，調景嶺大坪碼頭與港島西灣河的

定時渡輪也有了，得道者馨，來調景嶺找東蓀的人絡繹不絕。

在中國，因為老總統推崇儒家，儒學大行其道，多獲國家資助，與西學的各種顯學分庭抗禮。

東蓀的留日老同學兼一度的緊密戰友君勱，同樣是自絕於共產黨而曾一時不見容於國民黨，四九年經澳門去國後定居美國，十年間已成海外儒學重要推手之一，國內的儒門報導常提到君勱之名，並且受到國民黨內辯士秋原追捧為「這一百四、五十年間思考中國出路問題貢獻最大之一人」，更於五九年民主社會黨在南京召開的第二次全國代表大會上，再次當選為國民黨容許的花瓶黨之一民社黨的主席。可是東蓀與君勱在四六年因政見不合絕交後一直再無往來。

主動找上東蓀的是另一個名聲鵲起的大儒宗三。抗戰前宗三曾撰文說，中國能自成系統的哲學家，五四時期一個都沒有，五四之後有元學的十力、知識論的東蓀、邏輯學的岳霖。宗三是新一代儒學家中的領軍人物之一，旁及西方哲學，對康德濫觴的知識論特別用力，自然也注意到東蓀在這方面的學問，並

對東蓀任燕大教授壯年期間寫成的《知識與文化》、《思想與社會》、《理性與民主》、《民主主義與社會主義》四大著作都曾通讀。他趁來港在香港大學中文系任教，兼在沙田道風山基督教叢林講學之便約見東蓀，東蓀客氣的邀他在中環告羅士打咖啡館見面，宗三堅持要親自到東蓀家拜訪，東蓀只好叫他在西灣河坐渡輪，自己在調景嶺這邊的碼頭接他上山。

二人談了很多關於十力的新唯識論，也交流了一下西方哲學，方家在前，宗三解釋了自己新儒家心性之學的進路，東蓀腦筋很清楚，表示他有所理解也曾涉獵釋儒兩家之學，但覺得儒學不是他想致力所在。以西學而言他對時下流行的存在主義、英美邏輯實證論、歐陸現象學和批判理論也略有所知，不過更多時間是在重讀手頭僅有的幾本西哲經典，包括他自己翻譯的柏格森《創化論》和《物質與記憶》，並說自己近來正想重新評估哲學史上被忽略的西哲，有點離開了康德的知識論，回到生命哲學、唯實論和本體論玄學了，還生起修訂重寫自己年輕時候撰着的《近代西洋哲學史綱要》及《現代哲學》的念頭。

宗三邀東蓀回國講學，跟大家分享近年所思，說可以轉請東蓀曾經任教

的上海光華或北平燕京出面發出邀請。東蓀說講學之事，待他文章寫出來後再說，只是外文書刊來之不易，兒女雖然也常常寄國內出版的新書和期刊給他，但他前陣子還是寫下了一句「久恨乏書堪供覽，倘逢舊友勸加餐」，就是感嘆手邊外文書和學刊匱乏，寫起文章來底氣不足。至於回國，則有待出現反對黨挑戰國民黨政權再說。

宗三與東蓀告別後，最感心酸的是這位哲學大家的居住及生活竟是如此簡陋。想起現時國內大學一般教職員養尊處優的環境，宗三感慨之餘只能說東蓀求仁得仁。

宗三唯一說到做到的是，說服了香港大學圖書館長發了一張借書證給東蓀，這樣每個週末，東蓀就從九龍調景嶺坐橫水渡到港島西灣河，步行去北角七姊妹道總站，坐公共巴士上西環半山的香港大學，在圖書館借閱外文書和翻閱學術期刊。

另一個值得一說的到訪者是《自由中國》半月刊主編儆寰，資深國民黨人，東蓀在四六年參加全國政治協商會議的時候，儆寰是秘書長。四九年儆寰

與適之、立武等在上海創辦了《自由中國》，適之是掛名發行人，儆寰才是負責人，發刊宗旨第一條是「我們要向全國國民宣傳自由與民主的真實價值，並要督促政府(各級政府)切實改革政治經濟，努力建立自由民主社會。」

儆寰當時還是老總統的幕僚，那次來港，其實是受老總統之特別差使，探究香港第三勢力的動向。當時還有為數不多的非國非共人士，羈旅在香港，他們不願、不能或正在搭路回國依附國民黨，其中有青年黨、民社黨、人民黨、民盟、戰盟、前桂系、前汪偽系、前共產黨的人、前個別軍閥的人，還有一些失意軍人、孤魂野鬼落魄異士，成份複雜，有些肯定是國民黨情治機關的眼線，實在說不上是怎樣的勢力。儆寰既來此，當然也要跟東蓀這個中間路線、中間勢力、第三力量的當年代表人物見面，東蓀就是因為堅持政治民主、堅持建立政治反對力量、堅持走第三條道路而自絕於國民黨也不見容於共產黨。

儆寰到底是個黨內開明派，現在更正式打上了自由民主的旗號，兩人談得頗愉快，儆寰一句兩害相權，還好是國民黨勝了，怎麼說都比共產黨統治好，讓東蓀徘徊沉思、感嘆良久。

很多反國民黨人士其實現在只要願意寫一篇自我檢討悔過書，就可以回國，東蓀當然不願意這樣做。儆寰說尊重東蓀不回國的理由，但投稿總可以吧，東蓀表示將會考慮，只怕《自由中國》不敢刊登。儆寰打包票說你老的文章，我隻字不改來稿照登。

東蓀不投稿也自此每半月收到《自由中國》，讀到儆寰和一些主筆如道平、海光、安平等的文章，他們敢寫人所不敢寫，軍隊國家化、內閣制、組反對黨等討論都能出現，連東蓀也一時覺得國民黨變得寬宏大量了，好像春天真的要來了，這樣下去，中國的民主還會遠嗎？

東蓀不知道儆寰上次訪港回國後，曾被建豐少主在公開場合當面訓斥：「為什麼反對在軍隊中設立黨部之事，這是反動分子，是共產黨同路人之所為。」儆寰私下寫道：「這一種少年氣盛的態度，簡直目中無人，和當年袁世凱大兒子袁克定的驕傲，只有過之而無不及也。」

往後國民黨的警戒線一再被逾越，連適之都勸不住《自由中國》的主筆們。《自由中國》發表多篇文章反對老總統違憲第三次連任總統，儆寰甚至還

已打算組新黨。

六〇年《自由中國》被查禁，儆寰以煽動叛亂罪收押判了十年徒刑，適之等四十人求情不果，黨內開明派如舍我、秋原等發聲無效，國際聲援如蜻蜓點水不管用，老總統更在會見美國記者訪問團時板上釘釘親口説「有匪諜在該刊幕後作活動」。

這件事，再讓東蓀證明自己是對的，國民黨就如其總裁自己在訓政時期曾經説過的，是個法西斯式政黨，一個領袖、一個主義、一個政黨，不會擁抱真的民主制度。不過老總統也正如論者所説，現在江山已穩，有條件玩弄點兩手戲法，專政當本錢，民主自由當利息，本錢充足的時候，拿點利息讓大家輕鬆一下，贏點掌聲。

東蓀甚至還想過，如果中國現在是由共產黨執政，會不會好一點？他又記起自己曾引用過美國哲學家莫里斯柯亨之語：如果有共產黨人要我在他們的專政與法西斯主義二者當中選擇其一，我就會覺得這無異於説我可以選擇被槍斃或選擇受絞刑。再次，東蓀肯定了自己不買國共兩黨賬的擇善固執是對的。

他有老人的焦慮，怕時不我與，要趕着寫心裏想寫的論着，又擔心大部頭的書沒地方出版，在內地他的名字是禁忌，而香港言論雖很自由但市場太小，養不起學術思想著作。他托人去開明、商務這些書店的香港分社問過，負責人表示說，上海總公司的意思是暫時還是不要在香港出版東蓀的書，免得國內受牽連遭處罰。

五〇年代末的一天，東蓀在報攤上看到一本叫《展望》的雜誌，是由一家「自聯出版社」在香港出版的。他按地址去到尖沙咀金馬倫道一座大樓上的小單位，是個門市部，一半賣工藝品，一半賣國內禁書，而雜誌的一人編輯部則設在社長北角的家裏。東蓀正要走出大樓的時候，被剛進來的人叫住。東蓀沒見過他，他卻一眼認出東蓀，對那一代政治知識分子來說，東蓀是無人不識的。璐社長是個前共產黨人，抗日期間在延安被整後脫黨，改過幾次名字，曾在重慶、上海組織過人民黨，認識君勱和許多民主黨派人士。璐社長拉着東蓀去隔壁的格蘭酒店喝下午茶，兩人頗為投契，東蓀冒昧的問璐社長，如果他寫出百萬字的新版近現代西方哲學史，自聯出版社會出版嗎？璐社長說只要是蓀

老的書，就算一本都賣不出去，璐某也一定出版，不過暫時最好先寫一些較能吸引讀者的政論文章，或談國共與第三勢力之舊事，先在《展望》發表，賺點稿費，以後編輯成書，再賣一遍，這樣比較划得來。自此東蓀開始用獨宜老人這個筆名撰寫政評史論給《展望》。

東蓀一直想說清楚的一個史識命題，就是不管是國民黨或共產黨執政，都不是歷史的必然。社會進化論是對天演論的科學主義誤讀，歷史唯物五階段單線史觀是偽學，成王敗寇只是強權勝真理的邏輯，優不一定勝，劣不一定敗，存在更不一定是合理的。

再者，列寧主義、史達林主義以及受莫斯科支配的中國共產黨，都是偏離民主社會主義理想的過激主義，法西斯主義更是野蠻主義，而自由平等民主中間路線，類似東蓀一度的同志君勱從二〇年代初就推崇的「國家、社團、個人三者，宜求其相劑於平」的混合經濟、中庸憲政立國之道，才是人間的正道。

他深感四九年國民黨在中國執政成為事實後，人們已經沒有足夠的想像力去設想，如果共產黨管治中國會比現在更好或更壞？亦或中國按照四六年全國

政治協商會議正式通過的和平建國綱領，成功的建立民主多黨聯合政府，中國的歷史將要如何重大的改寫。東蓀堅定的相信自己當年奔走阻止內戰、促進多黨聯合執政的努力是對的。讓一黨獨裁成了事實才是錯的，一面倒親蘇政策成真也將是錯的，中間路線沒有實現卻不等於它是錯的，如果有人不以勝者為王論世事，能把當時的選項和失諸交臂的歷史轉折說清楚，啟發今人，在適當時機中間路線的理念是會再冒出來改變現實的，因為對當代中國而言，東蓀、君勱主張的中間路線才是對的。

三年多前，東蓀以為自己陽壽已盡，康復後「然已骨瘦如柴，攬鏡自驚矣」，但仍毅然以八十七高齡繼續伏案。他一生都是哲學專論與政評史論的雙槍將，此時奮然下定決心，不寫雜文，專心著書。為了與時間競賽，他也只得放下力不從心的哲學專著、三大卷的《西哲斷片補：本無物我後才分，如霞生源化不窮，擴充相對並時空》，先寫一篇可以出版單行本的史論式長文章《我花開後百花殺？假如共產黨統治中國》。

從民生、民族、民權來看，國民黨統治下的中國，由四九年到七〇年代

中，民生拿高分，民族中規中矩，民權不合格。

東蓀也承認，國民黨在四九年後的總體表現比他想像中好，到六〇年代初中國的小康社會已經成形。不流血土地改革勝過共產黨暴力的土地革命，對經濟成長和均富的兼顧更符合東蓀和君勱的理想。兩人都認同「公私混合生計說」，東蓀更一向重視增產，主張「於經濟是把易於造產的集產主義與宜於分配的普產主義以及側重自治的行會主義調和為一」，以增產而求平均，並非僅以再分配而求平均。

民族方面，國民黨親美國，東蓀認為遠勝過中國共產黨聽命於蘇聯。當然，他的理想是獨立自主的協和外交，即對美蘇兩面都和而不親、不一面倒也不敵對。

在二戰結束前後，作為盟國之一的中國在國民黨主導下已大致廢除了晚清以來列強帶來的各種不平等條約，老總統在日記上寫：「總理革命奮鬥最大之目的，而今竟將由我手中達成，心中快慰，無以言喻」，只差一時沒能從英葡手中收回香港與澳門兩個殖民地。反而面對蘇俄霸權，在抗戰勝利前夕中國

還被迫簽下中蘇友好同盟條約，這是最後一份加諸中國的不平等條約，奪去了外蒙，方便了蘇聯紅軍進入中國東北大肆搶掠。蘇聯在六九年曾打算以戰術性核武器襲擊中國，幸而受到美國及時嚴詞喝止。除蘇聯外，四五年後沒有任何其他國家企圖主動對中國發動戰爭。自從美軍在四九年撤除青島海軍基地，以及蘇聯五二年在聯合國壓力下終於交還大連和旅順港之後，也再沒有列強軍隊佔領或駐紮在中國土地。歷史證明四九年後還要說美、英帝國主義威脅中國主權、有亡我之心，實在是聳人聽聞。美國培植日本以平衡中國崛起的行為，只是國際間大國政治的現實主義常態，中國與周邊諸國雖都有疆土劃界之邊境糾紛，但那都不屬於不平等條約性質。二戰後在國民黨領導下，中國已經站起來了，主權之完整、國土之安全是中國歷史上從未有過的。換作共產黨執政情況也一樣。

民權而言，東蓀對國民黨是完全不寄予希望的。

假如是共產黨執政又如何？

東蓀假想中國共產黨有兩條不同的路線，一條是較好路線：真心採用

一九四六年由共產黨自己建議、各黨協商簽署的和平建國綱領，或退而求其次遵守共產黨黨主席四〇年提出的新民主主義；另一條是較壞路線：向蘇聯老大哥學習一黨專政並且史達林化。

民生的均富方面，共產黨顧名思義應該會更積極，所以在五〇年代的均富速度可能比國民黨執政快。到了六〇年代，國民黨也做到最出色的均富成績了，共產黨如果依和平建國綱領或新民主主義，接納民族資本家和小資產階級的市場化私人經濟，能做到的平均主義程度大概也不過如此。若果走史達林化路線而消滅資產階級和市場，均富程度會更高但必然衍生很多不可欲的問題，包括出現權貴新階級。東蓀此時已讀過吉拉斯的《新階級》一書。

民生的經濟成長方面，共產黨依和平綱領容許耕者有其田及私人資本的運作，如果政策得宜，經濟成長可望跟國民黨差不多，要看共產黨是否願意以輕工業出口加入美國帶動的世界貿易作為發展原則之一。但若採用蘇聯的農業集體化和廢市場的計劃經濟，重工業的起來會更快，農民則受苦，消費品短缺，勞動剩餘價值都歸國家而不是用來改善民生。東蓀此時對蘇聯經濟模式的瞭解

已比以前更深，不認同集體農場，也認識到廢除市場和私產的計劃經濟會帶來低效和短缺經濟。正如很多其他中國知識分子，他也聽說了海耶克、卡爾波普、悉尼胡克、詹姆士伯納、康奎斯特。

民族方面，中國共產黨雖親蘇，外蒙是拿不回來的，伊犁三區的東突厥共和國則有望併入中國。至於香港和澳門，中共中央在延安時期就跟外國記者說不會收回，還不如國民黨老總裁尚掛記着抗戰勝利後要取回港澳。共產黨執政後若不加入美國主導的世界貿易的話，它比國民黨更需要通過港澳套取外匯，不見得會比國民黨更想積極收回殖民地。

另一有趣的猜想點是韓戰，如果共產黨控制中國北部，解放軍會不會介入史達林策劃的這場「代理人戰爭」，支持金日成而跟火力強大的聯合國軍隊開戰？那可將是一場令中國傷亡代價很大的戰爭。

民權方面，共產黨如果誠心遵守和平建國綱領，人權、普選、思想等各項自由受保障，民主成就將遠勝過國民黨執政。但看共產黨在延安等共區的暴力土改和黨內鬥爭清算，它會完全依照和平建國綱領承諾的民主治國嗎？如果它

變史達林化，它在民權上就會比國民黨還要糟糕多了。東蓀此時已瞭解到赫魯曉夫的鞭屍和世人對史達林暴行的揭發，也讀了不少關於《一九八四》、《正午的黑暗》、《古拉格群島》的評介。

東蓀自認為這樣的評估很中肯，他認為共產黨不會比他想像中更好，也應該不會比預料中更壞。難道剛殺了地主把土地分給農民，又去以集體之名搶回來？不過，中國共產黨革命不是傳統中國的農民革命，它是以現代國家、民族之名義結合共產主義烏托邦妄想，是可以使人瘋狂的。

和平建國綱領保證的各項自由，大概也不會完全兌現，東蓀沒有那麼天真。他相信共產黨會以它那套庸俗辯證唯物論去改造知識分子的思想。不過，他雖然認為共產黨將不容像他這樣思想上不肯妥協的人，但仍需要其他願意接受改造的民主黨派和知識菁英共同建設國家。假如四九年後共產黨統治中國，它是會與民主黨派共存共榮的，總不至於應驗「我花開後百花殺」，全面清算所有非共菁英人材吧？

總而言之，在最好情況下，中國共產黨大致會依它自己提出的和平建國綱

領草案的承諾走下去，均富在頭十年勝國民黨，經濟成長遜於後者。民族利益得失之間跟國民黨不相伯仲。人權、自由和民主有瑕疵但會比國民黨表現好很多。另外，在民主的多階級聯合執政下，官商勾結大概較難，與國民黨關係千絲萬縷的黑社會應不致猖狂張揚，官僚普遍貪污腐敗的情況大概會受到更多遏制，進城農民和產業工人的基本福利，如住房和工傷保險受到的保障應比親資方的國民黨主政為高，男女平等和公共護理也可望更為普及，雖然女性地位和現代衛生醫療在民國已有根基。

但如果走蘇式一黨獨大階級專政的過激主義路線，弄不好還去學史達林搞個人崇拜，那共產黨統治會比國民黨統治差多了。那就真是兩害相權，還是國民黨好了。

至於共產黨執政後是否還會遵守和平建國綱領，東蓀覺得應有超過一半機率，以類似的共同綱領名義在七折八扣的情況下實現，譬如說倒退至共產黨四〇年初提出的新民主主義水平，用共產黨自己的語言，即現階段中國革命的性質，是新式的特殊的資產階級民主主義的革命，是工人階級、農民階級、小資

階級和民族資產階級等革命同盟軍在無產階級領導下共同民主專政。

中國共產黨四九年執政的走向，是傾向第一條較好路線抑是第二條較壞路線，要看它的黨主席了。

未知數就在於七六年九月九日昨天去世的黨主席。東蓀的朋友璐社長曾說他們那位黨主席是神鬼人集於一身，東蓀不用這套思維，只相信權力是會改變人的，權力越集中國家越危險，一個人變成一言堂之後，國家管治的平衡理性就不存在了。那個時候，恐怕共產黨會連黨主席親自建構、撰寫的新民主主義底線都守不了多久。

東蓀心想，如果共產黨統治中國，而他有機會參與投票，票選這位黨主席做為新共和國的國家主席的話，他一定會雖千萬人吾往矣投上反對的一票。

東蓀永誌難忘的是，國民黨的總裁和共產黨的主席或先或後，聯手埋葬了抗戰後中國發展的最佳選項，即遵守一九四六年一月三十一日全國政治協商會議由國民黨、共產黨、民主黨派和無黨派人士共同簽署的和平建國綱領，組

成民主聯合政府，多黨共同製訂民國四六憲法。可是，兩位獨裁者選擇不共戴天、有你沒我的內戰，抗日戰爭後的中國和平不久，戰火再起，這次是自己人打自己人。日本之後，中國的命運給兩個自己的獨夫領袖作弄了。

俱往矣，總裁去年走了，主席昨天走了。

千秋功過，記入史冊，歷史自有公論。

命運也真弄人，中共中央失去了利用價值後，被史達林放逐，集體撤至此時已被撥歸烏克蘭加盟國的克里米亞，在這孤島式的半島一待就是半輩子，這麼多年都回不了中國國土，主席、書記，一眾風流人物一一客死他鄉，回想起來會不會悔不當初？

反觀今日中國，國富民強，舉世羨慕，以後見之明，中道並不比其他過激的路難走，當年棄正道而走偏鋒，不知協和，黨同伐異，教條是從，滅絕人性，每每釀成人道災難，禍國殃民，需要嗎？值得嗎？

物換星移，世局日新，今朝信息穿越，民智已開，愚民政策逐漸失效，民主呼聲日益高漲，《自由中國》之後有《文星》、《大學》、《中國論壇》、

《夏潮》、《南方政論》，禁不勝禁，黨外反對派人士更前仆後繼，抓不勝抓。老總裁有句名言，時代考驗青年，青年創造時代，誠然，誠然，潘多拉的盒子已揭開，時代正在考驗國家領導人，歷史潮流浩浩蕩蕩，無情的要求以政治為志業的從政者回應時代，或被時代埋葬。

七六年九月十日晚飯後，東蓀把自己下午從自聯出版社璐社長家中帶回來的新作清樣藍紙往桌上一拋，並不急於翻閱，兀自坐在案頭沉思，想到六十年前自己三十歲時所寫「吾平生最深惡而痛絕者，莫過於惡質而居美名」之句，深感畢生不肯美言國共兩黨，這是對的，概兩者皆屬惡質而想居美名，如今蔣毛世代相繼落幕，不久定將有能人出來證明吾道不孤，自己主張之經濟上走中道、政治上尋民主協商的第三條道路也是對的。他抽了很多根淡巴菰，直到妻子紹鴻轟他就寢。紹鴻比東蓀小十一歲，十七歲嫁給他，兩人結婚至今六十二年。

躺在床上，東蓀突然像小孩般大笑：哈哈哈哈哈哈哈！

紹鴻問：作啥？

東蓀入睡前最後說了一句：姆媽，還是我對！

二　立人　一九七五年四月五日　奉化

民國六十四年，一九七五年四月五日，老總統去世，官方使的是傳統帝王專用的崩殂一詞。那天，一生流血不流淚的立人將軍搥胸悲鳴，剝光身上衣服，抓挖胸腹十幾處陳年傷疤，哭喊着「委員長你不能死，委座你不能就這樣扔下小將立人而死」。先總統害他含冤軟禁了已經二十年，為什麼將軍還要為先總統之死而大哭？那是因恨而哭，恨老總統始終對他有誤解，至死不相信將軍忠貞不貳的赤子之心，不明白將軍自己一生所為就是想要取得老總統的信任，一切被非議為功高蓋主的招妒行為，都只是為了博取老總統的一點讚賞，替老總統分憂，「對於鈞座盡忠效力，不惜貢獻其生命以及一切，冀報萬一」。但老總統偏偏從頭到尾沒信任過自己，卻為身邊小人所蒙蔽徒增對自己的猜疑。現在老總統死了，帶着對將軍的成見去找中山總理去了，將軍再也沒有機會請老總統回心轉意了，自己這一生算是白活了。且不說自己翻案無望，

獨攬大權的少主恰恰是製造冤案陷害自己的幕後主推手之一，可是就算最後真相大白於天下又於己有何意義？自己這一生，都奉獻給了領袖與國家，渴望着領袖的慧眼能夠穿過迷霧看到真正的自己，不用自己阿諛奉承就可以獲得領袖的青睞，憑真本事而成為領袖的親信心腹，放手讓自己替領袖清除身邊貪腐無能的小人，做領袖的馬前卒說服美國人讓國軍光復北疆，收回外蒙、香港、澳門，以完成領袖統一中國、終止帝國主義列強侵略的心願，襄助軍隊國家化、專業化以建立現代化國防，讓世人看到中國人不輸白人的能耐，認識到「中華民國正以昂揚的姿態屹立在世界東方」，待領袖視自己如己出、猶勝那些不爭氣的黃埔子弟後，匡扶領袖成為一代完人、中華偉人，屆時定向領袖進忠言廢專政而尊憲政，勸退家天下世襲之念而改立民主選舉之制，到時候自己要憑民眾的擁護推舉，眾望所歸下才會考慮公平參選總統，一如艾森豪五星上將棄戎從政做美國總統，這就可以徹底證明自己是擁護民主的，絕不可能兵權在手就策動兵變奪權。但現在，自己的良苦初衷已不再為人所知，真正必須諒解自己的那個人已撒手人寰，世上再也沒有明主值得自己效忠，自己一生也再沒有目

標、再沒有指望了，剩下的都是等而下之為自己所不齒也不相干的人，誰也彌補不了自己的畢身遺憾。

恨有很多種，感受到飲恨終生的那一刻，鐵人也會放聲一哭。

昨日之事，栩栩如生，歷歷在目。猶記得民國三十五年，一九四六年春夏之時，四平街大捷，國軍王牌精銳部隊破關外共軍東北野戰軍彪部主力，一戰定江山。立人中將親率新一軍沿中長鐵路緊躡共軍之後，一路追奔往北，新一軍新第五十師渡遼河，在公主嶺再敗共軍，重挫共軍的戰鬥意志。及後配合新六軍會同其他國軍聯隊進而拿下長春、吉林、遼源。六月四日新第五十師一四九團搶渡松花江，兵臨哈爾濱城外六十公里。

在此關鍵時刻，委員長果斷的下了決心，力抗美國馬歇爾的和談壓力，批准國防部長崇禧督軍的主張，下令國軍各機械師全面發動進攻，乘勝追擊，挺進哈爾濱、齊齊哈爾、佳木斯等重鎮。原先退入北滿的共黨十幾萬部隊，則邊打邊就地擴軍，並獲蘇軍撤退前轉移百萬日軍之大批軍事裝備，包括坦克大炮等重武器，加上蘇聯紅軍軍事人員實際助戰，可是打正規戰的整體實力仍

遠不如配有美軍裝備、擁有制空權的國軍，只能邊打邊退，被迫放棄堅守主要城鎮。在數度戰略要地攻防會戰失利，如山倒之兵敗後，共軍化整為零四竄，又用起土改老招數，裹挾東北農民鬥地主打土豪分田地跟着共產黨走以補充兵源，但時不我與，白雪染血紅。

共軍出關，只帶了夏秋裝備。傳說共軍冰上赤足行走三百里終歸只是傳說，四五年一個冬天已經凍死不少士兵。四六年東北的嚴冬又來臨，處劣勢的共軍各小分隊紛紛繳械投降。彪部共軍餘部經黑龍江、烏蘇里江竄入蘇聯，殘部繞牡丹江在北韓志願軍接濟下逃到北韓境內。立人新一軍及各路國軍聯隊終合力把共匪主力趕出東北，光復了在日寇、偽滿和老毛子手中淪陷多年的東三省，這些都是大家熟悉的歷史了。

回想四六年初，國軍在蘇聯阻撓下重回東北之艱難羞辱，佔領着我國東北的蘇軍不准我軍在自己國土的大連及旅順港上岸而只能在秦皇島、葫蘆島、營口登陸。現在東北戡亂保安初定，只剩掃蕩，到四七年國軍主力已可以沿着多爾袞入關老路浩蕩凱旋，吐氣揚眉。

至此大局已定，國軍精銳部隊轉戰關內華北與華東，餘下之事就是配合空軍絕對優勢，前前後後三大會戰，消滅共黨晉察冀主力榮臻部及華東中原野戰軍陳粟部、劉鄧部，繼以B29空中堡壘對共黨統治區作地氈式疲勞轟炸，國軍宗南部掃蕩陝甘邊區攻入空城延安，各部國軍輕易收復太行山區，兵分多路全國追剿匪軍。拖到四九年，除了甘陝子午嶺山區、鄂西北區以及西南山區之外，國境內掃蕩大致完成，共軍主力不是被殲滅就是被綏靖收編，共黨中央回天乏力，主力遷進蘇境，餘孽逃到北韓、赤蒙和偽東突厥國。其時美國為避免與蘇聯衝突，不許國軍越境剿匪，才讓潰不成軍的共軍暫時苟且偷生，利用周邊共產政權的庇護，不時派小分隊竄進中國國境襲擊軍事目標，令國人不勝其煩，但已不成氣候。

當時立人中將擔任軍長的新一軍，美式裝備美式訓練，是從沒吃過敗場的常勝軍，一度大軍追擊共軍至圖門江畔，已準備好兩棲作戰，準備隨時越江殲滅共軍殘部與北韓志願軍，但軍長數度請示，要求授權出兵，都遭到駁回，立人軍長與中央軍嫡系的東北保安司令聿明不和是理由之一。

美國方面，盟軍佔領日本的太上皇統帥麥克阿瑟將軍支持國軍渡圖門江和鴨綠江剿共，麥帥的判斷是，蘇聯培植的北韓金氏共產政權狼子野心，此刻不洞燭其奸先下馬威挫其銳氣，將來必禍害南韓、危及日本。當然麥帥的建議也為華府政客所否。

麥帥邀立人將軍到東京晤談要公，立人不敢擅專，乃煩求辭修副總統代請示委員長，得到委員會首肯。麥帥隨派專機接立人赴日，寓於麥帥公館。期間，二位戰績彪炳的戰將惺惺相惜，麥帥竟大膽暗示若立人將軍將來想在政治上更上層樓，美國可以襄助，要錢給錢，要槍給槍。立人當即回絕，表白自己對委員長的忠心，絕不會有所叛逆。可是麥帥與立人將軍東京之會廣被渲染，將軍成了上海媒體的寵兒，這事在南京軍界政壇鬧得沸沸揚揚，遂有人進言説軍階比立人高者比比皆是，麥帥不邀請國軍首腦，卻對立人中將逾份關愛，功高蓋主，非比尋常，必須慎防其中有詐。

老總統是位雄猜之主，受身邊的人挑撥，把立人召回南京，升為三星的二級上將，改任命為陸軍副總司令，不讓立人續掌風頭一時無兩的新一軍。

立人所做一切其實都為了向委座表明心跡，委座使派他任何閒差，不管多不合理，他都要盡力在其位子上做出成績表現給委座看。到南京後，立人馬不停蹄，立即部署進攻伊犁三區的軍事計劃，因為光復北疆藩部也是委員長朝思暮想之事。

南京軍政界都心知肚明，要是為了追擊共匪餘部而闖進蘇聯境內，是會引起重大國際糾紛甚而導至剛撤出中國國境的蘇聯紅軍再度借故入境，是絕不可圖的。就算查知中共中央就在海參崴，那也鞭長莫及，無可奈何。

另外，日據後的朝鮮半島，美蘇兩強根據戰時雅爾塔密議，分兵佔領，依三八線分治託管，及後北部在蘇聯集團否定聯合國決議的情況下，力挺金日成建立共產政權，南部的大韓民國則通過選舉誕生李承晚政府，並得到聯合國承認為全朝鮮半島唯一合法政府。雖然如此，中國在沒有美國配合下單獨入侵北韓，也必然引起當時尚留駐北韓的蘇軍反擊。唯一可以改變局面的情況，反而是金氏共黨向南韓政府發動進攻，給中美等盟國一個借口聯手反擊北韓。

至於赤蒙即外蒙，二〇年代初在蘇聯軍事策動下建立蒙古人民共和國，

是亞洲第一個紅色政權。四五年丘吉爾唆使羅斯福在克里米亞半島的雅爾塔會議中附和史達林，接受赤蒙現狀不變。國民政府後來才被告知，美、英、蘇已簽訂了出賣中國的雅爾塔密約。中國為保東北、新疆伊犁三區以及蘇聯在戰後承認南京政權為正朔，忍辱接受中蘇友好同盟條約的外蒙以公投決定獨立的條件，外蒙並於四五年舉行公投正式脱離中國。但中蘇簽約的墨瀋未乾，抗日最後時段蘇聯掠奪性佔領中國東北後，違約挺共匪，國府也即反悔，爭取在聯合國認同下廢中蘇條約，不承認外蒙，但卻已回天乏術。這些年過去，蒙古國獨立於中國實際管治已成事實，雖然法理上它還沒加入聯合國，但形勢比人強，在蘇聯的保護傘下，收回外蒙之念已不實在。

可是共匪武裝一日仍受北韓和外蒙庇護，邊境的緊張就一日難以消除，小規模衝突時而有之，國際間對蘇聯也多非議，要求蘇聯解除中國境外共黨部隊的武裝以結束中國內戰。當時，北韓已吸納共軍中的朝鮮族官兵入自己的部隊，而外蒙也已收編中共部隊中的蒙古族官兵。礙於面子，兩國不便公然驅逐境內餘下的漢族共黨軍隊，但若容許中國共黨武裝餘部留在境內，就不能排

除與中國南京政府開戰的可能。北韓的金氏特別着急，他深信現在南韓陣腳未穩，軍力薄弱，若以閃電戰的形式，迅雷不及掩耳揮大軍南下，只要國軍不渡鴨綠江，他有把握三天內攻陷漢城。到時候米已成炊，南韓政權不復存在，金氏在蘇聯撐腰下，國際社會也得接受現實，那麼不光是朝鮮半島的統一大業終於完夢，國際共產運動也得以發煌。

因此，北韓與外蒙兩地共黨領袖一致要求史達林解決境內中共殘餘部隊的問題，不能給中國南京政府有入侵的借口。

史達林也知道，中國共產黨已不成氣候，再不能指望中國赤化，長遠而言的出路反而是一招屢試不爽的老手法，就是跟有深遠淵源的國民黨修好。爭取中國就算不親蘇也要像新獨立國印度一樣不結盟，而不是向美國一面倒，這才符合蘇聯的國家利益。

短期而言，更急迫的是保護羽翼未豐的新疆三區親蘇政權，即東突厥斯坦共和國，不被中國吞併。

要知道中國的新疆，是在乾隆中葉消滅當地蒙古族準噶爾邦聯之後，才納

入大清國的一個多民族地區，以泛突厥族居多。及後帝俄與蘇聯長期佈署欲在中亞培植一個附庸國，作為中蘇之間的緩衝區。在蘇聯支援下，東突厥斯坦獨立運動於四四年鼓動所有伊斯蘭信徒及突厥系民族包括維吾爾族、哈薩克族、烏孜別克族、塔吉克族、塔塔爾族、阿爾克族，趁中國抗日分身不下，在新疆西北的伊犁叛亂，建立東突厥斯坦共和國。其號稱民族軍的武裝力量，有哈薩克族為主的跨族騎兵旅，有裝甲車、大炮和三架轟炸機等重武器，還有蘇聯紅軍的五百名軍官和兩千名士兵。但蘇聯拒不承認與政變有任何關聯，而強調是當地居民自發的民族革命。四五年初，東突民族軍開始三線攻勢，南跨天山山脈直達阿克蘇區，北掃塔城、阿山，東進至距離新疆省會迪化僅僅一百三十七公里的瑪納斯河西岸，才突然被蘇聯叫停。原因是在美英促成下，蘇聯與中國將要商談締結聯蘇抗日的中蘇友好同盟條約，隨後東突厥國也在蘇聯壓力下與南京政府簽署《十一條和平條款》，暫時放棄獨立國名，換取伊犁、塔城、阿山三區自治。

但是三區政權起事者，當初皆是以泛突厥族的宗教聖戰來號召伊斯蘭信

徒，反抗異教外族對該地的統治，就算親蘇的當權派能一時壓制泛突厥民族主義者和泛伊斯蘭聖戰士，政權的支持者仍必然對延安或南京的中國政權同樣仇視。故此，三區政權在國共內戰時期並沒有收容多少中國共黨敗軍，散兵游勇闖三區境也立即被解除武裝並關到集中營甚至被屠殺。不過為了給蘇聯顧問面子，三區政府沒有公開否認包庇中國共黨武裝的指控，也參與其他共產國家的大合唱高調批評南京政府。四七年蘇聯眼見中國共黨必敗，立即在三區恢復東突厥斯坦國名，並仿外蒙舉行全民公投決議獨立，但南京政府這次不再上當，拒予承認，其合法性受到質疑，不為聯合國和非共產世界的大多數國家所接受。四九年共黨在中國境內徹底潰敗後，國人呼喚國府出兵，征討新疆西北偽東突厥國的聲浪也一天比一天高，伊犁三區共產政權危在旦夕。

史達林為了設想如何保住東突厥國，避免蘇聯紅軍捲入與中國軍隊正面交鋒的難題上，費盡心思。

南京政府也認為光復疆北三區是可為的，以國家統一、反分裂的理由，更以懲罰伊犁三區偽政權包庇共匪叛軍為借口，師出有名，有望取得美國認可，

出兵指日可待。立人將軍為此光榮任務興奮不已，他已説服老總統，由他來統帥此事是最穩妥的，不能把此等國家面子攸關的大事再交付給委座身邊的嫡系庸才。立人也知道，如果能夠光復新疆三區，他的聲譽將如日方中，軍中無人可望其項背。

老總統也感受到，民眾崇拜立人將軍，猶甚於自己身邊任何一人，甚至有與自己並駕齊驅的勢頭，正苦思如何不讓立人再得殊榮。老總統一直看不懂的恰恰是，立人立功就是要給老總統看，博取老總統的首肯，承認立人這個旁枝雜牌出身的職業軍人比保定系、留日系、士官系、天子門生的黃埔系更強。

這時候，史達林通過與他有數面之緣的建豐少主，把一個訊息帶到給老總統了，讓老總統喜出望外。

史達林答應老總統，他已決定下令解除蘇聯以及北韓、外蒙、東突厥國境內所有中國共軍的武裝，全部軍人和家眷發送到分佈在西伯利亞各地的新工業城，成為共產國際老大哥蘇聯的國家主人即產業工人階級，補充當地不足的勞動力，為蘇聯無產階級專政作出貢獻。至於中共中央十來萬知識型黨員幹部與

家眷等，則遷離海參崴，徙置到剛從自治共和國降格成為俄羅斯行省的克里米亞半島，參與當地的經濟發展，輸出第三世界革命，培養國際共產運動的接班人。

史達林在他的任內，曾將本來世代聚居在蘇境遠東地區的十七萬朝鮮族人，強迫集體流放到四十天旅程之外的中亞哈薩克及烏孜別克無人區，其間飢餓疲勞死亡者不計其數。其後又把在蘇境歐洲段的克里米亞半島定居了多個世紀的韃靼族人放逐到中亞烏孜別克。現在再將十多萬華族共黨幹部發放到克里米亞之舉，只是故技重施。克里米亞雖稱半島，其實更像是被海水包圍的孤島，面積不到中國台灣島的三分之二。

老總統聞訊後大喜，由衷的欣賞史達林的統治術，遂一口答應，保證不犯周邊親蘇各國的邊境，擱置光復新疆西北三區藩部的計劃。史達林犧牲再沒有利用價值的中國共黨，保護了北韓、外蒙、東突厥三國，預留下與國民黨執政的中國重修舊好的伏筆。

果然到了五〇年，史達林很張揚的做出動作，解除外蒙與偽東突厥國境內

中國共軍殘部的武裝，然後分批把軍官、技術人員和其家眷發送至西伯利亞的工業新城，餘下的農民子弟兵更多是送去烏克蘭大飢荒和大戰後人口不足的集體農場。史達林並表示會在一年內完成所有遷移，包括把中共中央遷徙至克里米亞。當然，老總統不會注意不到，在北韓、蘇境海參崴及幾處近中國東北邊境、編制較完整的共匪部隊武裝卻紋風未動，甚至在重整軍容。

在南京的立人將軍旋即被告知光復疆北三區計劃凍結，自己空忙一場，夭折了這個向委座表現自己能力的好機會。但他看到老總統近來心情大好，只想着，這下終於歲月安好了，有機會要勸勸總統早日落實抗戰後承諾過的政治民主化、軍隊國家化。

四九年後全國幾無重大戰事，閒不下來的立人將軍，投入一件在他戎馬生涯之外最感興趣的事：籃球。

一九一四年他進清華學堂庚子賠款的八年留美預科，當時校風四育並重，體育教授馬約翰出身於以體育學科著名的美國春田大學，風氣之下立人熱衷籃、足、排、網、棒、手球等各項運動，二〇年任清華籃球隊長，擊敗稱霸京

津的北京高等師範大學而奪得華北大學聯賽冠軍，次年入選中國籃球男子代表隊，參加在上海舉行的第五屆遠東運動會，那年東道主中國隊力克日本隊和菲律賓隊奪冠軍，是中國第一次在國際大賽中獲得籃球冠軍。

現在國家再度歌舞昇平，常勝將軍立人三星上將以陸軍副總司令之尊，出任中國籃球會名譽會長。民國三十九年農曆新年，在上海名流籃球慈善表演大賽中，前國手立人上將親自披甲上陣，英挺的一八五公分身高鶴立雞群，加上練家子的身手猶在，打足半場，看得在場觀眾如痴如醉，風頭蓋過同場的電影明星和滬上名人，透過電台和畫刊渲染，迷倒無數少男少女，引發了全國的籃球狂熱，對推廣中國籃球事業厥功甚偉。

當然，南京的軍政界很多人會眼紅吃醋，特別是軍階更高的黃埔系大佬。而少主一把抓的軍警特情治單位也已在密切注意立人將軍，CC系和政學系更在暗自防備立人將軍以明星軍人身份在政壇上位，軍方調查統計處則在將軍身邊佈上軍統眼線。

立人性格孤高，根本不把這些勢力放在眼裏。

立人將軍也沒閒多久，一項重任又降斯人。那是因為北韓金氏也沒閒着，天天都在琢磨南侵時機。四九年八月蘇聯以遠比美國預期更早的的速度成功試爆原子彈，成為第二個有彈之國，有了核武軍事反擊能力，史達林信心倍增，對美國的畏懼頓減。同年四月，蘇聯遠東軍第二十五集團軍終止對北韓的託管，而到了年底美軍也撤出南韓，結束嚴酷的軍政時期，把治權交給由操縱性民主選出來的總統李承晚。李承晚立即露出獨裁強人本色，以強硬手段鏟除異己，在鎮壓濟州島民變時南韓政府軍警屠殺了三萬以上當地人，而韓國西南部也出現兵變事件。大言不慚的李承晚還口出狂言，說要揮軍北伐統一韓國。

此時，北韓的軍力是南韓的一倍，坦克和飛機更是七比一，關鍵是北韓已完成收編中國共黨軍隊中近五萬名的朝鮮族士兵為北韓正規軍的三個師。這還不包括境內受金日成庇護的東北軍彪部其他非朝鮮族的部隊。

五〇年四月，金氏終於說服史達林時機已成熟，拍板讓他全面進攻南韓，八月底將美國侵略者趕出南韓徹底赤化朝鮮半島。史達林答應提供武器，但因為要「避免蘇聯直接與美國衝突」，不會出兵襄助。心比天高的金氏保證可以

獨力佔領朝鮮半島，唯一要確定的是中國軍隊不會參戰，不會渡鴨綠江或進犯三八線以北的北韓腹地。史達林表示他早就留了一手，南京政權若違反秘密承諾入侵北韓，他就放出蘇聯和北韓境內的中國共黨解放軍反攻中國大陸。

史達林和老總統有一點相像，都以為自己是軍事長材，而其實都只是獨夫。史達林真的相信在自己指點下，金氏的閃電戰計劃可以很快結束戰事，迅速實際控制朝鮮半島，讓所謂自由世界措手不及，待反應過來全朝鮮赤化早已成既定事實。速戰速決是這次的關鍵，成功機會甚高，這讓愛冒險的機會主義者史達林忍不住要支持金氏放手一搏。

六月二十五日星期天拂曉，金氏以南韓軍犯境入侵的借口，全面發動進攻，四小時內已突破三八線防禦，直趨漢城。沒想到聯合國在紐約時間的當天就定性北韓破壞和平，而同天晚上杜魯門總統也立即授權美國空軍、海軍攻擊三八線以南的金氏共軍。

同日美國東岸時間，蘇聯杯葛聯合國安理會，不出席投票，反而令安理會順利通過決議定性北韓為侵略方，中國作為安理會五強常設國成員，投了贊成

票。兩天後，美軍戰機即向韓國戰場調動，隨後幾天美軍先遣部隊也在釜山機場落地，並於七月五日在漢城以南阻擊北韓軍。之前國共內戰期間，美軍在中國青島有駐軍，卻一直沒有出手援助國軍，沒想到杜魯門一介平民總統這次對小小非戰略性的南韓反應這麼快，把「朝鮮內部事件」看得這麼重，出乎史、金二人所意料。

但美軍這點杯水車薪的支援，實不足以改變已經是一面倒的戰局，只是戰事便不如史達林和金氏所預料的那麼快會結束。韓美聯軍在朝鮮半島東南端釜山港地帶背水一戰，負隅頑抗，利用第七艦隊航母的戰機，奪得制空權，掩護海運人力物力陸續增援。北韓軍久攻釜山地帶不下，聯軍甚至收復部分失地，這樣一拉鋸就拖了近三個月。

換取到喘息時間，由麥克阿瑟任統帥的聯合國軍方才慢慢成形，韓美之外，另有十六國派軍，包括中國，還有十國提供醫療等援助。

對老總統來說，技術上中國軍隊並沒跨越鴨綠江或攻擊三八線以北地區，中國只是參加聯合國軍協助南韓守衛國土，此時史達林如不守諾加速解除蘇境

內共匪武裝，老總統要脅史達林的撒手鐧反而是恐嚇說中國要揮軍過鴨綠江。老總統很享受這次能跟史達林玩恐怖平衡的對棋遊戲。其實老總統也清楚知道，杜魯門明言這是有限度戰事，根本輪不到中國大軍入境北韓。

中國答應派一個師參加聯軍。這本來無關立人將軍，但麥帥竟提出說聯軍除他本人掛帥之外，還需要幾個主要參戰國的共同參謀官，並點名要立人將軍代表中國。再說，中方軍隊需要有懂英語的高級長官。這樣，立人將軍成了美、韓為主，英、中及多國為輔的聯合國軍的共同參謀之一。當然，美軍是重中之重，佔韓軍以外聯軍的九成。

老總統根本不看好聯軍能有所作為。中國內戰期間，前身是蘇聯第八十八步兵旅的朝鮮族共黨志願軍曾出手支援在東北的共匪敗軍，金氏當時是個營長，他的能耐老總統稍有領教過。最重要的是，老總統相信史達林不會亂打沒把握的仗，如果對北韓軍力沒有十足信心，不會拍板讓金氏悍然冒天下大不韙而發動侵略。老總統估計，聯合國大軍還沒成形，釜山就已經淪陷，聯軍使不上力，只能不了了之把朝鮮半島拱手讓金氏統治。這樣就算麥克阿瑟多厲害也

回天乏術，無所施其技，更何況去做美國人跟班的立人將軍？就讓他再徒勞一場無功而返吧！

私下老總統還對身邊的人評說，立人將軍練兵不錯，打仗是不行的。

九月十五日，聯軍兩棲奇兵在釜山以北一百五十多公里的仁川登陸，切斷北韓軍的供應，釜山環形防禦圈方面的美軍第八軍同時反攻，突破封鎖，在南半島的共軍前後受敵，已成甕中之鱉。

麥帥的利害，就是在七月初釜山地帶保衛戰的早期，已想到要圍魏救趙、在朝鮮半島中部攔腰登陸這個被認為是「豪賭」的一招，並為此精心籌謀，蓄足兩棲戰力及海陸空火力，率四萬美軍X團及八千六百韓軍兩棲部隊，以及隨後的國軍一萬補充兵員，突擊搶灘，一舉攻克仁川，勢如破竹的在二十九日收復漢城交給李承晚政府，徹底逆轉戰局。

及後聯軍之美軍第一騎兵師為追擊金氏共軍而往北推進越過了三八線，佔領了平壤，但麥帥知道這不是一場他可以放手一直打到鴨綠江的仗，遂嬉言說大家都可以在感恩節前回家過節。

在北韓境內的三萬彪部東北軍餘部，也已經準備為北韓的兄弟政權而應戰，但是史達林和金日成改變了主意，怕打下去最後連三八線都保不住，轉變態度要求停戰，回到戰事之前的三八線分治。為了在聯合國安理會得到中國的助力，史達林落實將中共中央級幹部先行空運到克里米亞半島。在安理會就授權聯軍佔領北韓的決議上，蘇聯不再缺席而投了關鍵的否決票，而法國、中國則投棄權票，老總統算投桃報李支持了史達林一把。

其實各國都不想戰事延續，樂於看到朝鮮半島南北一邊一國分治，兩國坐在三八線會議桌上無休止的談判。冷戰總勝過熱戰。

老總統也不熱衷朝鮮統一，認為南北分治比大一統的韓國更符合中國利益。這次最大收穫是中共中央被放逐到克里米亞，除掉了心腹之患。美中不足的是除了麥帥再度成偶像級英雄外，跟在他身旁的立人將軍也似與有榮焉，尤其當麥帥在仁川步出搶灘登陸艇的照片出現在美國《生活》畫刊的封面時，緊跟着他的一位英俊中國將軍的臉也立即為世人所記住。

中國媒體更大肆宣揚麥帥和立人將軍的戰旅生涯。香港《世界晚報》特寫

立人將軍，說將軍是「國軍的王牌」。雜牌、旁枝被捧成王牌，在天子門生心裏就不是味道了。

立人回國不久，老總統的手腕是委任將軍兼任國軍訓練總司令，負責全國士官培養和新兵訓練。和平時代，雖然軍派仍在抵制裁員及削減國防預算，但也停止了招兵，何來這麼多新兵要訓練？至於士官培養，所有軍官學校不是黃埔的分校就是由黃埔系主掌，外人怎管得了？立人將軍去視察，軍校校長往往只派個教育長出來支應，有個黃埔六期出身的校長，立人六次來訪，竟六次避而不見。在老總統的如來掌中，立人變成無兵司令。

這樣因功遭妒在立人戎馬倥傯的一生中已不是一兩次了。

立人當年就讀美國南方的維吉尼亞軍事學校，那是北方西點之外最有名的美國軍校，出過名將無數，跟立人同期並一起拍過合照的有巴頓和馬歇爾。但這種學歷在中國軍系裏不只不管用，甚至是障礙。其他維吉尼亞、西點留學生在中國軍系也不易露頭角。

立人二三年在清華畢業後，去美國留學插班進普度大學土木工程系三年

級，翌年獲理學士後，由北洋政府保送進維吉尼亞軍事學院，期間週遊英、法、德、日等國。二七年畢業回國，國民革命軍北伐已到武漢，北洋培養的人材竟然找不到好工作。立人在安徽家鄉待不住，去長沙投靠一名清華球友叔叔的騎兵團，抵達後才知道那個團連馬都沒有。到了南京，去找一個由同鄉領導的部隊，人家的參謀長見了他之後，說不敢用他。適逢中央黨務學校建校，他求朋友介紹謀得職位，任學生軍訓總隊附教官。當時的校長是老總統，但校內的政治化和黨化八股教育叫他吃不消，沒半年就離校，請調去一個號稱新軍的排，想從基礎做起當個班長，竟發覺保定系出身的排長、營長都是抽大菸的。後轉到憲警教官隊，還給人撤了職。

立人的伯樂應算是時任財政部長子文，後者成立了鹽務總局稅警總團緝私總隊。子文是美國迷，請了西點畢業的應星任總團長，也請立人從警長做起，後調升去帶第四團，約有三千部下。立人從此被認為是宋孔嫡系甚至是皇后派即夫人派的人。其實稅警是警不警、軍不軍的大雜牌，卻碰上八一三戰事，警團急調滬增援，佈防在蘇州河邊當炮灰擋日軍渡河，第四團扼守丁家橋、溫藻

陣地，激戰中立人為炸彈碎片所傷，身上打穿了十三個洞，先送上海法租界救護醫院，及後子文部長的弟弟子安把他送到香港，臥床療傷兩月，痊癒後飛長沙，自己的部隊都給國軍宗南部吃走了。

立人兩度找行政院長祥熙索取舊部歸隊終獲批准，在貴州組織一隊緝私總隊，舊部新卒練了兩年兵。

終於熬到一個機會。四一年太平洋戰爭爆發，日軍席捲多個英國殖民地後，英屬緬甸告急，威脅到印度，宗主國英國深陷歐戰自顧不暇，向中國求救兵。後來立人將軍說：「那時候緬甸吃緊，找部隊找不到，我正好在都勻，這個部隊呢，所謂『哀兵必勝』，受了冤枉氣，大家都有兵法上所謂的『將帥有必死之心，士卒無生還之念』，出發的時候，大家都說：『他媽的！這次該我們出氣的時候了！』」

緝私隊正式改編為陸軍，番號為新編陸軍第三十八師，立人任師長，四二年四月由貴州都勻到雲南安寧入緬，即被國軍上司派去守舊皇城曼德勒，他抗命奔赴戰場解救在仁安羌油田區受困的英軍第一師，其中新三十八師的一一三

團更大破日軍，斃敵一千二百多人，成功拯救被日軍圍困至斷糧斷水的英緬一師軍兵七千多人，及被俘的英美傳教士和記者五百多人出險，立下大功。半年後立人獲英皇喬治六世頒贈英國軍人最高榮譽的CBE勛章。

四月底，立人之師撤往印度，途中與日軍作了多次殊死戰，在傷病飢餓酷熱的煎熬下，穿過印緬自古隔絕的惡水雨林，越過野人山，用了一個月時間終於脫險到達印度東北。

八月，新三十八師與其他從緬甸撤退到印度的中國遠征軍，共同組成中國駐印新一軍，由盟軍史迪威將軍為總指揮，準備反攻緬甸。

四三年，新三十八師再出發入緬解救英軍，重返野人山，與日軍第十八師團會戰胡康河谷大龍河。

這個第十八師團，前身就是久留米師團，七七事變後在杭州灣上岸，在京滬一帶作惡多端，後又在大鵬灣登陸，佔領廣州，翌年攻佔廣西南寧，四〇年調越南受特殊森林戰訓練，參加馬來亞、新幾內亞、太平洋島嶼及緬甸戰役，是日軍享有攻無不克盛名的長勝軍。但這支日軍精銳部隊，將會在一個中國的

新長勝將軍手裏吃敗仗。

這場大龍河戰役，打了近兩個月，雙方傷亡慘重，新一軍在除夕前夕攻入重鎮于邦，二月初控制胡康河谷。馬不停蹄，新一軍各師進而北取加邁、南佔孟拱。八月間，包括華軍、英軍和印度第三師的聯軍也攻克密支那的重要日軍據點，給了日軍王牌第十八師團毀滅性打擊。

新一軍擴編成新一軍與新六軍兩個軍，立人任新一軍軍長，率第三十八師再度在緬北攻堅，取下日軍誓言要「自殺防禦」的八莫市。另外新一軍新第三十師也擊退剛從朝鮮增援而來的日軍第四九師團主力，攻取中國境內的南坎。四五年一月底新第三十八師到達滇緬路和中印路交叉的芒友，與在滇西錫泊的中國遠征軍第五十師舉行會師典禮，三月繼續向南攻下日軍要塞，四五年三月三十日最後一仗，取得喬美，自此從錫泊到昆明的滇緬公路由國軍控制，盟國大軍可暢行無阻，中國遠征軍的戰鬥也結束，替盟軍光復了僅小於日本各島總面積的五萬多平方英哩的土地。立人獲頒青天白日勳章，由緝私隊演變出來的新第三十八師隸屬國軍勁旅新一軍，四五年班師回國。

其時小羅斯福總統已頒發美國豐功勳章給他，並附賀詞說立人「其智勇兼備，將略過人，實足為盟軍楷模」。德國投降未久，艾森豪元帥更邀請立人赴歐視察歐戰現場。南京中央日報在勝利後即出版《我們怎樣打進緬甸》和《緬甸蕩寇志》，對細節頗多描述。至此中外報導不絕，滇緬中國遠征軍、新一軍、新第三十八師以及孫立人將軍的傳奇故事已廣為流傳。

新一軍回國後先駐廣西南寧，準備反攻廣州，未幾日本投降，新一軍部隊空運至廣州，正式從日本降軍第二十三軍手中接防包括廣州和香港在內的轄區。新一軍在廣州建新一軍印緬抗日陣亡將士公墓，並等待光復香港的授命，可惜老總統在美英兩國壓力下猶疑是否立即在香港行駛中國主權，失諸交臂，英軍接收了香港島，恢復殖民地。立人軍長被派往聯合國參加軍事參謀團。繼而東北吃緊，新一軍乘美國軍艦北上，在葫蘆島登陸參加東北保安戡亂，老總統急調軍長回國親率新一軍。

由緬甸戰場，到光復廣州，到四平街大捷、從共軍手裏收復東北，到華北、華東完成戡亂掃蕩共軍任務，到韓戰任麥帥參謀歸來，立人將軍已是國人

心中的軍派偶像明星。但這時候立人卻被老總統派去分管士兵培訓。

既然手伸不進黃埔系的軍校，立人就想到另起爐灶，成立新的士官學堂。不知道誰出了這麼拍馬屁的好主意，立人推動在老總統家鄉奉化成立士官訓練學校，一時社會反應極為熱烈，鄞籍人士趁機附和說身為國軍之父的老總統，當然要在家鄉成立媲美西點的中國第一軍校，由老總統出任永遠名譽校長，這樣才成一時佳話。老總統本想虛與委蛇，及後變得盛情難卻，甚至真的動心，開綠燈讓立人去辦奉化士官訓練學校。

立人為此加入了國民黨，一心要在幾年間在奉化辦出一間中國最好的士官軍校，不辜負委員長所託，同時滅黃埔系威風，卻沒想到會因此種下禍根。

不過奉化軍校雖然直接挑戰了黃埔系對軍校的壟斷，讓很多人咬牙切齒，但還沒到要串聯少主的政戰情治系統設驚天陰謀製造冤案的時機，中間還有幾步之遙。全面衝突要待老總統讓立人更上層樓，出任陸軍總司令之後。

韓戰後，冷戰升級，蘇聯在軍事和太空科技上有長足發展，威脅到美國的軍事獨大地位。五三年，昵稱艾克的二戰盟軍統帥艾森豪當選總統，為了討好

共和黨右翼，艾克激烈批評前任羅斯福和杜魯門對蘇聯的姑息，並挑選以反共出名的尼克森任副總統搭檔，履職演講全是關於國際形勢和反共堵蘇，上任後即擴大國家安全會議的權職範圍以督促冷戰升級。

同年史達林逝世，但艾克沒有利用這個機會與蘇聯新領導商議減少軍備競賽，兩國反而加快開發氫彈等大型毀滅性武器。一直要到第二任期滿，艾克才有了深刻的體會與反省，並在一九六一年任滿告別演講中，語重心長的警示美國人民要慎防國會民主受到國內的「軍事工業複合體」所綁架。

先回到五三年，中國媒體感興趣的話題之一是像艾克這樣的一個戰時明星，只要辭掉軍職脱下軍服，就可以平民身份參加民主選舉當選總統。

另一個嚴肅話題是美國的對華政策。艾克決定全方位扶持中國以圍堵蘇聯，經濟上給中國最惠國條件，開放中國輕工業產品進美國市場，軍事上與中國簽署安全保障條約，把中國正式納入美國軍事保護傘內，有如北約之在歐洲。對中國而言，其好處是中國可以減少軍事負擔以轉投資在民生及出口工業，不用害怕蘇聯入侵，其限制是中國不准發展自己的核子武器。

內戰結束初期，因為有蘇聯及共匪的潛在威脅等等國家安全理由，也因為軍方利益集團的影響力，國防佔中國國民總值百分之十五，相當於政府所有開支的百分之八十五，冗員極多，貪污盛行，軍費在比例上是美國的兩倍。國民政府的技術派官員也主張裁軍，以善用政府開支在民生和基礎建設上。跟美國正式結盟有助削減軍費。

一切要看老總統怎麼想。老總統本來覺得自己是戰勝國四強之一的元首，曾與小羅斯福、丘吉爾、史達林等歷史巨人平起平坐，不會覺得自己矮人一截，甚至看不起繼承小羅斯福的杜魯門總統。但形勢比人強，美蘇軍力遠超中國，且是有「彈」之國，自己沒核彈，只能選靠一邊，與美國軍事結盟。

老總統最初對艾帥當選總統感到特別興奮，引為與自己一樣文武雙全的同道中人，並讚賞艾克和國務卿杜勒斯的強硬反共立場，很樂意兩國簽署對等的「美利堅合眾國與中華民國之間互相合作與安全保障條約」，簡稱美中安保條約。

之前，二戰結束以至韓戰期間，美國只是提供軍備和經濟援助給中國。國

共內戰期間，駐在青島的美軍並沒有參戰。直到艾克上任，冷戰升級，簽訂這份安保條約，中美才算正式在法理上結成軍事同盟。

艾克和杜勒斯在現實裏堅定挺華，但私下卻特別不喜歡老總統的作派，認為老總統恰恰就是中國問題的癥結，簡稱「蔣問題」。老總統的獨裁，中國政壇的腐敗、派爭，軍方的貪污、以政工人員騎在專業軍人頭上的體制，都讓艾克看不過眼。杜勒斯向老總統表達艾克的意見，中國軍方必須配合美國做重大改革，清除貪污，裁減冗員，打破派系山頭，讓軍隊國家化、專業化，拔擢擁有現代軍事見識的人材出任軍隊革新的領軍，如立人將軍。為此，老總統大為惱火，但不便發作。老總統認為無人比自己更懂軍事，除他之外誰也沒有威信去革新國軍。

真正讓老總統很沒面子的是五四年初徽越反共戰的滑鐵盧。

艾克與杜勒斯為了圍堵遏制共產世界，加強中央情報局的活動，在中南美、中東和東南亞多處暗戰共黨顛覆、壓制反美勢力，並發明了「骨牌效應」一說警告世人處處防共。

現在，最大的考驗來了。三月初，法屬越南的反殖共黨武裝，在中國共軍驍將國清等領導的軍事顧問團的培訓和戰略指揮下，竟然把十六個營一萬多名法國精銳部隊圍困在越南西北的奠邊府，這消息轟動世界。

越共首領胡志明一戰時期在法國留學，聽到美國威爾遜總統宣揚的民族自決原則，深受感動，矢志返越投身獨立運動，反抗法國殖民者，後受到蘇共和中共支援。

二戰後，美國中情局也已靜悄悄的以各種「沉默美國人」身份介入越南政治，物色可以培植的代理人，準備填補法國人離開後的真空。

奠邊府告急，艾克不經國會同意，出動中情局人員駕駛的運輸機和兩縱隊B26轟炸機支援法軍，但卻不足以挽回法軍劣勢。

在南京，老總統接受門生的建議，既然艾克正式出兵受美國國會牽制，中國作為盟國可以主動響應艾克的骨牌理論，以共匪公然武裝支援越共，屢犯中國邊境為由，派中國志願軍作懲越反共戰，讓艾克、杜勒斯和法國人欠自己一個大人情。越共的主力既已投入在奠邊府去包圍法軍，中越邊境越共兵力薄

弱，國軍大可趁機練兵。連共黨大軍都能打敗的國軍，配備着最新武器，哪把小小的越共放在眼裏？

果然除了蘇共集團抗議中國侵犯越南主權外，西方國家暗中喝采，冀望有助解救莫邊府之圍。

沒想到打仗打到紅眼的越共，留守邊境的部隊和民兵，對養尊處優有年的驕嬌二氣國軍作出頑強抵抗，國軍未能輕越雷池。越南民眾被激起對中華天朝的新仇舊恨，民族主義情緒高漲，民氣可恃，越軍同仇敵愾，中國志願軍無心戀戰，乘興而來，敗興而退，遇挫狼狽後徹回到中國邊境。其中總統嫡系恩伯部、宗南部皆有麾下指揮官遇敵拋棄部隊逃回後方，部下多為越軍所俘獲。

中越之戰也沒達到解救莫邊府之圍的目的，法軍五月初就投降，解甲回國，放棄對印度支那殖民地多年的統治。中國的懲越反共戰唯一造成的政治效果，就是讓胡志明有後顧之憂不敢傾力南侵以求一時半刻統一越南。他立即接受日內瓦協議，南北分治，北方為蘇聯撐腰的共產專政，南方為美國取代法國培植的吳廷琰獨裁政權。

這場戰爭對越地華裔卻帶來幾乎滅頂之災，獨立建國的共產北越出現徹底的排華潮，華僑財產被沒收不在話下，種族清洗時而有之，虎口餘生者投奔怒海至廣西、廣東和香港。連南越民眾也自此仇華成風。

中國軍隊的表現，貽笑大方，備受中外媒體譏諷，讓老總統面目無光，環顧周圍自己一手提拔的嫡系愛將，其手下部隊在這次戰爭的窩囊表現兼爆出多宗貪污醜聞，只能承諾艾克和杜勒斯，這次過在自己，今後一定下決心革新國軍。為了作態，提升了在奉化培訓新士官、一向主張軍隊國家化、專業化的立人為陸軍總司令。

這個任命，才害了立人將軍，讓他的諸方對手聯合起來密謀陷他於不義。大風暴的所有元素終於完備！

黃埔系的陸軍將領，現在都要聽命於非我族類的立人三星上將，想像着從此以後奉化新貴將取代黃埔嫡系，這是關乎軍方未來人事大權在誰手的對決。而同樣屬黃埔系的空軍、海軍兩大總司令也拒絕與雜牌出身的立人平起平坐，立人對他們兩人也沒有好臉色，見面互不敬禮，三軍司令之間的不和已經是公

開秘密。

對集體貪污腐敗的軍方來說，立人要裁員減預算，以促軍隊技術專業化、國防財務現代化，就是動了他們貪腐共同體的利益，是生死之爭。

黨務大員則討厭立人奢談軍隊國家化，因為這擺明就是反對以黨領軍，削弱黨對軍隊的控制權。

少主的政戰系統跟立人將軍有着更根本的矛盾。帶着美式治軍思想的立人，最不能容忍政治干預軍隊，對軍中設置黨部政工和情治眼線的做法深惡痛絕，視其為軍隊專業化、國家化的最大障礙。恰恰，黨部政工情治系統現在都是建豐少主一把抓，而少主的大謀略，就是要在軍中正式廣設蘇共那套政工黨部制度，監控軍隊、以政馭軍，一防軍變，二為貫徹自己的權力。

最終，在位多年的老總統也要有感於自己地位受到威脅，才會斷然對麾下最高將領開刀。

剛好這段時間老總統覺得國人對他沒有感恩之心，反而批評自己用人無方、天子門生瀆職無能，卻眼看着立人將軍民望日高，夫人派及美國軍政兩界

更獨鍾於他，這樣下去，難道自己違憲當選下一任總統的安排能不受到挑戰嗎？國人之中的好事之徒對立人出選總統、做中國的艾克的呼喚還會遠嗎？

少主知道，老總統是基督徒兼且現在作為朕即國家的國民大家長、儒門聖賢，要在國人面前樹立道德楷模，手不想沾髒，有些事情少主要心領神會、幕後代勞。

立人將軍恃才傲物，少主深謀遠慮。少主已掌握黨政情治實權，軍權必然是下一個目標。謀的是什麼？難道少主不會想到，老總統刻下雖然身體清健，日理萬機，誨人不倦，熱衷歷史留名，但人總歸會老，百年之後，繼承有誰？如果是立人將軍，自己將被置於何地？立人將軍也不是沒想過將來或許通過民主選舉方式當選總統，少主則不管將來是否走上民主之路，都先要掌控住黨政特以及軍隊實權。

一介軍人，鬥得過深藏不露的情治政戰家嗎？

老總統是怎麼樣鬥爭起家、清黨、以軍掌政的，少主心裏有數。零和的權爭，能不你死我活？獨裁集權的江山，一山焉能藏二虎？世間獨夫強人，哪個

不是踏在競爭者的屍骨上登極位的？

專制黨國，內鬥權爭彼落此起，沒有終止的一天。立人事件，不過是黨國掌權者清除一位內部潛在挑戰者這種惡行的又一次不同劇本的重演而已。這在黨國的歷史上，不乏類似先例。因為叛亂罪名的案情需要，總是要營造事件動搖國本、牽連甚廣的印象，也就總得拉上一批無辜者來陪葬。

民國四十四年中，領袖與少主心靈相通，黨政軍特的權貴也利益與共、有志一同，大鬧霍然降下，落日何其促！

立人將軍的舊部廷亮，從稅警到新一軍都追隨立人，後任奉化軍官學校營長，是立人嫡系。五月二十五日，廷亮與有五個月身孕的妻子及四歲的兒子在奉化同遭拘捕，旋送國防部情報局偵防組。立人將軍則被貶任為總統府參軍長虛職。與此同時有人在坊間放話，盛傳立人本來密謀在六月總統親校閱兵之時兵變奪權。

一時中外媒體嘩然，連老總統夫人都大感意外，美國軍政兩界更不停過問，當局悶聲不響。繼而坊間改流傳軍統國防部保密局局長人鳳主持調查發

現，「奉化軍官訓練班學生拉幫結派」，牽連多名師生，三百餘名士官被逮捕，多人判長期徒刑，十四人判死刑。在輿論及美國壓力下，老總統指示辭修副總統成立九人小組調查，成員包括黨國元老及德高望重的社會賢達，反覆五十天到民國四十四年十月底才交出報告，竟然改變了指控，變成廷亮自認是共產黨間諜，送法院初審判死刑，複審改判無期。

至於立人將軍所犯何罪？那卻是莫須有的。九人小組報告引老總統之言，「以立人久歷戎行，曾在對日抗戰期間作戰立功，且在案發之後，即能一再肫切陳述，自認咎責，深切痛悔，既經令准免去總統府參軍長之職務，特准予自新，毋庸另行議處，由國防部隨時察考，以觀後效。」

從措辭看老總統似寬宏大量，實質罪名卻語焉不詳。一句「毋庸另行議處」，就是不用經公開軍法國法審訊。所謂「隨時察考，以觀後效」，就是以莫須有罪名長期軟禁之意，囚困將軍於奉化溪口鎮一民居至今恰好二十年。溪口是老總統的老家，鎮民大半姓蔣，軟禁立人於溪口，實在磨人，當年西安事變後老總統也曾把學良管教於此地。兩人遭遇堪可相比，立人要受的「考察」

就是學良「管教」的翻版，學良交軍事委員會管教，立人由國防部隨時考察，二人皆從此與世隔絕。

倏忽經年，如今已是一九七五年，民國六十四年，老總統已於是年四月五日崩逝，今後二人命運將聽誰發落？難道要等少主也崩逝之後才能重獲自由？

三 建豐 一九七九年三月二十五日 南京

號稱憲政時期的中國，連任五屆的老總統在一九七五年任內逝世，由副總統補上。這位坐上紅漆馬桶的過渡總統急急表態說補任期滿不求連任，並且將親自向黨中央推舉提名時任行政院長的少主繼任總統。三年後，一千兩百人組成的國民大會在南京以百分之九十八點三四的高票，假戲真做的背書少主成為第六任中華民國總統，於是太子登基，建豐元年開鑼，家臣還政於正朔，臨時管家儀式性的把門匙交回給少東。

自民國三十七年即一九四八年首次以國民大會間接選舉總統以來，建豐只是第三位總統。本來按憲總統六年一選，只准連任一次，但老總統雖不修憲卻增添了憲法的「臨時條款」，即所謂在大房子旁邊加小房子，然後在大法官釋法和可控的國民大會小圈子的必然附和下，當選總統親行視事前後共五屆。七二年開始那一任幾乎全期罹病，最後死於任內，成了終身總統。

四九年內戰結束後，老總統已開始悉心鋪排少主建豐的繼位，先讓少主掌黨工和特務系統，再兼管青年團派與退役官兵，待扳倒立人將軍後，擠走唯一有野心也有人望的元老對手，暨主政期間完成經濟轉型、土改和地方直接選舉三大德政的前副總統辭修將軍，改由唯唯諾諾、沒有班底的財長家淦權充總統副座虛職。至此少主正式拿下軍隊國防，掛二星上將，黨政軍特一把抓，全面安插自己門生，如水銀瀉地般佔據要職。六九年少主任副行政院長，三年後眾望所歸接任閣揆，以院長身份組閣正式統管國家行政與經濟。在這樣精心計算的高度集權下，老總統百年之後繼承誰屬已無懸疑。

因為朝中一時無權位挑戰者，黨內亦鮮有造次之士，七八年那年，少主順利當選總統後，已無後顧之憂，權傾一時。反而拳腳舒展，個性畢露，有任性之事，也多有為之時，勤政親民，關心民瘼，尚儉戒奢，平常不擺架子，君臨百官卻不假辭色，猜疑寡情，老虎蒼蠅都打，十大行政革新佔榜首的是廉能政治。這對於官官相護、凡事請示、遇事推事、等因奉此、貪贓枉法、驕奢專橫的官場中人來說，簡直是一場噩夢。

時代新掀民主巨浪，少主的回應也往往出人意表，既有封殺之實，也開仁恕之例，更時而對民主原則作出肯定。七四年任行政院長期間即已提出「力行民主憲政」，老總統一去，少主就宣佈大赦減刑，包括特赦了一批政治犯。履任總統之後，少主更信誓旦旦「貫徹民主憲政」、「加強法治」、「政府堅守實踐民主政治莊嚴責任」，但卻至今言行不一、口惠實不至。黨外人士私下有判斷說，少總統的出身經歷與思想不包含源自西方的民主基因，相信在其有生之年中國是不會推行真民主的。

少主行事雖有獨裁之痼疾，也有變通之睿智，黨政軍特，用人唯私，排他性強。經濟發展與文官體系則從他出任行政院長開始就招攬廉能者居之，起用青年才俊，提出大有為政府，市場經濟為體，政府統制計劃為策，穩定物價為要，均富平等為目的。既節制也發展私人資本及國家資本，既推動公營企業也主動扶持民營企業，繼耕者有其田的土地改革有成後，進口替代與出口貿易協調並行，依靠美國主導的世界貿易分工，搶在日本、韓國、新加坡之前發展加工出口輕工業品輸入美國賺外匯，國家集中資源主推關鍵建設和策略性產業，

以「計劃性自由經濟」的中華模式加速經濟升級，大開大闔，或有好大喜功之嫌，經濟結構卻賴以調整，國民生活得到實質改進，成就了中華奇蹟。

從一九六九年到七九年，國內生產毛額年成長平均接近百分之十三，外匯存底是外債的一倍，國民的人均所得在七九年估計將達二千美元。除經濟發展表現出色外，均富成績單同樣漂亮，國人收入最低的百分之四十人群，其財富總額佔有率由五〇年代初的百分之十一低點升到七九年的百分之二十二點三，而最富有的頭兩成人，其同期財富總額佔有率由百分之六十一高點下降至百分之三十九。七〇年代中後，建豐少主統管下的中國，財富分配比世界上的大多數資本主義國家更平均。

在中國人統治的中國土地上，近百年都沒有比現在更富足安定的時候了。大國既已復興崛起，萬國競相來朝，國民見多識廣，外交也不願再仰人鼻息。素來跟美國主政者話不投機的少總統，此時更不肯當小弟，事事敢跟指點江山的美國人頂撞，國際側目，咸認為中國復興是二戰後世界秩序之一大變數。

這樣的新政，是老總統不會同意，腐朽黨國元老不敢想像的。這就是建豐

新政。

建豐滯留蘇聯十二年，所學所見所思，刻骨銘心。從歸國之日算起，參政四十載，經過漫長的等待和經營，他的時代終於來臨。

少總統上任，一反前朝的個人崇拜風習，強調自己「個人只是一個普通的黨員，一個普通的國民」，除了勒令不准用萬歲這等稱呼外，也禁止「建豐時代」這一類提法，說「只有群眾的時代，而沒有個人的時代」。不過事實上，到了建豐二年即一九七九年，論者幾已確定這是一個堪稱建豐時代的時代了。中國是不是又到了一個百年不遇甚至數千年不曾遇的大變局？

建豐二年三月十日，按中國舊曆演算，是君上七十大壽之日。少總統拒絕盛大賀壽，生日那天選擇飛到新疆迪化軍區勞軍，受到阿兵哥熱情歡迎的程度猶勝於隨後登台的歌星麗君、嘉莉。

少總統已是七十歲的人了，此時這樣一位世襲君主式的開明獨裁者正在想什麼？

接近少總統的人都知道，君上的確還有難以開解的幾個心結。

三年多前，一個叫雅燦的名牌大學法律系畢業生，在首都中心商業區域新街口發放傳單，要求建豐少主公佈財產。少主主管的情治單位一如慣常的抓捕了雅燦，少主掌控的法院也毫不猶豫的就判了雅燦無期徒刑，連帶印刷商也判刑五年。這件事讓建豐少主很不舒服。他從不貪污受賄，自己連一份不動產都從未擁有過，聲名建立在清廉之上，現在卻因此案沾惹一身腥，有青年才俊因為要求他公開財產而受到過度懲罰，能不引起世人非議？何況要求當政者和官員財產公開，正是建豐行政院長於公於私都認同的想法，只是有感於朝中幾乎無官不貪，推行財產公開法令等於要捅官場最大的馬蜂窩，這才使得這位集權獨裁者尚要三思而有所不敢為。

這件事也讓建豐少主明白到，國民黨一貫的特務恐怖統治手法快用到頭了。自己從共產黨那裏學來、一手建立的政戰情治機關，以國家安全與維護穩定之名，慣常的寧枉毋縱、矯枉過正、手法粗暴、濫用權力、破壞法制，與自己出任行政院長及總統期間努力建立的開放、問責、尊重憲法的現代主政者形象多有牴牾，讓自己招恨，損害了自己的認受度。所謂掌全部權力的人必然要

負起全部責任，自己因良治居功，也將因與惡政撇不清而被記入史冊。情治人員一般不學無術、思路陳舊，而且招式用老，手法與時代嚴重脱節，拖着自己的後腿，已成了自己管治的負累。連開明改革派內閣重臣們都有微詞，必要徹底加以現代化、法治化的改造，否則年輕一代定不接受。

世代更替、物換星移，時代巨浪民主呼聲在過去一年一浪接一浪，北平那邊竟然出現了民主牆，年輕知識分子競相實名留言商討國是。暫時，少總統只指令説不准開槍，不要假借黑道之力鎮壓，避免公權暴力過當，不願給自己留下惡名。細節則仍是放手交給剛由「固國小組」改組而成、權力觸及警備總司令部、國防部總政治作戰部、國防部情報局、國家安全局、司法行政部調查局、內政部警政署、外交部、行政院新聞局、中央黨部以及洪門幫派的「少康辦公室」去綜合處理，以觀後效，靜思對策。

今天，七九年三月二十五日，少總統又受到考驗。一個叫京生的動物園電工，竟然發檄文《要民主還是要新的獨裁》，不識相的將少總統名字與新獨裁者這種詞放在一篇文章之內。山雨欲來，怎麼辦？少總統自己放出的民主、自

由、公正、法治之言，難道只是空話嗎？

一波未平一波又起，三月二十五日，另一事件將觸到少總統的最痛處。

那天晚上，總統簡任秘書楚瑜接到一通電話。

「瑜大秘書，是警總希苓。」

「希苓將軍，晚上好，有什麼指教楚瑜？」

「二公子。」

「不會是又闖禍了吧？」

「法拉利逆行撞了路人，被民眾圍住。盯梢保鏢第一時間通知了我司令部，車上還有兩個女的，都衣履不整，懂嗎？」

「楚瑜懂，二公子可有受傷？」

「據報車上三人只是輕度挫傷。」

「現場……」

「我司令部的人已經趕到，二公子人車都正往我這邊送，現場的路人和傷

者家屬也已控制住，不讓對外講話。接下來將要向少康辦公室通報，敦請昇上將轉告那兩個同車女子的老大，叫她們閉嘴，那兩個太妹都是有鐵血愛國幫派背景的，懂嗎！現在先向瑜大秘書你通個風。」

「不敢、不敢，楚瑜懂，感謝希苓將軍關照。稍後我會報告給總統，鈞座還在就查禁北平民主牆的事情接受美國新聞社採訪呢。」

「多事之秋。」

「可不是嗎？」

「先這樣，中央黨部第四組和你們新聞局方面，就請瑜大秘書代勞了。」

「楚瑜立即去辦，希苓將軍請放心，一定妥善佈置下去，別讓我們自家的新聞機構說三道四。」

楚瑜心想，在中外新聞媒體收到風之前，就要安排找個人頭頂包，車主轉名，一連串的指定動作。若再傳出二公子的糗事，少總統的接班人安排就全亂套了。

真他媽的，難道少總統近日還不夠煩嗎？當國家元首容易嗎？

七十歲的少總統近年糖尿病愈重，已影響到日常工作。大公子孝文三五年出生，嗜酒，患嚴重糖尿病以至有過昏迷，到七〇年健康已毀。二公子孝武四五年生，也有糖尿之患，平生愛鬧事愛女人，是朝野皆知的欽定接班人，但風評太差，身體也不爭氣，光治胰臟病就住院多次。少總統知道自己這個二兒子並不成材，但仍堅持要安排他上位，仿效老總統當年扶持自己接大任。每次二公子闖禍，少總統必雷霆大發訓斥以至全身發抖，然後包庇過關。少總統的一生名譽，會不會毀在自己的接班安排上？

現代家族王朝將如何得以延續？號稱主權在民的民國是否不應如此虛偽，早該另闢名實相符的路徑，建立領袖更替的制度性新常態？這些考慮縈繞在少總統和許多國民的心頭，人民越關心，少總統的壓力越大。現代獨裁強人的接班，永遠是個坎，永遠有危機，弄不好就宮廷政變、人亡政息，甚至動蕩翻船、改朝換代。要繞過你死我活的繼承定律，需要制度創新的大智慧。

少總統年事日高，對於二公子接班的進度以及如何緩衝國人對民主的呼

聲，感到越來越焦慮。

另外的兩個心結，一個是跟美國有關。

美國國威到七〇年代末仍是如日方中，但少總統上任後並不急於安排訪美，等着華府什麼時候主動來邀，甚或是卡特總統按耐不住自動提出來華訪問。

從四九年到出任總統前，建豐少主已經前後五度訪美。私下他覺得除了第一次赴美受過艾森豪總統禮遇接見外，以後幾次都沒有得到應得的接待和保安規格，更談不上華府對他個人的正確理解。美國主政者戴着有色眼鏡看少主，少主眼中的歷任美國總統也不過如此這般，在艾森豪之後，沒有一個是他看得上的，不是公子哥、牛仔、美式足球員就是花生農民，要不然就是總統老父口中的小丑、背信棄義的尼克森。的確，少總統是何等人物？思想的反覆碰撞，人生的大起大落，國共鬥爭的大風大浪，黨政軍特的爾虞我詐，制宰政敵的機關算盡，待位少君的隱忍韜光，加上治大國若烹小鮮的舉足輕重，多年帶領國家走上富強復興之路的實踐經驗，少總統這等的識見又豈是只靠選票的地方民

意代表或華府政客出身的美國主政者所能望其項背？

所以，在華府還改不掉對國府頤指氣使習慣的晚近時期，少總統不僅是不勝其煩，更不忿的是其決策者根本不具眼界識見、不夠資格跟自己平等對話。少總統越老越不願意裝孫子，對華府主政者越沒耐心，也越加明白法國第五共和國總統戴高樂當年支持歐洲合作但向美國和北約說不的心態，欣賞戴氏主導法國游離於美蘇兩個超級大國之外，與美國鬥而不破而與歐洲列強群而不黨、和而不同的國防與外交戰略。

老總統不在了，國家也日益富強了，少總統帶領中國終於走上不受美國耳提面命但也不與蘇聯靠攏、顯示着民族進取雄心卻同時保持着現實主義清醒的獨立自主外交道路，是有其必然性的。起初，外國政論者說這是中國特色的戴高樂主義，不過現時中國在國際上的影響力已僅次於美蘇而遠高於英法，將來可能有史家會說這一切叫中華模式或建豐主義。

建豐主義是個矛盾複合體，它是經歷起伏跌宕的無數次蛻變而建構出來的。少主的一生可說是像武俠小說主角一樣神奇，身不由己的捲入了所有的

江湖風波，卻一不小心學遍了天下無雙的絕世功夫。

他是太子，童年奉父命在故鄉溪口就傅，讀《說文解字》、《孟子》、《曾文正公家書》，卻因五卅事件走上街頭參加上海學運，後來在蘇聯兩度發公開信痛罵自己父親。

他是熱血青年、理想主義者，卻被送去莫斯科上那所訓練中國革命青年、以孫逸仙為名的所謂大學，專學共黨世界觀及先鋒黨專政手段，包括冷血整修自己同志之必要，後來大派用場助他成為國民黨中國的黨政軍特務頭子。

洋名尼古拉的他曾是狂熱的共產主義者，托洛茲基的崇拜者，後來經歷了蘇聯的工農生活，目睹史達林的黨內整肅鬥爭，看透了共黨宣傳伎倆，恍然大悟，由空想變現實，堅定反共，殺共產黨同路人毫不留情，卻採用共黨宣傳及政工特務手法奪權及管治國民黨天下的黨政軍。

他曾是中蘇糾葛夾縫中的人球，從所謂留學到被下放到俄羅斯集體農莊，差點凍斃，在西伯利亞烏拉山區金礦場勞動過，在火車站做過搬運工，在機械重工廠當過工人，前後長達十二年，寂寂無聞，連家人和國府駐莫斯科的大使

都不知他死活。後幸得拜西安事變之賜端歸中國，搖身一變，被中國第一強人父親欽定為接班人。

第一強人父親，中國的武林盟主，把失散已久的他帶在身邊，親自傳授功夫，多次掛了外派官職也不用赴任，依然留在強人身旁學藝。但他漸漸看穿強人的統馭方程式，是以收買和交換利益以取得共主地位，姑息養奸，黨內派系交錯傾軋，擅玩小權術，慣常以妥協代替果斷，獨裁無膽，民主無量，和他自己的快刀斬亂麻，嫉惡如仇，痛恨權貴勾結，且不惜捋老虎鬚的戰鬥性格不合。

強人分派他任各種主管，蓄意培植，他沒有經驗也可以放手從錯誤中邊試邊幹，治國的十八般武藝最後都能上手。

他曾在列寧格勒的托馬卡中央軍事及政治學校學習過軍事課和以黨治軍之術，強人破格升他為少將，去共黨作亂與新生活運動肇始之江西擔任保安處副處長。

三十歲那年他被安排去學習管理地方，任江西第四區行政專員兼贛州縣長，轄區十一個縣面積二萬三千平方公里。他急於求功，以太子身份「對贛

南的濃厚封建力量，毫不留情持極嚴格的手段，用堅決的革命手段去打擊他們」，肅菸肅賭肅娼肅貪，掃除土匪及「壞分子」，推動治安，走群眾路線，鼓勵民眾舉報，名言是「一路哭不如一家哭」，打老虎不手軟，因而贏得「青天」之名。

他的贛南新政充滿理想色彩，顛簸於途下鄉視察，推行土地再分配和現代化三年計劃、五年計劃，管制日用品物價，禁止鋪張的傳統婚禮只准辦集體結婚儀式，強制不識字的成年人每天花兩小時讀書，成立示範農場，興建機場，收到稅賦不上繳給省政府，全用在地方，要建設現代化標準城市，超蘇趕美，開了許多不能兌現的改革空頭支票，強人把他調離，人去政息，後來少主承認自己當時在贛南做的新中國夢「缺乏詳細計劃」。

強人安排他去辦幹部學校，引進蘇聯學到的那套，自此黨政幹校和青年團派一直在他掌控中，變成他的統治班底，所謂嫡系的嫡系，而他宰控國家的鐵腕套路，就是以黨部政工領導黨、政府和軍隊，以軍方政戰部及黨中央宣傳部控制新聞輿論，以情治特務實施寧枉毋縱的白色恐怖以收鎮懾國民之效。

強人又派他去上海管他陌生的金融經濟以見識什麼叫真的翻雲覆雨，並以他懂俄文，安排他一會去當西北大員，一會出任東北特派員，並隨行政院長兼外交部長子文去蘇聯會見史達林，洽談留住東北和伊犁三區但同意外蒙公投獨立以及出讓大連、旅順、中東鐵路治權的「中蘇友好同盟」不平等條約。當年對美外交被中國第一夫人美齡視為禁臠，這位元首夫人是他繼母，曾和他數度交手弄得頗不愉快，大國外交他所能染指的唯有蘇聯，因為一碰美國就要活在元首夫人的陰影下，這也是他對美國有心結的原因之一。

他在強人面前扮演一個孝子的角色，從沒有公開顯露與元首夫人繼母不和，常自告奮勇接駕繼母，俄裔妻子方良也納入元首夫人的婦聯會工作。少主並於四三年在重慶受洗成了美以美基督教徒，讀《聖經》和元首夫人參與翻譯的《荒漠甘泉》，但從不跟家庭牧師研討宗教的問題，僅偶然參加做禮拜，後來更否決元首夫人在軍中派駐隨軍牧師的建議。

他遇佛殺佛，老總統身邊重臣如CC系中統立夫果夫兄弟、軍統保密局人鳳、歷任上海市長及台灣省長的國幀、陸軍總司令立人三星上將，以至老

總統說過「中正不可一日無辭修」的辭修將軍等，只要曾對他發難或有威脅之嫌，都先後給他「騎驢看唱本，走着瞧」，去國的去國、收監的收監、賦閒的賦閒，而且都獲得強人首肯，可見強人栽培之心切。當然，唯一動不了的是與美國關係最好的中國第一夫人美齡。

他沒有戰功，強人卻升他為二星上將，副總統家淦識趣的提名他為副國防部長，然後再扶正為國防部長。這也是規矩，每次少主任副職，第一把手只是門面上的人頭，實權都歸他這位第二把手，任國家安全會議副秘書長如是，任副國防部長如是，任副行政院長也如是。他不按法制同時兼管多個黨政軍部門，出任文官要職也不依憲法辭去軍職。後來他也染上了用人唯私、任性提拔自己嫡系門生的強人風範，除了在經濟建設發展這一塊是用人唯才的。

五〇年他才四十歲已進十六人的黨中央委員會，及後掌管黨政軍特，以黨領軍統政，實力僅在副總統兼國民黨副總裁兼行政院長的辭修將軍之下，但老總統一日不死，一日就是總統，他要再等待近三十年才登極位。

這個等待期間，辭修將軍先被賦閒，後鬱鬱而終。辭修任行政院長之初，

推行全國土地改革，從根本消除了共黨蠱惑人心的動員基礎，對中國小農社會轉工業社會的終究安定有至大貢獻。

很多人都忘了，國民黨曾經是個現代意義上的革命黨，革封建的命、平均地權都是黨由來已久的使命。十九世紀末紅極一時的美國經濟學家亨利喬治所着《進步與貧窮》一書的土地制度和地稅思想，引起全世界不少有識之士，如英國費邊社及德國土改協會成員的興趣。中山總理的三民主義民生觀就深受喬治主義啟發，並於一九二三年聘請在中國的德租界膠州、用喬治主義進行土改的德國地稅專家為國家顧問。隨後黨在二七年也決策要在中國推行土地改革，並派大員去世界各地考察土地行政制度，於三〇年通過《中華民國土地法》。但因軍閥與共黨割據，日寇犯華，大地崩裂，只能在個別國統地區執行二五減租等國策，要到抗日勝利，戡亂結束，國家和平統一後才能在全國範圍推動。老總統四九年在日記中寫下：「為平均地權、耕者有其田、實現民主主義而戰！」

平心而論，國民黨在中國重新積極啟動的不流血土改，部分也是之前共產

黨殘暴的極端土改逼出來的。共黨在其佔領控制地區，或稱蘇區、邊區、解放區，不顧中國傳統社會的實況，套用西方抽象的階級論，變本加厲，硬把中國農村共同體劃分出地主、富農、中農、貧僱農階級，發展鄉間不事生產的二流子遊民痞子成為積極分子，腥風血雨的以暴力清洗傳統紳權，掠奪所謂地主富農的財產，借分享地主富農的土地財產來誘惑煽動一般自耕農、半自耕農和佃農，捆綁成為鬥地主分田地的幫兇，讓普通農民手上沾了血，自此害怕國民黨回朝之日他們要受法律制裁而只好跟着共產黨走。

四九年戡亂保安大致完成，共禍已息，之前的共統區卻出現一個管治難題，就是田地既已分給一般農民，可是逃往他方的地主或地主後人，受到共黨敗退消息的鼓勵，都打算重回家鄉依法、依契、依傳統鄉規民約索回自己的土地財產。但是老地主回鄉、勒令現耕農吐出新獲耕地並接受法律處分，法網將涉及太多農民，前共區農村社會難免又一次動蕩。

茲事體大，國家好不容易穩定下來，眼看一大片地區又要翻天覆地，老總統吸收了之前與共黨收買人心競賽屢處下風的經驗，不敢抱殘守缺的偏袒保守

地主勢力，慎重其事，責成行政院長辭修將軍親自負責處理，找出兩全其美的土改新政策。

有了共黨蠱惑人心的土改既成事實在前，國民黨在四九年全面執政後也不得不在全國推行另一版本的土改的，這是國民黨人非做不可的一件事。

辭修家族世代務農，家貧不能供他上中學，他出走求學，繼而參軍，有現代軍人的革命精神。

抗戰時期，辭修是第六戰區司令、湖北省主席，已試過在鄂西實施二五減租的國策，繁榮了當地農村經濟。

他五〇年出任行政院長後，改革幣制、管制外匯，穩住金融、控制財政、確立預算、節流開源、整頓稅收、規劃地方自治、啟動中國歷史無先例的省議會、縣市長和縣市議會、鄉區鎮村里長的一人一票直接選舉，都立竿見影廣收成效。

辭修清廉老練，果斷多謀，事業心強烈，不見容於CC派、國幀以及老總統身邊的一些人，卻是老總統股肱之臣，而老總統雖常氣罵辭修也只得重

用他。辭修更有知人善用，不恥下問的優點。接到土地改革重任後，他就諮詢各方有識之士。當時除了共黨那一套半殖民半封建教條觀念之外，還有三種偏頗之見，一種是主張以農立國的農國論派，一種是要以復興鄉村達到民族再造的鄉建派，着力以教育改造社會，這派陳義甚高，有相當多著名知識分子的支持，還有一種是新興的經濟學家，認定經濟起飛要靠工業、市場、貿易和城市化，忽略農村生產關係及經濟發展的政治與社會機制。

辭修行政院長身邊有人材，包括非黨員的經濟政策奇才仲容，地方行政法專家毅成，地政先驅蕭錚，農復會主委夢麟，負責財政的家淦，台北帝國大學農業博士慶鍾，屬國民黨中樞的副行政院長厲生，抗戰前起草土地法的前地政部長尚鷹，重視農村土地所有制的歸國實證社會學家景漢，挺奇才仲容的經濟學家碩傑、大中、慕寰、應昌、至莊、惠林、果為、苑聲、舉凡、作榮等，輔以有學識的技術官員繼曾、柏園、顯群、鴻鈞、大維、伯羽、國鼎、茲闓、運璿、耀東、演存、王蓬、費驊、志甲、宗翰、德偉、昭明、萬安等，以及見多識廣、頭腦靈活的黨國謀士少谷、雲五、世傑等，並得座上賓如北京大學校長

斯年、清華大學校長貽琦及中央研究院適之、鴻勳等加以襄助，因應國情和世界經濟大勢，翻讀總理著作，吸收三民主義民生主張的精髓，綜合各方考慮，力排黨內外非議，製訂了「以農業培植工業，以工業發展農業」的大方針，睿智的採取合乎人道、中庸務實但不怕攻堅犯難之強硬手段，擬定三項執行原則，暨讓農民取得土地、兼顧地主利益、移轉地主之土地資金於企業。

耕者有其田是總理遺訓，為黨所崇，本該加以貫徹，之前共統區已分出去的田地，不能收回，使耕者有地可耕。原地權擁有者可得到合理賠償，由政府作價承擔，以國家債券和公營企業股票代替現金補償，使擁有多餘田地者轉成擁有資本者，以加速商業化、城市化和工業化。

這個政策首先是要解決之前共統區遺留下來的爛攤子，地主富農的土地已經平分，不需要逆轉，危機變轉機，將平均地權之理想，借勢實現。很多地區本來大地主就不多，富農其實只是勤快的自耕農，如還願意從耕的話，可以按標準索回部分原有耕地，政府做仲裁以其他土地補償給現耕農。

所以辭修土改的第二項政策，就是公地放領，大量釋出公地改為耕地，這

一舉動讓願意回鄉務農者特別是復員軍人也得以靠低門檻獲得批地，經分期償款供地，最後達至耕者可擁有其田地的全部產權。

為了公平，土改不能只在以前共黨統治地區執行，應有全國普適性。之前第一階段先對症下藥成功緩解了前共區最大的社會矛盾，接着土改政策必須按同等原則在全國推行。

這就是第三項政策，農地減租免稅賦。非共區域的地主可以選擇保留水田三甲或旱田六甲，把其餘土地交給政府換公營企業股票和土地有息債券，或接受國家對其佃農地租徵收的長期管制，跟城市裏限制房東漲價的租金管制一樣。

多方的實證研究顯示，民國時期其實平均大概只有三、四成全國田地是由佃農或半佃半自耕農作為僱工耕種，而不是共黨所宣傳的八成田地、所謂廣大農民沒有自耕之土地。抗戰勝利後土地雖比前稍有集中之勢，一般地區自耕農和半自耕農人口仍佔七成至九成，是絕對多數主體，地權分散，推行溫和土改的阻力沒想像中的大。也有個別地區地權相對集中，譬如台灣省，因為日本長期統治出現土地集中化現象及超大地主，農業人口中近七成是佃農，新竹一帶

租金高達佃農農作收入的七成，故需強制規定後者出租的耕地，租金不得超過主要作物全年收穫量的百分之三十七點五，稱為三七五減租，紓緩當地眾多佃農之負累也適量保障大地主的合理偏低租金收入。

強迫性減租兼免耕農稅賦，選擇性的政府有償接收田地重新分配，盡量讓務農者都成為自耕農擁有自己的田地，釋放公地以增加私有化耕地面積，助新的有志務農者分期償款供地，這些就是國民黨根據中國農村實況，適度下藥、拳拳到肉的不流血土改的連環套內容。當然各地執行頗有參差，也有地主抗命以至辭修行政院長要放出狠話：「我相信困難是會有的，調皮搗蛋不要臉皮的人也許有，但是我相信，不要命的人總不會有。」總體來說，政府這次是痛定思痛，下了決心，趁內戰勝利的餘威，以公權改造地權紳權，恩威並重，民氣可用，在全國範圍內大致達到遂農民所欲、紓農民之困的實效，結束中國千年的土地租佃制度，全國多數農民都成了全然自耕農或低租佃農，積極性大為提高，一下解決了國家缺糧問題，幫助了工業化進程，而且一勞永逸的去魅了共產黨對農民的吸引力。

與此同時紳權沒有像在共區一樣受到徹底剷除，只是要跟現代的公權妥協。按政府農業復興委員會的引導，鄉間務農士紳在農村重建鄉村共同體，恢復宗祠學堂，主持互助農會，合作流通農產，發展增加農戶收入、配合市場需求的鄉鎮副業。有租佃糾紛則交由政府的租佃委員會仲裁。

農村的經濟基礎經過溫和均富的現代政策洗禮，士紳階層的積極性受到現代化與復興中華號角的鼓動，傳統文化裏與現代相應的資源被發掘激活，民間社會對現代文明的衝擊有了更厚實的緩衝適應力，避過了毀滅性的震盪。

在全國範圍，溫飽很快已不成問題。禮樂教化、傳統匠藝、民間的多元習俗與信仰也添補了生命力。固然，公權力對黑白兩道惡勢力一時半刻未能遏制；官商不法勾結，貪污舞弊，地方惡霸當道，強取豪奪，皆久為國人詬病；地域主義、公害污染、性別歧視等社會陰暗面、國民劣根性也確實存在。不過，佔人口大多數的務農階層已經能夠在中國大地上棲居樂業、安身立命。

千百年來的菁英流動生成模式也因而得以變相延續，民間讀書種籽學而優則從事現代仕商專業。至於農耕吸收不了的剩餘勞動力，則到全國沿海新成立

的外貿加工免稅特區裏的中資外資合資工廠打工，個人賺現金，國家進外匯。

不在其位不謀其事，這時期少主專注建立黨務政工、情治特務及青年幹部訓練，跨足總統府機要室、總政治部與國家安全會議，名份不同，目標如一，皆為宰控政敵、掌握實權，培養嫡系，穩住自己地位，所作所為甚或有違黨紀國法，縱容親信如孟緝之流製造不少冤假錯案，頗為實權派辭修、開明派國幀等大臣所看不起，這點少主只能暫忍。

不過在扳倒共同競爭對手立人三星上將一役中，時任副總統辭修也配合少主等人的行動計劃，有志一同的預先把立人將軍的嫡系部隊調離京畿。

國幀、立人、元首夫人等皆被認為是親美派，少主則先是以俄為師，後學共反共，忠黨愛國，主義是從，對親美派言必稱美國的作派有逆反心理，五七年借一名美國軍事顧問槍殺華人而獲釋的事件，暗中鼓動反美示威，不顧國際成規，警察縱容群眾衝進美使館大肆搗亂、縱火甚至打開保險櫃取走保密文件，一人死亡，三十八人受傷，事件上了世界頭條，國際譴責，美國朝野震怒，害得老總統和元首夫人親自陪禮道歉。在美國壓力下，中國內閣總辭，衛

戍司令和憲兵司令撤職。但在老總統全力庇護下，躲在幕後的少主沒有被點名問責入罪，總算保住了繼承資格，卻也因此給老總統冷落一旁長達六年，老總統要再觀察思考少主是否一塊足以擔任大國領袖的材料。這是一次沉重的教訓，而少主與美國人的心結也更加複雜化了，明白到反美小動作只能逞一時之快，得不償失。

掌權進度受阻，政治生涯陷入停滯期，少主經營親民形象，轉向實務，為退役軍人謀出路，組成榮民建造工程大軍，興建上海到迪化的橫貫公路、北平到香港的縱貫公路，以及西寧到拉薩的青藏公路和成都到拉薩的川藏公路南線。

生性進取的少主沒有頹唐，風雨中的寧靜，知恥近乎勇，反省自己的行為，決意努力突破自己過去對蘇式思維方法的一面倒依賴。他對辭修副總統與經濟政策奇才仲容主政那十二、三年，經濟每年以百分之十七成長、到六〇年代初中國就進入小康時代的驚人成就，做了仔細的思考。這不是共產主義，也不是放任資本主義；不是大國重商主義的科爾貝主義翻版，也不完全是二戰後

盛行、主張製造有效需求包括刺激消費的凱因斯主義。奇才仲容明言不同意以刺激消費去推動投資，主張有限的資源應要選擇性的先用來壯大國家的總生產能力。仲容認為工業發展如「在茅屋內撐鐵柱，先求安全，再求美化」。仲容的「增加生產、促進貿易、開發資源、節約消費」四項原則也非常符合少主的胃口。少主的生活價值觀仍停留在三〇年代的新生活運動階段，吃剩菜不浪費食物，一般出勤用膳是五菜一湯「梅花餐」，下鄉家訪更自備乾麪條，崇克難生產不願消費，主張「犧牲享受、享受犧牲」，最討厭奢侈品，每次看到坊間豪華公寓、豪華汽車、豪華假期的廣告都會嘀咕咒罵幾句。

奇才仲容也不是在搞純計劃經濟，他自五三年看了英國經濟學家詹姆士米德《計劃與價格機制》一書後，就明白價格機制及利潤動機的作用，政府可以主動給出指引，但市場仍扮演重要角色。政府保留公營事業如鐵路、電力、電信、航空、菸酒，不準備私有化，但另一些產業如塑膠業和水泥業，奇才仲容就堅持要留給私人部門，還親自挑選資本集團進場經營。另外辭修與仲容力排眾議推行進口替代，不准某些外國貨進口，保護本地民營實業直到有競爭力

為止，中國戰後凋零的紡織業就曾在一段時期內受政策保護，快速茁壯變成大宗出口商品。辯修政府同時在沿海設立特區促進加工製造及轉口貿易，國家給優惠政策，吸引外國資本來投資設廠轉移技術。另外政府雖以土改和財政直接補貼農業振興，實現耕者有其田偉業，卻鼓勵農村剩餘勞動人口到加工特區打工接受資本家剝削。在利用中國低廉勞動力賺外匯的同時，又推廣國民義務教育，促進高等教育及科技研發。少主曾是相信人皆平等的理想主義者，當然同意兒童少年作為國家未來主人翁，都應該有機會接受國民教育，但受教育後的國人，還願意忍受血汗工廠的福特主義生產線生涯嗎？

少主看到辯修副總統和奇才仲容的成績，但想不通他們各種政策的內在邏輯。六〇年奇才仲容曾以羅斯托的發展理論評估中國的發展處於「將飛未飛」之際，認為今後必須集中資源，發展少數有前途的出口產業。仲容六三年就死了，生前説過他重視的是平衡，並認為中山總理的民生主義實業計劃包含了社會主義和資本主義的優點。少主沒機會向仲容當面討教，只能歸納説他這套混合經濟政策是分階段、講實效、看整體平衡的，什麼有用就拿來，是雞尾酒式

的實用主義。

少主的一切準備，是為了要向老總統顯示自己並不是只懂駕馭黨政軍特，還能經世濟民。老總統是當代巨人，集北伐、抗日、攘共、統一中國的榮譽於一身，成就難以超越。四九年後中國經濟打下基礎，功在辭修、仲容和一眾技術官員，但榮耀歸老總統。有朝一日，少主繼位，前朝的經濟成就總不能敗在自己手裏。這是少主的另一個情結，作為偉人之後的情結。他現在的聲望，只建立在當年地方上反貪打老虎的真真假假迷思和現在手中的政工情治青年團實權，加上天生親民的一點魅力營造，這是不夠的，他要懂得治理國家、發展經濟、改善民生、帶中國走上富強復興之路。

六七年老總統在梨山這個由榮民開闢的休養地，與留美的華裔經濟學家碩傑、大中、應昌、景漢作了深入交談，討論國家資源的籌措與分配。同年，北平舉辦了一次大型經濟學術國際會議，主題是國家的經濟發展，多名中外學者與會，包括費景漢與拉尼斯。

拉尼斯與費景漢在六四年出版了一本學術著作《勞動剩餘經濟的發展》，

以經濟模型論證經濟學家路易斯的觀點，包括著名的路易斯轉折點之說。簡單而言，一個國家在工業化第一階段，農業人口以廉價勞動力形式向非農業的城市就業轉移，但經過一段時期後，到達路易斯轉折點，農村不再有剩餘勞動力轉向非農部門，農村和城市的勞動力配置自此就受到相同的市場規律制約。

中國的路易斯轉折點，正是一九六八年，即少主兼任副行政院長那年。自四九年開始，中國農村人口就不受管制的向城鎮大量轉移，城區人口猛漲，城鎮大面積擴展，新舊建築混雜，中小型工廠林立，新移民棚戶貧民區見縫插針改變了所有城市的景觀。二十年後，中國農村人口僅佔全國總人口百分之三十七，意味農村再沒多少哪怕是隱性的剩餘勞動力。中國經濟若要成長，不能再靠廉價勞力，工資將會上漲，產業必須升級。

多年下來，少主已不迷信蘇式計劃經濟，在溫習三民主義與亨利喬治的土地主張之餘，也接觸到奇才仲容書單上的詹姆士米德、李斯特和海耶克等的經濟思想，但還沒有建立好自己的經濟發展觀念體系，只想蕭規曹隨，邊做邊學，卻深感經濟變化快速，形勢險峻，不進則退。他兼任國際經濟合作委員會

主任委員及財經匯報召集人，仔細聽取技術官僚簡報，並主動與企業界及外國投資人進行系列性的會談，聽取他們對經濟發展的建言。

其中一個叫國鼎的留英技術官員，曾是奇才仲容的得力助手，介紹拉尼斯來見少主。後來，另一個技術官僚登輝，也引見了他在康乃爾大學的老師費景漢。

從拉尼斯和費景漢，少主才知道有發展經濟學這麼一門學問，而四九年後中國經濟的發展正是他們理論的重要佐證。少主終於弄懂奇才仲容的套路，原來經濟建設發展本該就是應分階段、講實效、看整體平衡，不拘一門一派。奇才仲容的雞尾酒經濟政策原來是得到發展經濟學的實證肯定的。

費景漢和拉尼斯還指出中國的另一大成就，就是在經濟高速成長中保持高度均富，這才是中國最驕人的地方，這種中華模式才應該成為全世界發展中國家的參照楷模。

費景漢與拉尼斯認為中國能取得比別的發展中國家更出色的成就，是因為在四九年後發展的第一階段，中國做對了三件大事：一、土地改革包括地租管

制造成農村財富均衡分配；二、政府持續扶持農業，縮短城鄉財富差距；三、農村土地財富轉成城鎮工商業資產。

有了這樣的理解，少主自己的經濟發展觀終於成形。他任行政院長後，公開講了三大原則：

「政府與民間，同為主體、同作貢獻。」

「農業與工業均衡發展。」

「政府的財政措施，不能僅以增加經濟成長率高低來評斷其得失，也要從其措施是否足以擴大或縮短貧富的差距來衡量。所以我國政府今後財經政策一定要以促進所得能有較平均的分配為目標。」

因為到了路易斯轉折點，產業要升級，政策也要調整。少主行政院長起用最好人材，七二年成立由國華、國鼎、運璿、宏濤、費驊主持的財經五人小組，規劃在穩定中逐步開放，促進經濟轉型，分階段、講實效、看整體平衡，與時俱進調動更多市場自由化元素，重視生產力的提升和效率優化，簡化行政手續，減少管制、開放進出口包括少主個人看不慣的奢侈品，同時持續投資教

育及高科技研發，規劃有聚集效應的科學園區，並推動更有規模效應的關鍵工程建設，前後開動十大、十二大、十四大建設。國鼎如之前的仲容，骨子裏是漸漸傾向自由經濟的，但也是實用主義的稱職官員，更是理財高手，趁國家信用好，出口順差高、民間儲存多，成功的融資推動各大建設，滿足少主的進取性指令。財長國鼎手下曾問這麼多計劃，錢從何來，國鼎回答：「放心，我們先開始做，再想辦法籌錢。」

少主從副行政院長、行政院長到出任總統至今，經濟年成長平均百分之十二點七不在話下，七四年石油危機全球經濟衰退，翌年中國經濟率先反彈。

同樣驕人的是，衡量貧富差距的吉尼系數也替中國爭氣。該系數在五三年的中國曾經高達零點五六，經過辭修、仲容的主政，到六四年已跌至零點三二，一直到六八年仍是在零點三二低點。那年中國的路易斯轉折點開始，吉尼系數會回升嗎？沒有，正如費景漢和拉尼斯所預料，只要政策恰當，過了路易斯轉折點後，吉尼系數是應該往下跌的才對。果然，少主出任行政院長的時期，吉尼系數再往下掉到國際稱奇的零點二九，中國的均富程度勝過美國、英

國、加拿大、德國、瑞典、荷蘭與印度。均富也是國父三民主義所宗，國民黨在四九年後至建豐時代真的都實現了。

美國在二戰後對百廢待興的中國提供過美援，正如為西歐而設的馬歇爾計劃。更重要的是開放美國內部市場優先給中國製造的商品進入。這都是很友好、很有建設性的政策，奠定了戰後中國成為亞洲第一富國的基礎，讓中國這條巨龍的經濟發展領先於起步晚十年的日本大龍，更不用說再下一梯階的韓國與新加坡等小龍。但是華府也沒有停止過對國府主政者作出這樣那樣的指點和批評，先入為主、概念先行的忽視中國經濟政策的合理性，不停的一邊反對中國政府的指令性政策如土改、公營事業、進口替代、政府優惠私營產業，一邊卻資助補貼美國農產品傾銷中國、扶持日本經連會財閥集團與中國競爭，時而要求中國市場完全開放給美國產品與資金進入，時而說中國對美出口太猛，要以配額關稅限制中國貨進美，並在尼克森主政時期無預警的破壞金本位的國際金融秩序。

原來費景漢與拉尼斯這些研究新興國家發展模式的經濟學家，在美國經濟

學界只處於邊緣位置，連二戰後融入主流經濟學的凱因斯學派，都受到日益霸道的新古典學派和放任主義者所攻擊，而中國這邊很多閱歷不足的蛋頭經濟學家食洋不化，也跟着新古典主義教條起舞，批評中華模式的經濟政策，完全缺乏智慧理解中華民國四九年後的經濟是如何成就的。

少主這時候已經比較冷靜，政策上不會太動搖，更不做多餘動作給美國批評，他要佈置更驚人的行動。

他出任行政院長後，先做他最會做的事，要求民眾原諒他少說話以便多做事，反對鋪張浪費，有公務員因為辦了奢華的婚宴而遭到免職處分，同時繼續他任副院長時期的高調打擊貪腐，嚴懲受賄瀆職官員，連時任中央銀行總裁的前辭修系大員柏園都被拉下馬，並親自批准抓捕一名貪污了十三萬七千五百元美金的行政院高官判無期徒刑，而這位高官正是少總統的表弟，這更表示新任總統絕不徇私。當然，這位高官一向被認為是老總統夫人美齡的人馬，少總統藉此給美齡夫人的皇后派一個下馬威。當年，少主在上海整頓金融，美齡夫人就曾在他手中撈走過要犯遠送美國。現在，少主羽翼已豐，借此擺明不容

美齡夫人干擾朝政。

用人方面，以前在老總統任內，少主就曾力挺親信孟緝如坐直升機官拜參謀總長以至陸軍總司令，自己掌權後以昇上將、煥主任、寶樹、振球、時選、國棟諸大金剛掌情治政工、黨務、文工宣傳、青年團派組織實權，然而中央黨部也吸納鍾桂、啟揚、關中、俊宏、登輝等新血，行政院內閣更起用一時之選、學有專精的能人新人。

少主曾讀過美國作家寫的暢銷書《醜陋的美國人》，知道美國在東南亞和世界各地也不一定受歡迎。不過，華府處理國際事務時而霸道欺人、時而軟弱反覆，不等於中國與美國沒有重大共同利益與共同大敵，更不表示美國的內政制度、經濟、社會、文化沒有過人之處。剛好相反，美國之所以富強，有其理由，有其領先全球的優勢。少主當副行政院長期間也看了法國人舒萊伯氏的名著《美國的挑戰》，深有感受，明白到美國在多方面是中國要好好學習的。這本書在六九年譯成華文出版，影響了很多政經菁英。「我們面對的戰爭，該是一種工業戰爭……對壘將在技術、科學與管理的戰場上發生。」

七二年少主替行政院組閣，院長之外十九名閣員中，已有四名是留美的。七六年第二屆，院長之外二十一閣員，六人是留美的。到少主七八年任總統，由運璿組閣，院長之外二十六閣員，留美的增至九人，不是博士就是碩士，其他是留英三人，留日三人，留德一人，其餘十人是本國學歷，可見用人不問出身，更沒有排擠留美派。

七一年尼克森和季辛吉泡製美國對華政策的急轉彎，由太平洋戰爭後親華抑日的國策變成扶日制華，以期拖慢中國崛起，長期而言在亞洲製造兩虎對峙的局面。

對中日等發展國家素有研究的美國學者詹鶴說，他在六五年聽過曾任駐日大使的哈佛日本研究權威賴世和之高論，認為四五年勝利後美國做得最對的一件事，就是永久解除日本的武力。但華府新主政者已忘記前輩的睿見，六五年美國對華的美援終止，六九年尼克森、季辛吉政府阻止美國提供較先進武器如F-4D戰機給中國，然後改為供應高級常規武器給日本。

七一年那年，尼克森、季辛吉政府更決定將二戰後美國託管的琉球群島

送給日本，中國只得到與那國島和釣魚台島嶼，這讓身體日差的老總統大失所望，痛罵尼克森為政治小丑。

這也是少主出任行政院長後，要以國家之全力開闢扶持資本密集的石化、鋼鐵、造船、航空、汽車、軍武等重工業的原因，不能迷信所謂比較優勢的全球分工說法，不能悶頭靠出口貿易和輕工消費品製造業賺錢，不能全然依賴美國，要分階段，看整體平衡，一個大國不能沒有重工業和先進國防。

第一輪十大建設中，就有了一項核能發電廠。遂有人問：中國是要製造核彈嗎？

查實老總統在六〇年代中已撥款研究核武器，但計劃一直都是秘密進行。建核電廠只是為了掩飾護航的長遠打算。一九七三年，中國利用購自南非的鈾和加拿大的一座四千萬瓦反應爐，加上從法國、英國購得的重要零組件，讓本國的科學家在製造核武器上取得重大進展，但建核武器的計劃卻為美國潛伏在南京中山科學院的華人特務所探知，七四年九月美國中央情報局宣稱中國將於五年內建成核彈，華府立即施壓要求中國終止所有核武研發。

碰巧的是，印度在同年成功試爆了一顆原子彈，而美、蘇、英、法等擁核列強都莫可奈何。印度科學家在一九四四年就開始研究核武，獨立後走不結盟的自主路線，終於開發出自己的核彈。印度已經做到，中國為何不能？之前因防蘇需要依賴美國核武保護傘，中國名義上不開發自己的核彈，老總統雖有心卻一直不敢加速讓核武計劃由基礎研究進入到實際生產，以至中國核武發展遠遠落後於印度。

這次在國際原子能總署的支持下，季辛吉替剛繼任尼克森的福特總統要求美國駐華大使，責令中國停止開發核武，為建豐行政院長拒絕。

美國立即驅趕十五名在麻省理工大學學導航工程學的中國研究生，並暫停出售高級常規武器給中國。

老總統自六八年遇到車禍後，身體快速走下坡，陽氣漸漸息微，很擔心與美國鬧翻後，中國還沒有自己的核彈，出現空窗期，會再次受到蘇聯趁機的威脅欺負。之前據華府提供給國府的情報，六〇年代末國軍與蘇軍在中蘇邊境發生多次武裝衝突後，蘇聯共黨總書記布里茲涅夫曾打算以戰術性核武對中國做

外科手術式的報復性打擊，閹割中國北部的軍事實力，幸而華府及時向蘇聯駐華盛頓大使多勃雷寧作出最嚴厲的警告，白宮並發出總統指令表明美國不會袖手旁觀，才終止了蘇聯以核武懲華的閃電戰計劃。不知道真信還是假戲真做，自此老總統一再向國人解釋，中國在國防上只能夠依靠美國，有美中安保條約存在，中國不需要發展自己的核武。

建豐行政院長也沒有真的想要撕毀美中安保條約，只是相信自己與美國鬥而不破的鋼絲是走得成的，蘇聯樂於看到中美不咬弦，反而不會趁此威嚇中國以至迫使中國回到美國懷抱。但少主長期經營孝子形象，不想正面忤逆老總統意思，遂向美國人保證中國已放棄製造核武的企圖。一直拖到七七年一月，老總統不在了，少主登極鋪排已穩，才突然宣佈中國已經掌握製造核彈的技術，現正式開動計劃，三年內試爆，並同時研發自己的導彈發射系統。

這無疑給了美國人一記耳光，猶如六〇年法國突然試爆原子彈。法國政府在五七年美國干預英法入侵埃及及蘇伊士運河後，即秘密研發自己的核彈，並於五八年戴高樂上台後正式開動製造，兩年後試爆。戴高樂認為一旦西歐與蘇聯

集團發生戰爭，美國將因害怕蘇聯報復本土，而不會動用核武保衛西歐友邦，法國若要不受蘇聯核武要脅，必須擁有自己的核武反擊能力以達到國家安全的目的。戴高樂的軍事顧問加盧瓦還提出了核武的恐怖平衡這個概念。少總統很認同戴高樂的做法，認為如果中蘇真的交戰，美國其實是不會以核武對付蘇聯來保護中國的。

核武這玩意，有了也不能用，但沒有就怕會受制於人。美蘇兩超級大國冷戰多年尚不敢動用核武，少總統堅決要製造中國自己的核彈，除了不想再當美國的小弟之外，也有宣揚國威的目的，想借此向世界宣佈中國就是下一個新興的超級大國。沒有核武就沒有資格參與玩恐怖平衡遊戲，就算不上超級大國。

少總統以獨立外交與自主國防的戴高樂主義開啟了中國新時代，世界也正式由兩極爭霸變成多極共舞。

七七年華府秘密決定，把中國列入必須緊盯的國家之列。國府也委派老總統生前信任的武官希苓統籌中國對美國的情報特務工作，組織以美籍華人和留學生為主的間諜網。

至此少總統覺得自己已經配得上是老總統的傳人了，核武國防外交自主、肅貪倡廉和中國工業經濟的成功升級更是老總統有所不及，可以說是少總統獨佔的豐碑。

上有好者，下必甚焉，愛領袖等同愛國家。此際黨的文化宣傳機器固然開足馬力，歌功頌德，袞袞文人作家、藝術家、學者諸公厚顏成風，阿諛奉承者也不在少數。而想當國師的縱橫家們，諂爾多士，揣摩上意，編構說法，新翻楊柳枝，宣揚中華模式勝過西洋範式，儒法並濟、黨國一體、民主集權、吾黨獨大、新權威主義的中國特色黨主訓政，左看右看怎麼看都優於號稱普適、政黨輪替的民主憲政。連西方投機學者也加入「中國第一」的大合唱。

不過，黨外政客、在野寒士、自由健筆和年輕一代理想主義者的批評噪音卻仍禁之不絕。

筆名江南的著名評論家宜良說，建豐掌舵，「經濟上可得滿分，殆無疑問。於民主憲政的推行、人權的保障、言論自由的開放，則差強人意，某些方面，勉強及格，某些方面欲進又退，出現開倒車現象。」既往不咎的話，從少

主掌行政院至出任總統的建豐二年為止，宜良之言應屬公允。

少主為了回應國際社會長期的譴責，在七六年十二月的耶誕當天，宣佈翌年是中華民國的人權年，強調中國的人權記錄將有所改善，歡迎各國派員來中國考察。

少主這個決定，部分是為了迎合新上任的美國卡特總統。卡特是個理想主義者，特別重視人權，往往用人權與外交掛勾，規範各國改善人權。

自日本投降後，對中國最大的威脅一直都只是來自蘇聯，而美國到底仍是中國最重要的友邦。少總統已在核武問題上與美國鬧僵，不想在人權議題上讓兩國關係進一步惡化，正如戴高樂雖然不肯對美國唯命是從，但在關鍵時刻如柏林危機和古巴危機中都堅定站在美國這邊打壓蘇聯。

對內，少主督促少康辦公室、警總、國安部、調查局、情報局部門以後要按憲依法行事、小心搜證、不准濫抓、不要巧立名目檢控，要酌量減刑、減少政治犯、良心犯人數，不要再出現有人派傳單要求主政者公開財產就判無期徒刑的案例。

可是積重難返的政工、情治利益集團，習慣了濫用權力、交換利益、貪私枉法、勾結黑道劣豪，豈是一聲令下就可以改造的？尤其是在國家體制之外、違憲的少康辦公室，像似東廠、錦衣衛，手持尚方寶劍，有恃無恐，擅傳聖旨，插手黨國管治，權傾一時，不受任何方面監管。少總統知道自己一手建立、疊床架屋的情治系統烏煙瘴氣、胡作非為，對少康辦公室的不知節制、儼如太上中常委，也已有所聞。

但是民間的民主呼聲，讓情治特務警察統治看上去有繼續的必要。

令少總統感到百思不解的是為什麼如此的太平盛世、這般的黃金時代，還有這麼多民眾要求民主？民主能產生自己這樣的領袖嗎？民主真的也能讓中國這麼快走到今天富強的一刻嗎？民主能保證中國這麼複雜的一塊土地不會出現大動亂嗎？到底那些人在想什麼？

老總統時代，知識分子批評一下就抓起來判徒刑流放外島荒漠，嫌疑是共產黨同路人的更有案例是用麻包袋一套丟到海中餵魚。今天，少總統已三申五令尊重人權、按憲依法治國，為什麼還會越來越多人跑出來反對自己？

為什麼大學生成群結隊跟黨外反對派人士串通？為什麼在中國近代史上從未有過的安定環境中受完整教育的新生代，竟要挑戰國民黨統治的合法性？

在少總統依然想不通之際，人權保障欲進還退。七八年五月少總統就職大典，第一友邦美國的卡特總統竟然沒有來華，只派了副總統孟岱爾和白宮國家安全顧問布津斯基出席。

年底，北平西單出現民主牆，知識青年一窩蜂以小字報論政，百無禁忌，有人要求言論自由，出版自由，集會自由，開放黨禁，修改憲法，司法獨立，由人民一人一票改選中央民意代表，甚至直選總統。動物園電工京生的小字報《民主與現代化》竟認為自由民主比改善生活更重要。

一下子全國仿效，民主牆遍地開花，黨外組黨之聲也此起彼落。這時候情治政戰人員倍加賣力，向少總統證明自己多麼忠心、多麼有用，黨國不能沒有他們，絕不能按憲依法治國的綁住情治安全部門的手腳。結果人權愈加倒退。

今天，民國六十八年，一九七九年，三月二十五日，電工京生再貼小字

報，暗喻少總統是新獨裁者。

楚瑜簡任秘書早上還在想，這不是替少總統添麻煩嗎？楚瑜很清楚少總統今天的一天過得多累。

早上，少總統聽取明年核武試爆的進度報告，發覺還有頗多難題未能克服。如果不能如期試爆核彈，少總統將會很沒面子。

午後一時一刻，少總統與行政院長運璿討論突發的多氯聯笨木糠油症事件的事後處理。多氯聯笨在世界多國是已經禁用的傳熱介質，在中國仍是合法。今年一家大型食油廠的管線破裂，多氯聯笨進入食油，禍延全國，毒油症患者身上長出一粒粒的化膿氯痤瘡，出現肌肉萎縮、腎衰、甲狀腺長腫瘤、皮膚牙齒骨鬆、自律神經失調、子宮內膜症、子宮癌、各種神經關節痛等症狀，沒藥可醫，終生不癒。因為官商勾結，有關部門知情不報，未能及時全面回收，毒油產品在全國流轉發售，不知情者繼續使用，結果患者數以千計。待醫學案例堆積如山，一名醫師勇敢爆料，一兩家新聞機構不依官方禁令加以曝光，國民才知道某一時期生產的某幾個牌子的食用油有如此劇毒。少總統深感國家的法

規形同虛設，地方官員貪污瀆職泯滅良心，中央官僚因循怕事官官相護執法不力，新聞機構不能善盡職責讓民眾知情，消費者權益不受保護，才會釀成這場本可避免的悲劇，遂責成行政院善後，追究刑責，研究訂立新的管治和法規。

下午四時一刻，本來安排了政務委員國鼎和國科會主委宜慈，報告江蘇昆山和北平海淀鎮等科學園區發展計劃的進展，卻臨時給少康辦公室的昇上將取消，先行改議處置黨外反對派的逆反行為，會上還是那幾句治亂世用重典，防患於未然，消滅黨外勢力於萌芽中。少總統搓揉着手，仰頭看着天花板，只聽不表意見，似對昇上將的言行甚感煩躁不耐。

晚上會見美國媒體，被問到北平民主牆事情，以及如何看待今天小字報非議少總統獨裁之言。

記者招待會設在晚上是國府特聘的美國公關公司的建議，便利各電子新聞媒體能把信息放在美國時間翌日的電視新聞。

少總統在招待會上像個和顏悅色的仁慈長者，很耐心的解釋中國政府對涉嫌犯法分子一概依法秉公處理，毋枉毋縱，保證一切符合國家憲法與法律規

定，「不會影響我國推動民主法治的既定政策及決心。民主法治之路，是我們一定要走的路。」

記者會後，少總統腳痛難當，坐輪椅回寢室，立即躺在床上。

近年少總統往往臥在床上辦公，不過一般能進寢室做報告聽指示的都是操江浙話的嫡系親信，楚瑜博士是個例外。楚瑜在總統府辦公室的鈴一響，就是少總統召見他聽匯報了。

楚瑜秘書進總統寢室的時候，少總統已換上睡衣，正半臥在床寫日記，看到楚瑜進來就把日記放下，自己躺平在床說：「楚瑜，忙了一整天，有點累壞了，真是老了。」

楚瑜想報告二公子闖禍的事，剛猶豫了一下，少總統又說：「不過今天總算有一件事讓我特別高興，友梅……」

友梅是少總統最鍾愛的孫女兒，大公子的獨生女，從小由爺爺奶奶即少主和少主夫人方良撫養帶大。

「友梅中學畢業後想要出國念書，說要去英國學藝術，我吃中飯的時候說

服了友梅爸放友梅出國。我也不懂，為什麼要去英國、要去學藝術？但我跟友梅爸說，放吧，放吧，時代不一樣了，年輕人想做什麼，就讓他們去……吧！」

話音未落，鼾聲已起。楚瑜不忍心叫醒面前這位難得進入夢鄉的老人，往後退了一步，微微鞠躬，心裏輕輕的答了一聲：是的，總統晚安！

四　浩雲

一九七八年九月二十日　東海

浩雲八十公尺長的私人遊艇新東方號，比產油大國沙烏地阿拉伯皇室的艾地利亞號還長一點三五公尺。新東方號懸的是青天白日旗，不像浩雲其他的客輪、貨輪、油輪、超大型油輪、豪華郵輪、海上大學及集裝貨櫃船，為了合法的避稅理由掛的是巴拿馬國旗。

多年前，浩雲已經生起了念頭，要替自己建造一艘叫新東方號的遊艇。他一直沒有私人遊艇。二十年前希臘船王歐納西斯要把自已的二手遊艇折價一折轉讓給他，他堅決婉拒不要。歷經了韓戰、一九五六年蘇伊士運河禁運、六〇年代全球石油運送量幾何級躍升及其後貨運界的集裝貨櫃箱革命，屢屢洞悉先機的浩雲，早已非吳下阿蒙，今天他旗下的輪船量超達一千萬噸，恰恰是歐納西斯的一倍。浩雲尚未置遊艇，是為了提醒自己記住當年要聽人使喚的屈辱，韜光養晦，不出手則矣，一出手舉世矚目。

新東方號當然一面世就要成為世界最先進、最豪華的遊艇，不過浩雲本來還有一個心願，就是新東方號一定要由中國製造。可是這麼多年他往來非富即貴、看盡世界極品後，格調上浩雲是瞧不上中國遊艇工藝設計的暴發戶水平的，為此，他先部署收購了義大利一家蜚聲國際的精品遊艇廠，用了一年多時間把技術和設計轉移到中國。

沒想到的是，始於晚清的中國現代造船業，以國人的聰明才智手巧體勤，卻至今沒有培養出對細節追求一絲不苟的完美主義精神，空有表面模仿抄襲的形似，方方面面都讓特別重視造形和細節的浩雲失望而要推翻重來。

如是兩番後，浩雲幾乎想放棄，直到三年前他再赴日本，考察東京、橫須賀、佐世保等地的幾家船塢，才驚訝的發現戰敗國日本，因為不像中國那般作為戰後美國在遠東的第一戰略盟友而獲得優先大力扶持，起步較晚，但是國力近二十年恢復奇快，特別是在重工業方面。日本國民的敬業精神，技術工人的工藝傳統，以及煉鋼和造船技術，戰前已足以自力造出航空母艦。儘管有的船廠是在被盟軍轟炸成廢墟的原址上重建的，整體煉鋼造船重工基礎至今猶勝

中國。由此，浩雲瞬即決定把新東方號的船體建造部分交託給石川島播磨重工業株式會社，皆因這家已有一百二十年歷史的船廠曾經為了日本侵略的戰爭賠償，替菲律賓建造過一艘現在供馬可仕總統所用的七十七公尺長遊艇。另外，浩雲更毅然把自己籌劃已久的八艘新一代油輪，都委請前屬日本海軍的佐世保重工船廠及橫須賀住友重機械追濱造船所打造。

新東方號遊艇最後只有內部裝潢是中國製造的，並故意在浩雲跟寧波幫官場子弟合資的涌滬北侖造船廠舉行下水禮。為了增加華夏感覺，新東方號在義式設計上盡量添加東方裝飾元素，果然瞞天過海成為中外媒體的報導焦點。

不過，這樣炫耀世界級超豪華遊艇只是浩雲的整個新東方大戰略的一個造勢小噱頭。不，不，大戰略當然不是指他在東海的與那國島一帶的新東方海上度假酒店群，更不是在釣魚台列嶼的鳥糞專利，那些都只是浩雲項莊舞劍的前戲。

要知道現在中國有兩個寧波籍船王，浩雲與玉剛。後者在英資上海匯豐銀行全力注資下，晚出的新環球航運輪船總量已達兩千萬噸，又正好是浩雲的一

倍。所以，説起世界船王，現在大家都説是玉剛，而浩雲則是《紐約時報》寫的「世界最大獨立船東」。浩雲的船都是自己擁有的，行內人知道，私人財富上，浩雲是在玉剛之上。現在，兩人暗底較量的是，航運業發展到極限後，誰更有眼光能發現下一個風光的投資點、回報最大的生意經？

一九七三年底世界石油危機期間，油輪嚴重供過於求，兩人都深深感受到了船業動輒受時局世情牽動，大起大落，遂都決定要分散投資。但性格決定命運，兩個船王對石油危機的教訓，做了迥異的結論。

玉剛的策略直接了當：逐步棄舟、全面登陸、投資地產，把自己產業的港口城市碼頭及貨倉改建成海港城商廈、購物商場及高級海景住宅。這決定也是大金主上海滙豐銀行看好的注資戰略。

實業家浩雲很看不起這種圈地建樓賣房尋租的投資，認為無助於提升國民的生產力和國家的綜合實力。他要找尋更有挑戰性的生意經，做一個更宏偉的中國夢，也即更有成就感但風險肯定也更大的人生賭博。

從上次石油危機，浩雲明白到一個國家要工業化、現代化，沒能源不行。

煤是中國最普通能源，但神州大地高速的城市化和工業化，包括汽車的急速普及化，沒有石油轉不動。浩雲要做石油生意。

民國三十八年內戰結束後，中國一度以為國產石油很快可以自給自足了。延長油田、玉門油田、獨山子油田中國段的重新投產，特別是加上五〇年代中後全力開發的松花江安達大同油田，原油產量從四九年的十二萬噸增至七八年的一萬萬噸。雖如此，經濟發展的胃口更大，現在需求量一半是靠進口的，而進口就意味着不同程度上受制於人。浩雲清楚記得，七三年中東戰爭，石油價格在幾個月內暴漲四倍，像日本這種缺乏自生能源的發展中國家差點翻白肚，而美國、歐洲共同市場國家、中國等不同程度的工業化國家，那段日子毫無例外工業產出下降十五個百分點以上。

從那個時候開始，浩雲就決定要從原油運輸業往上游的採油煉油事業進軍，替國家提升能源安全，並想像自己再度從零開始搖身成為能源大王，正如當年從天津一家駁運船務公司的學徒晉身變成中國船王。

但石油在哪裏呢？國內陸地下的油藏，不是屬於美國三大公司就是落在幾

大家族的手裏，後者通過老總統夫人的關係，早也就跟德州石油大亨合夥了。

中東大部分產油國特別是世界第一的沙烏地阿拉伯在美國人掌控中，世界第二的伊朗是英國石油集團勢力範圍，中亞油田在敵對的蘇聯境內，南美是美國的後花園，都輪不到後發的中國人插手。

還有非洲，但浩雲起步有點晚。上海的查家從五〇年代就在奈及利亞拉哥斯設總部，發展英語系非洲的各種生意，廣建軍政種族人脈，浩雲並不想與查家正面競爭。退而求其次，浩雲在澳門設了一家公司，聘用說葡萄牙語的員工去勘探蘊藏甚豐的安哥拉，卻碰上該國連年內戰，故也不敢冒然大規模投入。

浩雲以前三次創業當航運老板，都剛好碰上戰爭，三七年日本侵華、四一年太平洋戰爭、四六年內戰，有過傾家蕩產的慘痛經驗，後來卻從韓戰、越戰賺了大錢，從中學會了兩點：一、不怕主權國多爛，生意都是可以照做的；二、戰爭是發財機會，也可以是財富的終結，關鍵是要看清局勢。

浩雲生性是像魚一樣樂水的，海洋對他有莫名的吸引。有讀報習慣的他很早看到二戰後荷蘭人勘採沿海海底石油的報導，而一九六五年英國在北海探察

海底油田的第一代平台戲劇性沉沒在怒海的新聞，也曾引起浩雲無邊的遐想。到七〇年代初，西方離岸鑽油技術突飛猛進，適逢中東戰事，油價暴漲，以挪威及英國為首，西北歐多國都大力投入開發北海油田。有需求就有技術，就有新的生意經。七三年齋月中東爆發第四次阿拉伯國家與以色列的戰爭，阿拉伯產油國禁運原油給工業國，浩雲的油輪一時大都停駛，損失慘重，險遭滅頂。翌年元旦，他坐在上海外灘總公司辦公室，看着浦東，突然生起一個念頭：中國的外海有多少海底石油，從渤海灣到黃海到東海到南海？

浩雲辦公室不缺的是各種海陸地圖，他逐一細看了東海和南海外島的名字，有兩個島名跳出來，一個是釣魚台，另一個是與那國島。船運營生養成了他注意世界大事地緣政治的習慣，浩雲記得不久前看過一段新聞，太平洋戰爭後即由美國戰略託管的釣魚台列嶼以及在釣魚台南方、比釣魚台更接近台灣的與那國島，都已經在舊金山一次中美日三邊會議上劃歸中國了。七二年版的地圖依然標示着兩島是美國託管地，但事實上已經是中國屬地、台灣省管轄的外島。

他又記起更早年的另一則報導，聯合國在東海釣魚台附近海域初步勘察過海底油藏，評估很正面。當年覺得毫無關連也遙不可及的事，突然顯現出可辨識的願景。

浩雲立即直覺到，有油沒油，他都要先將這些島嶼轉成他的私人財產，而他是一向相信自己的直覺的。

根據中、美、英三強一九四三年的開羅會議，戰後日本要把一八九五年及其後才佔據的所有土地都歸還給原宗主國，而「所有日本竊奪之中國一切土地，如滿洲、台灣、澎湖，均應由中華民國恢復之。」琉球的地位值得爭論，美國羅斯福有意讓琉球脱離日本，當時老總統也認為琉球應由中美共同託管，並把這個想法寫進了自己的日記裏。勝利後，中國為了不讓琉球再被劃歸日本領土，只要求對琉球的託管權，而戰敗國日本極力反對，只同意讓出先島群島。在琉球本土，雖然戰爭中琉球戰場死了這麼多平民百姓，留日的殖民地菁英仍心向着日本，不過生意人之中有的已主張靠攏前途大好的戰勝國中國，更有極少數菁英要求自治甚至獨立。美國的算盤，是要在琉球的沖繩島建立長期

的、遠東最龐大的美軍軍事基地，防範蘇聯東進，箝制終究會復興的東北亞諸國。當時的杜魯門總統不像小羅斯福總統那樣親華，四七年說服了聯合國把琉球群島交由美國暫時託管，將歷史地理上並不從屬琉球的釣魚台列嶼，以及跟台灣較近、離沖繩島較遠的先島群島都包括在美國託管範圍內。在內戰邊緣的中國，抗議無效。不過，就算在內戰期間以至四九年後，中國兩任外交部長世杰、公超都沒少跟美方交涉要求託管琉球，當然日本右翼也年年抗議，而琉球人反對美軍佔領的聲浪也越來越大，華府知道有必要做一些長期的佈署。

本來，美國的國務院和國會都有很多親華人士，可以說戰後美國政壇的主流是支持國民政府的，因為美中兩國合力，才打敗可惡的日本，之後中華民國又是美國在亞洲最可靠的盟國，站在圍堵遏制蘇聯和它的附庸國北韓、外蒙、北越、偽東突厥國的遠東最前線。琉球群島既然不被容許獨立，交由中國託管是理所當然遲早的事。

沒想到日久生變，戰後特別是內戰結束後中國經濟連續快速成長，國力大增，超出美國意料，加上大中華民族主義日益膨脹，美國開始有人主張抑中國

而培植日本及南韓，以平衡東亞局面。

到七〇年代初，冷戰早期老一代外交戰略家如在四六年首倡圍堵遏制蘇聯的肯楠已淡出，一批現實主義派國際關係新貴如季辛吉之流上台，純以國家利益為外交導向，受尼克森總統所重用。自艾森豪任總統開始，共和黨給人印象是支持國府的，誰都沒預期時任總統的共和黨尼克森，恰恰是這麼一個最不講理想性原則的美國總統，嗜玩實力政治，以詭計多端、不按牌理出牌自豪，為求歷史留名不惜覆雨翻雲。在這個大背景下美國調整了對華政策。

戰後日本為了爭取琉球回歸，曾表態願意讓釣魚台列嶼以及被琉球王朝殖民的先島群島撥歸中國以示讓步。至於琉球本部，日本強調琉球在一八九五年之前已經是日本的一部分，堅決不承認琉球是殖民地，蓋因根據聯合國的「鹹水」越洋征服即謂之殖民地的定義，一旦被承認是殖民地，琉球就有權要求獨立。

不想處理琉球獨立問題的美國，一九七一年與日本簽定「沖繩返還協定」並於翌年把琉球群島加上打包的先島群島施政管理權移交給日本，條件就是長

期保留沖繩美軍基地，而只同意將釣魚台列嶼以及先島群島最西端的與那國島的行政管轄權交給中國。

琉球曾經朝貢中國，後又同時朝貢中日，到一八七二年被日本兼併，直到太平洋戰爭結束。琉球是從獨立王國變成日治殖民地，與那國島則在十五世紀給沖繩島的琉球國侵佔，先成了琉球王國的殖民地，然後再成了日本殖民地的殖民地。

與那國島全島約二十九平方公里，比釣魚台大近七倍，是在先島群島之八重山列島的最西端，距中國台灣宜蘭蘇澳港僅一百一十公里，卻離沖繩島最南端五百公里。當地有一萬多名土著，有自己的語言和風土文化，天氣好的時候可以看到台灣的中央山脈，島民與台灣本島和台東外島的居民歷來貿易頻密、貨幣互通，日治時期與那國島民赴台治病、就學。太平洋戰爭後，與那國島居民也曾要求獨立、自治或劃歸戰勝國中國。台灣省開通無線電視廣播，與那國島居民都可以收到台灣華語電視的訊號。

七一年美國最終決定讓釣魚台列嶼結束託管轉移給中國，那是因為沒有

根據說明釣魚台在一八九五年前是在日本或琉球的管轄範圍。至於與那國島行政管轄權之納入中國，除了歷史考量外，卻是因為一個技術上的方便。戰後美軍在沖繩的防空識別線西南邊的界限，剛好就在與那國島上空，再往西就是盟國中華民國識別線的範圍，一旦包括防空識別線在內的琉球群島管治權轉移給日本後，若不讓出與那國島給中國，就要逼迫中國再往後讓出防空識別線給日本，那肯定會進一步激惹中國，加之日本曾經表示願意放棄整個先島群島，美國在託管期間亦發覺與那國島民對以前的日本琉球殖民統治者有抵觸情緒，歸入日本的話可能會激發殖民地反日獨立運動，美國就此便將與那國島行政管治權也送給中國作為象徵性的補償。

因此到了七二年，琉球群島包括先島群島大部分島嶼都成了日本沖繩縣，中國只得到之前不受注意的與那國島以及釣魚台列嶼的管治權。

政治上，這是霸道的美國處理國際事務的粗暴表現，也是對中國的示威，老總統為此生氣不已，大嘆國與國之間沒有永遠的朋友。有評論家認為，二戰後三十多年，華府與國府關係的轉折由此開始，蜜月終結，只剩下同床異夢，

枉中國一片忠貞，為美國充當冷戰中的小規模滅共熱戰的代理打手，換來的是美國移情別戀、三妻四妾。

不過對資本家來說，只要看得清局面，就有生意經。浩雲決策起步都比人快，通過政壇江浙幫的勢力，很容易就拿到這些化外小島的經營權，由中央政府責成台灣省政府大幅賣地讓新東方集團進駐與那國島開闢熱帶度假觀光產業，並以一年一元的租金批准集團在無人的釣魚台列嶼享有收集買賣鳥糞的長期專利，事實上等於給新東方獨家私有化了釣魚台，因為島上遍地鳥糞，別人未經新東方批准擅自登島可視作侵犯鳥糞專利。

與那國島歸台灣省花蓮縣管理，行政級別是鄉級，跟十六平方公里的綠島這類外島同屬一級。當時花蓮政府派了縣政府副主任過去當鄉長，為了申張主權，也琢磨迎合老總統的哀慟心情，特意在與那國島的東北角海岸線懸崖上豎了一塊石碑，上面刻着「毋忘在莒」四個字，宣示光復琉球的決心。

與那國島的條件，比浩雲當初想像的更好得多。該島年均氣溫攝氏二十三、四度，最冷的一月也有十八度，是較溫和的熱帶氣候。島中央是遼遼

大草原，大和種的牛隻都是放養吃草的。島上還有特色的矮種馬，適合供遊客全家騎馬作樂。從草原放眼出去，都是海景。島上有幼沙海灘，四周深藍色海水清晰無污染，海產豐富，海底生態多樣，完全是一個天然的潛水和水上活動的大娛樂場。怪不得與那國島人的祖先到了這裏，就定居下來不再往大陸方向遷徙，形成世上獨一無二的人種。這次主權的轉移，也為中國增添了一個少數族裔。

島的南部近岸的水底海床，有着一片構圖規則的巨石遺跡，似是人工切割的梯形建築，潛水者都可以看到。如果真是人為建築，那就表示與那國島在千百年前曾有相當進步的人類文明。

更讓浩雲喜出望外的是，島上有美軍建造的小機場，稍加修繕即堪使用，還有環島公路，駕駛吉普環島一週只需要一個多小時。

島上本有萬多名居民，日治和美治時期很多去了琉球、日本、台灣謀生，現在陸續回流，正好為新東方觀光產業提供勞工和服務。

自從一九七二年南京奧林匹克世界運動會以來，出國觀光旅遊已成為國人

的普遍行為，最初都是參加一次多國旅行團，後來有經驗了，旅遊形式也更個性化了，近年更流行放幾天假到熱帶沙灘酒店度假。浩雲設定與那國島必須要同時搶富人高檔客、職場新中產度假客、家庭客、背包客和普羅遊客，因為他相信旺丁才旺財。但如何吸引愛跟風又勢利的國人，不要裝高級而遠涉重洋去夏威夷威基基海灘看白種女人穿比基尼，也不去鄰近方興未艾的低價旅遊點如泰國芭堤雅看西德壯男拖擁泰女，是一門學問。

水清沙滑，海鮮美而廉只是起步點，還需要有噱頭。

浩雲的噱頭不愁沒有只怕太多。當然他會在島上興建各種等級的度假酒店、度假小木屋、免稅商場、高球場、海鮮街、日式清唱酒吧、溫泉湯場、三溫暖按摩院；他會把「毋忘在莒」石碑的海角天涯所在地變成主題公園，並在風景海灣畔建私人海景豪宅別墅，吸引中國北方寒冷地帶的富人來置業。但浩雲是不會滿足於這些人有我有的想法的。

他想過叫迪斯奈進來，但一來島小，二來不想給迪斯奈喧賓奪主滅自己威風，三來與那國島算是美國人施捨給中國的，這口氣難嚥，還去請迪斯奈，也

太沒尊嚴了吧！

他盤算過開賭場。澳門幫知道這個動向後，竟找黑社會跟他放話，並在外灘砍傷了新東方一個項目經理示警。他們不知道，浩雲之經營與那國島，志不在此。開賭的計劃可以暫時擱在一邊，他不會就此事跟澳門幫及廣東三合會硬碰，也犯不着去求滬上青紅幫老大出面以黑制黑，免得從此被黑道咬住不放的敲竹槓。

回到他想法最多的海洋與船。浩雲買了退役的英國皇家海軍S級柴油潛水艇，改裝成海底觀光船。但浩雲覺得體驗二戰潛艇生活、觀看海底奇景不見得是人人所好，特別是高檔客。在船業掮客的奔走相告下，他知悉英國經濟不景，連國寶級的伊利莎白皇后號郵輪也要待價而沽。這可是世界上最大、最豪華、最著名的「大西洋第一夫人」，買了她，世界媒體都會報導，有了她，知名度就有保證了，豪華的等級也定位了。浩雲斥資僅三百二十萬美元就買到美人遲暮的伊船，再用一千多萬港元替她翻新。浩雲在日記上寫，他所事的一切都是要「為國人爭光」。

浩雲的原來計劃是乘坐伊利莎白皇后號的海上七天遊。遊客在寧波北侖港上船，先開到福建福州港，再到台北基隆港，最後一站駛去與那國島。但因為台灣海峽風浪大，務實的浩雲改變主意，索性直接把大西洋第一夫人停在與那國島近岸做豪華水上超五星大酒店。

這想法還啟發了浩雲，另外多改裝幾艘他的舊船為不同級別的海上酒店，以保留島上的陸地另作別用，譬如待時機成熟時再謀開闢賭城。

曾在四七年替浩雲揚名立萬、由國人自行駕駛、自行管理橫跨大洋去到美國和法國的凌雲號與雲龍號也就此到了與那國島，分別改成世界第一大的海上食府海鮮船，以及跟美國匹茲堡大學合辦的與那國島海上大學。

交通方面，想坐飛機的，立榮航空每週五至週日在台北有定時航班，也可以在花蓮乘坐加拿大英屬哥倫比亞省海岸模式的水上小飛機。水路方面，浩雲在德國訂製了穩定性特強的郵輪級大型汽車渡輪，可惜速度較慢，從花蓮開出要四個小時。浩雲訓示說，北歐的渡輪一程就大半天，斯德哥爾摩到赫爾辛基更要十六個小時！他覺得四個小時已經夠方便了，但國人似不太習慣要從大陸

先到台北或花蓮再轉搭乘飛機或渡船，嫌煩嫌貴！這是浩雲太自信的小失算。

與那國島一開放旅遊就全國聞名，並在世界觀光地圖上插了一支旗，只是遊客人數一時沒有跟上。浩雲擔心嗎？不擔心。有更重要的事情等着他去擔心。

六、七年下來，玉剛的轉型證明又成功了，地產這行業，市況順的時候，躺着都賺錢，不管落成與否，囤地多一點、改建慢一點、預售少一點，反而賺更多。

浩雲的新東方能源夢，前期投資大、研發時間長、技術和法律關卡多、現金回收零。幾年下來，探勘做了不少，渤海灣、東海、南海都確定有油。渤海油田群是近岸的，開採門檻較低，已經有小公司在做野雞式採油，但大規模開採將會污染山東、河北和遼寧包括多個沿海城市的水域。南海的東沙、中沙、西沙、南沙四個海域，國府依照四七年《南海諸島位置圖》頒佈的十一段U形國界線申張主權，歷年來遭到北越、南越、菲律賓、馬來西亞、印度尼西亞、汶萊不同程度的抗議，法理上受到國際法挑戰，不符聯合國正在草擬的海洋法

公約，美國則以航運開放為由，此刻似較傾向站在中國的對立面。

剩下只有東海問題最小，既不存在污染考量，更暫無主權紛爭，何況還有釣魚台和與那國島兩塊不沉的新東方海上基地。

新東方能源大戰略的第一階段主場，就落在中國東海了。

不過，不是一切都順利。在與那國島旅遊勝地陸續試營業軟開幕的那年，伊利莎白皇后號還在香港維修，那是因為這個殖民地轉口港，經濟較落後，但有修船工業，工資較國內低，監工的工頭會說幾句英語，可以跟英國工程師溝通。大西洋第一夫人就這樣泊在維多利亞港青衣島與昂船洲海面慢慢整容，萬眾期待一睹新姿。正接近竣工之日，船艙突然起火，火勢無法撲滅，焚燒一百小時後沉沒。之前浩雲已帶着在利物浦大學造船系畢業、現在新東方紐約辦事處工作的兒子建華一同去了香港，準備參加啟用禮，卻沒想到會目睹自己花了不少心血才贏來的大西洋第一夫人就此與世長辭，葬身維多利亞港。

事後殖民地皇家香港警察只證實有人縱火，卻一直破不了案。連英國軍情六處、美國中央情報局、中國國防部情報局裏面的人，都沒有頭緒，這才更令

人納悶。

什麼人會這樣幹掉一艘世人心儀的郵輪？航運競爭者？澳門賭場幫？黑幫？石油托辣斯？滯留在殖民地香港的共產黨特務？

最近南京政界有人攻擊浩雲不愛國，新船製造都交託日本人而不給中國的船廠，之後他竟然還接到仇日者的恐嚇信說要放火燒新東方的船。難道只是個別瘋子的行為？

浩雲有江浙幫人脈，跟南京高官多有來往，一貫拉攏官僚資本合作，甚至與老總統及少主身邊的兩朝紅人孟緝成了親家，可是政壇中人都知道太子少主跟老總統不一樣，私下是不喜歡浩雲的海派商人作風的，什麼在餐館見到名人就替人結賬，什麼擁有世界上最豪華的私人遊艇，他以為他是誰呀？

浩雲吃了一記悶棍，但沒有被擊倒，行船跑馬三分險，幹大事業能不樹敵？以他的性格，別人明説山有虎，他就偏向虎山行，在乎的只是誰最後笑得出來。為此浩雲更堅定的做了一個後果深遠的決定。

新東方號遊艇下水後，首航按例先去上海做宣傳見媒體，載上媒體代表出

遊到寧波北侖港，在船上賞月過中秋節，然後折回上海。送走媒體後，就開往與那國島，途經釣魚台。

這一輪在上海登船的客人，除了拿到首屆新東方工商管理獎學金，前往與那國島海上大學上課的十名學生之外，就是一個來自日本的十人代表團，成員包括由老朋友佐世保重工社長山本出面邀請的三名日本財閥經連會的代表，以及駐華大使館的一名武官及產經省、大藏省、運輸省、外務省、能源經濟研究所各一名官員。

浩雲知道他這個能源大業不可能獨立完成。內外眾多對手都不想他成功，幾大家族匯同英美荷列強石油企業都想染指。他曾試圖私下融資，向華資、美資、英資銀行貸款，發覺阻力甚大，談不到好條件，他甚至懷疑對手在聯手整他，懷疑官場高層有人在操控，讓他飢渴，逼他妥協讓出控股。浩雲深感銀行家的勢利，國家政治的腐敗，官僚的無能，官商勾結，朋黨傾軋，對自己一片冰心的愛國實業，竟也諸多留難，說穿了就是看見自己先吃了螃蟹見獵心喜，想強取豪奪。

這就是他想到引進日本資金的理由。他知道這十多年日本經濟重新起飛已取得驚人成就，東京當局也越發擔憂國家能源安全，不會放過任何能夠保證原油供應的機會。由中國實際控制的東海油田群，本來日本是染指無望的，沒想到堂堂中國船王浩雲在自己國家得不到支持，反而要求助於小日本。

新東方號開到釣魚台，遊艇上所有人才目瞪口呆。釣魚台哪是了無一人的鳥類天堂？簡直就像汪洋中一座漂浮的軍事補給基地，台上有飛機庫大小的半圓頂鐵皮屋十多棟，有直升機停機坪，有鋼筋水泥建的發電廠、潛水解壓診所、無線發射塔、以色列技術的小型海水淡化工廠。碼頭和島邊海岸四周，停滿了各式汽船、快艇、拖船、平底駁運船。

然而，讓船上的日本官商客人留下深刻印象的，當然是那座由挪威最新研發製造、特別為天氣反覆地帶深水鑽油而設計的康迪普海上鑽油台，在岸邊蓄勢待發準備被拖到東海一號鑽油點。原來，這玩意全貌近看是如此龐然巍峨。

今年，民國六十七年九月二十日也是農曆八月十八日，浩雲的陰曆生日，他心情很好，躊躇滿志，他的得意傑作新東方號乘風破浪，載着他心目中的理

想開發夥伴，來到東海之濱，看他為中國而規劃的石油未來。他心想：這次東洋人應該看得出來自己的決心和投入了吧！

能源經濟研究所的那名技術官員推想着：東海一號這樣的一點海底油藏，有必要用到這個等級、這麼昂貴的鑽油平台嗎？

產經省、大藏省、運輸省的官員考慮着：東海油田這個項目，值得投資嗎？

經連會的三名代表盤算着：新東方集團的資金到底還能撐多久？

外務省官員、駐華使館武官暗忖：看樣子重返東海的機會終於來了。

浩雲的日本友人山本慨嘆：浩雲先生這次沒有回頭路了。

五 平旺 一九五九年三月十八日 拉薩

從南京老虎橋的首都第一監獄放出來之後，平旺陪同老父母和妻子由康區的巴塘，輾轉來到衛藏的拉薩，趁藏曆新年默朗木祈願慶典期間，還老父母的心願，也讓妻子回一趟闊別多年的娘家。到達那天，二十四歲的丹增嘉措在研讀佛學多年以後，於哲蚌寺完成最高級學位的格西考試。平旺從來沒有預期自己將會見到這位年輕的執政者丹增嘉措，昆頓，第十四世達賴喇嘛，如果事先知道，他大概會推卸迴避，因為自尊心還是特別強的他，感覺自己心態上沒做好準備，反應起來怕會不夠得體，做不到自我期許的不亢不卑。

親獲昆頓達賴喇嘛面見，與十多年前見到拉薩噶廈政府要員索康噶倫或宇妥都督，心理狀態上不可同日而語。

平旺未曾因為自己是國民黨階下囚而怨懟自慚，但來到拉薩後，他卻是連日百感交集，畢竟自己半生未竟之業，一切主義與理想的執着與失落，所有

為社稷為民族的努力與憂傷，莫不都是關係到圖博的多康藏三區人民、達賴喇嘛與拉薩噶廈朝廷的進和退、體制的是與非、歷史機遇的得與失。十年牢獄生涯，讓他有時間看清問題、檢討自己，如何做一個愛圖博、愛人民、尊重民族自決、辯證看待歷史的真正共產主義者。

如果這次不是老父母和妻子堅持要到拉薩，他不會主動回來。在他坐牢的期間，家鄉巴塘的老父母和跟他顛沛流離的妻子因他而吃盡苦頭，讓他愧疚不已。習俗上康巴一生至少要到拉薩朝聖一次，而她妻子席西拉在十年多前跟隨他從拉薩私奔離開家庭後，就沒見過家人，現在，至親家人樸素的心願，他只能聽從。年邁的父母跟絕大部分圖博人一樣是虔誠信徒，平旺個人雖然不再需要宗教，但他一向認為宗教是圖博人民的共同民族文化，俯首自問從來沒有教條化的只視宗教為定要去之而後快的人民的鴉片。

一天早飯後，父母去了轉山，妻子在娘家，他一個人在漢人叫大昭寺的祖拉康附近閒逛，看看尼泊爾商人開的佛像禮品鋪、漢人的小商品百貨店和回民的牛羊肉攤檔，並且在八廓街掛着青天白日旗的南京政府駐藏軍事委員會辦

事處門外駐足，觀賞國軍憲兵換班步操儀式，觀察圍觀的各族遊客和目之所及街頭上為數不多的西方人、東亞人、南亞人，心想拉薩新建的民用機場還沒啟用，真不知道這些遊客是如何各自從陸路進藏的。圖博仍是一個由貴族與僧伽共治的階級社會，因交通不便很大部分的地區自然與外界隔絕，像被裝進了時間膠囊，一向社會面貌變化很慢，沒想到此時拉薩，已比他四〇年代中看到的更國際化了，稍為多了一些現代化公共建設如八廓一帶的路燈、柏油路、汽車甚至一所中學。不過在街頭巷尾，他零星看到的反外地人、反改革、反中國、主張圖博獨立的塗鴉，這又讓他憂時憂民起來。平旺也曾一度尋求圖博獨立，但現在他更憂慮的是地廣人稀、現代化程度偏低的圖博，如何才能夠與強大的中國和平共處，微妙地維繫着主權歸中國、一個中國兩個政府、圖博衛藏地區高度自治的一國兩治？

「你是平措旺杰先生嗎？」那天在八廓突然冒出一個穿着藏裝、留着山羊鬍子的外國男人探頭問他。平旺沒想到有人會認出他，還不是居住在拉薩的康巴族人，而是一個外國人。平旺警惕地不作回答。

「我叫海因里希，奥地利人，四〇年代中後在藏地待過七年，一九五〇年才離開的，可惜當年我們在拉薩都沒有碰上。我後來回德國出版了一本回憶錄，今年回到拉薩，想再寫一本書，裏面會提到平措旺杰先生您呢！我剛聽說平措旺杰先生您出獄了，以為您還在南京呢，正苦惱怎麼樣才能找到您，沒想到在八廓碰到，真是太有意思了，我運氣太好了，平措旺杰先生您近來康健嗎？」那個中年外國人微彎着身子說話以示敬意，舉止完全像個藏人，所操的拉薩腔調不比平旺差。

「這位先生，您不會認錯人吧！」平旺試探說。

「叫我海因里希就好了！不會錯，您一定是平措旺杰先生，不要看我是西方人，我認所有博巴的臉都是很在行的，不管是康巴、衛巴、安多哇。恕我唐突自我介紹，希望沒把您嚇到。呀，我又說錯話了，先生經歷不凡，怎麼會給嚇到。如果我沒記錯，先生是巴塘人，一位康巴，康巴率直，我也是個率直的人，所以才冒昧打擾先生您！先生可有一點時間，我們去喝甜茶，聊一聊？」

平旺到拉薩後，一直沒進甜茶館，就是怕茶館人眾，萬一有人認出他，當

然，這機率應該說是很低的，現在的拉薩誰會記得十多年前跟着共產黨走的一名康巴？但別說，要多巧就有多巧，在街頭竟然給一個西方人認出！

平旺感到這個海因里希的來路不簡單，好像在哪里聽過這個名字，心中也有幾分好奇，不想粗率打發，便順手指了附近一家不像是一般藏人會光顧的尼泊爾人餐館，冷冷但有禮的說：「海因里希先生，我現在沒空，晚上我和家人在這家小館子吃飯，到時候歡迎您來。」

海因里希說：「太好了，香格里拉餐廳，不錯的尼泊爾菜和西菜，我認識那個老板，我來做東，我們晚上見，平措旺杰先生。」

「是我請你來，做東的當然是我。啊對，你叫我平旺就好了。」

打發走海因里希後，平旺有點為自已的任性而糾結，老父和妻子這回又要擔心自已惹麻煩了，招來了一個莫名其妙的外國人，還要做東請他吃館子破費！康藏農戶，素來現鈔稀缺，進趟拉薩已不易，能不精打細算？只能祈望這家八廓街的館子不太貴。

爽約？那就不是一諾千金的巴塘平旺了。

到晚上，平旺一看價錢，倒抽了一口冷氣，父母和妻子就叫他一個人留下，堅持說他們幾人吃不慣外國菜，要回去居所，妻子還把娘家人送她的錢塞給了平旺。

海因里希帶了一個年輕人同來，是一個在牧區做人類學田野的美國博士生，叫梅爾文，來替大家做速記。平旺只點了一杯甜茶，海因里希坐下即有侍應送上青稞酒和千里迢迢從青島運來的麥啤，他說可惜先生的家人沒有同來，今晚這頓飯是老板請客的，回報他替飯館的推介。海因里希指一下牆上，一張招貼紙上寫了些外文，還貼有他和尼泊爾人老板合拍的黑白照，看樣子這個奧地利人在拉薩挺吃得開。

海因里希在五三年已出版了自傳《圖博七年》，在西方被譯成多國語文，甚為暢銷，光是美國賣了三百萬冊，雖然影響力還比不上英國人詹姆斯希爾頓在一九三三年虛構香格里拉的小說《失去的地平線》。海因里希告訴平旺，首席噶倫嘎波嘎旺晉美已答應替他的書安排藏文版及漢文版的翻譯，明年將分別在拉薩和上海出版，現在他正在撰寫一本現代世界如何闖進圖博的非虛構著

作，也即圖博如何徘徊在傳統與現代之間的故事，從十三世達賴喇嘛的舉步為艱，一直寫到今天十四世的左右為難。書中也將說到各種帶有現代化主張的圖博改良派、革命家的命運，包括歷代拉薩噶廈朝廷和貴族上層的改良者如之前失敗的龍廈和迄今成敗未卜的嘎波嘎旺晉美，以及二十年前圖博知識青年的共產主義組織，這就意味將會特別寫到平措旺杰這位圖博短暫自發的共產運動的關鍵人物。

海因里希對平旺的生平已有點掌握，梅爾文甚至整理了一份簡歷。他們想進一步瞭解的是，唯物的、無神的、均富的思想是如何可能在圖博這樣的土壤萌芽的？或更具體的說，怎麼會在一群圖博青年的腦中生根並讓他們願意為之冒險犯難甚至犧牲生命？此外，共產革命在中國失敗後，平旺這位共產主義者如何看待圖博這個社會的未來改造，或者說，圖博的米薩，即農邑屬民階層、漢人口中的農奴，還有翻身的機會嗎？列寧主張的民族自決權已無法在中國實現了，平旺又如何評估今後圖博在中國的自治地位？尤其是現在漢地民族主義情緒高亢，老總統又堅持中國只有一個叫中華民族的民族，拉薩噶廈政府與南

京政府根據一九五一年十七條協議而體現的藏人治藏一國兩治，在法理上和實質上還能維持多久？實力對比懸殊下，雪獅難御巨龍，年輕開明的尊者達賴喇嘛和備受非議的親中改良派首相嘎波嘎旺晉美噶倫是否有足夠的政治智慧，平衡傳統與現代，守護圖博人的家園，保持政治上的藏人治藏？換言之，既不可能獨立建國，又不願意被異族統治，圖博將往何處去？

西人的問題如萬箭穿心，平旺聞言不禁血脈賁張，似有人撬開了他腦中多年來只管吸收的黑洞，釋放出畢生的思緒，千言萬語，如鯁在喉，不吐不快。平旺知道那可不是一時半刻、兩斤青稞酒和十瓶麥啤可以打發的。他低頭不語，頓了好久，讓淚水往心裏流，撫平了情緒，然後說：「我相信兩位都是真正理解圖博的學者，對我們圖博人民是帶着善意的，有見於此，對兩位的問題，我將以我所知，知無不言，一一細說。」

對平旺來說，他對共產主義的嚮往，是從反異族統治開始的。

平旺童年到少年時期，在家鄉就親歷了兩次巴塘人反漢人統治的起事，其中一次他父親也是參與者並受了戰傷。平旺少年時期以反漢義士為榜樣，青年

時期的志願，就是要打倒漢人統治者，而其時的統治者則是西康軍閥文輝。

滿清末期，清廷反而更急於掌控圖博的多康藏三區，一方面試圖通過欽差大臣張蔭棠及駐藏大臣聯豫，削減達賴喇嘛噶廈朝廷的權力，另方面在康區改土歸流。康區本來大部分地區由康人世襲土司管轄，個別地區間或聽命於拉薩噶廈政府。世代自主的康人一般不願意接受拉薩朝廷的管治，直到他們見識到清國派來的趙爾豐。這個趙爾豐，一位服務清廷的漢軍正藍旗人，是個不怕鮮血沾滿手的勤政酷吏，在蜀地鎮壓哥老會時就因嗜殺而得趙屠夫之名，到了康藏更別談什麼王道了，用六年時間完全改變土司分割而治的康區政治生態，沒停過「平亂」戰事，惡仗連連，屠殺屢屢，卻征服了遼闊的康藏之地，交由非藏族的清廷命官直接統治，形同中國行省，並強迫康人學漢語，用漢姓，穿褲子。康人恨趙爾豐如惡魔，種下仇漢的種籽，漢人卻視他為民族英雄。趙爾豐治康，可說是替後來一九三七年民國正式設西康省鋪好了路，而被南京政府任命負責在西康籌建民國行省的正是四川軍閥之一的文輝，僭佔到四九年。信佛的文輝沒有像趙爾豐那般殺人不眨眼，但在康人眼中仍就是一名外族統治者。

有這麼一度，一些巴塘人認為定都南京的國民黨政權是反康川軍閥的進步力量。平旺的一位有國民黨背景的親戚把他帶到南京，上蒙藏委員會辦的學校，接觸到左傾的老師所給的左派讀物。後抗戰軍興，學校四處搬遷最後到了重慶，沿途平旺看到內地國民黨的腐敗，社會的不公不義，貧富的懸殊和階級的壓迫，也接觸到更多共黨書刊，並因策動學運而被學校開除。最打動平旺也讓他決定認同共產主義的，就是列寧、史達林有關民族自決權的論述，其次才是對階級社會的革命，最不接受的是對宗教的敵視。

他當時認為在各種漢族政治勢力之中，只有共產黨是真正支持民族自決的。平旺這樣想是很有根據的。

民國二十四年，在突破國民黨軍圍剿的逃亡期間，共產黨軍隊從長江上游進入康藏地區，沿途曾經主動協助圖博族人建立了兩個圖博民族獨立共和國，即嘉戎地區的格勒得沙共和國和甘孜地區的博巴依得瓦，博巴或波巴即圖博人民，依得瓦即共和國。

當時紅軍途經漢人叫金沙江的則曲河流域、包括由各四川軍閥統治的巴

塘外圍、德格和甘孜等地方。在甘孜，紅四方面軍支持以白利寺格達仁波切以及當地康人菁英成立自己的政權，那就是史無前例的博巴依得瓦，協助圖博人擺脱中國統治，控制範圍包括甘孜、道孚、爐霍等地。博巴依得瓦在甘孜召開「波巴（藏族）第一次全國人民代表大會」，發表宣言說「所有藏康青的領土永遠歸波巴自己管理。我們誓死反對漢族侵略者、國民黨漢官、軍閥千餘年來對我們波巴所施行的吞滅政策，堅決為波巴獨立解放奮鬥到底！……大會熱烈歡迎中國抗日紅軍贊助波巴獨立的誠意，決定與之訂立永遠的盟好。」

當時，博巴依得瓦訂下十項簡明綱領，包括：打倒漢官、軍閥、英日帝國主義；藏人獨立、建立獨立博巴政府、藏人做自己的主人；建立獨立軍隊以保護博巴獨立；分土地，誰種地就歸誰，分地後可自由買賣出租；廢除等級制度，人人平等自由；信教自由、還俗自由、但不沒收僧廟土地和財產；解放米薩農邑屬民、廢除差役、取消苛捐酷税；改善牧民生活；減糧食税、獎勵商業、保護工人；聯合紅軍和一切支持藏人獨立的個人和團體。

平旺一生所追求的，大概也只不過是以這個博巴依得瓦為模範，讓這十項

相對進步的、平等的、民族主義的原則落實到全圖博的多康藏三區。博巴依得瓦雖只是曇花一現，卻是真正的實存過的，並且是得到中國共產黨的承認和支持的。

在康藏區成立獨立藏人共和國，是完全符合一九三一年共產黨中華蘇維埃第一屆全國代表大會在江西決議通過的，中華蘇維埃共和國憲法大綱第十四條：「中國蘇維埃政權承認中國境內少數民族的民族自決權，一直承認到各弱小民族有同中國脫離，自己成立獨立的國家的權利。蒙古、回、藏、苗、黎、高麗人等，凡是居住在中國地域內，他們有完全自決權：加入或脫離中國蘇維埃聯邦，或建立自己的自治區域。」一三五年中共中央政治局在藏區毛兒蓋沙窩開會時再重申「承認民族自決權，幫助他們的民族獨立與解放運動」。中國共產黨的這些決議主張，則是根據列寧、史達林的民族自決權論述而來的。

平旺比當時康藏地區一般上層階級改良者更激進的是他主張的兩點，一、全圖博必須團結一致，唾棄地方主義，多康藏不分，各土司、宗教派別、拉薩和日喀則、達賴和班禪都必須要通力合作，才可能有命運自主的實力；二、不

是只尋求在中國之內的自治，而是要建立圖博主權國家，然後以這個民族國家身份，平等加入世界共產革命成功後的共產國際大家庭。

他和圖博族同志在康區德格、雅安、漢人叫康定的打折多，以及拉薩管轄的昌都活動，每到一處都設法成立圖博人的共產主義小組織，並聯絡中共、蘇共單位，在國共合作抗日時期的重慶獲八路軍辦事處少量及蘇聯使館較大量的援助。及後取得昌都總督宇妥的信任，介紹進拉薩見到噶廈政府四個噶倫大臣之一的索康，大膽提交一份改革噶廈政府和圖博社會結構的救藏建國方案，主張圖博的生存之道唯有向外在世界開放，並進行內部改革。他要求噶廈資助他，讓他回去巴塘打游擊戰趕走軍閥文輝，解救當地同胞。席間，平旺以藏語高唱一首改編自美國南北戰爭時期的進行曲，聽得才三十三歲的索康噶倫熱淚盈眶。

平旺再去了印度，串連在當地同樣是非法的印共組織，又到雲南德欽安排共黨活動並受當地政府通緝，撤回昌都，得宇妥資助第二次入拉薩。其時拉薩宗教和統治菁英內部權爭激烈，前攝政熱振仁波切政變失敗，拉薩氣氛緊張，人人如驚弓之鳥，國民黨要抓這個藏共頭子，拉薩政府也不歡迎這位「中共秘

密工作人員」。剛好平旺這一次進拉薩認識了穆斯林少女席西拉，席西拉願意嫁給他並跟他私奔。拉薩政府果然不久就決定驅逐平旺出境，連索康噶倫都同意其事，平旺離開前揚言他還會回來。同年平旺等人又從印度回到昆明，為避國民黨追捕，投靠中共在雲南的游擊隊，算是圖博共產黨接受了中國共產黨的領導，然後潛回巴塘，組織康人策劃反軍閥文輝的起義。

但形勢變得很詭異。平旺少年時候以為國民黨是反對軍閥的，後來知道他們就算不是利益共同體也是臨時戰略性夥伴。作為圖博共產黨人，現在和中國共產黨一起反抗這兩個民族加上階級的壓迫者是理所當然的。平旺絕對想不到的是，軍閥文輝因為知道老總統最終不會容忍西南軍閥割據，私下一直暗通中共，最後押寶上了中共的船。平旺一生要反抗的這個騎在康區人民頭上的漢族軍閥，到頭來竟成了共產黨同路人。

平旺在巴塘只能服從組織，按兵不動。

形勢比人強，國軍在東北、華北、華東大敗共軍後，到民國三十八年即一九四九年已有餘力來收拾附共軍閥文輝的第二十八軍叛軍，其中一支叛軍敗

部竄至雲南，為當地國軍所驅趕，最後由滇南叢林逃進緬甸北境與泰國、寮國交接的金三角。

事到如今，被視為與投共西康軍閥文輝叛軍同夥的，康區巴塘圖博族共黨地下武裝組織也只有等待被掃蕩的份兒。

平旺旋被遞解到南京坐大牢，拖到五一年判死，後突然改判十年徒刑。他猜想不可能是蘇聯人出面求情，獄中待判大刑的中共白區地下黨員多的是，哪輪到特赦他這樣一個區區的圖博共黨分子？是誰讓國民黨對他網開一面？會不會跟拉薩與南京簽置十七條協議有關？

平旺沒有浪費十年時間。他在獄中不斷自修想問題，讀一切能讀到的文字材料，包括替政治犯洗腦的國民黨八股。在老虎橋監獄裏他遇到其他共產黨員包括少數民族及托洛茲基派囚徒，交流訊息，知道了外蒙古、東突厥國、蘇聯的諸多清黨及其他不堪的事實。共產黨自二〇年代開始在同屬喇嘛教的蒙古就着手滅佛，十三世達賴喇嘛在一九三三年崩逝前的最後證言說「五獨猖狂橫行，特別是紅色意識形態」，舉的例子就是「在外蒙古，共黨不准人民尋找

哲日尊丹巴的轉世化身；寺院的財產與供養被沒收，喇嘛與僧人被迫從軍」。更讓平旺震驚的是五六年蘇共第一書記赫魯曉夫對史達林鞭屍，而披露出來的蘇共黨內鬥爭的那些材料。國民政府對此如獲至寶大肆宣傳，並強迫政治犯學習。平旺和獄中一些共黨同志相互爭論辯析之下，各憑自己的經驗和理性，重新評估了共產主義在蘇聯的實際發生狀況，修正了很多對共產政權一廂情願的想法。

其中最讓平旺扼腕的發現，就是史達林民族政策的大反覆，先是推行民族自決、提拔民族幹部、發揚民族文化，然後到三四年、三五年，政策逆轉，大批殺戮地方幹部，壓制地方主義、推行俄羅斯化的同化政策。平旺也讀到了集體農場的失誤，並注意到發生在蘇境烏克蘭、中亞多個地區的人為政策引發的大飢荒。平旺知道越多，越勇於反思：如果中國共產黨在中國執政，會不會變得跟史達林一樣說一套做一套甚至搞個人崇拜？會不會背棄人民民主主義而實行獨裁專制？會不會製定經不起辯證唯物主義考驗的集體化政策而引發人道災難？會不會不兑現讓少數民族自決的承諾？

平旺此刻仍然相信，根據中國共產黨之前的決議，以及博巴依得瓦的實存先例，共產黨若執政，至少在現階段應該是會讓圖博自決的，同時，藏區底層人民，即米薩農邑屬民的生活，也會得到更大的改善，但佛教和僧伽階層將受到衝擊。可是共產黨戰敗了，現在國民黨當權，情勢完全不一樣了。

首先他看到這十年國民黨在漢地推動的土改，三七五減租、公地釋出、耕者有其田，竟取得較良好的效果，這是他以前沒想到過的，有點接近博巴依得瓦綱領的分地理想，但比共產黨在解放區的鬥地主打土豪分土地更人道更不流血，也似比集體化、機械化的蘇共模式更符合圖博三區農牧戶的實際需求，可惜拉薩自治政府礙於保守力量的反對至今未能有效引進漢地土改的做法。

讓平旺擔憂的是多康兩地現已由南京政府直接管治，分屬西康、四川、青海、雲南、甘肅多個中國行省，那麼達賴喇嘛噶廈政府管轄衛藏地區的自治還能維持多久？

雖說拉薩政府在一九一二年趁大清國崩盤、民國初立而取得衛藏地區實質自主的獨立狀態，但它沒有積極在國際上建立外交關係爭取得到主權承認，反

而回到傳統常態，鎖國偷安一隅近四十年。到了四九年，中國內戰即將結束，拉薩才急忙向英國求助，但其時英人已撤出印度，對藏地再沒有帝國野心，把責任都推給獨立後的印度政府，而印度政府自顧不暇，全無擴土之念，更願意與中國和好。拉薩若轉向蘇聯伸手，則會激惹中國。另一個有能力管理國際秩序的超級大國是美國，但其國民對圖博根本毫無概念，華府國務院和中情局則對不受共產黨威脅的地區不感興趣。

五〇年初，共產的北韓侵略南韓，聯合國迅速反應支持南韓。受此鼓舞，拉薩正式向聯合國請願要求阻止中國侵犯，但拉薩政府從不曾是聯合國會員，各大國都不願在大會上討論圖博議題得罪中國，只有薩爾瓦多代表團請求將拉薩的要求排進議程，但是最懂圖博事務的英國反而指出圖博的「國際法律地位不很清楚」，建議擱置拉薩的請願議案，得到最有資格在此事發言的印度的附和，以及蘇聯代表的支持，而美國不願冒頭在印度、英蘇之前捲入圖博與中國的衝突，結果拉薩政府無功而返。年輕的達賴喇嘛記道：「此事讓我們震驚、憂慮與困惑。我們之前都把希望放在聯合國，認為聯合國是主持正義的組織。

讓我們更驚訝的是，此案被擱置是因為英國的提議而造成的。」一個選擇。

圖博噶廈朝廷其時可說在國際上是完全孤立的，眼前似只有投降或迎戰兩個選擇。

但南京政府也沒有立即以軍事手段解決藏區主權問題，這有點出乎平旺的意料。

民國從北洋政府到南京政府，就算在相對和平的時期，也一直不急於實質上在衛藏地區申張主權。

三三年底十三世達賴喇嘛去世，民國政府趁機派專使慕松進藏，那是自一二年拉薩驅逐中國人以來第一次中央大員進藏。專使儀仗隊伍龐大，仿清國駐藏大臣走四川傳統路線入藏，但沒有取得任何政治實效足以減弱衛藏的實質獨立狀態，一拖又到四九年。

四九年至五〇年，進入西康接收軍閥文輝叛軍的總統嫡系國軍宗南部，見國家大局已定，部隊立了大功，沒必要作出多餘犧牲，不願意由其征戰連年的疲兵再擔當起從四川進藏的危險苦差，遂說服總統把其部隊轉移回到成都。其

他在青海的國軍部隊更不用說，因為由青海進藏之路只有更艱難，曾經派出的先遣探測騎兵隊，在半途上敵不過天氣地理已死了三分之一人員。沒有一鼓作氣，沒有決心，其實也沒有為了藏地行軍而投入大量資源做特殊軍備，進藏之說只是虛晃一招。這樣時間一拖，事情就有轉機。

早在民國二十四年，時任南京政府蒙藏委員會委員的諾那法師，邀請康區兼修噶舉、寧瑪兩大傳承、第十六世噶瑪巴的上師之一的貢噶活佛來到漢地，在四川、雲南、兩湖、兩江、京、滬、陝、贛等地弘法，僧俗弟子號稱數十萬人，包括黨中央委員、軍中將領、地方政要、知識分子以至普通百姓。貢噶活佛的一個得道的女弟子書文，滿清皇室後代，曾經分別歸依太虛和虛雲，後得貢噶活佛傳承，在貢噶山閉關三年，獲賜貢噶老人外號，兼修顯密，通漢藏兩地佛門，影響面甚廣。

抗戰方息，佛教界多次在全國各地主辦大型公開的護國息災法會，皆遍請藏地大德參加，備受各方注意，藏傳佛教在漢地也引起更大的興趣。一般國人雖然自幼受教認為西藏是中國的，但對藏地的印象，是和平的佛土，不會威

脅中國的安全，而物質上落後的藏人因為宗教信仰而變得善良和平，故此一般國民感情上並不願意看到漢藏之間有軍事衝突。

五〇年十一月十七日，達札攝政還政於丹增嘉措，十六歲的達賴喇嘛比預定提早兩年登基，兩位神諭師先後指示「如果無所不知與無所不曉的上師擔負起宗教與政治系統的責任，那麼佛法、圖博與眾生都會受益」，似皆喻示丹增嘉措、覺華仁法切、昆頓也即達賴喇嘛早日即位，利益眾生。

可是，韓戰比預期中更早結束，蘇聯也解除了境內和外蒙、北韓、偽東突厥國中國共黨軍隊餘部的武裝，來自共黨的威脅已去，西康省綏靖工作也大致完成。五一年初夏，南京終於調了一批新兵到康藏邊界集結，隔金沙江對峙着從昌都佈防過來的藏兵。其時南京還是和戰不定，一旦開戰代價難料，只想試探反應，看拉薩會否就此投降。

拉薩要求與中國在香港談判，被香港殖民地政府拒絕。拉薩又派了特使去印度與中國駐印大使做了一次秘密談判，但因達賴地位、自決權和駐軍等多項歧見，雙方發覺在認知上有很大差距，不可能達成共識。

南京軍方鷹派主戰，以挫藏人銳氣、降談判門檻。藏地高層知情者慌作一團，但也有尚武的寺院僧侶，摩拳擦掌主張武力抵抗。

與此同時，漢藏兩地的佛教界高僧，在虛雲和尚和貢噶活佛聯名號召下，在四川西北端的藏地佛教重鎮德格舉行一場大型息災法會，祈求平息干戈，避免生靈塗炭。

當時的昌都總督，也是拉薩噶廈大臣的嘎波嘎旺晉美，做了一個突破性的舉動，突然現身在德格的息災大會上，宣佈將以拉薩官方代表身份赴南京協商，為漢藏兩地的和平而努力，當場獲得如雷掌聲的回應，隨後經中外媒體報導，全國如釋重負，一掃坊間流傳漢藏必須一戰之說，國民大多贊成通過談判，以理性和平的方法解決藏地主權和治權的問題。

在這樣的氣氛下，南京當局就不便先屈人以武、打完再談條件，甚至不好揚言直搗拉薩，武力光復西藏，只好以禮招待嘎波嘎旺晉美代表團去南京，坐到談判桌旁。

拉薩噶廈政府本來派嘎波嘎旺晉美去昌都，是要他在開戰時在前線督軍

的。他覘知國軍正在認真的為渡金沙江佈陣的情報後，就發電報給拉薩，但電報得到的回覆是現在正值噶廈政府週年園遊期間，連續多天都不會上班，嘎波嘎旺晉美遂自此決定自己拿主意了。

他得到則曲河域前線較確切的軍情，知道一萬多藏兵，與備有重武器和空中支援的中國機械化大軍對壘，是螳臂擋車。嘎波嘎旺晉美本身是外交官性格的務實政治家，並不是好戰的軍事指揮官，既然知道打不過，那就只有投降、逃走或談判三途。嘎波嘎旺晉美不想逃走留下臭名，也不願不戰而降給中國人這麼大的滿足。他琢磨的是如何才能在一個最有利的勢頭上主動伸出橄欖枝，展開談判？

在此前後有三個藏人的言行影響了嘎波嘎旺晉美隨後一連串的動作。

第一個是前昌都都督宇妥，嘎波嘎旺晉美在離開拉薩前跟他討論局勢，宇妥的忠告是不要與中國硬來，避免軍事對抗。

第二個是格達仁波切，即當年圖博依得瓦共和國的首領，因為曾經附共，只得離開甘孜來到拉薩轄區昌都。他仍認為中國共產黨是認同列寧的民族自決

權的，所以是真的會讓圖博獨立建國，但是國民黨的高層包括老總統等大中華帝國主義者則絕不可能接受圖博自決，至多是在宗教自由上較寬容。格達勸說，一、面對國民黨，不必再空談獨立自決，二、千萬不要與中國開戰。

嘎波嘎旺晉美下定主意要避免武力衝突。

第三個是聲望極高的格西喜饒，他曾受十三世達賴喇嘛委以多項重任包括主持色拉寺，後受格魯派保守勢力排擠，離拉薩到漢地北大、清華、中山等大學講課，三七年加入國民黨，在青海推動現代教育，宣揚三民主義，及後因為認同共產黨，受到國民黨猜疑。他在青海的廣播電台上強調說中國軍力「非常強大」，並警告說如果開戰，國民黨就會用武力「光復西藏」。他透露說他會去德格參加虛雲與貢噶的藏漢息災大會，化解戾氣，為和平做最後努力。

這一下提醒了嘎波嘎旺晉美要借德格息災大會之勢，作為主動促使中國接受和談的揭幕禮。

當下重點是動作一定要做在開戰之前，以免戰敗才求和，被迫接受城下之盟。

如果還有第四個圖博人對嘎波嘎旺晉美的思想產生微妙影響的話，那就是平措旺杰。平措旺杰當年獻給索康噶倫的救藏建國大綱，嘎波嘎旺晉美為了理解共產主義者的思路而細讀過。嘎波嘎旺晉美從而明白到，當今世代，圖博人和漢人的分別，是漢人在接受了多年民族主義國民教育後，主權國家這個西方觀念已深入民心、牢不可破，現下國民政府既視自己為滿清帝國全部疆土的自然繼承者，同時一天到晚反西方和反日本帝國主義，強調國家主權不能妥協，中華民族不容分化，祖國河山寸土必爭，但卻是絕不會接受圖博民族也有尋求獨立自決的權利的。

不過，中華民國四六年通過的憲法，第十一章地方制度第一節總一二〇條明示「西藏自治制度，應予以保障」，而第十三章第六節邊疆地區總一六八條，寫着「國家對於邊疆地區各民族之土地，應予以合法之保障，並於其地方自治事業，特別予以扶持」。民族自決、獨立建國絕不可能，但西藏即衛藏的自治是可依中國人自己訂立的憲法據憲力爭的。自決不可能，只能爭取自治。

務實的嘎波嘎旺晉美知道，現在能做到的也只是按中華民國憲法爭取拉

薩噶廈管轄的衛藏地區高度自治而已。所以，後來在南京談判期間，噶廈政府指示嘎波嘎旺晉美在談判過程中必須堅持圖博一向是獨立國家，嘎波嘎旺晉美知道那不切實際，定然導至談判破裂，故一概不予理會。對噶廈強調的另一重點，即圖博與中國過去的關係一直都只是喇嘛與施主的關係，嘎波嘎旺晉美回說：「誰有聽說過國民黨是佛教徒？」

除接受中國主權外，藏地讓不讓國軍進駐，噶廈是否保留自己的軍隊，將是談判成敗的關鍵。當時南京方面堅持要駐軍衛藏以象徵主權，並要求併藏軍入國軍，許多時事評論者認為這將會是比放棄主權更不能讓拉薩接受的條件。嘎波嘎旺晉美知道一定要找出兩全其美的解決辦法。

受德格息災法會的氛圍影響，嘎波嘎旺晉美感悟到從佛教入手提出的方案，可以得到較多中國人的認同，這也是藏地最吸引人的文化武器，他記起藏傳佛教依存的大乘空宗中觀法門：空才能滿，捨才能得。靈光一閃下，嘎波嘎旺晉美有了自己的主張：強調藏地是和平的佛教國度，同意解散藏軍，藏區不設軍備，只留下維持治安的警察，加上達賴喇嘛的宮廷儀仗衛士，除此之外

國防全交給中國，但南京也不派軍隊進駐衛藏本部，讓衛藏完全非軍事化，衛藏無軍，成不設防地帶、純粹的佛教和平淨土。但為了保障中國邊防，沿邊界地區則開闢一條五十公里寬的國防帶，交讓國軍佈防，與印度連接地區東段皆以西姆拉會議訂下的麥克馬洪線為中線分界，往西延至不丹、錫金和尼泊爾邊界，並象徵式讓步，同意中國政府在拉薩設立附有國軍憲兵儀仗隊的中華民國西藏軍事委員會辦事處，以及由中央出資在拉薩近郊建軍民兩用機場，由軍方先管十年，以後民用部分由拉薩政府分管。

這個別開生面的建議，在南京政壇鴿派、中外新聞界與國人之間得到極大支持。軍方鷹派、政黨右翼和大漢民族主義者雖然反對，但一般民情已有導向，南京原先準備有關駐軍的多項條文，只得跟隨嘎波嘎旺晉美的衛藏無軍的思路而修改。至此，圖博是中國的一部分、國防與外交歸中央政府、衛藏地方高度自治、社會制度不變、達賴喇嘛地位不變、噶廈政府不備軍隊的十七條協議就很快訂下來了，形成了一種實質一國兩治的安排。噶廈隨即召開仲都傑措國民大會同意接受協議，認為內容沒有威脅到達賴喇嘛的地位與權力。僧伽和

統治精英更積極響應，覺得這份協議已足以保證衛藏現狀長期不變，並舉外蒙古共黨滅佛的例子，認為國民黨主政的中國將會比共產黨更尊重圖博的宗教和傳統社會體制。果然如嘎波嘎旺晉美所料，拉薩的上層貴族和僧團既得利益階級，只要達賴喇嘛在，社會結構不變，他們的階級利益延續如舊，對衛藏在法理上成為中國的一個「地方」，從此無緣成為主權國家，甚至解散一直不受歡迎的圖博政府軍，其實都不太在意。

問題是中國會遵守協議嗎？

老總統是怎麼想的？時人的思想，多是華夏歷史記憶與現代政治觀念的混雜複合體。四三年中正總裁在《中國的命運》一書說「我們中華民族是多數宗族融合而成的……各地的宗族，若非同源於一個始祖，即是相結以累世的婚姻。」他認為中國只有同源或姻親宗族，沒有不同的民族。在抗戰期間，漢地政界和學術界都盛行五族同源並且相結為一的大中華民族觀，以至中華民族都是炎黃子孫、漢滿蒙回藏都只是大中華民族的支系的單一民族說法，無視中華民族這觀念是近代的發明。老總統對各民族歷史發展軌跡的差異，以及各族對

漢地政權不同的恩怨情仇，很明顯不欲窮追究竟。

憲政上，他承認中國境內各族皆為中華民國國民，一律平等。具體事務上，他繼承滿清理藩院的帝國思路，私下慣稱少數民族為藩部，願意用歷代中原天朝對周邊的羈縻之術，審時度勢，因時因地制宜製訂對策。

作為大中華主義者，他支持聯合國對殖民地的定義，即越過「鹹水」海洋的土地掠奪才配叫殖民，故此認為滿清帝國在大陸西部擴疆而得的土地乃中國新的疆土——新疆，不叫殖民地。

他曾經尊崇墨索里尼，敬佩他解決羅馬教皇領地的魄力，很想把達賴喇嘛和西藏問題仿梵蒂岡模式解決，打破政教合一。二戰後他也參考美國處理印地安人的方式，從屠殺驅趕改變為給藩民有限土地和相對自治的「印地安新政」。

之前在二三年訪蘇期間，他曾認為蘇聯革命成功原因之一是准許各族自治，組成聯邦制。民國二三年憲法也是聯邦制憲法，但在四六年制訂的新憲法

裏，雖然參考了德國威瑪和美國等聯邦制憲法而加入了中央與地方之權限等章節，但因為共產黨當時力主聯邦制，國民黨摒棄聯邦兩字而改成為地方自治，即省縣包括邊疆地區民族的自治，省在不違憲情況下可製訂自治法，以及直選地方行政長官和議會。四六憲法可以說是一部類聯邦制憲法。

心底下，國共兩黨的領導人都一樣，更欣賞法國式的單一制國家形態，認為有利於中央集權。但民國在三十七年即一九四八年已正式行憲，老總統也不能就國體問題推倒重來。

雖然中國的四六憲法是規定保障西藏自治，給邊疆地區地方自治事業特別扶持，但現在整個西藏區域都在達賴喇嘛管轄下，這讓老總統不禁反覆懷疑這個扶持西藏藩部自治事業是否着力過猛了、自己是否讓步太多了？

黨內有批評說，全國這麼多的地方省縣和少數民族聚居區域，中國政府光復之際都不用特別簽署協定，為何只跟拉薩噶廈西藏政府簽訂十七條協議？那不是變相默認了西藏地位特殊、達賴的拉薩噶廈政府本來就是類主權獨立政府？

待老總統親自推行繼承抗戰前新生活運動的中華文化復興運動時，部分以文明自居的人士又批評藏地的落後不衛生丟國家的臉，大漢主義者則指摘藏人頑固守舊拒絕同化於中華文明，一些基督教會抱怨喇嘛教導人迷信。還有主張高速現代化的經濟學家嫌西藏自治區發展太慢，拖累全國成長均數。

老總統給身邊這些雜音弄得不勝其煩，卻沒有到非採取果斷行動的時機。拉薩政府在嘎波嘎旺晉美出任首席噶倫掌舵後，特別乖巧，不讓南京有借口推翻協議，常以二戰後芬蘭對應蘇聯的「芬蘭化」國策為鑑。

達賴喇嘛更在十九歲那年，即五四年底親自赴南京，接受老總統耳提面命，願意與親華的班禪喇嘛修好，並出任國民大會的代表，老總統一時龍顏大悦。達賴喇嘛從小有平等意識，很認同三民主義的民族民權民生原則，看到中國四六憲法的第一條所說的民有民治民享之及「中華民國的主權屬於國民全體」這些條文也十分激動，竟提出要求加入國民黨，老總統心裏高興，卻以達賴喇嘛少不更事好言勸阻。

當然國民黨也正如許多知情藏人所料，官僚不太作為，沒有用大力氣去改變在它直接管控下的多康地區社會結構，反而與當地權貴同流合污。南京政府在內地下定決心全力推動、成效顯著的耕者有其田土改，在多康地區進度甚慢。

直到五九年為止，由南京政府西康、四川、青海、甘肅、雲南等五省直接分散管治的多康兩區，藏人社會沒有重大改變，故也不會衝擊噶廈衛藏自治地區的穩定。

衛藏噶廈政府的改良派，得到剛親政的達賴喇嘛支持，在一九五三年已頒佈法令，替米薩農邑屬民減債減息減差役，但在沒有外力刺激並在保守勢力抵制下，一時也進度緩慢。

不過，也不能説圖博三區一切如常。三區特別是城鎮的現代化程度在慢慢提升，商業多了，新興商人階層也開始出現，旅遊普遍了，學漢語、英語的人也有了。康區一向藏漢交流較多，巴塘等鎮在三〇年代已經有國民政府設立的雙語小學，故此漢語教育也比其他藏區更普遍。當然，三區城鎮的一些年輕

人與漢地年輕人沒有兩樣，喜歡聽漢語時代曲和英語流行曲，穿漢地的奇裝異服。

如內地一樣，共產黨在藏地是非法組織，宣揚共黨思想是要坐牢的。看上去，主權歸中國後，圖博三區的情況是穩定中帶緩慢的漸變，一如過去的幾百年。

麻煩是來自邊境的駐軍，軍紀鬆懈，軍車橫衝直撞，酗酒群毆時而有之，沿邊藏人鄉鎮充斥內地妓女和毒品買賣，墨脱地區並發生軍人強姦當地門巴族少女的事件，拉薩遂有人要求南京撤軍甚至出現中國人滾出圖博的塗鴉。門巴和珞巴都是藏地南方邊陲少數民族中的少數民族，在他們的僧侶帶領下，特別氣憤地抗議南京和拉薩兩個政府把軍事基地設立在他們聚居的中印邊區。漢地自然也有民眾惡言回罵，説藏民只知道佔中國的好處而不知感恩，大漢主義者更要求加速漢化藏民，政壇鷹派也對姑息達賴政權有所不滿。

表面上十七條協議似運作順利，但漢地社會上慢慢形成一種普遍説法，認為老總統太軟弱，對拉薩讓步太多，這弄得老總統面子有點掛不住，也容易授

政敵以把柄。政壇右翼好事之徒甚至提出十七條協議違憲，認為曲解了憲法上地方自治之真義，形成了實質的一國兩治，而一國是不容兩治的，因此必須廢除十七條。

老總統今年初在接受美國《新聞週刊》訪問時重申，中國只有一個民族，就是中華民族，有些地方宗族發展較慢較落後，而最先進的漢族就像大家庭的長子，有責任扶持教化這些落後宗族，不讓它們永遠落後。

這就是平旺的憂慮，一體兩面，一面是社會主義者平旺憤怒圖博底層米薩人民生活改善太慢、權貴階層抱殘守缺不思長進，另一面是民族主義者平旺憂慮中央政府失去耐心、越俎代庖、干預衛藏地區噶廈的藏人治藏。

與海因里希、梅爾文連續聊了三晚，終告一段落。幾天後的三月十八日那天，平旺正在借住的居所收拾行裝，有個藏人開車到居所外，說海因里希先生讓他來請平旺先生跟他去一個地方。

車子直接開進羅布林卡。十幾天前默朗木慶典結束後，達賴喇嘛便從布達拉宮隨扈移駕到夏宮羅布林卡。那是一年一度的壯觀遊行儀式，平旺和家人都

擠在成千上萬的民眾之中，守在道路兩旁，瞻望穿着古代服裝的宮廷衛士儀仗着覺華仁波切昆頓達賴喇嘛的金色轎子浩浩蕩蕩經過。沒想到現在自己進了羅布林卡。

司機細心的遞給平旺一條哈達備用。

讓平旺既鬆口氣也激動不已的是，在會客廳等他的不是昆頓達賴喇嘛，而是海因里希和久違的索康噶倫。平旺獻上哈達，索康回敬把哈達披掛在平旺肩上。索康帶歉意的說當年同意把平旺趕出拉薩管轄區，乃迫不得已的政治行為，害了平旺只能去投靠中國共產黨，最後在南京坐這麼多年大牢。二人很快對往事釋然，平旺說這十年坐牢反讓他有時間好好讀書理清了自己的思路，不然在外亂闖，不知會犯多少政治判斷上的錯誤。

索康說當年平旺撰寫的那份救藏建國報告，很多分析和批評是對的，可惜現實環境不容落實。不過，這份報告還是有影響力的，現任首席噶倫嘎波嘎旺晉美當時就看過，他在南京談判十七條協議的時候還向國民政府過問了您判刑的事。索康問：您現在的想法，跟以前還是一樣嗎？

平旺說，理想沒變，具體不一樣了，要辯證唯物的看待歷史實際情況，不能教條化，比如以前用共產黨教條術語稱圖博社會為封建社會，米薩農邑屬民為農奴，現在覺得不能用這些外來概念硬套在多康藏社會上。我現在心裏無時無刻不在惦掛的是，一、能否學習內地之長，推行符合衛藏特殊情況的現代化改革特別是土改，改善米薩大眾的生活；二、十七條協議帶來的噶廈自治、藏人治藏、實質一國兩治，能否維繫下去？

索康回答說，這也是噶廈政府和昆頓陛下關心所在，政府有很多改良社會的想法，但必須先穩定局面，不讓南京有借口干預，以保住噶廈自治、藏人治藏。最重要的是，你要對昆頓陛下有信心，相信這位觀音菩薩、白蓮尊者、益西諾布、覺華仁波切的智慧，這可不是神諭師說的，這是我自己的信念。

平旺覺得堵在喉頭說不出來的話是，唯物主義者是不會把所有希望都放在一個凡人身上的，況且昆頓年輕，成長於僧宦之宮，他的智慧與善巧未經俗事磨練，就要擔負起當今世變之亟，行不行呀？

就在這時，丹增嘉措胸前掛着照相機獨自一人翩然走進來，口中邊說着

「各位，沒打擾吧？」索康與海因里希連忙向昆頓、尊者過禮，平旺發覺自己口張舌結、進退無據，遂手忙腳亂的把肩上掛着的哈達取下來，雙手高捧着，彎腰低頭，誠惶誠恐呈獻給面前這位年輕人，而丹增嘉措笑呵呵的接過後，又隨手把哈達回敬橫放在平旺肩背上，說道：「巴巴平旺，歡迎您回到拉薩。這些年，您為圖博作了無私的奉獻，也受了不少磨難，我們都知道，辛苦了。大家的觀點不一定相同，不過發心都是為了圖博好、眾生好、佛法好。上師們整天敲打我的，不就是要記住自己的初心、菩提心？」平旺望着丹增嘉措，藏在心裏的話脫口而出：「昆頓，藏人治藏，您行嗎？」

六 樹森與歐梵

一九七五年十月二十三日 上海

一九七五年十月二十三日那天深夜，兩位年輕的留美文學博士，加州大學聖地牙哥校園的樹森和普林斯頓大學的歐梵，在上海滬江大學英文系的教員室，達成默契下決心各自要投入幾年時間，以英文合力撰寫一本《中國小說一九四九—一九七九》，以說明近三十年華文小說的成就是堪與英文、法文和西班牙文小說全面輝映的。

且說一九六八年十月二十三日，中國華文作家老舍，原名舒慶春，滿族，獲選為諾貝爾文學獎的新得主。這是斯德哥爾摩瑞典學院繼一三年印度孟加拉文作家泰戈爾、六六年以色列希伯萊文作家阿格農之後，第三次把文學獎頒給亞洲國家、亞洲語文的作家，也是第一次由中國作家享此殊榮。

老舍是當代中國小說在世第一人，華文論者咸認為他獲獎是眾望所歸，不作二人想。

沒想到才不過整整七年，也即七五年十月二十三日，時任國際筆會副會長的林語堂也榮獲此獎。

自此，坊間輿論都在猜測下一位問鼎諾獎的中國作家將是誰？以中國日增的國力，寫作群體數目之大，成名作家創作之豐，中國作家再取諾獎是指日可待的。用語文來分的話，華語人口全球居首，人數幾是西語與英語的總和，從事華文寫作的作家高頻率的每隔幾年獲一次諾獎也是合乎比例的。

下一個大熱門當然是沈從文，但是說不好也可以是巴金。黑馬是錢鍾書，冷門是年紀最輕的張愛玲，大冷門是施蟄存。

一九七五年，他們都健在，都住在中國，都顯出旺盛的文字創作力。甚或可以說，四九年後他們的作品，猶勝之前的成名作。

在樹森和歐梵眼中，他們都實至名歸。

民國三十八年，一九四九年，中國內戰結束，國家內政安全的最大威脅已解除，民國初抵升平世，意識形態領域由你死我活的敵對轉為眾聲喧嘩的爭艷，只要不替共黨張目，不直接衝擊國民黨的統治，一般文藝創作幾乎百無

禁忌，文化既無禁區，文學自然繁花似錦，通俗文學類型小說蔚然成風不在話下，嚴肅作家也各施各法，文青新秀才人輩出，成熟作家更上層樓，才子才女互別瞄頭，大師大家在後浪新潮推動下也得與時俱進，不敢有一點托大。

老舍四六年至四八年間在漢學權威費正清等人的促成下，接受美國國務院邀請訪美，期間完成了小說《四世同堂》的第三部《飢荒》，共三十三段，三十三萬字。

《四世同堂》全書一百萬字，分一百段如但丁的《神曲》。第一部《惶惑》三十四段，四四年初刊於重慶《掃蕩報》；第二部《偷生》三十三段，四五年發表於重慶《世界日報》；四六年由老舍是股東之一的晨光出版公司將第一、第二部分別以單行本的形式出版。

四九年戡亂大功告成，老舍十二月歸國，帶來寫在十六開黑硬皮筆記本上的第三部《飢荒》的手稿，前二十段在五〇年初登在上海的《小說》月刊，餘下十三段終稿大結局經調整後於五一年脫稿，並於同年交晨光出版公司印製單行本。

在美期間，老舍完成第三部後，請得前後在華生活五十年的作家浦愛德合作，將全書三部稍作刪減翻譯成英文，也於五一年在美出版，書名《黃色風暴》。

《四世同堂》被公認為是老舍自三六年初出版的《駱駝祥子》之後的代表作，有人譽老舍為中國的但丁。

之前共黨曾統戰老舍，老舍自己也樂得左右逢源，不過左派內圍文學界仍視非共產黨員的老舍為異類，小說家茅盾就說過「老舍和我們不一樣，而且有不小的距離。」一四九年後，國人對共黨那套，文藝要帶着傾向性為政治服務的觀點普遍反感，倒是老舍的那點小距離、那點不一樣，回歸人情幽默、回歸地方百姓、回歸小說藝術的創作導向，受到熱烈追捧。至此，桂冠作家地位在國人心目中已經確立，漢學界以至西方的文學愛好者也多有識之士，年輕的瑞典漢學家馬悅然，在五八年就曾譯過老舍的短篇《普通病房》，但那還只是有先見的小眾，西人一般對華文文學尚未重視，諾貝爾文學獎的瑞典學院諸公還要再等十多年，才會懂得把目光凝注在華文小說上。

但是一向自負的老舍沒有就此停下來，他先是出版留美期間寫成的另一部小說《鼓書藝人》，接着創作了北平味話劇《茶館》及其他新着，以及那本大部頭的扛鼎之作：六一年動筆、六七年完成、一百一十八萬字的故都滿族史詩式小說《正紅旗下》。瑞典文或其他外文翻譯還沒出來，諾獎諸公就知道這獎不能再不給老舍了。

《正紅旗下》在中外文論界得到最高評價並引起理論界極大的興趣。這是一個大國之內的少數族裔作家以最大多數族裔的主流語文寫成的作品，切入的是清帝國末年至六〇年代民國北平的風土民俗，特別是八旗遺民的生計生活，帶出的是底層和另類的歷史敘事角度，用的是主流書面語夾雜着北方土話及前京師特定族群的口語，方方面面都為閱讀、闡釋、論述華文創作及近當代史的學界提供了各種不同的新鮮角度。有人拿老舍相比於曹雪芹、托爾斯泰、普魯斯特、狄更斯、馬克吐溫、早期喬伊斯、四九年得諾獎的福克納、用英文寫作的波蘭作家康拉德、俄羅斯作家納博科夫和印度作家那拉揚，甚至同是六七年寫出《百年孤獨》的馬奎斯。另外有論者以留洋小說、諷刺小說、科幻小說、

土語小説、族群小説、尋根小説、鄉土小說、心理現實主義、自然主義、批判現實主義、現代主義、精神分析、原型神話學、新批評、批判理論、形式主義、結構主義來為老舍小説做詮釋，各論者都能在老舍新舊小說中找到題目。

老舍六八年之得獎，對華文小説界與文藝青少年是極大的鼓舞。繼第一、第二代當代華文小說家之後，遂有侶倫、李輝英、蕭紅、平可、端木蕻良、陳殘雲、蘇青、鍾理和、黎錦揚、駱賓基、劉以鬯、林海音、張秀亞、梅娘、施濟美、潘人木、郭衣洞、汪曾祺、李維陵、舒巷城、李牧華、林斤瀾、路翎、趙滋蕃、聶華苓、鍾肇政、朱西寧、木心、廖清秀、慕容羽軍等民初至二〇年代出生的第三代，以及海辛、鄧友梅、於梨華、司馬中原、叢維熙、王敬羲、王蒙、黃春明、崑南、張賢亮、劉紹棠、白先勇、陳映真、張潔、西西、陳若曦、蘇叔陽、王文興、七等生、劉大任、張君默、王禎和、楊青矗、高行健、劉心武、陳忠實、馮驥才、古華等五〇、六〇年代穎出的第四代。之後再有抗戰後期至五〇年嬰兒潮一代的六八文藝青年新浪潮，指的是六〇年代末、七〇年代初冒頭的新秀，他們幾乎都是在六八年前後決定以小說為志業並在報刊發

表處女作品的。七五年十月二十三日那天，樹森博士和歐梵博士在滬江大學的教員室，隨便就數出來了一堆嬰兒潮六八新浪潮的新銳小説家名字，張系國、王拓、施叔青、柯振中、東瑞、李永平、也斯、葉廣芩、張承志、吳煦斌、鍾阿城、路遙、陳建功、蕭麗紅、辛其氏、張抗抗、李鋭等等。

樹森和歐梵是應志清教授之邀來上海開文學研討會的。志清教授原是從這所浸信教會辦的滬江大學英文系畢業的，現已在美國哥倫比亞大學任職，最近受母校滬大延聘為名譽教授。志清六一年的英文著作《中國現代小説史》對後學樹森、歐梵啟發至大，不過該書就四九年後的新小説多未能顧及，這觸動了樹森和歐梵要去續寫四九至七〇年代末的三十年中國小説史。

十月二十三日晚上，歐梵陪着樹森，邊聊小説史大計，邊在等待斯德哥爾摩方面的最新消息。樹森答應了文人辦報創業家紀忠社長，五〇年在南京辦的《徵信新聞》和六八年在上海辦的《中國時報》，寫一篇諾貝爾文學獎最新得主的介紹文章。樹森預測，再度獲得提名的林語堂，適逢中國效應發酵期，配合剛好接替日本作家川端康成出任國際筆會副會長的氣勢，自也必屬熱門。

樹森與歐梵都認為，林語堂除了以言志派散文，當年與周作人一南一北桴鼓相應攪動華文文壇之外，他用英文寫作的非小說《吾國與吾民》、《生活的藝術》等，加上英文小說《京華煙雲》，在西人眼中皆為當代中國經典。《風聲鶴唳》、《朱門》、《紅牡丹》等作品之外，他後來撰寫的《唐人街》、《奇島》、《賴柏英》這三部小說更已超越作者對外國人講中國文化、對中國人講外國文化的自嘲，對中西文化都提出了內在性的新視角。《唐人街》的中外僑居群落和文化內在混雜性，《奇島》的結合道家與古希臘自然和諧觀念的無國界烏托邦世界，都甚多可供玩味之處。六三年出版的、以新加坡為背景並夾雜閩南話的《賴柏英》，從南方海洋文化出發，對身份認同之沉重與文化融合之不易作出了探討。經歷二次大戰和冷戰，並在南洋暫住後，這位童年在閩南漳州度過，後走遍歐美的多棲作家似對離散群落與移民、種族與殖民地、邊緣與中心、地方與中原、海洋區域跨國交雜文明等議題有了新的敏感，微細化了他以前帶本質主義傾向的宏大國族文明觀，卻對族群間的融合、文明間的互相理解更不樂觀。他之前的重要中長篇小說，都不是在中國完成的或不是用華

文首創的，近年他卻選擇定居廈門，並宣佈將會回歸到以華文撰寫下一部長篇小說。這就很令人有所期待，不論林語堂這次能否得諾獎，只要能把小說創作一直進行下去，成績定必可觀。

樹森與歐梵還有一個共識，就是沈從文早應該被提名諾獎。

繼《邊城》後，沈從文的小說創作量一度銳減，重頭小說《長河》發表不順利只得擱置，到四九年還自殺未遂。奇跡的是到了五〇年，沈從文「穩住了自己」，重新提筆撰寫一直未能完成的《長河》，共三十萬字，出版後旋即掀起了文學界的尋根熱、抒情潮，田園主義和家常主義風潮，並引發了第一輪現代主義與寫實文學的論戰，也有人稱之為第二次京滬之爭。當時已有論者一廂情願提出諾貝爾文學獎應頒給沈從文，並廣泛傳播沈從文自己的話：「本來是應該寫小說終生，比巴金老舍更宜寫作」。這話挑起了評論界老舍派、巴金派的嚴重不滿，尤其是當老舍的《四世同堂》三大本完整出版後，雙方支持者盡顯瑜亮情結。可是，文無第一，卻有公論，誰都擋不住天才橫空出世、後學異軍突起、老將鹹魚翻生。這正是四九年後中國小說盛世的寫照。

當老舍六一年動筆寫《正紅旗下》長篇小說的消息，引起文學愛好者高度期待之際，沈從文也自六〇年開始默默埋頭筆耕，而且棄他最擅長的短篇形式，改而寫「長篇傳記體小說」，並據作者自己說「一定會比《邊城》、《長河》寫得好得多」，讀者們皆渴望他會再來一首讓國人神馳的田園牧歌或遺世輓歌，一次充滿「風景背景的動人描寫」的「鄉土回復」。

九年後，也即滿裔作家老舍得諾獎後不久，苗漢裔作家沈從文的《存者》面世，出人意表，震撼文壇。沈從文曾考慮過小說取名《沅水》、《鬼方》、《巫楚》，後決定叫《存者》，取意「死者長已矣、存者且偷生」。然而自有現代文學以來，華文小說是沒有這樣寫的，雖然《存者》每一個字詞、隱喻，莫不涵蘊着厚重的華文和地方口語共振，每一種意象、情感，莫不是可辨識的出自沅湘荊楚古老文明的大地，但這是什麼小說呢？它上下求索調動了湘西民俗、邊城現實、歷史長河、有情草木、人鬼獸六道眾生、儒釋道陰陽五行及漢苗侗瑤土家神話傳說，以文學手法將之共冶一爐，涉獵五代倖存者，過百人物，橫跨百年，虛實交錯，顛覆了時空統一直線史觀，卻在在給了華文讀者前

所未有、驚心動魄的閱讀體驗。若套用六〇年代西人的概念，有人會說這是一種綜合歐陸超現實主義、巴洛克風格、自然主義、泛心論泛神論浪漫主義、童話寓言、國族寓言和拉丁美洲特別是阿根廷西語系文學圈當時愛說的魔幻現實主義的風格。

沈從文寫出這樣詭異風格的鉅作，真的有那麼難以想像嗎？

有論者指出，四〇年代沈從文創作的變化，是從寫鄉下人的生命形態到寫現代男女的幻想、愛欲以及個人日常生活中的生命體驗和感悟，表現出極強烈的象徵化和唯美化的傾向。這裏要注意的是，這時期他創作的動力是文字和文體的實驗，可以說他在做破拓自己的努力，嘗試寫愛欲、幻想、象徵、唯美，關鍵詞是生命體驗、感悟、實驗。沈從文一向認為小說要有「娛樂效果」和「情感動力」，他不是教條式的現實主義者，強調小說的虛構性：「作品中的鄉土情感，混合真實和幻念，而把現實生活痛苦印象一部分加以掩飾，使之保留童話的美和靜」。他自視甚高，認為自己不寫作「真是國家損失」，而在老舍及其他與之齊名作家的競爭下，沈從文說過自己要把「寫靜、寫家常和寫

動、寫變故、寫特別事結合起來」。理解到他這些期許，明白到作家不可言喻的自我與慾望，就可以預想到為什麼在完成《長河》之後他不會重複自己，一定會冒險犯難的另創新猷。再把這一切放進沅水流域，湘、鄂、渝、黔之大荊楚這樣的異質奇趣空間、魔幻史地景觀，一個一流作家是沒有權利不去做石破天驚的文字與形式嘗試的。

結果就是魔幻現實主義華文小說的第一座豐碑：《存者》。《存者》出版後，國人都篤定認為，沈從文遲早一定得諾獎。

樹森早就說過沈從文單靠《邊城》、《長河》就已力足問鼎諾獎，只是作品一直沒有找到好的外文特別是英文、法文、德文和瑞典文的翻譯家。誠然某些華文作者的作品，經庸手翻譯成外文就味道全失，大者有周作人、胡蘭成、蕭紅、楊絳、汪曾祺、木心。

張愛玲也是那種不好翻譯作家的另一類範例，不然現在也應得到諾獎了。

四五年勝利後，在日據時期暴得大名的張愛玲，有好幾年是心神不寧的，否則很難解釋像她這麼一個有文學潔癖、年輕成名的天才作家，竟然要用筆名

去抄襲一本美國人寫的小說，改成自己的第一部長篇。張迷振振有詞的替偶像辯護，說張愛玲這本《十八春》的文學成就比美國人馬寬德寫的英文原著《樸廉紳士》要高。不過，抄襲就是抄襲。

勝利後那幾年真是張愛玲人生的低谷。

幸好，她很快就回過神來，翻過與胡蘭成的種種瓜葛、落水附逆的牽連和抄襲風波的漫長一頁。五〇年代初她與姑姑潛居上海，重拾小市民生活，在熟悉的摩登都市過歲月靜好的日子，這樣的在滬上安身立命才讓她再度文思飛揚。這十來年間張愛玲連續出版了《小艾》、《五四遺事》、《怨女》、《新半生緣》、《浮花浪蕊》、《同學少年都不賤》、《色戒》、《小團圓》、《異鄉記》、《雷峰塔》、《易經》，然後無懼非議，以文言加滬語寫出章回小說《上海閒人》，堪以媲美當年文言加蘇白的《海上花列傳》。毋庸置疑，張愛玲是高級文藝小說愛好者的真神，所有作品文藝青年都人手一冊，雖然到了六〇年代，她的小說在實際銷售數量上，遠比不上成都新言情女王瓊瑤。

不單是文青至愛，很多高級知識分子也覺得張愛玲的魅力擋不住。清堅決

絕、華麗而蒼涼，浮世的參差美學，讀她的感覺太美妙了。但也有男性論者認為她的小說看上去像雅俗兼賞的言情小說，就算有了志清教授五七年鴻文的吶喊，斷言「張愛玲該是今日中國最優秀最重要的作家」，難道還真能拿她來跟魯迅、巴金、老舍、沈從文等巨匠相提並論？最優秀也罷，還要最重要？

如果心裏沒底走去參照外國評論界的看法，也會發現直至七〇年代中，外國人對張的評價仍然很溫吞。但憑小說的譯本，外人實看不出箇中奧妙。難道某等小說如詩詞般妙不可言，是不容翻譯的？

有鑑於此，樹森和歐梵兩位文學博士決定要特別花心思，在他們的中國小說史新著作中，把張愛玲四九年後新作以及她「以庸俗反當代」的時代意義，用英文介紹給不懂華文的世人。過去幾個月，張愛玲正在連續發表她對《紅樓夢》的十年精讀心得，令人憧憬她在泡製一部新小說、一部現代《紅樓夢》。如果有一個作家能寫出當代的《紅樓夢》，那應該就是張愛玲。樹森和歐梵衷心希望這位脾氣越來越古怪的姑奶奶，這兩三年內她能讓新作面世，替他們的專著壓卷，不然他們計劃中的這本以一九七九年告一段落的小說史就不無遺憾了。

與張愛玲一樣暫時不為西人欣賞的是施蟄存，但兩人不被欣賞的理由不一樣。施蟄存一般被認為是現代派、新感覺派、受奧地利小説家顯尼志勒影響的心理分析派，表面是個如假包換的西化先鋒派，但不要忘記他是因為勸學子讀華夏古書、從古文中找詞彙而在三三年被魯迅罵為洋場惡少。四九年後，施蟄存在滬江大學執教多年，同時繼續文學創作的前沿探索，不拘一格，東西古今不悖，將華夏傳統文學的美文屬性、金石碑帖的銘文古意、五四個性張揚與自由主義的傳統、摩登城市小市民庸常生活的荒誕存在，與講求實驗創新的西洋現代主義拼貼起來，結果是西人與華人都更看不懂他的先鋒性。

國民黨的文宣情報機關對看不懂的東西，向來自動反應的要去打壓，更何況文壇發生了第二次現代主義與寫實鄉土文學大辯論，施蟄存的作品又被拿來説事設限。

歐陸現代主義小説革命到二十世紀下半葉已幾竟全功，很多作品躋身殿堂、進入文學史，但論者對歐美以外地區的現代主義作品，一般視為是殖民現代化的仿效之作，普遍不予重視，只有極少數的英語現代文論，會去注意到亞

洲從未被全面殖民過的、中國與日本的內生現代性及其原生先鋒小說。樹森和歐梵都同意，施蟄存之前被政治的短見所傷害，現在仍被文論潮流的偏見所遮蔽，是最被低估的重要華文作家。

他們兩人本來以為，這一切都會因為施蟄存七三年的新長篇小說《渡河浮海》的出版而改觀。對文學理論特別敏感的樹森，認為施蟄存這本小說的新敍事方式，意義堪比法國「新小說」，而其拼貼手法的運用，也與英美的後現代小說同步。渡河、浮海，指涉着多重古今意象，如公無渡河、乘桴浮於海、渡彼岸、慾海浮生、浮城上海等等，多聲多義，帶出言有盡而意無窮的解讀可能性。未幾樹森就嘗試挪借後設、跨現代、東亞現代性這些新概念來定位《渡河浮海》，另外歐梵也在一些論文裏，從都市世界主義現代性的角度高度評價了施蟄存歷來的小說實驗，譽為二十世紀中國現代文學的開創者。可是多年下來，還沒有外國出版社對這部小說的外文版感興趣。樹森和歐梵都認為二十世紀已過了四分之三，瑞典學院太應該頒個文學獎給一個東亞的現代主義作家如施蟄存或大江健三郎，但外人乾着急當然沒用，兩人私下也認為蟄存、大江獲

瑞典學院諸公青睞的機會微乎其微，至少要再等二十年。

論諾獎提名的機會，巴金和錢鍾書都比施蟄存要高。

巴金上承五四新文化運動，二七年作為安那其主義者的他，在巴黎已完成處女作長篇小說《滅亡》，及後又以三部曲的形式創作了《激流三部曲》、《愛情三部曲》、《抗戰三部曲》、《人間三部曲》，此外還有豐富多樣的各種長短篇，怎麼說都是中國文學界蜚聲海內外的時代象徵及一面繞不過去的旗幟，也一直有國人和西人倡議應頒諾獎給他。四九年後，華文讀者對革命題材普遍厭倦，對理想主義色彩的現實主義小說也激情不再，多少影響了時人對巴金的印象。其實巴金在四六年出版合稱《人間三部曲》的《憩園》、《第四病室》、《寒夜》等三部長篇，內容固然源自真實生活，但是風格已不是之前一瀉如注的熱情青春之姿，更多是中年低徊節制之態與悲憫同理之情，並表現出越來越明顯的人道主義立場，甚獲中外論者的好評。可是《寒夜》四六年在上海發表後，巴金選擇沉默了好長一段日子。

四九年後國民黨還是讓巴金留在上海，監控也沒太過扭曲他的日常自由。

可以說，巴金的停筆是他個人的自覺選擇，他對中國大革命過後該怎麼寫、為何寫做出了長期的沉思，不像老舍般與共產黨說再見後可以毫無掛礙的筆耕不輟。

一停二十年直到六七年，巴金才陸續發表精神史式的五大本自傳體《隨想錄》，沉痛反思，道出中國整代與他相似的左傾理想主義知識分子糾結的心路歷程，引起極大迴響，被譽為中國的良心，也每每有論者將《隨想錄》與盧梭的《懺悔錄》相提並論，加上諾貝爾文學獎曾頒給寫哲學的倭伊鏗、柏格森、羅素和寫非虛構的丘吉爾這些先例，憑《隨想錄》提名巴金角逐諾獎之議隨之再起。

錢鍾書四七年的《圍城》，晨光出版公司不知重印了多少次，並獲志清教授評為中國近代文學中最有趣也「可能是最偉大的一部」。《圍城》之後，錢鍾書在寫一部叫《百合心》的長篇小說，自稱將比《圍城》更精采，可惜寫了三萬四千字就遺失了手稿，從此沒有重寫。這麼多年下來，讀者只看到錢鍾書對《圍城》的版本不停作出修改，而長久不見他有新的小說作品。正當大家以

為他只管做學問而不再期待他寫小說之際，他突然擲出一本長達五十萬字的小說，還說這只不過是他尚未出版的學術研究的剩餘價值。

錢鍾書常被文壇中人形容為惡客，他索性就把這本七四年出版的新小說叫《惡客》。小說中的主角惡客是個坐擁書城的大學問家，也是個狡黠尖刻的老頑童，不易與人相處，靠暗戀他的那個女管家匪夷所思的巧妙安排，讓他能一邊博覽群書做札記，一邊狂想發明一部超越時空的讀書機器，要把全世界的文本都索引歸納在一起，並為此瘋癲。

樹森認為，錢鍾書的《惡客》，與保加利亞的德文作家卡內堤的《迷惘》有異曲同工之妙。《迷惘》是三五年在維也納出版的一本長篇小說，主人翁是一個不願與人交往但擁有全城最大私人藏書閣的漢學家，為了保護自己的藏書而被騙婚，結果反而走上毀滅之路。這本小說本來沒多少人注意，倒是卡內堤在冷戰高峰期，六〇年出版的政治人類學鉅着《群眾與權力》引起注意後，《迷惘》才被發掘回顧，而近年逐漸出現一批高級知識分子追捧者。大概凡是以書為綱、旁徵博引、臨深為高、故作搖曳的小說，學問越淵博的讀者越會叫

好。樹森認為，瑞典學院那些學問家院士正是這兩本小說逃不掉的理想讀者，他們是會對這類一般人不容易看懂的學問小說有特別偏好的，故不排除錢鍾書或卡內堤突然會被提名。

預測諾獎不是樹森和歐梵兩位學者自封的使命，他們要寫的是三十年來中國說部的全貌。老、林、沈、張、施、巴、錢等中國新文學的第一代和第二代老作家故然重要，他們活過這麼艱難的日子而依然元氣充沛，創作力與世界一流作家相比不遑多讓，必須說：他們真是太出色了。不過，民國至抗戰出生的第三代、第四代也已交出成績，而嬰兒潮一代及之後的作家，生長於升平世的中國，童年體驗過貧窮但沒經歷到戰亂與太大的磨難就生活在小康社會，這個群體現在已是創作的中堅，他們的作品將決定華文文學今後的成就。

樹森和歐梵還意識到，除了嚴肅文學外，他們還不能把通俗小說都拒諸門外。言情小說四九年後有傑克、馮玉奇、鄭慧、藝莎、望雲、路易士、金依、俊人、碧侶、夏易、司空明，六三年瓊瑤憑《窗外》躍登文壇，之後每本小說銷數動輒以百萬計，穩坐女王寶座。另外佼佼者還有依達、嚴沁、孟君、岑凱

倫以及後起小天后亦舒。而重慶作家三毛在歐洲和非洲生活的文字創作，挑動了國人出國想像，掀起一代中國年輕人流浪風潮，對應着歐美垮掉嬉皮一代到印度、中國、日本尋找精神生活，可說是東方西方相映成趣。

最不容忽略的是一種華文獨有的章回體文類：武俠小說。要知道四九年後的十餘年，平江不肖生、還劍樓主、王度廬、白羽、鄭證因、朱貞木、我是山人等名家猶健在，並且寶刀未老，迭有佳作。未幾，天才型作家金庸橫空出世，石破天驚，舉世無雙，洛陽紙貴，開創武俠寫作新紀元。同期還有大家梁羽生，還有古龍、司馬翎、臥龍生、諸葛青雲、東方玉、上官鼎、梁楓等諸多新舊武俠作家蜂擁加入爭霸，論劍華山，各出奇招絕活，那才真叫武俠文學的盛唐。新的中國小說史不能漏了這麼喧騰的異彩章節。

其他流行類型小說也有名家，如寫歷史小說的高陽、南宮搏、董千里、高旅，寫暢銷文藝小說的鹿橋、無名氏、王藍、徐速，寫科幻小說的倪匡，寫貓頭鷹驚慄懸疑故事的方龍驤，寫奇情小說的林蔭，寫洋場豔情小說的高雄，寫《心鎖》情慾小說的郭良蕙，皆有可觀之處，甚至在四九年後繼續寫《俠盜魯

平》的孫了紅，寫《中國殺人王》的周白蘋，寫《黑俠》的望雲，甚至在上海《藍皮書》雜誌上寫《女飛賊黃鶯》的小平，寫《二世祖手記》的楊天成及一些三毫子小說作者，樹森和歐梵都覺得有責任在小說史裏把他們記上一筆。

一九七五年十月二十三日晚上，兩人已把《中國小說一九四九－一九七九》的大綱擬出來了，並談好了兩人的分工規劃。他們之所以還逗留在滬大英文系教員室聊天，那是因為樹森仍不知道今年誰得諾貝爾文學獎。他早已準備好了意大利詩人蒙塔萊和中國英文小說家林語堂兩人的評介專文，而且那天白天在滬大圖書館借了大量世界文學參考書，以防爆冷要臨時應急另擬新文。到了深夜，報館轉來消息，最後得知林語堂果然憑三九年已經在紐約出版的英文小說《京華煙雲》勝出，樹森就把寫好的一篇稿子交給報童帶走。

「就這樣！直到明年！」

「明年，再明年，再再明年！」

「終有一年會給沈從文！」

「對！」

「或許巴金、或許錢鍾書！」

「對！」

「或許張愛玲、或許施蟄存！」

「對、對，太對了！」

「願他們健康、長壽！」

「太對了，一定要活着，活到最後！」

七　麥師奶與麥阿斗　一九七四年十二月十日　廣州

麥師奶看股市，越看越傷心。麥師奶看麥阿斗，永遠不覺累。麥阿斗不看股市，只看電影，電視上重播的黑白老電影，麥阿斗一遍一遍的看，永遠看不厭。最近麥師奶看股市心煩，不敢看股市了，只看着在看電視上老電影的麥阿斗，越看越喜歡。

別人看麥阿斗，都會説麥師奶這個兒子，怎麼二十多歲了，還整天待在家看電視，大概沒指望了，可憐麥師奶，辛辛苦苦養大這麼一個兒子，書沒讀好，又不找工作，就靠麥師奶養着。麥師奶多麼任怨任勞、多麼眼勤手快呀，怎麼會生出這麼一個好食懶飛、反應遲滯的死蠢飯桶，真是前世！

麥師奶前世欠了麥阿斗，麥阿斗是來討債的，別人這樣説，麥師奶可不這樣想。

麥師奶會呵着麥阿斗説，新馬師曾演的《怪俠一支梅》午夜一點多才開播

啊，那看完就已經三點了，充足的睡眠是很重要的，明天早上就不要太早起床了，阿媽出去前會做好早午餐，你醒來就可以吃了，是早午餐啊，就像希爾頓大酒店廣告上的一樣啊！你吃了剛好還來得及看午間大電影，明天是青春偶像陳寶珠蕭芳芳演的《五毒白骨鞭》，你小時候跟阿媽一起看過的，啊，對啊，看了七遍了啊，真的好好看啊，阿媽不上班就陪你看，可惜阿媽早上要去巡視業務，不然街坊鄰里阿伯伯阿婆婆就吃不到你阿媽親手做的皮香肉滑蓮蓉包了。明天下午要記得轉台啊，去二台看余麗珍的《無頭東宮生太子》。看完不用多久阿媽就買新一期的《每週電視報》回來，你乖乖陪阿媽一起看七點黃金劇場《御貓三戲錦毛鼠》第七十三集，我們兩母子邊看電視邊吃阿媽在茶樓獨家秘方泡製的羊城美點，你說好不好？明天阿媽帶滑潤多汁、滋陰暖胃的白淨齋腸粉和黃淨鹼水粽回來吃，好不好？

麥阿斗問：不是吃燒鵝髀嗎？

麥師奶答：燒鵝髀是週末特餐，明天我們先吃電視常餐。

然後兩母子就高高興興的合唱：有你恁白淨、冇你恁黃淨！

麥師奶就是疼麥阿斗，麥阿斗就是他媽的兒子，人家母子情深有何不可！

麥師奶說，有子萬事足，錢財身外物，一個人吃多少穿多少天註定，不是你的錢就不進你的袋。你看，去年三月上海證券交易所的加權股價指數創一千七百七十四點新高點紀錄，全國魚翅撈飯，麥師奶和一眾街坊鄰里們不也都天天哼着：唔信一世褲穿窿，終須有日龍穿鳳？

今天，七四年十二月十日，上海加權指數跌到新低點只剩下一百五十點，底褲都輸掉，跳樓都沒用。

麥阿斗不關心最近三年中國股市指數如過山車般上落，他有他的專注。三年前某個下午，他突然想起要寫字，在拍紙本上寫了「影畫戲」三個字，然後使勁注視着自己寫的三個字，但再也想不到什麼還想寫的字了。這三年來，每個下午麥師奶在茶樓上完早班回家前個把小時，也即幾家電視台都在播放兒童節目的時間，麥阿斗就會從沙發椅滾到地上，躺平盯着泛黃發霉曾經是白色的天花板，只要心中一念「影畫戲」三個字，他一生看過的不同電影不連接的鏡頭就飛快的閃過他眼前，這些鏡頭好像正在自動剪出一套他看不懂的蒙太奇語

言在跟他說話，要求他紀錄下來，但他覺得只要一屈從於鏡頭們的指令，就會回不了頭的耗盡他自己一生的精力。麥阿斗對自己的這個體驗既惶恐又興奮，就像一個人在青春期發現自己身體有特異功能一樣。這是自懂人事以來麥阿斗不跟阿媽分享的第一個秘密，不然阿媽一定又會嘮叨的說四九年他出生的那年給他喝了過期美國奶粉的故事。

民國三十八年，一九四九年，中國戡亂保安止戰成功，更搭上美國主導的資本主義貿易順風車，百業復活，欣欣向榮。當時日本是戰敗國，受美軍軍管，美國人對日人也還懷有敵意，好萊塢明星馬龍白蘭度主演的五七年電影《櫻花戀》就是寫戰後美軍佔領軍的軍人，與日本女子談戀愛遭到強烈阻撓而殉情的悲劇故事，可見太平洋戰爭後一般美國人的態度。

國民黨治下的中國則是美國在太平洋彼岸的第一友邦，也是冷戰時期圍堵蘇聯的遠東戰略性親密夥伴，政策傾斜、經濟扶持不在話下。本來在民國時期已經擁有一定工業基礎的中國，現在更光復了受過日人治理建設的東三省及台灣，自然成為環顧亞洲經濟條件最好的國家，在東北亞及東南亞都還沒有競爭

對手的情況下，最適合成為戰後美國主導的全球資本主義經濟分工小夥伴中的領頭雁，在經濟發展逐級提升的過程中，優先承接美國轉移出來的產業，先自己消化吃盡紅利後，再轉移給下線的日本、韓國、新加坡。

當時美國不僅止是軍事超級大國，還是世界上獨一無二富有的國家，戰後財富一度幾佔全球總量的一半，可想而知美元經濟的驚人威力。

戰後美國大兵歸國結婚，女性退出職場回家做主婦生孩子，消費市場胃口之大更是無與倫比，需求遠大於供應，本國來不及提供的或成本划不來的商品，就分給友邦去生產，哪裏能生產，美國資金也跟到哪裏，誰分到美國國內市場大餅或外流美元資金的碎渣都可以脱貧致富。

從美國資本家的角度，人口多、國民刻苦耐勞的友邦中國，成了美國投資和轉移分工的首選。

就是説，四九年戡亂止戰後，國民黨統治下的中國背靠美國市場，成為亞洲第一個人口大國進入自由世界的布雷頓森林金融與貿易秩序，搶先以源源不絕的低廉勞動力發展出口產業，佔盡各種先機，經濟起飛速度必然很快，哪怕

只是側重生產消費品的輕工業，哪怕只是沿海城市地區先嚐甜頭，哪怕只是讓部分人先富起來。

一旦部分人有了消費力，中國的內需也爬上來了，針對中國內需而生產的製造業也起來了，城市地區的服務業也興起了。

當然，城區受惠比農鄉多，沿海地區的發展遠比內陸快，有人富得不像話，有人窮得無立錐寸土。

美國開放市場給中國的廉價小商品如塑膠花、塑膠串珠首飾、塑膠雨靴、塑膠器皿、假髮套、成衣，也不全是因為跟中國友好，而是因為中國確是有廉價勞動的比較優勢。廉價勞工何來？從農村來。當時中外資本紛紛投向中國沿海城區製造業，勞工密集的低科技血汗工廠生產鏈，遂在長三角和珠三角聚集如雨後春筍，沿海農村的年輕勞動者，不管是否剩餘勞動力，只要是勞動力，不分男女都湧往城區打工賺取農村難求的現金。

麥師奶，那時候只是麥妹頭，就是在這樣的大背景下登場的。你可能覺得她只是大時代的小人物，但她卻是時代變遷的正印主角。這一輪的時代變遷，

查實是人類史上最大規模的一次壓縮遷徙。人類史上從來沒有試過數以億計的人口在十幾二十年間，集體離鄉別井，從家鄉遷移到陌生的地區，撐起數以百計的城市。這個史上最大的人類流動，就發生在當代中國，在中國加入世界貿易體系的一九五〇年代和六〇年代。相比之下，上兩個世紀歐洲農民進城大遷徙花了一百多年。

麥妹頭就是其中一個在這個偉大歷史時刻告別農耕、告別血緣熟人的鄉下，來到城市，妹頭變成師奶，孕育了中國戰後數目超龐大的嬰兒潮一代，即那個生於和平、長於日益安裕的小康中國的城鎮化一代，麥阿斗的一代。

她，先是進城打工，把親生孩子留在鄉下由老人帶養，然後拖着孩子在城市落戶，住棚戶區木屋也要讓下一代成為城市人，自己省吃儉用、供書教學，勞碌一生，孩子混混噩噩、吃香喝辣、坐享其成。這故事熟悉吧！這是五〇和六〇年代在資本主義中國大規模大面積發生的故事。

好了，不要只大說大歷史了，在歷史大敘事的背後，每個人的小故事還是特別的。麥師奶的含辛茹苦跟別的當代中國婦人的含辛茹苦方式還是不一樣

的，她與麥阿斗相依為命的生命臍帶、生活訣竅、生存哲學還是很個案的，在大說大歷史之餘，麥阿斗的成長和成材還是值得小小的小說一下的。

近代粵南農村不止只有剩餘勞動力，還有剩女。以前窮戶人家男人靠赴外謀生，女兒嫁不出去還有一個體面的出路，就是解開少女的辮子改而盤起頭髮如已婚婦，起誓一生保留女兒身，是謂梳起不嫁的自梳女。她們相互結伴扶持，以桑蠶女紅為生計，不靠男人，自食其力。待民國工業興，手工業衰，自梳女無以為生，恰好華南城市及南洋出現資產和小資產階層，吸收了一部分自梳女入城打「住家工」。這些先行者在城裏打聽哪個東家要傭人，就從自己鄉下挑選相熟人家初長成的女兒，先正式過契給自己為契女，梳起不嫁，將來替自己送終，以這樣人帶人的方式把生力軍募進城裏。麥妹頭如果幸運的話，也可以是這樣的歸宿，在一戶好人家打工終老。但她的自梳遠房阿姑，嫌麥妹頭太過活潑、太愛說話，不適合當住家工，始終沒看上她，這樣就耽誤了幾年。

四九那年，中國城區經濟起飛，消費品需求大增，沿海地區多了一項新產業走私，一為賺稅差，二為補短缺，三為防冒牌。殖民地香港是國際商品集散

的免稅港，上岸有法治，水域尚自由，很多外國商品就在香港水域分拆，從海陸兩路偷運進內地。

麥妹頭就這樣認識了麥阿斗的生父，年輕香港新界人麥炳基。麥炳基是穿梭粵港兩地的貨車司機，拉的都是水貨如美國名牌克寧全脂奶粉。麥炳基經常路過番禺僑鄉，在麥妹頭的路邊攤吃白淨豬腸粉和黃淨鹼水粽。麥妹頭和麥炳基都姓麥，兩人覺得太巧了，傻兮兮都想到粵劇大老倌馬師曾一九二三年的名劇《苦鳳鶯憐》，同時唱起：我姓呀呀呀呀麥，我個老竇又係姓呀呀呀呀麥……。

麥炳基說要開貨車帶着麥妹頭去香港、澳門、省城以至走遍全中國，然後把貨車改裝成海陸兩棲快艇去環遊美利堅。說到美利堅，兩人就心有靈犀的唱：買牙膏，買牙膏，我要買牙膏，黑人牙膏，黑人牙膏，黑人牙膏靚！麥炳基也是個自娛自樂的夢想家。

直到有一次，麥炳基又路過番禺僑鄉，麥妹頭把懷孕的消息告訴他。當天晚上，鄰居看到麥妹頭的農舍家，一輛貨車悄悄的停在外面，一名壯健的年輕

人摸黑把一車幾十箱克寧奶粉全部卸下放在麥妹頭家門外。待貨車發動引擎開走，麥妹頭才被吵醒，看着窗外麥炳基的車遠去。

麥炳基買單了，從此沒有再回來。幾十箱奶粉和懷中的胎兒，就是麥妹頭與麥炳基那段情的紀念品。

麥妹頭懷孕的消息，遠不如村裏出現那幾十箱美國名牌奶粉震撼。有人想分一杯羹，麥妹頭和父母弟妹以死保衛奶粉，不讓別人染指。

就算在最艱難的懷孕期，麥妹頭都拒絕出讓她的奶粉。麥妹頭說每一箱裏每一罐奶粉都是要來餵養她將出生的嬰兒的。

誕下麥阿斗，餵的當然是奶粉，那可是美國進口貨，多珍貴，富人的小孩才喝得起，能不是好東西嗎？麥妹頭泛濫的廉價奶水，當然是棄之而不足惜了。

五〇年春節後坐滿月子，麥妹頭知道是時候離鄉出外賺現金來養麥阿斗了。幸好暫時奶粉充足，不愁斷奶，麥阿斗也表示出很愛喝奶粉的樣子，麥妹頭千叮囑萬叮囑老母，絕對不能變賣奶粉換錢，也不能用廉價米粥魚菜湯水代

替奶粉來餵麥阿斗。

城裏新興工種多，最廣泛吸納進城年輕農村女性的是流水作業的工廠，平均收入比打住家工或在茶樓當下廚稍好一點。

當時，也有同鄉的女人來找麥妹頭，邀她參加收入更高的新興洗浴按摩以及傳統陪吃陪喝的服務業。麥妹頭很有直覺，不願意把自己的臉塗上胭脂水粉，她說腮幫子一邊一團紅像馬騮屁股，很肉酸。所謂年輕無醜婦，麥妹頭圓頭圓臉，以性格補足外貌，平常清湯掛面尚有三分可親，但一上裝就豬乸戴耳環了。

就這樣，麥妹頭去了順德地區當工廠妹，後來有一家中美合資的製衣廠在東莞設廠，採多勞多得制，她又隨廠友轉戰東莞。麥妹頭眼勤手快，很容易完成任務並賺到超額獎金，但她愛說話影響產出，到了身旁工友不願理睬她，她就停下來發白日夢，想想自己與胖嘟嘟、白白淨的兒子阿斗在水清沙幼的鄉下溪邊玩耍，這樣來拖慢自己的工作進度。麥妹頭不好意思自己的收入比生產線上其他女工更高。

不能和寶貝孩子每天在一起，才是歷代打工妹的最痛。翌年春節，麥妹頭回去鄉下看只喝美國奶粉的麥阿斗，陪阿斗過生日。一週歲時，阿斗胖嘟嘟、白白淨，雖然不會說話也不懂四點爬行，一切看起來還好。到二週歲的時候，只會說幾句簡單的話，反應慢，而且腳軟軟，站不穩，頭很大，腹鼓鼓、容易流鼻水。

那年春節尾段，麥妹頭帶着母親和阿斗去了趟佛山鎮，找了個兒科西醫，醫生說麥阿斗營養不良，得佝僂病，腳軟、頭大、胸小、腹鼓、抵抗力弱。麥妹頭當場發脾氣怒斥庸醫胡說八道。回番禺鄉下，麥妹頭看着所剩無幾的美國奶粉罐發呆半天，然後抹掉鼻涕，宣佈說麥阿斗今天開始改吃米粥魚菜湯水，另加一隻營養雞蛋。她請客讓全村鄉里喝掉最後幾罐克寧全脂奶粉。

別人說麥阿斗是來討債的，麥妹頭可不這樣想，她覺得自己虧欠了阿斗。

麥妹頭發誓要想辦法以後把阿斗帶在身邊，要看着他長大，不讓他離開自己的視線。可是，製衣女工的上班和居住條件不容許她帶着小孩，她必須改造自己的生活環境。

她不再放慢手腳了，每天埋頭趕工超額賺獎金，為自己與阿斗的未來共同生活而奮鬥。麥妹頭已成長為麥師奶了。

麥阿斗三週歲的那年春節，麥師奶帶着他去了省城廣州，經過白雲山景區旁某側峰的棚戶貧民木屋區，麥師奶逗着阿斗說，看，白雲山，藍天白雲白雲山。木訥的麥阿斗忽然開口說：「阿單單，一磚腐乳食三餐，烏蠅擔恁啖，追上白雲山。」麥師奶驚喜得目瞪口呆，連番追問，問童謠是婆婆教的嗎？阿斗都不理睬。因為麥阿斗的全部心思，已跟隨着那隻啣着一坨腐乳的蒼蠅的屁股，追呀追的上了白雲山。

麥師奶覺得自己的大頭仔麥阿斗，不僅不是別人所說的死蠢，而是擁有某種連她也弄不清楚是什麼的神秘天份。麥師奶對自己兒子的信任，甚至那點不自覺的崇拜，就從這時候開始。後來世俗眼光覺得麥師奶寵壞了麥阿斗，其實麥師奶始終覺得自己的兒子是特別的，獨一無二，所以除了愛還是愛，百般呵護，為了讓麥阿斗的個性得以自然發揮。母子的情結，又怎麼會是旁人所容易理解的呢？

麥師奶說：阿斗你看，白雲山，這裏藍天白雲、椰林樹影，我們搬到白雲山來住好不好？麥阿斗點頭說：白雲山，追上白雲山。他今天腳軟，追不上蒼蠅，長大後一定要想辦法盯着蒼蠅屁股追上白雲山。

到了是年年底耶穌誕的訂單出清，製衣廠的淡月開始，麥妹頭就辭掉工作，收拾在東莞的一點點家當，來到省府廣州。

有工業革命，才有大工廠，才有農業人口大規模轉成非農業人口，即馬克思所說的出售抽象勞動時間的受薪階級，簡稱工人或無產階級。大城區吸引工廠和工人，旺丁旺財，高速發展，形態多元細化，空間以功能和財富區隔，有富人區也有非富人區，而跡近赤貧的流民無產者則自發組成棚戶區。在民眾自由遷徙的國度，僭建棚戶也是工業化早期資本主義大城市的標準現象，這在廣州叫木屋區。急劇工業化的廣州城區被木屋區包圍，見縫插針，從城中心往外往遠處蔓延，佔領白雲山三十多峰的許多斜坡。

但僧多粥少，好一些的木屋區也是一屋難求。白雲山木屋區群就是僭建開發比較早的木屋區，藍天白雲，視野廣闊，空氣清新，新移民不易擠進去。

為了兒子，麥師奶花光積蓄才頂下一間小木屋，非正式郵政地址是白雲山嗚春峰石硤尾長命斜掘頭左歪一號。換句話説是嗚春峰石硤尾木屋區最高的一家，離平地最遠。

麥師奶説，高一點好，順便免費練腳力做運動，一舉兩得。

她每天去城裏批發廠家承包塑膠花半成品，兩麻包袋放在籐籮裏，一前一後用竹擔擔回家加工，第二天再把塑膠花成品擔下山送回給批發廠家。

這樣，她大多數時間就可以在家陪着麥阿斗，看着阿斗成長。

為了阿斗過兩年可以走到山腳，去上嗚春花城幼稚園，現在就要開始練腳力。每天麥阿斗午睡後，麥師奶就帶他走一段山，阿斗走一段，阿媽背一段，母子互相鼓勵的唸着：行下練腳力、孭下練腰力，意思是阿斗練腳力，阿媽練腰力。

有一回正孭着阿斗，阿斗突然要下來，自己快步走到污水溝邊，撿起一小人書的殘頁。阿斗回家就翻來覆去的看那殘頁。自此麥師奶就很有意識的注意着，凡看到有圖像的印刷品，可以撿的就撿回來。麥師奶認幾個字，也會教阿

斗記認圖邊的字。手頭有剩錢，也買連環圖小人書跟阿斗一起津津有味的看。

阿斗已越長越大，可以走路，但上下山走不久就會腳軟，噗通一聲跪在地上。麥師奶為他以後要下山去上鳴春花城幼稚園的事發愁。有一次麥師奶問鄰居借了一本幼稚園課本，看看到底幼稚園是教什麼的，晚上做飯的時候阿斗自己在翻看，吃飯的時候就說他不要去上幼稚園，麥師奶問他為什麼，跟他說，凡事講道理，你講不出道理就要上幼稚園，阿斗半天不說話，很久才說一句：幼稚。麥師奶半天沒明白過來，還說阿媽吃虧就是識字太少，阿斗一定要識字，識寫字，將來可以搵真銀。

飯後麥師奶幹的新活是織假髮套，阿斗走過來遞上拍紙本，裏面有他不知何時寫下的上百生字，除單字外，還有黃飛鴻、上山學法、黑人牙膏靚，還有「鵝比最好味」，「鵝比」大概是「鵝脾」之誤。

之後麥師奶就讓阿斗在家學寫字，只要給他小人書，他就乖乖的認真看書一直可以看很久。書裏面有很多生字麥師奶不認得，就去書店買了最厚的一本字典，買回來不會用，帶着阿斗去到半山找專替文盲寫信回鄉的潮洲老莊，教

會了阿斗查《辭海》，阿斗一本《辭海》翻到爛，特別愛看插圖。

如是過了幾年，母子勤工儉學，織髮套收入比串塑膠花稍高，美國剛開始流行倒轉風爐型的髮型，麥師奶自己也去燙了個倒轉風爐頭，成了她的標準造型，這段日子過得比較舒坦。突然一個秋高氣爽的晚上，鳴春峰石硤尾木屋區大火，火勢吞噬了整個坡區，不少人葬身火海。山下災民中，不見住最高處的麥家母子。火滅後兩天，才發覺麥家木屋地處偏僻高處未被殃及，母子平安。

不過，政府決定趁機清拆石硤尾木屋區，不准就地重建，把災民徙至城外，另闢徙置區建簡易七層公屋，麥師奶與麥阿斗只好依依不捨的與白雲山告別。

她們被分配到七樓的一個十三平方公尺單元房，在公共走道做飯，與鄰居分用同層公共廁所。阿斗依然不願每天跑樓梯去上學，只在家看小人書，而麥師奶則在附近茶樓做清潔工。

然後電視機終於來到尋常百姓家。中國在五〇年就試播無線電視，是為亞洲最早。南京的中央電視台在五三年開播，但因為是政府電視台，每天只在早

上播放政府的宣傳，所以除公家單位外，一般家庭不會買電視機這樣的美國進口奢侈品。也有人想開辦民營商業電視台，但是一時過不了抱殘守缺的國民黨官僚這一關。一直到了五六年，上海的天一公司以其八面玲瓏的打點手法，終於取得執照，拿到第一家商業無線電視台執照，可以播送黑白電視節目，在雙十國慶那天面向全國開播，在電視台的攝影棚舉辦全國紅伶紅星賀國慶的綜藝晚會，轉播中途到了整點，插播瑞士雷達錶的電視報時，人聲旁白：嘟嘟嘟嘟嘟嘟嘟嘟，現在是雷達錶時間，晚上八點整，一雷天下響，發達無限量。雷達錶因此一炮而紅。真是：電視一出，誰與爭鋒？

頓時國產電器工廠紛紛從美國轉移或偷竊技術，爭相大量生產黑白電視機，國產電視機價格一年不到調整到中產家庭都能負擔的地步，至此電視就勢如破竹的進入中國家庭。

麥師奶的那幢徙置樓，第一戶裝上電視機的是地面雜貨士多的老板一家，全樓轟動，大人小孩都擠在店內外張看，第二天士多老板還按人頭收費，依然擠得水泄不通。麥阿斗為了看電視，也拎着一毛錢從七樓趕下去，着急到跌破了膝

蓋還擠不進去。

幾天後，麥師奶超預算花大本錢也買了一部電視機，讓阿斗不用跑七層樓去搶位子。天線在天台矗起後，七樓麥家每個晚上也坐無虛席。不多久，樓裏有了第三部、第四部，直到家家戶戶有電視機，一根根電線往上拉，天台如天線森林，電視機成了老百姓的生活必需品，一切回復常態。

如是晚上在七樓麥家看電視的，就只有麥師奶和麥阿斗了，而白天麥師奶去茶樓上班，就剩下阿斗一個人。麥師奶會說：多看電視，增廣見聞，不出門也知天下事！

有一次新聞節目報導新成立的消費者協會，教育電視機旁的大眾，商品特別是食用成品是有使用有效期的，政府正在研究訂立商標法，保護消費者免用過期食品。麥師奶看着看着拍案而起說：原來不是假、不是壞，是過期，阿斗，阿媽跟你說，奶粉是過期，不是假的，不是壞的……其實，過期與否，再好的奶粉也不如母乳，四〇年代的全脂奶粉，配方單一，營養不均，不用假，不用壞，就算是真的不過期的美國名牌，也不是好東西，絕非育嬰上

選，更何況超長期單一食用？

麥師奶在茶樓做清潔工十年，大師傅有天與老板吵架怠工，麥師奶臨危受命上手攤腸粉，不出手則矣，一出手驚人，把原來乾澀澀味寡寡的豬腸粉變成滑潤多汁、口感飽滿的美食，大獲老顧客驚豔級好評，老板叫她掌廚，她説只想做早午茶的點心如白淨齋腸粉、黃淨鹼水粽和皮香肉滑蓮蓉包，還讚原來大師傅的手藝好，兒子最愛吃他的燒鵝脾，求老板留着他。

那時候上海加權股價指數天天在漲，上至老板大師傅、下至會計企枱下廚，白天都無心工作，樂得讓麥師奶管中午點心，麥師奶則鄭重其事的擔起大任，七手八腳搞定午市。

製造電視天線的中國廠牌「省港天線」的股票，上市價一元，開市一分鐘後已漲到一元八角，旋即炒上三十二元，個多月內股價狂飆數十倍。粵語「發瘋」叫「癡線」，「省港天線」被戲稱「省港癡線」。

茶樓老板帶頭叫所有工友們快點傾囊入市，此時不發財，更待何時，麥師奶不好意思與別人不同，也拿出積蓄錢學同事買股票。

那段時間，每天午前員工圍坐進膳，一眾茶樓工友想到早上股市又瘋漲的輝煌成績，彼此之間都會相視而笑，哼起：終須有日龍穿鳳……。

老板說要研發魚翅撈飯系列新菜色，滿足街坊豪客。

麥師奶也做了白日夢，幻想自己成了富婆，穿上套裝，戴上珍珠項鏈，帶着穿短褲、戴西瓜帽的阿斗坐飛機，在藍天白雲、椰林樹影、水清沙幼的夏威夷吃龍蝦配牛排，啜着鮮榨櫻桃菠蘿汁看土風舞。

青少年麥阿斗的想像力是遠比他媽媽豐富的。能不豐富嗎？看了十萬小時的電視，包括幾萬小時的老電影，讀了上百本小人書和小說。小說？是的，主要是武俠小說，也有女飛盜黃鶯、女黑俠木蘭花等等三毛四毛錢小說。麥阿斗有個固定供貨商，那就是代人寫信的潮洲老莊。木屋區火燒搬到徙置區後，老莊轉業擺了一個連環圖小人書和武俠小說的租賃攤，看到麥阿斗足不出戶消耗小人書的胃口頗大，靈機一動攤着一套六十薄冊的盜印《射鵰英雄傳》，趁麥師奶上班，登上七樓，勾引了麥阿斗上癮，以後每天親自送書，專供大客戶麥公子一冊一冊的追看，看完退舊換新。

麥阿斗向麥師奶要錢，麥師奶問要錢何用？阿斗就說，看書識字。這樣，麥師奶每月收入之中，一大筆開銷就是給阿斗大量租看武俠小說。這也是很有代際意義的，嬰兒潮那代花在文化消費品上的支出，遠高於上一代。

美國電視節目在六五年有一半已用彩色播放，但要到七二年才轉成全彩色，同年的彩色電視機銷量終於超過了黑白機。在日益富裕的中國，事事緊貼美國，五家無線電視台，即上海天一台、美資超級台、軍方背景鳳凰台、黨產梅花台及國營中央台，也均在七二年由黑白轉彩色，中央台還開設國際台，每天播外國電影，除了舊好萊塢出品外，偶然也可看到法國、意大利、瑞典、德國、西班牙、英國、日本甚至印度的電影，什麼新寫實、新浪潮、超現實、獨立製作、悶藝片、實驗電影、黑幫槍戰、意麪西部、神怪科幻以至美國新導演新風格的新好萊塢片都有，大大打開了麥阿斗的電影眼界。

輪着番看天馬行空、放飛劍、騎大鵬的小人書和武俠小說，配合千奇百怪的電影蒙太奇，麥阿斗覺得自己快要琢磨出怎麼才能夠實現追蹤着一隻偷吃腐乳的蒼蠅，盯在牠屁股後面，追牠追上白雲山了。答案就是電影。

麥師奶逗着問過麥阿斗電影有什麼好看？小時候阿斗說：電影裏面有一隻會說話的了哥。有一陣子最愛說屎啦尿啦這些話的時候，就會說電影裏面有很臭很臭的臭貓屎。再懂事一點說：電影是手掌手指可以變得很大很長的大頭佛。後來少年阿斗被問煩了，只說：電影就是電影。

七四年十二月十日，上海加權股價指數掉到一百五十點，「省港天線」公司清盤股價歸零。那天，茶樓老板跳樓，大師傅癡線，工友們喊生喊死，麥師奶的積蓄泡湯，但她看到周遭一眾工友和左鄰右里的財富皆大大縮水，反而看開：她不想別人都倒霉而只剩她有錢。

那天，青年麥阿斗提筆寫了生平第一篇文章，打算以讀者來信方式投寄《每週電視報》。

三　開局的終局：今夕何夕

一九七九年十二月十日晚，錢塘、奉化、南京、上海、雅安、天津、三亞灣、北平

錢塘

東蓀老人的骨灰，最後送回到家鄉錢塘。

一九七六年九月十日他在香港北角的自聯出版社取了他新著作的清樣，從西灣河坐渡船回調景嶺的時候，看到了遠在蘇聯克里米亞的中國共產黨主席的死訊。那晚上他心情是激動的，抽了多根淡巴菰，很晚才就寢，躺在床上，一生在腦中掠過，他哈哈大笑，對相守六十二年的髮妻說：姆媽，還是我對。當天晚上，東蓀老人在睡眠中安祥離世，壽終正寢。

他說過中國一日不民主，他有生之年都不回國。這點他做到了。

他沒說骨灰葬哪裏，暫時先放在香港鑽石山的一個骨灰龕。

他的新著作《我花開後百花殺？假如共產黨統治中國》在香港出版，在國

內成為禁書。幸而，內地經常有人到物價較低的香港旅遊，免稅購物，乘電車和雙層巴士逛市區，坐纜車登扯旗山，去淺水灣游泳，到半島酒店喝英式下午茶，逛油麻地廟街和上環大笪地夜市，在香港仔或銅鑼灣避風塘吃生猛海鮮，順便買些國內的禁書禁刊。加上中港兩地水貨貿易發達，就這樣，東蓀的新作在黨內外知識分子小範圍內算是流傳甚廣，評價頗高。

哲人其萎，有人想在上海、北平替他開追悼會，這兩地都與他關係密切，根基最深、人脈最廣，也正因如此，公開追悼活動為當局阻止。

東蓀在異鄉終老後，夫人紹鴻對香港就沒有留戀的理由了，子女們都想接她回內地同住。

東蓀夫婦有三子一女，他們陪母親回了一趟錢塘縣，沒想到母親對家鄉還很懷念，決定告別香港後搬回錢塘居住以度晚年，四子女和家小要來探訪也頗為方便。

東蓀從小跟隨任縣令的父親住在河北，生前甚少提起錢塘老家，不過在整理遺物的時候，子女們發現原來東蓀晚年曾親自續修家譜，由此可以推想他不

會反對死後回到中國，骨灰放在家鄉。

況且香港也回歸在即！

民國六十八年十二月十日，碩果僅存的民主黨派當年的一些老同志們，紛紛不張揚的在子孫陪同下來到錢塘，與東蓀的家人一同悼念去國三十年的東蓀老人。

紹鴻晚上就寢後才想到，明早一定要記得告訴大家東蓀生前最後的一句話：還是我對。

奉化

一九七九年十二月十日晚上七點晚間新聞時間，七十九歲的立人，一介平民，打開無線電視，順序的調着台。一台是國營中央台，螢光幕上晚間新聞的第一個鏡頭是少總統早上在國民黨的中全會講話；扭到二台是軍方鳳凰台，鏡頭裏少總統在講話；扭到三台黨營梅花台，少總統在講話；扭到四台民營上

海天一台，鏡頭切到海南島今晚星光熠熠的中國冬季國際電影節開幕現場的紅地毯；最後轉到五台美資超級台，立人耐心的等待今晚主要新聞預報的最後部分，果然預告體育新聞將會播報美國職業籃球兩場賽事：西部聯盟賽的洛杉磯湖人隊勝侯斯頓火箭隊、東岸的波士頓基爾特人隊勝費城七十六人隊。最後還給了湖人隊新人球星強森在半空中跨步如飛、蓋帽進球的一個特長鏡頭。立人仿效時下美國人説一了句：酷！

在奉化溪口鎮這個大宅子住了二十多年後，足不出戶的立人早已認命，少總統在世之日，他是出不了這個宅子的大門的。不過，他兒女和義子經常來看他，遺憾的是長孫女最近在清華大學畢業了，他不能去自己的母校參加典禮。

軟禁的最初幾年，停薪待罪，立人要靠夫人變賣首飾養家。後難以為繼，用立人的姐姐從美國寄來的花卉種子，在大宅後園栽植玫瑰花，交由夫人帶到市場出售聊補家計。

子女出道後，立人仍與泥土為伍，養「將軍花」自娛。閒時就看體育新聞，特別是兒子替他訂閱的美國《體育畫報》，裏面每期都有美國職業籃球的

報導，包括他追捧的勁旅湖人隊的消息。湖人隊中鋒天勾賈霸和那位這季度剛出現就令人眼前一亮、球技如變魔術、高二〇六公分的新人強森更是他特別愛看的球星。

現在，唯一能讓立人激動的只是籃球。有時候，人老心不老，他依然會幻想自己運球過人、跳投、勾射、假動作切過對手帶球上籃。

現在，立人看到少總統的頭像也不會情緒波動了，反正就是跟他比陽壽吧！

南京

民國六十八年，一九七九年的十二月十日是世界人權日，也是中國國民黨第十一屆四中全會在首都南京召開之日。在揭幕典禮上，建豐總統以黨主席身份發表演講，昭告黨代表，一九七九年是黨歷史上關鍵的一年，重申中華民國的三民主義憲政體制決不改變，三民主義建設的規模必再擴大，全國上下必須

加強三民主義愛國教育，「絕不容許破壞團結的野心分子滋長蔓延」。

總統也鄭重宣示「重視民權自由的保障，更重視國家社會的安全，使自由不致流於放縱，民主不致流於暴亂，以建立安定的民主政治。」

「確認厲行民主憲政是國家政治建設所應走的大道，必將繼續向前邁進，決不容許後退。今後當更積極致力於健全民主政治的本質以發揮公意政治功能，加強法治政治基礎，提高責任政治觀念三方面同時並進。」

就讓世人自己去理解、猜測、領會吧！

下午，少總統與新加坡總理李光耀見面。從七三年開始，李光耀幾乎每年以私人名義來華一到兩次，跟老總統交流，並與尚未登大位的少主建立私誼。因為不希望成為新聞話題，開始的幾年中國方面由國家安全局接待李總理，後來外交部接手招待，但每次來訪都用「演習」代號，秘而不宣，連兩國民眾都蒙在鼓裏。兩位領導人都嫌繁文縟節浪費時間，見面就扃室長談，少總統略通英語，李光耀能說華語，交流不設通譯。一個是人口稱最的超級大國，一個是蕞爾小島國，兩人卻惺惺相惜，每次交談都超時，不顧預先訂好的行程。兩個

以見多識廣、知人善用、務實而前瞻見稱的領導人談些什麼，李光耀到底對少總統的思想與治國方針有多少影響，旁人不得而知。在權力繼承問題上，兩人對這一關怎麼度過，皆心有戚戚焉但恐怕難以啟齒。然而少總統身旁的親信都知道，每次與李光耀會談前後，少總統都有愉悅之心情。

那天下午，總統夫人待在家打小麻將，不確定總統會不會回家吃一頓清淡的晚飯。

果然，總統晚上還要留在中央黨部食堂吃飯，然後聽匯報。

總統到傍晚才知道，今天晚上北平將有重大的抓捕行動。據少康辦公室估計，這次可以一舉刑求大批經常發表言論批評政府的滋事知識分子，重挫滲透北平各大學、盤據新聞輿論機構的黨外勢力、叛亂集團。

總統像往常一樣坐在輪椅上揉手，眼看着天花板，不發一言。他憶起自己從民國二十六年即一九三七年開始撰寫睡前日記，四十多年不輟，但今天他突然不再想為後世紀錄自己的所行所思了，他決定從今以後，不再記日記。

上海

一九七九年對浩雲來說又是命運弄人的一年。輪船生意，本來就是給命運作弄的行業。一生大起大落的浩雲，再一次見證最壞的時刻來臨前，會以最捧的面貌出現。

今年，又一個希臘船王破產了。在日本橫須賀追濱船廠，一名希臘船王於七四年訂製的一艘超大型油輪已經沒人買單，最後敢於出手把它盤下來的白武士，果然只可能是傳奇性的中國船王浩雲。浩雲命名它為新海上巨人號，並且送回船廠進行業內稱作珍寶化的擴大，額外追加延長了船身，添增了八萬七千噸容量，由此世界最大的油輪誕生了。

新海上巨人號，長四五八點四五公尺，世界之最，是鐵達尼號的一倍，較世界最長軍艦美國航空母艦企業號多出一百一十六公尺，若矗立起來比紐約帝國大廈還高，總面積如四個相連的足球場，被認為是史上最龐大可自力移動的人造物品。

它重五十六萬四千載重噸，世界之最。

這是繼伊利莎白皇后號報廢之後，世人再次見識到這位中國人船王一擲千金的大手筆。

新海上巨人號的珍寶化改裝將令它延後兩年才能下水。它時速可達十六海里，但全速行駛後需要接近九公里的航距才能把船減速停下。它載重後吃水有八個樓層之深，通不過蘇伊士運河和巴拿馬運河，開不過五十公里寬的英倫海峽，進不了世界上大部分的港口。

但浩雲清楚知道，新海上巨人號將在史上留名，前無古人大概也後無來者。它只能做一件事，就是從波斯灣運送中東原油到美洲墨西哥灣，供應給世界最重要的美國市場。霍爾木茲海峽！新海上巨人號的命運，將與霍爾木茲海峽這個水域地理的名稱捆綁在一起！時耶命耶，這艘世界第一巨輪落在自己手中，一生可能只有一次這樣的機會。現在，到底誰才是世界船王？再見，希臘船王們，哈囉，中國世紀。

不巧在七九年，伊朗發生伊斯蘭主義者革命，造成十年內第二次石油危

機，全球石油供應減少，對高負債的油輪業務帶來即時的負面衝擊，業界收入縮水銀根短缺，不少船公司周轉不靈受銀行逼倉。見慣大風大浪的浩雲相信這次收縮是短期性的，不久之後其他產油國就會增產，供需量將恢復常態，油輪業務也會立竿見影的復蘇。最重要是守得住等危機過去。

可是這次銀根收緊來得的確不是時候，連船王都受到銀行的壓力，調不出太多頭寸，而浩雲近年的擴充是有點過於進取，空置的船量偏高，在建造中或改造中的船隻比較多，多角經營的新生意項目也都在投入期，正需要不斷的以現金餵養。至於耗資龐大的東海油田，他已沒有回頭路的在全力開發，可惜至今投產還遙遙無期，錯過了這一輪短期的油價上升週期。

最讓他感到意外的是，日本的經連會財閥這個時候才正式回覆説，不會參與他的東海油田開發項目。日本財團一直給他很正面的反饋，讓他胸有成竹以為篤定是理想的合作夥伴，最後吃白果。

這一時之間斷了他最大的一筆資金來源，而且消息一出，使他另外的集資努力都出現信用危機。

一九七九年十二月十日晚

難道，為了救自己的核心輪船業務，東海油田註定要拱手讓給其他對手？難道自己要去向夫人幫求救，釋出控股給美資石油企業，助長它們對中國能源的托辣斯？

七九年十二月十日晚，浩雲坐在自己外灘的辦公室，環顧十里洋場，最後目光回到面前的上海《大公晚報》。

晚報頭條新聞是今天早上在南京召開的國民黨十一屆四中全會，頭版掛着少總統在揭幕禮上發言的照片。

浩雲對自己說起寧波話來：沒辦法呀沒辦法！沒啥辦法，就是渠了，沒別人了，就是渠了。

儂聽我講，國家的安全，勿是只靠核彈，也要講究能源安全，對勿？想要外交獨立、國防自主，中國能源企業，就勿能夠都給夫人幫美國資本控制，對勿？

中國石油，中國人擁有，對勿？國家代表國人，國家擁有就是國人擁有。

浩雲想：就算半送半賣，人情要做給少總統，股權要賣給國家，不能便宜

外國人。

成為國家一家中央級能源企業最大的小股東，執掌管理權，替國家效勞，這樣的安排不理想但還算體面，自己可以接受。

大資本家的絕竅之一，就是在有難的時候會想出辦法讓國家來救自己。

船王拿起電話找親家孟緝上將，商量跟少總統碰面的事。

一九七九年十二月十日晚

雅安

世事如棋，平旺當年在康區雅安成立過圖博共產黨組織鬧革命，沒想到現在自己成了這個漢藏混居地界的一個茶葉商人。

圖博不可一日無茶。康磚，即一般所說的藏茶或邊茶之大宗，是圖博人民的必需品，故也是中國的一種戰略性物資，外抗南亞進口的印茶，對內關係着漢藏兩個民族的一衣帶水。漢藏如何在一國內共生共榮，這也正是平旺下半生關切所在。

平旺沒想到，真的沒想到，自一九五一年拉薩與南京簽署十七條協議以來，昆頓達賴喇嘛一直在位，衛藏自治每年難過每年過，一直維持到今天。平旺不信教，但也禁不住會做如是想：這是漢藏人民的共業與福報。

首先是自古幾乎可說是與世隔絕的拉薩以至多康藏圖博三區，在二十世紀下半葉竟然成了舉世馳名的旅遊目的地。進藏公路和拉薩民用機場啟用後，不僅是國人進藏，外國人也蜂擁而至，特別是六〇年代西方吹起嬉皮風，佛國藏地成為世界最受嬉皮歡迎的精神家園之一，也是中國在國際旅遊地圖上名氣最響的地區之一。拉薩之於中國，有如梵帝崗之於意大利，有助提升世人對中國的認識和尊重。

再者是佛教傳遍世界，在中國內地也信徒日眾。藏地是佛教其中一個重要活源，藏傳佛教被認為是多個世紀未曾中斷過的偉大傳承。

再者是拉薩主政者堅定承認中國對它的主權，一直能夠善巧的處理跟南京的關係，與芬蘭之應對蘇聯堪稱為東西兩大成功範例。所不同者衛藏只是中國境內的一個高度自治區，不像芬蘭是個主權國。拉薩噶廈政府對南京政府在中

國內地推行的政策也亦步亦趨的參照，不敢落後太多落人口實，也絕不僭越超前，譬如衛藏學內地展開土地改革，替米薩佃農減租免差役雜賦，推動緩慢但方向明確，同時噶廈政府也對批評中國的言論設禁區，絕不容許拉薩成為反華基地。

再者是達賴喇嘛年事漸長，智慧與魅力日增，成了國際媒體寵兒，世界上名氣最響的非漢裔中國人。達賴喇嘛已經説服衛藏人民改變政教合一的體制，把治權世俗化，建立仿效內地的地方自治、縣市選舉制度。

國際的政治學者也對一國兩治的制度創新作出高度評價，認為是超越了帝國、聯邦與單一制民族國家的局限，是為全球化時期的多族裔、多文化現代複合國家的榜樣。

從實際政治角度，一國兩治、藏人治藏的衛藏自治起了重要的示範作用。中國一直在做工作策動新疆西北伊犁三區的東突厥斯坦共和國回歸中國，享受與衛藏自治區同樣的地方高度自治權，這對伊犁三區人民有極大吸引力。因為到了七〇年代末，絕大多數伊犁三區民眾已極其厭煩共產主義極權統治和做蘇

聯的傀儡，看到衛藏自治的成效，皆願意成為經濟更繁榮、宗教更自由的中國的自治區。除了親蘇派獨裁掌權者和部分世俗派親蘇軍人外，三區的泛突厥民族主義者、伊斯蘭宗教主義者、自由主義者、商人以至一般平民都已經聯合一致反對親蘇的伊犁共產政權。

在中國四六年訂立的憲法中，西藏和外蒙皆為自治區，現在只有西藏是在中國境內，正好提供一個成功的樣板，為也在共黨統治下的外蒙人民參照。

衛藏自治對香港的回歸也起了安撫作用。事源葡萄牙七四年的康乃馨革命，推翻了二十世紀西歐為期最長的獨裁政權，並於七六年成立民主政府後，單方面宣佈放棄該國在全世界的所有殖民地，將澳門無條件的送回給中國。這使得甚不願意放棄殖民地的英國也在國際反殖壓力下與中國商談香港歸還中國事宜。倫敦方面朝野有人顧慮香港的法治與言論等自由在回歸後得不到保證，南京方面就以衛藏自治為例，讓港人自己製訂香港一國兩治的地方自治基本法則，保障法治與言論等自由，隨後民意調查顯示，絕大部分港人支持以高度自治區形式回到經濟發展程度較高的中國。經過兩年的談判，少總統與從屬工黨

的英國首相卡拉漢於七八年聯署了中英聯合聲明，確定香港將在八四年七月一日回歸中國。少總統在日記上寫：總理和先父的未竟遺願，由我實現了。

種種天時地利情況下，中國衛藏地區的一國兩治走過了旋轉簸揚迴圈無端之大洪流，進入順流區，越來越穩定，越來越為中國民眾接受。

平旺五〇年代在南京坐牢期間，在獄中認識了一個原籍雅安的漢族托派分子，十多年後平旺應邀舉家從巴塘搬到雅安，兩家人胼手胝足在雅安大蒙山地區做茶農兼茶商，除了供藏地使用的康磚外，也在蒙山以西的碧峰峽一千二百公尺以上的山坡地種植老川茶茶樹，再發酵製成貢茶級黑茶珍品。雅安除了是歷代藏茶和貢茶重鎮外，也可能是中國最古老的茶葉產區，其中包括被認為是有文字記載最早的我國人工種植茶葉地點的蒙頂山，頗有傳奇性。平旺沒想到，自己也會愛上品茶。

七九年十二月十日晚，在雅安上里古鎮，平旺以在地茶農代表身份，指導一批北平來的有錢第二代品鑑蒙山的頂上茶滋味。客人離去之後，一時萬籟無聲，平旺仰望蒼穹，川康藏今夜星光燦爛。

天津

一九七九年十二月十日，一年一度的諾貝爾文學獎頒獎典禮，年度獲獎者希臘詩人埃利蒂斯發表得獎演說。今年，瑞典漢學家馬悦然提名的中國作家沈從文並沒有當選。

一如往年的十月，年輕學者樹森在獲知埃利蒂斯得獎的當天，就寫出對詩人的評介，刊登在翌日的上海《中國時報》「人間副刊」。樹森事先也估計到這屆還輪不到從文先生得獎，不過他依然早就寫好了一篇關於沈從文的長文存在報社。樹森堅信他這篇長文是會有面世的一天的。

諾獎頒獎那天，樹森正在天津南開大學任客座教授。南開的英文系成立於一九一九年，今年剛好六十週年慶。

樹森與同樣年輕的歐梵教授在四年前的十月，決定合力以英文撰寫華文小說的近三十年史，為四九年後華文小說的重大成就做見證。兩人很奮勉，書寫進度理想，皆將如期在明年初完稿。只可惜期待中的張愛玲新作到今年年底還

不見蹤影，恐怕只能割愛。

明年八〇年新學季，兩人將會在美國麻省劍橋市，趁着哈佛大學開學術會議的機會，碰面並作最後定稿，然後將一起去全世界音響效果最好的波士頓交響樂大廳，欣賞小澤征爾指揮波士頓交響樂團，世界首演伯恩斯坦之新作，作為犒賞自己努力寫作有成的慶功。

十二月十日，樹森在南開的圖書館做研究筆記，想到遠方瑞典正在舉行的盛典。樹森與歐梵都對華文作家具有無比信心，認為好幾位小說家都該拿諾獎，都只是遲早的事。沈從文就早該得獎，今年不得，明年也該拿到。

一九七九年十二月十日晚

三亞灣

一九七九年十二月十日，一年一度的中國冬季國際電影節在海南島黃金海岸度假勝地三亞灣的坎城豪華大劇院盛大揭幕，當天晚上室外溫度三十度，走紅地毯的女星皆穿上一線天辟暑露胸裝。

當晚全球首映的開幕影片是中美合資、由意大利名動作片導演賽吉奧李昂執導的《中國教父I：往事篇》，兩週後的閉幕電影是中國導演金銓耗資五千萬攝製的《華工血淚史》。

開幕晚會由上海天一電視台現場錄影轉播，天一台派出十二個主持人，其中一個是滑稽新人麥阿斗。

麥阿斗第一次在電視上露臉，是在今年四月上海舉行的中國電影金像獎頒獎典禮。那天，麥阿斗和新導演文光一起上台拿最佳視覺效果獎，也即是後期特效獎。這本來是個沒人會注意的新增專業獎項，不過一些碰巧留在電視機旁看錄影轉播的觀眾，都記得一個樣子很滑稽的大頭肥仔上台領獎，輪到他致辭的時候，大頭肥仔舉起小金人對着鏡頭用廣東白話說：「阿媽，我追到隻烏蠅上白雲山了！」很多觀眾只聽懂阿媽兩個字，卻禁不住給他一下逗笑了。很莫名其妙吧？有些人就是有上鏡臉、觀眾緣，有些人在鏡頭前就是有一眼就被人記住的本事。頒獎那天，坐在台下的影視專業人士都同時間想到：這小子可以當滑稽戲演員。

麥阿斗是新導演文光的一齣新浪潮動作片的特技效果製作師，他合成剪輯了一組鏡頭，帶觀眾視覺上進入了一根狙擊手長槍的槍管，跟着子彈發射出去，以子彈的主觀視角追在一隻蒼蠅的屁股後面，終於追上把蒼蠅打爆，感覺上像是沒有斷開的一個長鏡頭。在國產電影特效主要還是靠手工合成的年代，這組視覺特效被認為是動作槍戰片鏡頭運用的突破，以子彈為主觀視角帶着觀眾衝向被射擊對象。

麥阿斗怎麼會成了特效師？那要從五年前他第一次寫讀者來信給《每週電視報》說起。對老電影素有幼功的他，寫信是為了投訴各電視台對舊片子的不尊重，播放時候經常出現錯漏，例如漏放了一整卷十分鐘膠片，或前後順序對調了，因此出現妙趣橫成的錯位情節。

如是幾封讀者來信登出來後，上海著名的《良友》畫報以為麥阿斗是位老先生，找上他來寫寫老電影，這讓阿斗受寵若驚，阿媽麥師奶則說她早就知道自己的兒子有這種神秘才華。麥阿斗在《良友》的第一篇文章《中國黑白老電影的狐狸精們》受到小撮學院派影評人注意，都說是神話原型論的遊戲佳作。

一九七九年十二月十日晚

及後一篇《女明星才是類型片的創作者：余麗珍無頭東宮系列的靈與慾》則被認為是挑戰男性中心主義和導演中心主義作者論的坎普力作。

麥阿斗賺了點稿費，受到阿媽麥師奶獎勵和補助，買了一部超級八公分膠片攝影機和一些簡單的剪接設備，開始在家實驗定格拍攝、手繪動漫、立體模型、藍佈景摳圖與剪接合成，研究如何以接近零成本方式製造特效，讓鏡頭一氣呵成追着一隻蒼蠅上白雲山。

當時家庭用的超八機已普及，在廣州一些影評人與電影發燒友的聚會，業餘電影愛好者們會互相放映自己用超八拍攝的所謂實驗電影。麥阿斗作品的鏡頭之奇突、剪接之出人意表，在小圈子漸為人知，都說他的電影語言淩厲，畫面形式感強，內容荒誕不經很超現實。那些年，不少年輕人迷上電影，甚至去國外學了電影才回國，加入遍地開花的中國電影大潮。就這樣，一些拍低成本電影的新導演就會試着聘用麥阿斗這樣廉價的特效新手，而樣子讓人一見難忘的大頭肥仔麥阿斗也就這樣在廣州影圈外圍混了個半熟臉，然後遇上了那位有拚命太郎、技術瘋子、不眠大狂魔等外號的留美歸國新導演文光，二人一

拍即合，麥阿斗幾乎全程自費參與文光導演終於找到資金開拍的處女作《煉獄變》。

與導演文光共享民國六十八年中國電影金像獎最佳視覺效果獎之後不久，麥阿斗應邀上電視台的一個資訊節目談得獎感想，他那副說話德性、思維邏輯、臉部表情，本真的就是與眾不同，主持人問他一句，他反問主持人三句，有人覺得他反應像個遲緩兒，也有人覺得他說話特別有趣，竟把這個本來很沉悶的資訊節目收視率提高了半個百分點，電視台有鑑於此就追加這位《良友》影評人兼金獎特效師麥阿斗擔任節目的第三位主持人，節目的收視也隨之提高了一個百分點，證明有人愛看麥阿斗，麥阿斗是有一點號召力的。當今晚十二月十日冬季國際電影節開幕典禮決定需要由電視錄影轉播後，主辦方就想到大膽安排麥阿斗穿起燕尾服，在十二個主持人之間陪個末席，看看發生什麼讓觀眾意想不到、額外樂一下的化學作用。誰說得準？觀眾的眼睛是雪亮的，一切由收視率決定，這是演藝事業，這是娛樂世紀！麥阿斗的時代來臨了。

北平

第一稿：經第四組主任委員崧秋「否決」之中央社通稿的草稿（停止抄送）

中央黨部第四組關於北平海淀鎮叛亂案之中央通訊社通稿

抄送少康辦公室昇上將、行政院新聞局代理局長楚瑜

中央社民國六十八年十二月十日北平電：

據十二月十日民眾舉報，北平直轄市有關部門當天晚上在海淀鎮的一家飯莊內，破獲共黨叛亂反動滋事分子重大犯罪團伙密謀企圖擾亂社會秩序，並當場搜出炸藥等多項違禁物品。中央社記者獲悉，當晚七時許，民眾舉報海淀鎮一家名為美麗×××食堂的飯莊有數十名形跡可疑的滋事分子未經有關部門批准擅自聚眾尋釁，發表叛亂言論，並懷疑藏有爆炸物品及大量附共反動宣傳品，企圖達到不可告人的目的。有關部門接到舉報後高度重視，當即出動大批有關人員趕到現場，嚴密監控包圍該所飯莊，好言規勸飯莊內的非法聚眾滋事分子自動投案，遭到滋事分子悍然拒絕。此時飯莊廚間發生一宗爆炸事件，有關部

門為確保附近居民及商户之安全，向飯莊內發射數枚催淚彈，迫使四十多名男子及衣履不整之女子慌忙鼠竄出該飯莊。但該團伙之人仍拒不就範，對有關執法人員穢言相向，態度惡劣，甚至以肢體暴力攻擊有關人員，令人髮指。有關人員「打不還手、罵不還口」，悉數將該等男女依法加以逮捕，全部移交有關部門的有關人員押送至有關指定地點依法刑事拘留。事後有關部門在該飯莊現場內搜出大量違禁物品包括十數斤炸藥、共黨宣傳印刷品及不良反動書刊，經有關人員查明，清楚無誤的證明該等陰謀叛亂滋事分子正在非法集會聚眾密謀不軌，涉嫌嚴重違法犯罪，幸得民眾及時舉報，有關部門的有關人員果斷出動執法，否則後果不堪設想。民眾對有關部門此次按憲依法辦理的出勤執法行動表示滿意並加以讚揚。

第二稿：經文工會主任委員崧秋「同意」之中央社　通稿的定稿（立即抄送）

黨中央委員會文化傳播工作會關於北平海淀鎮涉嫌未經許可超過五人非法集會案之中央通訊社通稿

抄送行政院新聞局代理局長楚瑜

中央社民國六十八年十二月十日北平電：

北平市保安警察縱隊暨內政部警政署駐直轄市維安特勤隊於十二月十日晚八時採取聯合行動，在海淀鎮老虎洞一家名為美麗台客情食堂的飯莊內外拘押四十三名涉嫌未經許可超過五人非法集會的市民，行動期間共發射四枚催淚彈，無人受傷。據悉被拘押者包括多名工人、企業員工、商人、大學生、作家、教師、大學教授、律師、新聞出版及文化從業者。現時有關司法部門正在查證事件真相，暫時尚未對被拘押者提出檢控。行政院表示司法部門將嚴格按照法律程序查核人證物證，依法究責……。

新中國烏有史尚未終結，敬請注意建豐之治今後發展……

二〇一五年八月

附錄　新時代中國特色知識份子輕小說

馬可波囉

咱這一撥哥們兒也算是Marco Polettes，小馬可波羅了吧！你瞧，單位的最大頭兒叫Marcus，我們管他叫大馬哥，我的直接上司叫Markel，有大馬哥在上，北京的同事自然管他叫小馬哥了，我私底下叫他阿Mark哥，他是港產動作片餵養出來的紐約布魯克林人。我們是同屬於中華人民共和國國務院的一個部委機構(不是漢辦不是新聞辦也就不是中央外宣辦)下的一個事業單位，這是方便的說法。正式跟我們簽署聘用合約的甲方是一家叫北京歐亞非有限公司的民企和青島大學語言與文明中心合辦的新時代歐亞大陸橋非公募基金會，法定代表人是俞聰博士。我從來沒見過俞老師的本尊，單位的組織結構也有點讓人搞不懂，但這不妨礙幹活，反正都是為了中國的大外宣。當年馬可波羅探華十七載，獲忽必烈賜長約俸祿不菲，官至達魯花赤，後來回到威尼斯老家，憑着在

熱那亞共和國的獄中口述，向西方人營銷了蒙古人雄霸歐亞大陸時期東方片當年叫Cathay(即契丹)後來稱Cina(音「棲那」)的大元汗國，就投資性價比而言超划算。今日中國踏上復興之路，氣勢如虹，萬國來朝，當然也少不了我們這撥小馬可波羅(有時我們私下裏自黑管自己叫馬可波囉，哈哈)一顯身手的機遇。現在長約、俸祿不菲的工作可不好找，我們都很在乎這份差事。

我們的任務是花三年時間編寫一套二十一世紀版的馬可波羅探華寶典，官方加持的權威中國商旅指南，附加網絡互動年代多媒體的大中華盛世百科全書，要在中國共產黨建黨一百週年的那年，以二十一種語文同時隆重推出，彰顯中國的軟實力，宏揚中華文明的智慧，方便世界各地的人來天朝觀光營商多邊交流，把當今世界這個第一富強的禮儀之邦如實地、令人折服地呈現給世人，仿傚十四世紀元年《馬可波羅遊記》(也譯作《馬可波羅行記》，初版副題是《舉世稱奇之書》)這本神書起到的劃時代作用，扭轉乾坤，復興中國在世界上原有的崇高地位，並在這個基礎之上引領二十一世紀的世界文明。

這是不可能的任務，也是國家交待下來的任務，當然會不惜工本。

任務是怎麼交到大馬哥手上的，細節我不得而知。大馬哥的確也是號人物，有能力拿大預算、管大項目、成就這種包含大學問、大智慧的曠世之作。我覺得他搭的班子是沒話可說的，我的同事都是找不到好教席的西方重點大學最優秀的年輕博士，我們這兒簡直像是個懷才不遇待業漢學家的聯合國，有一種哀兵出征、不成功則成仁的氣象。能夠成為這樣的失意精英團隊的一份子是我的榮幸，因為同事們個個學貫中西，每一個的學問功底都比大馬哥紮實。這也看出大馬哥的胸懷了，用人唯才，知人善用，不然也不會招來像小馬哥和我這樣的怪伽。有大馬哥這種氣魄的領導，項目才有保證。當然，我認為他也丟不起人，只能鉚勁較真兒，學院小世界一直有人私底下說他長袖善舞，潛台詞是詬病他學術水準不夠，而那些看不懂學界門道的主管官員又擔心他最 交出來的東西太學院派。在這個日益壯大、是非也日增的中國大外宣外籍員工(早就不叫我們外國專家了)圈子裏，一般都認為國家把這個戰略性的大項目交給大馬哥，是因為他在西方的大出版社成功出版了那本有利國黨的著作《中國改造世界》，而且也是經常在西方主流媒體上替中國說話的信得過的友人。換個

說法，那意思就是中國政府在酬庸犒賞他。這類閒言碎語是很傷人的，特樂意以思想型學者自居的大馬哥哪受得了，肯定得要讓那些看不起他的和對他沒信心的人跌破眼鏡，為此三年後他誓將如期推出的這套文本，學術上必須過硬，可讀性則超標，聚萬國之眼球，為中國爭光，成為獻給建黨百週年的一份大禮。就憑這份項目大禮，大馬哥想必也會成為国际媒體爭相諮詢的KOL，可以穿梭中外政商學旋轉門，以至睥睨天下漢學界。讓看不起他的廣義漢學界(包括西方所有的中國研究者、中國問題專家)對他另眼相看，這對大馬哥來說，可比官方認可、商界招攬、媒體注視以至公眾知名度更能讓他滿足。心比天高，他想讓這套新馬可波羅探華寶典成為二十一世紀不可逾越的一套中國讀本，要徹底清除漢學界的歐洲中心主義痕跡，一舉完成中國研究的典範轉移，為下一個千年世人如何看待中國定調。

我的同事們都快給他逼瘋了，而壓力的關鍵點位是在兩個中生代幹部：大主管小馬哥和小主管我。

不用說，大馬哥找來小馬哥做學術方面的把關責任編輯，是很有眼光的，

也是極具膽色的。表面看小馬哥的學術事業軌跡挺不規範的，就像走進歧路分岔的知識花園，以不斷誤入學問的歧途作為志業。但他的爛肚皮到底是如何裝得下這麼多東西的呢？這是我和同事們經常對問的修辭式感歎句，意思是說，我們不是要找答案，只是在發表感歎。小馬哥祖輩是從奧匈帝國輾轉去到美國的世俗阿什肯納兹猶太人，曾世代定居在的里雅斯特，那是日爾曼、斯拉夫和拉丁文化交匯的地中海港口重鎮。他中學在紐約科尼島打零工時跟當時的情人學過些台山話，在曼哈頓下城老唐人街戲院自學港式粵語，在法拉勝新華埠的餐館聽懂了四川話，又在台北學過漢語，北京學過滿語，張家口補習過蒙語。為了溫習突厥語和俄語，他沿七世紀玄奘足跡西行了中亞好幾個斯坦國，到了撒馬爾罕還捎帶手學了點波斯語。這些都是在他的英語、意第緒語等歐語之外的語言。你猜對了，他的第一擅長是語言，本科讀的是紐約哥大東亞語言文化系，但好好的一個讀書種子當時卻不趕緊的在美國多拿幾個名校高等學位，等到在中國和中亞晃蕩得夠不夠了，才跑去的里雅斯特大學讀研，碩士論文寫義大利東方學家朱塞佩·圖齊如何以法西斯思想框架藏學研究。之後又回中國打

雜工直到過了千禧年，再去後葉利欽時代的羅蒙諾索夫莫斯科國立大學讀博，比較英國地緣政治學家麥金德和中俄近現代的歐亞主義，幾乎預告了今天普京的杜金主義和習近平的一帶一路。他在終南山當過短期道士，在雞足山修過密（又順帶自學函授藏語），在黃河邊農村教過英語，在義烏做過小商品買賣，在橫店演過會說中國話的洋鬼子，為《孤獨星球》寫過雲貴，替耶蘇會編過紀念利瑪竇與明朝開教三柱石交流四百年的雙語冊子，讀博之前在中國第一家網企瀛海威當過外文翻譯趕上了網絡年代，讀博後再回中國，還替馬雲打工做過老外業務員吸引想走出去的小企業主在阿里巴巴B2B網上刊登企業廣告，也參加過多屆中國首富排行榜的資料收集。反正，他缺錢了就去接點翻譯的零活，啥內容啥語種口譯筆譯都成，看價錢。他是北京老外翻譯小圈子裏保守得最好的秘密，誰都想把這個多語種高手窯着備着留着給自己獨家應急用。

大馬哥慧眼獨具，自打在北京某次大拜拜做秀式官方國際論壇發現同聲翻譯的小馬哥，就想納為己用，終於等到有了這麼一個由他大馬哥一手全權操盤、國家撥款的大項目，可以包攬多年來心中留下暗記的各方漢學小生後進，

以及小馬哥這樣的通才奇葩。至於小馬哥，他也一定立即意識到，他一生知識百寶匣裏的全部細軟，這次終於可以傾囊出清，更何況再找不到固定工作，往後中國簽證都拿不到了。可以說，大馬哥賜給了小馬哥一個可遇不可求的機會，讓他可以留在中國，施展畢生的功夫，教他經年晃蕩飄零的人生、以及之前的一切折騰終於都得以聚焦而有了意義。這是知遇之恩，所以在團隊裏，小馬哥任何情況都會力挺大馬哥，理所當然被視為是大馬哥的鐵桿擁躉。

找小馬哥這樣的人做學術總監，團隊裏的那些小拉鐵摩爾、小李約瑟、小費正清、小高本漢、小列文森、小白魯恂們肯買賬嗎？那些小傅高義、小馬若德、小魏根深、小史景遷以至小裴宜理、小羅友枝們（咱們團隊也有女生的），看得起小馬哥不本份的學術資格嗎？但想想，蛋頭們哪個能有本事整合這套全方位、跨學科、厚今而不薄古、政經社文史哲吃喝玩樂創業投資門門齊的當代天朝商旅百科指南呢？剛開始的時候磨合是很不容易的，我覺得這跟小馬哥的賣相也有關。他是天生態型的同志，碩壯到給人肥胖的感覺，不修邊幅到了邋遢臨界點（還好沒什麼體味），膚色混濁，鬍子拉碴，回美國都會給海關帶進小

黑屋盤查，一口布魯克林口音（說普通話卻可以在CCTV新聞台、胡同串兒、台灣腔之間隨意切換），一點氣質沒有，造型不像個學者、語言天才，完全顛覆人們對任何定型族群的浪漫美好想像。

但一跟他交流，大家就服氣了。小馬哥又博又專，整個一個當今世界瀕危物種。有人會矯正我說，咱們中國依然盛產打通古今中外奇經八脈的高人，至少有阿城和劉仲敬。當然那也是了不起的了，雖然小馬哥多了幾個全世界承認的學位，不過那沒什麼，他厲害的是在人家質疑他信口開河的時候，他總能憑記憶引經據典，特別是轉述源自多種語文的世界級學問大家的點評，說明不是他個人的附會臆測、望文生義。學院派就吃這一套，三幾回合，我們這些馬可波囉都佩服得五體投地，樂意離開自己學科的自閉領地跟着他共同提煉乾貨。至於他接地氣這個維度，我們這撥裏沒一個能和他相提並論。

我是大馬哥特意安放在小馬哥身邊的。記得大馬哥第一次給我引見，小馬哥面無表情。當時我想他一定以為我是來監控他的，對我有提防。後來才知道面無表情是他臉部的正常表情。

我之前的一份工作是環球時報英文版的文字編輯。英文版跟中文版不是一回事，英文版是給外國人看的，是用相對平和、看起來比較客觀的報導替中國做外宣的，當然也有底線，編寫都很自律，不求有功但求稱職，不像中文版那邊顧盼自雄指點江山搓火拱火忽悠讀者。但小馬哥如果對我有戒心，我也可以理解，他當時不知道我的能耐。

我自己深信，大馬哥找上我，是因為他真的瞭解我的文字駕御能力。他要求這套商旅指南做到雅俗共賞，既典雅又現代。他曾對我說，團隊裏不能沒有我，說我是完成他願望的不二人選。他人前誇張地捧殺我是風格大師，人後說我是英文控，說明他不是因為我在環時英文版的那點經驗叫我來幫忙把政治關的。

我私下知道他為什麼這麼看重我，當然我不會到處說。上世紀九十年代我在劍橋讀英文，一級榮譽畢業，那個夏天因為要跟熱戀中的男朋友在東倫敦一起生活並且供養他的不良嗜好，放棄升學，幸得同屬露西卡文迪許學院的一名師姊介紹進入當時不斷併購擴充的英國蘭登書屋，在蘭登旗下一出版社當編輯

助理。在那段煩燥的日子裏，我看到大馬哥第一本書的原稿。

他寫了一本學術出版社通不過，而商業出版社嫌太小眾的書：《文化譯者：民國時期英美女作家的非虛構中國書寫》，裏面寫到浦愛德、賽珍珠、安·布里奇、瑪格麗特·麥凱，項美麗、韓素音等等等等，但特別觸動我的是大馬哥花了不少篇幅談黃柳霜(是，她也曾寫)和鄭容金(即Flora Belle Jan)。那天深夜我在辦公室一口氣看完全稿，莫名其妙哭到天亮。書結構有點亂，文字也有點囉嗦，過多法國理論，對英文讀者是障礙，社裏準備退稿。那個時候我正跟男朋友鬧分手，也在考慮辭職，想為自己的出版社歲月留下一點實在的記憶，同時也感到作者用心良苦，就自告奮勇每天加班改稿，還建議書名改為政治不正確的《戀書中國》。脱稿後不久我就離職了，什麼都沒再過問。

當時我還沒有去過中國大陸，但香港已經回歸。我家是愛爾蘭人，我在港島出生，我爸是香港大學英文系的講師，小時候整天聽他抱怨系裏的教書匠，貶人家是食古不化的Leavisites，而那些遠東小利維斯們則譏笑他是假法國人，直到他終於説服殖民地大學另設一個比較文學系，與英文系切割。我爸媽當年

不知道是怎麼想的，堅持從小把我送進一家天主教會替當地華人女童而辦的英文學校，而不是去專為英僑子弟而設的英童學校或外僑的國際學校。華人的英文中小學也是用英語教學的，但有中文和中史兩門必修課。我是班裏唯一的白種人，大家認定我的中文學不好，但我偏偏學得還不錯，寫毛筆字，背唐詩宋詞。多年後，我才知道我這點香港中小學水平的中文童女功有多好使。

可能為了氣我老爸，大學我上劍橋偏要報回英文系，一年級時候又故意去替利維斯學會當義工，一副我就是傳説中劍橋英文系的利維斯粉的架勢，其實這全都是自己跟自己在天人交戰誰都沒有凝視我。我也是如假包換的讀書種子，做了幾年女學霸，照道理應該繼續走學院路線，但發覺自己喜歡讀英文寫英文改英文多於用法國理論論述英語文學。到了畢業，我還一點人生經驗都沒有，所以那個夏天才會饑不擇食的去談戀愛，故意做點沒理性的冒險。跟男朋友分手後，我只想躲得遠一點，就一個人漂到北京學普通話，之前我只能説流利港式粵語。我在一份叫《哈囉北京》的英文生活資訊週刊找到工作，老闆是個中國通美國人，我混了幾年完全結識了京城各個圈子的外國人，還跟先富起

來的藝術家們混吃混喝鬧鬧緋聞練練捲舌胡同北京話，日子過得好着呢。但外國人在中國做小生意，往往好景不常，這本週刊能賺錢，時間一久掛靠的中方單位下山摘桃，找個借口就把刊號給收回了，外方被掃地出門。我還想留在北京，發覺自己的中文閱讀能力已經很夠用，可以替英美法德的出版社在中國當獵書者，向它們推介我認為在西方會有銷路、值得翻譯的中文書。北京奧運前後，西方出版社開始注意中國的新書，所以需要有懂書的人選書和推薦，也就有了我這樣的自由職業獵書人。後來*Time Out*出了北京版，我也常替它寫寫新書簡介。可惜這些都解決不了我經濟上的困難，當時我住的鼓樓一帶物價租金越來越高，我入不敷出，只能又去兼職翻譯甚至去做英語家教。青春易逝，幾年自由職業下來我覺得自己太不長進了，自信心跌到見底兒。

有一次回倫敦，順便見我在蘭登的舊同事，當時蘭登正在跟企鵝談合併。舊同事送了我一本大馬哥的《戀書中國》。之前我已經知道這書用了我建議的書名，北京的三里屯老書蟲咖啡店也有進貨，但我不願意掏錢買。這次翻了翻，知道我改的那部份內容都被照用不誤。作者前言中感謝了一百幾十個人，

最後部份也有我的名字，所以大馬哥是知道我大幅改動了他的文句的。那天舊同事又給我看了一眼她手上大馬哥新的書稿，暫定書名是《中國改造世界》。我說：太拍馬屁了吧。舊同事說，企鵝那邊覺得這書名挺有噱頭，可以大做，可能世界真的變了。我說：瞧，我們墮落成這樣！

舊同事告訴我，企鵝在北京要成立分公司，我應該想法兒擠進去。但是回到北京，不知怎麼，我不想跟認識的外籍北漂爭企鵝的空缺，一拍腦袋進了不被待見的環時做英文版外籍合約員工。

憑着《中國改造世界》的爭議風波而聲名鵲起的大馬哥，幾年後通過企鵝蘭登，知道我在北京，約我在老書蟲喝咖啡，前世今生的聊個沒完，又邀我往北走幾步去瑜舍酒店吃意大利餐。十九大前他已經拿到這個新馬可波羅項目，正在組班子。因為這是G2新時代，政治要正確，中英文版必須同時完成，如孖生龍鳳胎，作為翻譯其他語種的雙範本，所以中英雙語必須文字水準對等，看不出哪個是原文哪個是翻譯才行。他說我的中文好是加了分，能助他把把關看看中文翻譯有沒有走樣，不過這不是他找我的目的，我的首要任務是保障全書

英文寫作的水平。說實在的，上頭把項目交給大馬哥這樣母語是英語的外國學者來全權主導，說明首要目標讀者還就是高端英語人口。大馬哥說，我是他知道的最佳文字編輯，沒有之一。這完全符合我的自我評價，讓我憋在內心深處的驕傲終於得到釋放。至於他建議的薪酬，只能說讓我喜出望外，可能是他喝高了。然後他那穿得像聖誕樹一樣的女友開車來接他，看到我們兩個都嗨嗨的樣子，還一臉臭臭的找茬發了個小脾氣。我呵呵，歇頂漢學家可不是我的菜。

大馬哥平常戲稱我們為米奇老鼠或嘍囉，他說嘍囉在古漢語裏是指伶俐能幹的人。上班幾週後他才約見我，探討文字風格，他說，最煩囉囉嗦嗦的文字，叫外面那班米奇老鼠嘍囉們去讀點斯特倫克或吉布斯。這讓我鬆了口氣。我猜想我們這個由英語語系年輕學者組成的團隊，英文寫作的傾向，如果以海明威和亨利詹姆斯代表兩端，他們應是偏向海明威的，但不會是極簡純粹主義者，應該不難符合大馬哥的心意。叫他們去讀E．B．懷特編寫的斯特倫克《風格要素》可能會有點冒犯，但誰都不會太介意重看一遍沃爾科特．吉布斯。

我打印出來給大馬哥並且說：這就是吉布斯寫給出版人羅斯的《紐約客》風格備忘錄。誰知道大馬哥這回的反應是：不要跟我來《紐約客》那一套，看在基督份上。然後停了幾秒鐘說：《紐約時報》也不要，當然我不是因為那些Trumpettes, Trumpists, Trumpsters的弱智理由不要紐時，我是相信你的文字比紐時漂亮，你懂我的意思，你是我們的風格大師。

我好像懂。於是我又想，這一代學院派心目中長格式的好議論文章，大概可以在《紐約書評》中找到。我準備了托尼．朱特、馬克．里拉、戈爾．維達爾、扎迪．史密斯四種不同風格的《紐約書評》文本，等到又一次大馬哥問起來的時候掏了出來，誰知道他當着眾人說我：不、不，不要《紐約書評》，用用你自己的腦子，如果你有的話。

我開始焦慮鬱悶，到底大馬哥要什麼？難道他跟紐約有仇？但就出版而言紐約就是美國。難道是不要美國風格，所以才找我這個所謂英國人？不，不可能，就算他是戀英控，也不可能蠢到要求用不列顛英文，那與美式不止是拼寫和標點符號的分別，還有約定俗成的慣用表達方式的差異。誰都知道美國才是

最重要的，沒有之一。但大馬哥這不要那不要，到底想要什麼？他找我，到底期待我做什麼？我深感再一兩個回合參透不了他的心意，他對我的信心就要煙消雲散，他會開始懷疑自己找錯了人，畢竟全團隊中只有我學歷低又沒有事業成就可以證明自己，可能連他自己都沒法兒向 人解釋，為什麼偏要找我來掌控文字，總不能挑明說我拯救了他的第一本書吧？我失眠、抓狂、一綹綹的掉頭髮。

只有去諮詢小馬哥了。阿Mark哥睡眼惺忪的聽我辭不達意說了半天，臉上肌肉紋絲不動，從上顎擠出幾個喉鼻音：moleskine。我猶豫了一下說：布魯斯．查特文？你是說布魯斯．鼴鼠皮．查特文？

我闖進大馬哥的辦公室：布魯斯．查特文，我們要的是他媽的布魯斯．鼴鼠皮．查特文！大馬哥盯着我不吭聲好幾秒鐘後才說：為什麼不？布魯斯．鼴鼠皮．查特文，哈！為什麼不！然後轉普通話說：不過甭給我來他媽的可愛勁，靠，那可是王——國——維說的啊，可愛的他媽的不可信，可信的他媽的不可愛。然後回到英語頻道：現在你們都知道自己該做什麼了，給我他媽的滾

出辦公室並看在基督份上，開動幹點他媽的真活。他說完挺樂呵的樣子。

我過關了。每次匯報完都要聽他補上幾句精闢的結語，我靠，好像別人所有好想法他都早就想到！就工作而言，我終於有了一把叫布魯斯·查特文的上方寶劍。我立即重新秒讀了《我在這裏做什麼》一書中寫漢武帝和汗血寶馬的的《天馬》一文，嗯嗯，太可愛給人感覺不可信，不過可信不可信是小馬哥的事，我負責的是不帶可愛勁的可愛。

團隊的作業流程是這樣的，阿Mark哥先編纂好，交給我潤飾，然後他再過目統審，一般都不用怎麼再改，這讓我覺得受到信任。偶然小馬哥自己會出手在團隊的文稿中塞進幾個小短句，都是為了畫龍點睛。我問他哪裏學來這種辛辣精闢文風，他說八、九歲的時候每週偷鄰居郵箱裏的《紐約客》，只為了看寶琳·凱爾的影評，囫圇吞棗讀完就把雜誌塞回郵箱，這樣的小雅賊行為讓他變成了未成年Paulette腦殘粉。

我們團隊的哥們兒，其實三觀很接近，加上小馬哥那種心中存有一盤大棋的淡定指揮，各人心領神會，工作量雖大得瘋狂，死線下得有點兇，而不能給同

事看不起的這種壓力特別折磨着這些自視甚高的年輕書生，但總體而言大家因成就而亢奮，過得像家人一样相愛相殺。狂飆突進的好日子延續了接近一年。

沒人跟我討論發生了什麼事，而我也不是最後一個覺察到氣氛漸漸有點不對。已經有一個多月了，小馬哥送到大馬哥辦公室的定稿打印本，都沒有批出來。大馬哥變了，不再吼我們，停止輪番召我們這些米奇老鼠嘍囉們進辦公室，沒有最高指示，沒有精闢結語。他甚至連着好幾個星期不進辦公室。

小馬哥也什麼都不跟我們說明。他把電腦首頁換上童年一隻玳瑁家貓的頭像，沒事就對着發呆，好像是在跟大馬哥比耐心。

大馬哥為什麼停擺了？他是直覺超強的人，他覺得有什麼出錯了嗎？我忍了好多天，發了個私人微信給他：波士，什麼地方出錯了？

他回覆：一切！但我終於知道錯在哪兒了。先不要跟人說，過幾天有動作。

那週五下班前大馬哥出現了，神采飛揚，宣佈下週一單位外出團建，順便慶祝團隊成立一週年。

週一全體移師慕田峪長城腳下的瓦廠酒店，好吃好喝，可是大家心裏還是有點忐忑。大馬哥請來了八個學者專家替我們講課，分別來自社科院、中科院、清華、北大、人大、政法大、國防大、黨校，來頭都挺大，都是學科帶頭人，個個去過海裏南院北院的給國家領導人講過課。兩天四節八講，分別講了習近平思想、習近平新時代中國特色社會主義建設、習近平新時代中國特色經濟建設、習近平新時代中國特色科技建設、習近平新時代中國特色練兵備戰的強軍思想與國防建設、習近平新時代新型大國關係、習近平新時代中國共產黨與人類命運共同體、習近平新時代儒學復興與天下，加上一節關於一帶一路的圓桌會議。你還別說，咱們這幫有教養的馬可波囉都很給力，自動自覺擺樣子認真記筆記，得體的提問題，長幼有別、禮貌周全的接待中方老師，大家相處愉快。

第二天結業晚宴，來賓老師各獻出據說來源靠譜的茅台、五糧液、郎酒，洋哥們兒沒有一個吱扭，都很識相的隨大馬哥和賓客喝白酒。大馬哥也開了瓶一千五百毫升的Mumm香檳，主要是我們女生們在喝。還有我在網上選購的怡

園乾紅，是山西清徐和寧夏賀蘭山東麓的赤霞珠混釀的，但沒什麼人賞臉喝。

飯後中方大師們被送回城裏，團隊留下，快樂時光正式開始，大馬哥派私藏高希霸雪茄，我也不客氣點了一根，酒精無限量供應，比利時啤酒隨便開，威士忌盡是蘇格蘭的Jura Prophecy單一麥芽，因為奧維爾晚年在Jura小島上完成他的《1984》，崇英讀書人愛屋及烏很喜歡這玩意。

在Jura Prophecy聚眼球的掩護下，我看到大馬哥悄悄的打開他的另一私藏，來自我老家的Midleton Very Rare威士忌。我常滅別人說這才是世界上最好的威士忌，其實我從沒有機會喝到過，今天一定要摸過去大馬哥身邊倒它一杯嚐嚐。

我瞥見大馬哥自己跟自己舉杯，一口掉半杯Midleton，然後用餐叉敲着空杯，提聲說：團結，緊張，嚴肅，活潑！女士們先生們，說說這兩天學習有什麼感想？

這幫哥們兒知道沒有白吃白喝的快樂時光，回過神來，你瞅瞅我我瞅瞅你，不鹹不淡的互相附和：

不錯！是的，我也覺得不錯！滿有意思的！挺有趣的！挺全面的！解說得很清楚！對理解中國有幫助！印證了我的一些想法！澄清了不少疑問！知道了中國主流學者的看法！知道了官方的權威觀點！學到不少！有益有建設性！是的、是的！呵呵！呵呵！

大馬哥不說話，幽幽的替自己再倒了半杯Midleton。

團隊的小李克曼終於按捺不住，扔出第一塊石頭：

他們那套是民族主義的學術！

小李克曼說話從來是不留情面的到位。接着小白杰明、小沈大衛、小卜正民、小華志堅、小葛藝豪……也七咀八舌起來：

太中國中心主義了……

中國例外主義……

都是頂層設計……

一張藍圖繪到底……

口徑太一致了……

出發點都是國家利益……
意識型態先行……
政治立場先行……
先有結論才鋪陳實證……
實證上可疑……
真實性也可疑……
選擇性的挪用文獻……
完全是靠修正主義式重新解釋……
現存的就是合理的……
以結果否定實際過程……
以結果重寫歷史……
歷史是任人打扮的小姑娘……
這才是歷史虛無主義……
自我東方化……

西方主義……
在攻擊稻草人……
不能自洽……
不是做學術的立場……
學術成了政策的包裝……
學術成了宣傳……
缺乏國際學界承認的最新研究……
不符合國際學界的研究共識……
缺普適性……
缺全球史視野……
回到天朝對周邊的羈縻之術……
到底是天下還只是天朝……
小羅友枝呼應小李克曼說：都是漢民族主義的學術……
我很不學術的問了一句：為什麼中國現在什麼都這麼嗨、這麼高大上……

小裴宜理補說：你是說高大全、偉光正……

小李克曼來一句：現在是十九大還是九大啊……

突然這幫哥們兒沉寂下來，肯定有幾個跟我一樣腦中閃過一個念頭：這是在引蛇出洞嗎？

大家靜待大馬哥回應，大馬哥看一眼小馬哥，意思是：該你說了。

小馬哥一副克林特·伊斯特伍德作派，緊咬着熄滅了的雪笳菸屁股用喉鼻音嘟嚕了一句反問：為什麼你要我們聽他們講課？

大馬哥反應夠快：這是個好問題！明天早上做總結報告的時候我告訴大家，晚安！

大馬哥回房，帶走還有大半瓶的Midleton。

那夜有睡好的嗎？我沒有。降溫了，我穿着羽絨馬甲等天亮。

大馬哥咳了幾聲，九點整走進供暖不足但採光過猛的會議室，一身重裝備包括自備的黑棉布口罩、雷朋黑超、雷鋒帽、加長版的蔣介石披肩和馬丁博士經典黑靴，我想起星球大戰的達斯·維達。乖巧如我趕緊的遞上了一大杯滾燙

的咖啡。

讓我們談談那個被濫用的詞：初心。平常我叫你們米奇老鼠、嘍囉，但你們都應該知道，如果之前不知道的話，我找你們因為你們都是一時之選，是漢學界的明天。咱們這個團隊是最優秀的團隊，沒有之一。

但再優秀的戰士，如果被錯誤引導，也逃不掉六百輕騎衝進死亡之谷的命運。我差一點帶領大家誤闖死亡之谷，成了炮灰。

我知道你們背後叫我馬克思波羅，我心裏欣然接受，因為我跟大家說過，我們這套書就是二十一世紀版的馬可波羅遊記。這才是初心，想仿傚當年馬可波羅，讓舉世稱奇，為東方的棲那賦魅、添魅。但偏偏是我忘記了這個初心，忘記了要成就當代馬可波羅遊記的初心。

我只顧鞭策大家學術上要過硬，但那是依照西方學術的標準。我叫大家小心東方主義，不要犯歐洲中心主義的毛病，這些你們全做到了。你們不再會污名化中國，已經摘去了有色眼鏡，沒有為去魅而去魅、為解構而解構，事事有根據，句句有出處，你們代表了國際學界最開明、最公允、最實事求是的治學

態度。但這樣就足夠了嗎？

過去大半年，我以為這樣已經足夠了，至少我說不出為什麼不足夠。你們的稿子都寫得那麼講究、漂亮，學術上無可挑剔，我除了鼓掌還能說什麼？

不過，大概兩個月前，我們的甲方俞聽博士告訴我，青島大學語言與文明中心那邊，從全國調配出來的雙語翻譯高手已經到位，春節後就可以開始翻譯我們的定稿。他還禮聘了一批國師級的審稿顧問，包括這兩天給大家講課、被你們稱為民族主義學術的那幾位老師。

從那個時刻開始，我無時無刻不在想，我們的定稿交給俞博士那邊的甲方老師，他們讀後會有什麼感想？我突然明白過來，我們的定稿和他們的期待是有很要命的落差的。直覺告訴我，我們寫的不是他們想要的，我們描述的中國不是他們想被描述的中國，我們沒跟上今天中國的自我認知和期　，俞聽博士是沒辦法代表國家收貨的。我如夢初醒，我們將前功盡棄。

錯全在我，我把大家帶進了誤區。我們還以為自己是在撰寫《劍橋中國史》、《中國歷史新手冊》，以為是在給大英百科全書編寫條目，甚至是在

替美國總商會編纂中國投資年鑑。我忘了初心是要寫馬可波羅遊記，為棲那而寫。

我們都忘了自己是在寫遊記。依我愚見，遊記之道，一字記之曰：魅，就是賦魅、添魅，讓去魅的世界再魅。在這一點上當年《馬可波羅遊記》和《孤獨星球》或布魯斯·鼴鼠皮·查特文沒分別。今天我們這個國家項目的規模更大，但本質上，我們還只是在寫遊記，二十一世紀地球人的新馬可波羅探華寶典。這才是我們要做的，這就是甲方對我們的期待，這也是我的初心。就是說，我們的任務是再魅中國。

次日，小馬哥遞了辭呈。大夥情緒起伏，但最後都還是選擇留下來追隨大馬哥。如此美麗新時代，再魅中國哪少得了咱哥們兒啊！

二〇一八年一月

陳冠中其他著作：

1. 馬克思主義與文學批評
2. 太陽膏的夢
3. 總統的故事
4. 什麼都沒有發生
5. 半唐番城市筆記
6. 香港未完成的實驗
7. 波希米亞中國（合著）
8. 我這一代香港人
9. 移動的邊界
10. 事後：本土文化誌
11. 城市九章
12. 下一個十年：香港的光榮年代？
13. 盛世：中國 2013 年
14. 中國天朝主義與香港
15. 裸命
16. 或許有用的思想
17. 活出時代的矛盾：社會創新與好社會
18. 香港三部曲［增訂版］
19. 建豐二年
20. 是荒誕又如何
21. 一種華文，多種諗頭

ISBN 978-0-19-098641-4

9 780190 986414

中國三部曲